紫庵文集

（第四冊）

魏際昌 著 ◎ 方 勇 主編

人民出版社

目　録

桐城古文學派小史

古典文學散論
（南朝—清）

目　錄

桐城古文學派小史

前　言

　　筆者研究"桐城古文學派"，雖然是半個多世紀以前的事，可是直到現在才敢說是略窺門徑。這主要原因是去年九月在安徽桐城參加了安徽省社會科學院、安徽大學等單位聯合召開的"桐城派古文學術討論會"，在會上，受到了啟發。就是說，像三十年代初那種指斥"桐城派"為"謬種流傳、選學妖孽"的看法，也即是全面否定它的錯誤態度，必須予以糾正了。按"桐城派"的"道"，是"程、朱之後"的"儒家"。"桐城派"的"文"，是"韓、歐之間"的"古文"。這"程、朱"的"儒家"，是自南宋以來一貫推行的統治思想，但可不等於說，它在桐城作家的頭腦裹是純而又純一成不變的。清人以女真入主中國，這反對統治的"民族思想"就不斷潛伏或露布在清初諸儒中。顧亭林、黃宗羲、王夫之等不用說了，就是作為桐城前輩的方以智（明亡不仕，落髮為僧，隱居梧州，反對宋、明道學的博物君子），休寧前輩的戴東原（精於考據、訓詁，但不只是一位漢學家，通過《原善》《孟子字義疏證》等作，又足證明他是著名的哲學家），在人生態度、學術思想上，就影響了戴名世、方苞和姚鼐。

　　這"桐城派"的"韓、歐古文"，據我們看是"青出於藍而勝於藍"的，因為，無論在"義法"的歸納上，創作的表現上，他們都是既繼承又發展，成體系，有特色，因時變易，與前不同的。如"辭類"的大"編纂"

"文筆"的較清新、思想的講解放，尤其是許多作者的不慕榮利、熱心於科研和教學的行誼，是很值得稱道的，而後期諸人的經世致用，高唱改革，開通風氣，引入西學，也不能不說是在"咸與維新"了。筆者的意圖即是打算追本溯源地研究一下它的歷史情況，重新給予一個比較正確的評價，其方法則是"以人為綱（並不一定是"列傳"），據事繫聯（找尋作者們的師承關係），排比先後（依其生卒年代而定），分清地區（影響所及的幾個省份）"的。使人按圖索驥一目了然。

既曰"小史"，便不是"大觀"，謂之"學派"亦與"文派"有別，如果能夠把它作為中國文學史上影響最大時間最長而且也是最後的一個古文學派，交待得清楚，總結了問題，則是筆者沒有白白浪費讀者的寶貴時間了。

本書荷蒙書法家黃綺教授為之題簽，藝術家柳青同志創作桐城主要作家肖像，胡葭緹先生提供了桐城三祖舊居及墓地的影片，統此致謝。

一九八六年五一節後於保定古城

第一編　桐城古文學派的樹立
　　　桐城“四祖”

第一章　先行者　戴名世

聲應氣求、物以類聚,志同道合,人以群分,這派系的活動是古已有之的。特別是在士大夫中間(歷代有影響有地位的高級知識分子)。不過,有的偏於政治,有的重在學術,有的單講文學創作,也有混合著說的,由於目的不同,於是稱謂各異罷了。例如先秦諸子中的陰陽、儒、墨、名、法、道德,被分為各家各派,主要是著眼於學術思想的。這從西漢的司馬談(？—前110),東漢的班固(32—92)已經有所論定了。而以政治活動為主要目的之集團,如東漢桓帝時的“黨錮之禍”(166—176),北宋哲宗時的“元祐黨人”(1086—1093),明神宗萬曆年間的“東林黨”(1593—1643),便只能叫作“黨派”而非學派了。

這裏的“桐城古文學派”是怎樣得名的呢？首先需要說明的是:它是一個學派,而不是單純的文派。因為桐城的作者,不只講求文章還要顧及學行,與以詩歌創作為主的“江西詩派”(北宋末年,以黃庭堅為首),以經學考證為主的“漢學家”(如東漢的馬、鄭、清初的顧、江、戴、段),以性理實踐為主的“道學家”(宋代的濂、洛、關、閩。其重要代表,程、朱),俱不相同。他們是從“言有物、言有序”,發展到義理

(思想)、辭章(藝術)、考據(科學方法)三者並重的古文之學。桐城是創始人們的家鄉,古文則對時文而言,他們也重行誼之故。

為什麼要說戴名世是桐城古文學派的"先行者"呢?這是由於他,隸籍桐城,在康熙年間時文、古文都極有名,而且是桐城派創始人方苞的前輩、好友。方苞所強調於古文中的義法、辭章許多方面是受了戴名世的影響的,甚至可以說是由他諄諄誘導、長期幫助始有成就,何況名世自己的職業是教書、賣文,南北著稱,弟子門生也不在少,晚年又一甲及第當上編修了呢,要不是《南山集》案發,他作為桐城派的開創人物,那是毫無疑問、名符其實的。數典不能忘祖,我們應該尊重史實,認為"桐城古文學派"的得以樹立、開拓與延續都脫離不開戴名世的先行之功。因為他的特殊貢獻正在於改造時文振興古文,高標義法揭示史法,為人之所不能為,自我犧牲,不是普通的文人作者。讓我們先看看他的生平。

戴名世,字田有,一字褐夫,桐城人。生於清世祖順治十年(1653),卒於聖祖康熙五十二年(1713),年六十一。《清史·文苑傳》說他"生而才辨雋逸",靠著教學私塾生活。後來以制舉文作得好,陸續考取了廩生、貢生,補為正藍旗教習。授知縣,未幾棄去,往來於燕、趙(今河北省地),齊、魯(今山東省地),河、洛(今河南省地),吳、越(今江蘇、浙江兩省)等地,賣文為業。他喜歡讀"太史公書",考求前代奇節瑋行,時時著文以自抒湮鬱,氣逸發不可控制。達官貴人都怕他的利口刺激,多加忌恨。他嘗大言於北京說:"吾胸中有書數百卷,如果寫將出來,定會與眾不同。"康熙四十八年他業已五十七歲,中式會試第一,殿試一甲二名及第,得授編修之官,又二年而《南山集》禍作。

戴名世的門人龍雲鶚刻印名世所著《南山集》,集中有《與余生書》,稱用明季永曆年號,但也只是他好讀《左傳》《史記》。有意自撰

《明史》的一種"史法"，並沒有什麼"反滿復明"的念頭。他在《與余生書》中說：

> 昔者，宋之亡也，區區海島一隅，僅如彈丸黑子，不逾時而又已滅亡，而史得以備書其事。
>
> 今以弘光之帝南京，隆武之帝閩越，永曆之帝兩粤，帝滇黔，地方數千里，首尾十七八年，揆以《春秋》之義，豈遽不為昭烈之在蜀，帝昺之在崖州（今之海南島），而其事漸以滅沒。
>
> 老將退卒，故家舊臣，遺民父老，相繼漸盡，而文獻無徵，凋殘零落，使一時成敗得失，與夫孤忠效死、流離播遷之情狀，無以示於後世，豈不可歎也哉？
>
> 終明之世，三百年無史，金匱石室之藏，恐終淪散放失，而當世流布諸書缺略不詳，毀譽失實。嗟乎！世無子長（司馬遷）、孟堅（班固），不可聊且命筆。鄙人無狀，竊有念焉。
>
> 余始者之志於"明史"有深痛，輒好問當世事，而身所與士大夫接甚少，士大夫亦無以此為念者。（節錄）

我們詳看名世這篇文章，至多不過是綻露了緬懷前朝有志修史的思想感情。這種想法，明末清初的大知識分子如顧（絳）、黃（宗羲）、王（夫之）、萬（斯同）等人即曾普遍地存在著。因為它不止是改朝換代，而且是異族入主麼。他們有的還高舉義旗進行過反抗呢。但至康熙中年以後，三藩、臺灣俱已平定，清朝的統治基本上已經鞏固，戴名世一個文人還能鬧出什麼名堂？他不是既應了試還作了官嗎？但都御史趙申喬卻劾奏名世是"悖逆"，是"大逆"。趙申喬的原疏道：

題為特參狂妄不謹之詞臣,以肅官方,以昭法紀事:

翰林院編修戴名世,妄竊文名,恃才放蕩。前為諸生時,私刻文集,肆口游談,倒置是非,語多狂悖。逞一時之私見,為不經之亂道,徒使市井書坊翻刻貿鬻,射利營生。識者嗤為妄人,士林責其乖謬。聖明無微不察,諒俱在洞鑒之中。

今名世身膺異數,叨列巍科,猶不追悔前非,焚削書板。似此狂誕之徒,豈容濫廁清華!臣與名世素無嫌怨,但法紀所關,何敢徇隱不言?

看來這不過是趙申喬在翻戴名世的老賬:"恃才放蕩、肆口游談",以及"私刻文集",這些都是名世通籍登朝以前的事,而言之鑿鑿,聳動聽聞致使申喬一奏成讞,遂逮名世下獄論罪,當是觸犯了朝廷之大忌。所以非辦不可的內在的原因,它是什麼呢?它是因為,當時清人在軍事上雖已統一了中國削除了叛逆,在政治上安排了官吏,定立了制度,可是在人心上還不曾內外一致上下協同,就是說滿、漢之間,貌合神離,爾詐我虞。那末,作為最高統治者的清帝,鑒於懷柔、豢養、收買俱不奏效的時候,便不能不採取高壓的手段,鉗制人口的"文字獄"了。"身在曹營心在漢",能夠允許嗎?還能有比不奉"正朔",仍稱"明季三王年號"更嚴重的罪名嗎?這是"大逆",不可饒恕!所以關了兩年,反復研究的結果,終於"鞫實坐斬"了。趙申喬適逢其會,立了"頭功"。(也不排除他的窺伺意圖、率先發難之奸)

當然,其他因素,如趙申喬的"挾嫌"、戴名世的"狂放",與方孝標有"牽連",等等。但至多不過是《南山集》案的"導火綫"或"催化劑"而已。如同從康熙二十八年起,清帝的多次南巡一樣,勞民傷財騷動天下,何嘗是為了"遊山玩水"個人享受?"耀德觀兵,示威深入",才是他的政治目的。只要有利於皇權的穩定、漢人的帖服,什麼手段使不出來呢？懲一警百"殺雞給猴看"，古今一理，中外不二。

康熙五十一年，刑部的最後裁決是：戴名世大逆，當身磔族夷。集中掛名的都判死罪。賴朝臣李光地（文淵閣大學士，篤信程、朱，功在獻計平耿精忠，舉施琅定臺灣）等力救，方才改處名世大辟（斬首）。行刑之日，景象異常淒涼，名世的親戚、家人、誰也不敢露面。只有他的老友楊千木，雇了一輛貨車跟名世同到刑場。並說："誰能認為上頭一定派人監視，不准接觸行將畢命的犯人？即使是這樣，我也不理會。"到底捧著砍下來的名世的腦袋，納入棺內，予以埋葬了"（《南山集集外文・卷七・楊千木墓誌銘》）。

本來清人入關之初，大兵南下中原（以豫親王多鐸為首），"揚州十日、嘉定三屠"的餘悸猶在人心。不到五十年，京城的"白色恐怖"又傳播起來。縉紳之士為了苟全性命，誰敢以身試法？連方苞等人都以編籍為奴得保首領為幸。所以像楊千木這樣的人，對於戴名世居然敢陪臨刑場死葬其屍，沒有點兒義氣敢於不顧生死的豪俠之士，是根本辦不到的。那麼對比起來趙申喬一類的奴才，豈不是差同天地，狗彘不食了嗎？據說名世在獄中讀書如故，已把生死置之度外，也是好樣的。"求仁得仁"與眾不同，值得大書特書，不愧為"桐城派"的"先行者"。

清初的散文，在藝術手法思想境界上，是由明末"公安"的反對摹擬、信手信腕、流利清新、短小精悍發展下來的。如侯方域（朝宗）的才氣奔放，斂氣於骨，為"志傳"能寫生，深得遷、固神理。魏禧（冰叔）的文主"識議"，凌厲雄傑，"易堂真氣，天下無兩"（方以智語）。可以說是，過渡津梁於戴（名世）、方（苞）之文的。特別是顧炎武的精深博大，漢、宋兼綜，講學而不墮於空疏，考古並不流入破碎，他的詩文也豪邁經世，俶儻可觀。再加上黃宗羲、王夫之等的綜貫經史、旁推百家，而學行相顧、亮節高風，這個頭可真開得好。名世、方苞同在江南，樓臺近水,豈有不濡染耳目先得皓月之理。所以,入關的清人雖粗獷,而江淮的儒士好承乏,康、乾之際遂煥乎其有文章了。

戴名世,雖有作者之名,亦時以賣文為生,但卻反對氾濫吹捧風靡浮薄。他說:文章之陋已久,"妄庸相授,日日已甚"。他說:

> 彼妄庸人者,如今之所謂名士,開口說書,執筆屬文,天下之人皆其流輩。以故從而稱之,雖語以是非之故,皆不省(《與何屺瞻》)。

> 以文諛之者,其文可知也。好人諛己之文者,其文亦可知也。古者贈人以言,必取其所不足而規之,委曲開導,務期其有成,此古人忠厚之道也。(《章泰占文稿序》)

名世說,這些都是小人,必須予以指斥。因此,他們說我"好罵人",其然豈其然哉? 我不過是有些憤慨,措辭未免失當而已。

名世之文,古樸簡潔,言之有物。長於論事,充溢情感,他的好友方苞評論是:"少時文,清雋朗暢,中歲少廉悍","自信為終不沉沒"的(《書先君子家傳後》)。名世的鄉後輩,方誠之,則稱之為"空靈超妙,往往出人意表"。給他整編文集的戴鈞衡更譽之為"境象如太空之浮雲,變化無跡。人如飛花御風,莫窺行止"。看來從其藝術風格上看這"冥心獨往、妙遠不測"的神韻,恐怕是他的主要成就了。因為名世自己就說:

> 君子之文,淡焉泊焉,略其町畦,去其鉛華,無所有乃其所以無所不有者也。

> 故一心注其思,萬慮屏其雜,直以置其身於埃壒之表。用其思於空曠之間,遊其身於文字之外,如是而後能不為世

人之言(《與劉言潔書》)。

那麼,"世人之言"又是什麼樣的文章呢?名世繼續說:"耳剽目竊,徒以雕飾為工"的;"菁華爛熳之章,考據排纂之際,出其有惟恐不盡"的;這些等於誇飾,毫無含蓄的文字,才是俗不可耐枵然無有的。因為,名世認為:"文貴獨知",須是"變化自然,行所無事"機杼已出,信手拈來的始為上乘。當然,這並不等於說,閉門造車,孤陋寡聞,就可以有此造詣。反而應該是"讀萬卷書行萬里路"的人,收視反聽,融會貫通以後,始能有得。"今夫文章之道,未有不讀書而能工者也"(並同上)。"文章千古事,得失寸心知"。"沖淡"之外,名世還有個"好言史法"。"多幽隱之疾,頹然自放。論古人成敗得失,往往悲涕不能自已"的情況。(《潛虛先生文集一·方靈皋稿序》)這便又回到他的立誠有物、犀利慷慨的意境去了。先說名世的"史論",以古例今、義憤絕叫之文,如《八月庚申及齊師戰於乾時我師敗績》。其略曰:

> 今夫《春秋》之義,莫大於復仇,仇莫大於國之奪於人,而君父之死於人也。故吾力能報焉,而有以洗死者之恥,上也;其次,力不能報而報之,不克而死;最下則忘之,又最下則事之矣!

名世是最喜歡讀《春秋》講求重"史法"的,這事顯而易見是在借題發揮有所寄托的。他不是在貶斥魯莊未能為父桓復仇嗎?他不是在肯定翟義討莽,敬業討武,身死猶榮嗎?作者的結論就更犀利了。名世云:

　　嗚呼！莊公之事,吾無論矣。後之臣子,有遭其國亡,其君死,而忘其仇,而事其仇。且其國之亡也,彼實有以致之亡;君之死也,彼實有以致之死;然則彼亦與於逆亂者耳,又安知所謂仇耶?

　　這雖未提名道姓,不過是在泛指,然而其為"漫罵",意屬"誅心",則是毫無疑問。清初之"貳臣"及明末的"叛逆",如錢謙益、洪承疇之流(還有他們的子孫),誰會喜歡聽這個調調兒呀? 它擊刺的分量,並不比《與余生書》輕,而其飽蘸著感情的筆觸,大張撻伐的"炮彈",也正是名世"史法"的特點。

　　戴名世是深得馬班《紀傳》的神髓的。描述歷史人物,使之栩栩再現。鋪陳興亡史事,使人痛心疾首。特別是為忠貞的愛國人士作傳,炳炳琅琅,真是聲聲金石的。如:《楊維岳傳》,大書特書史可法為"當代偉人",及其督師揚州"城破死之"的忠烈行誼。哭泣著說:"國家養士三百年,以身殉國,奈何獨一史公!"於是"設史公神主,為文祭之而哭於庭。家人進粥食,麾之去;平日好飲酒,亦卻之。"並說:"踐土而思禹功,食粟而思稷德;吾家世食膠庠之澤,今值國事如此,飲食能下嚥乎?"

　　北兵至,下令薙髮(剃頭,梳辮子,改清裝)。維岳不肯。人謂先生:"曷避諸?"維岳曰:"避將何之? 吾死耳! 吾死耳!"其子對之泣。維岳曰:"小子! 吾生平讀書何事? 一旦苟全幸生,吾義不為,吾今得死所矣,小子何泣焉?"人有來勸慰,偃臥唯唯而已。

　　搜先人之遺文,付其子曰:"當謹守之。"乃作不髡永訣之辭以見志,凡不食七日。整衣冠,詣先世神主前,再拜入室,

氣息僅存。親屬人來視者益眾,忽張目視其子曰:"前日見志
之語,慎毋以示世也。"頃之遂卒。是歲弘光元年七月二十九
日也。

順治元年、二年,清政府一再下令薙髮留辮,不從者,殺勿赦。這
裏維岳死抗到底,志在保持漢、唐衣冠,不降異族也。當時完全可以說
是"義烈"的行為。而漫呼"清兵"以"北兵"不稱"大軍",記年號不曰
"順治"而言"弘光",這些都是名世被指為"悖逆"的所在。更不要說
他所表彰的人物,盡是些"留髮不留頭"的"硬漢子,烈婦人"了。如
《畫網巾先生傳》中隱姓埋名的畫網巾先生及其二僕,《吳江兩節婦
傳》中的農家二女,以少婦(一年廿九,一年僅十九,張氏之婦死於起
義,周氏之婦死於薙髮)而守節,孝姑等等皆是。名世的讚語曰:

> 江淮之間一介之士,里巷之泯,以不肯效國裝死者,頭顱
> 僵僕,相望於道而不悔也。嗚呼!

相形之下,故國的九卿及其婦女,不難堪嗎?此外,名世也長於寓
言式的"諷刺"短文。如《醉鄉記》之托為"醉鄉"乃"神州陸沉,中原鼎
沸"之地,那景象是"頹然靡然,昏昏冥冥,天地為之易位,日月為之失
明,目為之眩,心為之荒惑,體為之敗亂"的。自阮籍、劉伶以來,即是
天下之人"放縱恣肆,淋漓顛倒"相率沉淪不已之處。作者說:"嗚呼!
醉鄉有人,天下無人矣!""入而不知出焉"。難道真就沒有一個清醒
而不迷入者嗎?有的,可是已經"荒惑敗亂"的人們,群相指而訕笑,真
是"哀莫大於心死"了。他這憤世嫉俗指桑罵槐之意,也很明顯。正是
屈原說:"眾人皆醉我獨醒"。漁父說:"何不餔其糟而啜其醨"(薄酒
的引申義)。當是作者之所取法。名世的本意,原是"凝滯於物,不與

世推移"的麽。

《窮鬼傳》與此異趣同功。它是名世的早期作品(二十六歲時,約在康熙十八年)。窮愁潦倒的不平之氣,充滿於字裏行間。蓋戴氏之"自畫",亦所以指斥社會的齷齪、黑暗,他把"窮相"分為六類:

> 窮於言:議論文章,開口觸忌。
> 窮於行:上下坑坎,前顛後躓。俯仰踢踏,左支右吾。
> 窮於辯:蒙塵垢,被刺譏,憂眾口。
> 窮於才:所為而拂亂,所往而刺謬。
> 窮於交遊:聲勢貨利不足以動眾,磊落孤憤不足以諧俗。
> 窮於家邦:抱其無用之書,負其不羈之氣,挾其空匱之
> 身,入所厭薄之世。

"在家而窮,在邦而窮",可以說是"窮到底兒"了。但是"窮鬼"卻說這是"照顧",它可使先生"歌、泣、激、憤",使先生"獨往獨來而遊於無窮"。"窮甚不能堪,然頗得其功"。這翻案的精神就值得讚揚。可惜的是,這"窮鬼"不曾跟到底,數十年後趨拜而去。名世一旦及第入了翰林院,連性命都送掉了,這可去怪誰呢?"窮鬼"曰:

> 自余之歸先生也,而先生不容於天下,召笑取侮,窮而無
> 歸,徒以余故也,余亦憫焉。顧吾之所以效於先生者,皆以為
> 功於先生也,今已畢致之矣。先生無所用余,余亦無敢久涸
> 先生也。則起,趨而去,不知所終。

這在行文上,頗有迷離恍惚見首而不見尾的"神龍"之勢。
而意在言外,所謂"皮裏陽秋"的筆法,實在耐人尋思。

戴名世也寫遊記,但多即景生情抒發積愊之作。《遊大龍湫記》則頗似《水經注》單寫瀑布的景色,可謂獨具一格的。如其中間主要的一段:

> 大龍湫,為天下第一奇觀。水自雁湖合諸溪澗,會成巨淵,淵深墨不可測。其側有石檻,中作凹,水從凹中瀉下,望之若懸布,隨風作態,遠近斜正,變幻不一。或如珠,或如毬,如驟雨,如雲,如煙,如霧;或飄轉而中斷,或左右分散而落,或直下如柱,或屈如蜿蜒,下為深潭,觀者每立於潭外,相去數十步,水忽轉舞向人,灑衣裙間,皆沾濕。忽大注如雷,忽為風所遏,盤溪橫而不下。蓋其石壁高五千尺,水懸空下,距石約一二尺許,流數丈,輒已勢遠而力弱,飄飄濛濛,形狀頓異。

名世的大半生,是在教讀糊口賣文四方渡過的。浙江近在鄰省,也是他的久遊之地,雁蕩山乃有名的風景區,豈有不賞心樂事之理!然而,如果沒有閒情逸志,是不會寄興山水下筆空靈的。這說明著古文作者名世,其語言之美是多方面的,既能大刀闊斧地劈刺而下,也能繡花針似的精雕細鏤,篇幅也是小大由之無往不力,但我們最欣賞的還是他的紀傳、雜文。

名世由於以制舉業發名,他的時文也是很有工夫的。因為它是"敲門磚",想要富貴利達,非精於此道不可。他說:

> 世之學者,從數千載之後而想像聖人之意代為立言,而為之摹寫其精神,仿佛其語氣,發皇其義理,若是者謂之經義。

15

其體為古文之所未有，發端於宋，至明而窮極變態，斯亦
文章中之一奇也。

（《有明歷朝小題文選序》）

按八股文講究起（破題）、承（接題）、轉（引申）、合（終結），每股兩
支，呼應對稱，形式異常完美，考生不能違例，束手束腳，官樣文章，談
不上發揮什麼經義。因為從題目上看，就是斷章取義的如"學而時習"
"維民所止"之類即是。名世是精於此道又嘗到甜頭的人，不能不相對
地予以肯定。但是他自己也未嘗不知道八股文的"模式"害人，無法充
分發揮議論。他說：

世俗之言，既舉古文、時文，區畫而分別之，則其法必自
有所為時文之法。然而其所為時文之法者陋矣。謬悠而不
通於理，腐爛而不適於用，此豎儒老生之所創，而三尺之童子
皆優為之。（《甲戌房書序》）

看來，名世是以時文為古文的，未嘗有二。由於末流之敝，搞得烏
煙瘴氣太不像話了，這才加罪於人而思有以嚴正。這種辦法也著實影
響了方苞。因為方苞就是曾以古文為時文，後來卻以時文為古文的。
《方靈皋稿序》云：

靈皋歎時俗之波靡，傷文章之萎蕤，頗有所維挽救正與
其間，遂發解江南。
靈皋名故在四方，四方見靈皋之得售，而知風氣之將轉
也，於是莫不購求其文，而靈皋屬余為序而行之於世。

文中並說,他與方氏弟兄相率刻意為文"回首少年以至今日,已多歷年所"以求其所謂"冥心獨往","獨或貽姍笑"。我們懷疑這冥心獨往猶貽姍笑之文,就是以古文為時文之文。因為他前邊還有,"無意於科舉,而唾棄制義尤甚"的話。對比這裏說方苞有責任於"維挽救正"。可知戴、方對於時文的態度是一致的。何況方苞的哥哥方舟(百川)也是時文的高手呢?(但不曾以之投考)。可以這樣說:戴名世的早年,是靠著時文吃飯的,二十七歲時,就已經把它彙編成集開始出售於坊間了。方苞在《南山集序》裏即曾指稱:"褐夫少以時文發名於遠近,凡所作,賈人隨購而利之,故天下皆稱褐夫之時文。"名世的時文,則是注重經義兼顧言行的,前邊已經介紹過了。因此他極反對只把它作為獵取功名的工具,事過境遷棄之如敝屣的想法。他說:

> 夫經義也者,是亦士之利器與未耜也,而世俗之言曰:"以經義求舉,譬若叩門之石然,門開而石即棄去。"信斯言也,則是昔之時以經明行修舉者,既舉而經可不明,行可不修也。(《劉光祿墨卷序》)

所以,我們可以肯定戴名世的"經義、時文"與"載道古文"是並無二致的。他所期待於方苞的也正是此類"時文而古文"的發揚或維繫。至於戴、方的交往,更可於《方靈皋稿序》中洞見:

(1)**名世少時**:冥心獨往,好為妙遠不測之文,一時無知者,而鄉人頗用是訕笑。

　　方苞少時:才思橫逸,其奇傑卓犖之氣,發揚蹈厲,縱橫馳騁,莫可涯涘,已而自謂弗善也。

(2)**名世之學**:好言史法,多幽隱之疾,頹然自放。論古人成敗得失,往往悲涕不能自己。

方苞之學:一以闡明義理為主,"於《易》《春秋》訓詁、不依傍前人,輒時有獨得"。

(3)**名世師苞:**移居金陵,與靈皋互相師資。荒川墟市,寂寞相對,往復討論兩相質正者且十年。

苞師名世:每一篇成,輒舉以示名世。名世為之點定評論,其稍有不愜於心,靈皋即自毀其稿。

(4)**名世稱苞:**人情物態,雕刻爐錘,窮極幽渺。一時作者未之或及,孤行側出,自成其為一家之文。

苞稱名世:尤愛慕名世之文,時時循環諷誦,仿佛想像名世之妙遠不測之意境。

(5)**戴序方文:**名世為方苞之《方靈皋稿》作序,謂苞文可與維挽救正時俗,文章之波靡、萎薾。

方序戴文:方苞先後為《南山集》《潛虛先生文集》作序說:"其才可拔以進於古者,莫先於褐夫。"

(6)**名世定論:**科舉文名家,有民族思想,被罪而死。為方苞之鄉前輩,亦其師法之所在。桐城古文學派的先驅。

方苞定論:古文學家,講求義法,康熙、雍正兩朝之文獻整理主持人,桐城古文學派的開創者。

從文章到學行,兩兩對比,我們可以很清楚地看出來戴名世和方苞的關係,同而不同,小異大同。一個先驅,一個創始,這個歷史的淵源情況,是很自然地發展下來的。

戴名世的思想境界,是可以一索而得的:推崇程、朱,排拒陸、王,更不要說佛、老了,救世之敝,因為之備。他以《四書》為題,指出:"歷漢及唐,至宋諸儒出,其義乃大明備。"他強調說:是二程子發掘出來的

"孔、孟之秘"。到了朱子這"廢墜千載有餘"的"孔孟之學",才越來越"精粹"。具體的表現,恰恰反映在《四書》裏的"微言大義"。他在《狄向濤稿序》中說:

> 古者先王之教興,士自小學以入大學,正心、修身、齊家、治國,與平天下之理,莫不犁然具備。以故施於天下後世,而功名直昭垂至今,其理載之於書,書具在。後之人棄而不務,而研精覃思以從事於場屋之文,不可以謂讀書也。

這是戴名世在非議八股文的精神下全力肯定"程、朱之學"的偉大處。看來像似矛盾,其實他是反對只拿《四書大全》當作博取功名的教科書,而沒有更深入理會與實踐它的"經世致用"的大道的,即是通過所闡發的儒家之道,也即是孔、孟之道。名世不也是講求"史法"的歷史學家嗎?明代中季以"空疏"的陸、王之學,而衰朽、糜亂,清初顧、黃、王等人,起而振之以程、朱,及鄭、馬,這也符合物極必反的客觀規律。統治者如明武宗正德皇帝的荒淫無恥,千里尋妓,士大夫如王學的末流,醉生夢死,袖手談"心",怎麼能夠不發人深思促之猛省呢?何況清帝又把程、朱之學當作了統治思想。

名世既以儒家的程、朱為正宗,連"束書不觀",未以"六藝為根柢"的"王學"都予以排拒,那麼,對於方外的佛、老,豈有不更加鄙棄之理?他說:佛是乘中國氣虛之際而滲入的,"其言荒唐不可致詰"。可是它托為"天人性命"的"理學",蠱惑了中國的士大夫。尤其荒謬的是它的"輪回生死"之說,迷信了許多老百姓(見《老子論》)。所以最大的禍患,不在於虛妄的"佛之佛",而在於"叛聖媚佛"的"儒之佛"。前者易去,後者就難了。(語見《闕里紀言序》)說到這裏,我們應該知道,近世以來,明太祖朱元璋就是出身寺院虔心事佛的,得了天下更加闡揚。清初世祖福臨也是篤信禪宗的，曾多次巡幸佛教聖地五臺，參拜寺廟延見僧人。上有好者下必有甚，還怪居士增多參禪趺坐嗎？更不要說"指佛穿衣賴佛吃飯"之輩了。

道家也是一樣。戴名世說，孔子時的老子，曾經問過禮的道家之祖，不過是位"隱君子"，觀其出處行藏，非有謬於聖人。他的書，不過是"哀斯人之愚迷，而自道其淡泊無為之意"，其大旨只在指稱"恃法則法亡，爭功則功去，不知足者召禍，可欲者喪身，靜可以觀動，柔可以克剛，其於禍福之相倚，盈虛之相越，天道人事得失，諄諄乎反復言之，而深切不見其有謬戾聖人"的地方（《老子論》）。成問題的是秦漢以後，道家之徒如張魯、張道陵等，"築宮室以祀之，刻木以象之，造立鬼神名字，而自異其衣冠，往往祈禱賽請"，依仿佛家，說這才是老子呢，簡直把老子冤苦啦，叫他萬世不得翻身。名世最後說，這哪裏是老子的罪過！（同上）。因之我們也不能忘記，遠在唐、宋時代，那唐明皇李隆基，不就喜歡道士，修建宮觀嗎？死後還被諡為"玄宗"，其他可知了，就說大詩人李白、王維等人吧，不都自稱居士，甚至"受籙燒丹"哩。宋代更是：從太祖趙匡胤開始，即不斷地跟道士陳搏打交道。他的六代孫徽宗趙佶，竟自號"道君皇帝"了。大文人如蘇軾、黃庭堅等道家朋友都不少，有的朝臣還以罷官得主道觀為幸哪。說到這裏，使我們很自然地聯想到韓愈《原道》的攘斥佛、老，特尊孔、孟，不又是戴名世等桐城前輩"文宗昌黎、學重紫陽"的所從來嗎？"文以載道"，是不是可以看作"文學"乃哲學思想史學紀實的登錄本呢，雖然它是經過藝術加工的。

總之，"明道治世"，戴名世是從宏觀歷史中得來的，這種經驗自然偏於本本主義，但是微觀到了程、朱之學，尤其是《四書大全》，那便不單純倚靠於文字的注疏記載了，還有耳濡目染躬自體察於社會生活中的。這裏面必不可免的要包括著政治思想、倫理行為和文藝工作。所以迫使他在囹圄之內命在旦夕之際,還矻矻不已地校訂《四書大全》,其志誠不可及。可以說已經"超凡入聖"啦。儘管他未能減死備用,我們也不該以成敗論英雄,不該只說他是為了維護封建統治政權的,那不是歷史唯物主義的態度,是庸俗的社會學。所以他在哲學思想上,也為桐城派開了一個很好的頭,方苞就直接受了他的影響,"學行程、朱"。

戴名世博學多才,馳騁古今,貫穿上下,即在古文理論上也有獨到的見解,成一家之言。他的思想核心,可以"率其自然而行其所無事"(《李潮進稿序》)一語概括起來。再變換個口氣說,就是信手拈來即成天籟。此非文藝修養已臻化境爐火純青左右逢源的作者如戴名世,是談不上的。因為這個"自然"可不簡單,先有其客觀的存在,才可有主觀的反映,這主、客觀一結合,便"萬物皆備於我,無入而不自得"了。他還說,這是一條經驗,古人自左(丘明)、莊(周)、馬(司馬遷)、班(固)以來,都遵循著的一種規律,是寫作古文的法則。以此為中心,首先是"言有物"了,其次便是"言有序",有物有序,其辭必達,三者聯立文遂以成。名世解釋"言有物"道:

> 君子以言有物而行有恆,夫有所為而為之之謂物,不得已而為之之謂物。
>
> 近類而切事,發揮而旁通,其間天道具焉,物理昭焉,夫是之謂物也。
>
> (《答趙少宰書》)

這說得很明白,就是要文章的內容充實。無論天道、人事、物理,都須通過寫作的藝術予以表現。"修辭立其誠","辭達而已矣","明聖人之道,窮造化之微,而極人情之變態"(《與劉大山書》),"君子非自成而已也，所以誠物也"（《禮記·中庸》）。用現代的話說，就是真實地反映社會的現實，及作者自己的感受。為情造文，天人合一，所以又說"不誠無物"（這"誠"當然也可以作為作者的"修養"看待）。

再談談戴名世的"言有序"，就是他創作古文的方法，如何使形式和內容高度地結合起來的問題。如前所言，名世向來是主張：文章乃渾然一體不可分割的有機結構，千變萬化未始有法。蘇軾所謂"如行雲流水，初無定質，其馳騁排蕩，離合覆滅，有不自知其所以然者。既成視之，則章法井然，血脈貫通，回環一氣，不得指某處為首，某處為項，某處為腹，某處為腰，某處為股也"（《小學論選序》）。就是說，惟其無法所以無乎不在，這才是辯證的統一呢。於是單純注重形式而又僵化其思想的"八股文"（即時文），便不能不予以改造了。改造得它思想活潑，經世致用，搖曳多姿，引人入勝，才夠得上美哪。所以他說：

　　道一而已，而法則有二矣。有行文之法，有御題之法，御題之法者，相其題之輕重緩急，審其題之脈胳腠理，佈置謹嚴而不使一毫髮之有失，此法之有定者也。

　　至於向背往來，起伏呼應，頓挫跌宕，非有意而為之。所云文成而法立者，此行文之法也，法之無定者也。

　　道與法合矣，又貴其辭之修焉。辭有古今之分，古之辭左、國、莊、屈、馬、班，以及唐、宋大家之為之者也。

　　今之辭則諸生學究懷利祿之心胸之為之者也。其為是非美惡，固已不待辯而知矣。

　　　　　　　　　　　　　　　（《己卯行書小題序》）

名世此中之所謂"道"，即是具載於《四子》之書的儒家之學，孔孟之道。它是體現於文章的思想內容、亦即前面介紹過的"言有物"，而

"法"則是指文章的結構方法,如起、承、轉、合之類。至於"辭"則說的是文章的語言,自以"清新明快"為上,"陳辭濫調"不受歡迎。"道、法、辭"這三位一體不可分割的文章之學,既是創始人方苞"言有物、言有序"的濫觴,又未嘗不是姚鼐"義理(思想)、辭章(藝術)、考據(方法)三者不可偏廢"的前驅。無論漢學、宋學,還是明學,誰能說個"不"字? 就是今天看來,也有其參考的價值的。當然,道其所道,非吾所謂道也。從思想內容上講,我們現在並不尊重孔、孟之道,更不要說《四書大全》了。

第二章　創始者　方　苞

　　方苞作為桐城派的創始人，這是沒有異議的，因為他在古代散文的發展史上取法韓、歐，規模熙甫，友於名世，而有其一系列的成長跡象的，就是說，古文到了他的手裏，已經通順簡明因時變易，載道言志純真樸實了。在清代自康、乾以來二百多年間，派系巍然，影響深遠，允稱文壇獨霸垂裕後昆啦。這事毫不奇怪，曹丕云：“文章經國之大業，不朽之盛事。”歷代的封建統治者，有誰能夠不用它幫忙幫閒反映功令呢？何況以方苞為首的桐城作家們，從根本上說，都是積極地供奉王朝相與始終哪。他們不止“文章華國”，而標榜“學行程、朱”，即其明證。

　　自然，我們是歷史唯物主義者，要有兩點論的看法。因之，對於方苞，也應該充分肯定他在行誼上的隱忍篤實，古文上的敢於鬥爭之處。尤其是“南山集獄”後的表現。例如，他之倖免於死，首先是由於頗有文名，為康熙帝所知。又能義孝為大學士李光地所識之故。編籍為奴以後，依舊認認真真地寫作，辛辛苦苦地整理文獻，意態並未消極。特別是不忘故友，敢為戴名世之《潛虛先生文集》作序；敢於揭發當時官吏之貪枉，監獄的黑暗，以及法律的嚴酷。此外，他還能夠接近李塨、劉言潔、王崑繩等畸行之士，與之往返討論學術，延攬劉大櫆、沈廷芳、王兆符等為弟子，傳授義法，光大桐城，有始有卒，不愧為豪傑、文宗。

　　按方苞字鳳九，一字靈皋，晚年自號望溪，學者稱望溪先生。江南安慶府桐城縣人。清聖祖康熙七年（1668）生於六合之留稼村的一個書生家庭裏。祖幟，歲貢生，有文名，曾作蕪湖、興化等縣的縣學教官。

24

父仲舒,字南董,號逸巢,國子監生。好讀書,心地開朗,是個詩人,有作品三千餘首,以隱逸著稱。兄舟,字百川,長於苞三歲,寄上元縣籍廩貢生。孝友好學,制舉文很有名,亦善古文。弟林,字椒塗,能時文。兄及弟俱早卒(據蘇惇元《方苞年譜》)。

方苞十歲時即隨兄讀經書、古文,由於家境清寒,有時一天只能吃一頓飯,也堅持學習,並開始作時文,聽兄講說《經書注疏大全》,相與辨別質疑,並博覽經、史、百氏之書。其後兄往蕪湖祖父學署,父又口授經書、古文,已能背誦《五經》。十九歲由父攜歸安慶應試,但至康熙二十八年,方苞二十二歲時,始補桐城縣學弟子員(即秀才)。後來他自己追記這一時期的學習與生活的情況道:

> 先世雖世宦達(按苞之高祖大美,萬曆進士,官至太僕寺少卿。曾祖象乾,明恩貢生,官按察司副使。明季避亂從桐城遷江寧府上元縣),以亂離焚剽去其鄉縣,轉徙六棠荒谷之間。生而饑寒,雜牧豎,朝夕蘇茅汲井以治饔飧。未能專一幼學,優遊浸潤於先王之遺經。
>
> 及少長,則已操筆墨奔走四方以謀衣食,或與童蒙鉤章畫句、嗷噪嚶嚶。或應事與俗下人語言,終日昏昏,憊精苦神。其得掃除塵事,發書翻覆者,日不及一二時。
>
> (《與萬季野先生書》)

這說明方苞的青少年生活是相當艱苦的:拾柴、擔水、燒飯、搞家務勞動,有時還吃不上飯。但他卻能堅持學習,日益精進。考取了秀才以後,則奔走四方以教讀糊口,情況並未好了多少。在這前後,他的祖父逝世,弟林也告夭亡,喪葬頻仍,家道益落。廿三歲時應鄉試也未被錄取,遂北遊京師。前輩李光地(理學家,後為清廷大學士)看了他的文章,驚為"韓、歐復出",說是"北宋後很少見"。古文家姜宸英也說:"此人,吾輩當讓之出一頭地。"在京並得識戴名世、劉言潔、王崑繩等,相與為友。老歷史學家萬季野,也降齒為忘年交,還勸告方苞不要只作古文。萬季野說:

> 子於古文信有得矣,然,願子勿溺也。唐、宋號為文家者八人,其於道粗有明者,韓愈氏而止耳。其餘則資學者以愛玩而已,於世非果有益也。(《方望溪全集十二·萬季野墓表》)

萬季野乃當時的大史學家,又是黃宗羲的高足弟子,人得一言以為榮。瞧得起方苞,對苞的學業有所指導,他還有個不接受的嗎?所以他表示自己"輟古文之學而求經義自此始"(同上),並有書信給萬季野道:

> 僕性資愚鈍,不篤於時,抱章句無用之學偓促塵埃中,是以言拙而眾疑,身屯而道塞。獨足下觀其文章,察其志趣,以謂並世中明道覺民之事持有賴焉,此古豪傑賢人不敢以自任者,昧劣如某,力豈足以赴其所志邪?某於世士所好聲華棄猶泥滓,然辱足下之相推,則非唯自幸而又加怵焉。(《與萬季野先生書》)。

萬季野雖宗黃梨洲卻不偏袒陸、王,他說:"朱子道,陸子禪。"(《恕谷後集六·萬季野小傳》)對於當時兩派的論爭始終不參加。季野而外,劉拙修、劉言潔,也是促使方苞研究義理的朋友。而且苞的歸向程、朱,二劉才是真正的誘導者呢。方苞說:

　　僕少所交多楚、越遺民，重文藻喜事功，視宋儒為腐爛。
用此，年二十，目未嘗涉宋儒書。及至京師交言潔與吾兄，勸
以講索，始寓目……乃深嗜而力探焉。(《與劉拙修書》)

　　方苞尊奉程、朱，可從他治經看出。《江寧府志》說他“論學一以
宋儒為宗，說經之書，大抵推衍宋儒之學而多心得”是不錯的。如《周
官辨序》云“凡人心之所同者，即天理也”。“《周官》晚出，群儒多疑其
偽，至宋程、張二子及朱子繼興，然後知是書非聖人不能作。蓋惟三子
之心幾乎與公(周公)為一，故能究知是書之所蘊，而得其運用天理之
實也”。按“人心所同即天理”，此乃純然程、朱之言。說三子與周公
一心，結語並說予以“辨正”是在“志承三子”，效法孟軻，豈非昭然以
“道統”自繫之語？又如《文昌孝經序》云：

　　　　自戰國秦漢以來，士君子之族，正誼明道而不雜於功利，
　　千百年數人而已。北宋諸儒之興，始卓然有見於人性之本，
　　而深探先王以道立民之意。其言善之當為，未有及其利者
　　也。言不善之當去，未有及其害者也。使人皆得其利以為
　　善，惡其害而不為不善，則世亦可庶幾於治。而君子之為說，
　　斷然不出於是者。

　　按從漢儒董仲舒起，就抽象地把“道、義”和“功、利”對立著看待，
這是有問題的。《周易·乾卦》“元、亨、利、貞”並列。《文言》更曰：
“利者，義之和也”，揆之經典未嘗有誤。包括孟子“義利”之辯在內，
不過各有其歷史條件而已，未可絕對視之。就是說，是非、善惡、功利
的標準，即在整個的封建社會裏頭也不是一成不變的。主觀唯心的看

27

法,怎麼能夠定立？所以,宋儒眼中的"功利"與"義理","天理"和"人欲"不能兩存之說,無法使人信服,於是"窮理盡性"為方苞之所服膺者,也就難乎為言了。但在姜宸英(西溟)、王崑繩(源)和方苞討論學行的時候,苞所強調的還是"學行繼程、朱之後,文章介韓、歐之間"(見王兆符所寫的《方望溪文集序》)。

方苞在三十二歲以前,曾在涿州(今河北省涿縣)教讀三年。康熙三十二、三十五兩年之秋,兩應順天鄉試,俱報罷,遂南歸。至三十八年,始發解江南,鄉試第一,但試禮部又不第。四十年冬,兄方舟病逝,死前盡焚手稿。四十二年,再試禮部,仍不第。始交顏、李學派鉅子李塨(恕谷),與論格物不合。原來康熙年間,程、朱之學雖然盛行天下,畢竟還有不滿現狀別尋出路的學派產生出來,它是什麼呢？即是當時突起北方的"主動主義"的顏、李學派,顏是直隸(今河北省)博野的顏元(習齋,1635—1704)。李是同省蠡縣的李塨(恕谷,又字剛主,1659—1733),顏李學派便是這兩人共同開創的。

顏元的出身很寒微,他是人家一個養子的兒子。對於當時的名士,認識的也不多,因為他的一生大半都在鄉下生活。李塨則常往來京師,結納時賢,遇人便講習齋之學,所以顏學得以昌大,實賴李塨之力。因之,李塨雖是顏元的弟子,論者卻並稱為顏李學派,顏元和李塨都是埋頭苦幹不尚空談的人。顏元"忍嗜欲,苦筋力,以勤家而養親。而以其餘習六藝,講世務,以備天下國家之用"(《望溪文集十·李恕谷墓誌銘》)。李塨"食粗衣垢,繭手塗足,入其廁,矢堆糠秕"(《恕谷後集三·甲午如京紀事》),承習齋教以躬行為先。

他們不只反對陸、王,同時也反對程、朱。顏元說:"陸、王之學,充其極致只是'無事袖手談心性,臨危一死報君王'。"李塨說:"宋後二氏學興,儒者浸淫其說,靜坐內觀,論性論天,與夫子之言一一乖反,而至於扶危定傾,大經大法,則拱手張目,授其柄於武人、俗士。"(《恕谷後集三・與方靈皋書》)他們更反對程、朱、陸、王的"主靜"。顏元說：
"主靜有大害二：一是壞身體，終日兀坐書房中，萎惰人精神，使筋骨皆
疲軟，以至天下無不弱之書生，無不病之書生。生民之禍，未有甚於此
者也。"(《朱子語類評》)二是損神智，為愛靜空談之學久，則必至厭
事，遇事即茫然，賢豪且不免，況常人乎？故誤人才、敗天下之事者，宋
人之學也。"(《年譜卷下》)

他們針對"主靜"，提出一個恰恰相反的"主動"。顏元說："常動
則筋骨竦，氣脈舒。"(《言行錄下・世性編》)又說："人心動物也，習於
事則有所寄而不妄動。"(同上，《剛峯篇》)又說："身無事幹尋事去幹，
心無理思尋理去思。習此身使勤習此心使存。"(卷下《鼓琴篇》)顏元
最後並為"主動"抄下了一個有力的結論道：

> 五帝、三王、周孔，皆教天下以動之聖人也，皆以動造成
> 世道之聖人也。漢、唐襲其動之一、二，以造其世也。晉、宋
> 之苟安，佛之空，老之無，周、程、朱、邵之靜坐，徒事口筆，總
> 之皆不動也。而人才盡矣，世道淪矣！吾常言：一身動則一
> 身強，一家動則一家強，一國動則一國強，天下動則天下強。
> 自信其考前聖而不謬，俟後聖而不惑矣。(同上，《學須篇》)

"動"是什麼？它是生態、變化、轉移、成長、工作。整個的物質世
界、精神世界，都是動盪不居瞬息萬變的。國無古今民無中外，不動怎
麼能夠適應自然的規律，客觀的存在呢，所以顏李學派這個"主動主
義"是很唯物的。無論從宇宙論、人生觀，生理、心理、物理學任何方面
講，都是頗為精到的。方苞雖然沒有接觸過顏元，但和李塨的友誼甚
厚。兩人一見便要爭論學術問題，方苞且是常常折服，儘管他不曾歸
向顏李學派。

康熙四十五年,方苞三十九歲時始捷南官,成進士第四名。可是臨近殿試,以母疾,急歸不預,聞者惜之,以朝論推為第一也。越歲冬,父卒。康熙五十年,方苞故友編修戴名世《南山集》案發,方苞以集序列名被逮入江寧獄。未幾,又解至京師刑部獄。苞在監內著述不絕:一方面反對科舉和八股文,說它"害教化,敗人才","制義尤甚"(《何景桓遺文序》);另一方面鑽研《禮記》的"論說",著《禮記析疑》。同繫的人把稿子摔在地上說:"命在旦夕了,還寫這個幹什麼?"方苞答曰:"朝聞道,夕死可矣。"繼續寫作《喪禮或問》等文。五十二年獄決,戴名世被殺,戮方孝標屍。方苞以李光地力救,免死為奴。遣人迎母至京侍養。李塨來唁,愴然互拜。

方苞謝曰:"苞乾坤罪人! 老母病癱,不能頃刻離,而苞必不能常侍,怎麼好呢?"李塨問起案情,方苞說:"田有文不謹,序文也是他作的,我不知道。"李塨說:"這是有了名聲的關係,現在好了,平安無事。"又相與論《禮》。方苞自我批評甚力。李塨曰:"自訟甚善。《儀禮》云:'夙興夜處,小心畏忌。'今舉族北首,老母流離,身陪西市,幾致覆宗,其與居喪常變又不一樣了。"方苞又說:"王崑繩分析我遇事不能隨機應變,即或可以動心忍性也沒有用處。說:'不能辦事,幼習程、朱之過也。豈迂腐非變故所能移歟?'"最後李塨告以"順變解憂,可免災禍,要跟常人不同"。方苞起謝(略見《恕谷後集》三·《甲午如京紀事》)。

李塨一向是愛重方苞的,說他"篤內行而又望高遠志,講求經世濟民之猷,沉酣宋、明儒說。文筆衣被海內,而於經、史多心得。"說"私心傾禱"可以"樹赤幟以張聖道"的人非苞莫屬。並與苞論"格物"之道云:

> 《周禮》人方疑為偽書,何有三物? 但門下不必作《周

禮》三物觀(按其他二物為《儀禮》《禮記》)。惟以仁、義、禮、智為德,子、臣、弟、友、五倫為行。禮、樂、兵、農為藝,請問天下之物,尚有出此三者外乎?吾人格物尚有當在此三物外者乎?即雜以後世文章講誦,亦祇發明此三者耳。格物之物非三物而何?

吾儒明德親民之學止於至善,乃尊於農、工、商而為士之職也。試觀宋儒用佛門惺惺法(靜坐慧悟也)閉目靜坐,玩弄太極,探躐性天內地,不雜於二氏乎?終日章句吾伊,經濟安在?

當日方苞雖然有所領悟,說"朋友之間遇有問題,頂好是當面討論"。李塨也重申了"果可脫去舊轍,剖明聖道與否?"之至意。方苞只漫應之而不果行。李塨對於方苞之加入顏李學派為什麼這樣地殷切呢?原來顏、李成派未久,便儼然與程、朱這等老資格的學派對立,未免力量單薄,方苞乃一時人望,得之足以光耀宗學。沒有想到"徒勞"了。苞後來給李塨的回話,竟是強詞奪理而且還有投石下井詛咒人身之處。《與李剛主書》云:

竊疑吾兄承習齋顏氏之學,著書多訾謷朱子。習齋之自異於朱子者,不過諸經義疏與設教之條目耳:性命倫常之大源,豈有二哉?此如張、夏論交,曾、言議禮,各持所見而不害其並為孔子之徒也。安用相詆訾哉?

《記》曰:"人者,天地之心。"孔、孟以後,心與天地相似而足稱斯言者,舍程、朱而誰與?若毀其道,是謂戕天地之心,其為天之所不佑,決矣,故自陽明以來,凡極詆朱子者多絕世不祀。僕所見聞,足可指數。若習齋、西河(按為毛奇齡，經學家），又吾兄所目擊也。

（《望溪文集五》）

這是在李塨長子習仁夭亡之時，苞給塨的一封信。他把"主靜"的程、朱與"主動"的顏、李等量齊觀，認為根本無二，這已屬武斷；又說不與程、朱同心者便斷子絕孫，這有點乘人之危，已非學者應有的態度（在這一點上，方苞對業已死去的好友戴名世，也有類似的說法，認為非議程、朱的人，不會後代美妙）。儘管如此，李塨還是念念不忘的。李塨在《復惲皋聞書》中還說：

> 方子靈皋文行踔越，非志溫飽者。且於塨敬愛特甚，知顏先生之學亦不為不深，然且依違曰："但申己說，不必辨程、朱。"揆其意，似諺所謂"受恩深處即為家者"。則下此可知矣。（《恕谷後集》四）

李塨而外，方苞的另一好友，王崑繩（源）也曾幫助顏、李，勸苞歸向"顏李派"。望溪說：

> 吾求天下士四十年，得子與剛主。而子篤信程、朱之學，恨終不能化子，為是以來。留兼旬，盡發程、朱之所以失，習齋之所以得者。余未嘗與之爭。將行，憮然曰："子終守迷，吾從此逝矣！使百世以下聰明傑魁之士，沉溺於無用之學而不返，是即程、朱之罪也！"余作而言曰："子之言盡矣，吾可以言乎？子毋視程、朱為氣息奄奄。人觀朱子《上孝宗書》，雖晚明楊（漣）左（光鬥）之直節，無以過也。其備荒浙東、安撫荊湖，西漢趙（廣漢）張（釋之）之吏治，無以過也。而世不以

32

此稱者,以道德崇宏,稱此轉渺乎其小耳。(《望溪文集十·
李剛主墓誌銘》)

按顏、李、王、程(廷祚)都是"顏李學派"了不起的人物。他們在
康、雍之際,不應試,不受聘,不作官,不交結權貴,不崇拜理學,獨立不
倚地精勤不怠地搞生活,作學問,以勞動為至高無上的美德,不可謂非
豪傑之士。即以顏元而論,他只是耐艱苦,重實踐,喜歡從勞動中探索
出來的道理,不大注意書本上的知識。他說:"讀書愈多愈惑,審事機
愈無識,辨經濟愈無力。"(《朱子語類評》)說:"率古今之文字,食天下
之神智。"(《四書正誤》四)說:"以讀經史,訂群書,為窮理處事以求道
之功,則相隔千里。以讀經史,訂群書為即窮理處世,而曰道在是焉,
則相隔萬里矣!"(《存學篇》卷二·《性理書評》)他甚至說,讀書乃是
"服砒霜","僕亦吞砒人也,耗竭心思氣力,深受其害,以至六十餘歲,
終不能入堯、舜、周、孔之道"(《朱子語類評》)。李塨受了本本主義的
影響,稍稍從事著作。顏元還告誡說:"今即著述盡是,不過宋儒為誤
解之書生,我為不誤解之書生耳,何與儒者本業哉?"(《年譜》下)真是
石破天驚非同凡響!

方苞對此,表面上雖不贊同,骨子裏也並不反對。這從王、方兩家
易子而教:方苞長子道章以苞命學於李塨,王源的兒子王兆符也自幼
年即師方苞,可以窺見。只是下面的一段記載,就頗有問題了。方
苞說:

余出刑部獄,剛主來唁。以語崑繩者語之,剛主立起自
責,取不滿程、朱語載經說中已鏤版者,削之過半。因舉習齋
《存治》《存學》二編未愜余心者告之,隨更定。曰:"吾師始
教,即以改過為大。子之言然,吾敢留之為口實哉?"

33

现代學者梁啟超最不相信,啟超說:"恕谷卒,方不俟其子孫之請為作墓誌。於恕谷德業一無所詳,而唯載恕谷與王崐繩及方論學同異,且謂恕谷因方言而改其師法。恕谷門人劉用可(調贊)說:"方'純構虛辭,誣及死友'"云。(《中國近三百年學術史》頁一七四)梁啟超接著還結合《南山集序》的事一起說方苞:"他是一位大理學家,又是一位大文豪。他曾替戴南山作了一篇文集的序,南山著了文字獄,他硬賴說那篇序是南山冒他名的。他和李恕谷號稱生死之交,恕谷死了,他作一篇"墓誌銘"說,恕谷因他的忠告背叛顏習齋了。(同上,一六七頁)這自然要算方苞的"白玉之玷"了。梁啟超也曾分析清代之初,為什麼程、朱之學如此亨通的原因說:

清初依草附木的,為什麼多跑朱學那條路去呢?原來滿洲初建國時候,文化極樸陋。他們向慕漢化,想找些漢人供奔走。看見科第出身的人,便認為有學問。其實這些八股先生,除了《四書大全》《五經大全》外,還懂什麼呢?

入關之後,稍為有點志節、學術的人,或舉義反抗,或抗節高蹈,其望風迎降及應新朝科舉的,又是那群極不堪的八股先生,除了《四書集注》外,更無學問。清初那幾位皇帝,所看見的都是這些人。當然認為這種學問便是漢族文化的代表。

程、朱學派變成當時宮廷信仰的中心,其原因在此。古語說:"城中好高髻,四方高一尺",專制國帝王的好尚,自然影響到全國,靠程、朱做闊官的人越多,程、朱旗下的嘍囉也越發多,況且掛著這個招牌,可以不消讀書,只要口頭上講幾句格物窮理便夠了。那種謬為恭謹的樣子,又可以不得罪

人,恰當社會人心厭倦"王學"的時候,趁勢打死老虎,還可以
博衛道的美名,有這許多便宜勾當,誰也不會幹呢?

(同上,一六五——一六六頁)

另外,對於方苞來講,還要加上一點:一個編籍為奴的文人,怎敢
不照著皇帝、主子的意旨辦事? 相形之下,這"顏李學派"諸人,就出
色、偉大得多了。梁啟超所見不差。陸桴亭、陸稼書、李光地,都是這
般"應運而生"的大人物。而且不能忘記,正是李光地保下了方苞及其
族人的性命的。

本來從清人入關大兵南下以後,那種"揚州十日"、"嘉定三屠"的
血腥鎮壓,已經深深地植根於明代遺民的腦海裏頭。有決心有勇氣的
人自然要起義對抗拼個死活。怕事的自了的人,也要逃亡遁跡以避斧
鉞。但是,怨怒填膺不免流露於口頭紙上,戴名世的《南山集》《孑遺
錄》便是典型的代表。就是方苞,不是也有《左忠毅公逸事》嗎?"逸
事"中的史可法是甚等樣人? 督師揚州抗擊清兵的主帥嘛。一個軍事
上政治上的死對頭,方苞竟敢大書特書他的忠烈,念念不忘他的繼承
事業,我看這同戴名世的動用南明年號,沒有什麼差別,都是緬懷前
朝的。

苞在少年,本來也是一個豪邁之士。他自己說:"少誦書史,竊慕
古豪傑賢人。"(《文集·與白玫玉書》)他的朋友除名世外,還有"少以
雄豪自處,短衣厲飾,惟恐見者知為儒生"(《卷十,《劉古塘墓誌銘》)
的劉古塘。"喜任俠,言兵,所心慕者,獨漢諸葛武侯,明王文成(即王
陽明守仁)"(《文集十·四君子傳》)的王源(崑繩)等,都是卓特的人
物。他的父兄有鑑於此,未嘗不諄諄告誡他,要他莫干進,少出頭。例
如父仲舒韜光養晦,不求聞達,本是詩人有作品三千餘首,可是連集子
都不肯刻印。並常常對苞說:

　　凡文章如候蟲時鳥,當其時不能自已耳!百世千秋之
後,雖韓、杜作者,以為出於其時,不知誰何之人,獨有辨乎?
且諺曰"人懼名,豕懼壯",爾其戒哉!(《集外文卷四·跋先
君子遺詩》)

　　方苞的哥哥方舟(百川),是八股文的高手,但卻家居侍親不去投
考,也對苞關懷備至,勸苞不要輕出干名。言傳身教,可謂極致,怎
奈苞氣壯心雄,未以為意,遂致泥首囹圄,辱身廁役。出獄之後,還
能有《獄中雜記》之作,《潛虛先生文集》之序,鍥而不捨,終不失楚、
越遺民之風,避名責實,應該算對得住老朋友。塞翁失馬,安知非
福。還應該說,方苞這個奴隸,可是與眾不同的高等"奴才":入直南
書房,供應暢春園,制禮定樂,跟皇帝直接打交道,還教讀皇子,扈蹕
熱河行宮,當上了武英殿總裁。世宗雍正即位,又蒙特赦全族回家
祭祖省墓。刻印所編文集,並推薦"博學鴻詞科"候選人,得升官為
內閣學士兼禮部侍郎。

　　桐城派古文,可以說是文從字順,通俗充實,準確有法,清新流暢
的文體。它既總結了自唐、宋八家以來的經驗,有所繼承,又規撫了明
代歸有光的文風"疏淡簡潔"。更重要的是他們為中國古代散文提出
了創作上的方法論,也可以說是藝術內在的規律性:有物有則,抒發性
靈,說自己的話;使人易懂,為情造文,完成它的宣傳任務;越來越接近
於語體文的境界了。"履霜堅冰至,其所由來漸",誰都知道清末民初
的"新文學運動"不是從天上掉下來的。換句話說,通俗清順的古文已
經給它墊了底兒啦,起碼從散文發展的角度上看是這樣的。因此具體
到它的奠基人方苞,不能不先弄清楚他的"義法"到底是怎麼回事,內
包外延究竟如何。

按"義法"就詞的含義上說,應該包括內容和形式兩方面。因此"義"可以解釋作思想內容,而"法"自然就是辭章形式了。按照方苞自己的說法是:"義,即《易》之所謂'言有物也';法,即《易》之所謂'言有序'也。義以為經而法緯之,然後為成體之文。"(《望溪文集二·書貨殖傳後》)他還說,這"義法"《春秋》就講求,是司馬遷首先發現的,後來對文章學有研究的人,也都重視它(同上)。為什麼方苞要說"自太史公發之"呢? 原來《史記·十二諸侯年表序》有"孔子次《春秋》,上記隱,下至哀公之獲麟,約其文辭,治其繁重,以制義法,王道備,人事浹"的話,《春秋》是中國第一部褒貶人物衡定是非、記言記事言簡意賅的史書,司馬遷尤而效之以為史法是很有見地的。方苞繼之,以司馬遷為師,上溯《六經》、諸子,中取唐、宋八家,近規歸、萬、名世,自成體系,源遠流長,在"義法"之創立上說,可以認為是集成者了。他說:

> 蓋古文所從來遠矣!《六經》《語》《孟》其根源也。得其枝流而義法最精者,莫如《左傳》《史記》,然各自成書,具有首尾,不可以分剗。
>
> 其次《公羊》《穀梁傳》,《國語》《國策》,雖有篇法可求,而皆通紀數百年之言與事,學者必覽其全而後取精焉。
>
> 惟兩漢書疏及唐、宋八家之文,篇各一事,可擇其尤而所取必至約,然後義法之精可見。

這當然是就文章的整體說的,其形式與內容都包括在內了。《六經》為極則,子史是正宗,八家擇尤取約,可謂深通典籍出入自由之談。他在《古文約選序例》中,又分別予以排比道:

一、古文：周以前書皆是。先秦、盛漢，辨理論事質而不蕪者亦是。

二、正宗：《三傳》《國語》《國策》《史記》，皆自成一體，須熟讀全書，辨其門徑，得其津梁，以窮盡其精蘊。

三、旁參：周末諸子，精深宏博，漢、唐、宋文學皆取精焉。但其著書主於指事類情，汪洋自恣，不可繩以篇法，體制亦可別。

四、漢文：西漢武帝以前文：生氣奮動，倜儻排宕，不可方物，而法度自具。昭、宣以後，則漸覺繁重滯澀。今觀其書疏、吏牘，類皆雅飭可誦。

五、史冊：子長《世表》《年表》《月表》序，義法精深變化。退之、子厚讀經子，永叔“史志”，論其源並出於此。孟堅《藝文志·七略序》淳實淵懿。子固序“群書目錄”，介甫序《詩》《書》《周禮》，其源並出於此。

六、志銘：退之、永叔、介甫，俱以銘志擅長，但序事之文，必法備於《左》《史》。退之變《左》《史》之格調而陰用其義法，永叔摹《史記》之格調而曲得其風神，介甫變退之之壁壘而陰用其步伐。

方苞的最後一條，依舊是：“《易》《詩》《春秋》及《四書》，一字不可增減”，固守藩籬，稱為“文之極則”，這就未免太過了。因為，他認為：“南宋、元、明以來，古文義法久已不講。吳、越間遺老尤放恣，或雜小說，或沿翰林舊體，無一雅潔者。”（見《沈傳》書後、蘇撰《年譜》）他甚至主張：“古文中不可入：語錄中語，魏晉六朝人藻麗俳語，漢賦中板重字法，詩歌中雋語，南北史佻巧語”（同上）。清規戒律之所以這樣多，是他主張古文只能“醇謹樸實”，俚俗不得也俏麗不得。但又要求

38

"清真古雅",不露陳言,不准摹擬。而"清真古雅"亦必須從經史諸子及唐宋文集中找根源。他說：

> 清非淺薄之謂,五經之文,精深博奧,津潤輝光,而清莫過焉。真非直率之謂,左、馬之文,怪奇雄肆,釀郁斑爛,而真莫過焉。
>
> 歐、蘇、曾、王之文,無艱詞,無奧句,而不害其為古。管夷吾、荀卿、《國語》《國策》之文,道瑣事,述鄙情,而不害其為雅。
>
> 至於質實而言有物,則必知識之高明,見聞之廣博,胸期之擴大,實有見於義理,而後能庶幾焉。是又清真古雅之根源也。
>
> (《集外文八‧禮闈示貢士》)

他這又是在泛覽博觀的基礎上,去粗取精,去偽存真。所以能夠由表及裏由此及彼地提出問題、解決問題,反復說明一再交待。如《進四書文選表》中又說："欲理之明,必溯源《六經》而切究乎宋、元諸儒之說。欲辭之當,必貼合題意而取材於三代兩漢之書。欲氣之昌,必以義理灑濯其心而潛反復於周、秦、盛漢、唐、宋大家之古文。"方苞說："兼是三者,然後能清真古雅而言皆有物。"於是總結出來了,曰"理",曰"辭",曰"氣"。既須區別對待,又要綜合一體。其唯一的目標,即在"言有物,言有序"。因之"義法"定立了。方苞對於古文雖有這等精萃的理論,桐城派以外的學者如錢大昕(1728—1804)等還有異議。錢大昕雖亦讚揚方苞之文"波瀾意度頗有韓、歐陽、王之規撫,視世俗兀蔓猶雜之作,固不可同日語"以後,竟說方苞並不懂得古文的"義法"。錢大昕說：

39

惜乎其未喻乎古文之義法爾！夫古文之體,奇正濃淡詳略本無定法,要其為文之旨有四:曰"明道",曰"經世",曰"闡幽",曰"正俗"。有是四者,而後以法律約之,夫然後可以羽翼經史,而傳之天下後世。

六經三史之文,世人不能好。間有讀之者,僅以供場屋餖飣之用,求通其大義者罕矣。至於傳奇之演繹,優伶之賓白,情辭動人心目,雖里巷小夫婦人,無不為之歌泣者。所謂曲彌高則和彌寡,讀者之熟與不熟,非文之有優劣也。

文有繁有簡,繁者不可減之使少,猶之簡者不可增之使多。《左氏》之繁,勝於《公》《穀》之簡。《史記》《漢書》互有繁簡,謂"文未有繁而能之者",非通論也。

"太公史"漢時官名,司馬談父子為之,故《史記》自序云:"談為太史公。"又云:"卒三歲,而遷為太史公。"《報任安書》亦自稱"太史公",公非尊其父之稱。而方以為稱"太史公曰"者,皆褚少孫所加。

《秦本紀》《田單傳》,別出他說,此史家存疑之法,《漢書》亦間有之,而以為後人所附綴,韓退之撰《順宗實錄》載陸贄《陽城傳》,此"實錄"之體應爾,非退之所創,方亦不知而妄譏之。

蓋方所謂古文義法者,特世俗選本之古文,未嘗博觀而求其法也。"法"且不知,而"義"於何有?昔劉原父譏歐陽公不讀書,原父博聞誠勝於歐陽,其言未免太過。若方氏乃真不讀書之甚者。

(《潛研堂文集冊三‧與友人書》)

錢大昕挑出來的幾點錯誤未嘗沒有道理,但遽謂方苞不讀書,而譏其所得為"古文之糟粕",亦未免太過。可見錢大昕所喜歡的不是明白曉暢通俗易懂的古文。那麼,當然也就否定方苞的古文時文化的義法了。漢學家和古文家的觀點不同麼?錢大昕自始至終就是譏笑方苞的空疏的。《跋方望溪文》引臨川李巨來的話來輕視方苞云:

> 望溪以古文自命,意不可一世。惟臨川李巨來輕之。
> 望溪嘗攜所作《曾祖墓銘》示李,才閱一行即還之。望溪恚曰:"某文竟不足一寓目乎?"曰:"然。"望溪益恚,請其說。李曰:"今縣以桐名者有五:桐鄉、桐廬、桐柏、桐梓,不獨桐城也。有桐城而曰'桐',後世誰知為'桐城'者?此之不講,何以言文!"
> 望溪默然者久之,然終不肯改,其護前如此。
> (《潛研堂文集·卷一》)

論文和說經一樣,不講究點兒"考據"的工夫,也就是實事求是的精神,是會出差錯鬧笑話的。"差以毫釐,謬之千里"。所以,錢、李之言也未可等閒視之。起碼是粗心大意吧,既然人家提了,改過來就是,護短便不對啦。馬平王拯(定甫)曾代方苞辯護說:"所示臨川李氏駁方氏說,良有所見,乃僕以為此微疵耳,豈得以寸朽而棄連抱之木乎哉?""夫文章不究其論說之是非,而徒斤斤於單詞只義之間以區為純駁,已遺其本而操其末矣。"王拯也反復地說:"徒省文而於文之本體無所大壞,此蓋弊之小者。"但,不管怎麼說,毛病是被人家挑出來了,桐城作家們不能不接受經驗教訓,這就是為什麼到了第三代姚鼐的手裏便添上了"考據"與"義理""辭章"並重的主意了。儘管他不是漢學家的"考據"，起碼不再推重偽《周官》了。

　　然而，不管怎麼說，方苞畢竟是一位古文大家，有為有守有物有序的桐城派創始人，這一點就是長於吹毛求疵的錢大昕也未能否認。因為我們只要打開《望溪文集》一看，便隨時可以發現純真古樸發人深思的散文。特別是記言記事的傳、序、志、銘，以及哀辭、墓表之類，都是遠學《左》《國》、馬《史》、班《漢》，近規韓、歐八家的。換句話說，就是饒有史法，載道言志之作。方苞也曾經是血氣方剛敢於鬥爭，頗有民族思想的吳、越之士麼，只是《南山集》獄發，編籍為奴以後，才不敢信口雌黃，再取滅亡而已。可是借題發揮皮裹陽秋的文字，實在也非少數，讓我們約略地介紹一下：

一、推崇名世，不忘故友

　　1.《潛虛先生文集序》云："余自有知識，所見聞當世之士，學成而並於古人者，無有也。其才可拔以進於古者，僅得數人，而莫先於褐夫。"（《潛虛先生文集》卷首）

　　生序其文，死後仍序其文，而且極口稱道，未嘗避免舊事重提，這是需要有點兒膽氣的。當時方苞的奴隸身份還不曾徹底解除麼。

　　2.《書先君子家傳後》云："此亡友宋潛虛作也，潛虛少時文，清雋朗暢，中歲少廉悍。""是篇其中歲所作，自謂稱意櫃而藏之者。潛虛死，無子。其家人言，櫃藏之文近尺許"。可見方苞對於戴名世的遺文，還在搜集整理的。不過未敢用其真名刻行，所以為"嗚呼"之歎，有"是潛虛所自信為終不沉沒者，其果然也耶？"的反問。這還不是"忠實的朋友"嗎？

3.《余石民哀辭》:"康熙壬辰(五十一年),余與余君石民並以戴名世《南山集》牽連被逮。君童稚受學於戴。戴集中有《與余君論史事書》,君未之答也。不相見者二十餘年矣,一旦禍發,君破家,遘疾死獄中,而事戴禮甚恭。⋯⋯君提解,傾邑父老子弟出送郭門外。皆曰:'余君乃至此!'今君破家亡身而不得終事其母,吾恐無識者聞之,愈以守道為禍而安於邪惡也。於其喪之歸也,書以鳴吾哀!"

按方苞肯定余石民,說余"孝""義",也未嘗不是間接地對於戴名世的懷念。而"以守道為禍而安於邪惡"的指斥,則是直接對於《南山集》案的反擊,傾邑父老子弟送余生至郭外,說"余君乃至此!"這不是人民的呼聲嗎?而"書以鳴吾哀"及"身雖泯兮痛無涯,天生夫人也而使至於斯!"的話頭,則充分地體現了作者憤恨的神態了。

二、高標史法,傳、記當先

1.《孫徵君傳》:"入國朝,以國子祭酒徵。有司敦趣,卒固辭,移居新安,既而渡河,止蘇門百泉(今河南省輝縣西北的蘇門山麓,乃風景區),遂率子弟躬耕,四方來學。""講學以象山、陽明為宗,及晚年,乃更和通朱子之說。其治身務自刻砥。""人無賢愚,苟問學,必開以性之所近,使自力於庸行。其與人無町畦,雖武夫、悍卒、工商、隸圉、野夫、牧豎,必以誠意接之,用此名在天下。""居夏峰二十有五年卒,年九十有二。"

按孫徵君名奇逢,字啟泰,明末清初的學者。與顧炎武、黃宗羲等齊名。入清屢徵不赴,山居講學,方苞為之作傳,既讚揚奇逢之敢於揭發魏閹,又稱譽他的入清不仕。重點突出,語言簡明,有《史》《漢》"列傳"的風格,殆亦方苞寄托民族思想的所在。知人論事,章法井然。

43

2.《**田間先生墓表**》："先生生明季世,弱冠時,有御史某,逆閹餘黨也,巡按至皖,盛威儀,謁孔子廟,觀者如堵。諸生方出迎,先生忽前,扳車而攬其帷,眾莫知所為,御史大駭,命停車,而溲溺已濺其衣矣。先生徐正衣冠,植立,昌言以詆之。騶從數十百人,皆相視莫敢動。而御史方自幸脫於逆案,懼其聲之著也,漫以為病顛而舍之。先生由是名聞四方。"

按田間先生名錢澄之,字飲光,號田間,桐城人。明末清初學者,明亡後曾參加南明的抗清活動,官至編修、知制誥。永歷政權覆滅,削髮為僧,能詩文。錢本方苞的父執,鄉前輩,他少年時多接近楚、越遺民而感染有民族思想的重要人物之一。這從文章裏也可以約略地看出。他說:"先生形貌偉然,以經濟自負,常思冒危難以立功名。及歸自閩中(在廣東、福建等地從事抗清鬥爭失敗以後,歸隱桐城),遂杜足田間。治諸經,課耕以自給,年八十有二而終"(同上)。素描形象,突出行跡,幾乎把錢澄之寫活了。所以說,方苞不愧是傳記名家。

3.《**獄中雜記**》:這是一篇人們比較熟悉的記敘文。此文屬於揭發暴露性質,使人怵目驚心。如言"死刑"執行前的"斯羅"道:"凡死刑獄上,行刑者先俟於門外,使其黨入索財物,名曰'斯羅',富者就其戚屬,貧則面語之。其極刑,曰:順我,即先刺心。否則,四肢解盡,心猶不死。其絞縊,曰:順我,始縊而氣絕。否則,三縊加別械,然後得死。""主縛者亦然,不如所欲,縛時即先折筋骨。""彼於刑者、縛者,非相仇也,期有得耳。"

刑部"十四司正副郎好事者,及書吏、獄官、禁卒,皆利繫者之多。少有連,必多方鉤致。苟入獄,不問罪之有無,必械手足,置老監,俾困苦不可忍,然後導以取保,出居於外,量其家之所有以為劑,而官與吏剖分焉。"試看,官吏如此貪殘,刑部監獄如此黑暗,怎麼能夠不令人切齒髮指呢？方苞如果不是耳濡目染的,如何寫得出來？而其心頭鬱結一吐為快的思緒,也就充分體現於字裏行間了。桐城古文的膾炙人口,長流不息,未嘗不淵源於此。

三、序論犀利,有的放矢

1.《通蔽》:劉古塘(捷)乃方苞的同鄉好友。古塘為人,"行直而清。其為學常自信而不疑。心所不可,雖古人之說不苟為同也,而好人之同乎己"。方苞說,這是"心術之蔽",好像"有爭氣"。所以一面肯定古塘的文行,一面質正他的主觀自是,說應該抱聞同則疑、聞異則思的態度。方苞說:"同乎己,則疑焉,疑有所蔽而因是以自堅也;異乎己,則思焉,去其所私以觀異術,然後與道大適也。"其實,作者也未嘗不是借此告誡一切"偏惑"之人,叫他們防禦"虛佞"以免敗事的,即從題目上講,荀卿有《解蔽》,韓愈有《原毀》,雖內容不盡相同,而方苞此文之沿而不襲,師法有自,亦可以一索而得了。

2.《送王篛林南歸序》:古人都很重視患難中的朋友,尤其是不顧個人利害一心關懷坐死囚牢的朋友,真可以說是難能而可貴了。已官翰林的王篛林(若霖),對於正坐刑部獄大有朝不保夕的方苞,情況就是這樣的。方苞說:"余以《南山集》牽連繫刑部獄,而篛林赴公車,間一二日必入視余。每朝餐罷,負手步階除,則篛林推戶而入矣。至則解衣盤薄,諧經諏史,旁若無人。"作者只是振筆直書,便覺兩人友情盎然,仿佛一般文士的相會,非在刑部獄中,"交益篤""旁若無人"麼。在王若霖尤為出色。因為方苞出獄後,待罪南書房(高等奴才),舉族亦在"編籍"之中,若霖業已身為翰苑之臣,還是音問朝夕通，"事無細大必以關，憂喜相聞"。這哪裏是泛泛之交，而且當其南歸之前，猶坦蕩以告方苞，真是光風霽月，肝膽照人。始若燕雀之常集，終則杳如黃鶴啦。方苞寫來，似未費力，然已搖曳於雲天之外了。

3.《書五代史安重誨傳後》：這是方苞講"義法"的文字。舉例明確，典型具在，他說："記事之文，惟《左傳》《史記》各有義法。一篇之中，脈相灌輸而不可增損。然其前後相應，或隱或顯，或偏或全，變化隨宜，不主一道。《五代史·安重誨傳》總揭數義於前，而次第分疏於後，中間又凡舉四事，後乃詳書之。此書、疏、論、策體，記事之文，古無是也。"這是方苞在揄揚《左》《史》，因以為法，重在一氣呵成前後呼應，偏、全、隱、顯，因宜變化。所謂運用之妙存乎一心者是。入後又批評歐陽修對於《史記》有生搬硬套之處。說："夫法之變，蓋其義有不得不然者。歐公最為得《史記》法，然猶未詳其義而漫效焉，後之人又可不察而仍其誤耶？"他這裏是在指摘作者歐陽修未能體會司馬遷之於《伯夷》《孟》《荀》《屈原》四傳，有"寓己之悲憤"的深心。"漫效"的結果，遂雜以"論斷"之語，便顯得不倫不類了。提醒後人不可不察。非熟讀深思心知史遷之義法者，哪得有此！

以類例證尚多，不能偏舉。如果我們對於方苞的古文也苛求一下的話，那便是"理勝於辭"，不甚講求藝術手法，譬如他的"遊記"就差，沒有閒情逸志，令人覺得乾巴。如《再至浮山記》就是這樣的。按"浮山"，乃是桐城近郊的名勝，山環水抱、雲霧迷蒙，而且峽谷紛出，歷代崖刻甚多，更不要說寺廟巍峨，花木扶疏了，許多人都遊覽過麼。可是方苞寫景之文不出五句，其餘盡為感喟敘事之詞，方苞自己就說："余之再至浮山，非遊也，無可記者。"但卻念念不忘《南山集》禍，說名山猶為遊人"敗壞"，何況"名人"！

下面讓我們帶便也談談方苞另外的一個薄弱的環節:關於詩和詩序的。

桐城派雖不以詩傳,可不等於沒有好詩和好的詩論。即以方苞而言,由於父教,他是絕意不為詩的。其父仲舒教導說:"毋以為也!是雖小道,非盡志以終世,不能企其成"。"而耗少壯有用之心力,非躬自薄乎?"(《青山人詩序》)仲舒本來是老詩人,有詩三千餘首,甘苦備嘗,經驗豐富,方苞哪得不聽?儘管如此,他還是留下得有"五古"之作(據說凡十五首),也作了不止一篇的"詩序"。詩多詠古,如《嚴子陵》云:

> 君臣本朋友,隨世分汙隆。先生三季後,獨慕巢由蹤。真主出儒素,千秋難再逢。故人同臥榻,匪直風雲從。孤高一身遠,大猷千古空。豈伊交尚淺?將毋道未充!臥龍如際世,焉敢伏隆中。

很明顯,這是在說劉秀不如劉備了,劉秀與嚴光儘管曾為同窗好友,可是後來一個當了皇帝,一個仍係平民,階級地位變了,就很難還用老眼光相看啦。如果嚴光真個不想出世,又何必怪模怪樣地披著羊皮裘在富春江上垂釣?如果劉秀真想叫嚴光輔弼,又何必借占史之口說"客星犯帝座甚急"?這已經是不可逾越的鴻溝,跟劉備三請諸葛不同。那時劉備還無立錐之地哪,所以兩人合作得好,方苞在這裏自然是以古喻今借題發揮其內心的悵惘的。有人說是《南山集》獄後之作。再舉一首《裴晉公》:

> 不去為無恥,不言亦不忠。正告中興主,漠然如瞽聾。從茲至晚節,心跡有異同。出入任群小,將相如萍蹤。宮廷

47

匡天氛,邊疆多伏戎。宗臣在東洛,夕命朝可通。綠野餘清
興,精神已折衝。安敢謀一身,高舉思明農。

　　裴度在唐之中葉,元和、長慶間,剛正不阿,群小畏憚,而文治、武
功,一時無兩,為中興之名臣。及至晚年,讒諂大行,不得不托疾去位。
方苞《南山集》獄後,浮沉宦海近三十年,曾經多次提出"福國利民"的
建議,亦以剛直激切為權佞梗阻,不得不以病辭職,回歸原籍,與裴晉
公的遭際,有相似之處,故引以自況也,而其詩之純樸自然,有類其文,
也可以說是特色吧。

　　方苞雖非詩人,對於詩歌的理論卻有獨到的見解。他說:"詩之
用,主於吟詠性情。"這雖然是老生常談,卻可萬無一失。因為"詩言
志","詩者,志之所之也"。有諸內必形於外,來不得半點假的。這
樣,才能觸物生情引起共鳴,達到感人的目的。但方苞是主張用它"厚
人倫,美教化"的,並非單獨以此來"窮極工麗,導欲增悲"的,那不是
"性情之正",不足以感動人之善心(以上所言,具見《徐司空詩集序》
中)。那末,"溫柔敦厚,詩教也",豈不是"文以載道"的變調。不用
說,信手信腕,獨抒性靈,風花雪月,自我陶醉之作,就不在方苞允許範
圍之內了。這從前邊錄引的他自己作的兩首"五古",也可以看得出
來。儘管他是"古之傷心人別有懷抱"的,然而屬辭樸素,饒有古風,稱
得起"正宮正調"。以少勝多。也就難怪繼之而起的桐城古文作家如
劉大櫆、姚鼐,以至劉開,也有詩名了。尤其是劉大櫆,可以說是詩文
並茂,才華橫溢,真個成了開路的先鋒。

　　方苞晚年,居官不甚如意,心存報國,屢有建議,而恪於權佞,不被
採納,只好托病離朝。乾隆七年,他已七十五歲,以三朝文臣、翰林院
侍講銜,特許回籍休養,也算是"榮歸"了吧。劉大櫆有詩紀之云:

國老古來重,浩然歸故鄉。人從遊釣處,星到斗牛旁。衡泌棲遲好,詩書意味長。他時南闕星,請益更登堂。(《詩集》八)

看來方苞情緒還是不錯的,回鄉後埋首著作,不見賓客。十四年(1749)卒,年八十二。

第三章　中繼者　劉大櫆

劉大櫆在桐城派中雖號稱"中繼"方苞、下傳姚鼐的三位創始人物之一,方苞也一再指稱之為"劉生""及門",實則方苞並未直傳大櫆,大櫆之古文更難說是得自方苞的。因為我們徧查《望溪文集》及蘇撰《望溪先生年譜》,方苞的學生俱有記載,而獨無一語談及大櫆,如宛平王兆符(王源,崑繩子,早卒)、歙程崟(與兆符同刊《望溪文集》)、仁和沈廷芳(著有《方氏家譜》,及《方傳書後》)即是。又蘇《年譜》云:"六十一歲冬,仁和沈廷芳來受業。六十三歲,安溪宮獻瑞來受業。八十歲博野尹元孚會一來受業。"亦有所記,只是不見大櫆。

又查姚鼐所撰《劉海峰先生傳》,卻有這樣的話:

> 海峰生而好學,讀古人文章即知其意而善效之。
> 年二十餘入京師。當康熙末,方侍郎苞名大重於京師矣。見海峰大奇之。語人曰:"如苞何足言耶? 吾同里劉大櫆,乃今世韓、歐才也。"自是天下皆聞劉海峰。

姚鼐之言自然有些誇張,這是看得出來的,但大櫆是在古文已有成就之壯年,始在京城看到方苞並蒙方苞特別嘉許的則是事實。《清史·文苑本傳》亦言:

> 劉大櫆,安徽桐城人,貌豐偉而性真諒。嗜讀書,工為文章。
> 年二十九,遊京師。時內閣學士同邑方苞能為古文詞,

負重名。大櫆以布衣持所業謁苞,苞一見驚歎,告人曰:"如
苞何足算耶? 邑子劉生乃國士耳!"聞者駭之,久乃益信。

這事情就更清楚了,方苞實在不曾誘導過大櫆的古文,只是在大
櫆成學以後到了京師,才為之揄揚的。苞自己也說:"劉生大櫆,不但
精於時文,即詩古詞,眼中罕見其匹。為人開爽,不為非義。"(《望溪
文集·集外文卷十·與雙學使慶書》)又說:"及門劉生大櫆者,天資
超越,所為古文頗能去離世俗蹊徑,而命實不猶。"(同上,《與魏中丞
定國書》)均可見方苞與大櫆並不存在"傳道授業"的關係,推許、獎掖
則是有的。大櫆的學生吳定,說得最明確。吳定說:

> 先生文章得之天授。年二十九,學成,遊京師,靈皋侍郎
> 見而驚賞之。令其拜於門。
> 然而兩人之文各殊所造:靈皋善擇取義理於經,其所得
> 於文章者,義法而已。
> 先生乃並其神氣,音節盡得之,雄奇恣睢,驅役百氏。其
> 氣之肆,波瀾之闊大,音調之鏗鏘,皆靈皋所不逮。
>
> (《海峰先生墓誌銘》)

從"令拜於門"及"各殊所造"二語中,可以充分反映出來方、劉兩
人並無師生授受之誼。

劉大櫆,字才甫,一字耕南,號海峰,桐城東鄉人。生於清聖祖康熙
三十七年(1698)。曾祖日燿,明崇禎時以貢生廷試授歙縣(舊江南、徽
州府屬縣)訓導(縣學官)。祖牲,父桂,皆縣學生。所以,大櫆應該算是
出身於士人的家庭。這個家庭在鄉里有一定的聲望,至大櫆而益有名。

大櫆的一生,是潦倒的。客遊京師八九年,雖以方苞的品題綻露

文名,但欲求升斗之禄都不可得,惟靠教讀坐幕為生。他自己常說:"智窮力屈,駕言遠涉",在鄉里不好過,出來也生活困難。自康熙至乾隆數十年,應順天府試,兩中副榜,終不得舉。時在雍正年中,乾隆元年,方苞薦舉大櫆應試"博學鴻詞科",也為大學士張廷玉所黜落,既而知為大櫆,甚是懊悔。十五年。特以經學薦,復不錄。大櫆嘗有詩自紀其生活情況。如關於客居的:

> 客子無人惜,衣衫常垢汙。匏瓜無人食,終日繫門閭。
> (《羈客歎》)
> 我昔遊京師,舉目無相知。騎驢覓冷炙,徒使衣塵緇。
> (《寄跂三兼簡沈浴鯨》)
> 生年愚且魯,入世毦兼聾。學業牛蹄水,人情馬耳風。文章無所用,計畫祇增窮。百歲虛過半,淒涼旅舍中。(《自贈詩》)

這些詩句,純樸真摯,吃透社會人情,而用筆自然,寓淒涼於素描之中,為情造文,畫面歷歷,在桐城諸人中應居首席。五言律、絕如此,七言與此同工。如還鄉之作云:

> 長安城中生計微,束載裹糧徒步歸。鄉里小兒競蠻觸,廟堂老翁多是非。自歎蕭蕭病葉墜,仰看落落明星稀。丈夫蹭蹬不得志,愧爾溪邊雙鷺飛。

這依舊是世態炎涼的情景,窮途末路的形象。"東北之強"方興未艾,一介儒生,哪得安康,不是《南山集》獄(康熙五十二年,事已見前),"查嗣庭"案(查,浙江省海寧縣人。康熙進士,官至內閣學士兼禮部侍郎。雍正四年典試江西,以"君子不以言舉人"和"山徑之蹊間"一節命題,其時方行保舉,世宗謂為諷刺時事,心懷怨望,下獄病死,復戮其屍,並停浙江人會試),不都著落在"南人"身上嗎?哪裏單純是文章的問題。這個時期方苞調上落下的官職,也基本上是編纂圖書,不得大用。

然而大槪此際也的確窮得太可憐了,甚至於勞人送米,妻孥欲拋。如《謝人送米》詩云:

> 風塵相望日,老病索居人。杖策尋山寺,烹蔬拾澗薪。
> 故交勞送米,欲別淚盈巾。饑飽有天命,知非我獨貧。

"君子固窮",活畫出一副"文丐"的窮相,還要強打精神,自我寬慰,說是"非我獨貧"。又《篷戶》詩云:

> 篷戶少人跡,空林惟鳥巢。野風吹檞葉,涼月上松梢。
> 衣食終無計,妻孥幾欲拋。早知儒服誤,難免俗情嘲。

這真透著凄涼憂傷,使人迷惘,俗云"詩窮然後工",是不差的。文亦何嘗不然?《答吳殿麟書》云:

> 殿麟足下:頃惠手書,辭重指疊,大抵閔我之窮,憤我之屈,意氣肫篤,迥出世俗尋常之外,茫然增悲,且感且愧!
> 然竊自念思,僕雖窮要無足矜,非有屈又何能憤耶?天之生人,其賦性受性異於禽獸,故古之君子戰兢怵惕以自保其靈明,惟恐失墜。
> 君子樂天知命,不為愚氓之冷暖而墮其操持。獵姚姒之

精,咀《盤》《誥》之華,所以蓄吾之志,坐思行遠,默識乎黃帝、堯、舜、孔子,所以尚吾之志。居窮履困,毫毛不敢取於人,所以堅吾之守。見物之生不見其死,所以長吾之恩,申義以生,其氣浩然充塞而無所屈撓,所以全吾之勇。

天之高,非步仞之可窺也,地之廣,非道里之可計也,君子盡其在我,而人何與焉。

這實在等於說,我行我素,君子憂道不憂貧。冷暖自知,他人何有於我哉!此種風範一立,遂為桐城作家定了學行的基調。大櫆常說,自己是"舒州(即今安徽省潛山、懷寧二縣)之鄙儒,憔悴屯邅之士。率其頑愚之性,牢鍵一室,不治他事,惟文史是耽。意有所觸,作為怪奇磊落瑰瑋之辭,以自為娛樂",所以夠得上是個無師自通,專精業務,樂此不疲,"冥頑到底"的老書生。因為他不慣於去"康莊、通衢、懸簿之第",更不能夠"曳長裙、跂珠履"奔走於薦紳先生之門,甘為鄉里之愚所譏笑訕侮,甚至"擠之陷阱"而不悔(《與某翰林書》)。他又說自己賦性"椎魯、善病","僻處窮鄉,無所賴藉",所以能夠"冥其心思,追古人而從之。以故凡厥所有,皆與世齟齬,祇可自娛,不堪共質"(《與王君書》)。這講的也是道德、文章之事,如大櫆言之於《汪在湘文集序》裏的,他說:

余窮無所用於世,冥居獨處。嘗取三代、秦、漢以來賢人志士之所為文章,伏而讀之,慨然想見其用心,欣然有慕乎作者之能事,間亦盜剽仿效擬作以自娛嬉,竊歎古之為人者,蜀山、秦隴、江河之瀆也。後之人墮以為部類汙渠,思有以振興追躡之,而苦才力之不逮。徒懷虛願,誰其助予?(《文集卷四》)。

54

"徒懷虛願,誰其助余？"這才是劉大櫆苦心孤詣學成古文的真心實話,非只為觀、樂而已,將以立言而有影響於社會國家也,令人如聞其聲。這從他碰到一個"知音、識性"的同道,便戀戀不捨感激非常的事,也可以想見,如《再與吳閣學書》云：

> 櫆不肖,樸騃粗鄙,才能無可采,而名聲不聞於里巷,為世俗之所共棄久矣。明公不知其愚,卒然於道塗之間,羈旅之際,見而以為可取。歸於中朝,執縉紳大夫之裾而告之曰："桐城劉生者,今之昌黎也！"
>
> 自東漢文壞,曠數百年以至於唐。唐興百有餘年而韓愈氏出而振之,至今未有倫比。以櫆之不肖,一日而得以肩隨其際,明公之知櫆者至矣！其所以待櫆者厚矣！
>
> (《文集卷二》)

按吳閣學名士玉,吳趨(今江蘇省吳縣)人,字荊山。為諸生時即以文名天下,他是康熙時的進士,累官禮部尚書,好扶植人倫,以宏獎為己任,卒諡"文恪",有《映劍集》。吳士玉對劉大櫆一見垂青不是偶然的。《海峰文集序》云：

> 去年春,予遇劉子耕南於旅社,與語,溫然以和。叩其胸中之藏,浩然不可以度量計,予固異劉子非尋常人。既而出其所為詩、賦、古文辭,及制舉業之文,共數十首以示予。讀之洋洋乎才力之縱恣,無所不極,而斟酌經史未嘗一出於矩矱之外,因與之訂交。攜其文至京師以示縉紳大夫,莫不以劉子之文為非世俗所及,予於是益信予言之可驗,而向者旅

舍之遇為不虛已。

逾年，劉子來京師，復時時出其近著示予，則每進益上，蓋劉子之才，固足以追步古人而力為之不止。方將與古之莊、《騷》、左、馬、杜、李諸人馳騁上下，而非徒為一世之聞人已也。予非私其所好，劉子之文具在，請以質諸世之有目者，共視以為何如也。

"非徒為一世之聞人"，將追步莊、屈、左、馬諸大家，這推崇得可為極致了。而"才力縱恣，無所不極，斟酌經史，不出矩矱"之語，實是吳士玉對於劉大櫆文章的最確切的考語。這和後來姚鼐稱大櫆說："文與詩並極其力，能包括古人之異體，鎔鑄以成。其體雄豪奧秘麾斥出之，豈非其才之絕出今古者哉？"（《惜抱軒文集後集五‧劉海峰先生傳》）。大櫆的弟子吳定也尊奉說："其才之雄，兼集莊、《騷》、左、史、韓、歐、曾、蘇、王之能，瑰奇恣睢，鏗鏘絢爛，足使震川（歸有光）靈皋（方苞）驚退改色。詩亦孕育百代，供我使令"（《紫石泉山房文集‧海峰先生墓誌銘》）各等語，都是先後一致同聲贊述的。從這裏頭我們既可以看出大櫆當日在清初文壇上的聲譽，也可以體會到"立德、立功、立言"，嚴格地說，不好強為畫分之處了。窮愁何傷！

大櫆對於方苞的保薦，卻是感激涕零的。《祭文》有云："不才如櫆，舉事邪揄。公獨左顧，栽培其枯"。"誘而掖之，振聵開愚，卒令頑鈍，稍識夷途。歲在癸丑（雍正十一年，大櫆三十六歲時），詔徵鴻儒，公以櫆應，瑟濫以竽"。"櫆試而蹶，公每不愉，愀然累日，頓足長吁！"可見兩人交誼之深了，不過，大櫆雖是這般失意，卻能逆來順受不露悻悻之態。如他體現於《答吳殿麟書》中所說："僕雖窮，要無足矜，非有屈，又何能憤邪？"他接著說：

　　凡以為天下之民，非為己也。是故，不必富貴，不必不富貴。貴則施澤及一世，賤則抱德在一身。富則有以自厚其生，貧則有以自處其約。

　　時其天明，則與物皆昌；時其陰閉，則與物皆塞。爵廩之來也，吾不拒；其去也，吾不留。其來也，吾不以一毫而增；其去也，吾不以一毫而減。

　　故，可富可貧，可貴可賤，而吾之修身勵行，要之不以一朝而變易也。

　　自然，像劉大櫆這等達觀的人生態度，絕大多數是客觀條件促成的，不得不爾，無奈之何。但文章寫得流暢，思想也夠開朗。殆方苞所稱的"為人開爽，不為非義"（《與雙學使慶書》），"其文巋然而異於儕輩"（《與魏中丞定國書》）者是。就是說，"學行""文章"都不平凡，為桐城派的佼佼者了，此之謂培植根本，奠定基礎。

　　大櫆論文雖亦"尊經"，說："夫與天地日月同其存滅，《六經》之文也"（《海峰文集四·見吾軒詩集序》）；"重行"，說："夫自古文章之傳，視乎其人"（《楊黃在文集序》），依舊是"文以載道"重在"學行"的老調子。但他在文藝觀點上卻是標舉"辭章"之學的。也就是說，思想活躍，文筆脫跳，斟酌字句，講求技巧的。從桐城文派上看，既彌補了方苞只重"義理"的不足，又為姚鼐的寫作藝術，開拓了境界。因為，大櫆的"天道"論是比較開放的。他認為"天""渾然無知""自然無為"，它不能夠主宰人事，只有其本身運行的規律，實際上是重拾了孔子的"天何言哉？四時行焉，百物生焉"（《論語》）的觀點，更進一步地否定了它的"萬能"論。（具見《文集·天道》上、中、下三篇）跟程、朱等人的"人心所同即天理"，"理"是萬物的本原，世界最高的主宰，完全相反。

極其可貴的是,大櫆還把這種思想運用到古文理論中去,講求"理"與"氣"的關係,並注重它的"音節",這就根本不是俚俗零落的"語錄文"所可比擬的了,也不是乾癟煩瑣的"考據文"能夠望其項背的。他說:"行文之道,神為主,氣輔之。"這"神"當然就是"精神",而"氣"自然指的便是"氣勢"。它實際上是作者體現於作品中的思想感情,兩者並且是互相輝映辯證轉化的。大櫆說:

> 曹子桓(丕)、蘇子由(轍)論文以"氣"為主,是矣。然"氣"隨"神"轉,"神"渾則"氣"灝,"神"遠則"氣"逸,"神"偉則"氣"高,"神"變則"氣"奇,"神"深則"氣"靜,故"神"為"氣"之主。(《論文偶記》)

可見大櫆之所謂"神",即是今人所說的"修養","誠於中必形於外"的思想感情。嚴格地講,它是包孕著"氣"的。孟子說"吾善養吾浩然之氣",這"浩然之氣"不就是孟子的"修養"嗎? 不就是"孟子精神"嗎? 孟子體現於《孟子》中的語言文字,簡言之,就是文采、氣魄,令人一看便知是"知言""善辯"的,說服力強的,感人深切的,儘管它沒有脫出"語錄問答體"的藩籬。大櫆接著說:

> 至專以理為主,則未盡其妙。蓋人不窮理,讀書則出辭鄙倍、空疏;人無經濟,則言累牘不適於用。故義理、書卷、經濟者,行文之實。

這"行文之實"的"實",便是文章的思想內容,主題的所在。它既須有"書卷"上的根據(前言往行,古人的經驗),又須適應現實的生活需要(面對當前,解決問題),語云:"練達人情皆學問,洞明世事即經綸。"陳陳相因,只唱老調子,擺舊框框,有誰會來理睬呢? 所以他這個"理",也不是一成不變的,死守程、朱的。因為,文章的本身即具有社會性的宣傳作用的。為了達到這種目的,便不能不注重文采講求技巧了。所以大櫆又說:

> 若行文自另是一事,譬如大匠操斤,無土木材料,縱有成
> 風盡堊手段,何處施設? 然有土木材料而不善設施者甚多,
> 終不可為大匠。

"工欲善其事,必先利其器"。這"器"自然就是工具,具體到文人身上,表達思想感情的作品,當然就是他們的工具,而"運用之妙,存乎一心"。文章人人能寫,各有巧妙不同,這便是修辭謀篇運斧成風的問題了。按照劉大櫆的說法,就是作為"神氣、音節"的文人的能事。並須把"義理""書卷""經濟"作他們的材料。他更細緻深入地敘列"神""氣"的關係道:

> 昔人云:文以"氣"為主,"氣"不可以不貫,鼓"氣"以
> "勢"壯為美,而"氣"不可不息,此語甚好。
> "神"者,文家之寶。文章最要"氣"盛。然無"神"以主
> 之,則"氣"無所附,蕩乎不知其所歸也。
> "神"者,"氣"之主;"氣"者,"神"之用。"神"只是"氣"
> 之精處。
> 古人文章可告人者,惟"法"耳。然不得其"神"而徒守
> 其"法",則"死法"而已,要在自家於讀書時微會之。
> 李翰(唐進士,蕭宗時翰林學士,工為文)云:"文章如千
> 軍萬馬,風恬雨霽,寂無人聲"。此語最形容得"氣"好。

論"氣"不論"勢"不備。今粗示學者,古人行文至不可
阻處,便是他"氣"盛。非獨一篇為然,即一句有之。古人下
一語如山崩峽流,竟攔擋他不住,其妙只是個直的。

"氣"最要重,予向謂文須筆輕"氣"重,善矣,而未至也。
要得"氣重",須便是字句下得重,此最上乘。非初學拙笨之
謂也。

我們看文章,有時覺得它是"洋洋灑灑一瀉千里"的,這便是文
章"氣勢"的所在。有時還感到它是"筆尖橫掃,力有千鈞"的,這又
是"氣重"的所在,但行使"氣"的首先是"神"。幾時見過憫憫待斃
毫無生氣的人,能寫出氣勢磅礴龍騰虎躍的文章?賈誼的《過秦
論》,痛哭流涕長歎息的,不正是由於他的少年氣盛渴望有所作為的
氣勢之作嗎?失意長沙以後,便只能作他的《吊屈原文》和《鵩鳥賦》
了,除非他不是真情實感不在反映客觀現實的。同是一個人的文
章,由於條件不同,時、空有異,就寫出來這樣差如天壤,盛衰各在之
作,豈不可以說明"神"之與"氣"交相為用,並且彼此制約的道理?
所以,大概說:"'神'者,'氣'之主。'氣'者'神'之用。有'法'無
'神'則'死法'而已!"但是,這還不夠,要寫好文章還要講求"音節",
他說:

"神氣"者,文之最精處也。"音節"者,文之稍粗處也。
"字句"者,文之最粗處也。然予謂論文而至於"字句",則文
之能事盡矣!

蓋"音節"者,"神氣"之跡也。"字句"者,"音節"之矩
也。"神氣"不可見,於"音節"見之,"音節"無可准,以"字
句"準之。"音節"高,則"神氣"必高,"音節"下,則"神氣"

必下,故"音節"為"神氣"之跡。

關於作文之道,這說得真是細緻深入了,都牽涉到"字句"之微與"音節"之跡了,這實在是中國古代散文獨具的特色。因為,我們的文字,是以"形"和"聲"為主要的結構的。以形繫聯,循聲知義,所以,一字的陰、陽、平、仄、高、下、疾、徐,讀起來是很有節奏的。"積字成句,積句成章,積章成篇。合而讀之,音節見矣;歌而詠之,神氣出矣。""近人論文,不知有所謂'音節'者,至語以字句,則必笑為末事。此論似高實謬。作文若字句安頓不妙,豈復有文乎?"按字句本是文章的基礎,不安頓好字句,哪裏會有好文章?金朝古文大家元好問(1190—1257)早就說過:"文須字字作,亦要字字讀。"(《元遺山全集卷二·與張仲傑郎中論文》)不就是這個道理嗎?

其實,"詩言志,歌永言,聲依永,律和聲"的話,具體到古代散文上,又何嘗不可以應用?不是也有"散文詩"和"長短句"嗎?又如"駢體文""辭賦文",以及"箴""銘""贊""頌"之類,哪一種是不講求音節的?鏗鏘悅耳,抑揚頓挫,是天籟亦是人籟,此所謂聲調之美,振古如斯者也。史載劉大櫆,口大容拳,"縱聲讀古詩文,聆其音節,皆神會理解"(《清史·文苑本傳》),這豈是偶然的事?朗讀古詩文時,不是到今天還有帶腔調、上韻口的嗎?說它是桐城派的流風遺韻,也未嘗不可。

此外因為,大櫆也是詩人,詩作更須講求音節了。它跟"樂"無法分割麼。《左仲郛詩序》云:

　　詩也者,所以為樂也。去先王之世既遠,"樂"亡而"詩"獨存。夫詩存則音存,音存則樂雖亡而不亡。吾以為今之學者不得如古之人安弦舞勺,而其業莫要於為詩。

詩、樂、舞,古人原未嘗分,後人雖然分了以其音節猶存,所以也可以說其樂不亡,有詞有譜有動作,現在的舞臺藝術,不是一樣的麼?但歌舞不能天天有,詩(包括戲曲)卻可以時時作。大櫆接著從聲音、節奏的樂理說明詩的作用道:

　　夫詩成於音,音成於聲,聲成於言,言成於志。志平則音和,志哀則音促,志敬則音凝,志佚則音蕩,故聖人樂觀焉。
　　夫然後奏之以金石,吹之以管笙。宮以宮倡,徵以徵合,高下疾徐,莫不中節,屈申俯仰,雜而成文。

這簡直是把《禮記》中《樂記》的理論,刪繁就簡深入淺出地用到詩樂上面了。而且大櫆強調的也是詩的功用。他說"聖人制詩"是為了教化天下的。無論田野農夫、閨房婦女、鄉曲孩童,都能夠作"歌謠"以頌美譏失麼,於是,"刑罰之煩,賦斂之苛"皆有以"達隱""舒塞",而"忿懣""無聊""不平"之氣,也可以得到抒發、宣洩了(同上)。這豈不是好事,何況由於有詩,更可以使"君臣之志通,父子、兄弟之恩浹,夫婦之好永"呢?可見大櫆的"詩道"是學之遠古來自民間,不單純是為了維護封建統治者的利益的。因為他還認為詩能夠"抒人情之幽渺,繪物態之繁多"和"宣兩間(指天地而言)之秘奧"的(同上)。

大櫆在《伯父紛既先生詩序》中繼續敘述詩的人民性與社會性說:"周以前,士無以詩名者,非以為詩也而為之,發乎情之不容已然後言;言之不足,然後歌詠之。雖里巷無知之野人,莫不能為詩,而聖人取之以為後世法",這就是為什麼《三百篇》的"風""雅""頌"能夠流傳下來的主要原因。因為作者敢怨敢愛敢於向不合理的社會現象作鬥爭,已經認識了奴隸也是人,同樣存在於天地之間啦。大櫆的伯父劉紛既就有,"操筆立書不惟其辭之工,而惟其有以寄其意,又皆反乎人世之欣厭"的精神,在文網甚密大獄屢興的康、乾之際,便是非同小可的事。大櫆自己的詩,不是有許多也是這樣的嗎?窮愁潦倒,悲憤不平,代人立言,以申愫悃,非直為觀己也麼。

大櫆論學也不拘一端,而且反對門戶之見。他說:"天地之氣化"既"萬變不窮,則天下之理亦不可以一端盡"。孔子之門,南郭惠子以為甚雜:"鄙有樊遲,狂有曾點",而"一貫之道",曾子自"力行而入",子貢自"多學而得","孔子未嘗區別於其間",此固有所"包容"也。夫"服吾之服而誦吾之言",且將"畏敬親愛之不暇",為什麼還要"訾謷"他們呢?"未嘗深究其言之是非",見稍有差異於己的人,則"眾取而排之,此不足以論人也"。是乃"操室中之戈而為門內之鬥"之類,是亦不可以已乎?"宋有洛(以程頤為代表的理學家)、蜀(以蘇軾為代表的文學家)之党,有朱(熹)、陸(九淵)之同異(朱主即物窮理,陸主居敬行簡)。為洛之徒者,以排擊蘇氏為事,為朱之學者,以詆諆陸子為能"。大櫆說,這些都是站得不高看得不遠,故其心"不能恢然有餘,於物無所不包",能像孔子的"大而無外,其心淵淵"就好了。(其義具見《息爭》)

那麼,問題擺清楚了,劉大櫆不是"學行程、朱"的。因為他並不排斥陸、王,也不非議漢學家,不跟著統治階級思想辦事(指寫文章而言),這是相當地有勇氣的。因為清代康熙、雍正、乾隆三朝,都是崇尚程、朱的。大學士陸隴其、朱軾、湯斌等亦先後趨奉。方苞之所以力排陸、王,獨尊"程、朱之學",未嘗不由於此。漢學家則自康熙以來就號稱顧(炎武)、江(永)、戴(震)、段(玉裁)四大學人,而此中的江永、戴震且係皖派的代表人物,大櫆和姚鼐就先後同江、戴打過交道的,他們都是安徽人麼。尤其是大櫆,他與江永的友情相當地篤厚，也非常敬佩江永的學行淵雅，樂而忘貧。他於《江先生傳》中，先歷數其《禮經綱目》《周禮疑義舉要》《戴記深衣考誤》《訓義擇言》《春秋地理考實》等著作。又說江永精於天官星曆，其書則有《曆學補論》《七政衍》《金水二星發微》《冬至權度》《恒氣注曆辨》，以及《歲實消長辨》等。於樂，則有《律呂闡微》，於音韻則有《音學辯微》《古韻標準》《四聲切韻表》。於步算，則有《推步法解》《中西合法擬草》。其外又有《論語瑣言》《鄉黨圖考》《近思錄集注》《讀書隨筆》，凡書二十餘編，共百餘卷，藏於家。並驚歎著說："可謂多矣！"

可見大櫆並不厭煩江永是"雜學"，也不譏評江永文字的煩瑣，反而對於江永的有得於古之制度、名物，及其"參互考證"的方法，特別欣賞。結語是："信乎，其為博聞強記之君子也。"

關於"學以致用"的"經濟行為"，大櫆又充分肯定江永嘗稱《春秋傳》"豐年補敗"之義（《穀梁莊公廿八年傳》："古者稅什一，豐年補敗，不外求而上下皆足也。雖累凶年，民弗病也"），勸鄉人以"輸田、輸穀立義倉，行之三十年，其民不知有饑歲。第二件是，江永雖為《三禮》專家，不就朝廷修纂之選，"力學於深巖絕壑之間"，遂使大櫆追思不已，故於江永卒後為之作傳。

還有程瑤田（1725—1814），字易田，江永的學生，與戴震同門，都是乾嘉之際安徽有名的經學家。他長於旁搜曲證，不為經傳注疏所束縛，著有《禹貢三江考》《儀禮喪服文足徵記》等書，以分別糾正酈道元《水經注》和鄭玄注《禮》之誤。另有包括《周髀用矩法》《數度小記》等書在內的《通藝錄》，以推算數理、天文，博雅得很。大櫆卻給瑤田作的是"詩序"，說"程子易田，尤所稱著材宿彥"，他的詩歌"攄詞樸直，而寄興深至。嘗謂其有陶潛之風（言其恬淡質樸，語言自然，詩如本人），並且特別指稱兩人互相信賴（瑤田家貧，困於諸生，而刻苦鑽研經學,為古詩文。大櫆時任教諭,也是窮官,但相交甚樂),決無漢、宋之爭。

桐城派後起者吳汝綸(後別有傳)曾評比方、劉兩家之文,而略述其同異道:

> 大抵望溪之文,貫串乎六經、子史、百家、傳記之書,而得力於經者尤深,故氣韻一出於經。海峰之文亦貫串乎六經、子史、百家、傳記之書,而得力於史者尤深,故氣韻一出於史。
>
> 夫文章之道,絢爛之後歸於老確,望溪老確矣,海峰猶絢爛也。意望溪初必能為海峰之閎肆,其後學愈精,才愈老,而氣愈厚,遂成為望溪之文。海峰亦欲為望溪之醇厚,然其學不如望溪之粹,其才其氣不如望溪之能斂,故遂成為海峰之文。

(《桐城吳先生全書》)

汝綸之言,只有一部分道理,如說方苞得力於經以學力勝,大櫆得力於史以才力勝即是。但是不是大櫆的絢爛閎肆,就不如方苞的醇厚老確? 倒是值得研究的。何況大櫆在論學開朗上,經濟用世上,詩歌成就上,都比方苞高出一頭呢? 汝綸看問題不全面。

大櫆的弟子以學行文章名世者,有吳定、王灼、尤其是姚鼐。長沙王先謙曾言:"歙縣吳澹泉先生,與桐城姚惜抱、王濱麓,同受古文之學於劉海峰先生(《紫石泉山房文集卷首王序》)。關於姚鼐,我們別有專章論述,這裏先介紹一下吳定和王灼。吳、王比較起來,吳的成就稍大,故先吳而後王。

吳　定

吳定,字殿麟,號澹泉,安徽歙縣人。生於清高宗乾隆九年(1744),諸生。為人純孝,嘉慶初,舉孝廉方正。從桐城劉大櫆遊,論文嚴於法。姚鼐有所作,常以示定。著有《周易集注》《紫石山房詩文集》。卒於仁宗嘉慶十四年(1809),年六十六。姚鼐《吳殿麟傳》述其生平及與自己的交誼道:

> 少時事親謹三年之喪。家本貧,至老貧甚,然廉正有守。屢鄉試不售。嘉慶初,有司以孝廉方正舉之,賜六品服。時謂是科舉者,惟殿麟差不愧其名云。
>
> 劉海峰先生之官於徽州也,殿麟從學為詩文。海峰歸樅陽,又從之。兩淮鹽運使朱孝純,亦海峰弟子也,請姚鼐主揚州書院,會殿麟亦有事揚州,附鼐舟,於是相從最久。
>
> 其為人忠信質直,論詩文最嚴於法。鼐或為文辭示殿麟,殿麟所不可,必盡言之。鼐輒竄易或數四,猶以為不必得當,乃止。殿麟暮年歸歙不復出,專力經學,希為詩文矣。

從姚文可以看出兩人交好甚篤,在詩文上,姚鼐還是很尊重殿麟的。殿麟最後專力經學少作詩文啦。又王灼《保舉孝廉方正吳君墓誌銘》亦言殿麟之孝思不匱人所不及的情況說:

> 澹泉生有異質,年數歲即以聖賢自許。稍長,居母喪,力行古喪禮。父時遊豫章(即江西省),以書戒曰:"吾老矣,汝生又羸弱,汝過哀毀,將不為我計耶?"於是乃一食肉。父晚

得末疾,左右扶持與同臥起者四年。及卒,哀慟悲泣未嘗見齒,終喪如一日。(《悔生文集》卷七)

封建社會是"以孝治天下"的,"百行孝養為先",不應單純以陳舊落後觀之。因為,殿麟還特別廉潔。《紫石泉山房集》卷首,及門諸弟子所記《澹泉先生事實》云:

先生最嚴出處之節,不肯枉己干人。年十四,初應縣童子試。或語之曰:"略胥役,乞於官,名必居人上"。對曰:"寧不錄,不肯行乞也,況略胥役耶?"

先生生平不肯苟取一錢。生六歲,先生同產之姊初適人,閱月,其婿來謁外父母,手出白金三兩饋先生為相見之禮。先生擲之於地曰:"爾以我為愛財者耶?"是日族姻大集於庭,皆驚歎。

朱公(按指兩淮鹽運使朱孝純而言)為海峰先生刊刻詩古文,請先生入署讐校。是歲八月鄉試,朱公語先生曰:"此地徽商皆君同鄉人也,予諭商贈君百金為鄉試之費,何如?"先生拒之曰:"公既贈我以金足矣,焉用多為?"

如此等等,均足證明吳定是個恭行君子,不愧為桐城派貫徹"學行程朱"的典型人物。至於姚鼐之文常為吳定所竄改的情況,則姚鼐弟子陳用光(碩士)亦有載記。《姚先生行狀》云:"先生居揚州時,與吳殿麟定同居梅花書院,嘗以所作示殿麟,殿麟以為不可,即竄易至數四,必得當乃止。"(《太乙舟文集卷三》)姚鼐都這般地推重吳定,足見吳定的造詣。因為,吳定之文不但高於王灼,比肩姚鼐,就是劉大櫆也曾經傾倒,認為不當在弟子之列的。王先謙說:"先生之文,高於濱麓,顧或有不盡知聲,將其文傳之未廣,抑徒眾不如惜抱之盛,無從而張之者耶?""余觀海峰評論先生之文,傾倒甚至,若不當在弟子之列"者(《紫石山房文集卷首·王序》)。王先謙還說:

> 先生為文,發攄心胸,磊磊熊熊、有浩然自得之氣,未常揣摩趨步,於規矩亦無乎不合。蓋斷然自為一家之言也。
> (同上)

可見吳定之文自有獨到的氣勢,非凡的光采,對於劉大櫆並不是尤而效之亦步亦趨的。其實吳定的成就,還不專在他的古文上。學行純篤,談說理學,才是他在桐城特異之處呢。如吳定《示諸生書》云:

> 夫行而偽焉,俗之所以不古也。然行而偽焉,俗猶未盡不古也。何則?天下尚知道學之可貴而崇奉之,故群喜其名而忠竊之也。至於怵然以道學為戒而相與訕之、笑之、排擠之,則風俗乃頹然不可收拾矣。

吳定學行純篤,這是介紹過的。但並不大張旗鼓地攻擊漢學,跟他的同門姚鼐不一樣,他在文章裏談論"心""性"的地方很多。如《中庸論性》說:"理與氣合而有性之名。離氣可謂之理,不可謂之性"。又《孟子論性》云:"謂性雖汩於氣而不善以生,而天命究莫之能盡蔽。故曰:善也。不曰人之情必為善,而曰可以為善,豈以氣稟固有厚薄倍蓰哉!食、色性也,君子不謂性也。愚不肖,命也,君子不謂命也。不以食、色為性,則天下無不當寡欲之人。不以愚不肖為命,則天下亦無不能修道之士。"按這些話在孟子當日本具有主觀說教的精神,不論"命",不服"性",戰鬥前進,克己復禮原是道德之正。孟子自己就富

有改革的毅力麼。程、朱有此,亦能省思寡欲培養刻苦的行誼,所以吳定又論"敬"、"義"道:

> 敬者,所以入誠也。義者,所以求仁也。敬則神定而明,義則身安而泰。兩言之曰:"敬"、"義"。一言之曰"敬"。敬者,聖學之所以貫內外而成始成終者也,禮之本也。誠也,仁也,義也,皆必主敬以由乎禮,而後可優柔馴至焉。

按"敬"是"誠"之最高境界。"誠"則明,"不誠"無物。這些都是捨己為人背私從公的道德字眼兒。顧力行如何耳。程顥在宋,不也一再申明"涵養須用敬"嗎? 還有句"進學則在致知"哪。吳定之不可及處,便在於他不只說得清,道得明,文章寫得好,更重要的還在於他能夠篤行實踐一絲不苟。

王 灼

王灼,字悔生,一字明甫,號曰濱麓,安徽桐城人。《清史·文苑》有傳,附於劉大櫆下。他生於清高宗乾隆十七年(1752),是乾隆五十一年的舉人,選東流(即今安徽省東流縣)教諭。嘗館(做家庭教師)於歙,與程瑤田、張惠言等相友善。著有《悔生詩文鈔》。仁宗嘉慶二十四年(1819)卒,年六十八歲。

灼與吳定、姚鼐同出大櫆之門,但王、吳的過從獨多,友誼也厚。吳定《王濱麓古文序》云:

> 予昔學文於海峰先生之家塾,因得與濱麓交遊。其後館吾鄉者八年,相師彌久,相得益歡。濱麓既舉於鄉,官教諭於

池州之東流,乃太息與濱麓長隔矣。然濱麓之學行、文章,知之深未有過於定者。方其少也,文法吾師,不違尺寸。中歲以後,乃更深造變化以自名其家,凡遊先生之門者,咸慚莫逮也。(《紫石山房文集》卷六)

又《王濱麓初集詩序》亦備言兩人共師大櫆之樂,及王灼詩文的不同凡響云:

> 余初事海峰先生於歙,其後先生退休鄉里,違教訓者三年。予既孤,乃渡江就先生之廬請益。而斯時王君濱麓亦執弟子禮,受學於此。濱麓年少而論高,予甚愛重之。及得誦其詩,益歎濱麓非凡士,蓋將以文章鳴天下者也。
>
> 海峰先生以振古之才,阨塞終老。然先生嘗自放山川泉石,日與吾徒廣稽今古,吟嘯自豪,非特先生樂之,雖予與濱麓亦莫不相顧而樂也。

觀此文,可知灼、定兩人友好之深,以及兩人共師大櫆之樂。這就毋怪大櫆死後,兩人相顧悽愴,每一相見便哭泣悲慟了。如吳定的《海峰夫子沒後晤王濱麓感而有作》詩云:

> 終古西河慟,於今道豈移! 弦歌曾未寂,衰絰漫相疑。爾我恩尤重,存亡諾亦欺。臨歧兩行淚,末路更依誰?(同上,卷二)

王灼的一生,也是貧困的,常常要"薪樵不足以備風雨,無兼日之禾"(同上卷五,《與濱麓書》)。北上京師時,連路費都湊不齊,他答

《吳仲輪書》云：

> 僕前入都，道旅之費無所出。適同鄉有留京師者，其家
> 以白金二鎰附僕寄之，僕在途無資，即以其金作路用。至都
> 彷徨十餘日，始得劉生金以償。（《悔生文集》卷二）

王灼論文以義法見長。他說："文章之道，古與今一而已，不合於古，不可以為文，強合古之形貌而不得其義法、神氣、音節，尤不可以為文。"足見他已深得劉大櫆的藝術真髓。他的文章雖不如吳定、姚鼐，但在他們死後，王灼已是桐城派碩果僅存的"前輩"了。所以陽湖的鉅子惲敬、張惠言，都曾向他問過義法。

第四章　集成者　姚　鼐

研究"桐城古文學派",應該承認這一史實。就是說,桐城的古文學,雖經戴名世、方苞和劉大櫆奠定了理論基礎,生產了大量著作,本根深厚,影響激增;但是,如果沒有姚鼐的繼承發展,蓄意成派,恐怕也不會旗幟鮮明,蔚然而起。姚鼐自己就曾"洩露天機"地說麼:

> 曩者,鼐在京師。歙程吏部、歷城周編修語曰:"為文章者,有所法而後能,有所變而後大,維聖清治邁逾前古,獨士能為古文者未廣。昔有方侍郎,今有劉先生,天下文章其出於桐城乎!"(《惜抱軒文集八·劉海峰先生八十壽序》)

此時姚鼐已辭京官到揚州為梅花書院山長(書院,兩淮鹽運使朱孝純所建,山長亦朱所延請,姚時四十七歲,在此主講三年)。這事還不明顯嗎? 抬出方、劉,烘托自家,文名既有,彼此又都是桐城人,還說什麼呢? 曾國藩後來就徑直指陳曰:

> 乾隆之末,桐城姚姬傳先生鼐,善為古文詞,慕效其鄉先生方望溪侍郎之所為,而受法於劉君大櫆,及其世父編修君範。三子既通儒碩望,姚先生治其術益精。歷城周永年書昌為之語曰:"天下之文章,其在桐城乎!"由是學者多歸向桐城,號"桐城派",猶前世所稱"江西詩派"者也。(《曾文正公文集卷一·歐陽生文集序》)

　　按曾國藩乃"桐城派"的"中興大將",《歐陽生文集序》又是此派師弟授受、地區發展的具有權威性質的"源流圖",所言自足依據。所以從這裏頭滿可以看出姚鼐創立學派的動向及其施為了。曾國藩剔除了歙人程晉芳,單獨突出了山東歷城的周永年,亦足見其用心之細。只是,姚氏、曾氏的說法,吳敏樹另有見地,敏樹云:

　　　　文章藝術之有流派,此風氣大略之云爾。其間皆不必實相師效,或甚有不同,而往往自無能之人假是名以私立門戶,震動流俗,反為世所詬厲,而以病其所宗主之人。(《柈湖文集·與篠岑論文派書》)

　　他這說得很有道理,宗派都是少數人在那裏鼓吹、製造的,流弊甚大,影響後代。他即舉"江西詩派"為例而予以批判。敏樹接著說:"如'江西詩派',始稱山谷(黃庭堅)、後山(陳師道)而為之圖(北宋末呂本中居仁作《江西詩社宗派圖》,合計廿五人,以為法嗣。他們主張風格瘦硬,奪胎換骨,強調活法,來歷分明)。列號傳嗣者,則呂居仁。居仁非山谷、後山之流也。"造成了很不良的影響,敏樹說,"所稱'桐城文派'者類此。"其文曰:

　　　　今之所稱"桐城文派"者,始自乾隆間姚郎中姬傳,稱私淑於其鄉先輩望溪方先生之門人劉海峰,又以望溪接續明人歸震川(有光),而為《古文辭類纂》一書,直以歸、方續八家,劉氏嗣之,其意蓋以古今文章之傳繫之已也。

　　吳敏樹極不同意這種擺法。他說:"姚氏特呂居仁之比爾,劉氏更無所置之。其文之深淺美惡,人自知之,不可以口舌爭也。"這是敏樹在否定劉、姚之文,其言太過,我們反對。但卻認為他的"宗派"之論,是合乎實際情況的。下面的一段話,也可以參考:

> 自來古文之家,必皆得力於古書。蓋文體壞而後古文興,唐之韓、柳承八代之衰而挽之於古,始有此名,柳不師韓而與之並起。宋以後則皆以韓為大宗,而其為文所以自成就者,亦非直取之韓也。韓尚不可為派,況後人乎? 烏有建一先生之言以為門戶塗轍,而可自達於古人者哉!

其實,自先秦的學派說起,儒、墨、名、法、道德,不就是異代承襲的嗎? 特別是儒、道兩家的相沿久遠,滿可以說明問題。文章也是一樣,以韓為首的唐、宋八家,不也可以叫作異代相承的古文派系嗎? 不然的話,蘇子瞻的"文起八代之衰,而道濟天下之溺"(《韓文公潮州廟碑》文)怎麼說呢? "桐城古文學派"的"學行繼程、朱之後,文章介韓、歐之間"(《方望溪文集序》),不即是儒家一脈相傳的宗法嗎? "千變不離其宗,萬變不離其理",儘管他們在寫作手法上藝術形式上,有這樣那樣的更易,在思想內容、精神實質上,卻只能是後先一致的,吳敏樹即缺少了這方面的宏觀。

按姚鼐,字姬傳,一字夢穀,以讀書室名"惜抱軒",學者稱為惜抱先生,安徽省桐城縣人。以清世宗雍正九年(1731)十二月二十日,生於城南門樹德堂宅。他的高祖文然,康熙間累官至刑部尚書,曾祖士基,舉人,湖北羅田知縣。祖孔鍈、祖母任氏。長子範,翰林院編修,以詩、古文、經學著名,學者稱薑塢先生。次子淑,先生之父,母陳氏。弟,字君俞(《姚惜抱先生年譜》)。他自己說:"僕家先世,常有交裾接仕於朝者。"(《復張君書》)那麼,姚鼐也應該算是出身於仕宦的家庭了。

　　姚鼐八歲時,其家由城南樹德堂移居北門口初復堂。劉大櫆來會姚鼐伯父姚範,諸子侄中姚範獨愛鼐,每談,必令姚鼐傍侍,姚鼐亦敬愛大櫆,十八歲時即開始向他學習古文。二十歲(乾隆十五年),姚鼐舉於江南鄉試,但赴禮部試,久不第。自後或小留京師,或授徒四方以養。乾隆二十三年山西何季甄從受業(時在京)。秋,遊揚州,識程晉芳(見《贈程魚門序》)。旋歸里,遠遊南昌。二十五年八月,丁父艱。二十六年,授室同里馬氏。二十八年,喪服滿,姚鼐已三十三歲。六赴禮部,始中試,殿試二甲,授庶起士。隨伯父自天津歸。二十九年,與歙縣友人方晞原等遊黃山。是年,又與伯父遊揚州。

　　乾隆三十一年,散館(學習完了),授兵部主事,旋改禮部儀制司主事。三十三年,充山東鄉試副考官,出京,過德州浮橋有"嗟我遊中原,來往如飛鴻。弱冠一川水,屢照成衰翁"句。三十五年,又充湖南鄉試副考官,六月出都。途中有詩懷念劉大櫆云:"先生高臥楚雲旁,賤子飄零每憶鄉。四海但知存父執,一鳴常記值孫陽。於今耽酒能多少,他日奇文恐散亡。脫足耦耕如未晚,百年吾亦髮蒼蒼。"(《詩集七·懷劉海峰先生》)。

　　乾隆三十六年,姚鼐的伯父姚範卒。是歲充任恩科會試同考官,進士有程晉芳、周書昌等人。旋擢刑部廣東司郎中。召開《四庫全書》館,以紀昀(字曉嵐,河北獻縣人。乾隆進士,官至禮部尚書、協辦大學士)為總裁。姚鼐被薦入局充校辦。三十九年,以論事不合,辭《四庫全書》編纂事,與朱孝純同遊泰山。四十年南歸。四十一年,還鄉遊浮山。四十二年朱孝純調任兩淮鹽運使,在揚州興建"梅花書院",延請姚鼐為山長(主講),凡三年。

　　乾隆四十四年,劉大櫆卒於十月初八日,姚鼐為文祭之,後又作傳。《古文辭類纂》成,自為《序目》,以道古文發展變化的歷程。四十五年,主講安徽之"敬敷學院",地在安慶,前後歷時八年。也講明、清兩朝的"四書文"。五十四年,主講歙縣"紫陽書院",只一年。五十五年,主講南京"鍾山書院",直至嘉慶五年,凡十一年。江西陳用光(碩士)來學古文。五十七年,姚鼐長子持衡江南鄉試中舉。五十八年,方東樹來學,前後凡四年(包括在"江寧書院")。嘉慶元年,門人朱則伯刻印姚鼐所著《九經說》十二卷於旌德(今安徽省旌德縣)。自訂《詩集》十卷亦付梓。三年,攜長子持衡遊吳中,自蘇州至杭州。五年,江寧諸生合刻姚鼐文集十六卷。六年,姚鼐以年邁(時已七十一歲),畏涉江湖,改主安慶"敬敷書院",凡四年。十年,再主南京"鍾山書院"。十五年,重赴鹿鳴宴,入京師。長子持衡,大挑得知縣,以後歷任江蘇儀征、泰興、江都等地,也有照顧姚鼐年老之意。十六年,江寧知府請姚鼐主修府志。二十年,僅以微疾卒於"江寧書院",時公元1815年9月23日也。得年八十五。仁宗嘉慶二十四年,歸葬於桐城大楊樹鐵門。

弟子知名者:上元管同(異之)、梅曾亮(伯言)、同邑方東樹(植之)、劉開(孟塗)、新城陳用光(碩士),後俱有傳。著作以《惜抱軒文集》及《古文辭類纂》最為流傳。

從以上的生平序列裏,我們知道:比起方苞來,他不曾遭受危難,可也登第進士,仕宦在朝。比起劉大櫆,他更是進退自如,不曾潦倒,赴了"鹿鳴筵",加了四品銜,兒子也作了地方官。尤其值得稱頌的是他四十六歲以後謝絕仕祿,久為山長,主講江南,樂育英才,應該是他能夠光大桐城,跨越前輩,自我作古、垂裕後昆的主要原因吧。下邊讓我們重點地說明一下,姚鼐同方、劉兩人的社會關係及其師承的具體情況。姚鼐說,他不曾見過方苞:

> 計鼐少時,亦與先生之老年相接,然先生居江寧,鼐居桐城。惟乾隆庚午年(十五年,姚鼐二十歲)鄉試,一至江寧,未

及謁。其後遂入都。又數年,先生沒,遂至今以不見先生為
恨矣!(《惜抱軒集後集一·望溪先生集外文序》)

對於劉大櫆就不一樣了,弱冠(十八歲時)即從之學習詩、古文辭。
他的伯父範(南青)又是大櫆的同鄉好友,姚範則授姚鼐以經學。可以
說姚鼐在壯年前根底即是扎實的。姚鼐紀其事云:

　　鼐之幼也,嘗侍先生,奇其狀貌言笑,退輒仿效以為戲。
及長受經學於伯父編修君,學文於先生。遊宦三十年而歸,
伯父前卒(乾隆三十六年),不得復見。往日父執,往來者皆
盡,而猶得數見先生於樅陽。先生亦喜其來,足疾未平,扶曳
出與論文,每窮半夜。(《文集》八·《劉海峰先生八十壽序》)

姚鼐家學淵博,劉大櫆又以世交、父執(鼐父季和,亦與大櫆為友)
夾授古文,可稱得天獨厚。《與劉海峰書》亦言:

　　鼐與老伯,忽忽不見遂二十年,偶一念及,令人心驚,自
少至今,懷沒世無稱之懼。朝暮自力,未甘廢棄,然不見老
伯,孰與證其是非者?
　　鼐於文藝,天資學問本皆不能逾人,所賴者,聞見親切,
師法差真。
　　然其較一心自得,不假門徑,邈然獨造者,淺深固相去
遠矣!
　　獨欲謹守家法,拒逆謬,妄冀世有英異之才,可因之成一
線未絕之緒,倔然以興,而流俗多持異論,自以為是,不可
與辯。

此間聞言相信者,間有一二,又恨其天分不為卓絕,未足
上繼古人,振興衰散,不知四海之內,終將有遇不耶?

此書言出肺腑、肝膽相照,姚鼐之尊師劉大櫆,以及鼐自己的惟恐
失之思得傳人的一片誠心,可稱躍然紙上感人至深了。《祭劉海峰先
生文》更云:

> 昔我伯父,始與並興。和為文章,執聖以繩。劇談縱笑,
> 據几執觚。召我總角,左右是應。賤子既冠,於京復見,先生
> 執手,為我嗟歎。嗣學古人,以任道期,亹亹其文,以贈吾離。
> 其後閱年,又逾二十,豈徒君耄,鼐亦衰及。念吾伯父,相見
> 以泣。先生益病,侍帷妻妾,要我牀前,強坐業業。猶有高
> 言,記為士法,孰承遺書,竟委几榻。舉世茫茫,使我孤立,有
> 言莫陳,終古於邑。(《文集》卷十八)

按劉大櫆有《送姚姬傳南歸序》云:"姚君姬傳,甫弱冠而學已無
所不窺,余甚畏之。姬傳,余友季和之子,其世父則南青也。"(《海峰
文集》卷三)大概便是乾隆十六年,劉大櫆應經學舉被黜,姚鼐來京會
試禮部亦不第之際,同為科場中失意之人,大櫆乃有此文以勉姚鼐努
力學習聖賢,且敘兩家舊交也。因此種種,我們可以覷知,姚鼐與劉大
櫆之師生關係非同泛泛,真是把古文法學到手了。

姚鼐之學,他的弟子管同(異之)稱之為"上究孔、孟,旁參老、莊,
百氏之書,諸家之作,皆為咀含其精蘊,而外沉浸其辭章。是以詮經注
子,纂言述事,刻峭簡切,和適齋莊。淡泊乎若無酒之絪蘊,希夷乎若
古琴之抑揚。瀏然而來,若幽泉之出於深澗。飄然而逝,若輕雲之漾
於大荒"(《因寄軒文集卷十·公祭姚姬傳先生文》)。此種描述,詞彙

雖美,終嫌抽象,不如姚鼐另一位弟子陳用光(碩士)說得具體明確。
用光云:

> 論學以程、朱為宗,其為文與司馬(遷)、韓、歐諸君子有
> 相遇以天者。自其官京師時,有所作必歸於扶樹道教,講明
> 正學,若集中《贈錢獻之序》是也。及既歸,益務治經,所著經
> 說,發揮義理,輔以考證,而一行於古文法。(《姚先生行
> 狀》)

用光特別標榜的"經說",剛好是姚鼐的脆弱之處。那只是為了
"道學正學"所講述的"義理",與經學家專精的"經學"不盡相同。因
為姚鼐追求的是"古文法",雖然也使用點兒"考證",不過是為文章服
務的。換言之,手法而已,力求內容充實而已,非必推陳出新別有創見
的。因為姚鼐首先是攻擊"漢學"的。《贈錢獻之序》即說:"漢儒承秦
滅學之後,始立專門,各抱一經,師弟傳授,儕偶怨怒嫉妒,不相通曉。
其於聖人之道,猶築牆垣而塞門巷",這不是徹底否定的話嗎? 對於宋
儒的態度,恰恰與此相反。他認為:

> 宋之時,真儒乃得聖人之旨,群經略有定說。元、明守
> 之,著為功令。當明佚君,亂政屢作,士大夫維持綱紀,明守
> 節義,使明久而後亡,其宋儒論學之效哉!

姚鼐這裏,雖然未提程、朱,實際上誰都曉得這是不言而喻的。有
趣的是,明儒裏還有王陽明呢,居然也包括在內,這就跟桐城派也排斥
"王學"的後來作者不盡相同了。對於"漢學",他卻是毫不矜假的,批
判到底的。他說"漢儒"(清人也稱之為"樸學")專求古人名物、制度、

訓詁、書數,以博為量,以窺隙攻難為工,其甚者欲盡舍程、朱而宗漢之士。他說:這簡直是"枝之獵而去其根,細之搜而遺其鉅"大錯特錯的事,這裏,最後點出程、朱了,並把程、朱和"漢學"對立起來。《復蔣松如書》更說:

> 自秦漢以來,諸儒說經者多矣,其合與離固非一途。逮宋程、朱出,實於古人精深之旨所得為多。而其審求文辭往復之情亦更為曲當,非如古儒者之拙滯而不協於情也。而其生平修己立德,又實足以踐行其所言,而為後世之所向慕。

此地談論的又不止是"義理""辭章"之事,還連帶著有"躬行實踐"之德。姚鼐甚至認為,"元明以來,皆以其學取士,利祿之途一開,學者以為進趨富貴"之工具以後,猶"奉而不敢稍違",雖是"陋習",亦有可取。而"漢學家非之",則是"專己好名"大有害於學術了。因為漢學家攻擊理學家,不分"大小精粗",亦是"陋習"。因而大聲疾呼地指稱:

> 夫漢人之為言,非無有善於宋而當從者也,然苟大小之不分,精粗之弗別,是則今之為學者之陋,且有勝於往者為時文之士,守一先生之說而失於隘者矣。博聞強識以助宋君子之所遺,則可也,以將跨越宋君子,則不可也。

姚鼐始終是抑漢而尊宋的。漢雖博只能拾遺補闕以助宋,宋即隘也是表裏精粗無不到居於領導地位的。這大概是自南宋以來,程、朱通過《四書》所體現出來的"誠、正、修、齊、治、平"的"大一統"思想,誰也不能忘懷的"修己以安百姓"的"儒教鴻圖"。"篤行戀學,軌以程、

朱"，原是"桐城派"的"家法"麼，誰敢侮之？康、雍之際，能與程、朱分
庭抗禮的是"顏李學派"。乾、嘉之時，漢學大興，程、朱之勢不敵，所以
姚鼐也有"非不自知其力小而孤"之歎。然而，他還是拼命在嘶喊著
"義不可以默焉耳！"他說，"儒者生程、朱之後，得程、朱而明孔、孟之
旨，程、朱猶吾父師也"。所以不該"詆毀、訕笑"，否則"必為天之所
惡"。甚至歷舉毛大可（奇齡）、李剛主（塨）、程綿莊、戴東原等對抗宋
學的漢學家都遭了"天譴"，"身滅嗣絕"，和方苞當日詛咒李塨、王源
的話如出一轍，這就未免有失學者之態了。（以上所言，雜見集中《復
簡齋書》）姚鼐還有《述懷詩》以申論漢、宋之異，及其得失道：

> 門有吳越士，撟首自言賢。束帶迎入座，抗論崇古先。
> 摽舉文句間，所守何戔戔。誹鄙程與朱，制行或異施。漢唐
> 勤箋疏，用志誠精專。星月豈不輝，差異白日懸。世有宋大
> 儒，江海容百川。道學一旦廢，乾坤其毀焉。寄語幼誦子，偽
> 論烏足傳？（《惜抱軒詩集二》）

"道學一旦廢，乾坤其毀焉"，這話說得多麼重呀！姚鼐文藝思想
政治態度的傾向性也就不問可知了。其意以為漢學家比起理學家來，
至多不過像"星""月"之與"白日"似的，乃是"偽論"。是這樣的嗎？
即以姚鼐和戴震的交往而論，我們認為有些問題便須澄清。一是戴震
之學是否支離破碎不講義理，不能文章？一是，義理、辭章、考據的辦
法是哪家先提出來的？

按經學家雖不講求詞章，但也未嘗沒有他們自己的看法。錢大昕
（竹汀）就說麼，"嘗慨秦、漢以下，'經'與'道'分，'文'又與'經'分，
史家至區'道學''儒林''文苑'而三之。"錢大昕說，這種分法是有問
題的。因為，"'道'之顯者謂之'文'，六經、子、史皆至文也。後世傳

'文苑',徒取工於詞翰者列之,而或不加察,輒嗤文章為小技,以為壯夫不為",豈不是有悖於"古人以立言為不朽之一"的說法?(《潛研堂文集·味經堂類稿序》)按所謂文以載道,文以明道,言之不文,哪裏去"明"去"載"呢?"辭,達而已矣。"從孔子之時,不就講求文章了嗎?六經、子、史既為"至文",怎麼可以視為"小技"哪?戴震的態度,也不例外。

按戴東原名震,休寧(即今之安徽省歙縣)人。生於清世宗雍正元年(1723),卒於清高宗乾隆四十二年(1777),年五十五,他是清代著名的漢學家,為皖派的代表人物。戴震治學不主一家,脫出漢人傳注反復參證,以"求道"為目的,未嘗忽略本根止搜枝葉。他常說:"有義理之學,有文章之學,有考核之學。義理者,文章、考核之源也。熟乎義理而後能考核,能文章。"(《戴東原集卷首·段玉裁序》)他又說:"六書、九數等事,如轎夫然,所以舁(音 yú,共舉)轎中人也。以六書、九數等事盡我,是猶誤認轎夫為轎中人也。"(同上)段玉裁《戴東原年譜》亦說:"先生合義理、考核、文章為一事,知無所蔽,行無少私,浩氣同盛於孟子,精義上駕乎康成、程、朱,修辭俯視乎韓、歐。"此論雖有稱頌過實之處,但基本上是符合戴震的學問之道的。特別是關於文章的功用,戴震自己就說:

> 經之至者,道也。所以明道者,其詞也。所以成詞者,字也。由字以通其詞,由詞以通其道。(《與是仲明論學書》)

語言文字是反映思想、事物的符號與工具。集字成句,集句成章,今古一理。古文不同今文,有所懸隔,必賴故訓始可明其本義,否則似是而非毫釐千里,還談什麼治經呢?所以戴震又說:

　　夫所謂理義,苟可以舍經而空憑胸臆,將人人鑿空得之,奚有於經學之云乎哉?

　　求之古經而遺文垂絕,今古懸隔也,然後求之故訓。故訓明則古經明,古經明,則賢人、聖人之理義明。

　　這和偏重文章之學的姚鼐恰恰相反,戴震主張"傳信不傳疑",不"目覩淵泉所導,手披枝肄所歧"的事物,都是未至"十分之見"的知識,他說"真知"必須是"徵之古而靡不條貫,合諸道而不留餘義,巨細畢究,本末兼察"過的。其他"依於傳聞,擇於眾說,出於空言,據於孤證"的看法,掃數不足為訓。因為不夠實事求是,未嘗調查研究(以上所引,具見《與姚孝廉姬傳書》中)。按戴震對於姚鼐來講,本是同鄉前輩,業已成名的樸學大師。信裏許多治經之說,實等於"耳提而面命"了。所以姚鼐不能不表示信服,甚至請為弟子。戴震原書結語云:"至欲以僕為師,則別有說。非徒自顧不足為師,亦非謂所學如足下,斷然以不敏謝也。昨辱簡,自謙太過,稱夫子非所敢當之,謹奉繳。"

　　按韓愈嘗說:"師者所以傳道、授業、解惑者也。"(《昌黎文集·師說》)但這也必須有個前提,縱不志同道合,也要思路相近才談得上。現在姚鼐服膺的是宋學,戴震實踐的是漢學,姚鼐專工的是古文,戴震成名的是治經,怎麼能夠捏合到一起呢?所以戴震的"關門",姚鼐的"碰壁",都是極自然的事體。"道不同不相為謀"麼。姚鼐最初僅是舉人時雖曾有過念頭,戴震死後姚鼐已成大古文學家時,不是終於非笑戴震"身滅嗣絕"遭了"天譴"嗎?

　　姚鼐雖未獲列入戴震的門牆,但是戴震治學的方法,"或事於理義,或事於制數,或事於文章"(見於《戴東原集卷九·與方希原書》),卻被姚鼐"私淑"去了。姚鼐說:"天下學問之事,有義理、文章、考據三者之分,異趨而同為不可廢","必兼收之,乃足為善。"(《惜抱軒文

集卷六·復秦小峴書》)姚鼐更進一步地言其利害得失云:

> 嘗論學問之事有三端焉:曰義理也,考證也,文章也,斯三者苟善用之,則皆足以相濟,苟不善用之,則或至於相害。
>
> 今夫博學強識而善言德行者,固文之貴也,寡聞而淺識者,固文之陋也,然而世有言義理之過者,其辭蕪雜俚近如語錄而不文。
>
> 為考證之過者,至繁碎繳繞而語不可了當,以為文之至美而反以為病者何哉? 其故由於自喜之太過而智昧於所當擇也。

由此可見,戴震、姚鼐雖然都是三者並論,這裏面的差異卻很大。戴震的義理是直接孔、孟的,絕不旁鶩的,只要我們偏觀震所著《原善》《與彭允初進士書》和《孟子字義疏證》,便會知曉。因為,他的方法是科學的、漢人的,所以獨重考據而以文章為末事。段玉裁(茂堂)所謂"由考核以通乎性與天道"(《戴東原集序》)者是,其文章也並非支離破碎,繳繞不清的。姚鼐的義理,則是程、朱一流的道學,其方法是哲學的,只以考據充實文章,借使其言之有物。曾國藩(滌生)所謂"必義理為質,而後文有所附,考據有所歸"(《曾文正公文集卷一·歐陽生文集序》)者是,戴、姚兩人的不同,也就是漢學家、古文家分野的所在。金壇段玉裁云:"竊以謂義理、文章,未有不由考核而得者,自古作者胥是道也。後之儒者畫分義理、考據、文章為三,區別不相通,其所為細已甚焉。夫聖人之道在《六經》,不於《六經》求之,則無以得聖人求得之義理,以行於家、國、天下。而文辭之不工,又其末也。"(《戴東原集序》)既以古文為"末事",便常常把文章弄得繁瑣支離,遂使古文家滋生不滿,發為抨擊,如姚鼐的弟子陳用光云:

本朝之有考據,誠百世不可廢之學也。然為其學者,輒病於碎小。其見能及乎大矣,而所著錄又患其不辭。(《太乙舟文集卷五·寄姚先生書》)

陳用光只從漢學家文字表明的形式立論,自無可非議,因為他先肯定了考據的方法。另外是漢學家不甚講求行誼,也是古文家公開指摘之一端,劉開(明東)說:"自明季及乎國初,學病空疏,士漸舍宋而趨漢",這是好的。但是,以戴震為首的漢學家,"以躬行為不足尚,以程、朱為不足法","士於是外行而內文,先利而後義,能博而不能通,學則不切於身,用則無關於國"。劉開說,這種壞風氣,應該由戴震負責(《劉明東文集卷五·與朱魯岑書》)。真是這樣的嗎?漢學家不過不喊"學行繼程、朱之後"的口號而已。劉開也極力稱許戴震:說是"以淵雅之識,負宏通之譽","考糺諸經,精小學、明度數,證前代之遺制",用力既勤,其學亦博麼。在文教工作上,還有比這種貢獻更突出更巨大的?不然的話,為什麼能夠風行當日為士林之所景仰呢?"多識前言往行以蓄其德",這孔、孟的行誼,恐怕也是程、朱之所取法吧。說來說去,還是漢學家以文詞為"末事",不重視文章之學,觸動了桐城派。

最後,讓我們看看這也重考據,也想彌補空疏的姚鼐,在文章之中到底做到了什麼程度。我們遍查《姚集》,所謂考據之文,約有《郡縣考》《左傳補注序》《孝經刊誤書後》,及《辨逸周書》等數篇,倒也條理清晰,論證確鑿,文字也夠流暢。如《郡縣考》云:

周之制,王所居曰"國中",分命大夫所居曰"都鄙"。自國而外,有曰"家稍"者矣,曰"邦縣"者矣,曰"邦都"者矣,而統名之皆"都鄙"也。鄭君云"都之所居曰'鄙'",殆非是,宜曰"鄙"之所居曰"都"。《詩》曰"作都於向",《月令》曰"毋休於都",然則"都"者"鄙"所居,"城"之謂也。見於《詩》《書》《傳》《記》,凡齊、魯、衛、鄭之國率同。

蓋周法,中原侯服,疆以周索,國近蠻夷者,乃疆以戎索。故齊、魯、衛、鄭名同於周,而晉、秦、楚乃不同於周。不曰"都鄙"而曰"縣"。然始者有"縣"而已,尚無"郡"名。吾意"郡"之稱,蓋始於秦、晉。以所得戎翟地遠,使人守之,為戎翟君長,故名曰"郡"。如所云"陰地之命大夫",蓋即郡守之謂也。趙簡子之誓曰"上大夫受'縣',下大夫受'郡'","郡"遠而"縣"近,"縣"成聚富庶,而"郡"荒陋,故以美惡異等而非"郡"與"縣"相統也。

引經據典,辨偽析真,豈不也是一篇很好的考據文章。只是他以少例多,不肯多作,又不能遍用這種精神於古文之中,所以,終竟不過是古文家淺嘗輒止的考據文字罷了。

姚鼐論文,頗能糅合宋人"理""氣"之說,而發揚其"天人合一"之道。就是說,文章是因時變易不能不反映客觀的現實,而作為自然現象的物質條件,便不能不主宰著人的生活意識,使之觸類旁通無往弗屆了。他說:"天地之道,陰陽剛柔而已。文者,天地之精英,而陰陽剛柔之發也。""觀其文,諷其章,則為文者之性情形狀,舉以殊焉","故曰:'一陰一陽之謂道。'(《惜抱軒文集·與魯絜非書》)他又說:"吾嘗以謂:文章之原,本乎天地,天地之道,陰陽剛柔而已。苟有得乎陰陽剛柔之精,皆可以為文章之美。"(《文集四·海愚詩鈔序》)他並且說它們是"並行而不可偏廢"的,互相依存、統一制約著的。姚鼐還把它們分類品第如下:

陽與剛之美:

其文:如霆,如電,如長風之出谷,如崇山峻嶺,如決大川,如奔騏驥。

其光:如杲日,如火,如金鏐鐵。

其於人:如憑高視遠,如君而朝萬眾,如鼓萬勇士而戰之。

陽與柔之美:

其文:如升初日,如清風,如雲如霞,如煙,如幽林曲澗,如淪如漾,如珠玉之輝,如鴻鵠之鳴而入廖廓。

其於人:漻乎其如歎,渺乎其如思,暖乎其如喜,愀乎其如悲。

(《與魯絜非書》)

這鋪陳得如萬花筒一般,但卻落實到"人"與"物"以及體現於"文"中的景象(包括作者的思想感情),他的結論卻是:天地之道,雖以陰陽剛柔的協合為"體",卻也時發奇出以為"用",體現到文章上也是這樣,天地之用,尚陽下陰,伸剛絀柔,"故人得之亦然,文之雄偉而勁直者,必貴於溫深而徐婉。"蓋"溫深徐婉之才"易得,"難得者,必在乎天下之雄才"(《海愚詩鈔序》)。如果把這些道理,上溯到孟子的"浩然之氣,雄辯之才",和必須嚴禁的"詖、淫、邪、遁"四辭上,我們便會知道其來有方,不是無源之水,無根之木了。

總之,姚鼐論文是以"意""氣"為主的。他說,文無定法,因"意""氣"而有變。"聲音""節奏",也都體現在這裏。《答翁學士書》云:

文字者,猶人之言語也,有"氣"以充之,則觀其文也,雖百世而後,如立其人而與言於此,無"氣"則積字焉而已。"意"與"氣"相御而為"辭",然後有聲音、節奏、高下、抗墜之度,反復、進退之態,采色之華。故聲、色之美,因乎"意"與"氣"而時變者也,是安得有定法哉?(《文集》卷六)

"氣"充而後"辭沛","辭沛"始有"聲華","節奏"也自在其中。但它是"因時變易"(也包括"空間"在內)的。姚鼐教誨他的學生陳碩士也這麼說:"夫文章一事,而其所以為美之道非一端:命意、立格、行氣、遣辭,'理'充於中,'聲'振於外。數者一有不足,則文病矣。"(《尺牘卷七·與陳碩士》)其實,這個道理是顯而易見的:"在心為志,發言為聲","誠於中必形於外",作者體現於作品中的思想感情麼,只要它"真摯"是"為情造文"的,"意""氣"一立,搖筆即來,修辭謀篇,已其餘事。又《與張阮林》亦言為文之道云:

文章之事,能運其法者,才也。而極其才者,法也。古人文,有一定之法,有無定之法。有定者,所以為嚴整也;無定者,所以為縱橫變化也。二者相濟而不相妨,故善用法者,非以窘吾才,乃所以達吾才也。非思之深、功之至者,必不能見古人縱橫變化。所以為嚴整之理,思深功至而見之矣,而操筆而使吾手與吾所見之相副,尚非一日事也。(《尺牘》卷三)

姚鼐此文,頗有合於辯證法,相反相成,法靡有定。思深功至為其本根,而信手信腕發抒性靈的神來之筆,亦談何容易!也是甘苦備嘗,實踐出真知的經驗之言。《復汪進士輝祖書》更言其切身體會說:

鼐之求此數十年矣。瞻於目,誦於口,而書於手,較其離
合,而量其輕重多寡,朝為而夕復,捐嗜舍欲,雖蒙流俗訕笑
而不恥。(《惜抱軒文集》卷六)

看、寫、讀、作,朝夕不息,捐棄嗜欲,不理訕笑,積數十年之精力始
克有此,成功一個古文家,特別是開派的人物,豈可垂手而得!

中國文學史上的“選學”,那可真是由來久遠了。從二千多年前春
秋時代的孔子,就刪《詩》《書》,定《禮》《樂》,這“刪定”,就是選、編
麼,其後歷代都有作者,各有其不同的發展情況。但明白指稱為“文
選”的,還是以南北朝時南梁的《昭明文選》最早,最有代表性。至於
單選古代散文而又分門別類地數其源流申其義法的,自當以《古文辭
類纂》為首選。因為它是姚鼐用畢生的精力,直到晚年才告完成的傑
作。人們通常所談論的“桐城選學”實即植根於此。察其《序目》,都
凡一十三類,統計卷數則有七十四,登錄文章,多至七百一十三篇,可
謂洋洋大觀了,現在略言其梗概如下:

論辯:源於古之諸子,各以所學著書立說。(錄文六十四篇)

序跋:孔子為《易》作《繫辭》等“十翼”,《詩》《書》皆有序,《儀禮》
篇後有記。(錄文五十八篇)

奏議:陳說其君之辭,《尚書》具之。列國臣子所為,亦“誼忠,辭
美”,皆《謨》《誥》之遺。(錄文八十三篇)

書說:周公告召公,有《君奭》篇。春秋之世,列國士大夫,或面告,
或遺書,其義一也。(錄文八十五篇)

贈序:老子曰:“君子贈人以言”。顏淵、子路相違,以言相贈,梁王
觴諸侯於范臺,魯君擇善而進,所以致敬愛,陳忠告。唐初始名序。
(錄文五十三篇)

詔令：原於《尚書》之誓、誥。周衰猶存，昭王制肅強侯，所以悅人心而勝於三軍之眾。（錄文三十七篇）

傳狀：雖原於史氏而義不同，古之國史立傳，不拘品位，必撮序其生平。今"實錄"不紀臣下事。（錄文十六篇）

碑誌：其體本於《詩》，歌頌功德，其用施於金石，周有石鼓刻文，秦刻石於所巡狩處，漢人碑文加序。（錄文一百篇）

雜記：亦碑文之屬，碑主於稱頌功德，記則所紀大小事殊，取義各異，故有作序與銘詩全用碑文體者。（錄文七十五篇）

箴銘：三代以來即有其體，聖賢所以自戒警之義。其辭尤質而意尤深。（錄文二十四篇）

讚頌：亦詩、頌之流，而不必施之金石者也。（錄文六篇）

辭賦：風雅之變體也，楚人最工為之，非獨屈子而已，辭賦固當有韻，然古人亦有無韻者，以義在托諷耳。（錄文六十四篇）

哀祭：《詩》有《頌》，《風》有《黃鳥》《二子乘舟》，皆其原也。（錄文四十六篇）

由此可見，桐城義法，自戴名世、方苞、劉大櫆以來，雖已多所闡發，規格確定，但在分類方面仍有含混不清使人不易捉摸之處。姚鼐《序目》，則論斷明晰，類別完備，可以說是陸機（西晉）《文賦》之後，集其大成之作，所以桐城後輩，王先謙稱為"開示準的，賴此篇存"（王氏《續古文辭類纂序》）。黎庶昌也說："姚氏之論卓矣"，"姚氏無可議也"（黎氏《續古文辭類纂序》）。不過，也有人認為姚鼐之選不夠全面，因為他忽視了經、史和諸子，曾國藩就說，名為"尊經"而不選其篇章是錯誤的。"涓涓之水，以海為歸，無所於讓也"。又說"姚姬傳氏撰次古文，不載史傳，其說以為史多，不可勝錄"，這也是不足的地方。因為姚氏並未能完全排除"史傳"之文。如其"奏議""詔令"類中即分別選錄了《史》《漢》書有五六十篇，"果能屏諸史而不錄乎"？這便是指摘。至於諸子，則姚鼐在《序目》裏明白指陳"自老、莊以降，道有是非，文有工拙，今悉以子家不錄"，骨子裏也未嘗不有獨崇儒術，遠離諸氏的意圖。因為他們的文章難說不好，他們的影響也很深遠麼。曾國藩的《經史百家雜鈔》，便是蓄意彌補這種缺陷的。總之，不管怎麼說，《古文辭類纂》是給研究古代散文的人提供了有益的資料：取證於古文家的代表作品，總結了古文發生發展的過程。其經驗是豐富的，方法是科學的。因此，我們不同意那種"謬種""妖孽"的濫調，一筆抹煞"選學"的武斷的態度，曾國藩的補充是值得肯定、贊許的。

桐城古文之美，從劉大櫆起，就是主張神氣（作者的修養，包括神情、氣質、是非、好惡在內）、音節（體現於文章中的藝術形式，講音調，有節奏）交相為用的。"神為主，氣輔之。氣隨神轉"。此為文章之最精處，而音節、字句則其"粗處"與"最粗處"了，然而也不可以不講求。因為，"音節"，乃"神氣之跡"，"字句"又是"音節"之所附麗，否則什麼也體現不出來了（以上所言，均見大櫆的《論文偶記》）。這可以說是對於方苞的"義法說"，"言有物，言有序"的補充與突破。因為大櫆正面提出了"辭章"之美，非只戒律重重地叫人澹潔醇厚而已。也可以叫它作"道、藝統一論"吧。既要說明問題，使人感動，便要有個章法用些手段麼。

姚鼐繼之，更進一步地提出了"神、理、氣、味、格、律、聲、色"等八個準則，他說：

> 凡文之體十三，而所以為文者八，曰：神、理、氣、味、格、律、聲、色，神、理、氣、味者，文之精也。格、律、聲、色者，文之粗也。然苟舍其粗，則精者亦胡以寓焉？（《古文辭類纂序目》）

　　這"八品"可以分為兩組:作為文章內容的中心思想,主要情感,應該是"神、理、氣、味"得以體現的所在,它們是直接來自作者本人的內心修養,也就是精神世界的。體現於文章形式上的字句節奏,辭藻文采,應該是"格、律、聲、色"的範疇,它們是作者的藝術手法。約而言之,這裏面既涵泳了方苞的經學(義理),也溶解了大櫆的文學(辭章),更益之以調查研究的科學(考據),此其所以為"桐城派"集大成的人物。

　　當然,他們的古文藝術論,也不是沒有缺點的。如方苞主張寫短文,不要長篇大論,並且很少使用富於文采的語言(見集中《與程若韓書》,及沈廷芳《書方望溪先生傳後》)。劉大櫆過於強調向古人學習,說:"我之神氣即古人之神氣"(《論文偶記》),影響了創作上的個性發展。姚鼐的因時變易,東施效顰,把"考核"納入了"辭章""義理"之中,但就散文來講,也不是當務之急,也不容易運用的。所以,連桐城本派的人方宗誠等都有評議。方宗誠說:"侍郎(方苞)以學勝,學博(劉大櫆)以才勝,郎中(姚鼐)以識勝。"(《桐城文錄序》)姚瑩也說:"望溪文質,恒以理勝;海峰以才勝,學或不及;先生(姚鼐)乃理、文兼至。"(《惜抱先生行狀》)其實,總的說來,他們只能算是把文章作得明白曉暢,使讀者容易看懂而已。倒是姚鼐的"天人合一",以"陽剛之美"抒發"浩然之氣"的說法,在三家中有獨到之處。所以方宗誠又說:"我朝論文家者,多推望溪、海峰、惜抱三先生,而三先生實各極其能,不相沿襲。"對於姚鼐則特別著重他的"卓識"與"毅力",說姚鼐的"經術根柢不及望溪,才思奇縱不及海峰,而超卓之識,精詣之力,則又過之,蓋深於文事者也"。(《桐城文錄序》)這是因為姚鼐的古文,材料充實,視野開闊,而且相當地講求辭藻,所謂"上究孔、孟,旁參老、莊兩氏之書,諸家之作,皆內咀含其精蘊,而外沉浸其辭章"(見於管同《因寄軒文集卷十·公祭姚姬傳先生文》)者是。舉例來說,如:

一、《劉海峰先生八十壽序》：雖是序文卻用傳記式的寫法，使我們覺得它重點突出：首先借人口說，張揚旗幟，"天下文章，出於桐城"。形象生動，描繪海峰狀貌，恍如親見其人，並不陌生。揄揚得法：方苞虛己，稱海峰以"國士"，一經品提，便名噪都下。師承有自、跡象昭然，受經、學文，得天獨厚，而點景山川，人傑地靈，老而不衰，以式衛武，豈止美在大槐，作者何莫不然。

二、《登泰山記》：姚鼐的"遊記"，往往只寫物象景色，而不寄托本人情意，有點兒自然主義的客觀味道。如此文一上來好像是酈道元的《水經注》，先把泰山南北兩側的汶、濟二水，和山東也有古長城的地理情況，給了描繪。話雖不多，卻是考據工夫的所在。其記登山之道，日出之景，如"蒼山負雪、明燭天南"，"正赤如丹，紅光動搖承之"等語，不止真實也極工麗，這又是"辭章"之美了。

三、《左仲郛浮渡詩序》：此文極道江淮平原的開闊，以反襯其故鄉龍眠、浮渡等山之瑰麗。意在以此起興"天人合一"的藝術精神。作者不是說了嗎？"然吾聞天下山水，其形勢皆以發天地之秘，其情性閜閜常隱然與人心相通。必有放志形骸之外，冥合於萬物者，乃能得其意焉"，自然，像中夜出遊，舟行諸地中的景物刻畫，如"積虛浮素，雲水鬱藹，中流有微風擊於波上，發聲浪浪，礐砢薄湧，大魚皆害而躍"等句，有聲有色，引人入勝。不意於序文中乃有"遊記"，也是卓立不倚別有慧心之筆。

四、《復魯絜非書》：情真意切，宛轉天然。從一開端之"相知恨少，晚遇先生，接其人，知為君子矣；讀其文，非君子不能也。往與程魚門、周書昌嘗論古今才士，惟為古文者最少。苟為之，必傑士也，況為之專且善如先生乎！"即體會到作者這種待人以誠的精神。而自謙"自幼迄衰，獲待賢人長者為師友"才得"剽取見聞，加臆度為說，非真知文能為文"諸語，也是推心置腹，恰到好處的話。這從作者在書信中間，大談"文者，天地之精英，而陰陽剛柔之發也"，把"天人合一"之道，說得天花亂墜，絢麗多采，既形象化又系統化，真是"神而明之，存乎其人"了。入後所談"學文"的"功力"，其所能至者："陳理義必明當，佈置取捨、繁簡廉肉不失法，吐辭雅訓，不蕪而已"各點，也是踏踏實實的經驗的介紹。

總之，我們可以說姚鼐"其文多方"，他使用了非止一端的藝術手段，使著語言流利清新，雅潔生動。尤其在篇章結構上，可以說已經起、承、轉、合，俱臻化境，天衣無縫，宛轉自如了，而且傳記之文，妙趣橫生，別有境界，親切形象，人情味足，遠非語氣森然一本正經、道學家必須敬而遠之的神態所可比擬（海峰近似，望溪則差距不小）啦。

方苞、劉大櫆、姚鼐，桐城派這三位創始人的文章及其成就，我們覺得他們的後人方東樹（植之）分析、評論得最為允當。東樹說：

> 侍郎（方苞）之文，靜重博厚，極天下之物賾，而無不持載。泰山巖巖，魯邦所瞻，擬諸形容，象地之德焉，是深於學者也。侍郎論文主義法，要之不知品藻，則其講於義法也愨（誠、實之意）。
>
> 學博（劉大櫆）之文，日麗春敷，風雲變態，言盡矣，而觀者猶若浩浩然不可窮。擬諸形容，象太空之無際焉，是優於才者也。學博論文主品藻，不解義法，則其貌夫品藻也，淆耀

而浮。

先生(姚鼐)之文,紆餘卓犖,樽節劘栝,托於筆墨者,潔淨而精微,譬如道人德士,接對之久,使人自深。先生後出,尤以識勝。

東樹最後還予以綜合說:"是皆能各以其面目自見於天下後世,於以追配乎古作者而無忝也。知有以取其長,濟其偏,止其蔽,此所以配為三家,如鼎足之不可廢一。凡若此者,皆學者所共見,所謂天下之公言也"。(《書惜抱先生墓誌後》)

這篇讚頌文,雖然是桐城本派人作的,可是言之成理並不誇大。如說深於學的講義法,優於才的談品藻,才、學俱佳的兼倡義理、辭章、考據,三人配為三家,取長濟偏,一脈相傳,桐城古文學派還有個不成立的嗎?更加上三人都享長壽(年過八十高齡),都不做大官(各受排擠,鬱鬱以去),都有弟子(姚鼐最多,以其長為山長),又都是同鄉(不斷進出於桐城),最便於親炙、探討。

歷史都是自己寫的。"學派"也是少數有心人所謂"同道"一起寫的(前面說過,不一定是在同一個時期同一個地區這樣作的)。他們在主、客觀上,當然都反映了真實的情況。但是,具體到中國古代散文發展史上講,從一開始就能夠像戴、方、劉、姚,這樣配合默契相得益彰的開創了最為強大也帶有總結性的"桐城古文學派",就不止是在中國文學史上,恐怕就是世界文學史上,也是獨特罕見的了。

第二編　桐城古文學派的分播
姚門諸子

　　我們在前編已經說過,桐城古文學派的勢力,到了姚鼐方才擴大。這固然是由於姚氏晚出,席方(苞)劉(大櫆)的餘業,可以收事半功倍之效。而鼐的博學多聞,身為山長四十餘年,輪流主講,江南的"梅花"、"敬敷"、"鍾山"各書院,大規模地延攬弟子,流播風氣,實亦為其重要的原因。關於姚門弟子分佈的情況,曾國藩說得最為詳盡。他的《歐陽生文集序》云:

　　　　姚先生晚而主"鍾山書院",講習門下著籍者:上元(現在的南京市)有管同異之、梅曾亮伯言,桐城有方東樹植之、姚瑩石浦。四人者,稱為高第弟子,各以所得傳授徒友,往往不絕。在桐城者,有戴鈞衡存莊,事植之久,精力尤過絕人,自以為守其邑先正之法,禮之後進,又無所讓也。

　　　　其不列弟子籍,同時服膺有新城魯士驥絜非,宜興吳德旋仲倫。絜非之甥為陳用光碩士,碩士既師其舅,又親受業姚先生之門,鄉人化之,多好文章。碩士之群從,有陳學受藝叔、陳溥廣敷,而南豐又有吳嘉賓子序,皆承絜非之風,私淑於姚先生,由是江西建昌有桐城之學。

　　曾國藩的序文,我們先錄引到這裏,江西以下的後編再說。國藩而外,長沙王先謙在他的《續古文辭類纂·纂例》中,亦有所題錄,可以補曾氏之不足。《纂例》說：

> 姬傳之徒,伯言、異之、孟塗(劉開,曾序所遺)、植之最
> 著。碩士行輩差先,伯言,其年家子,異之,典士所得士也。
> 仲倫、春木、生甫出姬傳門少後。薑塢曾孫碩甫,亦姬傳高第
> 弟子而名業特顯,不徒以文稱。秋士品詣孤峻,尺木其族子,
> 究心理學,尤與臺山善。

王序也說到此地、廣西以下的先不管它。王先謙只提作者的號,
不錄全名,又不分地區、泛敘師承,所以較為紛亂,但可以補曾序的不
足。如為"曾序"所遺落的,即有劉開。

以上所列,可以說是"姚門諸子"的"點將簿",接著我們也要談
談這個時期的文風、學風了。就是說,儘管作者們還在信守方、姚的
"義法",也講義理、考訂、辭章三者兼顧的重要性,可是由於世異時
移、外侮日深,乾嘉以後,清室的統治已經盛極而衰,客觀的形勢如
此,不能不迫使他們有所變革了。一是"樸學"(即漢學)漸漸式微,
"宋學"(即程、朱的理學)代之而興,於是"桐城派"的"學行程、朱之
論",才真的甚囂塵上啦。一是文章單道古樸通順不行了,還要講究
反映現實,有點子"經世致用"的精神才好,"文不關於世教,雖工無
益"(方東樹語),"通時合變,不隨俗為陳言"(梅曾亮語)即是
例證。

這一時期,鴉片戰爭以後,太平軍興起之際,桐城派的作家們還有
一個特點,那就是起來反抗,誓不兩立。如梅曾亮的逃離故鄉,走避淮
上。戴鈞衡隨父在桐城辦團練,積勞成疾而亡。特別是邵懿辰助守杭
州,城破被執,罵敵而死。桐城派的先生們,為什麼要這樣地幹呢？那
事情很簡單,從他們的先輩算起,如方如姚等,便都受到清室的"恩

惠",給功名(中舉、會試、成進士),作官吏(當侍郎、充總編、主科考),不一而足。到了清代中葉,統治局面早定,後輩狃於上下之義,想望先人所為,還認為這是分所應為,心安理得哪。

第一章　安徽桐城的作家

安徽桐城，乃桐城古文學派的"發祥地"，戴名世、方苞、劉大櫆、姚鼐等人，先後崛起，相繼呼應，都以振興文業為職志，實力雄厚，影響莫大，方之前古，得未曾有。

雖然後來因為名世慘死，方苞移家金陵，大櫆歸老歙縣，姚鼐在外講學，使著它常常失掉重心。但因名號已成，派系大立，流風所至，天下知曉。本地人士，自然容易追蹤奮發。

因此成名的作家如方東樹、姚瑩，和東樹的弟子戴鈞衡，及為王先謙特別表而出之的劉開，可以說，都是"得天獨厚"的作者。還有曾、王俱未措意而我們補充上來的方宗誠（東樹之弟），也不簡單。儘管他師承不純，年輩較晚。

第一節　方東樹

桐城後起的作家，能夠像方苞的學行程、朱，文章韓、歐，或是姚鼐的義理、辭章、考據，三者兼長的，比較少見。不得已而求其次，則得其一端者，已屬可貴。即以方東樹而論，便是一位只重義理、學行，而文章並不出色的作者。

方東樹，字植之，安徽桐城人，因取蘧伯玉（春秋時，衛國大夫）五十知非，衛武公（春秋之衛國諸侯）耄而好學之意，以"儀衛"名軒，學者遂稱為儀衛先生。他生於清高宗乾隆三十七年（1772），卒於文宗咸豐元年（1851），得年七十九。

東樹幼聰慧，年十一，效范雲（梁之聞人）作《慎火詩》，為鄉前輩所稱賞。二十二歲，入縣學為弟子員，尋補增廣生（略高於秀才而不及貢生的縣學生）。時同里姚鼐主講江寧“鍾山書院”，乃往受業。與上元梅曾亮（伯言）、管同（異之），同里劉開（孟塗），並為姚鼐所最稱許，世目為“姚門四傑”。

東樹家貧，屢試不售，年五十，遂不再應舉。客遊四方，歷主廬州、亳州、宿松、廉州、韶州（地在今江西、廣東等省）等處書院，所至導諸生以學行，不只課以文藝。晚年里居，獎掖後進。以詩文就正者，既告之法，且進以“為己”之學。年將八十，祁門（今安徽省祁門縣）令延主“東山書院”。欣然往，抵祁，越兩月而卒。

東樹的文章不夠精美，他自己就說：“滑易好盡，發言平直，措意懦緩，行氣柔慢而失其所能，於古文雄奇、高渾、潔健、深妙、波瀾、意度全無。得失自明，固知不足以登作者之録。”（《儀衛軒文集自序》）這樣講不完全是謙虛。因為他的作品，絕大多數只講求盡理達辭，不尚誇飾，他的同門管異之就有“無不盡之意，無不達之辭，國朝名家，無此境界”的評語麽（同上）。但他對為文之道，卻是知之甚稔，並非泛泛的。他說，作者對於古文，要“師而不襲，善因善創，知正知奇”，“力避其似，力覆其露，力損其費”，才能達到無一字不已出的境地。那麽，這還不是韓愈的“師其意不師其辭”的引申義麽？

他對為文的方法，也說得相當透闢。他認為須先從博學、研說、專思、一慮，以求得古人的神態，然後再以道德為體，聖賢為宗，經、史為質，兵、刑、政事為用，人事為施，物感為情，以為創意、造言、導氣、扶理的根據（同上）。這就又是“文以載道”的復述了，東樹始終強調：“本領盛而辭自充”，文章所以能夠“不朽於天壤萬世”的，就在這個“本”上。什麽是“本”？那便是學行可述，大節不虧，理學家的一套。東樹義理之辨，極似宋人。如他的《原靜》申明“性”與

"欲"的關係云：

> 《記》(按為《禮記》)曰："人生而靜,天之性也。感於物
> 而動,性之欲也。"是知人性本靜,凡動皆欲。感物即動,是欲
> 也,雖感於物,亦出於性。

這種道理,如果用生理、心理學來解釋,則"靜"是內在的,看不到
的狀態。"動"是外物刺激的必然反應,沒有刺激不會反應。人類生
來,都具有"原本的趨向"(Nature tendency),這些趨向,可以決定反應
的方式,所以說"雖感於物亦生於性",然則東樹未嘗無見。他又在
《原義》中談"中庸"之道說：

> 義者,宜也,宜時中也。時中非權莫執,故中權而後時措
> 之,宜也。苟行不得宜,則仁亦為病,如云"姑息"之仁,"兼
> 愛"之仁。又仁主愛,愛成貪,皆失義為之害也。

按《禮記·中庸》有云："天命之謂性,率性之謂道,修道之謂教。"
又說："君子之中庸也,君子而時中,小人之反中庸也,小人而無忌憚
也。"依照方東樹的說法,"性"是生來就有的。"率"就是要"控制",要
"教養"。"時中"便是"控制""教養"得法,才是"仁"之所在,"義"之
所出,才是"君子之中庸"。"無忌憚"便是失掉"控制",沒有"教養",
便是"不得宜",則是"煦煦為仁,孑孑為義"(韓愈《原道》)了,所以說
"小人反中庸",已是"迷失本性"啦。

東樹既然皈依理學,自必反對漢學。他的《漢學商兌》,就是當時
有名的代表作。他的學生蘇惇元說："乾嘉間,學者崇尚考證,專求訓
詁名物之微,名曰'漢學',穿鑿破碎,有害大道,名為治經,實足以亂

經。又復肆言攻訐朱子,道光初,其言尤熾。先生憂之,乃著《漢學商兌》辨析其非,書出,遂漸息。"方東樹自己也說:"士不能經世濟民,著書維挽道教",等於妄生空過。寫了這本書,可以補救"不耕織而衣食"的缺陷啦,足以說明它的作用非凡,為東樹重視的程度。其大要如下:

漢學考證者:闢宋儒,攻朱子為之罪者凡三端:

一、講學標榜門戶分爭,為害於家國。

二、言性、言心、言理,墮於空虛,心學、禪宗歧於聖道。

三、高談性命,束書不觀,空疏不學,為荒於經術。

以上要點,以"空疏"二字就可以概括了。代表人物亦有三類,方東樹逐一給了批判:

一、黃東發(宗羲)等:目擊時敝,意有所激,創為較病之論,而析義未精,言之失當。

二、毛大可(奇齡)等:出於淺肆矜名,深妒《宋史》創立《道學傳》,若加乎儒林之上,緣隙奮筆,忿設詖詞。

三、惠棟、張惠言:好學而愚,智不足以識真,則為暗於是非。

方東樹說這些漢學家們:"遞相祖述,膏脣拭舌,造作飛條,競欲咀嚼。"說他們"新編林立,聲氣扇和,專與宋儒為水火,而其人類皆以鴻名博學為士林所重"。說他們"馳騁筆舌,貫穿百家,遂使數十年間承學之士,耳目心思為之大障"。東樹繼續說:

> 歷觀諸家之書,所以標宗旨,峻門戶,上援通賢,下攬流俗,眾口一舌,不出於訓詁小學,名物制度,棄本貴末,違戾詆誣,於聖人躬行求仁、修、齊、治、平之教,一切殺抹,名為治經,實足亂經,名為衛道,實則叛道!

東樹這些看法,自然不免偏激,很難說搞考證的漢學家們,只懂聲音訓詁,不講《經》《史》之學。如有清之初的黃宗羲、王夫之、顧亭林、毛奇齡等,哪有一位不是著作等身,節操過人的? 乾、嘉以後,天下已定,戴(東原)段(茂堂)諸人,才埋首問學,"以《六經》為宗,以章句為本,以訓詁為主,以博辨為門","亦闢乎佛,亦攻乎陸(象山)王(陽明),而尤異端乎程、朱"的。末流之敝,不免於支離破碎,陷於繁瑣。如果一定說他們"以同異為攻,不概於道,不協於理","以文害辭,以辭害意",其害"過於楊、墨、佛、老"(以上所言,並見《漢學商兌序》中),則未免於主觀片面不足以服人。

東樹的立身處世,頗能言行相符。蘇惇元說他:"有至性,內行純篤。事祖父母甚孝。營葬三世七喪,竭盡心力。持己尤廉介剛直,不詭隨世俗,身雖未仕,常懷天下憂,族戚、友朋之事,為之憂戚喜忭一如己事(見所撰《方傳》),所以,方、姚以後,精通義理、學行純篤的桐城本籍作家,實在應該以方東樹為第一人。

方東樹的著作甚多,計有:

《漢學商兌》

《待定錄》

《大意尊聞》

《書林揚觶》

《一得拳膺錄》

《進修譜》

《未能錄》

《最後微言》

《思適居鈴語》

《病榻罪言》

《山天衣聞》

《昭昧詹言》

《儀衛堂文集》

他的弟子亦多,著籍者:蘇惇元、從弟宗誠、戴鈞衡。以戴鈞衡為最有名。

戴鈞衡

戴鈞衡,字存莊,號蓉州,安徽桐城人。生於清仁宗嘉慶十九年(1814),卒於文宗咸豐五年(1855),年僅四十二歲。他幼有異稟,七歲就傅,讀書目數行下。振筆灑灑數千言。稍長,益奮志,泛覽百家。時人毛岳生(生甫)、梅曾亮(伯言)、姚瑩(石甫)皆驚為異才。年二十七,邑老儒方東樹自粤歸,鈞衡以詩文請業為弟子。東樹詫曰:"經采華妙,吾目所未見也。"

但鈞衡以文藝為末事,而謂士當通經致用,切摩以根柢之學,於是刻意奮勉,輟廢餐寢。又憂家國,好言時事,雖中道光二十九年舉人(年已三十五歲),但兩會試不第。洪、楊事起,疆吏望風逃避。鈞衡父率鄉人行團練,以資保衛,鈞衡亦襄事其間,遂以積勞憂憤早卒。著有《味經山館文鈔》(以上所言,並見戴心傑《蓉州府君行述》,及《味經山館文鈔自序》)。其《自序》云:

> 予年二十,學古文,愛鄉先生耕南劉氏作,揣摩私效,學不足以充其才,徒滋假象陳言而已。二十三,交許丈吾田,攻考證學,務為匯古數典之文。二十七,從遊植之方先生,始知所作皆非,而後者更不如前此之猶合義法。於是,乃以姬傳姚先生《古文辭類纂》為宗,久之累見塗轍,先生曰:"文章之本,不在是也。"於是稍稍求之宋《五子書》以明其理,求之《經》以裕其學,求之《史》以廣其識,因循玩愒,厭故喜新,雜

以科舉人事作輟,未克實用力以臻精深之詣。每有所作,理不能徵於實,神不能用於空,氣不能渾於內,味不能餘於外,隨手拋擲,不自愛重。間有錄稿,必正之植之先生,與同門厚子、鍾甫、存之三人者而後存。

　　歲庚戌(道光三十年)、壬子(咸豐二年),先後兩入都(北京)湘鄉曾侍郎,仁和邵映烜(懿臣),山陽魯通甫(一同)、武陵楊性農(彝珍),巴陵吳南屏(敏樹),復加審正,選有若干首。春官兩黜,四十無成,方將退隱故山,從容肆力,以嗣鄉先生之緒,而粵西多事,蔓延兩楚,大吏擁重兵守險,率望風逃。不三月間,武昌、安慶、江寧、鎮江、揚州皆陷,天下震動。桐衡邑,未罹兵火,而居民遷徙流離。鄰匪來逼,家君率鄉人行團練以資保衛,小子襄事其間,目不覬文字者半載於茲矣。回憶討論文事諸賢:植之先生墓草已宿,邵、魯諸君子星散四方,干戈滿塗,書問梗塞,同門三子者,數月不一見,見亦無暇論文學。區區無用之文,尚復何心整理哉!

　　我們從這篇文章裏,可以看出來三個問題:鈞衡的師友都是老桐城派,他所追蹤學習的更是劉大櫆和姚鼐。從關係上說,毫無疑問是堪稱嫡系的一脈相傳的桐城作家。其次是:“桐城派”從政治態度上看,一開始就是反對太平軍,維護清室統治的,因此,它的存在與發展,受到了很大的影響,幾乎遭到了毀滅性的打擊,戴鈞衡及其家鄉,首當其衝。而從鈞衡自己做學問的方向上講,可以認為是第三點吧:以宋學明理,由經書裕學,和資史家廣識的態度,應是相當明確的,但是他說,首在“治經”,儘管“道術、政事、文藝”與之同為“立教”之本。《課經學》云:

> 治《經》者,格物窮理之大端也。治《經》,非徒通其訓
> 詁、章句、名物、典章而已。
> 雖然,治《經》者舍此亦無由以入。

這就和方東樹的"空談臆測,有所改作"以及戴東原的反對"鑿空",當由"考核以通乎性與天道"之說,沒什麼大差別了。但他畢竟是純桐城派,桐城派哪有不掊擊漢學維護宋學的? 所以歸根到底還是要說:

> 予獨慨夫說《經》之書破碎支離穿鑿武斷,未有知乾、嘉間所稱"漢學家"者也。
> 窮《經》而不求之理道之源,踐之倫常日用之地,則知先為物累,而大學之徑塞矣。

戴鈞衡評比了三種漢學家:

一、國初一二大儒,鑒明代空疏之習,矯以實事求是,猶能確守聖人之道,遵奉程、朱,有體有用(此是在肯定)。

二、繼起者,則務為博聞強記,專門名家(按:這也不算貶詞)。

三、又其後,乃流為破碎支離,穿鑿武斷。雖其鉤稽推考,亦有足補前儒之未備者(此則以"毀"為主,而間以稱道)。

這種分門別類以時為綱,而又不埋沒漢學家優點的態度,頗夠公允,相當客觀。所以,雖有"舍其大而求其細,拋其本而尋其末,矻矻焉終其身於故紙堆中"的指摘,我們覺得還是過得去的。因為漢學發展到乾、嘉以後,的確繁瑣不堪無關天下興亡了。為考訂而考訂,以工具為目的,"物極必反"事理之常麼。

可以看出,戴鈞衡也是從頭到尾尊重實踐不尚空談的,以"深之以

學問,踐之以躬行,然後發之皆德音" 而 "不必以文" 著稱。就是應試的時文(即科舉文),他也主張要以 "實學" 為宗。《擇山長》說:

> 制義者,所以發明聖賢之言也。欲言其言,則必通其《經》,明其道,講求其典章法度,而實體之於身心,而後言之有物,其發之也為有本。不此之務,而徒從事於揣摩得失,剿竊影響之為,則未見其出而實有裨於世也。

八股文乃禄位的 "敲門磚",沒人看得起它。可是求取功名又非精於此道不可,因而戴鈞衡也對它要求起 "經學",聯繫到 "躬踐",這就不怪他考不上進士,而自方苞起,桐城派即以 "古文為時文" 的傳統精神,也體現在這裏了。戴鈞衡之不同凡響,還有他的膽識過人,敢為天下先的精神:為戴名世編輯遺文,並在序錄中推許名世為史家,有司馬子長之才,這在當日是一般人做不到的事體。因為戴名世是康熙時文字獄內的主犯,殺了頭抄了家的罪名,正是為了不用 "正朔" 未忘前明的 "史法" 之故。而鈞衡憤憤不平,為名世叫屈,說名世 "摧折困抑,垂老構禍以死,著作脫軼,莫為之收"。說到戴名世的辭章,又譽之為 "太空浮雲,變化無跡,飛仙御風,莫窺行止"。指稱其意境,神乎其神,又說 "逸韻" "氣味",相似莊周、李白,把戴名世擺到與方苞平頭齊腳的位置上。就是說,也是桐城開派之祖,而自稱 "宗後學",此其意,就不止是 "攀龍附鳳" 而已了。

方宗誠

方宗誠,字存之,安徽桐城人。生於清仁宗嘉慶二十三年(1818),卒於德宗光緒十四年(1888),得年七十一。宗誠為東樹從弟,曾入曾國藩幕。同治間,李鴻章總督直隸(即今河北省),薦授棗強知縣,治獄有聲,擢知灤州(今河北省唐山地區灤縣),因故不赴任。光緒六年告歸,隱居著述,從遊甚眾。督學使貴恒重其學行,奏加五品。學者稱"柏堂先生",有《柏堂全集》。

宗誠沒有功名,不愛州縣官職,敦品勵學,取人之長,故能有所成就。他的導師,非只從兄東樹,還有崇信陸、王的方魯生,學行程、朱的許鼎。路子比較寬,不拘拘於一家。例如東樹反對漢學,宗誠卻說"學問之道,凡以求得其本心而已"(《編次許玉峰先生集敘》),不贊成於派系異同之辯。他認為這是"方人",這是"訾議",這不是"為己之學",這不是"取長之道"。他說:

> 學者果真知程、朱之為是,則當確守程、朱之法,而實力行之。豈宜徒取其言為爭辯之具邪!(《復劉岱卿書》)
>
> 今先生(指方魯生而言)欲取陸、王之說,直指本體,啟發人心,其用意可謂仁矣,若好為過高之論,及稍開訾議之端,誠恐聞者於先生精言至論,未必能得之於心。(《復方魯生先生》)

程、朱、陸、王之是非得失,前人論之已詳,但看力行如何了。方宗誠一方面歎服程、朱的"窮理細,檢身密,行法嚴,析義精",另一方面也不否認王陽明的"致良知"。他說陽明所以能夠"折權奸,定大變,羽書旁午,從容自在,讒謗交加,毫不動心",就是這種工夫得到充分發揮的結果。問題在於:"徒以致良知為教,而廢格物窮理之功"。且牽引經書以就己說。復古本,改朱注,使學者專事心體而略事物,務求上達,而廢下學。其敝必至於認心為性,認心為理,而任意妄行(《玉峰先生書》)啦。很清楚,言外之意還是左朱而右王的。

宗誠論文,亦多講學的氣氛。因為他是直截了當地主張"文以載道"的,他說:"道之顯者謂之文。古無有離道而謂之文者。"他說:"天地間萬事萬物,典章制度,《書》之所載,《詩》之所歌"以及"日用之常經,事理之當然,時勢之變化",一句話,凡是"耳聞、目見、口言、身踐"的都是"文",也都是"道",所謂"君子博學於文,即所以求明夫斯道"的。"格物致知,窮理盡性",這"知"、這"性"就是從這"格"、這"窮"中得到的。"文道合一,吾無間言"(《斯文正脈敘》),隱(思想)賴之顯(文字),不可分割。用現在的話說,即"語言是思想的外殼","誠於中必形於外",它起的是工具、符號的作用,"貫道於器"。

再明確些說,文之事本一,而其用凡三:曰"晰理""紀事""抒情"。他的《古文簡要敘》云:

一、晰理:理之原具於人心,而散見於事事物物,不有文以晰之,皆將無以明諸心而處其當。發為晰理之文,自能辨是非,判疑似,別真偽,戶聰牖明,沃心發慮,開物成務。

二、紀事:國家興亡治亂之由,忠義孝貞之畸行苦節,高人逸士之流風遺韻,苟非有文以紀之,則又何以昭法戒,而使後之人多識多聞以畜其德?謹闕文,具本末,刪繁提要詳略有倫?

三、抒情:人生而靜,天之性也,感於物而動,而情生焉。非抒之以文,則又何以怨慕離愛,發憤宣悲?道故舊,述今昔,令讀其文者,一唱三歎,唏噓欲泣?情為之篤,氣為之厚。

按《清史·文苑本傳》云:"宗誠能古文,熟於儒家性理之言,欲合文與道為一。咸豐時寇亂,轉徙不廢學,益留心兵事吏治,著《俟命錄》,以究天時、人事、致亂之原,大要歸於植綱常,明正學,志量恢如也。"

山東布政使吳廷棟見之,聘為子師。倭仁、曾國藩,皆因廷棟以知宗誠。倭仁為師傅(咸豐帝師),寫其書數十則,進御經筵。國藩督直隸(今河北省),奏以自隨,令棗強(今河北省棗強縣)十餘年,設鄉塾(即縣小學),創敬義書院,刻邑先正遺著,舉孝子、悌弟、節婦。建義倉,積穀萬石,皆前此未有也。

國藩去,李鴻章繼任,亦不以屬吏待之,有請輒施行。嘗歲旱,已逾報災期,手書為民請,並及鄰郡邑,不以侵官自嫌,卒得請普免焉。舉治行卓異,不赴部,自免歸。

第二節 劉 開

劉開的學行,恰和方東樹相反。論文章是辭高氣盛,講品質卻是素行不檢。上元管同(異之)說他的文章"辨博馳騁,氣光發露,不可掩遏",可謂"奇才"。他的行徑卻是"不務守師訓,而奔走公卿形勢",朝夕上詩書以"求名、鑽利"(《因寄軒文集四·劉明東詩文集序》)。

據姚元之所撰的《劉孟塗傳》說:劉開字明東,一字孟塗,又字方來,家桐城東鄉之孔城。生數月而孤(按為清高宗乾隆四十六年,即公元1781年)。年十四,以書謁惜抱先生,先生大奇之,謂人曰:"此子他日當以古文名家,望溪、海峰之墜緒賴以復振,吾鄉之幸也。"

又姚鼐給劉開的親筆信也說劉開的文:"命意遣詞俱善,世不可無此議論,亦不可無此文。盡力如此做去,吾鄉古文一脈,庶不致斷絕矣。豈獨鼐一人之幸也哉?"可見他的才華與造詣非同一般了。劉開既有"國士之譽",姚鼐遂"盡授以文法,遊客公卿,才名動一時"(《清史·文苑傳》)。但是,我們不能忘記,他是"放牛娃"出身,"聞塾師誦書,竊聽之,盡記其語,塾師留之學",跡其開始,可以說是自學成才的。

單從文章上看,確亦非同凡響,劉開自己也很自信。他的《上阮芸臺侍郎書》就說:

> 學不敢謂博也,而古今名物之理,天下國家之務,典章度數之精,身心性命之奧,固素所講求而能得其樞要。識不敢謂精也,而以之判可否,決得失,辨幾微之分,明隱顯之情,則自謂無過才不敢謂異也,而以之論道德之要,闡聖賢之業,窮庶物之變,震金戞石,摛為文辭,至於出深入高,鉤元啟妙,蕩滌群垢,橫騖四恣,江河之流,日星之明,風霆之聲,取之左右,運為固有,則雖坐古人而進退之,與之角力競勝,亦無愧容。

看起來,劉開是很自負的,也極會寫文章。可是,不從科第出身,又沒有世家大族的關係,哪裏容易找到一官半職,所以半生潦倒,經常懊惱。他有詩自道其失意的心情說:

> 少時辛苦作書生,十載屠龍技不成。得失已空花任落,恩仇未快劍羞鳴。吳門詩酒閒時句,楚國親知暫別情。醉向波心拋棄稿,風雷付與怒濤爭。(《少時》)

這首七律作得也很有氣魄,並非百無聊賴之流。可就是浪跡江湖,什麼問題都解決不了。《寄家書》詩又云:

> 珍重新箋幾日裁,高堂盼到見時開。有書難寫方為恨,生子能遊便下才。失志文章同棄璧,感時意見郁驚雷。千行緩說他鄉事,報罷平安報未回。

111

才氣縱橫只表現自己，而不會歌頌功德學做奴才，不一定為達官貴人們所歡迎。詩文雖好當不了飯吃，還不如他的鄉友方東樹、方宗誠呢，老老實實認認真真去幫忙坐幕教書育人，也算有了出路。不過，對於劉開來講，姚鼐所希望的古文名家、桐城復振，卻是有了表現，雖然他才活了四十歲。因為劉開不止辭章之學出類拔萃，他講義理也夠深入。他論"心氣"、說"動靜"，主張"知要以窮理，慎思以寡欲"（見《談心性》），同時他卻反對"義理太密"，認為這是"防閒人情"，實在不該，也不容易實行。他說："情勝理則無節，理勝情則難行。義理與人情兩不相勝，則人心平而天下安。"（《義理說》）這話是有道理的，法理不外人情，"法令簡易，庶民安之，網愈密則奸偽愈生"，連治天下都應該注意的（同上），很有見地。

劉開論學，直法孔子，不以程、朱為己足，也不同意妄分漢、宋。他說："君子之學，知法孔氏而已，何漢宋之有哉？學之判漢、宋也，自近世之人名之也，門戶之見，執而不能化也。"（《論學下》）又說："有志孔、孟者，不能不階於宋儒，非以程、朱為極則也。"（同上）劉開甚至說："即私淑陽明者，亦皆有奇節偉行之可稱。彼其觀感之效，切於稽古之功也。"（《論學上》）這證明著，劉開對於義理見解的開明，他認為無論漢、宋或王學，都宣揚的是孔、孟之道，也各有缺點，理應相輔相成，不分門戶。以漢學的名物度數，補宋學之空疏簡易，以宋學的微言大義，補漢學的破碎支離，論非調和，跡近革新。

劉開論文，認為"文"與"道"、"理"與"辭"是不可分割的整體，一個事物的兩端。他說："道者，文之實也；文者，道之華也。道非文莫能明，文非道無以立。"（《初學集序》）因此，它並非"文藝之末"。孔子當年就說："有德者，必有言。"躬行心得、辭約而蘊、博學多聞、辭散而精，各有千秋，不可偏執。《復陳編修書》更說：

夫文之本出於道,道不明則言之無物,文之成視乎辭,辭不修則行之不遠。

這些說法,雖然無甚新義,但至少可以代表他的態度,與其所以為桐城本派傳人的種種。單按才華來講,劉開確是後起之秀,可惜逝世過早,未得大有成就。其子名繼,字少塗,有信義,遍走貴勢,求刻父書,以此《孟塗集》益顯(見《清史·文苑·劉開本傳》),也在一定的程度上杜絕了悠悠之口。

第三節　姚　瑩

姚瑩,字石甫,安徽桐城人。生於清高宗乾隆五十年(1785),卒於文宗咸豐二年(1852),年六十八。他是嘉慶十三年的進士,選福建平和縣知縣,累官湖南按察使(相當於省的司法廳長),以積勞卒於任所。他是姚範(南菁)的曾孫,工詩、古文,留心經世之學,遇事激昂奮發,銳意欲有所為。著有《東槎紀略》《康輶紀行》《寸陰叢錄》《識小錄》及《東溟詩文集》。

瑩是姚鼐的從孫,曾親受義法於其祖,但文章苦不甚高。姚鼐告誡他說:“汝所自為詩文,但是寫得出耳,精實則未。然此不可急求,深讀久為,自有悟入。若只是如此,卻只在尋常境界。”(《尺牘·與石甫侄孫》)又說:“汝詩文流暢能達,是其佳處。而盤鬱沉厚之力,淡遠高妙之韻,瑰麗奇偉之觀,則皆所不能。故長篇尚可,短章則無味矣。更久為之,當有進步耳。”(同上)

當然,姚瑩之文並非真不可取,姚鼐以本家叔祖的關係,不能不由於愛之深因而責之切耳。如說“寫得出”“流暢能達”和“所論近時人

為學之敝"等語,便是被肯定的所在。按姚瑩把為學之道,分了六類如下:

一、弟子之學:自灑掃、應對、入孝出弟,謹信、愛親,以至《詩》《書》、六藝之文。

二、大人之學:明德、新民,止於至善。

三、名法之學:急功近利,為一切富強之計。

四、訓詁之學:析文破義,字櫛句比,而略於道理之安,是非之實。

五、辭章之學:涉獵《經》《史》,獺祭典故,排聲韻,妃黃白,淫侈新奇,專為悅目戒心之作。

六、象數之學:天文、曆律、占候、推步、醫卜、方技。

(以上所引,具見《學而時習之》中)

姚瑩說,這些學問,"善而用之,皆君子所不廢。一不善而悖於君子之道,則足以取一身之名利,而害天下之人心"(《識小録》)。析"義理"為君子、弟子。變"考據"為訓詁、象數,辭章也說得聲色俱備,這還不是姚家的本事?條目清晰,論斷確切。他評論朱子比較公正、全面,非空口吹捧者可比。他說,朱子之學是"先博後約"的,朱子"博聞強識,無書不讀,自天文、地理、諸子、百家,無不精通",正是由於他"聞見廣",所以"局量大""器識高",才"裁鑒精"的。"惟宏故通,惟明故辨"(《朱子之學先博後約》)。這就跟高唱"簡易"束書不觀的陸象山不可同日而語了。陸才是空疏的"心學"呢。姚瑩說:

朱子精力專在天人性命之理,聖賢精微之蘊,而於古今治亂興亡之跡,人物是非臧否之實,尤詳考而熟習之。至於

114

天文、地理、九流、二氏(按指佛、老)、詩文、辭賦、雜伎、小數,
無一物一事不推求而得其義。若典章、名物、訓詁,特其學問
中之一事耳,又未嘗不孜孜考索,徵實辨謬,以求其確當也。
(同上)

我們同意這話。朱子的學識本極淵博,這從他注《詩經》、注《楚
辭》、注《四書》可以看得出來。不能"格物致知,即物窮理"的人是無
此本領的。只是講求"義理"的時候,不全按"考據"的方法,實事求
是,就是說,望文生義,增字解經,未免為通儒所譏耳。前此方、姚諸
人,雖知為朱辯護,但所摭拾的卻偏偏是朱熹以意逆志的所謂"微言大
義",故不足以服人。茲則時移事異,由姚瑩出來糾正他的前輩們的缺
陷,也可謂"青出於藍而勝於藍"了。姚瑩的"小學"工夫,頗為老到,
譬如他對《中庸》"差"字注的改正云:

> 《中庸》注:"故不能無過,不及之差。"差,楚加反,讀如
> "失之毫釐,差以千里"之差。《廣韻》:舛也,蓋有過,不及,
> 即非中庸,未免有差矣。坊本音初宜反,讀雌(cí·ㄘ),則為
> 差等之義。不知過猶不及、同非中庸,又何差等之有?音義
> 皆非,當正之。
> 又按"差"字,《玉篇》在"左部"云:楚宜切,參差不齊也,
> 又楚加切,字一作䐒,籀文䚟,遍檢《說文》"羋"部","左"部,皆
> 無此字。蓋漏之也。今字典(按指《康熙字典》)入"工部",
> 既失命部之義,而《說文》"工"部,亦無此字也。

據文字聲義以究經義之所當,又於便中查此一字之形,以論字書
歸部之得失,這不就是考據、訓詁的方法嗎?姚瑩跟他的叔祖姚鼐一

樣,未嘗不諳此道,只是他們重在辭章、古文,和由它們所反映出來的"義理",不似漢人糾偏之為考訂而考訂,不甚注意"微言大義"(也就是經書中之思想性)而已。此外,瑩因從政較久,又多"經世致用"之作。他的鄉友方宗誠說瑩:"雖親炙惜抱,而亦能自出機杼,洞達世務,長於經濟。"方東樹(植之)也說姚瑩:"其義理多創獲,其論據多豪宕,其辨證多浩博,而鋪陳治術,曉暢民俗,洞極人情。"姚瑩也自謂其文"博大昌明"有由然矣。文章雖未至精,卻能聯繫實際。

姚瑩曾在臺灣工作五載,參與抗擊英軍侵略,與林則徐、鄧廷禎同道(當時林為欽差大臣,鄧為兩廣總督,姚乃臺灣道臺)。他說:

> 瑩,五載臺灣,枕戈籌餉,練勇設防,心殫力竭,甫能保守危疆,未至僨敗。(《再與方植之書》)
>
> 夫君子之心,當為國家宣力分憂,保疆土而安黎庶,不在一身之榮辱也。
>
> 古有毀家紓難,殺身成仁者,彼獨非丈夫哉!倘追林、鄧二公,相聚西域,亦不寂寞。(同上)

看他有勇有功,不計利害,忠義之氣溢於言表,這就不是普通的桐城作家所可比擬的了。有為有守,言行一致,躬踐云云,此其是矣!

第二章　江蘇上元的作家

按江蘇上元，即今江蘇省南京市（清之初年，江蘇、安徽不分治，統稱江南省，康熙中始改建）。桐城學派之締造者，方苞，移家於此。姚鼐，主講鍾山。重心有在，親炙為便。所以，管同、梅曾亮、吳德旋、姚椿等，其受益之深，師法之真，以及影響之大，甚至超過桐城本籍的作者，無可否認。

特別是此中的梅曾亮。道、成之際，桐城老輩方、姚等逝世以後，獨有他揚觶北京，以文會友，不但延續了古文一脈，而且使之擴散到了廣西（如朱琦、龍啟瑞等），傳播到了湖南（通過曾國藩、吳敏樹等），此亦不可抹煞。斑斑可考，非只蛛絲馬跡。

第一節　管　同

管同，字異之，江南上元人。生於清高宗乾隆四十五年（1780），卒於宣宗道光十一年（1831），年五十二。他幼即孤貧，賴母撫養成人。長亦無官，除道光五年舉人外，未嘗仕進，而文聲籍籍。方東樹說："異之孤貧於世，事蹟無可述。獨其文章震耀於當時，而可以不泯於後世。"（《管異之墓誌銘》）

同的父親文郁、祖父需。需官潁上（即今河南許昌縣治）教諭（縣學教官）。同即生於署中。年九歲，祖與父相繼逝世，同母鄒奉其祖母還桐城。鄒母賢，事姑教子，操持家事，備極苦艱，養生送死以節孝稱（同上）。同亦得成為名士，《清史·文苑》有傳（附於《梅曾亮》下）。

嘉慶初，姚鼐主講江寧"鍾山書院"，管同與梅曾亮往就學，兩人俱蒙青睞。姚鼐說,同文覽之極"令人欣快,若以才氣論,此時殆未有出其右者"。並說他:"勉力積學",可以成為"國家一個人物"。因為,"諸文體格已成就,足發其才"。更鼓勵管同說:"智過於師,乃堪傳法,須立志跨越老夫,乃為豪傑。"

道光五年乙酉,新城陳碩士侍郎典試江南,力拔管同為舉人,陳碩士也是姚鼐的弟子,他對管同不敢以世俗之門生相待。"苟有文字必稱曰'丈',嘗對人言,吾不以得典兩江士為榮,獨以異之獲識為喜。"(《因寄軒文初集序》)同邑鄧廷禎中丞請管同課其子。後六年偕鄧入都,道卒於宿遷。(《儀衛軒文集·管異之墓誌銘》)

管同一生蹇促,由此可見。他論文章之美與姚鼐同調。《與友人論文書》云:

> 僕聞文之大原出於天,得其備者渾然如太和之元氣,偏
> 焉而入於陽,與偏焉而入於陰,皆不可以為文章之至境。

這還不是姚鼐陰陽剛柔氣文一體的舊說嗎?他說:"文人之心,控引天地,囊括萬物,神機闔合,不知其故,乃為能盡文章之極致。"(《答念琴書》)這就不止是姚鼐的"陽剛之美"與萬物合一之論,而且可以上溯到董仲舒的"天人合一",孟子之"萬物皆備於我"的精神了。因為他也說:"取道之原,《六經》其至極也",而從入之途,"則《公羊》《國策》、賈誼、太史公,皆深得乎陽剛之美者"。(見《與友人論文書》)管同處世寧靜淡泊,雖有文名,不以之為干謁、奉仕的工具,他說:

> 古之為學者,或純或駁(雜色之獸,形似馬),或廣大淺
> 細,要皆內治其身,外講明於天下國家之事,用則施諸時,舍
> 則著諸書,而垂於後世,未有居庠序,誦先王,而汲汲然徒為

仕進計者。

孟子曰:"今之人,修其天爵以要人爵。"荀子曰:"小人之學也,以為禽犢。"凡人之學者,有為而為,則雖正而必見惡於君子,又況捨棄一切,日用力於熟爛之空言,而但以干夫仕進者乎!"

(《答某君書》)

說到做到,管同確是"文章韓、歐,學行程、朱"的桐城派樣板之一,學行純篤,不慕榮利。他的古文也寫得剛健明快,而且小品頗多,引人入勝,發人深思。如《寶山記遊》之描繪海上的月色和日出,使人神往。《登掃葉樓記》之文筆簡潔而刻畫入微,令讀者如身臨其境,意興悠然。特別是"寓言式"的《餓鄉記》,"以物比興"的《靈芝記》,意外之意,象外之象,其味無窮,在桐城文中,簡直是別具匠心之作。奇文共欣賞,疑義相與析,讓我們摘錄它幾段來看:

一、《寶山紀遊》:寶山縣城,臨大海,潮汐萬態,稱為奇觀。

夜臥人靜,風濤洶洶,直逼枕簟(diàn,竹席),魚龍舞嘯。其聲形時入夢寐間,意灑然快也。

月色:是月既望,觀月於海塘(防濤的堤岸),海濤山崩,月影銀碎,寥闊清寒,相對疑非人世界。

日出:須臾天明,日乃出。然不遽出也,一綫之光,低昂隱現,久之而後升。及其大上,則斑駁激射。

按,此可與姚鼐之《登泰山記》相媲美。因為他們的心情都是開朗的,所謂與天地同歸,故能樂其所樂。

二、《登掃葉樓記》:是樓起於岑山之巔,土石秀潔,而旁

119

多大樹。山風西來，落木齊下，堆黃疊青，豔若綺繡。

及其上登，則接近城市，遠挹江島，煙村雲舍，沙鳥風帆，幽曠瑰奇，畢呈於几席。

沒有閒情逸志的人，是寫不出來這種紀遊文章的。正像作者在結語時所說的"每自謂差遠流俗"者是。所以他的筆下也就非常之乾淨清新。然而此類遊記畢竟不是管同散文的主流，從其關心世道直接鞭撻的政治思想上看，實在不如《餓鄉》《靈芝》兩記，更能諷諭勸導有所作為。如《餓鄉》之言君子固窮，其間沒有醜惡，"倘然自適"，並援引伯夷等歷史人物之"樂人"，以反證"視為畏途、相戒不入"的達官貴人、帝王將相（趙武靈王、梁武帝）終亦難免之可悲。"求仁得仁，君子無入而不自得"，是則不止構思空靈，寓意亦極深遠。

《靈芝》之以物比興，方法相當辯證。朽木才能生"靈芝"，"靈芝"是否象徵祥瑞可資祝賀，姑置不論，而有用的"木瓜樹"先被砍伐了，豈不發人深省！此乃借木材以喻人才，"天生我才必有用"（李白語），豈止人才，木材也是一樣！有的作為殿堂的棟樑，有的不免為柴薪。告語天下遇材木者，幸早愛惜焉，"毋使不幸而至於芝生也"。語語雙關，交相輝映，桐城派中，尚屬罕見。但最膾炙人口醒人心目之作，我們認為還有《除奸》一文。它是管同當日的"雜文"，文筆警惻，戰鬥力強，從命題上看，即已顯示出來它的昂揚激蕩毫不妥協的神態。

昔在北宋，蘇老泉（洵）早稱"鬥士"，然而他只能算是派系之爭，文曰："辨奸"而未敢言"除"，且係暗指，語氣模棱。這裏管同則徑直言"除"，火辣辣的，義正辭嚴，且係泛指，出手已自不凡。如一上來就指明"君子、小人"薰蕕不同器，甚至誓難兩立。云："君子、小人不可以並處。君子與小人並處，非君子去小人，則小人必害君子"。可是問題卻在於"小人難除，君子易傷"，小人為了自保，"倒行逆施，無所不至"。"君子持正,不能詭偽欺詐",結果往往敗陣、犧牲。他因此索性主張,為了取得勝利,君子實在也應該機動靈活,牙眼相還,莫再聽憑擺佈自取滅亡啦。他說得警策:

　　遇小人者,不攻則已,苟欲攻之,則勢當必勝,勝之如何?曰:"深警捷速",如小人之所以害君子者,而其術得已。夫"深警捷速",在小人害君子則為奸為邪,而君子用以去小人,則為忠為正。

　　作者接著並列舉了歷史上的此類例證,以加強其說服力量,言之鑿鑿,是非分明。誰說桐城的道學先生,都是四平八穩的老夫子,不講權術不會鬥爭的文士、書生?這也未嘗不是管同的匕首、標槍,投向敵人的戰鬥武器麼。而且值得我們讚揚的,還有他的辯證的精神,潑辣的筆法,短小精悍的文字,這就不怪他的老師姚鼐稱他才氣過人,"諸文體格已成",可以"跨越"而為"豪傑"了。開拓、創新,名下無虛。方之今日,也未嘗沒有值得借鑒學習的地方。

　　管同的著作有《因寄軒集》,他的兒子管嗣復(小異),能世其業,兼通算術(《清史·文苑三·本傳》)。

第二節　梅曾亮

　　梅曾亮,字伯言,一字柏梘,江蘇上元人。生於清高宗乾隆五十一年(1786),卒於文宗咸豐六年(1856),年七十歲(《清史·文苑本傳》,作七十一歲)。他少時工駢麗文,與同鄉管同俱入學於姚鼐主講的"鍾山書院"以後,才開始用功作古文。姚鼐對他兩人讚不絕口,名遂大起。事實上梅曾亮之由駢轉散,管同也是促進他的益友。他自己說:

"少時好為駢體文。異之曰:'人有哀樂者,面也。今以玉冠之,失其面矣!此駢體之失也。'余雖稍學為古文辭,異之不盡謂善也。曰:'子之文病雜,一篇之中,數體互見,武其冠,儒其衣,非全人也。'"梅曾亮說:"余自信不如信異之深,得一言為數日憂。"(《柏梘山房文集五·管異之文集書後》)

　　按古文中不可入魏晉六朝人藻麗俳語,本是桐城"義法"的清規戒律,梅曾亮最初不但文體雜見,而且特喜駢文,雖經管同一再勸告,他還是強調說:"文貴者,辭達耳。苟敘事明,述意暢,則單行與排偶一也。"管同聽了,不再辯論,只是說:"你慢慢地就會覺察到的。"這是在會課"鍾山書院",大家討論文體時爭議的情況(《馬韋伯駢體文序》)。事實上,從報導、敘述、申明理論的角度來講,毫無疑問是散文比駢體自由得多,也容易舒暢。梅曾亮不過是由於偏愛,在強詞奪理罷了。然而"鍾山書院"可以自由討論的學術空氣亦可略見了。《清史·文苑本傳》也說"間以規曾亮,曾亮自喜,不為動也。久之,讀周、秦、《太史公書》,乃頗寤,一變舊習。義法本桐城,稍參以異己者之長,選聲練色,務窮極筆勢"。就是說,"義法"雖然歸本桐城,梅曾亮還是有自己的特色。

　　梅曾亮是道光二年的進士,外放知縣,以不願出京,援例捐資改戶部郎中(在清朝是所謂"京曹"的閒散官員),居京師二十餘年,與朱琦、龍啟瑞、邵懿辰等相遊處,和曾國藩也有來往。當時北京喜歡古文的人,多向梅曾亮請教,因為此際管同已死,梅曾亮已為大師。可以說,桐城派的重心,已經挪到北京來啦。還有,士大夫由於國事日非,關心政治、經濟,考據之風漸漸衰歇。古文則可以昌言義理,表現辭章,也是桐城派輾轉發展,傳播四方的重要因素。其後,梅曾亮辭官南歸,從事教學工作,洪、楊事起,南京成立太平天國,梅曾亮北依河督楊以增以避之,未幾逝去(據《清史·文苑本傳》)。

　　梅曾亮論文,主張實用有為。他說自古及今的文辭,都是講求治亂興衰的,一個讀書人活在世上,最好是能夠"佐天子,宰制萬物,役使群動",其次也應該以"昌明道術,辨析是非治亂為己任"(《上汪尚書書》)。他又說:"古之為文辭者,未有不言事功者也。蓋高世奇偉之士,莫不欲有所自見於世。其所欲自見者,雖不必有非常之功,必求異乎眾人之所為以為快。"但"非常之功"的先決條件是"非常之遇與破格之權",這不是人人都可以得到的。這就不如自己能夠掌握的文筆,可以隨心所欲了。就是說,"立功"不如"立言"能有成效,目的容易達到。(《贈汪寫園序》)

"文章之事,莫大乎因時立言",這就是梅曾亮的"目的論"。不管事之巨細,物之小大,只要它是"一時朝野之風俗好尚,皆可因吾言以見之"(《答朱丹木書》)。因此,又大可以說,他這也是"反映論"者了。於是他所談論的,就非必"心性"之學、"載道"之論不可啦。他說:

> 向於性理微妙未嘗窺涉,稍知者獨文字耳。昔孔氏之門,有善言德行,有善為說詞者,此自古大賢不能兼矣。謂言語之無事德行,不可也。然必以善言德行者乃得為言語亦未可也。
>
> 莊周、列禦寇及戰國策士於德行何如?然豈可謂文詞之不工哉?若宋、明人所著語錄,固非可以文詞論,於德行亦未為善言者也。
>
> (《答吳子敘書》)

有言者不必有德。德言兼善,自古為難,這實在是一種不以人廢言的恢宏態度,已近於"文章韓歐"的"單行綫"了。他甚至認為義理性道之辯,是非徒無益而又害之的,不如不說的好。他的觀點是:讀古人書,目的在求其有益,非必吹毛求疵辯而勝之始為正當。因為"世道人心本自有在，不一定真理就在你這方面，包括朱、陸之異同，良知格物之同異在內。如重複說去，人云亦云，則更屬無味，等於浪費。所以他公開地講："向於性理微妙，未嘗窺涉。"（《答吳子敘書》）

其實，自宋儒以至"桐城派"，關於"心性""理道"之辯，真可以說是精析入微，盈庭充棟了。然而說來說去並無新詞，世道人心也並未因此得到什麼維繫，言不顧行行不顧言的人，比比皆是。反而不如因時變易把文辭搞現實搞通順的好，這便是梅曾亮對於古文的新貢獻，"文章以論事為主，義法不排斥漢人"（見《與姚柏山書》）的改進的道路。他說："文章至極之境，非可驟喻，以言有用，則論事者為要耳。"至於筆法，則曾亮說"簡而明，多而不令人生厭者，惟漢人耳"（同上）。

曾亮論事甚至論到了"用兵"，總結了鴉片戰爭失敗的經驗，講起了揚長避短的誘敵戰術。如與兩江總督陸立夫書中說：

> 國初姚啟聖（康熙時兵部尚書）以海賊善用炮，乃退海二十里守之，此良法也。今賊所長者炮，吾亦用炮，以短攻長，必敗之道。歷揣廣東、福建及浙省失事情勢，皆由我軍不知部分（部署之意），屯聚一方，而彼船高大，用千里眼（即望遠鏡）視我兵厚處開炮擊人，我眾既奔，彼始湧上。萬無兩軍相接，彼能開炮之理。若用炮於兩軍相接之時，則彼眾先盡，此理之必然者也。

接著梅曾亮還備言"深溝"（即戰壕）之縱橫深廣的尺度，出入刺擊通道的構築，以及以逸待勞，近溝接戰的形勢。真是知己知彼，通過調查研究的可行的軍事方案。如前明徐渭（文長，1521—1593）的參謀於胡宗憲幕府一樣，敵情、地形、戰備，了若指掌，發而必勝。誰能說梅曾亮只是一個文官，不懂得軍旅之事呢？而且"後發治人，以逸待勞"，又在戰略、戰術上有所創建,還閃爍著他的抗英愛國思想,這便彌足珍貴了。另外則是,即或屬於"紙上談兵",而作者體現於古文中的"論事、有用",也可說到了"極致之境"。

梅曾亮寫景之作,亦甚佳美。值得學習的是他的文心物貌偕飛高曠。如《鉢山餘霞閣記》寫景云:

> 俯視,花木皆環拱升降,草徑曲折可念;行人若飛鳥度柯葉上。西面城,淮水縈之。江(長江)自西而東,青黃分明,界畫天地,又若大圓鏡,平置林表,莫愁湖也。其東南萬屋沉沉,炊煙如人立,各有所企,微風繞之,左引右捩,綿綿緒緒,上浮市聲,近寂而遠聞。

繪景繪聲,生動的畫面,用字遣詞,奇俏非常。文章本天成,妙手偶得之,梅曾亮的遊記可以作如是觀。他自己就說麼:"文在天地,如雲物煙景焉,一俯仰之間,而遁乎萬里之外",這不也是劉彥和(勰)所謂的"神思"?張裕釗評價梅曾亮說:"梅氏勝處,最在能窮盡筆勢之妙,其修辭誠愈於方、姚諸公。然一意專精於是,而氣體理實遂不能窮極廣大精微之致,此其所以病也。"(《濂亭文集》)其實梅曾亮的缺點,他自己何嘗不知道?因為他著重的正是"辭章"之學,義理、辭章,二者不可得兼,前面已經介紹過了。但是,不管怎麼說,在道、咸之交,桐城老輩都已凋謝以後,梅曾亮到底還是一顆燦爛的巨星,居京高照,光耀四方,桐城文派得以中繼,未嘗不是他的力量。桂林朱琦(伯韓)在梅曾亮六十歲的時候,曾有詩頌美之道:

> 桐城倡東南,文字出澹靜。方、姚惜已往,斯道墮塵境。先生年六十,靈光餘孤炯。絕學紹韓歐,薄俗厭鶂鼀。古稱

中隱士,卑官樂幽屏。文事今再盛,四海勤造請。(《怡志堂詩初編五·伯言先生六十初度同人集龍樹寺設飲賦詩》)

梅曾亮晚年罷官南歸不久,洪、楊事起,生活情況相當狼狽。朱琦說:"咸豐二年,寇亂而江南陷。先生間關憔悴,挈家辟淮上。"龍啟瑞(翰臣)也說:"聞先生陷危城中,曾作二詩感懷,末由奉寄。嗣於新之方伯處,知先生已脫賊自歸,移家黃墅,為之欣忭者彌日。"(《經德堂文集三·上梅伯言先生書》)

梅曾亮的弟子甚多,以廣西的朱琦、王拯、龍啟瑞為最著稱,後面另有專章敘列。其邵懿辰、魯一同、馮志沂等,亦各有千秋。

邵懿辰

邵懿辰,字位西,仁和(今江蘇省吳縣)人。生於清仁宗嘉慶十五年(1810),卒於文宗咸豐十一年(1861),年五十二。他是道光年間的舉人,考取了內閣中書(清廷中管理文書的普通官員),薦升刑部員外郎(類似今日司法部的中級官員),入值軍機處(清代掌握軍政大權的機構,其首席多為親王、大學士,實即前代的宰相。餘亦為副大臣,入值不過是在這個機構裏辦事),以治河(黃河)疏防(決口)被劾去官。洪楊事起,守杭,城破被殺。

懿辰之學重義理,在京時,與梅曾亮、朱琦、曾國藩等為友。曾尤密切,交往二十餘年。國藩說他"擯斥漢學家言,為文章務先義理,不事繪色繁聲以追時好"。丁晏亦言"其文篤雅清深,多救時切至之論"(並見《半巖廬遺集序》)。可知他的成就何在了。懿辰說:

經者,天地之心;史者,天地間簿籍也。宋儒者,言理道之書,乃經之支流,亦天地之心所寄。韓、歐以來之述作,乃釋經作史之準的。

話雖不多,經、史、宋儒、古文一脈相傳之義理,已經昭昭然了,它們都是以天地之心為心的麼。"所守至精,而用心不雜",故"清虛之地與天地精神相往來",而"古人之心,亦時來會於吾心",這自然是需要文字記載的,於是"書,不至徒多而無益"了。以空靈的心,接受天地古人的至德和精神,這不是理學的信徒,還能算什麼?但陸(象山)王(陽明)不在此內。邵懿辰說:"明王氏名為宗陸,而實主楊、墨、佛、老之故智,侮聖而蔑賢。"(同上)他還真是一個"平時談心性,一死報君王"的實踐者。

> 當日城破後,據城者為偽王鄧光明。訪知懿辰為杭州宿望,邏伺拘執,迫令從逆。懿辰仰天大笑曰:"逆賊。我固早辦一死,速殺我!尚何言?"賊猶未肯遽加害,橫施捶楚,環守甚密。
> 懿辰不食兩日,有賊目陳石浦者,復以甘言相誘。懿辰罵愈厲,賊怒甚,遂以巨杵擊碎頭顱,加刃於胸,倍遭慘害。時咸豐十一年十二月初一日,距城陷三日也。
>
> (《半巖廬遺集卷首·浙江巡撫諮文》)

桐城諸人為什麼這樣地對抗太平軍呢?因為,這跟清兵剛入關時情況已經不同了。幾代下來,政權已定,科舉、四庫館、博學鴻詞地,叫漢人有了功名,作了官吏受到了豢養,還怕他們不擁護嗎?漢人也有許多地主豪紳和滿族的權貴利益一致啦。與此相反,洪、楊等人從來就是一幫不受滿人壓迫的遺民,以朱九疇為首的"上帝會"(又名"三點會"),他們的口號便是反滿復明矢志不渝的。洪秀全、馮雲山同師九疇,九疇死,秀全繼為"教主"以竟九疇未了之業。金田起義以後,勢如破竹,直取南京建立了新國家。雲山雖死,洪、楊健在,當然要把已成地主豪紳和清室官吏的人,看作對頭冤家了。所以他們首先是勸降,不降就殺,何況邵懿辰還大罵求死呢? 只是手段忒殘暴了!

魯一同

魯一同,字蘭岑,一字通甫,江蘇清河人,生於清仁宗嘉慶十年(1805),卒於穆宗同治二年(1863),年五十九。一同是道光十五年的舉人,未嘗仕進。《清史·文苑本傳》說他"善屬文,再試不第,益精研於學,凡田賦、兵戎諸大政,及河道遷變,地形險要,悉得其機牙。為人務切世情,古茂峻厲,有杜牧、尹洙之風"。漕運總督周天爵稱他為"天下大才",不僅是文章作得好。曾國藩更對他是讚歎不止。試禮部入都,曾輕車減從,不止一次地向一同請問天下大事。

看來一同是位博雅能文可是無心作官的處士。他論學主張不立道統,判別程、朱,也不歧視漢學,他說:"道無不傳,而傳不必統",應如子貢所言:"文武之道未墜於地,在人。賢者識其大者,不賢者識其小者。"(《通甫類稿·與高伯平論學案小識書》)因舉漢、宋之學為例說:

> 漢承秦敝,遺經廢缺,諸儒修明粗跡,未遑精微,識小為多。宋世遺經大備,因藉前資,乃復講求微言奧義,識大為眾。要之,是非不謬於聖人,行己無慚於天地,代有其人,故足扶樹世教到今。(同上)

　　說是不立道統,實際上還在獨尊儒術不提墨、法、道德、佛老。不過,漢、宋並列,也講出它們的承前啟後的歷史關係,這就比較客觀了。尤其是對於陸、王的態度,可謂公允不偏,平心而論。因為一同說:"象山尊德性,姚江致良知,率其高明,自趨簡易,未為披猖,今必斥之為異端,為非聖無法,比之楊、墨邪說,商鞅之壞井田,廢封建,甚以明社之屋歸罪陽明"(同上),實在"掊擊"過甚。他更進一步地為陽明評功擺好說:

　　　　陽明立教,不無任心自便,高論動人。要其立身,自有本末:功業軒天地,忠孝感金石,作人如此。愚曰:"可矣!"今謂事功豪傑所為,聞道則未,不知豪傑復是何人?聞道又將何用?

　　這反詰得好,有說服力,欲加之罪,何患無詞。如果連王陽明的事功都予以貶斥,那才真是"蔽塞眼睛捉麻雀",自欺欺人之談呢。一同反復指陳程朱、陸王之學,只有"疏密之分,非關邪正之別",甚至痛苦地說:"世變日下,人材至難,何苦自相摧敗如此!"(同上)可見一同跟其他有識的桐城作家一樣,知道程、朱和陸、王並無根本的差別,只是方法上的不同。因此他才主張相容並包,勿分漢、宋,四家一體,徹底的注重"躬行實踐"。

　　一同論文更是嚴肅認真,以"達性明事"為成文之道。"自非言之有故,則拒而不為"(《與黃通判書》),就是說,絕不輕率動筆,去無病呻吟。對於作文的方法。他講得也很細緻入微。《與左君論文書》云:

　　　　夫文章無他,徵理於實,從實入微,從微得彰,因彰得暢,制暢以約,調約以和。六者無戾,文乃大昌。

总之，是一个"實以始之，和以約之"，務求其真實，而且必須是少而精闊，相反相成，頗富於辯證精神的作者。因為他更說："奇文生於至精，雄文生於至靜，麗文生於至朴，險文生於至平。至精故不多，至靜故不煩，太多故不奇，太煩故不雄"（同上），因此，可以看出，一同雖是桐城的再傳弟子，他的識見造詣，並不次於老輩，而且還有一點，就是在政治思想上儘管是正統的封建的，但是對抗帝國主義的愛國意識，還是很強烈的。例如，他給抗英殉國的關天培提督作傳時，歷述關的忠勇，視死如歸。並說，關的僕人孫長慶，尋屍、葬主，都是異常忠義的以為陪襯，論曰："甚矣！虎門之敗也。悲夫！可為流涕者矣。""要豈夷人能死公哉？"《詩》曰："誰生厲階？至今為梗。"琦善不發援兵，使虎門失利才是罪魁！

馮志沂

馮志沂，可以說北地唯一的桐城派作家。前此山西夏縣，雖曾有魯仕驥往做知縣，但因為時甚暫，影響未即深入。到了志沂，方才師法梅曾亮，隸屬桐城派，播下了古文的種子。志沂，字魯川，山西代縣人。生於清仁宗嘉慶十九年（1814），卒於穆宗同治六年（1867），年五十四。他是道光十六年的進士，授刑部主事，歷官安徽廬州府知府，以清正著稱。志沂自言其受業梅曾亮的情況道：

> 道光中，上元梅先生伯言，以古文詞提倡後學。一時京朝官，如諸暨余小頗、桂林朱伯韓、新城陳懿叔、馬平王定甫諸子，時時載酒從先生遊。余亦廁其末，執後進禮。雖未正師弟子之稱，而是正文字不少假借，世之名師弟子者，或不逮

也。(《西隖山房·授經臺記》)

古文而外,他也從平定(即今山西省平定縣)張石川(穆)學《說文》影響了進益。《吳桐雲文序》也說:"余與少鶴(王拯)同受文法於梅先生,少鶴功專而力銳,余牽吏事,又雜好《說文》、聲韻之學,以是少鶴所業,遂遠過余"。這話自然有謙虛的成分,但卻未嘗不是事實。後來因為他真能低首梅曾亮,孜孜向學"平生所作,非栢梘許可,未嘗以自存"(《張友桐序》)。所以志沂的成就,還是在詩文上的多。《祭梅詩》云:

> 余君朱君昔要我,隘巷城西漫通謁。以蠡測海莛撞鐘,我縱不慚翁豈屑。何期臭味無差池,初若難親久方悅。曹司退食一相訪,快若炎蒸對冰雪。

是其尊師向學之態可以想見了,在思想上由於志沂兼宗漢、宋,復體梅曾亮反對專己私鬥之意,亦以分立門戶奉一家言為非。他說:"古之學者一而已,後世之學,何多歧也。"孔子之門,猶少相非,百工技藝也不例外,為什麼同"志聖人之志,學聖人之學,而乃憤焉操同室之戈,為吾道樹之敵,分曰漢、宋?"(《致經堂記後》)這些話雖無新意,卻與桐城老派異趣,他們是反對漢學的,如同梅曾亮之由駢入散,鍥而不捨一樣,再傳以後的人,難免不因時變異有所修正啦。志沂對張穆就有"微言發深省,功視讀書倍"的話麼。(《奉答石州詩》)馮志沂還說:

> 憶戊申己酉道光廿八、廿九年間,與平定張石州交最密。一日酒酣,睨余曰:"吾閱人多矣,少年中莫若子,能以師禮相事乎?"余請存其實,去其名。石州頷之。(《書潘四農先生

詩冊後》)

時平定張石州傅亭林潛邱之學,與余善,先生(梅曾亮)不喜漢學,石州亦不喜"八家文",先生聞余交石州,第默默不置可否,石州聞余從先生治古文,輒不樂,或怒加誚讓。然余往來於兩家者如故。(《授經臺記》)

這些事很有趣,因為不止說明著馮志沂自己師法不專,同時也暴露了漢學在沒落,桐城在變易了。

以上三人,都屬於梅氏之群,也就是說,浙江、山西有了桐城派的苗子,雖然並未生根、開花。魯一同生在江蘇,師事潘德輿(字四農,博學,工文章,喜言治術),為曾國藩所推重。與梅曾亮為文字交,故亦附麗於此。

第三節　姚　椿

姚椿,字春木,一字子壽,江蘇婁縣(今江蘇省松江縣)人。生於清高宗乾隆四十二年(1777),卒於文宗咸豐三年(1853),年七十七,在桐城派中他是最為長壽而又沒有功名的一個讀書人。曾為國子監生,應舉道光的"孝廉方正"。先後主講過本郡的"景吳書院",和河南、湖北等地。著有《通藝閣詩錄》《晚學齋文鈔》,又輯過《清文錄》。

椿本世家子弟,父令儀,四川布政使,也常常參與軍旅之事。椿高才博學,幼隨父遊歷各省,熟習人民疾苦,曾有意於從事政治。但是,以監生應試北京,不遇。遂日與洪亮吉、楊芳燦、張問陶等,文酒高會,而有才名。後又學於姚鼐,讀宋人書,屏棄舊業,一意程、朱之學。主書院講席。論文必舉桐城所稱,以實學勵諸生(據《清史·文苑本傳》)。

姚椿的學行文章，可從他的《自贊詩》中看出，詩乃四言的，總共八句：

> 弄月吟風，登山臨淵。親炙桐城，私淑止泉（按為寶應之朱澤沄，乃道學家）。浸淫辭章，研說義理。勿助勿忘，沒世而已。（《晚學齋文集》十一）

關於文章，他是軌法方苞，非議漢儒的。常親求教於姚鼐，問："為什麼有些棄取的地方，不盡為人所理解呢？"答："當然是有道理的，被丟棄的大概都不免於俗氣，被擇取的是為了推廣文章的體裁，使人們有所取法"（《古文辭類纂書後》），所以毫無問題，姚椿是在歸本方、姚，義法桐城的。他說："古者，文以載道。其次，因文以明道。"（《送譚繩其歸南豐序》）他還說："非文則無以見道，有言者不必有德，有德者必有言。"這不是內外兼顧德言並重的說法麼？因之椿之論學自然也會是尊朱抑王的。他說：

> 自元明以來，以崇奉朱子為法。循之則理，拂之則亂。逮其後滯於文義而昧夫本根，於是餘姚王氏出而劫之。陽附孔、孟之名，陰用桑竺（佛教）之實，而又以名譽塗一時之耳目，以權謀濟一時之事功，遂使新安之學為世詬病。（《陽明朱子晚年定論辨序》）

按姚江的學術，除其雜糅佛氏，侈談良知為簡易、空疏以外，"朱子晚年定論"一說，跡近誣蔑，以快私意，此非學者所宜出。蓋"格物致知，窮理主敬"之書，終不可掩，但姚江之事功，亦非以名譽塗一時之耳目，權謀濟一時之功業者，姚椿也失言了。他明白指出"宋繼五代之後,始厭流俗之陋,而禪學雜乎其間,於是朱子等出,救世之敝"(《漢宋儒者論》)等語,則是站得住的。因為它比較客觀,公允。他說:

> 朱子出,則又兼綜歷代之說,雖其推尊四子(指周敦頤、程顥、程頤、張載而言),而復尊崇漢人之學,以為非有所論說於前,則後人亦無所憑藉以為精究之地,其言可謂公矣。

此言朱子何嘗不講訓詁,其注諸書反而是"訓解至晰,立論至嚴,教人以自為,而不徒以經為口說"的(並見《漢宋儒者論》中)。姚椿說朱子是"主敬以存心,致知以窮理,並行而不可偏廢",遵其說而行之,可以百世不發生問題。因為它是"聖明之學",至於廢棄典籍不提倡讀書,自作聰明主觀臆斷,務簡陋而不能博觀的王學,他卻始終主張不去理睬的。

按椿本是一位"處士",當日的教書先生,舌耕以生,滿不必"頌聖、歌功"去隨大溜兒,但是也在尊朱抑王排斥漢學,那便是他確實找到他們的缺點與朱熹的政治思想及其人生哲學的非同小可了。何況既尊儒術講修養,就一定要反對釋氏鄙夷心學呢。

第四節　吳德旋

吳德旋,字仲倫,江蘇宜興人。生於清高宗乾隆三十二年(1767),卒於宣宗道光二十年(1840),年七十四。德旋是個不第的秀才,連個一榜舉人都不曾中過,所以他這一世,也是潦倒異常。他自己說:"居京師二載,窮窘迫蹙無以自存,鬱鬱無聊,迫欲南歸,然歸亦無所得食。"這是甚緣故呢?"性不喜諂佞",對於韓愈的"三上宰相書"都有微辭麼。所以自入都後,就沒有以文進謁公卿大夫。(分見《初月樓文鈔二·答張皋文書》《答從甥邵汝珩書》中），可見德旋的狷潔自好了，居鄉里時也是一樣。《復吳耶溪書》說：

> 嘗念性不能自賤簡，阿諛、苟合、取容當世。然遇人無賢愚少長貴賤，未嘗敢少有自矜負之色。而久處困約之境，若墜坑谷，無有垂之綆而出之而引之平夷之路者，以是默默而居，踽踽而行。間入邑城中，則其所相與者，從遊往還不厭者，皆窮塞抑塞無聊之徒。然且追逐雲月，舒悲娛憂，強作任達，以自附於陶元亮、王無功諸人之後。一日不餓死，即為天地間一日之幸民，如是而已。

可知德旋雖能久處約，甘淡泊，他的內心卻未嘗不痛苦萬分的。他雖然在京未曾取得一官半職，卻交了幾個好朋友，與皋文（張惠言）、悔生（王灼）之徒，切磋砥礪，日有進益。凡所為文，於古人立言之序，似能十得五六。“自京師歸後，家居荒涼，謀食無暇。六經、三史，芒然不復記憶”（同上）。當在京時，德旋之文友，除張、王外，還有惲敬（子居）。他說：“入都來交惲子居、張皋文，始知所以讀書為文之道。深思而力取之，乃稍稍有得焉。”（《答惲劬之》）不過德旋所最敬服的還是張惠言。至於惲敬，他們有時還相互指摘呢。《與沈閑亭書》云：

> 德旋年三十許時，與吾郡張編修皋文同學為文，編修甚見稱許。且欲以此事相推避。編修之言，吾郡士人所取信也，故其時譽德旋文者，十八九。

張惠言歿後，情況就變了，惲敬貶德旋之文為“才弱”，因之毀德旋者亦十六七。氣得德旋說：“俗耳庸目，移其聽視於人以為毀譽，於德旋之文,無所損益也。"(同上)按惲敬之言見於《上舉主笠帆先生書》中。惲敬說:"自南宋以後,束縛修飾,有死文,無生文;有卑文,無高文;有碎文,無整文;有小文,無大文。"(《大雲山房文稿》二集二)對於明、清諸作者如王慎中、歸有光、汪琬、魏禧、邵長衡,甚而至於方苞、姚鼐、劉大櫆,均有不足之辭。最後也說:"皋文最淵雅,惜中道而逝。仲倫才弱,悔生死敗。"那麼,豈不是惲敬"天下第一"了嗎?枉自尊大、不夠謙虛,這就不怪德旋有意見啦。筆尖橫掃,毫無保留,豈有此理!所以德旋也有"回敬"。說:"子居文有得於遷、固之雄剛,然頗似法家言,少儒者氣象。"(《與程子香論大雲山房文稿》)又與王守靜論之云:

> 僕於文所見與子居異,子居為文,氣必雄厲,力必鼓努,思必精刻。而僕所深好者、柔淡之思、蕭疏之氣、清婉之韻、高山流水之音,此數者皆子居所少。(《與王守靜論大雲山房文稿》)

是不是可以說一個"陽剛",一個"陰柔",各有所長,非必一致呢?因為德旋也未嘗不肯定惲敬的"字句皆經鎔煉淘洗,誠為得力於周、秦諸子之書,非苟作者。"(同上)問題仍在於結語之"然亦但可謂之文而已"未能"見道"。因為惲敬"矜氣太甚"。德旋對於惲敬的此類評述尚多,我們不再列舉。平心而論,我們亦認為德旋的才、學,不如惲敬,只要打開《初月樓文集》和《大雲山房文稿》一對比,便見分曉了。

以上所述幾乎盡是德旋與"陽湖"的關係,那麼,"桐城"呢?是不是曾與王灼研究以外,沒有別的因緣了哪?我們的回答是,當然不是。德旋不止私淑過姚鼐,與武進張皋文一同鑽研了《古文辭類纂》,知道為文不可不講求"法",而且年幾四十,又曾親謁姚鼐請教,得到了關於

"法"的指示,記云:

> 先生誨之曰:"子之論文主於法,是矣。然此學者之始事
> 也。其終也,幾且不知有法,而未始戾乎法。子其歸而求之
> 周、秦諸子,及司馬子長之書乎!"德旋曰:"唯唯。"然固且疑
> 之,疑夫惜抱先生之文之謹於法也。然先生固嘗言之曰:"文
> 之至者,通於造化之自然,人力不得而旋也。"則言夫人力之
> 可為者,亦惟學者之始事而已。(《七家文鈔後序》)

德旋因此真懂得了"法"之真詮,認為當代"無戾於古人之法者",
首推方苞,次及劉大櫆,再就是姚鼐了。並說張皋文"淵雅","文格與
惜抱相近"。惲敬亦"兼綜百家,鎔煉淘洗",不是貌為秦漢的。而譽
之為"五君子",有清的古文無出其上(同上)。是知謁姚之後,德旋的
文章之學,一以"桐城"為依歸,雖然也有些"陽湖"的影響。例如他
說:"章有章法,句有句法,字有字法,到純熟後縱筆所如,無非法者。"
(《初月樓古文緒論》)又說:"夫古人之文,豈嘗有定法哉?言其意之
所欲言而已耳。"(同上)

> 言其意之所欲言者,而氣足以充之,詞足以達之,則文成
> 而法自存乎其中矣。豈必懸幟而市於人曰:"此於法宜如是
> 邪?"(《初月樓文鈔五‧七家文鈔後序》)

這還不是姚鼐誘導啟發的結果嗎?熟能生巧,運用自如。《文喻》
又說了麼:"文惡乎成?曰:成於法。法有定乎?曰:神於法者變。其
有至變也,而未嘗變也"。"此無他,法備而神巧生焉"。變猶不變,無
入而不自得,德旋其餘諸論,也能神似"桐城",如說古文體例之反對:

"小說、語録、詩話、時文、尺牘"諸語(《初月樓古文緒論》)。又如說"作文立志要高",為文之道,不可厭"繁",不可議"簡"。以立意為主,以修辭為輔。"辭"所以達意:長言詠歎,繁簡適當,運用之妙,存乎一心。信古不泥,莫顧非笑,識其根源,知其演變,然後可以豁然貫通,表裏粗精無不及物。(語意並見《答張翰風書》中)他又類別源委,分判作家,以便法古論今如下:

> 記事:原於《書》,繼以《左氏》《春秋內外傳》。委流作者:司馬遷、班固、陳壽(其書為《史記》《漢書》《三國志》)。
> 言理:原於《易》《論語》,繼之者,孟子、荀卿。委流作者:董仲舒、楊雄、韓愈(俱有專書,如《春秋繁露》《法言》《昌黎文集》)。
> 抒情:原於《詩》,繼之者,屈原、宋玉。委流作者:枚乘、司馬相如、張衡、曹植。(諸家俱有賦篇,曹植還有詩文)
> (《許叔翹文集序》)

這是德旋說:文之為用博,它也源長流遠的情況。起碼可以證明他是泛覽群書找到了發生發展的跡象了。他在《與程子香書》中,還判別了自司馬遷以下諸家的高下,指明"文雖小技,不可苟為,言而無文,則行之不遠",千萬"慎入"以免"後悔"云:

> 上者,自司馬子長、韓退之入者,長於奇變,慮在形具而神不屬(貌似神非的意思)。
> 其次,自柳子厚、王介甫入者,長於幽邈。然慮其多作,不免"晦詭"(言態度欠明朗,有時跡近詭辯之義)。又其次,自歸熙甫、方靈皋入者,長於渾樸,然慮其狃於近而識不遠

138

（以今非古，眼光短淺之謂）。

德旋之意，在於學古人須是"襲其美，而慮之周"。用現在的話說，就是"取其精華，棄其糟粕"。他是喜歡學韓愈的。例如，韓愈主張"文所以為道"，他也說：

> 德旋之從事於古文而篤好之也，不惟其辭之異於今之謂，亦將因以有得於道焉耳。守其道不肯自貶以求合於世，此德旋之所以志也。（《上菊溪先生書》）

這就不止立意和韓愈一般，其行文的口吻、語氣，亦與《答李秀才書》《題歐陽生哀辭後》相似。德旋又說："昔韓子因文以見道，德旋竊有志焉，而非果遽以為能至也。"（《答紉之書》）還說，如真的學成了，那"富貴利達"又算得了什麼呢？那末，德旋矜持的"道"，是否即"程朱的理學"呢？倒也未必。因為他是朱子、象山、河東、姚江之書無不"博觀""詳考"的。結論是"心雜不專，不敢遂名其學"（《復路質軒書》）。所以只能是個理學的愛好者。但他也不允許"謗毀程、朱"，"發言制行，不敢顯與程、朱相背"（《復王守靜書三》）。更不願意被稱為"理學家"。因為，自己喜歡的是"詞章"，"自信於詞章之學，略有知解"（同上）。當然，這和崇信"程、朱之學"並不矛盾。他說：

> 曾子、子思之書（指《大學》《中庸》而言），始雜《戴記》（戴勝的《禮記》中）。宋大儒程、朱特尊信而表章之。朱子復為其章句，並益發明慎獨之旨，而後承學之士，乃有以得其要領。蓋能慎於己所獨知之地，則於天下之事無不慎，而天德王道可一以貫之而無疑。

　　舍是以言學,則歧旁騖而不可以適於道,此程、朱之所以
為上接聖人之傳,而大有功於來世也。今之學者,往往厭薄
程、朱而宗漢時之鄭、馬,則識其小而遺其大,得其粗而遺
其精。

(《初月樓文鈔·六慎齋記》)

　　"慎獨"正是"道學家"的真功夫,德旋能認識到這裏,並極力歸功
於朱子之"識大",真是"學古之道,為古之文,行誼嚴整,進退有法,其
為文亦然"了(張惠言《贈毛洋溟序》)。

第三章　江西新城的"桐城派"作家

按江西建寧(清為府治,新城係其轄縣),亦有古文家朱仕琇(梅崖),生與姚鼐同時,也是進士,未做大官,晚年講學鼇峰,弟子甚多。羅有高、魯九皋,都是有影響的作者。但是他們沒有成什麼文派,姚、朱兩人也無來往。因為魯九皋曾渡江向姚鼐問學,又使他的外甥陳用光拜門受教,"桐城"的文風才吹到了江西。九皋後有專章論列,先從朱、羅說起。

朱仕琇

朱仕琇,字斐瞻,號梅崖(1715—1780)。他的文章,一以韓愈為宗。"不為炳炳烺烺,以動人視聽。其變化離奇,皆以淳古沖淡出之"(《梅崖居士全集卷首雷鋐序》),他也主張"文為貫道之器"(《吳懋紫制義序》),而論學以朱熹為師,說:"博學詳說以盡斯道之體,使天下學者有所據依,文公之功信偉矣。"(《道南講授序》)此與桐城並無二致。

羅有高

羅有高,字臺山,江西瑞金人(1733—1779)。學於仕琇,精深有得。《奉朱梅崖先生書》云:"得先生文集,服之數月,其文若遽進,其每為文,必隱擬先生之性情色笑而規矩之。"(見《尊聞居士集》四)有高論文也注重"文道合一",言行不悖,對於仕琇是尤而效之的。有高

說:"夫文與道一而已。修之於身,措之於事業。"(《復彭允初》)

按江西在宋代是產生"江西詩派"的地方,在明,也是"姚江學派"的"老根據地"。至清而有朱仕琇等古文家出現,乃是"地靈人傑"傳統風氣必不可免的事。譬如羅有高,在論學上,就是一個不說朱、不論陸、尊所聞、行所知的文士,他對於時人陸隴其(稼書)的詆毀陽明,就深有反感。有高說:"蒙於陸之攻擊陽明子也,無取焉,是市井相詈也,失儒者之度矣!"(《答楊邁公二》)

此外,朱仕琇、羅有高、魯九皋,皆自稱"居士"。"居士"乃佛子在家修行不住寺廟者的專名,亦可見江西諸人思想境界的開朗了。按照羅有高的話說,傾向釋家,是由於"樂其文術之精,以為可資以善吾業。""以為其旨與《太易》《中庸》相表裹","以通儒、釋之閫,而願竭其才以盡心於文章"(《別魯絜非敘》)。

有高復有《書北海孫君所藏狂草心經後》一文,侈言釋家的博大說:"盈天地間,《般若波羅蜜多心經》而已,升降變化,各肖其習因,不爽錙銖,以究極其交報之趣。"這話是有道理的。自漢明帝時傳入佛法,中國歷史上的思想界,文、史中有能不受影響的部門嗎?即以宋學而論,還有"陸子之學""靜坐內省",誰說不是根源於它的?

佛經"般若"一辭,譯為"智慧"。"波羅蜜"則為"到彼岸"。《般若波羅蜜心經》說,此經乃大智大覺誕登彼岸的心法之書,"無所不包,無所不指"。自是別開生面,自覺覺人,大徹大悟,妙法空空的世界。排除也是徒然的,他們空靈坦蕩好吐真詮未嘗不由於此。就說魯九皋吧,雖已頂禮朱仕琇"而受其為文之法"(姚鼐語),"既受古文法於梅崖先生"(陳用光語),又折禮於姚鼐"見鼐而有問焉"。姚鼐更說:

> 往時歙縣(按指桐城而言),前輩文學頗盛於天下,近乃衰歇,無復有志之士。獨新城英俊鵲起,彌眾且賢,良由先生

導之於前,一人善射,百夫決拾,理固不虛。然亦天意欲留此
道一綫之傳於新城矣!(《惜抱軒尺牘》)

這裏雖見姚鼐謙虛之處,可是言外之意,未嘗沒有心愛新城,喜其
接地而生的深情在內。因為從朱仕琇起,既以"古文辭自力","其意
欲追古之立言者"(《清史·文苑本傳》)。到羅有高、魯九皋的繼起直
追,新城之文,不僅有其特色,而且同桐城聯繫起來了,姚鼐怎麼能夠
不特別高興呢!

第一節　魯九皋

魯九皋,一名仕驥,字絜非,自稱"山木居士"。江西建昌府新城縣
人,生於清世宗雍正十年(1732),卒於高宗乾隆五十九年(1794),年
六十三。他是乾隆三十六年的進士,選用山西夏縣知縣,有政聲,以積
勞致疾卒。著有《山木居士集》。《清史·文苑》有傳附於姚鼐下。

姚鼐說,九皋為人"敦行誼,謹規矩,而工為文。人觀其言動,恭飭
有禮,而知其學之邃。讀其文,沖夷和易而有體,亦知其必為君子也"
(姚鼐《夏縣知縣新城魯君墓誌銘》)。姚鼐繼續說九皋的學行道:"奉
養祖母及父,而因事設方,以利其宗族閭里,雖貧而必致其財,雖勞而
必致其力。"(同上)

他的甥男陳用光也說"其為人嚴毅刻苦以自守,誠懇純摯以待人。
其於宗族親戚鄉黨間,因事而導以義,因人而勉之善,數十年鄉人皆仰
為鉅人長德也。"用光接著說:"顧自先生出,而鄉黨風氣漸趨澆薄。及
先生舉於官,迄今三十餘年,而先輩敦厚之風渺然盡矣!"(《太乙舟文
集六·山木先生文集後序》)

關於九皋的出任縣官及其政績,姚鼐也有論定之言。《魯君墓誌

銘》又云:"逮終養,乃出就官。是時,鼐聞寓書諫君:'謂今時縣令難為,而君儒者違其長而用之,殆不可。'然君竟謁選得山西夏縣,夏當驛道,又時值後藏用兵,使驛往來日不絕。縣舊分二十餘里,里以次出錢供役,謂之里差,吏因為利,民致大困。"

姚鼐繼續表揚九皋的縣政說:"君自持既廉,又減其役之得已者,而重禁侵蠹,民大便之,而樂為役。君顧歎曰:'吾不能盡去里差是吾恨也!'其見民,熙熙然告以義理所當從。及去,不作長官威屬之狀,民亦欣然聽其教,於是縣號為治,上吏亦絕重君矣。鼐聞乃自咎前者知君之淺,固不能盡君才也。然君亦以積勞致疾,在縣凡兩期,卒於官。"

由此可見魯九皋乃是"能員",幹練得很,更可以稱作愛民的"循吏"了,自然,姚鼐的文章也寫得好。因為,從這裏頭可以看出來兩文的關係,姚鼐對九皋是知之深所以關懷至切,絕非偶然,是在行誼上說,無論把九皋側諸新城,還是桐城之中,他都是出人頭地的純篤之士了,不單是古文方面的成就。

但九皋到底是朱仕琇的學生,他的古文主要是得自朱仕琇的。姚鼐和他不過是半路相識的"益友"罷了,"嘗從鼐問古文法",又使"其甥陳用光及鼐門"(《清史·文苑三本傳》),如此而已。至於九皋對於朱仕琇,那可真是"高山仰止,景行行止,雖不能至,心嚮往之"的。"自幸生與同時","相望處在門下"呈上詩文,請其"繩削"(具見《上朱梅崖先生書》中)。結局是:"梅崖先生仕驥之師也,仕驥之所以為文,受之於梅崖先生者也。"(《山木居士文集二·答徐虞尊書》)稱名定分,一再推崇,可見"折服"已極。自然,朱仕琇也是相當謙虛的,說:"過聽垂覽,采及鄙人,禮恭言重,當之惶恐"(《梅崖居士全集廿八·答魯絜非書》),也並非全是客套。

九皋的古文,許多篇都是經過朱仕琇評定的,刻書的時候,並鄭重地作了說明。朱仕琇沒有看過的七八十篇,由於業已"傳佈"的關係也收入了。但是題曰"外集",說是"未經審定""未敢自信"(《山木居士外集自序》)。可見作者對朱仕琇的推敬,已非一般。至於姚鼐,則九皋雖亦"傾服",說是"高簡深古,必可信今而傳後",只是他虛心於"四方學者,苟有聞必就而請益"之類的事,未必真是師弟。同時姚鼐對於九皋之文,後不逮前,頗為"太息"(《惜抱軒文集六·復東浦方伯書》)之言,亦足以印證。九皋晚年失師又累於吏務,影響了古文的品質啦。雖然他經常竊比韓愈,也說:"有所論撰,志在因其辭而志乎古道",終於未竟全功。

第二節 陳用光

陳用光,字碩士,一字實思,江西新城人。生於清高宗乾隆三十三年(1768),卒於宣宗道光十五年(1835),年六十七。用光在桐城作家中,是一個比較富貴利達的人,在江西的古文苑裏也是堪稱巨擘的人物。他的生平,具見"神道碑"上:

> 少補邑弟子員(即秀才),翁學士方綱、李侍郎璜為學政(俗稱學臺,提督一省學政),皆器異之。至京師,尤為朱文正、彭文勤兩公所優許。中嘉慶五年順天鄉試舉人,六年成進士,改庶起士,散館編修,十九年轉御史,巡視西城。道光二年,遷司業,歷中允侍讀庶子,翰林院侍讀學士,詹事府詹事,內閣學士兼禮部侍郎,終禮部左侍郎。嘗充日講起居注官,文淵閣直閣事,國史館纂修總纂,文穎館纂修明鑒總纂,由侍讀學士驟遷至內閣學士。

可見用光的官是做得一帆風順的。但他卻能恪遵師訓進退有節,

《復姚先生書》云：

> 　　用光曩承舅氏(魯九皋)緒論，求所以誠其身者，聞先生
> (姚鼐)之說，益以自信。事先生今十年矣，學未成而懼行之
> 墮，文未進而懼業之廢。夙夜之矢，將終身焉。中間涉歷世
> 故，搖惑萬端，恐負謗於師門，累更述復。然而出處大節，固
> 十餘年守之而不敢渝。

　　陳用光是常在皇帝左右的儒臣，又主持國史等館的編纂工作，能對姚鼐如此地謙恭，這才真是惜抱的驕傲，桐城得以光大的重要因素。自然，新城亦有榮焉，這是魯九皋曾加教育的關係。但九皋之師為朱仕琇，仕琇又係學於用光的祖父陳凝齋的，可見用光也是"家學淵源"、根深葉茂的。用光自己說："癸丑歲(按為乾隆五十八年)，余從姚先生於'鍾山書院'、受古文學以歸。而溯其始，非余舅氏之誨，及嘗私淑於先生(指朱癸而言)，固無由知古文學也。"(《朱梅崖先生畫像記》)這不是活畫一幅新桐兩縣古文學者授受的源流圖嗎? 而用光之學，實是新城、桐城的"結晶體"，也就毫無疑問啦。

　　用光之文，據梅曾亮說是："扶植理道，寬博樸雅，不為刻深毛摯之狀，而守純氣專，至柔而不可屈。不為熊熊之光，絢爛之色，而靜虛澹淡，若近而或遠，若可執而不停。"(《太乙舟文集序》)這是符合陳用光作品的神理氣味的，他的確是毫不驕矜而又澹雅從事的。他主張"學必本宋儒，而後其處心也無私，而制事也有道。"(《南池文集序》)說"為文以氣為主，有法而無氣，則土偶之官骸而已"(《上錢莘楣先生書》)。因為我們不能忘記，新城還有一個出於釋氏的"空靈"傳統，用光文集以"太乙"為稱，難道不也是道家的"玄虛"嗎? "飛在九宮，四十餘年一徙，所臨之地，兵役不興，水旱不作"(見《日知錄》及《易乾鑿

度》)。

用光是能夠恪守師道推尊宋儒的,但他也不排除漢學,因噎廢食。他說:"一切考證文學,古人惟事其實而已。"末流之敝,才是"掇拾遺闕以為博,考核名物度數以為精,而罔知其大焉者"。"如能戒其所失而求其所得,則考證不徒不足為吾病,而且有資於吾學"。同理,他說"欲以空疏不學之辭,立古文之業"(《與伯芝書》)也是徒勞的。他說:即使韓愈、柳宗元生在今天,也一定不菲薄考證。這可真不愧是姚鼐的學生,因為他還說:"夫文有虛有實。虛者,骨脈神氣也。實者,名物度數之見於文字間者。非考證之博,則每患其疏,故姬傳先生嘗以考證誨學者也。"(同上)

這事已鬧清楚了。就是說,用光既反對漢學的"破碎穿鑿",也不滿宋學的"空疏簡易",因為他始終認為"無學則無以輔其氣,定其識",世人以古文學者多空疏不實,就是這個緣故。那麼,如何補救呢?還是那句老話,"以考證入文,其文乃益古"(《復賓之書》)。不過,這裏也說明了一個問題,古文家的提倡考證,只是為了充實文章。漢學家的從事考證,則是以考證為工具為方法,以整理和核實文史、文獻上許多疑莫能明的前言往行的。而用光的不願偏廢,和他所處的政治地位、工作關係,是無法分開的。因為在他作官那個時期,戴震、段玉裁的訓詁之學,還未衰歇,而古文之學,已有賴於梅曾亮的居京策應了。陳用光也不例外。

用光論文已經看得出來也是主張"文以載道"的。不過,他不說"載道"而代之以"立言"。然而"載道"也好,"立言"也好,其內容實質上都講的是儒家的程、朱之學。他說:

> 夫文者,學之始事也,及其言既立,則宣暢義理,啟牖啟世,遂為學之終事焉。(《姚姬傳先生七十壽序》)

夫為文非立言也，立言之道，惟程、朱諸儒，誠有紹絕學
之功（按指周、孔而言），是以可謂之立言。（《與魯賓之》）

當然，他也不埋沒文辭，不非議它的藻飾之功：“文具而事顯，藝精
而道合”的“燦著之跡”及其“鏗鏘陶冶之情”，所謂“聲華榮利之事”是
也。然則推其功而謂之“立言”，似乎問題不大（見《與魯賓之書》中）。
又說：“研究文事，鏗鏘陶冶，乃能得其中聲，而發現天地自然之文。”所
以這“修辭之學”（即文章之學），也是切要的（見《姚姬傳先生七十壽
序》中）。因之可以說，這是陳用光雙管齊下的“義理、辭章，並行不
悖”之論，忠實地貫徹著方苞古文“有物有則”的“義法”，也涵泳了姚
鼐充實以“考證”的三者並重的準則。於是“釋經訓、考典則”和“詞章
之善言情事者”得以偕飛成為“人籟”（同上）。最後他甚至把文章抬
高到與天下治亂有關的地位說：“夫文者，人心善惡之所形，足以驗世
之治亂，而還為治亂之所從出。文盛則世治，文衰則世亂。”（《上錢莘
楣先生書》）“文章經國之大業”，這不是曹丕的論調嗎？
　　桐城文學傳入新城以後，受有影響的以陳家子弟為多，例如見於
《曾序》中的陳學受、陳溥，即其代表。

陳學受

陳學受，字藝叔，他是梅曾亮的弟子。邵懿辰說：“藝叔世家子，而
能好學，治《春秋》《尚書》勤甚。所為說單思獨造，不苟傍前人，而義
理一信程、朱。居京師四年，與姚先生門人梅君伯言遊，曾講受古文
法，而余與藝叔每見必討論經義。”（《半巖廬遺文·贈陳藝叔序》）
　　學受的師友文章及思想，大體如此。好經學，而一本程、朱，是梅
曾亮的朋友，曾講受古文義法。

陳　溥

陳溥,字廣敷。他是陳學受的族弟。溥研究學問的範圍較廣,程、朱、陸、王,甚至釋氏,他都精究。嘗著論學書三冊:一為《王陽明集節錄》,著綱領一百四十三條;一為《涵泳篇》,節采陸秀山集,著綱領一百八十條;一為節采《朱子集選本》九十二條,不著綱領。三書注解皆極精詳,陳溥講"義理"是不拘一家的。他說:"懿叔兄問:吾儒'靜存'與佛子禪'波羅蜜'內守幽閒不動,將毋同?""曰:不同,《易傳》言'有義'不曰'主靜',言'敬'以直內,不曰'持敬'。'主靜''持敬'則疑似於內守不動之幽閒矣。"輒獻五言一首:

> 一篇要諸《禮》(《中庸》),一篇括用知(《大學》)。兩言已盡道,要在勿二之。智類果通達,了了象數滋。三千與三百,昭布府藏支。煜若春花敷,自髓徹膝肌。求中於未發。何但以敬持。灘邊兩裸蟲,不忍顧盼施。想見鴻荒初,彼發何榛杯。飾情以文貌,匪帝獨創為。如水之必東,性善日有儀。以彼潰洞日,思我孩笑時。氣充性乃達,知禮始交熙。所以和與中,影響無間差。大理而物博,穆穆森赫曦。萬象在沖漠,此語乃不歧。如彼妙湛圍,何嘗有是非。(《陳廣敷先生詩文鈔二》)

他這裏涵泳朱、陸,主靜及敬,對於釋家也不歧視,自是"新城居士"的餘韻,可知二陳之學重在"義理"。而陳溥的詩"句律不用秦漢,篇格不用唐宋"(陳學受稱陳溥語),反在其次了。

"碩士之群",學受、廣敷以外還有吳嘉賓。

吳嘉賓

吳嘉賓，字子序，江西南豐人。生於清仁宗嘉慶八年（1803），卒於穆宗同治三年（1864），年六十二。他是道光十八年的進士，改庶起士，散館授編修，坐事落職，戍軍臺。咸豐間，以內閣中書治鄉兵，禦太平軍，戰於三都墟口（在江西泰和縣西，道通萬安縣），王拯述其為人云：

> 子序為人，深於講學，懷經世志，不欲僅以文人自域。及與別久，則聞子序掛吏議，出關荷戈。還又自奮於戎旅，幾陷軍律，崎嶇寇難弗自衰。身老矣，卒以率其鄉里嬰巨寇不敵，銜鬚授命，悲夫！（《求自得之室文集序》）

嘉賓以文人而好兵事，卒死軍中，此其不與人同之處。他的古文得自私淑者多，嘗向管同（異之）說：“心服者，莫如桐城姚先生。”嘉賓之獲識管同也是通過陳用光的聯繫，所以他說：“求先生之道，微侍郎及足下，其誰與歸？”（《與管異之先生書》）可以為證。嘉賓論學頗主陸、王。他說：

> 昔朱子以陸子之言為專於“先立乎大者”，陸子以為誠然。今之學者，皆右朱而左陸，彼固慮人以小善為無益而弗為也，然獨不慮小之妨大，而將有遺其本而務末者歟？（《孟子序說》）

嘉賓是不同意程、朱的“增改”解經的。他說：“窮理莫如讀書，此多學而識之之道也。”遂以是增改舊文，引申此意，不已過乎？（《大學說序》)因為他主張"立大務本,孔道一貫",所以又極力推重"易簡""慎獨"。他說:"道不貴易,同乎天者常易。道不務簡,受乎天者固簡。"(《釋易簡》)他說:"慎獨,乃聖功之所由入。反求諸身,愈反愈密。君子終其身從事於此。"(《釋慎獨》)

嘉賓經常是朱、王並提的。他說:"宋之朱子,明之陽明",都是教人《大學》的。朱子說:即物窮理。陽明說:"致良知。"並不是陽明好為異說,而是為學朱子過於拘執的人講的(《王陽明論》上)。

嘉賓之文,多論道辨學之作。但武斷的地方不少。如"天下之物皆吾知,吾心之知無遺物"之類,便近於狂妄了。郭嵩燾稱之為"英奇磊落,嚴峭刻深,才氣不可一世"(《求自得之室文集序》)。但據我們看來,不過是善於"掉書袋"而已。如《釋德》云:

> 孔子曰:"志於道,據於德。""吾未見好德如好色者也。"又曰:"知德者,鮮矣!"所謂德者,何也?《洪範》五福,四曰"攸好德"。夫德者,得也,列之"五福",必其得天者。昔人以"精""氣""神"謂之"三寶",斯豈非得自天者乎?

其《釋信》《釋忠》等,都是此類。如果把古人的成句除掉,則剩下的文字,還有什麼?作文雖然應該"字疏句釋,以求依據"(亦郭嵩燾評語),但像這樣聯篇累牘地羅列陳言,恐怕等於"獺祭"啦。

第三編　桐城古文學派的分播
梅氏之群與"陽湖派"

　　桐城古文學派雖得名於桐城,然而它的策源地卻非只此一處。戴名世、方苞、姚鼐常居的金陵(現在的南京),劉大櫆所歸隱的樅陽(現在的歙縣),和四人都曾到過的京師(現在的北京),可以說,全是他們活動(標榜、援引)的所在。前此,方苞、劉大櫆的會晤,劉大櫆、姚鼐的接觸,特別是姚鼐辭官以後的學院主講,都沒有離開過這些地方,就足以說明問題。不過,那時的情況,到底還是在東南各省滋蔓著,譬如南京吧,就是個重點。自姚以前,北京方面便影響不大。

　　自姚鼐的弟子梅曾亮常住北京以後(近二十年),那就大不相同了。傳播風氣,延攬同道,以文會友,後來居上,遂把北京變成了桐城古文學派重要的"根據地"之一,如廣西的朱琦、王拯、龍啟瑞,湖南的吳敏樹、楊彝珍、孫鼎臣,都紛紛地歸向桐城,誦法姚、梅了。所以,桐城古文學派的開拓者雖是姚鼐,如果沒有梅曾亮的繼長增高,恐怕它的勢力至多也出不了江南、江西。

　　至於"陽湖派"的惲敬、張惠言、李兆洛等,雖跟梅曾亮沒有什麼師承的關係,他們卻是私淑劉大櫆的。在學術的成就上又是多方面的,不盡與桐城一致,因其特點,可以自成一系,所以把他們附在此編,藉以對比。有人曾說他們根本不是"桐城派",我們則認為,起碼是有所濡染的,離著南京太近了麼。

第一章　湖南的"桐城派"作家

論到湖南的"桐城派",本該以湘鄉曾國藩居首,可是因為他只是"私淑姚鼐"卻又"深矯桐城末流虛車之飾"(黎庶昌《續古文辭類纂序》中語),補之以經世致用之學;雖曾與梅曾亮在京論文,他自己也"雅不欲溷入梅郎中之後塵"(曾國藩《致吳南屏書》中語)。而且曾幕諸客如薛福成、張裕釗、吳汝綸等相攀附,已經成了體系,所以應該專章論列。

餘如吳敏樹,儘管昌言"素非喜姚氏者"(《與筱岑論文派書》)。楊彝珍儘管義理推闡陽明,王先謙儘管以注疏、文選傳世,然而他們或與梅曾亮有相當的關係,或論"義法"推本方苞,或評論作品之際,準的姚鼐,結果還是和孫鼎臣、郭嵩燾一般無二的,豈可使之向隅。還是曾國藩敍述得最為詳盡,他說:

> 昔者,國藩嘗怪姚先生典試湖南,而吾鄉出其門者,未聞相從以學文為事。既而得巴陵吳敏樹南屏,稱述其術,篤好而不厭。而武陵楊彝珍性農,善化孫鼎臣芝房,湘陰郭嵩燾伯琛,漵浦舒燾伯魯,亦以姚氏文家正軌,違此則又何求?最後得湘潭歐陽生。生吾友歐陽兆熊小岑之子,而受法於巴陵吳君、湘陰郭君,亦師事新城二陳,其漸染者多,其志趣嗜好,舉天下之美,無以易乎桐城姚氏者也。(《歐陽生文集序》)

以此為藍本,我們就介紹吳敏樹等五家。

第一節　吳敏樹

吳敏樹,字本深,號南屏,湖南巴陵(即今岳陽縣)人。生於清仁宗嘉慶十年(1805),卒於穆宗同治十二年(1873),年六十九。

敏樹一生,只中過道光十二年的舉人,做過瀏陽縣的訓導(縣學官)。他雖有權勢顯赫的鄉親、朋友,如曾國藩等,但不去巴結,淡於名位。國藩曾請他到幕中幫忙,他卻辭以"無當世才,不能附從以自達"。兩次相晤,都不果留,最後連通函問也避免了。說是:"功名形勢之會,一世之所趨求,宜有所避以謝於不知。"(《乙未上曾侍郎書》)他說:

> 人之容其身於天地之間,何適而不得?而苟必意欲而後安,則一身雖微,常窮天下而不足。(《寬樂廬記》)
>
> 大之上有大焉,得之後有得焉。勞神僥倖之門,忍苦風塵之路,終身無滿意時,老死而不知休止。(《說釣》)

敏樹為什麼這樣的豁達?是他看清了官場的卑鄙險惡。他說:"作一教官,尚不免遭訴訕,被彈射,僅自逃避而去。此猶可以終老鄉里,幸全其身命而止耳。"(《答李青州書》)他接受了經驗教訓,所以急流勇退,有自知之明。他的古文學,也是自修出來的,推崇歸有光,頂禮方靈皋,又得與當世文人梅曾亮等相與切磋,遂有成就。他說:

> 自少讀書,喜文事,弱冠忽若有悟文章之為者。讀《易》《詩》《書》,皆以文讀之。自是落筆為時文,輒高異,而古文之道且躍然其胸中矣。(《記鈔本震川文後》)
>
> 生居窮鄉,少師友見聞之益,亦幸不遭聲習濡染之害。

自年二十時,輒喜學為古文,以為文章盡於此爾。(《與筱岑論文派書》)

足見敏樹是無師自通的。私法歸氏,也不是全無看法。他說:"歸氏之文高者在神境,而稍病虛,聲幾欲下。"還說方氏之文"理深於法,而或未工於言",都是優、缺點並舉的。當然,這並無害其為"一代之文,人莫能尚"(同上)。敏樹成名,是由於他把《鈔本震川文》帶到了京師,同楊彝珍、梅曾亮、朱琦、邵懿辰、王拯等古文家相識之後,尤其是此中之梅氏,敏樹對之執禮甚恭,受益亦大。《與梅伯言先生書》云:

> 敏樹再拜,奉書伯言先生座前:在都於項君幾山所,得見先生。繼乃因緣進謁,遂蒙賜示大著文集,伏而讀之,皆若古人之作,非今世之所有者。於是乃知天下之文章,固在於先生。

在《梅伯言先生誄詞》中,吳敏樹表現得更為充分。他說:"余聞從梅先生語,獨有以發余意,又讀其文數十篇,知先生於文,自得於古人"。"其才俊偉明達,固非但文人,而寄趣尤高"。就是說,在生活之坎坷上,敏樹也引梅曾亮為同道,都不得意於仕宦,而聞名於古文。其"誄詞"且稱之為"伯言父"而不止是"梅先生"了。詞曰:

> 才何以兮不施,名何為兮大馳。獨為文章之人兮,世安賴而有斯。嗚呼!哀哉!伯言父。其文之好邪?其志之蹇邪?其又以逢天之忌,而卒以顛倒者邪?

頌揚、眷戀,洋溢於字裏行間,應該說是真情實感。但敏樹為文的精神,跟他做人一樣,是卓立不倚的,空所依榜的。雖學歸、方,交伯言,卻不剿襲,不摹擬,尤其是不參加派系,實在非同小可。他說:"心窳隘薄時賢,以為人必古於辭,則自我求之古人而已,奚近時宗派之云?果若是,是文之大厄也。"這話包括他不同意曾國藩把他歸入"桐城派"的說法在內,可謂光風霽月清明在躬了。因此,我們儘管系列敏樹於此,也要給他一個本來面目。誠如曾國藩所言"幽人貞介"不必"追逐名譽"者是。

敏樹論文,不但反對巧立派系,也不贊許劃分朝代。他說:"文字"為"篇章"之始,從"書契"作即有文,"屬文為辭"從而"形狀萬物,紀天下事,通生人情",這是古今無二的。只要明於"為言之理,斟酌本末,因質而敷,繁簡廉肉,所取有章",也就完成它的功能了,還分的什麼"秦、漢、唐、宋"呢?(俱見《羅念生古文序》中)這話說得雖嫌籠統,倒也未嘗沒有一定的道理。二千年來,儘管在形式上有駢、散、詩、賦、戲曲、小說,這樣那樣的變化,論其內容,還不掃數是"封建主義"記言記事的作品嗎?敏樹還主張言行一致,文如其人。如《與楊性農書》云:

> 竊惟古文云者,非其體之殊也。所以為之文者,古人為
> 言之道耳。抑非獨言之似於古人而已,乃其見之行事,宜無
> 有不合者焉。

譬如敏樹的文筆,就是"惜墨如金"的。他絕不輕易阿譽,或者供人驅使。他自己說:"余既無能遭遇發揚於世,而文字日頗有名,恐遂抱硯為庸人役,因作《石君硯銘》。其文曰:

> 年可壽若老彭,吾不以墨之汁,而佐彼之觥。行可贈若
> 班生,吾不以毫之穎,而贐彼之程。匪墨之私,匪毫之愛,恐

汙吾石君之生平!

這在文人的操守上看,可以說是"翩翩濁世之佳人,一片冰心在玉壺"了。敏樹之文,極為曾國藩所稱道。國藩覆信給敏樹說:"見示詩文諸作,質雅勁健,不盜襲前人字句,良可誦愛。"又《復吳南屏書》云:

> 大集古文,敬讀一過。視昔年僅見零篇斷幅者,尤為卓絕。大抵節節頓挫,不矜奇辭奧句,而字字若履危石而下,落紙乃遲重絕倫。其中閒適之文,清曠自怡,蕭然物外。如《說釣》《雜說》《程子新傳》《屠禹甸序》之類,若翱翔於雲表,俯視而有至樂。

按曾、吳兩人,雖於軍政上未有合作,但在文字之間,卻結了不解之緣,相知甚深,在京師時,彼此曾戲以歐陽(修)、梅(聖俞)相比,可見一斑。所以國藩這裏的推許,並非溢美。現在讓我們先欣賞一下敏樹的"閒適之作",如《君山月夜泛舟記》,即其晚年家居時旅遊的小品。"月色蒼茫,舟穿水柳,山鄉幽靜,人物悠然。"感覺不到這是身居亂世(時為同治六年,瀏陽教案西北捻軍,正動刀兵)。再如《說釣》,雖是有所諷喻,而其怡情悅性清心寡欲的態度,觸處皆是:

> 余村居無事,喜釣遊。釣之道未善也,亦知其趣焉。
>
> 當初夏中秋之月,早食後出門而望,見村中塘水,清碧泛然,疾理竿絲,持籃而往。
>
> 至乎塘岸,擇水草空處,投食其中,餌鉤而下之,蹲而視其浮子,思其動而掣之,則得大魚焉。

實則"腹疾思食，忍而不歸"，以及"更詣別塘，數數求釣"的結果，依舊得不到大魚，白吃辛苦。他說，這不是和追求大官徒勞心神，"而博妻孥之一笑"是一樣的嗎？敏樹說："若其進於禮部（指會試而言），吏於天官（為吏部派充官職），是得魚之大，吾方數釣而又未能有之者也。"所以最後著重地說：

> 然而大之上有大焉，得之後有得焉，勞神僥倖之門，忍苦風霜之路，終身無滿意時，老死而不知休止。求如此之日暮歸來，而博妻孥之一笑，豈可得耶？

此篇並不明言鄙棄功名利禄，但卻有意嘲諷鑽營高官之徒。因為作者自己並不熏心干求，而知樂其所樂麼。

第二節　楊彝珍

楊彝珍，字湘涵，一字性農，湖南武陵（即今常德縣）人。生於清仁宗嘉慶十二年（1807），卒年不詳。他是道光三十年的進士，曾為翰林院庶起士，兵部主事，但很早就離休了。

彝珍與曾國藩、吳敏樹，俱為好友。不過，他做學問的途徑，卻和兩人不盡相同。國藩服膺程、朱，他為陽明辯護。敏樹尊重古人，他說古人可並。

按陽明之學，雖有根本性的錯誤，主觀唯心無視外物的存在，但在事功上卻有一定的成就，平藩、禦侮，安定了人民。把它說得半文不值，甚至認為明代之亡，亡於王學，則是過甚之辭。楊彝珍就羅列姚江的功績說：

①姚江始拜省郎,如考功郎中之類,抗章救御史戴銑等,
（按此為正德元年事,因此忤劉瑾,廷杖謫龍場驛丞）
即以直節著。

②比任疆事(十一年八月,擢右僉都御史,巡撫南贛),從
諸文吏,提弱卒,掃積年逋寇(指贛、粵盜賊謝志山、陳
曰能等,他們攻剽府縣、稱王)。

③討平叛藩(十四年,寧王宸濠據南昌反,時守仁已晉職
為右副都御史,錦衣衛副千戶,奉命討之。而所將多
文吏及偏裨小校,後始成軍三十萬)。

當威疑震撼,機牙雜發,四應不窮,非備清明於在朝,亦
不能智慮無慮若是大臣多忌守仁之功,雖予封特進光祿大
夫、柱國、新建伯、世襲,歲祿一千石,然不予鐵券,歲祿。

這就不怪彝珍在列舉完了接著就問,自三代後數千年文儒之事
功,能有比得上的人嗎?"若其積懺僉王,讒間朋興,經百折而其氣不
少挫",以程、朱當此,恐怕也不過如是。為什麼單對姚江加以非議呢?
所以他的結語是:

噫,學者苟由姚江之學以入,固守其良知,而擴充之以為
天下國家用,自不失為聖賢之徒。若剿程、朱之緒言,徒標講
學之名,以釣聲譽,而行則背之,真所謂失其本心者,恐其患
不獨在學術也。(《移芝室詩文集二·移芝講社記》)

此之謂"持之有故,言之成理",對於桐城派"學行程、朱"之說,也
未嘗不是一種挑戰。因為彝珍始終強調"姚江之學其異於紫陽者,特
所入之途徑耳。若其闡明心性以洞斯道之大原,夫豈有二哉?"（同

上)就是說"格物致知"與"即物窮理",沒有什麼差別,基本上都是儒家孔、孟之道,不可妄生軒輊。

還有,對於古文的態度,彝珍不僅義法古人,也取則今人,例如方苞。他在《國朝古文正序》裏就說:"我朝初綴,文家林立。深得所傳之義法,厥推方氏靈皋。"這也就是為什麼我們認為他應該是湖南籍桐城派裏一個成員的原因。他又說:"文章之盛衰,非因時代為升降",只要憂瘁心力,專一為之,至於有成,就可以和古之作者並駕齊驅的。這話也說得好,合乎歷史發展的規律。

第三節　孫鼎臣

孫鼎臣,字子餘,號芝房,湖南善化(即今長沙市)人。生於清仁宗嘉慶二十四年(1819),卒於文宗咸豐九年(1859),年四十一。

鼎臣少聰慧,中道光二十五年進士,改翰林院庶起士,散館授編修,擢侍讀,充日講起居注官,翰林院的美差,只差修撰和掌院學士未做了,但因言事不用,乞假歸。

子餘幼年喜辭賦,遇梅曾亮後,方才改業古文。《與梅先生書》云:"少習詩歌、駢儷之文,八家之作,讀之未能卒業。來京師見先生之文,與聞其議論,始心好之。"

他又覺得桐城文派是講言行一致的,須先敦品立學,然後發為文章才能言之有物。否則空疏不實,坐而論道,文章雖好,無益身心。他說:"退之(韓愈)、介甫(王安石)諸文,反復讀之,而茫乎未有以入。"又取方、姚兩先生之文讀之,方先生告人以義法。於是認識到相承之義法,非累學數十年,不能體會深刻。子餘之言曰:

文各有體,始終本末之序,繁簡廉肉之宜,高下疾徐之

160

節,則可講而明者也。氣不舉其辭,辭不通其義,如是以明道,猶車之無輗也,可乎?梓人之為室也,鳩工庀材,無規矩繩墨以定其制,不能一宇,然則義法亦人之所當知也。(同上)

由此可見他已經好學知文了。身心性命之論,毫無疑問,也必然是宋儒的。子餘說:

> 宋儒修聖人之教,明義理而推本之於性命,然後道之大原得,而聖人率性修道,俾民反經而無邪惡者,其義大章。其言皆天下之公言,聖人之所不易,故有志於治天下、修身、齊家者,莫不由之。(《畚塘芻論·論治一》)

做翰林院的官,經常和皇帝接觸,怎麼敢離經叛道不崇奉當時的正統思想呢?毫不奇怪,既尊宋儒,當然就反對漢學,這也是跟桐城文派一個鼻孔出氣的。所以子餘又說:

> 孔、孟既沒,《六經》至漢始尊。而其時諸儒,守章句為訓詁,辨名物度數而已,於聖人所以教人復其性而閑之以道者,未之有見也。(同上)

這也可以證明,乾嘉以後,漢學已經失勢,復歸於性命之論。子餘有詩自道其學行云:

> 精進儒修懋,觀爻首取乾。德居三不朽,業貴一而專。得主依仁義,熟親請益虔。克明斯曰峻,可大是為賢。徑比登山峻,功如琢玉堅。半途勤勵志,爾宜切繩愆。踐履溫恭

日,文章富有年。(《進德修業》)

從這首五言古詩裏,可以看出他是頗為自負,也很有信心的。因為,他還不只是一個"本本主義"者,就是說,相當地講求"文以致用",舉凡財政、兵事、交通、文教,無不說得頭頭是道。所以吳敏樹也稱道他"考古今學術政教治亂所由,及鹽漕錢幣河渠兵制諸大政利害事實,而察其通變所宜與其所不可者,為書論數十篇。其言絕明達、適治體、屏斥小利、要歸大道"。

第四節　郭嵩燾

郭嵩燾,字伯琛,自號筠仙,晚號玉池老人。湖南湘潭人,生於清仁宗嘉慶二十三年(1818),卒於德宗光緒十七年(1891),得年七十四。

他是道光十七年的舉人,二十七年的進士,翰林院庶起士,累官廣東巡撫,光緒間轉為兵部侍郎,充出使英、法大臣。在桐城文派裏也是個高官得作,文名籍籍的人。

嵩燾工於詩文,精於政事,通達世務,幹練異常,為曾國藩幕中突出的人物(李鴻章、左宗棠,差可比擬,可是他們沒有文學的修養)。

他論義理獨尊朱熹,講文辭不非駢儷。他說:"朱子輯《四書》首《大學》,非獨詳其文義而已,躬行而實有得焉,足以窮其節目而究其精微。"他說這是他多年"沉潛"的結果。

他說:"聖人盡性以盡人物之性,籠總不過是'明德'與'新民'兩事,其道則一。裕之之學為'致知','誠意'極於'修身'而止,但'致知'之道廣矣,'誠意'之功也嚴,可以盡天下之事理。"關於這一點,嵩燾發揮得最好。他指稱:

格物者,致知之事也。物者何?心、身、家、國、天下是也。格物之事何?所以正之、修之、齊之、治之、平之者是也。

格者,至也,窮極物之理而不遺。格者又明有所止也,揆度物之情而不逾其則,知此,則《大學》書完具無缺。

(《養知書屋文集三·大學章句質疑序》)

按"格"乃主觀的"求索","物"是客觀的事體。不"求索"哪得有知識,所以說是"格至"。"格物"即"致知","致知"必窮理而其極則,就是說,最終的目的要求,乃是"正、誠、修、齊、治、平"之實踐。翻來倒去雖然只是這幾句盡人皆知的道理,可是不講求程、朱理學的人,是不會說得這等透徹的。嵩燾既然向學程、朱,對於名物象數之學,自會置之次要。他說:"聖人之道,其跡存乎名物象數之末,而其精究乎天人之精者,未易以言傳也。""循乎名物象數而得其秩敍之節"而"禮"行,又"益以講習討論之功"而"學興"。"積累之久""始能得其精微"。再通過"躬行實踐"以"成德"。否則"止於""名物象數之末者",謂之"雜學"。

嵩燾雖尊宋學,以"名物象數"為末,好像篤守桐城義法了,但他"論文"卻不排斥四六,而並尊駢、散。他也從源流起始上說:"文章緣始,取資根柢。品事類情,理體畢至。流派區分,軌轍斯異。"(《十家駢文彙編序》)他接著分析道:

①尋求兩漢之作,樹幹為骨,錯綜經緯,輔之以辭。非博覽無以厚其藏,非精思無以析其理。異制繁興,摛辭無二。

163

②六代波流,漸趨繁縟,遂乃排比為工,陶染為富。

③至唐四傑(王、楊、盧、駱)出,華瞻豐靡,無復餘蘊。蓋世愈降,而文亦愈靡。

④昌黎氏(韓愈)起而振之,抗兩漢而原本《六經》,創為"古文"之名,六代文體判分為二,夫誠有涵濡《六經》之功,斯為美矣。

從文章的發展上看問題是這樣的。韓愈的"古文運動",始為散文解脫了羈絆也是的。"自從建安來,綺麗不足珍"。但最先揭發出來的,即以唐代而論,似乎應該以李白為較早。倒是嵩燾結語的幾句話,說得頗為動人:"舍鉛華以求倩盼,去纂組而習委蛇,勞逸差分,豐約殊旨","俗學虛枵波蕩以從之",恐怕不夠穩妥,轉使"就衰"了。這在當時來講,應該算是"石破驚天"之論,雖然他著重的是偏於形式方面的。

第五節　王先謙

王先謙,字益吾,湖南長沙人。生於清宣宗道光二十二年(1842),卒於民國六年(1917),年七十六。他是同治四年的進士,官翰林院編修,終於國子祭酒(清廷學部的主管官)。

他首先是一位注疏家,輯釋了《莊子集解》《荀子集解》,還編選了《續古文辭類纂》,博雅得很,也工於古文。先謙雖班輩晚出,而年登耄耋,得以私淑桐城(主要為姚鼐),為其重要的成員。其《續古文辭類纂序》云:

自桐城方望溪氏,以古文專家之學主張,後進海峰承之,遺風遂衍。姚惜抱稟其師傳，覃心冥追，益以所自得，推究閫奧，開設戶牖，天下翕然號為正宗。

承學之士，如蓬從風，如川赴壑，尋聲企景，項領相望，百餘年來，轉相傳述，偏於東南，由其道而名於文苑者，以數十計。嗚呼！何其盛也。

述說"桐城文派"繼承發展的情況的，曾國藩《歐陽生文集序》而外，以此篇為最精確。就中，先謙也著重指稱"講明心性，恢張義理"之為"正學"，但亦不輕蔑"逞志浩博，鉤研訓詁，繁引曲證"的漢學家，並許之為"鴻生鉅儒"，這就不算偏頗啦。因為他自家也是此中的能手。尤其是從他推崇姚鼐的"義理""辭章""考據"三者並重之處，可以看得出來。王先謙說："義理為幹，而後文有所附，考據有所歸"麼。

先謙說："惜抱自守孤芳"，"其為文源流兼賅，粹然一出於淵雅"，"沾被百年，成就遠大"。可以說，已經不是一般的推崇。這從他費了很大的精力去選輯桐城派的文章，特別表明是：遵守姚惜抱《古文辭類纂》開示的"準的"，"輒師其意，推求義法淵源"，采選了自乾隆迄咸豐中的三十八人的作品一事，可以概見。"論其得失，區別義類，竊附於姚氏之書，亦當世著作之林也"（同上）。真是亦步亦趨在明召大號了。他寫的論學之文不多，《大學章句質疑後序》可為代表。其文云：

《大學》一書，聖功王道備矣，而其要莫先致知。知，止也，知所先後也，皆知之事也。知止然後見聖功無不貫，知先後然後見王道無速成。

第二章　廣西的“桐城派”作家

廣西僻處嶺南,文風閉塞,賴有進士、京官呂璜(月滄)、朱琦(伯韓)、王拯(定甫)、龍啟瑞(輯五)等來往溝通,始行改觀。呂璜而外,朱琦、王拯、龍啟瑞都是梅曾亮的弟子,相與鼓蕩,桐城一派遂得發揚,而首倡之人,卻不能不歸之於呂璜,儘管他未列門牆於梅氏,但曾學文於宜興吳德旋(仲倫)。德旋對於姚鼐來說,不是先之以“私淑”,繼之以親聆教益嗎? 何況他同陽湖派諸人的關係,如惲敬(子居)、張惠言(皋文)也很密切呢! 肯定他們淵博,批評他們的古文不夠謹嚴。而呂璜與之遊,則呂璜之在廣西,理應有所作為啦。所以我們把他擺在了第一位。

說到這裏,讓我們再引譚泰的話以為佐證。譚獻說:“國朝古文起元、明之衰靡,粹然復出於正。桐城方氏、姚氏後先相望,為世儒宗,而粵西呂先生璜,同聲應之。”(《怡志堂文初稿序》)這不就接上綫了嗎? 譚泰又向下聯繫著說:“至朱先生(琦)而益大。”(同上)朱琦的《自記所藏古文辭類纂舊本》就說得更詳盡了。朱琦之言曰:

伯言(梅曾亮)居京師久,文益老而峻,吾黨多從之遊,四方求碑版者走集其門。先是吾鄉呂先生以文倡粵中,自浙罷官講於秀峰(按桂林城中有獨秀峰)十年,先生自言得之吳仲倫,仲倫亦私淑姚先生者。是時同里諸君如王定甫(拯)、龍翰臣(啟瑞)、彭子穆(昱堯)、唐子實輩,益知講學。

及在京,又皆昵佡言,為文字飲,日夕講摩。當是時,海內英俊皆知求姚先生遺墨讀之。然獨吾鄉嗜之者眾,伯言嘗笑謂琦曰:"文章其萃於嶺西乎!"

讀罷這篇文字,我想,不止是呂璜在粵西承前啟後的桐城脈絡,使人越發清楚了。尤其重要的是朱琦筆下的廣西桐城派,可以一覽無餘了。其功用幾可與曾國藩《歐陽生文集序》、黎庶昌《續古文辭類纂》的卷首序文一相比擬。只不過曾、黎著眼的是桐城文派全體的師承關係,分佈情況。朱琦這裏只講的是以梅曾亮為主導的廣西作家,然亦可以印證桐城作者之善於陳述源流了。

第一節　呂　璜

呂璜,字禮北,號月滄,廣西永福人。生於清高宗乾隆四十三年(1778),卒於宣宗道光十八年(1838),得年六十一。他是嘉慶十六年的進士,累官海防同知。晚年歸里,疆吏聘之,主講於秀峰。

璜學古文於吳德旋,對吳非常敬重。他說:"往時從《惜抱》《茗柯》(張惠言的文集)兩集中",就看到了稱述吳德旋的文章,而心嚮往之,翹想吳的"治古文"是以昌黎韓氏為"幟志"的高標準,嚴要求,循規蹈矩,不自炫耀其才氣。(具見《與仲倫先生書》中)

呂璜還說:月前始得吳的著作,反復諷誦,竟沒想到"夙所向於古人者,並世尚及見之"。甚至尊吳為"今日之惜抱",希望能夠"得侍左右,親荷講授",可謂情真意切了。最後他還說:"僻處嶺表,交遊中頗有志乎此者,他日還山,得舉所聞先生之訓,廣其流傳,安知無知而為,為而竟焉者?持此以報先生,倘亦先生之所許邪?"(同上)這不是連目的要求都一齊交待了麼?德旋復書,亦甚謙遜地說:

伏承謙光下達,云欲相師,言之至再,在執事誠為高世越俗之舉,而德旋斷非其人。夫是乃子厚、習之諸君子所不敢居之任也。德旋自顧何所有,而敢侈然為賢者師乎!(《初月樓文續鈔·復呂月滄書四》)

吳德旋也很稱許呂璜的文筆,說他:"宏才卓識,文境洮洮清絕。"說他可以繼續兼至歸震川、姚惜抱、柳子厚、歐陽永叔諸家(同上)。這些雖然都是文人間慣用的互相吹捧,相與恭維的老調子,亦可見呂璜的必不凡庸了。呂璜學於吳德旋以後,果能傳其心法於廣西。他曾編輯德旋所講義法等類為《初月樓古文續論》,並跋之以文曰:

> 右若干條,皆先生就璜所問而答者,璜退以片紙書之。先生別去,乃稍比次而書於冊。

此跋之外,另有陳增亦說:"粵西呂月滄郡丞,嗜古文辭,嘗師仲倫先生而得其旨,以親炙緒論,手纂成編。"還有錢泰吉的跋也講道:

> 桂林呂月滄郡丞,篤嗜古文辭,迨見先生而體格一變。今從山陰陳君厚齋(即陳增)得郡丞所錄先生緒論,蓋師先生之文以為文,即師先生不忘師友之心以為心也。(以上諸跋,並見《初月樓古文緒論》卷末)

由此種種,可見璜的古文果係得自吳德旋,以及他對吳傾服之深了。呂璜自己也真能以桐城義法為準則,因之,他的文章很被時人重視。桂林朱琦,他的同鄉後輩,即曾以詩稱之曰:"文字無今昔,《六經》為根荄。夫子抱遺篇,狂簡慎所裁。講席秀峰尊,百史能兼荄。"還說呂璜:"論道有繩尺,乃自桐城來。義法守方、姚,無異管(同)與梅

（曾亮）。"前面說過，呂璜以下，朱琦就更不簡單啦。譚泰說朱琦之文是："揮斥萬有，暉麗掩雅，兼方、姚之長而擴其所未至，桂林奇秀文氣，其特鍾於是矣。"（《怡志堂文初稿序》）

第二節　朱　琦

朱琦，字濂甫，號伯韓，廣西桂林人。生於清仁宗嘉慶八年（1803），卒於文宗咸豐十一年（1861），年五十九。

他是道光十五年的進士，官編修，尋遷御史，頗著直聲。太平軍起，家居辦團練，後以道員守杭州，城陷死難。

伯韓善交遊，在京時與梅曾亮，粵西時與呂璜，均在師友之間，與龍啟瑞等更不待言，既有鄉誼，又是文友。他說："伯言先生居京師二十餘年，篤老嗜學，名益重，一時朝彥歸之，自曾滌生（國藩）、邵位西（懿辰）等以下，悉以所業來質，或從容談宴竟日。"他更說：

　　琦識差早，跡雖友而心師之。先生亦謂琦曰："自吾交子，天下之士益附，而治古文辭者日益進。"其後琦歸，先生亦悄然引疾歸。

足見梅、朱兩人相得益彰之情。洪、楊事起，一個逃亡（梅），一個殉職（朱），結局也相差無幾。朱琦的文章，理正辭淳，論學尤為淵博獨到。他同姚鼐一樣，是主張義理、詞章、考訂三者並重的。他說："三者皆聖人之道。"本來是一個整體，交相為用的，後人把它們分立了。"專取"則"精"，"兼貫"則"博"，"得其一而昧其二則隘，附於此而攻於彼則陋，有所利而為之，而挾以爭名則偽。"（《辨學上》）這是很有見地的話，做學問的精神理應如此。

他又從此事的歷史演變情況,來剖析其分合得失說:孔子之時,道出於一。他用作教科書的是《詩》《書》《禮》《樂》《易》《春秋》等《六經》,並無異說。他對於人們問"仁""政""孝""行""知"的時候,回答的都不一樣,大家也未生異議,其所設科有:"德行""言語""政事""文學"的不同。及門則"狂""狷""中行"都全,各得成材,這便是"道術出於一"的原始情況。孔子死後,他的學生以其專長轉相授受,才分了家。再加上當時的"刑名、法術、縱橫、楊、墨諸家競起,又不能勝,至秦遂大壞"。

這自然是以儒家為主導思想的說法,不能說沒有道理。下邊他又接著指出"漢之學者,去聖愈遠,學遂不可復合。區而為'六家'、總而為'七略'。歷史所載,書目所錄,由漢迄今數千年,學之為途日雜","辯議"也日繁,朱琦把它們歸納為五大類:

一、義理:本於孔、孟,衍於荀、楊、王通、韓愈,而盛於宋之程、朱。宋之諸儒,專治德性而深於義理。

二、考訂:亦本孔子,溯流於漢,沿於唐初,而盛於明末之顧炎武。漢之經師,專治章句而詳於考訂。

三、詞章:《六經》尊矣,諸子百史備矣,漢朝人莫不能之,至六代寢靡焉,而盛於唐之昌黎氏。

四、兼貫:如司馬遷之為《史》,鄭康成之說《經》,韓之雄於文而自任以道,朱之淳於儒,而又工於文辭,明於訓詁,故曰"精博"。

五、隘道:得其一,失其一,專於體而疏於用,辯於義而俚於詞。治考據、詞章者亦然。交濟則皆善,抵牾則皆病。

他這五條情況就分析得好,列舉得全,追原溯本,非同泛泛。但是朱琦認為,把它們三者對立起來看待固然錯誤,最可怕的還是趨於下流,既陋且偽的"爭名""奪利"的行為。歷代以來,不乏高人鉅子予以挽救,可是末流之敝依舊無法免除,朱琦也把它們列舉如下:

一、理學之弊:宋之程、朱,患考訂、詞章之害道,而矯以義理,以聖人為的,以居敬窮理為端。其徒相與守之,於是義理明而是二者皆衰。

二、制舉之弊:至明用以取士,士之趨向亦云正矣。然陋者盡屏百家之書不觀。其為制舉文者,類能依附於仁義道德之懿,而不能盡適於用。至於今日,學者恒以為利祿之階。

三、樸學之弊:於是朴學者又矯之,博擴眾籍,參考異同,使天下皆知通經學古之為高,而歸之實事求是,意非不善也。至其敝也,繁詞累牘,捃摘細碎,專以剽擊先儒,謂說理為蹈虛空,為寡用。數十年來,義理、詞章之習少衰,沿其說者,亦寢厭之,而考訂者亦微矣。而士方敝心力於科舉速化之學,聲病偶對字畫之間,方競進而未已也。

那末,怎麼辦呢? 分立不行,補救又有末流之弊。朱琦說:"三王之道若循環,窮則變,窮則通。"自漢以後,其學病於雜。雜者,可治以孔孟之道而反於淳。今之學者病於趨利,雖治以孔、孟之說,而不能遽止,這就不好辦了,只有歎氣。(以上所引具見(《怡志堂文初稿卷一·辨學上中下》)他這文章,傾向性是很明確的,孔、孟之道的儒家,格物致知居敬窮理的程、朱之學,當日的統治思想如此,無可厚非,如同他之相對地肯定制舉非用朱注《詩經》《四書》不可一樣,這是功令不可抗拒。此外,關於他的眼光銳敏,分析精到,論說透闢,尤其是態度的恢宏,不偏不倚,樸實淳厚,較之桐城的前輩作家,也有過之而無不及哩。

朱琦慣為長篇大論,他在《辨學》中反復申述"雜者,所以為一"的道理。說"天下一致而百慮,同歸而殊途"。說"窮鄉多異,曲學多辯"。說應該"不知不疑,異己不非",只要能夠"公焉而求眾善"即是。同時他還說:古人有言:"義雖相反,猶並置之。"黨同門,妨道真,最為學者大患。因此他的結論是:不獨陸、王可合,漢、宋可合,就是申、商、老、莊之說,也不可偏廢。真是不分畛域,相容並包了。但是一個學者,不管他如何公允不事偏袒,到底會有他自己的中心思想主要信條的。他崇奉什麼? 那便是不問可知的程、朱之學。不過,也未嘗過分地排斥陸學。《辨學下》云:

> 陸之說曰:"千古以上,此心同也;四海以內,此心同也。既知本矣,何更言末? 既注我矣,何更解經?"陸非不學者也,然其弊必至廢學。
>
> 朱子則不然。其為"格物"之說曰:"今日格一物,明日格一物,日日而格之,毋憚其瑣也。"
>
> 其為讀書之法曰:"今日析一解,明日集一義,未究其精,則不敢遺其粗。未得其前,則不敢涉其後,孜孜焉銖積而寸累,毋畏其難也。"
>
> 是故為朱之學者,其弊則寡矣。

既尊朱之"窮理",便須抑陸之"簡易",何況陸在讀書工夫上確不及朱。所以這種識其優劣的服膺法,決非盲目崇拜者可與相比。而且他還不止單純地尊朱而已,朱琦補充說:"其束於陸者,必實之以朱。束以朱者,吾不欲其攻陸而不強之使為漢也。"(同上)可見他終始是在貫徹著不分門戶,雜采諸家,唯其是而已的明朗態度的。再如,荀子

的論性,向來是被道學家斥為異端邪說不予理睬的,朱琦也能客觀地從事論斷,如《荀子書後》云:

　　夏初,琦讀《荀子》志所疑。或曰:"子專宋學者,奚取於荀子? 朱子嘗有言,荀卿言性惡,大本已失,奚足語道,子又奚取於荀子之言性而辯之?"琦曰:"余非有取於荀子也,道固不可以疑而不明也。"周元公(按即周敦頤)云:"五性感動而善惡分。"程子亦謂:"善,固性也。惡,亦不可不謂之性。"張橫渠曰:"人有氣質之性,善反之,則天地之性存焉。"言性固以孟子為斷。而宋之儒者,亦不泥於一說也,其卒歸於明其道而已。朱子於程、張數說蓋常取之,奚病於荀子? 其謂大本已失者,謂其專以惡言性,則不可耳。古書偽者眾矣,荀子要為近道。周末諸子之書,皆當區別觀之,不可以一端之蔽而棄之也。

　　這種看法真夠高明,也有勇氣。因為先天的性善,後天的有為,都有其一定的道理,不可偏廢。程、朱諸儒,徒以重天理惡人欲,所以摭拾孟子的說法,以示本末齊一內外完整。其實他們又何嘗不知"人之性也善惡混","有性善,有性不善"呢? 孔子說:"性相近也,習相遠也。"據我們看來,孟子之擇取前半以言"良知""良能",反倒不如荀子的注重後天的"化性起偽",更有價值些。因為現代的心理學家認為,行為的形式,全是生理的環境的作用。或者說,刺激、反應、結合的關係,便有些兒似荀子。所以朱琦此論,大有見地。說到這裏,我們還可以拿出另一位達者的意見,來襯托朱琦的不平凡。宜興吳德旋(仲倫)云:

孟子曰:"人之性善。"荀子曰:"人之性惡。"曰人之性善者,從其上者而言之也。曰人之性惡者,從其下者而言之也。其所從言之雖異,其所以救世之心一也。

孟子曰:"人皆可以為堯舜。"其意主乎勸,勸故人樂於從。荀子曰:"堯舜偽也,桀紂性也,學則為堯舜,不學則為桀紂矣。"其意主乎戒,戒故人知所懼。

周之末,異端並興,刑名、法術、縱橫家言盈天下。荀子明王道,述孔氏,與孟子同。而後之儒者,亶以其性惡之言擯之,使不得為聖人之徒,亦不諒其心矣!

(《初月樓文鈔一‧讀荀子》)

吳德旋乃廣西桐城文的先行者呂璜所矜式的人物,呂璜亦朱琦之所折服者,其言自有分量。德旋亦不排斥荀子,並申言同功一體不可偏廢,蓋"勸"之與"戒",其揆一也,豈可不詳加辨識,單使荀子向隅?陽湖鉅子張惠言從教育角度上提出的孔子"性近""習遠"之說實為"本末兼具之言",孟子"性善"之言為操本,荀子"性惡"之論為"操末",但"其所以救世之意則一"的說法,亦有同心。最後又把孔子言"仁",孟子道"義",荀子講"禮",三位一體地分為始末之論,就更為精到了。(語見《茗柯文初編‧讀荀子》)張惠言與吳德旋同學,言論不免互為影響。朱琦年輩較後而又並重張、吳,這就無怪其同了。朱琦既然能夠比較正確地對待學術上的問題,知微識大,氾濫眾流,體現於他的文字裏的思想性,自然就不會是單一的程、朱之學啦,他說:

宋者,階於漢者也。陸、王聖之支裔,而程、朱其宗子也。是故欲觀聖人之道,斷自程、朱始,欲為程、朱,又自去其利心始。(《怡志堂文初編稿‧辨學下》)

這便是朱琦"辨學"的最後結論。至於他說"去利心"和"深惡夫言利",很明顯地帶有針砭時弊挽救人心的意味。因為康熙、乾隆以來,程、朱即為正統(滿人學漢人政治思想的必然結果),當日的士人不能不以此為利祿之階,朱琦有慨於此,才反復言之也。

朱琦論文與梅曾亮一般,也是主張達才實用的。其《世忠堂文集序》云:

> 文有考之古而信者,有達之今而信者。夫不考於古,則無學以充其才,無才以練其識。質者近俚,博者寡要。或局於法而不識變,或蕩佚於法之外而莫知所裁,不達於今,則雖多讀古人之書,多見前事之善,考其論則高矣,而施於用則舛,其才亦偽矣。

第三節　王　拯

王拯,又名錫振。字定甫,號少鶴,廣西馬平人。生於清仁宗嘉慶二十年(1815),卒於德宗光緒二年(1876),年六十二。

拯少孤,家貧,母、姊勤女紅以養。中道光二十一年進士,授戶部主事,充軍機章京(軍機處大臣的助理)至通政司通政使。

拯文亦甚為梅曾亮所肯定,而拯之與梅,頂禮始終不渝,更不待說。拯嘗自論其嚮往之情云:

> 竊慕昌黎、盧陵所為文章,濫得通籍,從官曹屬,卑微散冗,端居多暇,時時竊讀而仿效之,顧自鄙陋,匿不敢出以示於人。

　　獨嘗就正先生,蒙不棄遺,誘掖扨導。記嘗屢舉聖朝歸氏熙甫文相況許。夫熙甫之文,昌黎、廬陵而後,本朝方、姚氏未出之前,殆數百年一人而已。蒙學如錫振,詎足望其一二,毋亦先生教誨盛心,就其資之所近而欲進之者邪!

　　　　　　　　　(《龍壁山房文集一·上梅伯言先生書》)

　　從這封給梅曾亮的書信中,可以略見王拯的知遇,和他也想"立言""行世"之意。至於他是不是文似歸有光,倒可以不去管它,文人之間,互相期許,本是常事。但王拯自恨未能"屏謝百為,專一致精,朝夕親炙(於梅曾亮),以成其業"(同上),卻應該是幾句老實話。兩個人雖然都是"閑曹",到底還有本職工作,既曰業餘,便不能全力以赴麼。但王拯歸向桐城,崇信姚、梅,倒是始終如一老而彌篤的。而且包括方苞在內,因為他最後說:

　　　　我朝二百年間,繼有明歸熙甫氏起者,惟方靈皋氏,姚姬傳氏,彼其所為,皆上承先聖所遺,中有關於一世人心學術之大,而下可徵於來世。姚公之歿數十年矣!斯文未喪,非先生其孰歸?(同上)

　　拯言學主張本末並具,內外齊一。對於"詭雜"的"博辯",其實"空虛"的所謂"澹泊",和"俚俗之見未去於胸"之輩,皆所不取。(語見集內《答陳抱潛》)他論文也主張形質並重,華實齊一,曾把"本末具備"的"群經"以下的古文大家分類評述如下:

　　一、異本同末者:管、荀、韓、商、莊、列、孫、吳。雄豪自逞,弊在偏僻詭邪。

　　二、**輕本重末者**：左丘明、司馬遷之徒，庶乎近道，而不免於剿襲。

　　三、**持本齊末者**：賈誼、董仲舒、劉向、揚雄、韓愈、歐陽修、曾鞏、周敦頤、朱子。

　　四、**逐末遺本者**：司馬相如、枚皋，班固、張衡。其文華，而有時放浪飾虛。但卻翱翔乎文藝之圃，遊戲乎淹雅之林。（並同上）

　　這些看法並不精確，也欠詳盡，自然是主觀片面的東西。王拯對於"義理"，不大講求。偶見其《大學格物解》一文，知道他是服膺"理學"，重視"格致"的。其言曰：

　　　　大學之道，先誠意，而誠意尤先格物致知。夫格物者何也？曰：天下之物皆格之，本末始終先後之理得而知乃至焉。然則安得天下之物而皆格之？曰：格一物而其理得而天下之物皆格。然則格一物足乎？曰格一物而得，而用以盡格天下之物而無不能得者。天下容有未格之物，而吾心固無不致之知，故曰：格物而知至也。（節錄）

　　其文甚長，王拯是從《大學》的"明德"新民、止於至善講起，然後逐次落到"誠、正、修、齊、治、平"上，而以"格物""致知"為其不二法門。說來說去雖然並無新意，可是已經充分地表明著他是義理程、朱的"桐城派"了。

第四節　龍啟瑞

龍啟瑞，字輯五，號翰臣，廣西桂林人（一作臨桂人）。生於清仁宗嘉慶十九年（1814），卒於文宗咸豐八年（1858），年四十五。

啟瑞是道光二十年一甲一名的進士（即俗稱“狀元及第”）。授翰林院修撰（僅次於掌院學士的史官）。二十七年外放湖北提督學政。丁父憂歸。太平軍興，巡撫奏辦團練，以啟瑞總其事。有功，升任侍讀學士。累擢至江西布政使，卒於官。

這位狀元公，可不只是時文（即八股文）作得好，而且工於古文，精通聲韻。他所以能有這般成就，和他的生活條件優越，自幼勤奮向學有關。他說：幼“承祖父餘蔭，衣食豐裕，於人無所求。自束髮受書，以至登朝之後，計非舟車道塗之阻，慶賀酒食之會，未嘗一日稍廢乎學”（《經德堂文集三·勸學記》）。有這樣的家資（我們認為啟瑞可能是苗族。因為當日我國西南廣西、雲貴等省，少數民族最多，與漢人雜處。龍姓苗族者多，啟瑞之家，不過漢化較早罷了。未必就是，提出來作為參考），又能專心向學，不會不突出儕輩的。不過啟瑞的有成，首先是功名（這說明他的時文有造詣），“自通籍來京師，始知為古文、聲韻之學”（《張氏說文諧聲譜序》）。

他的古文導師，便是梅曾亮。《彭子穆遺稿序》云：

> 梅先生古文為當代宗匠，子穆、少鶴，及朱伯韓琦、唐仲實啟華及不肖，每有所作，輒相就正，得先生一言以為定。

不止龍啟瑞，廣西的幾位古文作者都不例外。又說梅曾亮“道德取信於當時，文章足傳於後世”，自己又特蒙厚愛受知於左右。直至太平軍興,還有文字往還。說"天裨先生以康強之福,又使之出於險難,以成其晚年論定之緒,固吾儕所冀幸","繼自今吾黨有所作,當一以就正於先生"(《上梅伯言先生書》)。可見兩人相知之深,相處之久了。不過,啟瑞論文,雖以歸(有光)方(苞)為法,梅作榜樣,他卻主張有所開拓有所前進,反對斷斷兢兢,墨守成跡。他說:

> 竊怪今之文所以靡弱而不逮於古者,則亦有故焉:自漢班、馬、賈、董之儔,其人皆篤學早成,因以其餘著書而傳後世。故其文成法立,非有所規摹結束而為之也。
>
> 迨唐之韓、柳,宋之歐、蘇者出,其文乃始有法,然皆灑脫放曠,務盡其中之所欲言,且人人自為面目,初未嘗畫為一途,謂天下之文盡出於是也。
>
> 自明歸震川氏出,而論文之道始歸於一。夫歸氏之文,其於韓、柳、歐、蘇者,誠未知何如,要可謂具體而微者也。特其生當有明文運衰薄之後,一二荒經滅古者,踏駁敗壞之餘,於是尋古人之墜緒,而一一以法示之。彼其心誠救時之弊耳,然而其才或有所蓄而不敢盡也。
>
> 繼歸而起者,為國朝方靈皋侍郎,其於義法乃益深邃。方之後為劉為姚。要皆衍其所傳之緒,而繩尺所裁,斷斷然如恐失之。故論文於今日,昭然如黑白之判於目,犁然如輕重長短之決於衡度也。雖高才博學之士,苟欲背而馳,其勢有所不能。
>
> 吁! 後有作者習歸、方之所傳,而擴而大之可也,如專守門徑而不能追溯其淵源所自,且兢兢焉惟成跡之是循,是束縛天下後世之人才而趨於隘也。揆諸古人待後之意,庸有當邪?
>
> (《致唐子實》)

　　作文固然不能不講方法,但它應該是因時變易的,如果生搬硬套千篇一律,不但束縛了作者的心志,也不符合客觀的需要。所以,啟瑞的結語,深中要害,於其繩牽尺趨削足適履,何如揆情度勢變化自然?他那歷數古之作者的淵源所自,直至明清歸、方與姚的繼承發展,已非淺見寡聞者所可望其項背。啟瑞論學,也是踏踏實實注重躬行的。他說:"學問之事,始患其不知,既知之患其不為,既為之患其不誠。"(《贈周熙橋序》)他又說:"治經自是學人第一要義",但"有裨實用"才是它的目的。"經術固不可不明,然行之貴得其意。如徒拘於章句訓詁,則是俗儒之學"(《致馮展雲侍讀書》)。可見他也是講求經世致用身體力行的"節操"的。他在《重刻朱子小學序》中說:

　　　　夫文藝之事工,則躬行之誼薄。利祿之習盛,則學問之
　　道衰。
　　　　讀書而不通為子為臣之道,雖貴為卿相,猶鄙夫也。
　　　　為學而身不齒於聖賢之林,雖多文為富,猶無學也。

　　這是啟瑞在說:實用雖高,名節尤貴。躬行居先,詞章為末。最後並提出,不要小看"灑掃、應對、進退"的事,這乃是朱子所說的"入德之門"。而啟瑞到底是崇信程、朱的桐城學派,自屬毋庸置疑之事,雖然他主張活用義法,並工音韻。他有《古韻通說》之作,偏究清代聲韻家的得失,而特尊張惠言。他說,張的《說文諧聲譜》為談古韻而集其大成的書。

第三章　陽湖古文學派

　　陽湖,以近陽山得名。北承運河,南流入太湖,清置陽湖縣以此。它本是武進縣的一部分,與武進並為江蘇省常州府治,民國廢入武進。縣人在清時如惲敬、張惠言、李兆洛、陸繼輅等,俱能古文,故被稱為"陽湖派",但他們都是私淑"桐城派"的,尤其是劉大櫆。陽湖鉅子陸繼輅就說:"乾隆間錢伯坰魯斯,親受業於海峰之門,時時誦其師說於其友,惲子居、張皋文二子者,始盡棄其考據、駢儷之學,專精以治古文"。

　　按陽湖諸家生與姚鼐幾乎同時,桐城立派尚未久遠,所以彼此並無師弟授受的關係。而且惲、張等人,既能古文也工駢文,宋學非所獨尊,復不歧視聲音訓詁,所以他們在學問的成就上是多方面的。運筆自由,態度恢廓,不能不令人另眼看待。這也未嘗不是曾國藩在《歐陽生文集序》中羅列桐城文派的主要成員及其師承關係分播地區時,不曾提到陽湖諸人的原因。即在王先謙《續古文辭類纂》的《原纂例略》裏,也只說了一句"子居、皋文私淑海峰",可以參證。

　　究其實,張惠言自己倒承認過:他的鄉長者,錢魯斯伯坰,曾同他談過桐城的義法。張惠言說:魯斯顧而謂余:"吾嘗受古文法於桐城劉海峰先生,顧未暇以為,子倘為之乎?"又說:十三年後,他在杭州重遇錢魯斯時,魯斯再言:"吾見子古文,與劉先生言合,今天下為文莫子若者。"(《送錢魯斯序》)可為佐證。

第一節　惲　敬

惲敬，字子居，號簡堂，江蘇武進人。生於清高宗乾隆二十二年（1757），卒於仁宗嘉慶二十二年（1817），得年六十一。他是乾隆四十八年的舉人，曾在北京充當教習（官辦校館的普通教師）。其後轉為富陽、江山（均在浙江省）兩地的知縣。以廉能升任南昌府（今江西省南昌新建等地）同知（次於知府的二衙），改署吳城（即今江蘇省吳縣），由於他重視名節，負氣抗上，被人忌恨，罪以"失察"而罷官。

子居宦途不通，學問卻很淵博。他自己說：漢學、宋學、辭賦、史傳、道家、佛家、農圃、技力，無不通曉，也很自負。說是這些路數，都是以我為主而淘汰、播揚、揣摩的，得心應手，無往不利。可以說"質諸鬼神而無疑，百世以俟聖人而不惑"的（具見《大雲山房文稿二集卷二·上舉主笠帆先生書》中），簡直是個道地的"雜家"了。那麼，這些才藝、方法，從誰學到的呢？原來，他有一個好父親，他說：

> 敬生四年，先府君教之"四聲"。八年，學為詩。十一學為文。十五學六朝文，學漢魏賦頌，及宋元小詞。十七學漢、唐、宋、元、明諸大家文。先府君始告以讀書元緒，窮理之要，攝心專氣之驗，非是不足以為文。於是復反而治小學，治經史百家，凡先府君手錄天官、地志、物理、人事諸書，亦得次第觀之。（同上，卷首《自序》）

不到二十歲，就掌握了這麼豐富的知識，而且是學有先後循序漸進的，惲敬可謂得天獨厚不與人同了。他胸襟豁達，態度明快，不拘拘於一得，不斤斤於小成，也是他能夠有獨到的成就的原因。例如自唐以來即為儒家深惡痛絕的佛氏，惲敬就有一種特殊的看法。他說："天地之道"只有一個，"人事"卻免不了從"二、三"以變化發展到"千種萬類"。無論是"見之於言，施之於教"的，都是一樣，惟有"聖人"與"道"齊一，其餘則有"出、入、多、寡"之分了。譬如申不害、韓非的"法"，李悝、商鞅的"術"，孫武、吳起的"兵家"，張魯的"鬼道"等即是。他們都傳了下來。那麼，佛者何能例外？所以惲敬鄭重地講：

> 佛者如中國百家之一耳，其徒推衍師說，下者可以囿凡
> 愚，高者可以超形氣。故其傳較百家愈遠而愈大，屢滅而屢
> 復，蓋將與天地終焉。是故，世有孔子之教，則佛之教亦必
> 行，此天道之所以為大也。

看來，惲敬並不佞佛，只把釋氏當作一種思想，天地間的一種事物，跟中國的其他學術思想一樣，必然傳遞下去，滅是滅不了的。這就比"善男信女"們，有的封建社會統治者們（如梁武帝之流），捨身事佛，幻想西天的思想境界，不知要高出多少倍了。這種說法何等的大膽，也無比地公正，比那些表面上攻擊暗地裏靜坐的宋、元人，實在真摯，表裏如一。他又說麼："元魏滅沙門，而菩提達摩來。李唐立南北宗，而韓退之、李習之出。萬物散殊，百為並起，又何必庸人自擾，不學'聖人'呢？"（《光孝寺碑銘》有言）

按中國古代的宗教，相當簡易，自從漢代傳入佛法，始有天堂、地獄、輪回摯報之說，而參禪、靜坐、養性、修真之法，也就上下傳播風行朝野了。特別是一般老百姓，灼裂肢體，殘害自己，以釋附孔的儒生，也雜糅迷戀、變本加厲。惲敬看清楚了，提示出它的所以然的本根，企圖予以糾正，給以啟發，使之保持常態，不激不昂，這就是他的高明之處。惲敬對於宋、明之學，基本上也能保持這種態度。他說："宋人之

說,至明而變,至本朝康熙間而復。其變也多'歧',其復也多'仍'。
'多歧'之說,足以眩惑天下人之耳目,姚江諸儒(以王陽明為代表)是
也。'多仍'之說,足以束縛天下人之耳目,平湖諸儒(惠棟等漢學家)
是也。"(《初集卷三‧與湯編修書》)無論姚江之"歧"還是平湖之
"仍",惲敬都不同意。他認為這些乃是派系之爭,"相罥""相搏"全屬
失態。惟有不存門戶之見,但自擇取其合理部分,以求增益身心之德,
始為近道。惲敬就這樣給陽湖一派開拓了調和論學、博雅從業的
風氣。

即如"論性",惲敬便不同意宋人程顥謬分孔、孟為二之說。他認
為孟子之言即孔子之言,"性近習遠""上智下愚不移"跟孟子說的"性
善""人無有不善"、"乃若其情,則可以為善",並無本質的差別。程顥
卻說,孔子所言為"氣質之性",孟子所言為"才情之性",這就不對了,
為什麼呢? 他說"善者,自乎性而言之者也。"自然包括才情在內,不該
另有二物。因為,人之性,是天生就有的,無論為善為惡時,還是不為
善不為惡時,都是一樣的,所以叫作"性善"。這話是有一定的道理的。
孔子"性近"之言,類似今天心理學家所說的生理上的原始的趨向,如
呱呱墮地以後的哭、笑、四肢動,即屬此類。這是"先天"的"善",人人
都一樣。"習遠"之言,則是"後天"的,環境不同,陶冶各異,習慣(習
性)自會千差萬別,於是"若夫為不善,非才之罪也",便說錯了。此以
"才者,知與能也",知和能乃是後天培育出來的,豈可跟先天的生理活
動等同起來看待? 孔子自己就說麼:"吾非生而知之者,好古,敏以求
之者也。"(《論語》)孟子反爾不如荀子"性惡"偏重"起偽"的話了。
"師""法"之化,"禮"的防閑,非後天的經驗而何? 在這一點上,程顥
就不是沒有道理的啦。

程、朱最大的缺點,乃是他們的"望文生義,增字解經",因為這往
往影響認識,混淆視聽。例如:《大學》中"致知格物"之說,朱熹就做

了手腳,以程子之意補了闕文。甚麼"所謂致知在格物者,言欲致吾之知,在即物而窮其理也"等等,便是"畫蛇添足"。惲敬說:"致知'不可釋'、'格物'則必舉其事。是以《大學》反復天下、國家、身、心、意,相因之實相待之要,而一以'知本'要其至。"使智者不至於"歧",而愚者不至於"妄"。"朱子以為有闕文而補之,此則未饜後人之意者也。"因為他太狂妄,不嚴肅,違背了實事求是的精神,所以漢學家譏笑他為"空疏",惲敬也認為是豈有此理。

本來,思想這東西,是因時變易,有其客觀上的物質基礎、歷史條件的,陳陳相因反爾不足為訓。問題在於以假亂真張冠李戴,一句話,不老實就錯誤了。再如禪宗,朱子就不是沒有關係未受感染的,惲敬也把他對比剖析過了,如見於《姚江學案書後》的:

魯祖茶盞在世界前:	理在言先(朱)
仰山行履在何處:	知在行先(朱)
趙州有業識無佛性:	論性與氣(朱)
溈山有身無用,有用無身:	論體與用(朱)

惲敬說:"朱子本出於禪而非禪,力求乎聖而未盡聖,蓋此故也。"敢這樣抉發,又敢做出這樣的結論,是需要一點勇氣的。還不止是朱熹,宋代的濂、洛、關、閩各派,都或多或少地跟禪宗有牽連,如"教人端坐如泥塑人"的程顥(明道),始終以禪道為捷徑的張栻(南軒),和乾脆取"參內"作心法的陸九淵(象山),哪一個不是出入釋氏歸本儒家的學者?再說朱熹,早年即曾遊於當代大和尚道謙的門下,張栻便是他那時極要好的朋友。朱熹有詩云:"半畝方塘一鑒開,天光雲影共徘徊。問渠哪得清如許,為有源頭活水來。"這不是深契禪機之作嗎?

惲敬對於王(陽明)學,就說"致良知"吧,亦有所不滿。《姚江學案書後一》云："言'致'則不得為'良'，言'良'則不得為'致'"，"致良知之義"根本建立不起來。按"良知"之說，陽明本之象山，象山本之孟子。孟子說："人之所不慮而知者，其良知也；所不學而能者，其良能也。孩提之童，無不知愛其親也；及其長也，無不知敬其兄也。"象山說："孩提知愛長知親，古聖相傳只此心。"陽明說："致知者，自致良知於人也。"其實，孩童愛親敬兄，不是生來就有的。因為，孩童愛親，愛的只是父母親的撫養、保護，和經常的親近。假使一個兒童，生下來即使他離開母親，而使乳傭、保姆來盡母親所應負的責任，看他是愛母親，還是愛養育他的乳傭、保姆？至於長而敬兄，那更是後天誘導的結果了，孟子已經不正確，而象山又據之以言"心外無理，心外無物"的"良心"，陽明又避去"良能"，單言"知是心之本體，心自然會知"的"良知"，豈非笑話？

孟子之"性善"論，抹煞了孔子的"習相遠"，自然簡易得多了。因為孔子好言"禮"，禮者，履也，禮的內容，包括春秋當時政教上的許多事項，欲為"君子"（上流人物之別稱），就非知禮、守禮不可，孟子雖言"仁""義"而思想比較解放，開朗得多，也就趨於簡易了。微妙的是，惲敬並不反對陽明的襲取"禪宗"參以"儒理"。《書後二》又說："若達摩所言：'淨智妙圓，體自空寂。'大鑒所言：'真如自性起念，六根雖有見聞，覺知不染萬境，而真性常自在。'"此皆本源之言，與陽明先生"良知"之說無異。故先生之學，不得不謂之"禪"，它跟"禪"不同的地方，只是也講"戒慎恐懼"，禮和仁、義、孝悌。

惲敬論文，亦重桐城。如說它的三位創始人："本朝作者如林，得其正者方靈皋為最，下筆疏樸而有力，惟敘事非所長。再傳為劉海峰，變而為清宕，然識卑且邊幅未化。三傳而為姚姬傳，變而為淵雅，其格在海峰之上焉，較之靈皋則遜矣。其餘諸子，得固有之，不勝其失也，是固有之，不勝其非也。"（《上舉主笠帆先生書》）可見惲敬對於桐城作家是毀譽參半而又批評得相當正確的。

恽敬早年，未嘗以文為事，由於他的鄉先輩"多習校錄，嚴考證，能賦詠，未嘗捉筆為文，所以其道不親，其事不習"，後與同州張皋文、吳仲倫，還有桐城的王悔生交遊，才知道有所謂桐城之文，姚出於劉，劉出於方，看到方、劉、姚的作品，也未能盡滿人意。那麼，他作古文到底以誰為法呢？《與黃香石》中說啦："敬古文法盡子長，其孟堅以下，時參筆勢而已。"原來他是直接學司馬遷的，難怪要瞧不上自漢以後的作者了，我們細看他的文章，縱橫馳騁，雄肆恢宏，也的確跟史遷有相似之處。恽敬論作文之法甚多，《與舒白香》云：

> 文章之事，工部所謂天成，著力雕鐫，便覿面千里。儷體尚然，況如散行！然此事如禪宗，箍桶脫落，布袋打失之後，信口接機，頭頭是道，無一滴水外散，乃為天成。若未到此境界，一鬆口便屬亂統矣。

才氣與法度互為功用，"越天成，越有法度"。又《答來卿》，則更強調超塵絕俗之妙，須是字字不苟且，句句有來歷，"理實氣充"才是"作文之法"。但是，"理實先須致知"要達到"其心淵然於萬物之差別，一一不放過"；"氣充先須寡欲"，應該能夠"其心超然於萬物之攻取，一一不粘著"。這樣才能"空靈寂淨"，有點兒"禪宗"的味道的，"正本清源"麼。"本源穢者，文不能淨；本源粗者，文不能細；本源小者，文不能大"（同上），恽敬交待得很清楚。

恽敬是喜歡作長篇文章的，關於"文論"，《與紉之論文書》中，說得更為詳盡。從孔子所說的"辭達"、孟子指出的"詖""淫""邪""遁"四辭必除說起，直到"心嚴而慎"的"端"，"神暇而愉"的"和"，"灝然而行"的"大"，"知通於微"的"無不至"，說這才是"言理""言情"

"言事"之本。此外還有"機在手而志則的""行遞下而微至""其體不可雜置"等等為文之末。從人之途,又是"氣澄無滓"之"厚","質整無裂"之"變"。說來說去,還是一些"玄妙抽象"之辭,令人不好捉摸。

由此種種,可見惲敬講學論文都能不拘樊籬率性而談,有時也卑之不為高論。如說:古文之訣在於"多讀書,多作文"。又說看、讀的必要道:

> 看文可助窮理之功,讀文可發養氣之功。看文看其意,看其辭,看其法,看其勢,一一推測備細,不可辜負古人。讀文則湛浸其中,日日讀之,久久則與為一。(《與來卿》)

此與姚鼐所言大體無差。又常說自己的學問:"非漢非宋,不主故常","論學貴正而不執,然不可雜"(《惲子居先生述》,見《初月樓文鈔》中),但他是博學反約觸類旁通的:陰陽、名法、儒墨、道德之書無所不讀,說經能發前人之所未發,他認為"《大學》'正心修身章'與《金剛經》'應無所往而生其心'句相合"。他和張惠言乃是陽湖開派的人物,對於桐城若即若離,不過有點兒私淑的關係,因為惲敬後死,所以在古文的成就上遠較張惠言大。惲敬之言曰:

> 古文自元、明以來,漸失其傳,吾向所以不多作古文者,有皋文在也。今皋文死,吾當並力為之。(同上)

他這倒是幾句真情話,因為無論從才識、修養、社會地位、學問成就任何方面講,惲敬都不能和張惠言相比的,唯一的差別,不過是他後死而已。

第二節　張惠言

張惠言,字皋文,江蘇武進人。生於清高宗乾隆二十六年(1761),卒於仁宗嘉慶七年(1802),年止四十二。惠言一生和惲敬的友情最為深厚,所以他的生平,惲敬也知之最詳。惲敬說張皋文:

> 生四年而孤,姜太夫人守志,家甚貧。皋文年十四,遂以童子教授里中。十七補縣學附生(即是生員,也叫秀才)。十九試高等,補廩膳生。乾隆五十一年,本省鄉試中式(成為舉人)。明年,赴禮部會試,中中正榜(不及進士),例充內閣中書,以特奏通榜皆報罷。是年考取景山官學教習。五十九年教習期滿,例得引見,聞姜太孺人疾,請急歸,遂居母喪。嘉慶四年,今皇帝始親政,試天下進士加慎,皋文中式(得為進士)。時大學士大興朱文正公為吏部尚書,以皋文學行特奏,改庶起士,充實錄館纂修官,武英殿協修官。蓋皋文前後七試禮部而後遇,年三十有九矣。六年散館,奉旨以部屬用。文正復特奏,改翰林院編修。七年六月辛亥以疾卒。

皋文雖有功名,可是太遲了,止為太史,未出京門,聲譽卻不一般。這是因為他既是古文家,又兼辭賦家、漢學家,是位學術、文章的多面手。而且他才真是把考據的精神和辭賦的特色涵泳到古文裏面的人。因為他先攻時文,繼為辭賦,最後才學古文。所以他的作品,充實博大,於是也就不可能純乎其為"桐城文"了。這在研究惲敬的古文時,已經有所剖析。皋文自己也說:

余學為古文,受法於摯友王明甫(灼),明甫古文法受之
其師劉海峰。(《茗柯文補編上·書劉海峰文集後》)

余少時為時文,窮日夜力屏他務為之。十餘年乃往往知
其利病。其後好文選辭賦,為之又如為時文者三四年,余友
王悔生見余《黃山賦》而善之,勸余為古文,語余以所受於其
師劉海峰者。為之一二年,稍稍得規矩。(同上《三編·文稿
自序》)

據此,足見臯文的習作古文,實在是由王灼誘啟的。後來還有錢
伯坰(魯斯)語之以"義法"。他說:錢魯斯比他大二十四歲,因為魯斯
曾向他的父親學經書,他喚魯斯做兄長。魯斯工於書法、詩詞,名滿四
方,交遊也廣,他年十六七歲時,就跟魯斯學書學詩。可是都未學好,
因為那個時候,他正在竭盡全力去搞科舉文。對於古文也是這樣,雖
經魯斯一再督促,杭州再見以後,才重拾了起來。魯斯曾以書法為例
對臯文講述了古文之道,使他深受感動。魯斯說:

吾曩於古人之書,見其法而已。今吾見拓於石者,則如
見其未刻時。夫意在筆先者,非作意而臨筆也,筆之所以入,
墨之所以出,魏、晉、唐、宋諸家之所以得,熟之於中而會之於
心。當其執筆也,由乎其若存,攸攸乎其若行,冥冥乎、成成
乎,忽而遇之而不知所以然,故曰"意"。"意"者,非"法"也,
而未始離乎"法"。其養之也有源,其出之也有物。故"法"
有盡而"意"無窮,吾於為詩亦見其若是焉,豈惟詩與書,夫古
文亦若是則已耳。(《送錢魯斯序》)

臯文這樣不憚其煩地錄了錢魯斯的教言,可以說明他們相知之

深。但錢魯斯之於劉大櫆,僅係私淑弟子,其所得之師法,當不如王灼的真切,而且我們也體會到錢之教張,遠在王後了。皋文雖取義法於桐城,卻能繼長增高自具卓見。他說:"古之以文傳者,其言必曰道,道成而所得之淺深醇雜見乎其文,無其道而有其文者,未之有也。"又說:"古之為學,非博其文而已,必有所用之。古之為文,非華其言而已,必有所行之。"而今之為學者,論其文,不通六藝;論其用,肆無忌憚;論其行,渾無廉恥。文人下流,書生末路,莫此為甚,蓋亦有感而言之者也。所以他一再強調"古文以文傳者,傳其道也。夫道以之修身,以之齊家、治國、平天下"。並舉漢之賈(誼)、董(仲舒),唐、宋之韓(愈)、李(翱)、歐陽(修)、蘇(軾)、曾(鞏)、王(安石)為例,說他們雖有淳駁,而就其所學,皆各有以施之天下。"非是者,其文不至,則不足以傳。"(《送徐尚之序》)由此可見,張皋文不但注意文字的充實,尤其著重言行的一致了。他常說:"文章末也,為人非表裏純白,豈足為第一流哉?"(《大雲山房文稿初集四・張皋文墓誌銘》)

皋文的辭賦,亦甚有工夫,能作能選能批評,可稱全才。他說"詞"之起源道:

> 詞者,蓋出於唐之詩人,采樂府之音以制新律,因繫其詞故曰"詞"。傳曰:"意內而言外者,謂之詞"。
>
> 其緣情造端,興於微言以相感動,極命風謠里巷男女哀樂,以道賢人君子幽約怨悱不能自言之情。
>
> 低徊要眇以喻其致,蓋《詩》之比興變風之義,騷人之歌,則近之矣。

"然以其文小,其聲哀。"(二編上・《詞選序》)填起來就不無毛病。如"淫蕩靡曼,雜以倡狂俳優"即是,此"放者為之也"。上品之作,則是"感物而發,觸類條暢"的,不以"雕琢曼飾"為工的,可謂說到了點子上,抉出了"詞"的本質。對於"賦"的詮釋,也是這樣。他說:賦是"繞乎志,歸乎正"的。是民"有感於心,有慨於事,有達於性,有郁於情"不得已而"假於言"以反映的。應注意這個"民"字,它跟前面說的"里巷男女",都指的是"老百姓",而非"宮體""御用"統治階級享受之物。所以"錯綜其詞,回牾其理,鏗鏘其音",是為了"求理其志"。惟有"忠臣孝子,羈士寡婦"才具備這種思想感情。那麼,鋪陳堆砌為文造情的東西,就卑卑不足道了。因此連曾國藩都稱道他說:

> 皋文先生編次七十家賦,評量殿最,不失銖黍。自為賦亦恢宏絕麗。至其他文,則空靈澄澈,不復以博奧自高。(《初編‧卷首序》)

皋文漢學考據的工夫亦深。最可貴的是他不但識見精確,而且文詞溫潤。例如,對於前人的制作,他獨推重鄭玄(康成)注釋之《禮》。說:"《六經》同歸,其指在《禮》,誰與明之,北海鄭氏。"關於《易》卜,陰陽,他又特重虞翻注。他說:虞注"依物取類,貫穿比附,始若瑣碎,及其沉深解剝,離根散葉,暢茂條理,遂於大道,後儒罕能通之"(《周易虞氏義序》)。又說:"古書亡而漢、魏師說略可者十餘家,然唯荀、鄭、虞氏三家略有梗概可指說,而虞又較備。"(同上)

按虞翻之《易》,本係家傳。他所用的資料,既比較豐富,所取的方法,也比較科學。虞翻自己就說:"蒙先師之說,依經立注,所覽諸家解,不離流俗,義有不當實,輒番改定以就其正。"(同上)這就無怪皋文獨具隻眼一意推奉了。一部支離碎破文詞晦澀的貞卜文,經過虞翻一整理一修正,還能不通順明確使人樂讀嗎?當年孔子讀《易》,韋編三絕,其所從來遠矣!所以曾國藩又說皋文的"經學"道:

先生求陰陽消息於《易》虞氏，求前聖制作於《禮》鄭氏，辨《說文》之諧聲，剖晰豪芒，固亦循漢學軌轍，而虛衷研究，絕無淩駕先賢之意。萌於至隱，文詞溫潤，亦無考證辨駁之風，盡取古人之長，而退然若無一長可恃。其蘊蓄者厚，遏而蔽之。能焉而不伐，斂焉而愈光，殆天下之神勇，古之所謂大雅者歟！（同上）

曾國藩如此之傾倒張惠言，不是毫無原因的。以曾為首的"準桐城派"，和以惲、張為代表的"陽湖派"，都不是一成不變的"桐城本派"了。曾國藩等在內容上，嵌入了"經濟"，惲、張等玄通博贍，擴大了境界，只要一加對比，便知分曉。時代使然，客觀上的需要，這也是無可奈何之事。再說皋文本人，又是貪多務得，靡所底止的。惲敬記其學習過程說，"其始為詞章，志欲如六朝諸人之所為"，接著是昌黎等的古文，鄭氏之《禮》，虞氏之《易》，最後是程、朱之宋學，"其所學皆未竟，而世徒震之，非知皋文者也"（《大雲山房文稿二·上湯編修書》）。這話才是的確的。

皋文的另一位好友吳德旋也講：子居之言甚當，文亦甚工。"夫皋文世所推奉而信其說之不謬者也"。"天奪斯人甚酷，不使其道大顯於世。"（《初月樓文鈔·書大雲山房文稿》）乃是特舉濂、洛、關、閩之說而言。我們卻不是這樣看，皋文天縱英才，志大言高，不拘一格，相容並包。對於各種學問，都在鑽研涉獵，非必定於宋學一家。正是因為天不假年，未能竟其全功，我們才覺得可惜，代下結論是不對的。

說到這裏，陳述惲、張之學，文已畢，我們且看時人對於兩人如何看法。吳德旋說張文"摹古尚不盡化，然淳雅無有能及之者"，惲文"多縱橫氣，又多徑直說下處"（《初月樓古文緒論》）。陸繼輅說："皋文研精經傳，其學從源而及流。子居氾濫百家之言，其學由博而反約”，其文之“澄然而清，秩然有序”則一（《崇百藥齋文集續第三·七家文鈔序》）。所言都有見地，但吳不及陸。

第三節　李兆洛

薛子衡《李養一先生行狀》云：“李兆洛字申耆，嘗顏其室曰‘養一’，晚因號‘養一老人’，學者稱‘養一先生’。”

兆洛以乾隆三十四年（1769）九月二十四日生於江蘇陽湖縣大寧鄉三河里。自九歲時為制舉文，已操筆立就。及試，輒冠其儕偶，主試者咸目為大器。庚戌（按為乾隆五十五年）補武進縣學生。嘉慶甲子（按為仁宗九年）舉本省鄉試第一（即是解元）。乙丑（嘉慶十年）成進士，改翰林院庶起士。戊辰（嘉慶十三年），散館引見，改知縣，得安徽鳳臺縣。甲戌（嘉慶十九年）丁父憂，遂不出。道光壬午（宣宗二年）遊揚州，癸未（道光三年）主講“暨陽書院”，前後迨十餘年。己亥（道光十九年），太守（即清之知府）黃公冕創修郡邑志，延為總纂，猶往來郡城（蘇、常州府治）及陽湖間。卒於道光二十一年（1841）七月八日，年七十有三。

書所自輯者有：《皇朝文典》七十卷、《大清一統輿地全圖》、《鳳臺縣志》十二卷、《地理韻編》二十一卷、《駢體文鈔》七十一卷、《舊言集》初、次、廣三編，皆梓行。《江干香草》若干卷，未梓。《詩文集》未編卷。石刻有《所見帖》六卷。所鑄造有：“天球銅儀”一，“日月行度銅儀”一。

兆洛學亦甚博，自《六經》《四史》至星文、曆算、地理，無不鑽研，旁及百技、雜藝，也要徵集、搜采。即如集中之文，在“策論”一篇裏，就牽涉到“小學”“農桑”“聲韻”“律呂”“圖繪”“法象”“方州”“推步”

“算數”等科,而且都能知其大要,識其訣竅,這也應該算是“陽湖派”的特點吧。在文章上他不同意把古文、駢文對立起來,說它們根源有二,從而打破當時散文家只尊唐、宋,不講六朝的框框。他說,天地間從來就是陰陽相偶,奇偶為用的,“道奇而物偶,氣奇而形偶,神奇而識偶”,“分陰分陽,迭用柔剛,故《易》六位而成章”,這就是“文章”之用。自秦迄隋,文無異名,“自唐以來,始有‘古文’之目”,指六朝之文為“駢儷”,止從“字句”“影響”上看問題,這是錯誤的。(語見《養一文集二‧駢體文鈔序》)因為形式雖變,義理無殊,不當歧而為二。

按文章本是起源於韻語的,兆洛所說的駢文,便是音調鏗鏘章句工整之作,自先秦諸子而已然。如果畏“駢”之名,不惜“碟裂章句,隳廢聲韻”以為之,則是因噎廢食違背自然之道了。所以他認為不該不顧文章的內容,不講“氣骨之高下,思致之深淺”,“甘乎駢名而以齊梁為宗”的,固不是路,但言宗唐宋,而止取其“輕淺薄弱之作”的“古文家”,也是“標異”(《答莊卿珊》),這話說得當然有道理。首先是內容決定形式麼,誰敢講自己業已空所依榜獨步文壇了呢?

關於“義理”方面,兆洛也是調和漢、宋,不廢考據,並相當地重視行誼的。他認為“考證之學者,援文比類,據物索象,繁徵博引”,雖有害於“穿鑿”,而“考訂精勤之功”,卻是埋沒不了的。為義理之學者,窮理高遠,有時是“丈二金剛”叫人摸不到頭腦。可是“剖析理欲,教人實踐之功”也是不可誣蔑的(《養一文集》卷首趙序)。所以抱殘守缺顛倒黑白,失其本根莫測高深,都是不對頭的。下面的一段話,最有代表性。他說:

> 治經之途有二:一曰“專家”,確守一師之法,尺寸不敢違越。唐以前諸儒類然。一曰“心得”,通之以理,空所依傍,惟

求乎已之所安,唐以後諸儒類然。孔子曰"述而不作,信而好古","專家"是也。孟子曰"以意逆志,是謂得之","心得"是也。

能守"專家"者,莫如鄭氏康成,而其於經也,氾濫博涉,彼此通會,故能集一代之長。能發"心得"者,莫如朱子,而其於經也,搜采眾說,惟是之從,故能為百世之宗。孟子曰:"博學而詳說之,將以反說約也。不約不足以成學,不博則約於何施? 彼治"專家"而遂欲盡廢後來之說,矜"心得"而遂欲悉屏前人之言,皆專己守殘自益孤陋者也。"

(卷三·《詒經堂續經解序》)

"專家""心得",交相為用,一博一約,相反相成,似這般不偏不倚的態度,不但可以平息漢、宋之爭,且深有益於學行的砥礪,不正符合學者們"義理(思想性)、辭章(藝術性)、考據(科學性)三者並重"之說嗎? 兆洛此言,遂以見知於世。按兆洛先本不喜宋學,後因桐城方東樹(植之)的勸勉,才有所改悟。《靜寄軒詩文序》記云:"兆洛少躁妄,稍涉文字,便欲頡頏漢、魏,於宋儒洛、閩諸書(按指程、朱之作)泊如也。"(卷三)又《與方植之書》自云:"曩時讀書,甚不喜康成,然於朱子亦時時腹非。讀先生書(按即方東樹的來書),敬當力改其失。其為賜豈有量哉!"(卷十八)可見兆洛,早年晚年,學術思想上變化之跡象,及其與桐城派接觸的關係了。此外我們不能不特別提出來的,是李兆洛不喜歡作官,在學問的成就上是多方面的,而且不止播弄文字、書本的知識,還繪地圖,造儀器(天文觀測方面的),成果非常之卓異。可以說與眾不同,非一般學者所可比擬,這也是"陽湖派"共有的特色。

第四節　陸繼輅

陸繼輅,字祁孫,一字修平,江蘇陽湖人。生於清高宗乾隆三十七年(1772),卒於宣宗道光十四年(1834),得年六十三(按《清史稿·列傳》作六十一,卒年同。此從《三續疑年錄》所據《養一齋文集》)。

繼輅幼孤,九歲喪父,母林氏養之成人。他考中嘉慶五年舉人時已屆而立之年,派官合肥縣訓導(縣學教官),因修《安徽省志》敍勞,選江西貴溪縣知縣。居三年,以疾乞休。繼輅幼知交遊,當時武進名流如惲敬、張惠言等無不與之友善,故其文、學亦與日俱進。

他論文既尊桐城又法陽湖。他說:"聖清儒術之盛,一百七十餘年之間,為之而工者,方苞、劉大櫆、姚鼐、惲敬、張惠言數人而已。"他說清初諸家侯方域、汪琬、邱長蘅,"輕浮蕩佚,繁瑣暗敝",不要提起,就是"賢如魏禧"也"不免於陋"。因為他們"入之不深而出之太速"(《崇百藥齋文集續三·七家文鈔序》)。方、劉、姚就不一樣了。方"別裁諸偽體",劉、姚"接踵輝映,可稱極盛"(同上)。

對於學問,繼輅也能不存門戶之見。他說,漢儒難工,宋學易事。"漢儒實事求是,其學不能一蹴而至"。"惟空言性命,則旦夕可以自命為聖人之徒",於是"畏難者,群然趨之"(同上)。這是實情,不是繼輅妄有輕重。譬如方苞,繼輅除了非議他的"頌古文尚書,解先天卦位"以外,卻認為他的"求道於《禮》","於倫常之際,淵乎其言之足以敦薄而教忠"(同上),深感滿意。甚至認為可與扶持宋學的陸稼書(康熙的大學士,謚清獻)一樣,配享孔廟。對於文章,繼輅也跟其他的"陽湖作者"相同,不贊成分什麼駢、散。他說:

　　夫文者,說經明道,抒寫性情之具也。特文不工,則三者皆無所附麗,故劄記出,而說經之文亡;語錄出,而明道之文亡。何者?言之無文則趨之者易也。既已言之而文矣,江(淹)、鮑(照)、徐(陵)、庾(信),韓(愈)、柳(宗元)、歐陽(修)、蘇(軾)、曾(鞏),何必偏有所廢乎?

治古文者,往往薄四六為不屑為,甚者斥為俳優侏儒之技,入主出奴之見,亦猶考據、辭章兩家,隱然如敵國,甚可笑也。

(《與趙青州書》)

前面說過,駢文、古文的分家,本來是唐代韓愈首先提出的。韓愈之所以反對駢文,是因為六朝之時,佛教盛行,他們提倡"焚身滅己"的人生觀,這和"重己貴生"的古代態度是對立的,所以韓愈的"文起八代之衰"的古文運動,是跟他的"道濟天下之溺"的尊崇儒家,排斥佛、老分不開的。這並不是蘇軾的創見,韓愈自己的文章《原道》《諫迎佛骨表》等,早已言之鑿鑿了。這種思想及體現它的形式,一直影響到清代的桐城派,惟有陽湖諸人敢於犯難,可以察見兩派在古文學上,歧異果不在小了。

第四編　桐城古文學派的陵替
——"準桐城派"

　　清代到了道、咸之際,全盛的時代已經過去,社會矛盾更加激化,政治、經濟情況日就沒落,人民不願意繼續充當牛馬,再受殘酷的鎮壓。農民家庭出身的知識分子,廣西花縣的洪秀全(1814—1864),從人民革命的要求出發,吸取基督教義中的平等思想,與楊秀清(1820—1856)、蕭朝貴(約 1820—1852)等,於 1851 年(咸豐元年)1 月 11 日,在廣西桂平金田村起義,轉戰於湘、鄂、贛諸省間,破武漢,陷九江,入安慶,據蕪湖,定都於南京(後稱天京),國號太平天國。

　　天國也行封爵(天王之下分東、西、南、北、翼諸王),立朝制,重新定立政治、軍事、經濟、社會、宗教的制度。於是漢人與滿人始有南北對峙的兩大政權。此後太平政府復命軍北伐、西征。西征取得勝利,北伐由皖北進,趨向豫、魯、晉、冀各省,聲威大振,京津岌岌可危。後因內部分裂,未竟全功。同時因為江南的地主豪紳武裝起來,聯合對抗(最著稱的如湘軍、淮軍),與太平軍混戰於大江南北,爭城奪地劇烈異常。第二次鴉片戰爭後,清政府又與外國侵略者勾結起來,加緊鎮壓,太平軍勢漸不支,在皖、鄂諸省相繼失敗,1864 年(同治三年)湘軍攻入南京,太平天國遂亡。前後凡一十三年。

　　中國經過這一次大動盪,人民的政治思想經濟生活以及人生態度都有了很大的變遷。太平天國的領域既在江南,桐城古文學派的策源地桐城和江寧,自然要首當其衝地受到衝擊。具體到作者來說,如梅曾亮的避居淮上,邵懿辰的抗擊被殺,戴鈞衡的全家死難,以及其他諸人的離散逃亡,在在都表現著桐城派的式微與凋殘。曾國藩就說:"自洪、楊倡亂,東南荼毒。鍾山石城,昔時姚先生撰杖主講之所,今為犬羊窟宅,深固而不可拔。桐城淪為異域,既克而復失。戴鈞衡全家殉難,身亦嘔血死矣!余來建昌間,新城、南豐兵燹之餘,百物蕩盡,田荒不治,蓬蒿沒人。一二文士轉徙無所,而廣西用兵九載,群盜尤洶洶,驟不可爬梳。龍君翰臣又物故。"(《曾文正公文集》卷一《歐陽生文集序》)

按曾國藩目擊當時情況,事實上他又是軍事、政治和古文學派收拾殘局的直接負責人,所言自會真實,同時證明著桐城派與太平軍果是對立著的兩方了。但曾國藩究非直傳桐城之學的人。雖然他在北京時和梅曾亮等有過來往,相與切磋,不過只是行輩之交,談不上師法、受業。何況喪亂之後,桐城派到底保存了多少實力,也大有問題呢。就說曾幕諸客吧,張裕釗、薛福成、黎庶昌、吳汝綸等,又往往只尊曾氏而不諳桐城家法,所以,桐城古文學派自曾氏以下,是本派的再生抑或桃僵而李代,實已不言而喻。但我們也不同意把他們叫作"湘鄉派"。因為曾國藩自己就不是這樣想的。"準桐城派",如此稱謂,說它是桐城古文學派陵替的時代,大概可以過得去。所以我們說,自道、咸至同、光這六七十年間,是"準桐城派"活動的時期。

實際上也可以這樣說,以曾國藩為代表的"準桐城派",他們的文風,已經由講求"義法"的桐城本派的古文,丕變而為重在議論、不拘義法的政治文章了。在暢談改革洋務思想氾濫之時,形式為內容服務,這種情況也是無法避免的,經世致用麼。即以吳汝綸而言,他雖然說他的同道郭(嵩燾)、薛(福成)之文"長於議論,經涉殊域","頗雜公牘筆記體裁,無篤雅可誦之作"(《與黎蒓齋》),又反對托稱姚鼐而事實上是與之背道而馳的人,但他自己何嘗不在鼓吹新學重視翻譯,使其古文"已異於諸鄉先輩而莫能同"(《抱潤軒文集》陳三立之言)呢?時代的影響,誰也無可如何,客觀存在的歷史情況,必然會影響作者主觀上的感受而得到反映。

第一章　私淑桐城的曾國藩

曾國藩,字滌生,湖南湘鄉人,生於清仁宗嘉慶十六年(1811),中道光十八年進士,授翰林院庶起士(優於文學書法者,在館學習,考試後分發為中下級官吏),旋改為侍讀,廿七年升授內閣學士兼禮部侍郎。以討太平天國有功,封世襲一等毅勇侯爵,穆宗同治十一年,卒於兩江總督任內(1872),年六十二。著有《曾文正公文集》。

我們不想在批判曾國藩的反動行為上多費紙墨,因為他是中國近代史中最著名的殘暴的人民起義鎮壓者,這是人人皆知的。我們也不想一筆抹煞地因人廢言,此人無論在當時的政治、經濟、軍事、文學上的影響都太大了,應該尊重歷史麼。即以桐城古文學派而論,如果沒有他的大力扶植,恐怕很難再延續一個時期的。雖然曾國藩並未直接受業於桐城派,卻奉方(苞)姚(鼐)的古文為"文學正宗"。他說:"自唐以後善學韓公者,莫如王介甫氏,而近世知言君子,惟桐城方氏、姚氏所得尤多。"(《復陳右銘太守書》)所以應該"考其風旨,私立禁約,以為有必不可犯者"(同上),然後才能夠"治嚴、道尊"。例如,桐城反對漢學、趨向宋學,他也說:"乾隆以來,鴻生碩彥,稍厭舊聞,別啟塗軌,遠搜漢儒之學,因有所謂考據之文。一字之音訓,一物之制度,辨論動至數千言。"按考據是漢學家搜求事物的方法,文字是有些煩瑣,但他們持此以求義理之真,卻是無可非議的。如前此之戴震,即是一例。曾國藩是講求"經世致用"的,不會不知道這一點。所以反復言之者,自是有關義法之故。《重刻茗柯文編序》云:

自考據之道既昌,說經者專宗漢儒,厭薄宋世"義理" "心性"等語。甚者詆毀洛、閩,披索疵瑕,枝之搜而忘其本, 流之逐而遺其源。臨文則繁徵博引,考一字、辨一物,累數千 萬言不能休,名曰漢學。前者自矜創獲,後者附合偏詖而不 知返,君子病之。

這種非難,實是老生常談,替清代的御用思想程、朱之學服務的, 非單純止於漢、宋之爭而已。他為了徹底追跡桐城的義理,連同明學 的空疏也予以否定。如《書學案小識後》,備言朱子之所得:"即物窮 理云者,古昔聖賢共由之軌,非朱子一家之創解",用以抬高朱熹。並 且認為明之王陽明乃是繼承陸九淵以"本心為訓"的餘緒,因而"主於 良知"的。他說"以舜、周公、孔子、顏、孟之知,猶須好問好察,夜以繼 日,好古敏求,博文而集義之",何得謂"心自有天,不當支離而求諸事 物? 夫天則誠是也,目巧所至,不繼之以規矩準繩,遂可據乎? "這是 滿有道理的,知乃後天的經驗,是從學習中得來的,哪有"靜坐主心"即 可洞徹萬物的事?

他帶便也將了"乾嘉學派""顏李學派"一軍,說惠棟、戴震之"務 為豪博,鉤研詁訓"止是自漢以來"河間獻王實事求是之旨",顏習齋、 李恕谷氏之學,"忍嗜欲,苦筋骨,力勤於見跡,等於許行之並耕"。因 為他們都病宋賢無用而矯枉過正,各有所蔽了。由前之一蔽,排王氏 而不塞其源,是五十步笑百步之類。由後之二蔽,矯王氏而過於正,是 因噎廢食之類。各打五十大板。最後,獨尊了朱熹的"即物窮理",國 藩反復地指稱:"我朝崇儒一道,正學彙興","辟詖詞而反經,確乎其 不可拔","博大精微,體用兼賅,二百年來,大小醇疵,區以別矣"。

可以說,這是這位"文正公"給清代的學術文作了個小結:漢學不 行,明學不行,顏李學也不行。只是以宋學程、朱為思想內容而採取了韓歐古文形式的"桐城派"，始得謂之正宗。這還不是方、姚的"肖子肖孫"嗎？儘管他們沒有宗派上的直系關係。所以曾國藩雖有"往在京師，雅不欲溷入梅郎中（即梅曾亮）之後塵"的話，無害其為私淑桐城的"準桐城派"。何況他也有詩推崇梅伯言說："單緒真傳自皖桐，不孤當代一文雄。讀書養性原家教，績學參微況祖風。"（《贈梅伯言》）"文筆昌黎百世詩，桐城諸老實宗之，方、姚以後無孤詣，嘉、道之間又一奇。"（《送梅伯言歸金陵》）這何嘗是未受影響的泛泛友情呢？不過，後來梅曾亮潦倒，曾國藩顯宦，在政治地位社會影響上有了差異，於是古文風格亦略有丕變罷了，例如"經世"的實質即是。

關於曾國藩崇奉宋學朱子、排斥明學陽明之理論上的根據，我們還想多介紹幾句。他的《復劉孟容書》云：

> 朱子曰："人心之靈莫不有知。"此言好惡之"良知"也。曰："天下之物，莫不有理，惟其理有未窮，故其知有不盡也。"（按此乃朱熹《大學章句》中補說"知本"之語）此言吾心之知有限，萬物之分無窮，不究乎至殊之分，無以洞乎至一之理也。今王氏之說曰："致良知而已。"則是任心之明，而遂曲當乎萬物之分，果可信乎？
>
> 今乃以"即物窮理為支離"，則是吾心虛懸一成之知於此，與凡物了不相涉，而謂皆當乎物之分，又可信乎？朱子曰："知為善以去惡，則當實用其力，務決去而求必得之。"此言仁義之分既明，則當畢吾好惡以既其事也。

用現在的術語講，就是不經過實事求是的調查研究，即沒有發言權，因為不瞭解客觀事物存在的情況，閉塞眼睛捉麻雀，是永遠捉不到手的。只憑主觀的願望，坐在那裏瞎想麼。甚麼"知是心之本體，心自然會知",作為神經系統的"心",如果不和外物接觸,不經受刺激引起反應而積累起經驗,還會有什麼知識可言?如同陸九淵的"心外無物,心外無理",這種任心自是,不與多物關涉的態度,除了主觀、武斷、魯莽,別無其他可能。即就道德而言,也要從知識下手,知方無窮,行本有限,道德而無知識,一定簡陋不堪。比起朱子的"涵養須用敬,進學則在致知"的精神,實在不可同日而語了。

原來物極必反,事理之常,乾嘉以來,漢學的勢力既已至高至大,宋學二字幾為智者所不屑道。末流之蔽,自會使義理蕩然,支離破碎無益於家國、有害於身心,所以才反對"漢學",同時也排斥"明學"的。不但論學,就是文章,曾國藩強調的亦是"文以載道"的老路。他說:"古之知道者,未有不明於文字者也",孔子贊《易》,作《春秋》,定諸經,就是把道"散列於萬事萬物"之中,使其文字可以"教傳後世"的。差以毫釐,謬之千里,詞氣必準,韻味宜厚,姑克有濟。所以他堅定地指出:"今日欲明先王之道,不得不以精研文字為要務。"(同上)曾國藩說:

> 所貴乎聖人者,謂其言行與萬事萬物相交錯而曲當乎道,其文字可以教後世也。吾儒所賴以學聖賢者,亦借此文字以考古聖之行,以究其用心之所在。然則此句與句續、字與字續者,古聖之精神語言胥寓於此。(同上)

至於文章的"義法",曾國藩亦有所論列,大體上說和桐城本派的"言有物,言有序"是一致的。譬如他最反對剽竊、摹擬,認為"剽竊前言,句摹字擬,是為戒律之首"。他是主張務去陳言,不蹈襲前人一言一句,保持自然,不競為僻字澀句,端緒不宜繁多,陳義不當蕪雜,說得非常之愷切:

　　竊聞古之文，初無所謂法也。《易》《詩》《書》《儀禮》《春秋》諸經，其體勢聲色曾無一字相襲，即周、秦諸子亦各自成體。持此衡彼，畫然若金玉與木卉之不同類，是烏有所謂法者？後人本不能文，強取古人所造而摹擬之，於是有合有離，而法不法名焉。

　　若其不俟摹擬，人心各具自然之文，約有二端，曰理曰情。二者人人之所固有，就吾所知之理，而筆諸書，而傳諸世，稱吾愛、惡、悲、愉之情，而綴詞以達之，若剖肺肝而陳簡冊，斯皆自然之文。情性敦厚者，類能為之，而深淺則相去十、百、千、萬而未始有極。（同上）

　　"桐城派"文章之所以能夠文從字順、言之有物的訣竅，就在於他們於音節字句中講求寫作的方法，為情造文，自鑄新詞。而曾國藩之以六經諸子為楷模、程式，出之以"雄奇""愜適"的詞句等辦法，跟桐城的前輩們對比起來也是如出一轍的。如他說"環瑋俊邁以揚馬為最，詼詭恣肆以莊生為最，兼善者又莫勝於韓愈"，以及漢之匡（衡）、劉（向），宋之歐（陽修）、曾（鞏），則以"細意熨貼朴屬微至"見長，都可以取法。而又特尊韓愈之處，可以佐證，也應該是曾國藩的經驗之談。他的幕友薛福成稱道說：

　　文正一代偉人，以理學經濟發為文章。其閱歷親切迥出諸先生上，早嘗師義法於桐城，得其峻潔之詣。平時論文，必導源六經、兩漢，而所選《經史百家雜鈔》，搜羅極博，《文選》一書甄錄至百餘首。故其為文，氣清體閎，不名一家，足與方、姚諸公並峙。其尤巋者，幾欲跨越前輩。（《庸庵文》外編二·寄儔文存序》）

　　薛福成的評論並不過分,即以《經史百家雜鈔》而言,曾國藩就繼承的是桐城"選學"的精神,還補充了姚鼐《古文辭類纂》的不足。因為,"姚選"之中,斷自《國策》,沒有上及《六經》,"史傳"姚也未錄之故。另外,在桐城派"義理、辭章、考據"並重的"學問"中,曾國藩還增益了"經濟"之道,也是應該表而出之的。所以薛福成又說:"然以文正之資,不能不取義法於桐城,繼乃擴充以極其才。"(同上)在在足以證明曾國藩發揚光大之功,也可以說是後來居上無可非議之事了。

第二章　曾國藩的幕客

　　曾國藩以方伯、聯帥而雅好文事,懷才求售賦有詩文修養的人,自易趨之若鶩。他也能於戎馬倥傯軍書傍午之餘,與幕中諸客切磋講論精益求精,時日既久,便形成了風氣,影響了四方,被人稱作"天下文章在曾幕"了。黎庶昌云:

　　　　古之君子無所謂文辭之學,所習者經世要務而已。後儒一切廢置不講,專並此心與力於文辭,取塗已陋。而其所習又非古人立言之謂,舉天下之大事,芒昧乎莫贊其一辭。道光末年,風氣薾然,頹放極矣!

　　　　湘鄉曾文正公始起而正之,以躬行為天下先,以講求有用之學為僚友勸,士從而與之遊,稍稍得聞往聖昔賢修己治人平天下之大旨,而其幕府辟召,皆極一時英雋,朝夕論思,久之窺見本末,推闡智慮,各自發攄,風氣至為一變。

　　　　故其成就,上者經綸大業,翊贊中興,次則謨謀帷幄,下亦不失為圭璧自飭謹身寡過之士。

　　　　　　　　　　　　　　　　　(《庸庵文編卷首黎序》)

　　讀此文,可以想見曾國藩成德達才循循善誘的丰采,又知曾國藩之教,果然不僅文辭,而以政治、經濟為主的情況了。薛福成也說:

　　　　昔曾文正公奮艱屯之會,躬文武之略,陶鑄群英,大奠區域,振頹起衰,豪彥從風,遺澤餘韻,流衍數世,非獨其規恢之宏闊也。蓋其致力於延攬,廣包相容,持之有恆而御之有本,以是知人之鑒為世所宗,而幕府賓僚尤極一時之盛云。(《庸庵文外編二·寄庵文存序》)

按薛文所記曾幕員司凡百餘人,其有關於文事者祇有郭嵩燾等七人,薛福成說:“竊計公督師開府前後二十年,凡從公治軍書、涉危難、遇事替畫者:閎偉則禮部侍郎、出使英吉利總理各國事務大臣,長洲郭公嵩燾(筠仙)。淵雅則出使日本道員遵義黎庶昌(蒓齋),知冀州直隸州桐城吳汝綸(摯甫)。古文則瀏陽縣學教諭巴陵吳敏樹(南屏),前翰林院編修南豐吳嘉賓(子序),候選內閣中書武昌張裕釗(廉卿)。吳敏樹、吳嘉賓,名輩最先。敏樹與張裕釗之文,皆詣皆精。福成居公幕僅八年(同上)。這七個人,吳敏樹和吳嘉賓居幕最暫,又與曾國藩為行輩之交,不當屬為幕客,所以提出另列。郭嵩燾官雖較大,前已論述,茲不再贅。因此,下面打算介紹的,只是張裕釗、薛福成、黎庶昌、吳汝綸等四人,所謂“曾門四弟子”者。他們在文學上雖然也標榜桐城文統,卻頗有所開拓。譬如說,創新與變化,推桐城義法之舊,變曾門致用之新,文字上亦多“雄奇”“自然”之作,而非陳陳相因老生常談者可與比擬的。張裕釗、吳汝綸,尤足為之代表。

第一節　張裕釗

張裕釗字廉卿(一作濂卿),湖北武昌人,生於清宣宗道光三年(1823),卒於德宗光緒二十年(1894),得年七十二。他是咸豐元年恩科的舉人,曾官內閣中書,後去職,陸續主持過江寧、湖北、河北等省的書院,頗著成效。並長於書法,也研究訓詁之學,專主音義。詩文清新,有《濂亭文集》等著作。

　　裕釗少時即喜歡學習古代散文,自言"少時治文事,則篤嗜桐城方氏、姚氏之說,常誦習其文"(《濂亭文集卷二·吳育泉先生暨馬太宜人六十壽序》)。後入曾幕,用力益勤,常與同僚黎庶昌、吳汝綸等切磋討論,吳汝綸對之甚為推服,裕釗亦甚自負。吳汝綸有詩讚美之云:

　　　　張子濡大筆,淋漓坐小閣。客來漫謝去,吾公在壑谷。
　　高歌泣鬼神,俯唾生珠玉。當其得意時,馬揚不能獨。惜無
　　好事人,至言不勝俗。(《桐城吳先生全書·詩集·馬通伯求
　　見張濂卿以詩介之》)

又《依韻奉酬廉卿》云:

　　　　張叟用文娛百憂,風濤入筆倒江流。溪山遼落能孤往,
　　詩句縱橫問舊遊。軺傳使者窮日母,樓船武節事東歐。感時
　　默解行藏裏,愧予纖塵禹九州。(同上)

　　這稱道得很有分量,我們不當以單純的吹捧視之,同時也讓我們知道了吳汝綸的詩,樸素無華,豪邁自然。

　　黎庶昌也有文稱譽裕釗是"文逾梅(曾亮)姚(瑩)"。裕釗自己則說:"頗規撫司馬氏(司馬遷)而跡未能忘","近者撰得《書元后傳後》一篇,乃忽妄得意,自以甚近似西漢人"(《濂亭文集四·答黎蒓齋書》),甚至連方苞、姚鼐、梅曾亮都不放在眼裏了,說:"私計國朝為古文者,惟文正師(即曾國藩)吾不敢望。若以此文較之方、姚、梅諸公,未知其孰先孰後也。"(同上四,《答李佛笙太守書》)可見他自視甚高,這跟他的"自少酷嗜學問、文章,是以一意摶精於此"(同上),"裕釗自唯生平於人世都無所嗜好,獨自幼酷喜文事"(同上四,《與黎蒓齋

書》)的工夫老到一意專精有關,而獨尊曾氏之意,已經溢於言表了。裕釗與黎、吳友情獨厚之處,這裏也說得很分明:"自曾文正公沒,足下及至甫又不得常聚晤,塊然獨處,四顧熒然。"(同上)

張裕釗認為,文章的妙處,在能"知乎聖人之道,而達乎天地萬物之原"。此事之樂處在於"獨居謳吟一室之中,而傲然睥睨乎塵埃之外"。於是乎感到"雖天下又孰有能過之者哉?"他論文以"自然"為宗。甚麼叫做"自然"呢?自然者,無意於是,而莫不備至,所謂信手拈來,而切合律度者是也。他嘗以"雲"為喻,說"雲"千變萬化,不可捉摸,卻都是行所無事自然成章的。而油然作"雲",沛然下"雨"以後,則是"綿絡天地,百植昭蘇",有利於人生啦(其意具見《贈范生當世序》中)。如他更進一步地論述"自然"之意與為文之法云:

> 古之論文者曰:文以義為主,而辭欲能副其意,氣欲能舉其辭,譬之車然,意為之御,辭為之載,而氣則所以行也。欲學古人之文,其始在因聲以求氣,得其氣則意與辭往往因之而並顯,而法不外是矣。(《答吳至甫書》)

義理昭然有賴於氣充辭沛,這是抽象的為文之道。而曰意、曰辭、曰氣、曰法,又非判然各為一事,必混同以擬於一。此即裕釗所謂"自然"之契機了。他接著說:

> 自然者,無意於是而莫不備至,動皆中乎其節,而莫或知其然。日星之布列,山川之流峙是也。寧惟日星山川,凡天地之間之物之生而成文者,皆未嘗有見其營度而位置之者也。而莫不蔚然以炳而秩然以從,夫文之至者亦若是焉而已。(同上)

文章本天成,妙手偶得之? 運用之妙存乎一心,這些老話頭,應該都是裕釗之所本根。不過他又加一番潤飾、譬喻,使人越發地心目了然知其此中"三昧"而已。作者此地之善為說辭,已較詰屈聱牙之《贈范生當世序》,高出多多,可見賣弄淵雅不如順理成章了。他的結語是"姚氏(鼐)及諸家因聲求氣之說,為不可易",並申明他自家也是"以意為主"而"辭氣與法從之"的作者。他在《答劉生書》中,還引左丘明、莊周、荀卿、司馬遷、韓愈等古代大作家為同道。說他們"沛然出之,言厲而氣雄,然無有一言一字之強附而致之者"。

還有,"因聲求氣"以深契"自然"之妙的方法,張裕釗以為"熟諷湛思"的"精讀"最有效益。他說:往在江寧(即今江蘇省南京市),聞方存之(名宗誠,桐城人,方東樹從弟)云:"長老所傳劉海峰,絕豐偉,日取古人之文,縱聲讀之。姚惜抱則患氣羸,然亦不廢哦誦,但仰其聲使之下耳。"(《與吳至甫書》)可見桐城的前輩,都用這個辦法,張裕釗不過是尤而效之,得到好處,這才老老實實地又傳給別人,並且加重語氣說:"欲為古文,則程功致力之始,熟讀深思四字足以盡之。"(《復查翼甫書》)此外則是他之論學,也重義理,雖然尊崇宋學,並不歧視漢學。他說:

> 惟學問之道,人理尚已。其次若考據、詞章,皆學者所不可不究心,斯二者固相須為用,然必以其一者為主而專精焉,更取其一以為輔,斯乃為善學者。(同上)

獨重義理,自是"文以載道"的餘緒,而不歧視漢學,則與方、姚、曾略有差異,他先申言自康、雍、乾、嘉以來,經學號為極盛,甚至遠軼前明和李唐,這是它的成就,不可抹煞泯滅的。可是缺點在於"窮末而置其本，識小而遺其大，詆訾宋賢，自立標幟"，所以為人所病。和這相反的則是專從事於義理，而一切屏棄，認為考據不足道，從這一極端跳到那一極端去了，"蒙又非之"。他質直地指陳道："夫學固所以為道，然不先之以考證，雖其說甚美，而訓詁、制度之失其實，則於經豈有當焉。"（以上所引並見《復查翼甫書》）

此論並非折衷、調和之類。由於曾國藩的重振宋學，排斥漢學，末流之弊是出了許多冒名頂替言行俱非的"道學家"，他們一是"狹陋"，不能"博文約禮，窮極本末始終，廣大精微之致"的"膚學""鰦生"，摭拾"朽腐熟爛之言"以為書；二是"冒充"，"立身行事"大悖乎"聖賢之教"，"身桀而口堯"，言不顧行，行不顧言的假道學家"為世所詬病"（《翊翊齋遺書序》中，具見其言）。可見張裕釗所信服的乃是以考據求實，以義理為本的學行，這裏頭也含有反對門戶之見、派系之爭的意思。他說："裕釗常以為道與器相備，而後天下之理得"，"然學者常以其所能相角，而遺其所不能者，以開其隙而招之攻，是以學術異趨，紛然而未已"（同上卷四，《與鍾子勤文焱書》）。

"更出迭勝，黨仇攻伐"，不如勤篤其學，息爭存說。裕釗的這種想法，自然是比較天真的。存在即是矛盾，天下豈有和平共處之事，不過暫時相安或是表面上的協合而已，非此即彼，互相水火，不止是文人相輕的慣例，沒有矛盾就沒有世界，主觀願望它如何如何，往往徒勞。不然的話，"桐城派"又是何物？曾國藩的崇尚宋學，不正是清代統治者御用的思想嗎？據此，亦可見裕釗能文，不止是公牘上的。例如他講求"變易"之道，頗有"演化"的眼光，從上古人民茹毛飲血，一直說到近世之混一華裔，方制數萬里，《送黎蒓齋使英吉利序》云：

> 蓋嘗論天地之化，古今之紀，天人相與構會。陰陽以之摩蕩，窮則變，變則通，而世運乃與為推移。

若今日,其尤世變之大且巨乎! 天實開之,人之所不能
違也。而當世學士大夫,或乃拘守舊故,猶尚鄙夷詆斥,羞稱
其事,以為守正不撓。

這便是曾國藩重視"洋務"的好處,使著他的幕僚,都有如此開明
的思想,其文亦足以達之。"天實開之"可以解釋作"客觀世界歷史演
變的啟示"。裕釗也善於寫景,《遊虞山記》云:

虞山尻尾東入常熟城,出城迤西,綿二十里,四面皆廣
野,山亙其中。其最勝為拂水巖,巨石離數十尺,層積駢疊,
若累芝菌,若重巨盤為臺,色蒼碧丹赭斑駁,晃耀溢目。有二
石中分,曰劍門,駢攣屹立,詭異殆不可狀。

踞巖俯視,平疇廣衍數萬頃,澄湖奔溪,縱橫蕩潏其間,
繪畫天施。南望崑陵、震澤、連山青翠相屬。厥高鑱雲,雨氣
日光參錯出諸峰上。水陰上薄,蕩摩闔開,變滅無瞬息定。
其外蒼煙渺靄圍縍,光色純天,決眥窮眺,神與極馳。

他這景色描繪得歷歷如畫,使人可以臥遊。只是好用一些古僻的
字句費解難讀,是其缺點。這又是懂得點兒聲音訓詁的人,賣弄淵雅
必不可免的惡果。

第二節　薛福成

薛福成,字叔耘,號庸庵,江蘇無錫人。生於清宣宗道光十八年
(1838),卒於德宗光緒二十年(1894),年五十七。福成是曾幕中以文
事著稱,沒什麼功名而又得享高官厚祿的一個人(包括後入李鴻章幕,

得以保舉的在內）。也是中國外交家的老前輩。

他只是同治元年副貢生，參曾幕以勞績歷保選用同知，因剿捻有功，補用直隸（今河北省）知州。光緒元年赴部引見，應詔上治安六策萬餘言，得旨留中，旋下所司議行，後入李鴻章幕，以隨辦洋務出力，保舉知府，復以軍功除浙江寧紹道臺。擢湖南按察使。

其後，簡派出使英、法、意、比諸國，嘗爭於英廷，倡設南洋各島領事。歸升左副都御史，著有《庸庵全集》。福成的文章豐產，因為他多在幕府中辦事，又浮沉於宦海，旅遊中外，見聞較多，眼界開闊，故常發為經世的議論。文字洋洋灑灑，舒卷自如，別具一格。黎庶昌說得好：

> 叔耘既佐治久，聞見出於人人，紀述論著，亦且獨多，不屑為無本之學。是編所載，如策治安者六，籌海防者十，敕練兵者一，論治河者一，議鐵路者一，議援越南者四，論傳教者一，論援朝鮮者一，論海防總司者一，書僧忠親王、曾文正、程忠烈遺書者十。雖其言或用或否，其所述或親見或傳聞，而中括機宜，皆所謂經世要務，當代掌故得失之林也。（《庸庵文編卷首序》）

按同、光之際，內憂外患交互而至，清朝已國幾不國，特別是鴉片戰爭、甲午戰爭失敗之後，太平天國，捻、回、內亂層出不窮之時，清之帝王實已焦頭爛額，無以自了。他們不得不下詔求治以圖補救，於是有識之士，紛紛上書條陳時事，風氣所播，文人學者遂亦一變空談理道之篇章而為經世致用的論著。曾幕諸客首當其衝，不僅福成如此，若黎（庶昌）、若吳（汝綸），也都精通軍政為此中的佼佼者。薛福成不過是更為幹練的一員。

福成的"治安六策"和"海防十議"，都是應詔陳言見於奏疏中的條陳,"六策"分別是:養賢才,肅吏治,恤民隱,籌漕運,練軍實和裕財用。"十議"共計是:擇交宜審,儲才宜豫,制器宜精,造船宜講,商情宜恤,茶政宜理,開礦宜籌和水師宜練等。多係有關國計民生的嘉謀良猷。福成自己也說,他這些陳議是:"均期有裨實用,稍濟時艱"的,可見他的深知國事夙有經綸了。如"議開鐵路","議援越南"等文,見識尤其卓越。"創開中國鐵路議"云:

　　泰西諸國,研究器數,創為火輪舟車,環地球九萬里,無阻不通。蓋人心由拙而巧,器用由樸而精,風氣由分而合,天地之大勢,固如此也。

　　方舟車之未創也,人各止其域,安其俗,至老死不相往來。若居中古以後,棄舟車而不用,是猶謀食而屏未粔,禦寒而毀衣裳也,必凍且餒矣。

　　今泰西諸國,競富爭強,其興勃焉,所恃者火輪舟車耳。輪舟之制,中國既仿而用之有明效矣。竊謂輪車之制不行,則中國終不能富且強也。

此等建議,在現在看來,實已無足為奇。然而我們不能忘記,在同、光之時,人心尚屬閉塞,尤其是清朝當政的帝后們(慈禧太后及保守的王公大臣),明知鐵路該辦,卻偏要拉出許多祖宗制度及忌諱來,叫你奈何她們不得。所以福成此文,不但見解清沏可用而已,他的直言敢諫的勇氣,也是可以嘉尚的,不當輕蔑地譏為幫忙腐朽的統治王朝,或是戴上一頂改良主義的帽子,便算完事。福成的"議援越南"諸作,尤具此等精神。他說:

　　自古勝負之機,曰理、曰情、曰勢,越為中國屬邦,朝貢之例載在會典。中國累次出師保護越南,剿平黃崇英、李揚才、陸之平等,地球諸國皆知之。

去冬寶海奉其國命,備文申明法無侵佔北圻土地之意,亦無貶削越王治權之謀。迨外部易人,忽而中變,是揆之常理,法當自恧也。

法國地屬四戰,船炮兵額雖多,分防英、奧、俄、德諸國,其能遠調者,不過十之一二,然涉重洋四五萬里,運兵之費,一可當十。況越境重山疊嶂,如離紅江稍遠,彼即不能逞志,是衡以大勢,法將自絀也。

清代歷屆對外屈辱的條約,沒有再比安南之役為愚蠢可笑的了。人家都是戰敗國才喪權失地,我們這回卻是大勝諒山以後而丟了越南。論者以為滿人昏憒,所以相形見絀,進退失據。今觀福成此文益信其然。所以我們才說,薛福成不愧為當日的外交家,知己知彼,有勇有謀,可惜的是未蒙採納,鑄成大錯。譬如他論對外和戰的關係,也最能揆情度勢說得中肯。"與法蘭西立約通商保護越南文"道:

和戰二事,宜虛實相濟也。邇年以來,外侮環逼,議者或偏於主戰,或偏於主和,不知二者皆非也。夫一意欲戰,則將使彼不能轉圜,兵連禍結致成不了之局。且中國武備未精,未可為孤注之一擲也。一意欲和,則彼窺見我之情實,益肆要求,無所底止,一國得志而諸國效尤矣,中國將奚以自立邪?

這些地方都不僅是文章寫得漂亮,實行起來可以措中國於磐石之安的。所以,薛文的真價值,甚而至於黎、吳等曾幕諸人文章的卓越之處,正在於此,不容忽視。不過,這可不等於說,福成只長於軍事、外交之作,不與桐城派文風相干。其慓悍雄勁之氣,亦時反映於其他文字之中。如以貓捕雀之殘忍,譬喻憑藉權位殘民自肥的雜記文,即是一例。文曰:

> 窗外有棗林,雛雀習飛其下。貓蔽身林間,突噬雀母。其雛四五,噪而逐貓,每進益怒。貓奮攫之,不勝,反奔入室。雀母死,其雛繞室啁啾,飛入室者三。越數日,猶望室而噪也。
>
> 哀哉! 貓一搏而奪四五雛之哺,人雖不及救,未有不惻焉慨於中者。而貓且眈眈然惟恐不盡其類焉。烏乎! 何其性之獨忍於人哉? 物與物相殘,人且惡之,乃有憑權位,張爪牙,殘民以自肥者,何也?

敘事簡潔,形象生動,因物及人,情真意切,從其結語上看,不也是為民請命嗎? 人所熟悉的《觀巴黎油畫記》,與此同工,但卻一變諷喻而為借鑒了。其寫景之一段如:

> 城堡岡巒,溪澗樹林,森然布列,兩軍人馬雜遝,馳者、伏者、奔者、追者、開槍者、燃炮者、搴大旗者、挽炮車者,絡繹相屬。
>
> 每一巨彈墮地,則火光迸裂,煙焰迷漫。其被轟擊者,則斷壁危樓,或黔其廬,或赭其垣。而軍士之折臂斷足,血流殷地,偃仰僵臥者,令人目不忍覩。
>
> 仰視天,則明月斜掛,雲霞掩映;俯視地,則綠草如茵,川原無際。幾自疑身外即戰場,而忘其在一室中者。迨以手捫

之,始知其為壁也,畫也,皆幻也。

疇昔我們的畫家,只曉得以山水、人物、花卉、鳥獸為描繪的對象,雖也有崇宏都麗之美,但自幽靜清遠細緻生動而已,很少有這樣驚心動魄發人深思的交戰畫圖,尤其是大場面的油畫,"昭炯戒,激眾憤,圖報復"的明恥交戰之圖。那麼,福成此記,就不單純是欣賞獵奇的問題了,"他山之石,可以攻錯"。因之,又可以話歸本題,福成之文,還是以"變革"為主,多長篇政論之作,如《變法》之重要章節說:

> 或曰:"以堂堂中國,而效法西人,不且用夷變夏乎?"是不然。夫衣冠、語言、風俗,中外所異也;假造化之靈,利生民之用,中外所同也。彼西人偶得風氣之先耳,安得以天地將泄之秘,而謂西人獨擅之乎?又安知百數十年後,中國不更駕其上乎?

這在當日不愧為豪言壯語,也是遠見卓識,非一意崇洋媚外或是妄自尊大之輩所可比擬的。下面的一段話也很精采:

> 或又曰:"變法務其相勝,不務其相追。今西法勝,而吾學之,敝敝焉以隨人後,如制勝無術何?"是又不然。夫欲勝人,必盡知其法而後能變,變而後能勝,非兀然端坐而可以勝人者也。今見他人之我先,猥曰不屑隨人後,將跬步不能移矣!

對於晚清末年之頑固派來講,福成可謂"善辯"者了,設為"或問",逐一申說,非經驗豐富學有專長的人,豈得有此! 然而這可是出了桐城義法圈子的事啦，雖然文章也作得清順可喜。至於嵌入"經世"之論，其事有關於國計民生之處，自是出身於"曾幕"的作者共有的特色，薛福成不過寫得更為及時，文字也比較犀利而已，所以叫他們為"準桐城派"。

第三節　黎庶昌

黎庶昌，字蒓齋，貴州遵義人。生於清宣宗道光十七年（1837），卒於德宗光緒二十三年（1897），年六十一。他是廩貢生。因同治間上萬言書，發往曾國藩大營差遣。以功數擢至道員，兩使日本。歸以賄不至，出官四川川東道道員。居數年，請疾去。張裕釗曾有文敘述庶昌的學行云：

> 君以諸生上書言當世事，為天子所嘉。既出仕以文學、志節為曾文正公所重，為海內名賢所推，官於江南，所至有治績，為民氓所慕思。以參贊使歐、美諸國者再，又再為出使日本大臣，守義達變，不激不屈，無失國體，其事為中外所悅服。（《濂亭文集二·黎蒓齋夫婦雙壽序》）

在文章和學行上，黎庶昌和薛福成是基本上相似的。因為，兩人都出自曾幕，都長於應用文字（如章奏、公文之類），都講求"經世"之學，又都做過外交官，而且還是好朋友。不過庶昌一生，有兩件比較突出的表現，應該介紹一下。一是依據姚（鼐）、曾（國藩）的義法，補充了他們的不足，編輯了一部《續古文辭類纂》。一是在出使日本的時候，搜集了流傳於三島的中國唐、宋善本書，而影鈔成《古逸叢書》，對於版本考據之學，做了貢獻。"版本"的終點，才是"考據"的起點麼。

　　庶昌的《續古文辭類纂》共是四百四十九篇,總二十八卷,分上、中、下三編,皆以補姚姬傳《古文辭類纂》之所未備。上編"經子",姚氏纂文斷自《國策》,不復上及《六經》,以云尊經。庶昌說:"觀其目次,每類必溯源經子之所自來,雖不錄猶錄也。"今次為三卷,共是"論辯""序跋""奏議""書說""詔令""傳狀""雜記""箴銘""頌贊""辭賦"和"哀祭"等十一類。左氏敘事之文,自為一體,姚纂無類可傳,則取曾文正公《經史百家雜鈔》之目以入之。錄"敘記"為一卷,又別增"典志"一卷,"典志"亦雜鈔之類。

　　中編曰"史"。姚氏纂文不錄史傳,其說以為史多,不可勝錄。然推此義法類求之,馬、班而降,可讀之史蓋少。今錄《史記》"紀傳"、"世家"為五卷。《漢書》紀傳為四卷。"序跋""奏議""書說""詔令""辭賦""哀祭"姚纂所遺,而尚有頗可采者為一卷。《三國志》《五代史》,其文最為馴雅有法,漢以後之良也,取一二類著焉。《通鑒》法左氏敘事體也。《史》之"八書",《漢》之"十志",皆典章國故,與《周禮》《儀禮》全經同,錄"敘記"為一卷,"典志"為一卷。

　　下編,方(苞)、劉(大櫆),前後之文。文無所謂古今,要趨於當。姚氏之論極是,故撰次方、劉文,或為世儒所非。此方、劉文之不足以饜人意,庶昌說:"姚氏不可議也。"今依此意增之,使究一代之變。其為類十有三,分別為:"論辯""序跋""奏議""書說""贈序""傳狀""碑誌""雜記""箴銘""頌贊""辭賦""哀祭"和"敘記",次為十卷,無者姑闕焉。他的結語是:"古文辭粗備於是矣"。

　　"黎選"的特點,由此可見。一是義法並稱《史》《漢》。他說:排斥班孟堅是不對頭的,子長"網羅百氏",在"紀傳"上固然無與倫比,但孟堅"紀述一朝,義法固自有當,未可執彼議此"。按一個"編年"、一個"斷代",都是史傳上創始之作,各有千秋,豈可妄有軒輊! 即以文章而論,黎庶昌也說:"班書典雅宏贍","即唐、宋諸賢,昌黎(韓愈)而外,亦未有能及之者",元、明作者就更不待說了。他還認為,曾國藩就是"略師班氏",其文才"宏闊"而"直儕兩漢"的。一是選文不避今人。他說:"古人選文不錄生者",為的是杜絕"標榜"。其實,這有什麼呢?文章優劣如人之有美醜,觸目自見,非一人之力所可左右的,也不必怕人說三道四。

庶昌自道其選文的標準為恪遵孔仲尼的"義主修辭而以立誠為本",和韓退之的"沉浸濃鬱含英咀華"的造詣的。他說:"未有辭不工且雄而文能造其極者。"他說他"博觀慎取,蓋亦有年",而且不是閉門造車的。在"論纂"的時候,經常得到好友薛福成、張裕釗、吳汝綸等人的"匡靜啟發,裨助實多"。更要緊的是篤守桐城姚氏的家法"凡神理、氣味、格律、聲色,有一不備者,文雖佳不入"。那麼,庶昌此書跟王先謙(1842—1917,湖南長沙人,校刻古書專家)的《續古文辭類纂》,有甚麼不同呢? 庶昌說:

> 王先謙氏所撰《續古文辭類纂》刻本,命名適同而體例甚異。
>
> 王選祇及方、劉以後人,文多至四百數十首。余纂加約,本朝文才二百四十餘,頗有溢出王選外者。
>
> 奏議、辭賦、敘記,則又王選所無。人心嗜好之殊,蓋難強同。

此言自家所選,兼方、姚以前。先謙則只取姚氏以後,黎庶昌對於姚氏的義法,有所增益,先謙則一以姚氏為準則。庶昌說:"要之,於姚氏無異趨也。"時人王文濡曾分評黎、王兩家的《續古文辭類纂》云:"黎氏補姚氏所未備,始於經、子,終於《史》《漢》",夠得上是"廣己造大"。王氏本姚氏為準的,推繹義法,旁行直上,統系了然。並說:"雖選材之取徑各殊（王氏是淵源自清乾隆，迄於咸豐，桐城、陽湖名作略備者。黎氏則博觀約取以古為重的），而在講求"神理、氣味、格律、聲色"，續方、劉以來相傳之桐城文派上和掃除"末流襲陋蹈虛"之病上，則是殊途同歸，相得益彰的。其言甚為公允。（以上所言，具見黎庶昌《續古文辭類纂》序文中）

不過，黎庶昌對於中國學術界的較大的貢獻，還在他的刻印《古逸叢書》上，那是他出使日本時的傑作。他說："予使日本之明年，得古書若干種，謀次第播行"，意在搜求保全不使其繼續散亡流失，"惟好之而即求，求之而即傳，差足救敝於後"，足見黎庶昌不止是一個使臣，而且是一位好學深思樂此不疲的學人。"古書之流遺，何幸復見於異邦，而自予得之，且以付刊焉，予亦不自知所以然。"是其欣幸之情，實已流露於字裏行間了。"書成，欲與學者共之"。而"讓陋"自謙，說是"不能精勘其誤失，使讀者快焉"，則是既有一顆做學問的赤心，又掬獻出滿腔的惟恐不足的熱情，黎氏真是可愛之至了。

黎庶昌接著說："古書之不亡，古人之精神自寄之，豈予所能增重，而獨至搜輯之責，似若有默以界予者，固不敢不勉也。"這話說得夠多真實，而論者說他不好生辦外交，花了許多精力去輯古書，不務正業，耽誤了國家大事，這就未免於求全責備了。具體的問題要具體的分析研究麼，黎庶昌因為刊刻《古逸叢書》，到底誤了哪件外交公事？恐怕還沒有人立刻指摘出來。"行有餘力則以學文"，誰說當了外交官即不准做學問？我看比那些腦滿腸肥喪權辱國，除此以外一事無成的外交官，不知道要高出多少倍了。欲加之罪，何患無詞！

庶昌此書凡二百卷，二十六種，多數是影印的精本。他說："刻隨所獲，概還其真"，態度是嚴肅的，考據也下了很大的工夫。例如，關於影宋蜀大字本《爾雅》，他說：

此書末有"將仕郎,守國子四門博士,臣李鶚書"一行,為蜀本真面目,最可貴。宋諱闕慎字,其為孝宗後繙刻無疑。日本再繙之。今又從再繙本影雕,輾轉撫摹,僅存郭廓而已。

按後唐平蜀,明宗命太學博士李鍔書五經刊板國子監中,見王明清《揮塵餘錄》。《爾雅》在"五經"外,豈明清家有"五經",僅舉見本而言,與鍔鶚不同,據此可以訂誤。

又覆正平本《論語集解》敘目云:

此書根源隋、唐舊鈔,字句與今行本異同甚夥,往往合於"陸氏(德明)釋文"。字畫亦奇古,卷末題"堺浦道祐居士重新命工鏤梓。正平甲辰五月吉日謹志。"

正平甲辰當元順帝至正二十四年,其云重新鏤梓,則已有刻本可知,然時代無考矣。"道祐"錢遵王《讀書敏求記》,及日本別刻題"學古神德楷法日下逸人貫書"者,均作"道祐",余謂當從此本作"祐"是。

又有津藩有造館本《論語集解》亦出舊鈔,異同處尤為近古,皆卷子真面目也,天保中有縮刻本。

又覆鈔卷子本唐開元御注《孝經》敘目云:

《孝經注疏序》云:"明皇於先儒注中,采摭菁英,芟去煩亂,撮其義理允當者,用為注解。至天寶二年注成,頒行天下,仍自八分御札,勒於石碑",即今京兆石臺《孝經》是也。

自石臺行,而世幾不知有開元十年之注。其實,石臺即用開元本略加修改而已。此本《元行沖序》完然獨存,惜未錄疏，然於《三才章》格外注云"疏中"，《廣要道章》注云"疏下"，猶可見元氏分卷之遺。

《經義考》引《崇文總目》云《孝經正義》三卷，邢昺傳。初世傳元行沖疏外，餘家尚多，皆猥俗譌陋，不足行遠。咸平中昺等奉詔據元氏本而增損焉，與《文獻通考》所引末句"集諸儒之說"異，陳詩庭云："叔明僅據行沖疏為本，未嘗參采諸儒"，故今本猶止題邢昺校，當以朱錫鬯所引為正。

按校勘的基本工夫為板本（孤本、善本、卷本和抄本等），目錄（叢書、類書、工具書之類）、文字（甲骨、鐘鼎、小篆、隸書等）之學，校勘的主要方法為證之本書、他書、專書、類書和聲音訓詁，詳觀庶昌所為，可謂精於此道。每下一語，如老吏斷獄，確切不移，真是方家。庶昌校刻此書之苦心孤詣，與其搜求校讎之竭盡智力都屬此類。他在敘目影宋本《莊子》注疏時，說得更為精闢，如數家珍，愛若拱璧。版本之言曰：

南宋槧本，每卷首題《南華真經》注疏卷第幾。次題《莊子》某篇某名第幾，郭象注，次題"唐西華法師成玄英疏"分為十卷，與《宋藝文志》同。又於每卷內題某篇某名第幾，郭象注，以還子玄之舊。故分言之則為三十三卷，合言之則十卷也。惟《唐藝文志》作：注《莊子》三十卷，疏十三卷。《四庫》未收"書目"，依《道藏》本鈔作三十五卷。《敏求記》又作二十卷，均未知如何離析。此本為日本新見旗山所藏，字大如錢，作"蝴蝶裝"，僅存十分之五。

注、疏、卷數、其版其人，排列得清清楚楚，一目了然。所以我們說，這位外交官的考據工夫，特別是版本之學，確是老到，他也很有辦法。譬如這部已經殘缺的南宋槧本《莊子注疏》，人家不轉讓，僅僅允許"影印上木"，他就滿意了。還巴巴地在古書鋪子裏，搜求到《養生主》一卷，《德充符》數頁，送給書主新見氏，這是多麼高尚的風格呀？可是內篇還缺《應帝王》，外篇也短少《至樂》。黎庶昌不得已，"因取坊刻本成刻校訂繕補，而別集他卷字當之，不足者命工仿焉"。試問，這又是多麼精心的製作呀？行家裏手，交底不欺，告語讀者可"推原其故"，真是誠摯，一絲不苟。最後，他還特意地推許一下成（玄英）疏，說是："成疏稱意而談，有郭象注解之曲暢，而不蹈其玄虛，有林希逸口義之顯明，而不至流於鄙俚。"說明著不止版本，他對於注疏也是學透鑽深非同泛泛的。不有《毛傳》"鄭箋"何以詮釋《詩經》？黎庶昌之治學，毫無疑問，是得其本根了。

　　按《古逸叢書》所輯卷本，經、史、子、集、聲韻、小學，無不備有。其中最可寶貴者如：影宋蜀大字本《爾雅》，影宋紹熙本《穀梁傳》，覆正平本《論語集解》、集唐字《老子注》、影宋台州本《荀子》、影宋本《莊子注疏》、覆永禄本《韻鏡》和影舊鈔日本《現在書目》，都是罕見的秘笈，為學者所珍視的古籍。例如他說此中的"子書"云："子書善本，傳世日少。世德堂六子，久為眾所稱貴。讀此《老》《莊》《荀》三書，當更快然意滿也"（《莊子注疏敘目》）即是。

　　本來自有桐城文派，直至晚清同、光，此中鉅子大家所談論的，多數是韓、歐諸家和程、朱二子。最初雖經姚鼐提出過並重考據之學。但姚氏畢竟是以辭章為主的，他的弟子能夠腳踏實地窮經研史的也就很少。湘鄉曾國藩繼立，曾經有意於此，去其破碎，充實空虛，如黎庶昌所謂"盡取儒者之多識、格物、博辨、訓詁，一納諸雄奇萬變之中，以矯桐城末流虛車之飾"（《續古文辭類纂序》），但因形勢逼人，政、經突上，也就沒有能下這番工夫。薛、黎諸人適逢西風東漸咸與維新，要想保持古文的面貌，便不能不改弦更張，求實講變了。

第四節　吳汝綸

　　吳汝綸，字摯甫，是曾幕中惟一的桐城籍作家。他生於清宣宗道光十九年（1839），卒於德宗光緒二十九年（1903），得年六十五。汝綸幼時家貧，刻苦讀書，有一天，得了個雞蛋，捨不得吃，拿出去換了照明的松脂，用以夜讀，可知其他。

　　汝綸中了同治四年的進士，殿試三甲（同進士出身）以中書內閣中書、掌繕寫撰記，從七品用。其後出入於曾國藩、李鴻章幕中、主管奏議，被保舉為冀州（今河北省冀縣）知州（高於知縣不及知府的地方官）。

　　未幾求去，時李鴻章為直隸（即今河北省）總督（直屬朝廷的封疆大吏，正一品）問吳汝綸說：“為什麼不想做官啦？”汝綸回答：“不是做官的材料。”鴻章聽了，笑著說：“才幹足夠，不過性情耿直，難於隨波逐流罷了。”汝綸也笑了，不再解釋。鴻章只好准他辭職，但請其留主保定蓮池書院。

　　光緒間，調充北京大學堂總教習（同於後來的教務長），加五品卿銜，遊日本考察教育制度。回來以後，又托詞體弱多病回了家鄉，創辦了桐城學堂，即今之桐城中學。

　　汝綸也是受了當時講求實學不尚空談的影響，所以雖然不願居官卻很重視教育工作。體現到文章裏頭的則是“醇厚”“篤實”之氣，不講求“宏肆”“馳騁”之文，他說“馳騁”非才，“縱橫”非氣：

　　　　夫才由氣見者也，今之所謂才，非古之所謂才也，好馳騁之為才；今之所謂氣，非古之所謂氣也，能縱橫之為氣。以其能縱橫好馳騁者，求之古人所為醇厚之文，無當也。即求之

古人所為閎肆者,亦無當也。(《與楊伯衡論方劉二集書》

比較起來,桐城的前輩方苞是文章醇厚,劉大櫆則是偏重才氣的。吳汝綸在這裏老氣橫秋地重彈舊調,當然是在標榜自家為本派的嫡系,首重"立意"(也就是義理之學),其次才是"能言"(辭章之學相輔而行),就是說"載道""談經"始為本等,單講"絢麗""橫溢",不是正途的。並且強調"醇厚"並不容易,非在學術修養上有特別深邃的工夫,絕難達到。吳汝綸說:

才由氣見者也,而要必由其學之淺深,以覘其才之厚薄。學邃者,其氣之深靜,使人饜飲之久,如與中正有德者處。故其文常醇以厚,而學掩才。

學而未厚,則其氣亦稍自矜縱,驟而見之,即知珍饈好色,羅列目前,故其文常閎以肆,而才掩學。

若昌黎所云:"先醇後肆"者,蓋謂既醇之後,即縱所欲言,皆不失其為醇耳,非謂先能醇厚而後始求閎肆也。

今必以閎肆為宗,而謂醇厚之文為才之不贍,抑亦過矣。

(同上)

看汝綸這樣言之不已煞有介事,不能認為是無的放矢。有人說是在糾正曾國藩的"古文無施不可,但不宜說理"和薛福成的"縱橫宏肆,洋洋大觀"的主張的,自然不無見地。但更重要的恐怕還在於保護桐城家法,力求其雅潔古樸,不使橫出旁溢以為職志。汝綸論學既反對漢人的訓詁章句,也不同意宋儒的空談性理。他說:

《中庸》記夫子之性道者也。鄭氏(玄)之說《中庸》,以文章說者也。朱子(熹)以性道說者也。其淺深離合之數,學不逮子貢,殆不足以定之。獨所謂"木神仁,金神義",及"二五之精"等說,則汝綸向所不取耳。

近儒如戴東原等,乃欲取程、朱義理之說,一一以古訓裁之,是乃執文章以議性道,蓋未可也。宋賢於訓詁誠疏矣,子貢不聞性道,豈亦未通其詁耶?

(《答王晉卿》)

觀汝綸之言,知道他也是講"義理",尊"宋儒"的,可是他能夠把漢、宋的是非,相對地抉出,而未一味的崇拜,這便非同小可了。因為他的前輩姚惜抱先生,也未嘗不講求"考據"麼。總之,汝綸之學頗有根底,雖本出桐城,而能濟時變。對於古人之書,一一以文相衡量。他認為作品是作者精神志趣的反映,"古人著書,未有無所為而漫言道理"的。他治群經諸子,"必因文以求其意,於古今眾說無不研究","以極其變"而且志在"言之可行,行之可久",不為苟簡快意之詞。尤其是對於"知人論事"之文,從來是不為"離論"也不作"膚說"的。晚年迫於時事,又多"愛國""求治"之作,情真意切,可以為法。如《矢津昌永世界地理序》中有云:

大率強者進取,弱者無如何。強者雖小必興,弱者雖大必削。強者長駕遠撫,弱者捧土地權利以贈送人。其尤冤苦者則弱國不自保。強者遙領之,謂之"領土"。

中間汝綸還列舉弱小民族:菲律濱、德蘭士瓦之奮起對抗,以犯大國(指西班牙、美利堅、英吉利而言)之鋒為例,說"雖勢不敵"也是"國雄"。又舉當時的印度、埃及,所謂大而弱的國家為例說,由於他們的

228

"安坐拱默,自謂無患",結果均被英吉利吞併,"搖手轉足"不得,當了亡國奴,"痛乎!悲夫!"則作者言外之意可知了。吳汝綸又於《天演論序》文中,極力敷說"物競天擇,適者生存"之道,並且高度評價了嚴又陵的譯文,許為前所未有。他先說:"以人持天,必究極乎天賦之能,使人治日即乎新,而後其國永存,而種族賴以不墜。"這話辭彙既新,意義也領會得不差。更值得我們學習的,是吳汝綸當年那種洋為中用聯繫實際的精神,說《天演論》"其義富,其辭危"(危言聳聽、陳述有力),使讀者"怵焉知變,於國論有治",是在桐城文派之中,無論思想還是文筆,都可以說是開拓的突破的了。他推許嚴復譯文針砭文章時弊的一段話,尤其難能可貴。他說:

> 今西書之流入吾國,適當吾文學靡敝之時,士大夫相矜尚以為學者:時文耳,公牘耳,說部耳。舍此三者,幾無所為書,而是三者,固不足與於文學之事。
>
> 今西書雖多新學,顧吾之士以其時文、公牘、說部之詞譯而傳之,有識者方鄙夷而不之顧,民智之淪何由?此無他,文不足焉故也,文如幾道,可與言譯書矣。

不要說"嚴子之雄於文","與晚周諸子相上下",三句話不離桐城所謂"清新典雅"之文了。就是從昔稱"我朝"今曰"吾國",前言"古文"現說"文學"上看,已可知汝綸之不泥古守舊了。另外,他之排斥時文(八股文)、公牘文(應用文),說不是文學倒沒什麼,認為"說部"(小說)也不是,便不對頭了。時代使然,桐城的老框框又來了,方苞即不准文章中有小說語,更不要講小說的整體了。

前面說過,吳汝綸是一位教育家,這主要表現在他主持河北保定蓮池書院的工作上。他擔任過這個學院的"山長",前後達十五年之久

(自光緒十五年,1889年,至光緒二十九年,1903年),由於他認為中國不能再靠老辦法延續下去,必須發憤圖強變法維新啦。要這樣,就必須從培養人才興辦學校開始。蓮池書院,歷史悠久夙著聲譽。他接手以後,倚靠直隸總督李鴻章的大力支持,不止增加了學員的名額,延請了名流教師任教,還招收了外國留學生,開設了日、英語專業。派遣外國留學生,以陶鑄有用之材,使著學院的名聲大著,在全國首屈一指(張裕釗是他的前任)。

自京師大學堂回鄉以後,為了啟迪民智造福桑梓又創辦了桐城中學,從其為桐中撰寫的楹聯:"後十百年人才備興,胚胎於此(上);合東西國學問精神,陶冶而成(下)。"可以想見汝綸"教育救國、培養人才、中學為體、西學為用"的言行,始終不渝,真是志士仁人。他的著作傳今者,計有《易說》《尚書故》《夏小正私箋》《深州風土記》和《桐城吳先生全書》。子吳闓生,頗能傳其家學,弟子馬其昶、姚永概,亦有名。

馬其昶(1855—1930),字通伯,安徽桐城人。光緒間曾任學部主事,京師大學堂(即北京大學的前身)教師,同他的先生吳汝綸一樣,有變法維新的思想,民國初年還曾反對袁世凱稱帝。但未參加新文化運動(也不像林紓那樣激烈反對),晚期的創作,依舊固守古人的藩籬,不改語體。著有《抱潤軒文集》《毛詩學》等。其同門姚永概(1866—1923)為姚瑩之孫,可以說是安徽桐城的嫡系,辛亥革命前後,亦以文教工作為主,辦安徽高等學堂,師範學堂,並曾一度充當北京大學文科學長,著有《慎宜軒詩文集》。

嚴　復

嚴復,字又陵,一字幾道,福建侯官人。生於清文宗咸豐四年(1854),卒於民國十年(1921),得年六十八。

　　他幼年時即聰明異常,十四歲考取福建船政學校,成績優良,常為榜首。光緒二年,送往英國海軍學校,學習戰術與炮臺建築。同日本明治年代的伊藤博文、大隈伯一道學習,考試名列前茅,伊藤等遠遠不及。但歸國以後,不見用於清室,又發憤治科舉文,並納粟為監生,也沒有什麼成就。

　　這時,他的日本同學伊藤等人,早已用事圖強,滅掉了我們的藩屬國琉球,虎視東亞,窺伺臺灣。嚴復覩狀大為憤慨,說:"不三十年,藩屬且盡,縲我如老悖牛耳!"果然,甲午戰敗,又失臺灣,人心洶洶。復乃發表《原強》《辟韓》《論世變之亟》等文,反對頑固保守,主張變法維新。

　　德宗圖治,詔選人才,復被薦。以二十四年戊戌秋召對,頗蒙嘉許,退而上皇帝萬言書,所論通達治體,語意悱惻,但為頑固派的大臣所嫉,不得上達。未幾,變法失敗,皇帝幽囚,復乃避居上海,從事著述。宣統元年,海軍部成立,復以前輩,特授協統,又賜文科進士出身。旋以碩學通儒,再徵為資政院議員。

　　民國之初,袁世凱聘復為京師大學堂學長,充總統府顧問、參政院參政,及憲法起草委員。一帆風順,甚蒙垂青,遂至側身於籌安會,為袁世凱做皇帝從事鼓吹,聲譽掃地。袁世凱死,不見容於清流,狼狽出都,使復晚節不終,有忝於士林之望。嚴復自己亦悔恨無及,承認為白圭之玷。

　　嚴復之文,思深味永,尤多經世致用之作,殆時使之也。如《救亡論》之疾呼:"今日中國不變法,則必亡!"也批判程、朱的"理居氣先",陸、王的"良知良能",所以有人不認為他是桐城派。因為,無論從言論、行誼任何方面看,嚴復都是不符合"學行程朱"的標準的。

　　我們的看法則是,嚴復對於中國的貢獻,一不是古文,二不是政治,雖然他也有《嚴幾道詩文鈔》《瘉壄堂詩集》和一些比較看得過去的政治行為(改良主義的)。質直言之,就是他的成就實在於社會科學的翻譯工作,通過他使著中國人比較早地知道了《天演論》《原富》《名學淺說》《群己權界論》《群學肄言》《社會通詮》和《法意》等書的科學內容、社會知識。

嚴復的譯筆,古雅博奧,甚為吳汝綸所稱許。復每成一書,亦必請益於汝綸,常告人云:"不佞往者每譯脫稿,輒以示桐城吳先生,老眼無花,一讀即窺深處,蓋不徒斧落徵引,受裨益於文字間也,故書成必求其讀,讀已必求其序。"這種情況,吳汝綸的兒子吳闓生亦有所載記。他說:"侯官嚴先生復,以精通西學為中國第一。所譯書皆謁先君審定。退而服曰:'某沉潛西籍數十年,於彼中玄奧不能悉了也。先生往往一二語已洞其要。中外學術一貫,固如是乎!'"(《桐城吳先生全書·先府君事略》)那麼,吳汝綸又是如何稱許嚴復呢?《答嚴幼陵》云:

> 呂臨城來,得惠書並大著《天演論》,雖劉先主之得荊州,不足為喻。比經手錄副本,秘之枕中,蓋自中土翻譯西書以來,無此閎制。匪直天演之學,在中國為初鑿鴻蒙,亦緣自來譯手,無似此高大雄筆也。欽佩何極!(《桐城吳先生全書·尺牘二》)

汝綸對嚴復,也不只是像這樣地恭維一頓便算完事,他還當真提出了寶貴的意見。如:

> 篇中所引古書古事,皆宜以原書所稱西方者為當,似不必改用中國人語,以中事中人固非赫氏所及知。
> 歐美文字與我國絕殊,譯文似宜別創體制,如六朝人之

譯佛書,其體全是特創。

　　與其傷潔,毋寧失真。凡瑣屑不足道之事,不記何傷? 若名之為文,儌俗鄙淺,縉紳所不道。

取六朝人譯經作譬,認為西譯與中著應該分別體制,並以尊重原書為當,這些自是真知灼見。而寧可失真不應傷潔之語,則是古文家的口吻,不是科學態度了,但卻對於嚴復的翻譯,發生了一定的影響。因為嚴復自己就說:"譯事三難:信、達、雅。"(《天演論》卷首譯例)他曾分別予以詮釋道:

　　譯事三難:信、達、雅。求其信已大難矣,顧信矣不達,雖譯猶不譯也,則達尚焉。

　　譯文取明深義,故詞句之間,時有所顛倒附益,不斤斤於字比句次,而意義則不倍本文,題曰"達旨",不云"筆譯",取便發揮。

　　將全文神理融會於心,則下筆抒詞自然互備。至原文詞理本深,難於共喻,則當前後引襯,以顯其意。凡此經營皆以為達,即所以為信也。

　　信達而外,求其爾雅,此不僅期以行世已耳。實則精理微言,用漢以前字法句法,則為達易。用近世利俗文字則求達難,往往抑義就詞。

按嚴復此言,自多經驗之談,事在首創,無例可循,所以艱難。我們承認"信""達"二字是不可少的,惟其所謂"爾雅",須用漢以前字法句法,還說是"為達易",則未敢苟同。恰恰相反,我們覺得,越能多用"近世利俗"的文字,才越能完成"信""達"的任務。否則艱深古奧,一目不能了然,雅則雅矣,於"信""達"復何有哉? 那就不怪嚴復翻譯的書,曾受譏評於當時,更被淘汰於今日了。不過,關於翻譯的義法,到底還是嚴復最先創議出來的。而且"信""達""雅"這三個規範,直到現在尚為從事翻譯工作的人所念念不忘,我們實在不該由於嚴復欲"雅其所雅",保持古文的舊形式,便一筆抹煞他的開拓突破的功績的。例如,嚴復譯書,在名物考釋上即工力極深,異常審慎。他常說:"一名之立,旬月踟躕",可見一斑。如《原富》考名云:

"計學"西名叶科諾密(Economy)。Eco, 此言家, 諾密nomy 為"聶摩"之轉, 此言治, 言計則其義始於"治家", 引而申之為凡料量、經紀、撙節、出納之事。擴而充之為邦國天下, 生食為用之經。蓋其訓之所包至眾, 故日本譯之以"經濟", 中國譯之以"理財"。顧必求吻合, 則"經濟"既嫌太廓, 而"理財"又嫌過陋。自我作古, 乃以"計學"當之, 故《原富》者, "計學"之書也。然則何不徑稱"計學"而名《原富》? 曰: 從斯密氏 Smith 之所自名也。

追溯希臘的語根,參酌中、日的舊譯,揆情度理,自我作古,這種工夫,不是精通中外學術文字的人,是萬萬辦不到的。所以復譯的《計學》,雖見杜於舶來品的《經濟學》,而他的《原富》,卻一直到現在還保留著原來的譯名哩。又如迻譯穆勒·約翰 John·Mill 的《名學序》說:

Logic, 此翻"名學", 其名義始於希臘, 為"邏各斯"一根之轉。"邏各斯"一名兼二義, 在心之意, 出口之詞, 皆以此名。引而申之, 則為論為學。故今日泰西諸學, 其西名多以羅支 Logy 結響。"羅支"即"邏輯"也。

　　而本學之所稱為"邏輯"者，以知貝根 Bacon 言，是學為一切法之法，一切學之學，明其為體之尊，為用之廣，則變"邏各斯"為"邏輯"以名之，學者可以知其學之精神廣大矣。

　　這是節錄的兩段文字，其他還談到"羅支"Logy 之義為"吾生最貴之一物"，"如佛氏之阿德門，基督教所稱之'靈魂'，老子所謂'道'，孟子所謂'性'，皆此物也。故其名義最為奧衍"。由此可知嚴復之譯學，是博古通今，明達中外，可稱巨擘，影響非同一般的。如他對於"自由"一語的鼓吹：

　　　　人道所以必得自由者，蓋不自由則善惡功罪皆非己出而僅有幸不幸可言。而民德亦無由演進，故惟與以自由而天擇為用，斯至治有必成之一日。佛言："一切眾生，皆轉於物，若能轉物，即同如來。"能轉物者，真自由也。是以西哲又謂，"真實完全自由，形氣中本無此物，惟上帝真神乃能享之"。（《倫理學說公譯序》）

　　這種解釋實在是形而上學的，甚麼"不自由無寧死"，只有佛家的"自在"（不生不滅）、老氏的"自然"（造化無待），基督的"靈魂"（上帝真神），始能有此享受，這話還不明白嗎？完全是空想的、相對的，觀念上的滿足麼。所以嚴復更說："穆勒此篇，祇如其初而止。"並引柳子厚詩云："破額山前碧玉流，騷人遙駐木蘭舟。東風無限瀟湘意，欲采蘋花不自由。"按子厚此詩乃《酬曹侍御過象縣見寄》者，時被貶在柳州，故言"欲采蘋花不自由"也。而嚴復借用之，所謂自由正此義也（同上）。

　　所以，不管怎麼說，嚴復並沒有辜負他作為中國最早的留學生應該擔當的責任,率先地完成了他的翻譯社會科學著作的任務,儘管還有這樣那樣的缺點存在,可我們覺得已經不簡單了。至於他和吳汝綸一拍即合的道理,恐怕是由於彼此都有維新改革的主觀願望,最早的"中學為體、西學為用"的想法吧。就桐城派適應潮流企圖發展的需要上說,這也是很自然的事體,非必也有師生的關係(如早期接受的情況),以曾國藩為代表的"準桐城派",不是在講求鞏固清朝統治的政治、經濟之學嗎? 何況吳汝綸自己出身幕僚,不願做官,講求的又多是文章華國、教育英才之道呢!

最後,讓我們也看看嚴復的文藝主張及其詩歌創作。先錄詩一首《說詩用琥(復的第三子)韻》五古十二韻:

> 昔者魯東家,太息《關雎》亂。紫色雜蛙聲,何由辨真濫? 文章一小技,舊戒喪志玩。泯泯俗塵中,持是聊自浣。譬比萬斛泉,洄洑生微瀾。奔雷驚電餘,往往造平淡。每懷古作者,令我出背汗。光景隨世開,不必唐宋判。大抵論詩功,天人各分半。詩中常有人,對卷若可喚。拈花示微旨,悟者一笑粲。舉俗愛許渾,吾已思熟爛。

顯而易見,嚴復的詩歌是比較清新的,發於自然的,強調性靈的,反對摹擬的,頗有晚明公安派的風格,只著眼於萬斛瀑泉下的"微瀾",處奔雷驚電以"平淡",這是何等的氣魄! 但他也卑視許渾(唐詩人,格調低,無活法,為詩造情,生搬硬套)之流的形式主義者,而以"妙語"為上乘。我們不能忘記,作者本是一位學貫中西的社會科學家,又想在政治上有所作為,因而這雕蟲小技的詩文一道,在他的心目中自然退處於第二綫,被認為是玩物喪志的行徑了。"怡情遣日"(《救亡決論》),不必"有所為而後為"(《詩廬說》),表面上好像否定了文藝的社會作用。那末,為什麼要在翻譯之時講求"爾雅",新文化運動起來以後,也反對以白話代替文言呢?

語云:"金無足赤,人無完人。"我們不想對於嚴復苛求什麼,只是,對於一位本來富有愛國思想並且知道改革維新的古文家,尤其是正在開通風氣從事社會科學翻譯工作的老翻譯家,晚年居然熱心利祿投靠袁世凱鼓吹帝制,這便不如吳汝綸了。"及其老也,血氣既衰,戒之在得",古人的話,未嘗沒有道理。

林 紓

林紓,字琴南,原名群玉,號畏廬,又自署冷紅生,福建閩縣人。生於清文宗咸豐二年(1852),卒於民國十三年(1924),得年七十三。

他是光緒八年的舉人,曾以大挑(三科以上會試不中的舉人,二等的可以選為教職)官教諭(縣一級的教官)。進了北京,充當了五城中學的國文教員,時為光緒二十六年。

林琴南五十歲以前,才喜歡閱讀《左傳》《史記》《歸震川集》,古文作得並不多,自己定的標準也很嚴格,"日汲汲焉索其疵謬,時時若就焚者","恒閉不以示人"。

到了北京,得與吳汝綸相識,交談《史記》,並把所作的古文拿給吳汝綸看,汝綸很是讚賞,稱之為"是抑遏掩蔽,能伏光氣者"(《畏廬文集·贈馬通伯先生序》)。

由是,林琴南才努力古文,而以桐城派自居。接著,又在北京結識了馬其昶,其昶甚至推許林的古文造詣勝過吳汝綸,遂更增加了林琴南寫作古文的信心。

後因文名漸著,得入北京大學主持文科教學,與桐城馬其昶、姚永概等,共同鼓吹桐城家言。民國成立,章炳麟(1869—1936)以革命的精神樸實的學術,倡於中國。林紓等卻與之對立,顯得空疏,相形見絀。

林琴南被迫退出北大,憤慨異常,他給姚永概的信裏直接指斥章氏為"庸妄鉅子",說章剽襲漢人餘唾,以挦扯為能,以飣餖為富,補綴以古子之斷句,塗堊以《說文》之奇字,意境、義法,概置勿講,還要大言不慚地說是"吾漢代之文也"。林紓說"吾可計日而見其敗"。

詳看林紓這一套議論,知道又是在排斥漢學的不文,強調服膺惜抱者,才"取徑端""立言正",跟其他的桐城派一樣是"尊惜抱為正宗"的,可惜他生的年代忒遲些兒了,形勢已變,人心不同,所以終歸失敗。

他在《國朝文序》中,繼續攻擊考訂諸家,說他們"陸離光怪,炫乎時人之目",而咸有文集。只是因為他們"挦扯","侈其淫麗,於道莫適"。林紓認為"獲理適道"不必靠著多讀書,廣閱歷。能夠"深究乎古人心身性命之學"即可"衷於理,與道合"。

林紓論文則不只"泥古",也講求"通今"。如他在《金粟詩龕集序》和《贈姚君序》中就說得很明確:

> 天下文章之美,非有所幸得也,必其周歷世事,詳覽變故,洞窺乎詩書之源,遊覽乎著作之庭,而後發而為辭,乃非委巷者之言,淵乎鑠乎始成為至文。

這徑直可以認為是湘鄉曾國藩"經世致用"、立言須先立德立功的流風餘韻了。贈姚序又云:

> 古於文者必先古其心與誼,彝常之理,周孔之道,謹篤無悖,又磨礱以世事,周歷乎人情,雖不徑造於古人立言者,然

得側於作者之林矣。

彝常古道,世事人情,都須講求,始能言之有物,才是好文章,可見
他已經不單純在注重舊的"義理",而因時有所變通了。就是說雖曰行
誼,也不能照搬古老的一套。

林紓此類文章甚多,他出的集子有《畏廬文集》《續集》和《三集》。
關於古文的"義法",他也頗有增益。《春覺齋論文》,比較集中地表現
了他對於古文理論的認識。

他曾經把寫作古文的手法,詳細分為"應知"八則、"用筆"八則、
"論文"十六忌等予以論列。例如他說"應知"八則為意境、識度、氣
勢、聲調、筋脈、風趣、情韻、神味,其大旨是:

> 文章,惟能立意,方能造境。境者,意中之境也。(論意
> 境)
> 識者,審擇至精之謂。度者,範圍不越之謂。(論識度)
> 神者,精神貫徹處,永無漫滅之謂。味者,事理精確處,
> 耐人咀嚼之謂。(論神味)

"用筆"八則分為起、伏、頓、頂、插、省、繞、收等,"論文"十六忌為
忌直率、忌剽襲、忌庸絮、忌虛枵、忌險怪、忌凡猥、忌膚博、忌輕儇、忌
偏執、忌狂謬、忌陳腐、忌塗飾、忌繁碎、忌糅雜、忌牽拘、忌熟爛。

> 忌直率云:
> 鄙所謂"直",蓋放而不蓄之謂;謂所謂"率",蓋粗而無
> 檢之謂。
> 忌剽襲云:

凡學古而能變化者,非剿與襲也。"剿"之為言,劫也。"襲"之為言,重也。知古人之美處而不能學,則生入其句法,足之以己意,駭讀者之目以為古,苟為人覓得其主人翁,則幾疑全體之皆贋,此為行文一大病痛。

總之,林紓後出,所以能夠綜合前人的說法,一收義法集成之效。雖然它的說法,不免於抽象、概括,然而較之桐城、湘鄉者,明確得多了,起碼是分得夠細吆。他在北大教學的時候,即曾用這些理論影響學生,以期"力延古文之一綫",使之不至顛墜,可是成效不大。

不過,我們認為林紓值得充分肯定的地方,並不在於他的紹續桐城古文,使之不絕如縷,而是作為翻譯外國文學進入中土的第一個人,是位使人開拓境界擴大視野的古文家。前此,自唐宋以來,我們雖然通過玄奘、鳩摩羅什等人的佛經翻譯,略見印度等地的故事傳說,究非專業的、大規模的,不可與林琴南相比擬。

值得玩味的是,紓本不懂西文,也沒有翻譯的經驗,偶與友人合作,試譯了法國大仲馬所著的《茶花女遺事》,竟獲成功。於是繼續工作,專為商務印書館譯歐美小說,前後凡 123 種,1200 萬言。

林紓翻譯的辦法,是先使通西文的人,譯述書中原意,然後再動筆潤飾加工,以底於成書。迻譯既熟,生產極速,往往能於一小時內,撰就千言。更妙的是,他雖翻譯西書,也要繩以古文義法。如《孝女耐兒傳序》云:

天下文章莫易於敘悲,其次則敘戰,又其次則宣述男女之情。等而上之,若忠臣、孝子、義夫、節婦,決脰絕血,生氣凜然,苟以雄深雅健之筆施之,亦尚有其人。從未有刻畫市井卑污齷齪之事,至於二三十萬言之多,不重複、不支屬,如張明鏡於空際,收納五蟲萬怪,物物皆涵滌清光而出,如憑欄之觀魚鱉蝦蟹焉。則迭更司者,蓋以至清之靈府,敘至濁之社會,令我增無限閱歷,生無窮感喟矣!

之後,作者還把中國的《石頭記》,那部"敘人間富貴,感人情盛衰,用筆縝密,著色繁麗,制局精嚴",歎為觀止的小說,與之對比,都應該有所不足,因為它"雅多俗寡"了,以反襯迭更司此傳之別開生面,為不可及:

> 若迭更司者,則掃蕩名士美人之局,專為下等社會寫照,奸獪駔酷,至於人意所未嘗置想之局,幻為空中樓閣,使觀者或笑或怒,一時顛倒至於不能自已,則文心之邃曲,寧可及耶?

他接著說,甚至連他最為折服的司馬遷,都不專為"家常之事"發文,迭更司則專為"家常之言、寫家常之事","用意著筆為尤難"。按迭更司(1812—1870)乃十九世紀英國批判現實主義文學的代表作家,他長於諷刺資產階級民主的虛偽,揭露封建貴族階級的貪婪殘暴,廣泛地抨擊了資本主義社會的醜惡現實,竟能獲得林紓如此的激賞、崇敬,也應該算是接受了當時的新鮮事物,雖然他對迭更司的認識還到不了這樣的深度。

林紓對於迭更司的寫作手法、藝術成就,還有更高的評價,他說:

> 迭更司他著,每到山窮水盡,輒發奇思,如孤峰突起,見者聳目。終不如此書伏脈至細,一語必寓微旨,一事必種遠因,手寫是間,而全局應有之人,逐處湧現,隨地關合。雖偶

爾一見,觀者幾復忘懷,而閑閑著筆間,已近拾即是,讀之令人斗然記憶,循編逐以索,又一一有是人之行蹤,得是事之來源。綜言之,如善弈之著子,偶然一下,不知後來咸得其用,此所以成為國手也。(《塊肉餘生述序》)

看,這體會得多麼地深刻,描繪得又多麼地細緻,林紓並以《水滸傳》之"分進合擊"點染數十人,咸歷落有致作比,說施耐庵都不免於前緊後鬆,終至"如一群之貉,不復分疏其人","精神不能持久而周遍"也是"意索才盡"的緣故。與此相反,迭更司此書則能"化腐為奇,撮散作整,收五蟲萬怪,融會之以精神",堪稱"特筆"(同上)。一個古文家居然如此"崇洋",這就不止是敢於突破有所建樹的問題了,人心所向,大勢所趨,林琴南亦不能不尊重客觀上的需要,而予以適應的。不過,對於迭更司的小說創作,他是欣賞到底,欽佩得五體投地的,他還說:

英文之高者曰司各得,法文之高者曰仲馬,吾則皆譯之矣,然司氏之文綿褫,仲氏之文疏闊,讀後無復餘味。獨迭更司先生,臨文如善弈之著子,閑閑一置,殆千旋萬繞,一至舊著之地,則此著實先敵人,蓋於未胚胎之前已伏綫矣。惟其伏綫之微,故雖一小物,一小事,譯者亦無敢棄擲而刪削之,防後來之筆旋綫到此,無復叫延,至於幽渺深沉之中,覺步步咸有意境可尋。嗚呼! 文字至此,真足以賞心而怡神矣。(《冰雪因緣序》)

說到這裏,林琴南倒把左丘明、司馬遷兩人拿來和迭更司一起稱道了。他指出:

242

　　左氏之文,在重複中能不自複。馬氏之文在鴻篇巨制中,往往潛用抽換埋伏之筆,而人不覺。迭更氏亦然,雖細碎蕪蔓,若不可收拾,忽而井井臚列,將全章作一大收束,醒人心目。有時隨伏隨醒,力所不能兼顧者,則空中傳響,迴光返照,手寫是間,目注彼處,篇中不著其人而其人之姓名事實時時羅列。(同上)

以上所引還只是關於藝術成就上的種種。其實,林紓的翻譯外國小說,也未嘗不是為他的愛國思想和改良政治社會的主張服務的。他說:

　　余老矣,無智無勇,而又無學,不能肆力復我國仇,日苞其愛國之淚,告之學生,又不已,則肆其日力,其於白人蠶食非洲,累累見之譯筆,非好語野蠻也。須知白人可以併吞非洲,即可以併吞中亞。(《霧中人敍》)

此言發自肺腑,絕非偶然。因為他還有"學盜之所學、不為盜而但備盜,而盜力窮矣"之言。所以必須"嚴防行劫及滅種者之盜"(同上),語重心長,何嘗不是"救亡圖存"的呼吁？他又特別把這個"盜"聯繫到內政上的盜國之"賊",說其實也"須知竊他人之物為賊,乃不知竊國家之公款亦為賊,而竊款之賊即用為辦賊之人,英之執政轉信任之,直云以巨賊管小賊可爾"(《賊史序》)。諸如此類,不勝枚舉,我們實在應該敬重此老當日借鑒的精神,也就是他的進步的思想,因為他還富於謙虛的態度,能夠自我批評,他說:

惜余年巳五十有四，不能抱書從學生之後，請業於西師之門，凡諸譯著，均恃耳而屏目，則真吾生之大不幸矣！西國文章大老，在法吾知仲馬父子，在英吾知司各德、哈葛德兩先生，而司氏之書，塗術尤別，顧以中西大異，雖欲私淑，亦莫得所從。嗟夫！青年學生，安可不以余悖為鑒哉！（《撒克遜劫後英雄略序》）

語出至誠，令人感動。林紓所譯的小說裏，差不多每種都附有此類序文，將外比中，以古證今，聯繫實際，不忘個人，不能不認為已得風氣之先，何況翻譯等於再創作，對於不懂西文的林紓來說，尤其會是這樣的。所以我們覺得，具體到他的文學貢獻上看，古文不如翻譯，而敢於問津外國著名的小說，自我作古地動手譯作，在桐城派中，堪稱出人頭地媲美嚴復。

林紓為人頗能艱苦自持，不慕榮利，晚年移居上海，以文章書畫糊口而泰然自得。只是賦性褊急，不能容物，既與以章太炎為首的小學家經學家對抗，又和以胡適之等人為代表的新文化運動者相鬥，左右不是，焦頭爛額。即如見於《致北京大學校長蔡元培書》中所言諸項云：

必覆孔孟，鏟倫常為快。外國不知孔孟，然崇仁、仗義、矢信、尚知、守禮五常之道，未尚悖也，而又濟之以勇。

按此屬強辭奪理，白話文學家雖然主張打倒孔家店，並未昌言"剷除倫常"、不講信義，也沒聽說過外國有什麼"五常之道"。

若云死文字有礙生學術，則科學不用古文，古文亦無礙科學。

按科學分自然科學與社會科學兩大類,從宣傳說理上看,不管怎麼說,文言也不如白話來得通徹了曉,怎麼能說"無礙"呢?

> 天下惟有真學術,真道德,始足獨樹一幟,使人景從。若盡廢古書,行用土語為文字,則都下引車賣漿之徒,所操之語,按之皆有文法,不類閩廣人為無文法之啁啾。據此,則幾京、津之稗販,均可用為教授矣。

按閩、廣方言未必全無"文法",京津稗販,確實說的"普通話",兩下比較自以"京白"為佳。做不做"教授"則是另外的問題了。

> 非讀破萬卷不能為古文,亦並不能為白話。
> 且使人讀古子者,須讀其原書耶?抑憑講師之一、二語,即算為古子。若讀原書,則又不能全廢古文矣。
> 存國粹而授《說文》可也,以《說文》為客,以白話為主,不可也。

按從研究古典文學的角度上看,不讀古文原著是不行的。既然林琴南承認了"若化古子之言為白話,亦未嘗不是",可見他也實事求是地兩方面都照顧到了,不過在爭主客之位罷了,理不直、氣不壯,所以這種官司他是打不贏的。儘管如此,他在晚年,還是特重自己的古文,這從他拚命地反對白話文也可以徵見。總之,我們覺得林琴南之在桐城派,是有其獨特的表現的:借助翻譯小說發抒其愛國思想,以專著的形式,講述古文的寫作方法,勾通中外開拓了文藝境界,《不如歸序》的結語，最足以說明他的心跡：

> 紓年已老，報國無日，故日為叫旦之雞，冀吾同胞警醒，
> 恒於小說序中攄其胸臆，非敢妄肆噪吠，尚祈鑒我血誠！

此老可愛之處正在於此。他之不與人同的貢獻，為桐城古文別開
蹊徑，使素被輕忽的小說也得納入文學之流。他的學生陳希彭說他對
創作嚴肅認真得很，"每為古文，或經月不得一字，或涉旬始成一篇。
歷年淘汰，成文集四卷，猶遜謝以為不足問世。"又言："計吾師所譯書，
近已得三十種，都三百餘萬言。運筆如風落霓轉，而每書咸有裁制。
所難者，不加點竄，脫手成篇，此則近人所不經見者也。"（《十字軍英
雄記序》）亦可見林紓之精勤了。

林琴南此類愛國思想之短語甚多。如"有志之士，更當無忘國
仇！""葡萄即不見食於羊，其終必為酒，山羊即不仇葡萄，亦斷不能自
勉於為牲，歐人之視我中國，其羊耶？其葡萄邪？吾同胞人當極力求
免為此二物，奈何尚以私怨相仇復耶？"（《單篇識語》）均足動人肝膽。
而其題詞於中譯西文小說上者，亦不乏"綺麗足珍"之作。如《橡湖仙
影》的《小重山》為"佳而夫人"之詞云：

> 別業東風萬柳絲。朱樓斜日裏，見朱扉。玉簫聲向舞筵
> 遲。腰圍小，收狹矷羅衣。春聚遠山眉。重重挑不動，個人
> 癡。去時追想乍來時。空留得，欄外海雲飛。（其一）

由此可見林紓之詩情文意，在桐城派中已可獨步。他還能書善
畫，以此糊口，不去做官，也算是一位清流人物。他跟當時的政治家梁
啟超（1873—1929）、嚴復等的關係也極好。他推許嚴復是學貫中西，

翻譯社會科學到中國的先驅者,自愧不如。對於梁啟超的政治革新思想及其奮鬥的行為更是欽服,以能與之交往為榮幸。如下面的一段話:

> 老友任公,英雄人也,為中國倡率新學之導師。天相任公,十年歸國,今將以《庸言報》眖我同胞。就余索書,而吾書亦適成,上之任公,用附大文之後。
>
> 嗟夫!吾才不及任公,吾誠不及任公,慷慨許國不及任公,備嘗艱難不及任公,而任公獨有取於駑朽,或且憐其丹心不死之故,尚許為國民乎!則吾書繼續而上之任公者,或未艾也。

(《古鬼遺金記》序)

梁啟超乃中國近代有名的學者、政治家(資產階級改良主義者)。他的政論文流利暢達,感情奔放,很有特色。同時也是看重小說的作用較早的人,他說:"欲新一國之民,不可不先新一國之小說"(《論小說與群治之關係》,見《飲冰室文集》中),"小說為國民之魂"(同上,譯印政治小說序),這些話雖然說得有些絕對,可是出自經史學家之口,不是沒有道理的。林琴南奉為圭臬與之合作,也是氣味相投物以類聚的。

後　記

　　這是筆者三十年代的舊作,學習於北京大學研究院時的畢業論文,導師胡適教授。胡先生說:"桐城派出在我們安徽,過去叫它作'謬種''妖孽',是不是可以有不同的看法呢? 希望能夠研究一下。"言猶在耳,算來已經五十多年了。當時確實下了點兒功夫,取得一些成果,也為胡先生所肯定,但是現在看來,到底還嫌不足,需要加以補充,所以又重新改寫了並且印了出來,以就正於大雅方家。此外,更主要的,便是紀念我的導師胡適之先生了,中心藏之,曷日忘之! 八旬老學生紫銘於保定蓮池書院。

古典文學散論

（南朝—清）

《文心雕龍》主題及其重要注釋的擇録

《原道》第一

文之為德也，大矣！與天地並生。性靈所鍾，是謂三才；為五行之秀，實天地之心。心生而言立，言立而文明，自然之道也。贊曰：道心惟微，神理設教。光采元聖，炳耀仁孝。龍圖獻體，龜書呈貌。天文斯觀，民胥以效。

《徵聖》第二

夫作者曰聖，述者曰明。陶鑄性情，功在上哲。夫子文章，可得而聞，則聖人之情，見乎文辭矣。先王聖化，布在方冊；夫子風采，溢於格言。是以遠稱唐世，則煥乎為盛；近褒周代，則郁哉可從：此政化貴文之徵也。

注引《左傳》：仲尼曰：《志》有之："言以足志，文以足言。"非文辭不為功。慎辭也！

《宗經》第三

三極彝訓，其書言經。經也者，恒久之至道，不刊之鴻教也。故象天地，效鬼神，參物序，制人紀；洞性靈之奧區，極文章之骨髓者也。按孔穎達疏云：三極，天地人三才至極之道。又《易》：六爻之動，三極之道。又孔安國《尚書序》：伏羲、神農、黃帝之書，謂之"三墳"，言大道也。少昊、顓頊、高辛、唐、虞之書，謂之"五典"，言常道也。八卦之說，謂之"八索"，求其義也。九州之志，謂之"九丘"。丘，聚也。言九州所有，土地所生，風氣所宜，皆聚此書也。

《辨騷》第五

自《風》《雅》寢聲，莫或抽緒，奇文鬱起，其《離騷》哉！固已軒翥詩人之後，奮飛辭家之前，豈去聖之未遠，而楚人之多才乎？昔漢武愛《騷》，而淮南作《傳》，以為："《國風》好色而不淫，《小雅》怨誹而不亂，若《離騷》者，可謂兼之。"王逸以為詩人提耳，屈原婉順。《離騷》之文，依經立義。名儒辭賦，莫不擬其儀表，所謂"金相玉質，百世無匹"者也。及漢宣嗟歎，以為皆合經術；揚雄諷味，亦言體同《詩·雅》。四家舉以方經。按軒翥，飛躍貌。贊曰：不有屈原，豈見《離騷》。驚才風逸，壯志煙高。山川無極，情理實勞。金相玉式，豔溢錙毫。

《明詩》第六

大舜云："詩言志，歌永言。"聖謨所析，義已明矣。是以"在心為志，發言為詩"，舒文載實，其在茲乎！詩者，持也，持人情性。三百之蔽，義歸"無邪"，持之為訓，有符焉爾。人稟七情，應物斯感；感物吟志，莫非自然。贊曰：民生而志，詠歌所含。興發皇世，風流二南。神理共契，政序相參。英華彌縟，萬代永耽。

《樂府》第七

樂府者,聲依永,律和聲也。暨武帝崇禮,始立樂府,總趙代之音,撮齊楚之氣,延年以曼聲協律,朱馬以騷體制歌。《桂華》雜曲,麗而不經;《赤雁》群篇,靡而非典。按孝惠二年,夏侯寬已為樂府令。《漢書·禮樂志》:武帝定郊祀之禮,乃立樂府,采詩夜誦,有趙、代、秦、楚之謳。又《佞幸傳》:延年善歌,為新變聲。是時上方與天地諸祠,欲造樂,令司馬相如等作詩頌。延年輒承意弦歌所造詩,為之新聲曲。而李夫人產昌邑王,延年由是貴為協律都尉。又《禮樂志》:《安世樂房中歌》十七章,其七曰《桂華》。《郊祀歌·象載瑜》十八,太始三年,行幸東海,獲赤雁作。

《詮賦》第八

《詩》有六義,其二曰賦。賦者,鋪也;鋪采摛文,體物寫志也。昔邵公稱公卿獻詩,師箴賦。《傳》云:登高能賦,可為大夫。《詩序》則同義,傳說則異體,總其歸途,實相枝幹。劉向云:明不歌而頌。班固稱古詩之流也。然賦也者,受命於詩人,拓宇於《楚辭》也。於是荀況《禮》《智》,宋玉《風》《釣》,爰錫名號,與《詩》畫境。六義附庸,蔚成大國。述客主以首引,極聲貌以窮文,斯蓋別《詩》之原始,命賦之厥初也。秦世不文,頗有雜賦。漢初詞人,順流而作。贊曰:賦自詩出,分歧異派。寫物圖貌,蔚似雕畫。

《頌贊》第九

四始之至,頌居其極。頌者,容也,所以美盛德而述形容也。夫化偃一國謂之風,風正四方謂之雅,容告神明謂之頌。風雅序人,事兼變正;頌主告神,義必純美。贊曰:容體底頌,勳業垂贊。鏤彩摛文,聲理有爛。年積愈遠,音徽如旦。降及品物,炫辭作玩。又贊者,明也,助也。唱發之辭。

《銘箴》第十一

銘者,名也,觀器必也正名,審用貴乎盛德。箴者,所以攻疾防患,喻針石也。斯文之興,盛於三代。夏商二箴,餘句頗存。及周之辛甲,百官箴一篇,體義備焉。迄至春秋,微而未絕。贊曰:銘實表器,箴惟德軌。有佩於言,無鑒於水。秉茲貞厲,敬言乎履。義典則弘,文約為美。

《誄碑》第十二

誄者,累也;累其德行,旌之不朽也。夏商以前,其詞靡聞。周雖有誄,未被於士;又賤不誄貴,幼不誄長,在萬乘,則稱天以誄之。讀誄定諡,其節文大矣。碑者,埤也。上古帝皇,紀號封禪,樹石埤嶽,故曰碑也。周穆紀跡於弇山之石,亦古碑之意也。又宗廟有碑,樹之兩楹,事止麗牲,未勒勳績。而庸器漸缺,故後代用碑,以石代金,同乎不朽,自廟徂墳,猶封墓也。贊曰:寫實追虛,碑誄以立。銘德慕行,文采允集。觀風似面,聽辭如泣。按,《禮記》:賤不誄貴,幼不誄長,禮也。惟天子稱天以誅之,諸侯相誅,非禮也。

《哀弔》第十三

短折曰哀。哀者,依也。悲實依心,故曰哀也。以辭遣哀,蓋不淚之悼。原夫哀辭大體,情主於痛傷,而辭窮乎愛惜。弔者,至也。《詩》云:"神之弔矣",言神至也。君子令終定諡,事極理哀,故賓之慰主,以至到為言也。贊曰:"辭定所表,在彼弱弄。苗而不秀,自古斯慟。雖有通才,迷方告控。千載可傷,寓言以送。

《諧隱》第十五

諧之言皆也。辭淺會俗,皆悅笑也。讔者,隱也;遁辭以隱意,譎譬以指事也。隱語之用,被於紀傳。大者興治濟身,其次弼違曉惑。蓋意生於權譎,而事出於機急,與夫諧辭,可相表裏者也。贊曰:古之嘲隱,振危釋憊。雖有絲麻,無棄菅蒯。會義適時,頗益諷誡。空戲滑稽,德音大壞。

《史傳》第十六

史者,使也。執筆左右,使之記也。古者左史記事者,右史記言者。言經則《尚書》,事經則《春秋》也。唐虞流於典謨,商夏被於誥誓。自周命維新,姬公定法,紬三正以班曆,貫四時以聯事。諸侯建邦,各有國史,彰善癉惡,樹之風聲。

自平王微弱,政不及雅,憲章散紊,彝倫攸斁。昔者夫子閔王道之缺,傷斯文之墜,靜居以歎鳳,臨衢而泣麟,於是就太師以正《雅》

《頌》，因魯史以修《春秋》。舉得失以表黜陟，徵存亡以標勸戒；褒見一字，貴逾軒冕；貶在片言，誅深斧鉞。然睿旨幽隱，經文婉約；丘明同時，實得微言，乃原始要終，創為傳體。傳者，轉也。轉受經旨，以授於後，實聖文之羽翮，記籍之冠冕也。及至從橫之世，史職猶存。秦並七王，而戰國有策，蓋錄而弗敘，故即簡而為名也。

漢滅嬴項，武功積年。陸賈稽古，作《楚漢春秋》。爰及太史談，世惟執簡；子長繼志，甄序帝勣。比堯稱“典”，則位雜中賢；法孔題“經”，則文非元聖。故取式《呂覽》，通號曰“紀”，紀綱之號，亦宏稱也。故“本紀”以述皇王，“列傳”以總侯伯，“八書”以鋪政體，“十表”以譜年爵；雖殊古式，而得事序焉。爾其實錄無隱之旨，博雅弘辯之才，愛奇反經之尤，條例踳落之失，叔皮論之詳矣。

及班固述漢，因循前業，觀司馬遷之辭，思實過半。其“十志”該富，“贊”“序”弘麗，儒雅彬彬，信有遺味。至於宗經矩聖之典，端緒豐贍之功，遺親攘美之罪，征賄鬻筆之愆，公理辨之究矣。觀夫左氏綴事，附經間出，於文為約，而氏族難明。及史遷各傳，人始區詳而易覽，述者宗焉。

至於後漢紀傳，發源東觀。袁張所制，偏駁不倫。薛謝之作，疏謬少信。若司馬彪之詳實，華嶠之准當，則其冠也。及魏代三雄，記傳互出。《陽秋》《魏略》之屬，《江表》《吳錄》之類，或激抗難徵，或疏闊寡要。唯陳壽《三志》，文質辨洽，荀、張比之於遷、固，非妄譽也。

至於晉代之書，繁乎著作。陸機肇始而未備，王韶續末而不終，干寶述《紀》，以審正得序；孫盛《陽秋》，以約舉為能。按《春秋》經傳，舉例發凡。自《史》《漢》以下，莫有準的。至鄧璨《晉紀》，始立條例。又擺落漢、魏，憲章殷、周，雖湘川曲學，亦有心典、謨。及安國立例，乃鄧氏之規焉。

按，《玉藻》云：“動則左史書之，言則右史書之。”《尚書》：王肅曰：

“上所言，下為史所書，故曰‘《尚書》’也。”《春秋》：《史記·諸侯年表》：孔子明王道，干七十餘君，莫能用，故西觀周室，論史記舊聞，興於魯而次《春秋》。以制義法，王道備，人事浹。左丘明因孔子史記，具論其語，成《左氏春秋》。虞卿上采《春秋》，下觀近勢，為《虞氏春秋》。呂不韋集六國時事為《呂氏春秋》。《書·甘誓》注：三正，子丑寅之正也。杜預《春秋序》：記事者，以事繫日，以日繫月，以月繫時，以時繫年。史之所記，必表年以首事，年有四時，故錯舉以為所記之名也。《孔叢子》：叔孫氏之車子鉏商樵於野，而獲麟焉。莫之識，以為不詳，棄之五父之衢。孔子往觀焉。泣曰：“麟也，麟出而死，吾道窮矣。”《春秋序》：左丘明受經於仲尼，以為經者，不刊之書也。故傳或先經以始事，或後經以終義，或依經以辯理，或錯經以合異，隨義而發其例之所重。《戰國策》劉向序：《國策》，或曰《國事》，或曰《短長》，或曰《事語》，或曰《長書》，或曰《修書》。臣向以為戰國時遊士輔所用之國，為之策謀，宜為《戰國策》。其事繼春秋以後，訖楚、漢之起，二百四十五年間之事，皆定以殺青，書可繕寫，得三十三篇。《史記索隱》：《楚漢春秋》，陸賈撰，記項氏與漢高祖初起之事。《史記·太史公自序》：司馬喜生談，談為太史公，仕於建元元封之間，有子曰遷。太史公發憤且卒，執遷手而泣曰：“余先周室之太史也，自上世嘗顯功名，虞夏典天官事，後世中衰，絕於予乎？汝復為太史，則續吾祖矣。”談卒三歲，而遷為太史令。《漢書·司馬遷傳》：太史公仍父子相繼纂其職，網羅天下放失舊聞，王跡所興，原始察終，見盛觀衰，論考之行事，略三代，録秦漢，上記軒轅，下至於茲，著十二本紀，既科條之矣。並時異世，年差不明，作十表。禮樂損益，律曆改易，兵權、山川、鬼神、天人之際，承敝通變，作八書。二十八宿環北辰，三十輻共一轂，運行無窮，輔弼股肱之臣配焉，忠信行道以奉主上，作三十世家。扶義俶儻，不令己失時，立功名於天下，作七十列傳。凡百三十篇，為《太史公書》。《司馬遷傳贊》：劉向、揚雄博極群書，皆稱遷有良史之才，服其善序事理，其文直，其事核，不虛美，不隱惡，故謂之實錄。《法言》：多愛不忍，子長也。仲尼多愛，愛義也。子長多愛，愛奇也。《史記敍傳》：但美其長，不愛其短，故曰愛奇。《漢書·班彪傳》：彪字叔皮，斟酌前史而譏正得失。其略論曰：“遷之所紀，采經摭傳，分散百家之事，甚多疏略。其論術學，則崇黃老而薄五經；序貨殖，則輕仁義而羞貧窮；道遊俠，則賤守節而貴俗功：此其大敝傷道，所以遇極刑之咎也。”又曰：“一人之精，文重思煩，故其書刊落不盡，尚有盈辭，多不齊一。”

《後漢書敍傳》：故探纂前記，綴輯所聞，以述《漢書》，起元高祖，終於孝平王莽之誅，十有二世，二百三十年，綜其行事，為春秋考紀、表、志、傳，凡百篇。“十志”則指《律曆》《禮樂》《刑法》《食貨》《郊祀》《天文》《五行》《地理》《溝洫》《藝文》而言，《史記》必稱父談太史公，《漢書》多踵彪所作後傳，而曾不及之。

《陳壽傳》：丁儀、丁廙有盛名於魏，壽謂其子曰：“可覓千斛米見與，當為尊公作佳傳。”丁不與之，竟不為立傳。

《後漢書·仲長統傳》：字公理，略曰：“數子之言當世得失皆究矣，然多謬通方之訓，好申一隅之說。”（《昌言》）

《漢書·外戚傳》：惠帝以戚夫人事，因病歲餘，不能起。日飲為淫樂，不聽政，七年而崩。乃立孝惠後宮子為帝，太后臨朝稱制。《高后紀》云：太后以惠帝無子，取後宮美人子名之，以為太子。惠帝崩，太子立為皇帝，年幼，太后臨朝稱制，乃立兄子呂台、產、祿、台子通四人為王，封諸呂六人為列侯。四年夏，少帝自知非皇后子，出怨言。皇太后幽之永巷，立恒山王弘為皇帝。太后崩，祿、產謀作亂，悉捕諸呂皆斬之。大臣相與陰謀，以為少帝及三弟為王者，皆非孝惠子，復共誅之，尊立文帝。《后紀》又云：孝惠崩，立常山王義為帝，更名曰弘。

《論說》第十八

聖哲彝訓曰經，述經敘理曰論。論者，倫也；倫理無爽，則聖意不墜。昔仲尼微言，門人追記，故仰其經目，稱為《論語》。蓋群論立名，始於茲矣。自《論語》以前，經無"論"字；《六韜》二論，後人追題乎！詳觀論體，條流多品：陳政，則與議、說合契；釋經，則與傳、注參體；辨史，則與贊、評齊行；銓文，則與敘、引共紀。故議者宜言，說者說語，傳者轉師，注者主解，贊者明意，評者平理，序者次事，引者胤辭；八名區分，一揆宗論。論也者，彌綸群言，而研精一理者也。是以莊周《齊物》，以論為名；不韋《春秋》，六論昭列。至石渠論藝，白虎通講，聚述聖言通經，論家之正體也。

原夫論之為體，所以辨正然否，窮於有數，追於無形，跡堅求通，鉤深取極，乃百慮之筌蹄，萬事之權衡也。故其義貴圓通，辭忌枝碎；必使心與理合，彌縫莫見其隙；辭共心密，敵人不知所乘；斯其要也。是以論如析薪。

也說柳文

一、柳宗元的生平

《唐書》本傳(宋景文公撰):柳宗元(773-819),字子厚,其先蓋河東(即今山西省)人。從曾祖奭為中書令,得罪武后,死高宗朝。父鎮,天寶末遇亂,奉母隱王屋山(在山西陽城縣西南),常間行求養,後徙於吳(今江蘇省)。肅宗平賊,鎮上書言事,擢左衛率府兵曹參軍。佐郭子儀朔方府,三遷殿中侍御史。以事觸竇參,貶夔州(今四川省奉節縣)司馬。還,終侍御史。

宗元少精敏絕倫,為文章卓偉精緻,一時輩行推仰。第進士、博學宏辭科,授校書郎,調藍田尉(今陝西省藍田縣)。貞元(德宗)十九年,為監察御史裏行。善王叔文、韋執誼,二人者奇其才。及得政,引內禁近,與計事,擢禮部員外郎,欲大進用。俄而叔文敗,貶邵州(今湖南邵陽縣)刺史,不半道,貶永州(今湖南零陵縣)司馬。既竄斥,地又荒癘,因自放山澤間,其堙厄感鬱,一寓諸文,仿《離騷》數十篇,讀者咸悲惻。雅善蕭俛,詒書言情。又詒京兆尹許孟容。然眾畏其才高,懲刈復進,故無用力者。宗元久汩振,其為文,思益深。嘗著書一篇,號《貞符》。宗元不得召,內閔悼,悔念往咎,作賦自儆,曰《懲咎》。元和十年(亦憲宗時),徙柳州(今廣西省馬平縣)刺史。時劉禹錫得播州(今貴州省遵義縣),宗元曰:"播非人所居,而禹錫親在堂,吾不忍其窮,無辭以白其大人,如不往,便為母子永決。"即具奏欲以柳州授禹錫而自往播州。會大臣亦為禹錫請，因改連州（廣東電白縣東）。

柳人以男女質錢，過期不贖，子本均，則沒為奴婢。宗元設方計，悉贖歸之。尤貧者，令書備，視直足相當，還其質。已沒者，出己錢助贖。南方為進士者，走數千里從宗元遊，經指授者，為文辭皆有法。世號柳柳州。十四年卒，年四十七。

宗元少時嗜進，謂功業可就。既坐廢，遂不振。然其才實高，名蓋一時。韓愈評其文曰：“雄深雅健似司馬子長，崔、蔡（崔駰和蔡邕）不足多也。”既沒，柳人懷之，托言降於州之堂，人有慢者輒死。廟於羅池（在廣西馬平縣東），愈因碑以實之云。

二、追思

1. **皇甫湜《祭柳柳州文》**：“嗚呼柳州！秀氣孤稟。弱冠遊學，聲華籍甚。肆意文章，秋濤瑞錦。吹回蟲濫，《王風》凜凜。”

2. **劉禹錫《祭柳員外文》**：“嗚呼子厚！我有一言，君其聞否？惟君平昔，聰明絕人，今雖化去，夫豈無物。意君所死，乃形質耳，魂氣何托？聽予哀辭。……忽承訃書，驚號大叫，如得狂病。良久問故，百哀攻中；涕洟迸落，魂魄震越。伸紙窮竟，得君遺書；絕弦之音，悽愴徹骨。”

3. **《重祭柳員外文》**：“嗚呼！自君之沒，行已八月，每一念至，忽忽猶疑。今以喪來，使我臨哭；安知世上，真有此事；既不可贖，翻哀獨生。嗚呼！出人之才，竟無施為；炯炯之氣，戢於一木，形與人等。今既如斯，識與人殊，今復何托？生有高名，沒為眾悲；異服同志，異音同歡。唯我之哭，非吊非傷；來與君言，不成言哭。千哀萬恨，寄以一聲；唯識真者，乃相知耳。”

4. **劉禹錫《祭柳員外文》**（為鄂州李大夫作）：“嗚呼！至人以在生

為傳舍，以軒冕為儻來，達於理者，未嘗惑此。昔予與君，論之詳熟。孔氏四科，罕能相備，惟公特立秀出，幾於全器。才之何豐，運之何否！大川未濟，乃失巨艦，長途始半，而喪良驥，縉紳之倫，孰不墮淚？昔者與君，交臂相得，一言一笑，未始有極。馳聲日下，鶩名天衢，射策差池，高科齊驅。攜手書殿，分曹藍曲，心志諧同，追歡相續。或秋月銜觴，或春日馳轂。旬服載期，同升憲府，察視之烈，斯焉接武。君遷外郎，予侍內闈，出處雖間，音塵不虧。勢變時移，遭罹多故，中復賜還，上京良遇。曾不踰月，君又即路，遠持郡符，柳江之壖，居陋行道，疲人歌焉。予來夏口，忽復三年，離索則久，音眹屢傳。篋盈草隸，架滿文篇，鍾、索繼美，班、揚差肩。賈誼賦鵩，屈原問天；自古有死，奚論後先？痛君未老，美志莫宣，遭回世路，奄忽下泉。"

三、歌頌

5. **宋曹輔《祭柳侯文》**："何夫子之毓質兮，獨爽邁秀發而不群。其學也囊括今古而該百氏兮，或參之駁雜而取之粹純。若大田之摯斂兮，莫知其千倉與萬囷。其文也若秋濤之鼓雷風兮，洶湧澎湃而無垠。若八駿之騁通衢兮，王良執策而造父挾輪。老韓駭汗以縮手兮，翱湜喪氣而噤唇。夫何天命之不畀兮，亶遇蹇而罹屯。三湘一斥之十年兮，恨遠符之再分。意冥冥以即夜兮，志鬱鬱而不伸。彼高爵厚祿以誇耀於一時之人兮，皆泯沒而無聞。惟夫子之名不可以既兮，愈遠而彌新。柳江演漾以清泚兮，鵝山奇秀而嶙峋。惟夫子血食於此千祀兮，民至今而懷仁。"

6. **黃翰《祭柳侯文》**："世傳不朽，文學辭章，惟公之文，駕韓蹴張，雄深雅健，實比子長。民思無斁，政事循良，惟公之政，祖龔述黃，深仁遺愛，實比甘棠。孔門四科，達者升堂，公兼得之，光於有唐。天才俊偉，議論慨慷，交口薦譽，名聲益彰。要路立登，台省翱翔，擢列御史，拜尚書郎。時將大用，器博難量，譬如八駿，奔逸康莊。追風掣電，萬里騰驤，亦如利器，鏌鋣干將。直視無前，其鋒孰當，不慎交友，玷於韋王。群飛刺天，讒口如簧，一斥不復，困於三湘。譬如鸞鳳，不巢高岡，棲之枳棘，六翮摧傷。"

劉禹錫言柳文

《**河東先生集序**》："八音與政通，而文章與時高下。三代之文，至戰國而病，涉秦、漢復起。漢之文，至列國而病，唐興復起。夫政厖而土裂，三光五嶽之氣分，太音不完，故必混一而後大振。初，貞元中，上方向文章，昭回之光，下飾萬物，天下文士，爭執所長，與時而奮，粲焉如繁星麗天，而芒寒色正，人望而敬者，五行而已。河東柳子厚，斯人望而敬者歟！子厚始以童子有奇名於貞元初，至九年為名進士；十有九年為材御史，二十有一年以文章稱首，入尚書為禮部員外郎。是歲以疏雋少檢獲訕，出牧邵州，又謫佐永州。居十年，詔書徵不用，遂為柳州刺史。五歲不得召。病且革，留書抵其友中山劉禹錫曰：'我不幸卒以謫死，以遺草累故人。'禹錫執書以泣，遂編次為三十二通行於世。子厚之喪，昌黎韓退之志其墓，且以書來吊曰：'哀哉若人之不淑，吾嘗評其文，雄深雅健似司馬子長，崔、蔡不足多也。'安定（今河北束鹿縣附近）皇甫湜於文章少所推讓，亦以退之言為然。凡子厚名氏與仕與年，暨行己之大方，有退之之志若祭文在，今附於第一通之末云。"夔州刺史劉禹錫撰。

四、柳之詩文批比

1.《**唐柳先生集後序**》:"唐之文章,初未去周、隋、五代之氣,中間稱得李、杜,其才始用為勝,而號雄歌詩,道未極渾備。至韓、柳氏起,然後能大吐古人之文,其言與仁義相華實而不雜。如韓《元和聖德》《平淮西》、柳《雅章》之類,皆辭嚴義密,制述如經,能崒然聳唐德於盛漢之表蔑愧讓者,非先生之文則誰與?"(韓柳並稱)。

《後序》(《河東先生集》):"柳侯子厚,實唐巨儒,文章光豔,為萬世法,是猶景星慶雲之在天,無不欽而仰之。"

2. **東坡云**:"柳子厚,發纖穠於簡古,寄至味於淡泊,非余子所及也。"又云:"詩在陶淵明下,韋蘇州上。退之豪放奇險則過之,而溫麗靖深不及也。"

3. **浮休先生云**:"扶導聖教,剗除異端,以經常為己任,死而無悔,韓愈一人而已,非獨以屬辭比事為工也。如其祖述典墳,憲章騷雅,上轢三古,下籠百氏,極萬變而不華,會眾流而有居,逌然沛然,橫行闊視於綴述之場,子厚其人也。彼韓子者,特以醇正高雅,凜然無雜,乃得與之齊名爾。必也兼誦博記,馳騖奔放,則非柳之敵。"

4. **呂居仁云**:"韓退之文渾大廣遠,難窺測。柳子厚文分明見規模次第。學者當先學柳文,後熟讀韓文,則工夫自見。"

5. **陳長方云**:"柳子厚之才,韓退之有所不逮,但韓公下筆便以三代為法,其文章如人少年、暮年,毛髮不同,而風儀皆此人也。子厚在中朝時尚有六朝規矩,讀之令人鄙厭,至永州以後,始以三代為師。至淮西一事,退之作碑,子厚作雅,逞其餘力,便覺退之不逮子厚,直一日千里也。死於元和十四年。退之長慶間著述,覺子厚瞠若其後耳。余嘗以三言評子厚文章曰:其大體如紀渻子養鬥雞,在中朝時方虛驕而恃氣，永州以後猶聽影響，至柳州後，望之似木雞矣。"

6.《邵氏聞見錄》云："韓退之之文，自經中來；柳子厚之文，自史中來。"

7. **金華先生程子山曰**："前輩謂退之、子厚皆於遷謫中始收文章之極功，蓋以其落浮誇之氣，得憂患助，言從字順，遂造真理耳。"（具見《柳河東集·敘說》中）

八司馬（貶後稱）

1. 王叔文，越州山陰人。以棋待詔。頗讀書，班班言治道……為人淺中浮表……貶渝州司戶參軍，明年，誅死，曾官。

2. 王伾者，杭州人。始以書待詔翰林，入太子宮侍書。順宗立，遷左散騎常侍、待詔……伾尤通天下賕謝，日月不關。大抵叔文因伾，伾因忠言，忠言因昭容，更相依仗。伾主傳受，叔文主裁可，乃授之中書，執誼作詔文施行焉。貶開州（四川夔州）司馬，死其所。支黨皆逐，惟質以前死免。

3. 韓曄，曄者，滉族子，有俊才。以司封郎中貶饒州司馬。終永州刺史。

4. 陳諫，警敏，嘗覽染署歲簿，悉能言其尺寸。所治，一閱籍，終身不忘。自河中少尹貶台州司馬，終循州刺史。

5. 淩準字宗一，有史學，自翰林學士貶連州司馬。死於貶。

6. 韓泰字安平，有籌畫，伾、叔文所倚重，能決大事。以戶部郎中、神策行營節度司馬貶虔州司馬。終湖州刺史。（虔州，今江西贛縣）。

7. 陸質字伯沖。七代祖澄，仕梁為名仕，世居英，明《春秋》，師及趙匡，匡師啖助，質盡傳二家學，官左拾遺，遷左司郎中，歷信台二州刺史，素善執誼……召為給及中，前死。

8. 劉禹錫字夢得，自言係出中山。世為儒。擢進士第，登博學宏辭科，工文章。淮南杜佑表管書記，入為監察御史。素善韋執誼。時王叔文得幸太子，禹錫以名重一時，與之交，叔文每稱有宰相器。……擢屯田員外郎，判度支鹽鐵案，頗憑藉其勢，多中傷士。若武元衡不為柳宗元所喜，自御史中丞下除太子右庶子；御史竇群劾禹錫挾邪亂政，群即日罷；韓皋素貴，不肯親叔文等，斥為湖南觀察使。凡所進退，視愛怒重輕，人不敢指其名，號"二王、劉、柳"。憲宗立，叔文等敗，禹錫貶連州刺史，未至，斥朗州司馬。州接夜郎諸夷，風俗陋甚，家喜巫鬼，每祠，歌《竹枝》，鼓吹裴回，其聲偪仔。禹錫謂屈原居沅、湘間作《九歌》，使楚人以迎送神，乃倚其聲，作《竹枝辭》十餘篇。於是武陵夷俚悉歌之。

始，坐叔文貶者八人，憲宗欲終斥不復，乃詔雖後更赦令不得原。然宰相哀其才且困，將澡濯用之，會程異復起領運務，乃詔禹錫等悉補遠州刺史。而元衡方執政，諫官頗言不可用，遂罷。

禹錫久落魄，鬱鬱不自聊，其吐辭多諷托幽遠，作《問大鈞》《謫九年》等賦數篇。又敘："張九齡為宰相，建言放臣不宜與善地，悉徙五溪不毛處。然九齡自內職出始安，有瘴癘之歎；罷政事守荊州，有拘囚之思。身出遐陬，一失意不能堪，矧華人士族必致醜地，然後快意哉！議者以為開元良臣，而卒無嗣，豈忮心失恕，陰責最大，雖它美莫贖邪！"欲感諷權近，而憾不釋。久之，召還。宰相欲任南省郎，而禹錫作《玄都觀看花君子詩》，語譏忿，當路者不喜，出為播州刺史。詔下，御史中丞裴度為言："播極遠，猿狖所宅，禹錫母八十餘，不能往，當與其子死訣，恐傷陛下孝治，請稍內遷。"帝曰："為人子者宜慎事，不貽親憂。若禹錫望它人，尤不可赦。"度不敢對，帝改容曰："朕所言責人子事，終不欲傷其親。"乃易連州，又徙夔州刺史。

……

由和州刺史入為主客郎，復作《遊玄都詩》，且言：“始謫十年，還京師，道士植桃，其盛若霞。又十四年過之，無復一存，唯兔葵、燕麥動搖春風耳。”以詆權近，聞者益薄其行。俄分司東都。宰相裴度兼集賢殿大學士，雅知禹錫，薦為禮部郎中、集賢直學士。度罷，出為蘇州刺史。以政最，賜金紫服。徙汝、同二州。遷太子賓客，復分司。

禹錫恃才而廢，褊心不能無怨望，年益晏，偃蹇寡所合，乃以文章自適。素善詩，晚節尤精，與白居易酬復頗多。居易以詩自名者，嘗推為“詩豪”，又言：“其詩在處應有神物護持。”

會昌（武宗）時，加檢校禮部尚書。卒，年七十二，贈戶部尚書。

始疾病，自為《子劉子傳》，稱：“漢景帝子勝，封中山，子孫為中山人。七代祖亮，元魏冀州刺史，遷洛陽，為北部都昌人，墳墓在洛北山，後其地陋不可依，乃葬榮陽檀山原。德宗棄天下，太子立，時王叔文以善弈得通籍，因間言事，積久，眾未知。至起蘇州掾，超拜起居舍人、翰林學士，陰薦丞相杜佑為度支鹽鐵使，翌日，自為副，貴震一時。叔文，北海人，自言猛之後，有遠祖風，東平呂溫、隴西李景儉、河東柳宗元以為信然。三子者皆予厚善，日夕過，言其能。叔文實工言治道，能以口辯移人，既得用，所施為人不以為當。太上久疾，宰臣及用事者不得對，宮掖事秘，建桓立順，功歸貴臣，由是及貶。”其自辯解大略如此。（《新唐書》本傳）

柳宗元《與蕭俛書》

僕向者進當魁駡不安之勢，平居閉門，口舌無數，又久與遊者，岌岌而操其間。其求進而退者，皆聚為仇怨，造作粉飾，蔓延益肆。非的然昭晰、自斷於內，孰能了僕於冥冥間哉？僕當時年三十三，自御史裏行得禮部員外郎,超取顯美,欲免世之求進者怪怒媢疾,可得乎?與罪人交十年,官以是進,辱在附會。聖朝寬大,貶黜甚薄,不塞眾人之怒,謗語轉侈,囂囂嗷嗷,漸成怪人。飾智求仕者,更訾僕以悅仇人之心,日為新奇,務相悅可,自以速援引之路。僕輩坐益困辱,萬罪橫生,不知其端,悲夫!人生少六七十者,今三十七矣,長來覺日月益促,歲歲更甚,大都不過數十寒暑,無此身矣。是非榮辱,又何足道!云云不已,祇益為罪。

居蠻夷中久,慣習炎毒,昏眊重腿,意以為常。忽遇北風晨起,薄寒中體,則肌革慘懍,毛髮蕭條,瞿然注視,怵惕以為異候,意緒殆非中國人也。楚、越間聲音特異,鴃舌啅噪,今聽之怡然不怪,已與為類矣。家生小童,皆自然嘵嘵,晝夜滿耳,聞北人言,則啼呼走匿,雖病夫亦怛然駭之。出門見適州閭市井者,其十八九杖而後興。自料居此尚復幾何,豈可更不知止,言說長短,重為一世非笑哉?讀《易》困卦至"有言不信,尚口乃窮",往復益喜,曰:"嗟乎!余雖家置一喙以自稱道,訴益甚耳。"用是更樂瘖默,與木石為徒,不復致意。

今天子興教化,定邪正,海內皆欣欣怡愉,而僕與四五子者,淪陷如此,豈非命歟?命乃天也,非云云者所制,又何恨?然居治平之世,終身為頑人之類,猶有少恥,未能盡忘。儻因賊平慶賞之際,得以見白,使受天澤餘潤,雖朽枿敗腐不能生植,猶足蒸出芝菌,以為瑞物。一釋廢錮,移數縣之地,則世必曰罪稍解矣。然後收召魂魄,買土一廛為耕氓,朝夕歌謠,使成文章,庶木鐸者採取,獻之法宮,增聖唐大雅之什,雖不得位,亦不虛為太平人矣。

又詒京北尹許夢容曰:宗元早歲與負罪者親善,始奇其能,謂可以共立仁義,裨教化。過不自料,勤勤勉勵,唯以忠正信義為志,興堯、舜、孔子道,利安元元為務,不知愚陋不可以強,其素意如此也。末路厄塞躓兀,事既壅隔,狠忤貴近,狂疏繆戾,蹈不測之辜。今其黨與幸獲寬貸，各得善地，無公事，坐食奉禄，德至渥也，尚何敢更俟除棄廢痼，希望外之澤哉？年少氣銳，不識幾微，不知當否，但欲一心直遂，果陷刑法，皆自所求取，又何怪也？

李煜和他的詞

一、李煜生平小記

李煜(937—978),字重光,初名從嘉,是南唐中主李璟的第六子,嗣為後主。凡十五年而國滅,入宋為違命侯。加特進,封隴西郡公,不及四載,暴卒,年僅四十又二。贈太師,追封吳王。其舊臣徐鉉以文稱之云:

> 惟王天骨秀穎,神氣精粹,言動有則,容止可觀。精究"六經",旁綜百氏,……酷好文辭,多所述作。……洞曉音律,精別雅鄭。……為文論之,以續《樂記》。所著文集三十卷,雜說百篇。味其文,知其道矣。至於弧矢之善,筆劄之工,天縱多能,必造精絕。(《吳王墓誌》)

又《十國春秋·南唐三·後主本紀》云:

> 為人仁惠,有慧性。雅善屬文,工書畫,知音律。廣額豐頰,駢齒,一目重瞳子。

按《本紀》引《青異錄》言其書法云:"後主善書,作顫筆樛曲之狀,遒勁如寒松霜竹,謂之金錯刀。一云:後主作大字,不事筆,卷帛書之,皆能

272

如意,世謂撮襟書。"《本紀》又引《宣和畫譜》述其丹青云:"寓意於丹青,頗到妙處,自稱'鍾峰隱居'。"又引《太平清話》云:"後主善墨竹。"

準是種種,我們大可以說,後主"恂恂大雅,美秀多文",是一位富有藝術修養的國主,已不止是"詞"的能手與開拓者了,此其一。

《十國春秋·南唐本紀》還說他的性行道:

> 後主天資純孝,事元宗(中主李璟)盡子道,居喪哀毀,杖而後起。嗣位之初,屬軍興之後,國勢削弱,帑庾空竭,專以愛民為急,蠲賦息役,以裕民力。尊事中原,不憚卑屈,境內賴以少安者十有餘年。論決死刑,多從末減,有司固爭,乃得少正,猶垂泣而後許之。

李煜自己也常剖析其嗣位的心意云:

> 本於諸子,實愧非才,自出膠庠,心疏利祿。被父兄之蔭育,樂日月以優遊。思追巢許之餘塵,遠慕夷齊之高義。繼傾懇悃,上告先君,固非虛詞,人多知者。(襲位初表陳於宋太祖語)

可見李煜最初之恬淡為懷、書卷氣息了。對於庶政,他也確有善施,關心民瘼非止一事。如:

> 大赦境內。(甚至引起了宋太祖趙匡胤之惡疾)
> 始行鐵錢。(公私便之)
> 罷諸路屯田使。(佃民遂絕公吏之擾)
> 命兩省侍郎、諫議、給事中、中書舍人、集賢勤政殿學士

更直光政殿,召對諮訪,率至夜分。

　　開寶二年……冬,……還憩大理寺,親錄囚,原貸甚眾。
……捐內帑錢三百萬充軍資庫用。

　　以惻隱之性,仍好竺乾(佛家)之教,草木不殺,禽魚咸
遂。賞人之善,常若不及;掩人之過,惟恐其聞。

　　按殘唐五代之際,易君如棋,民不聊生,李煜獨能憂生念亂,悱惻
為懷,使其域內短期安定,已屬可貴。而其用心之苦,在對待天朝宋太
祖趙匡胤的委曲求全、恭順奉侍上,尤可概見,此其二。

　　建隆二年六月嗣立之初,即遣中書侍郎馮延魯如宋,表陳奉朔稱
號悉遵周舊。其言曰:

　　　　及陛下顯膺帝籙,彌篤睿情,方誓子孫,仰酬臨照。則臣
　　向於脫屣,亦匪邀名。既嗣宗枋,敢忘負荷。惟堅臣節,上奉
　　天朝。若曰稍易初心,輒萌異志,豈獨不遵於祖禰,實當受譴
　　於神明。

誠惶誠恐,頂禮膜拜,這還不夠崇奉嗎?

　　冬十月,宋遣樞密承旨王文來賀襲位,始易紫袍見使者。

　　是歲,宋葬昭憲太后(趙匡胤母杜氏),遣戶部侍郎韓熙載、太府卿
田霖會葬。

　　建隆三年春三月,遣馮延魯入貢於宋。

　　六月,遣客省使翟如璧入貢於宋,宋放降卒千人南還。

　　十一月,遣水部郎中顧彝入貢於宋,宋頒建隆四年曆。

　　建隆四年春正月,宋遣使餉羊、馬、橐駝(即駝字)。

　　三月,宋出師平荊湖,遣使往軍前犒師。

秋七月，宋詔遣還顯德（周世宗柴榮年號）以來中朝將士在江南者，及今揚州民遷江南者，還歸故土。

冬十一月，宋改元乾德。

十二月，表宋乞罷詔書不名之禮，不從。

乾德二年五月，賀宋文明殿成，進銀萬兩。

秋八月，宋於江北置折博務（緣江採買及過江貿易），禁商旅過江。

十一月，國后周氏殂，宋遣作坊副使魏丕來弔祭。

乾德三年秋九月，聖尊后鍾氏（李煜母）殂。冬十月，宋遣染院使李光圖來弔祭。

是冬，遣使獻宋銀二萬兩，金銀龍鳳茶酒器數百事。

開寶四年春，遣使如宋，貢占城（今四川茂縣地）、闍婆（今印尼爪哇等地）、大食國（今印度）所送禮物。

冬十月，聞宋滅南漢，屯兵於漢陽。大懼，遣太尉、中書令韓王從善朝貢，稱江南國主，請罷詔書不名，許之。

開寶五年春二月，以宋長春節，貢錢三十萬緡。

開寶六年五月，聞欲興師，遣使上表，願受爵命，不許。

是歲，江南饑，宋饋米麥十萬斛。

甲戌歲，秋，遣使求南楚國公從善歸國，不許。宋遣閣門使梁迥來，從容言曰：“天子今冬行柴燎之禮，國主宜往助祭。”不答。

宋復遣知制誥李穆為國信使，持詔來曰：“朕將以仲冬有事圜丘，思與卿同閱犧牲。”且諭以將出師，宜早入朝之意。國主辭以疾，且曰：“臣事大朝，冀全宗祀，不意如是，今有死而已！”時宋已遣宣徽南院使曹彬等水陸並進。

冬十月，遣江國公從鎰貢帛二十萬匹、白金二十萬斤，又遣起居舍人潘慎修貢買宴帛萬匹、錢五百萬。築城聚糧，大為守備。

閏十月，宋師陷池州（今安徽省貴池縣）。於是下令戒嚴，去開寶紀年,稱甲戌歲。

辛未,宋師陷蕪湖(今安徽省蕪湖市)及雄遠軍。吳越亦大舉兵犯常、潤(今江蘇省武進縣及鎮江縣)。國主遺吳越王書曰:"今日無我,明日豈有君?一旦今天子易地賞功,王亦大梁一布衣耳!"吳越王表其書於宋。宋師次采石磯(今之南京江邊),破南唐兵二萬人,擒龍驤都虞侯楊收。池州人樊若水詣宋闕獻策,依其事先測量,造浮梁以濟師,故得長驅渡江,直逼金陵,吳越兵亦來會師合圍。

乙亥歲,秋,鎮南節度使朱令贇帥勝兵十五萬赴難,旌旗、戰艦甚盛,編木為柹,長百餘丈,大艦容千人。令贇所乘艦尤大,擁甲士,建大將旗鼓,將斷采石浮梁。至皖口,與宋師遇,傾火油焚北船,適北風,反焰自焚,軍遂大潰。令贇等皆被執。外援既絕,金陵益危蹙。宋師百道攻城,晝夜不休。城中米斗萬錢,人病足弱,死者相枕籍。李煜兩遣徐鉉等厚供方物,求援兵,守祭祀,皆不報。

按歐史《南唐世家》曰:

> 太祖皇帝之出師南征也,煜遺其臣徐鉉朝於京師。鉉居江南,以名臣自負,其來也,欲以口舌馳說存其國,其日夜計謀思慮言語應對之際詳矣。及其將見也,大臣亦先入請,言鉉博學有材辯,宜有以待之。太祖笑曰:"第去,非爾所知也。"明日,鉉朝於廷,仰而言曰:"李煜無罪,陛下師出無名。"太祖徐召之升,使畢其說。鉉曰:"煜以小事大,如子事父,未有過失,奈何見伐?"其說累數百言。太祖曰:"爾謂父子者為兩家可乎?"鉉無以對而退。

《後山詩話》載:

鉉來宋，欲以口舌解圍，盛稱其主博學多藝，使誦其詩，曰："《秋水》之篇，天下傳誦。"太祖大笑曰："寒士語爾，吾不道也。"因自言微時自秦中歸，道華山下，醉臥，覺而月出，有句曰："未離海底千山黑，才到天中萬國明。"鉉大驚服。

宋《通鑒》云：

逾月，唐主復遣鉉乞緩師，以全一邦之命。鉉見太祖，反復論辨不已。太祖怒曰："不須多言，江南亦有何罪，但天下一家，臥榻之側豈容他人鼾睡邪！"鉉乃辭歸。

開寶八年冬十一月，城陷，李煜率司空、知左右內史事殷崇義等四十五人，肉袒降於軍門。明年春正月，至汴京（今之河南省開封市），賜官光祿大夫、檢校太傅、右千牛衛上將軍，仍封違命侯。太宗趙匡義即位，始去違命侯，封隴西郡公。太平興國二年，李煜自言其貧，太宗命增給月俸，仍予錢三百萬，此其三。

觀乎此，可知李煜本自無罪。父子不可兩家，臥榻之旁，豈容他人鼾睡？趙匡胤數語已盡之矣。為什麼趙匡義又要了李煜的性命呢？那很簡單：匡義忌其才，李煜自己亦不能隱忍，多言賈禍。

一云：宋太祖使徐鉉見後主於賜第，後主忽吁歎曰："當時悔殺潘佑、李平。"（平有軍功，佑知農事，兩人俱習神仙修養之說，而李煜惑之。）鉉不敢隱，遂有秦王賜牽機藥之事。牽機藥者，服之，前卻數十回，頭足相就如牽機狀也。又後主在賜第，七夕，命故伎作樂，聲聞於外。太宗聞之大怒。又傳"小樓昨夜又東風"，又"一江春水向東流"句，並坐之，遂被禍云。又《南唐拾遺記》云："後主歸宋後，鬱鬱不自聊，常作長短句'簾外雨潺潺'云云，情思悽切，未幾下世。"

按,李煜致命之二詞,依次為《虞美人》《浪淘沙令》。原文及譯釋如下:

　　《虞美人》:春花秋月何時了,往事知多少。小樓昨夜又東風,故國不堪回首月明中。　　雕欄玉砌應猶在,只是朱顏改。問君能有幾多愁,恰似一江春水向東流!

譯釋:

　　美麗的三春之花,皎潔的中秋月亮,什麼時候不存在的? 過去的事千絲萬縷地湧上了我的心頭。這座小樓昨天夜裏又吹來了使人蘇醒的東風,在皓月當空的景色下,實在沒有勇氣再遙望我的舊江山了!

　　那些雕樑畫棟砌著玉石欄杆的宮殿,必然完好如初,可惜的是褪了朱紅的顏色,請問閣下現在還有多少愁恨哪? 恐怕要像滾滾東流的滿江春水了吧!

　　《浪淘沙令》:簾外雨潺潺,春意闌珊,羅衾不耐五更寒。夢裏不知身是客,一晌貪歡。　　獨自莫憑欄,無限江山。別時容易見時難,流水落花春去也,天上人間!

譯釋:

　　簾子外邊的雨,淅淅瀝瀝地下個不停,春天已經悄悄地溜走了。穿著單薄的羅衣,實在受不了五更天時早間寒氣的侵襲。睡夢裏才忘記了是作客它鄉,貪圖這一煞那的欣歡。

　　獨自一個人可不敢靠著欄杆遠望那無邊無際的江山。離開故土是容易的,再想見它可就難了。春天已經像流著的水落了的花,一去不復返啦。此乃人間世,並非是天堂。

兩詞懷念故國,惆悵不已,愁深似海,怨聲載道,再加上"多少恨,昨夜夢魂中。還似舊時遊上苑,車如流水馬如龍。花月正春風"(《望江南》)一類的今昔對比,歡戚天壤之作,能不說李煜是在思想反復,動盪非常嗎?那麼猜忌成性、殘忍慣用的趙匡義,豈有不趁機剪除之理?所以就下了毒手,使一代詞宗含恨而死。當然,李煜的哀思傑作亦得因此不朽,此其四。

就是這四種生活情況,分別地也未嘗不是系列地構成了李煜的頗有聲色的一生:多才多藝,罰不當罪,使人同情。其詞不朽,在中國文藝史上,佔有光輝的一頁。

二、李煜的詞

下面讓我們從"詞"的發生成長上,對於李煜的成就,再做進一步的探索。

按"詞"者"詩"之餘,但它並不是"詩"的"派生物"。按照吾師俞平伯和鄭振鐸先生的說法,它是"物極必反"、"窮則變,變則通"的。"詩"自《三百篇》、漢"樂府"、魏晉南北朝"五言",特別是盛唐"律絕"以後,"日趨淺薄",不復"宏妙渾厚","會有倚聲作詞者,本欲酒間易曉,頗擺落故態,適於六朝跌宕意氣差近","簡古可愛",故"大中(唐宣宗李忱)以後詩衰而倚聲作"。(陸游語)就是說:"詞"是來自民間的"新聲",隨著語言和音樂的發展,而不得不變的"長短句",它的興起自非偶然。

此因"詞"的"格式",不下二千餘種(康熙《欽定詞譜》:調八百二十六,體二千三百零六),絕大多數都是從配合音樂旋律來的。而且它在最初,是不但接近口語(雖然亦用文言),而且也相當地反映現實的。既是"樂歌""徒歌",又可以叫做"新詩"。作者各階層的人都有(接近人民的知識分子最多),題材廣泛,傳達了人民的思想感情。後來發展到了《花間》,才漸漸為士大夫所專用、加工、潤飾,寫情戀的"靡靡之音"居多,路子越來越窄。正如陸游在《花間集跋》裏所說的:"方斯時,天下岌岌,生民救死不暇。士大夫乃流宕如此,可歎也哉!"

可是李煜之詞,卻不全是這樣的,特別是他的後期、晚年之作,我們可以叫它作"哀思"一派(以有別於後來宋人之"婉約派"與"豪邁派")的。因為它窮愁、恨怨,以淚洗面。如"愁":

> 問君能有幾多愁。(《虞美人》)
> 人生愁恨何能免。(《菩薩蠻》)
> 晝雨新愁。(《採桑子》)
> 是離愁。(《相見歡》)

按"愁"的字義,從《說文》《廣韻》上講,本是"憂苦"和"悲傷"的意思。這裏《虞美人》中的自問"幾多",譬以"春江",真是古之傷心人別有懷抱的。"雕欄""朱顏""已改""故國不堪回首",象外之象,意外之意,還有比這個哀思更深的語言嗎?而《菩薩蠻》之"愁""恨"並提,夢歸"故國","往事已空",醒來哀痛不止的情況,就更淒慘啦。李煜正是由於此類的詩詞送了自己的性命的。作者難道不曉得"禍從口出"的厲害嗎?然而不能自已,只能任其暴露。"詩言志","詩者,志之所之也。在心為志,發言為聲,嗟歎之不足,故永歌之",為情造文,所以為"真"。李煜何能外是?詩歌本來就必須寄托作者的"興、觀、群、怨"嘛,這兒不過是以"怨"為主罷了。

於是"新愁"也好,"舊恨"也好,只要念念不忘,總會脫口而出,絲毫也矜假不得的。李煜後期之詞,即是做了"俘虜"、當了"囚徒"以後的《虞美人》諸作,之所以膾炙人口流傳不朽者,正由於它是"亡國之音，哀以思"的緣故。有"愁"就有"恨"（它表現在"恨"字上面的思緒，與"愁"同工），我們信手拈來，也得有以下四句"恨"：

> 回首恨依依。（《臨江仙》）
>
> 多少恨。（《望江南》）
>
> 離恨恰如春草。（《清平樂》）
>
> 常恨朝來寒雨晚來風。（《相見歡》）

《說文》解釋得好："恨，怨也。"而《臨江仙》之"惆悵暮煙""門巷寂寥""殘草低迷"以及"空持羅帶，回首恨怨"之詞，據說是宋軍圍城時作。按升州（即今江蘇省江寧縣）被圍計達一年之久，這時守城者已筋疲力盡，眾叛親離，金陵即將陷落。所以李煜覩狀傷情，筆出白描，以自道其凄涼荒敗之恨也。而仍"依依"者，畢竟是自己的土地、人民，難以割捨故耳。《西清詩話》說："未就而城破，缺後三句。"《耆舊續聞》則說："家藏後主詞二本，中有《臨江仙》塗注數字，未嘗不全。"

至於"夢魂"中之"多少恨"，從《望江南》詞目已可以覘知內容了。"還似舊時遊上苑，車如流水馬如龍"，正在苦思舊時京華麼。把當年之繁盛，和現在的孤凄比較起來，安得不恨？再如《相見歡》之常恨朝晚的"寒雨"與"冷風"，為的是"太匆匆"地使"林花謝了春紅"。這又是借傷春為喻，以恨逆臣誤國（指樊若水等而言），遂使自己宗社傾圮、萬劫不反，只剩下心灰意冷的份兒了，恨恨不已，伴隨著"胭脂淚"啦。此外還有一系列的"淚句"。"淚"：

> 胭脂淚。（《相見歡》）
>
> 覺來雙淚垂。（《菩薩蠻》）
>
> 蠟成淚。（《更漏子》）

多少淚。(《望江南》)

心事莫將和淚說。(同上)

李煜此際,真正是歌以當哭。每個字都是從血管裏流出來的符號,而不是"水""胭脂淚"麼,夢中醒來"雙淚垂"麼,"蠟燭成灰淚始乾"麼,"沾袖橫頤",這是"多少淚"喲。但是,即將"心事"和"淚說",又有什麼用呢? 其結局,還不是徒使"斷腸"而已麼,這是毫無疑問的。

總之,從上面的分析介紹中,我們可以得出如下的結論了:

1. 李煜雖然也有像"繡牀斜憑嬌無那,爛嚼紅茸,笑向檀郎唾"(《一斛珠》)、"紅錦地衣隨步皺,佳人舞點金釵溜"(《浣溪沙》)一類的豔體、宮詞,但其主要的貢獻還在於後期的"哀思"之作。因為他給"綺麗"的詞體開拓了新的境界,而且情真意切、不避斧鉞,是在被迫害的晚年寫出的。

2. 他的作品境界高遠,詞彙清新,婉轉天成,不事雕琢,而聲味雋永,耐人深思。其《虞美人》《浪淘沙令》等作,不只膾炙讀者,而且極易引起同情,共掬淚水。蓋藝術之魅力使然,終不以其年代久遠而有差也。於是稱為"五代詞宗",亦非過譽。前無古人,至今不朽,學者信之。

3. 作者善於借用具體的事物來表達個人的思想,特別是自然界的,信手拈來,彌合無間,簡直也可以叫做"天人合一"了。還不止是《三百篇》的"比興"而已,這種手法恐怕是學自"曲子詞"(敦煌所見本)的。例如:"枕前發盡千般願,要休且待青山爛。水面上秤錘浮,直待黃河徹底枯。"(《菩薩蠻》)又如:"此時模樣,算來是,秋天月。無一事,堪惆悵,須圓闕。"(《別仙子》)均是。

4. 那麼,研究李煜詞有沒有現實的意義呢? 我們說是有的。首先,它在中國詞史上佔有一定的地位,承前啟後,影響不小。如"菡萏香銷翠葉殘，西風愁起綠波間”、“細雨夢回雞塞遠，小樓吹徹玉笙寒”，不就是他父親李璟（916—961）的《山花子》嗎？家學淵源。而秦少游之“飛紅萬點愁如海”（《千秋歲》結語）、楊孟載之“閒情正在停針處，笑嚼紅絨唾碧窗”（《春繡》絕句），又何嘗沒有李煜《虞美人》和《一斛珠》結句的影子？

參考書：

《宋史世家·南唐李氏》

《十國春秋·南唐三·後主本紀》

《宋史紀事本末·平江南》

俞陛雲《唐五代兩宋詞選釋》

俞平伯《唐宋詞選釋》

丙寅初冬於保定河大

以禪論詩,滄浪妙用

——取證於李太白的某些作品

　　從中國文學發展史上看,無論是散文系統,還是韻文系統,"妙悟"的思想及其體現出來的形象,都是源遠流長使人心折的。老子的"玄之又玄,眾妙之門"(《道德經》),莊周的"鵬鳥逍遙,蝴蝶化人"(俱見《莊子》中),尤其是《毛詩》裏的"秋水伊人,可望而不可及"(《蒹葭》)、《屈賦》裏的"美人香草,乘龍跨鳳"(《離騷》《九歌》),有哪一件不在充分地反映著呢? 這就是說,不但儒家的作品裏有,道家的文章中也不例外。佛教傳入中國以後,所謂"色即是空,空即是色"、"大千世界,幻化萬端"的經說,就更"不可思議"了。

　　所以,嚴滄浪的"以禪論詩"不是不能理解的。一是在中國文學的優良傳統上即有這個先例;二是在漢魏以後,釋家的思想,對於哲學、文學來講,已經無孔不入,難能杜塞啦。佛經的故事及其人物形象,比比皆是。輪回孽報、天堂地獄,可以說婦孺通曉。客觀的歷史情況如此,它們反映到古代文藝理論和批評時,豈有不特重"高、古、深、遠"(滄浪語)形象思維的道理? 魏晉清談,南梁佞佛,釋、道與儒家不止分庭抗禮,而且自唐以來大有三教同歸之勢的。韓愈之《原道》與《諫迎佛骨表》,又何能挽狂瀾於既倒? 落得遠貶潮州以去。

　　即以滄浪推崇的太白而論,那不是在盛唐時期就有所謂"謫仙""青蓮居士"之稱,他的詩作也確實氾濫著雜糅三教的浪漫色彩嗎? 太白煉丹籙符,拜佛念經,不一而足。如《題雍邱崔明府丹灶》云:

美人為政本忘機，服藥求仙事不違。葉縣已泥丹灶畢，瀛洲當伴赤松歸。先師有訣神將助，大聖無心火自飛。九轉但能生羽翼，雙鳬忽去定何依。（《太白全集》）

《舊唐書》說，玄宗李隆基曾拜道士張果為銀青光祿大夫，號曰"玄通先生"；封道士葉法善為越國公，賜住京師景龍觀中。李隆基死後廟謚"玄宗"，即可佐證。上有好者下必有甚，輪到李白，自會攀稱老子為"先君"（"先君懷聖德"，《謁老君廟》）、"吾祖"（"吾祖吹橐籥"，《送于十八應四子舉落第》）。《草創大還贈柳官迪》更云：

> 天地為橐籥，周流行太易。造化合元符，交媾騰精魄。自然成妙用，孰知其指的？羅絡四季間，綿微無一隙。日月更出沒，雙光豈云只。姹女乘河車，黃金充轅軛。執樞相管轄，摧伏傷羽翮。朱鳥張炎威，白虎守本宅。相煎成苦老，消爍凝津液。仿佛明窻塵，死灰同至寂。搗冶入赤色，十二周律曆。赫然稱大還，與道本無隔。白日可撫弄，清都在咫尺。北酆落死名，南斗上生籍。（下略）

以上所引諸詩，無論從思想內容還是辭彙、口吻上看，都是方士、法師的東西。何況太白自己接著也說"抑予是何者，身在方士格"（同上）呢？因此可以認為太白之"道德"，已非單純李耳的"道家"思想。實際上張道陵以後的"天師"行徑，恐怕要佔上風啦！

自然，它體現於語言結構及思維意識上的形象，既清新而又有奇妙之處，如同他反映於《大鵬賦》中的一樣：縱橫六合，氣象萬千，其飄渺浩瀚的精神，比之莊周，實已"青出於藍而勝於藍"了。他在賦中先以自稱"有仙風道骨，可與神遊八極之表。因著《大鵬遇稀有鳥賦》以

285

自廣"(《太白集·古賦》)之意開頭。其辭則曰:

> 南華老仙,發天機於漆園。吐崢嶸之高論,開浩蕩之奇言。徵志怪於齊諧,談北溟之有魚。吾不知其幾千里,其名曰鯤。化成大鵬,質凝胚渾。脫鬐鬣於海島,張羽毛於天門。刷渤澥之春流,晞扶桑之朝暾。煇赫乎宇宙,憑陵乎崑崙。一鼓一舞,煙朦沙昏。五嶽為之震落,百川為之崩奔。

只抄這一段,已經可以看出太白的因而不襲,推陳出新的本領。而其氣魄雄偉、博大玄妙之筆,又可從接著描畫刻鏤的"蹶厚地,揭太清,互層霄,突重溟。激三千以崛起,向九萬而迅征"、"簸鴻蒙,扇雷霆,斗轉而天動,山搖而海傾"、"足縈虹蜺,目耀日月。連軒遝拖,揮霍翕忽。噴氣則六合生雲,灑毛則千里飛雪"等詞語中見到,符合了滄浪的"以識為主,極致入神"的話語。

以上所論還只是太白關於"道家"的習作,當行本色,風貌不殊。至於釋氏的,則更加參悟獨到,頂禮膜拜,從佛理中獲得其"三昧"了。他甚至把締造佛家的始祖釋迦牟尼,看得比哪一家"先人"都神聖。如《崇明寺佛頂尊勝陀羅尼幢頌》曰:

> 共工不觸山,媧皇不補天,其洪波汩汩流,伯禹不治水,萬人其魚乎! 禮樂大壞,仲尼不作,王道其昏乎! 而有功包陰陽,力掩造化,首出眾聖,卓稱大雄。彼三者之不足征矣! 粵有我西方金仙之垂範,覺曠劫之大夢,碎群愚之重昏,寂然不動,湛而常存。使苦海靜滔天之波,疑山滅炎崑之火,囊括天地,置之清涼。日月或墜,神通自在,不其偉歟! (《太白全集》)

苦海靜波,疑山滅炎,我佛乃大羅金仙、眾聖之首,這是普通的推崇嗎?
《金銀泥畫西方淨土變相贊》又說:

> 我聞金天之西,日沒之所,去中華十萬億剎,有極樂世界
> 焉。彼國之佛,身長六十萬億恆沙由旬,眉間白毫,向右宛轉
> 如五須彌山,目光清白若四海水。端坐說法,湛然常存。沼
> 明金沙,岸列珍樹。欄楯彌覆,羅網周張。車渠琉璃,為樓殿
> 之飾;頗黎瑪瑙,耀階砌之榮。皆諸佛所證,無虛言者。(同
> 上)

這是太白把《佛說阿彌陀經》中所演述的佛國佛相拿來簡化於自己的
文字裏了。末後之讚語與此相似:"以此功德海,冥祐為舟梁。八十一
(億)劫罪,如風掃輕霜。庶觀無量壽,長願玉毫光。"不過又涵泳了
《觀無量壽佛經》的義旨而已。太白對於釋氏的"心學",確有較深的
體會。例如他說:"至人之心,如鏡中影。揮斥萬變,動不離靜。彼質
我斤,揮風是騁。了物無二,皆為匠郢。"(《李居士贊》)又說:"海英嶽
靈,誕彼開士。了身皆空,觀月在水。如薪傳火,朗徹生死。如雲開
天,廓然萬里。寂滅為樂,江海而閒。逆旅形內,虛舟世間。邈彼崑
閬,誰云可攀?"(《魯郡葉和尚贊》)如此等等,不也正與滄浪的獨任性
靈專主妙遠的情調後先一致嗎?

這就不怪為什麼滄浪要把李詩作為"正法眼""第一義"的代表作
了。因為比較起來,太白著作確是不發議論,不落言筌,玲瓏剔透,妙
趣橫生的。此前,司空圖引戴容州叔倫的話說:"詩家之景,如藍田日
暖,良玉生煙,可望而不可置於眉睫之前也。"表聖更引申之曰:"象外
之象,景外之景,豈容易可談哉?"(《司空圖文集·與極浦書》)又《與

李生論詩書》云:"古今之喻多矣,而愚以為辨於味,而後可以言詩也","近而不浮,遠而不盡,然後可以言韻外之致耳"。結語則為:"蓋絕句之作,本於詣極,此外千變萬狀,不知所以神而自神也,豈容易哉","倘復以全美為上,即知味外之旨矣"。(同上)

按此乃司空圖從作者的角度上看,提示我們,必須"以格自持"千錘百煉,才能"不著一字,盡得風流"(亦表聖語),妙語超脫,清音獨遠。同時也未嘗不是從讀者的角度上看,告誡我們,應該需視韻味留有餘地,使之宛轉回蕩一唱三歎,所謂餘音繞梁、味在酸咸之外者是。這已是在探索藝術的特徵了,有無相生,虛實為用,發抒性靈,妙生思理,嚴滄浪亦何嘗外是? 所以他們才能絕塵而馳,清音獨遠,有類於今日之形象思維、浪漫筆法的。自然,在滄浪當時還有一個救時之弊的作用。

趙宋諸家之詩多法唐人,而道學家又往往重在以理氣入散文,就是說很少韻味,自由成章,還有出之笑罵譏誚,有失溫柔敦厚之道的。雖大作者如東坡、山谷,猶未能免。道學家詩如程顥之《春日偶成》云:"雲淡風輕近午天,傍花隨柳過前川。時人不識余心樂,將謂偷閒學少年。"(《二程全書》)有類於韓愈的筆法。東坡則學劉禹錫,好以時事為譏誚,亦多怨刺。(語見《後山詩話》)戴復古則言:"時把文章供戲謔,不知此體誤人多。"(《論詩十絕》)蘇詩如"崎嶇真可笑,我是小乘僧"、"相逢莫相問,我不記吾誰"、"儒墨起相殺,予初本無言"(俱《定慧欽長老見寄八首》中句)之類,起碼是好發議論,藝術性不強吧。

滄浪有見於此,才反對"以文字為詩,以議論為詩,以才學為詩"(《滄浪詩話·詩辨》)的,並貶斥山谷之詩為"聲聞、辟支"之"小乘"(僅求獨覺、自度,懂得誦經、聽法之注。難比普度眾生的菩薩"大乘")與"江湖詩人"(跡同書賈陳起刊售之《江湖集》中人)為伍了。其事雖不儘然,亦矯枉者必過其正之類了。滄浪這種飄逸神駿偏重韻味的藝術觀點,從影響上講確是源遠流長的。邵武本邑的上官偉長、吳夢易、朱叔大、黃裳、吳陵等人之繼承發揚其宗派不必說了。即以明清兩代而論,"七子"之學、阮亭的"神韻"、袁枚的"性靈",又何嘗不是滄浪的流風遺韻呢? 爰為之贊曰:

> 以禪論詩,滄浪妙用。取證青蓮,藝術首重。是正法眼,
> 色空相應。源遠流長,斯為大乘。

八五年初秋於古城保定

關漢卿戲曲藝術特色及其思想

一

元代的統治是建築在強大的武力上的,蒙古的王公貴族拼命掠奪人民的財貨土地,把老百姓分為蒙古、色目(西域、歐洲各藩屬人)、江(遼、金囚人及其就近控制的華北人)、南(原屬南宋治下的漢人)四類,地方官吏多由蒙古和色目人擔任,而參之以漢人。對於文化的建設與發展,也很少有人過問,完全是遊牧民族的氣息。一般讀書人多數變為社會上卑賤無用的人了,鄭思肖說:"轄法:一官、二吏、三僧、四道、五醫、六工、七獵、八民、九儒、十丐,各有所統轄。"(《大義略序》)謝枋得也說:"我大元制典,人有十等,一官、二吏。先之者,貴之也;貴之者,謂有益於國也。七匠、八娼、九儒、十丐,後之者,賤之也;賤之者,謂無益於國也。嗟乎卑哉!介乎娼之下、丐之上者,今之儒也。"(《送方伯載歸三山序》)可見當日蒙古統治者鄙視書生的一般情況了。

據《元史·選舉志》和諸帝《本紀》所載:世祖(忽必烈)初年,"士無入仕之階,或習刀筆以為吏胥,或執僕役以事官僚,或作技巧販鬻以為工匠商賈。"直至成宗鐵穆耳時,猶"仕進有多歧,銓衡無定制","天下習儒者少,而由刀筆吏得官者多",蓋科舉制度迄未定立下來。不知晉叔"元以曲取士,設十有二科"之言,何所依據?倒是它的戲曲,由於城市經濟的逐漸發展,農業手工業得到了恢復,海上陸上的交通暢通,使著當時中國的幾個大城市，如北方的大都、汴梁，南方的杭州，市場興旺，人物繁庶，居民的文娛活動必然相應地開展起來。這就為戲曲的產生與興盛，創造了條件。同時由於廢止科舉，許多知識分子在政治上失所憑依，社會地位大大降落，他們為了生活，不得不改變職業另謀出路，和那些來自社會底層的說唱表演的優伶合作，寫點兒唱本，編點兒戲劇，交流經驗，研究技藝，共同提高，以求暢達。有時還粉墨登場參加演出，成為編、導、演的全面人才。關漢卿便是此中的佼佼者、代表人物。

二

關漢卿的名字不見《元史》，只元人鍾嗣成的《錄鬼簿》說他是大都（即今之北京市）人，太醫院尹（據一說為院戶，非必行醫，醫生的子孫亦可隸屬，能免差役），號已齋叟（一作一齋），大約生於 1234 年（金亡以前），卒於 1297 年（元成宗大德初年）。他生不逢時，一世潦倒，惟其如此，所以在當日為人輕賤的戲曲上，大有造詣，成為名家。《永樂大典·析津志》說他：“生而倜儻，博學能文，滑稽多智，蘊藉風流，為一時之冠。”明人臧晉叔《元曲選序二》也說他“躬踐排場，面敷粉墨，以為我家生活，偶倡優而不辭”。漢卿自己也說：“通五音六律”，“我也會吟詩，會篆籀，會彈絲，會品竹；我也會唱鷓鴣，舞垂手，會打圍，會蹴鞠，會圍棋，會雙陸。”（《南呂·一枝花·不伏老》）看來，他真是多才多藝，此中的能手了。現在讓我們先分析一下他的散曲。

三

曲本來自民間，傳唱於歌女之口，以其多為“下里巴人”之作，故不見重於文人而散佚者多。近經任訥的鉤沉整理,尚可考見 227 人(見他所編的《散曲叢刊》),其在元代統一中國不久的時代(約在公元 1300 左右)裏的早期作品,包括關漢卿的散曲在內:口語連綿,通俗曉暢,音調鏗鏘,搖曳多姿,尤為可貴。如他的小令《雙調·大德歌·冬景》描繪冬天的自然景色的:

> 雪粉華,舞梨花,再不見煙村四五家。密灑堪圖畫,看疏林噪晚鴉。芳蘆掩映清江下,斜攬著釣魚槎。

此曲寫景如畫,幾可與馬致遠的《越調·天淨沙·秋思》媲美。而某些"丹青"之筆,特別是三、四句及結語,又似脫胎於唐人柳宗元五言絕句《江雪》的。又如《雙調·沉醉東風·送別》:

> 咫尺的天南地北,霎時間月缺花飛。手執著餞行杯,眼閣著別離淚,剛道得聲"保重將息",痛煞煞教人捨不得,"好去者望前程萬里"。

"人生自古傷離別",自來"悲莫悲兮生別離"、"黯然銷魂者,唯別而已矣"。從柳永的《雨霖鈴》句上溯到屈原的《九歌·少司命》句,以及江淹的《別賦》句,其所從來遠矣,而都惆悵無際、恨恨不已。這裏卻結以祝福前程,便見其繼承發展、別有會心之處。

自然,漢卿的傑作還在於他的"談情說愛,男女關係"上的與眾不同,如:

> 自送別,心難舍,一點相思幾時絕,憑欄袖拂楊花雪。溪又斜,山又遮,人去也。(《四塊玉·別情》)

纏綿悱惻，戀戀難舍，情真意切，動人肺腑，這便非同泛泛了。又如"相思"的：

> 俏冤家，在天涯，偏那裏綠楊堪繫馬？因坐南窗下，教對清風想念他。蛾眉淡了教誰畫？瘦巖巖羞戴石榴花。（《大德歌》）

按"大德"是元成宗的年號，元人楊朝英說關漢卿共作了十首，有"吹一個，彈一個，唱新行《大德歌》"的話。（見楊著《陽春白雪》）此亦當時的風尚使然，未可遽以"靡靡之音"視。再如下面一首談"私會"的：

> 碧紗窗外靜無人，跪在牀前忙要親。罵了個負心回轉身。雖是我話兒嗔，一半兒推辭一半兒肯。（《一半兒·題情》）

這當然是"豔詞褻語"，不可學樣，但作者如果沒有這種生活經驗，是不可能赤裸裸地刻畫出來的。因為他把女人心理活動的形態，深刻而又細膩地作了素描。也有與此同工的套數，如《雙調·新水令》：

> 楚臺雲雨會巫峽，赴昨宵約來佳期話。樓頭棲燕子，庭院已聞鴉，料想它家，收針指晚妝罷。
> 【喬牌兒】款將花徑踏，獨立在紗窗下。顫欽欽把不定心頭怕，不敢將小名呼咱，則索等候它。
> 【雁兒落】怕別人瞧見咱，掩映在酴醾架。等多時不見

來,則索獨立在花陰下。

【掛搭鉤】等候多時不見它,這的是約下佳期話! 莫不是貪睡人兒忘了那? 伏蒙在藍橋下。意懊惱卻待將它罵,聽得呀的門開,驀見如花。

【七弟兄】我這裏覓它,喚它,哎,女孩兒果然道色膽天來大。懷兒裏摟抱著俏冤家,搵香腮悄語低低話。

【尾】整烏雲欲把金蓮屧,紐回身再說些兒話:你明夜個早些兒來,我專聽著紗窗外芭蕉葉兒上打。

口語、對話,情真意切,音節宛轉自然,也使用的是白描的手法。這都是因為作者自己"浪子風流,憑著我折柳攀花手,直熬得花殘柳敗休。半生來折柳攀花,一世裏眠花臥柳"(《南呂·一枝花》),他甚至自稱:

我是個普天下郎君領袖,蓋世界浪子班頭。願朱顏不改常依舊。花中消遣,酒內忘憂;分茶攧竹,打馬藏鬮,通五音六律滑熟,甚閒愁到我心頭? 伴的是銀箏女、銀臺前、理銀箏、笑倚銀屏,伴的是玉天仙、攜玉手、並玉肩、同登玉樓,伴的是金釵客、歌金縷、捧金樽、滿泛金甌。你道我老也,暫休,占排場風月功名首,更玲瓏又剔透。我是個錦陣花營都帥頭,曾玩府遊州。

眠花宿柳,任意風流,膽大氣粗,不管不顧。這裏面實在有一股子對抗貴族統治者的蠻勁:怒極而吼,誇張藻飾。他們殘視知識分子麼,非必作者醉心於糜爛生活也。至於詞調之縱橫跌宕,文字之雋永清新,亦非漢卿不能有此。再說結語之"玩府遊州",此以作者到過杭州,

《南呂·一枝花·杭州景》因而寫其景色云：

> 普天下錦繡鄉，寰海內風流地。大元朝新附國，亡宋家舊華夷。水秀山奇，一到處堪遊戲。這答兒忒富貴，滿城中繡幕風簾，一哄地人煙湊集。
>
> 【梁州】百十里街衢整齊，萬餘家樓合參差，並無半答兒閒田地。松軒竹徑，藥圃花蹊，茶園稻陌，竹塢梅溪。一陀兒一句詩題，行一步扇面屏幃。西鹽場便似一帶瓊瑤，吳山色千迭翡翠，兀良、望錢塘江萬頃玻璃。更有清溪、綠水，畫船兒來往閒遊戲。浙江亭緊相對，相對著險嶺高峰長怪石，堪羨堪題。
>
> 【尾】家家掩映渠流水，樓閣崢嶸出翠微。遙望西湖暮山勢，看了這壁，覷了那壁，縱有丹青下不得筆。

從一個北方作者的眼裏，乍覩杭州江山之美，市場之盛，那是會歎為觀止的。而興亡之感，南北不同的景象，也充分地綻露於字裏行間。其結構緊湊、一氣呵成，音聲爽朗、賞心悅耳之處，誰說不是絕妙好詞？

我們說關漢卿是敢於鬥爭(不滿現狀，反抗壓迫)、敢於勝利(戲曲名手，傳頌後人)的，因為他飽經滄桑、受盡欺凌，而且自己描述得很像：

> 我是個經籠罩、受索網、蒼翎毛老、野雞蹺蹺的陣馬兒熟。經了些窩弓冷箭鐵槍頭，不曾落人後。恰不道“人到中年萬事休”，我怎肯虛度了春秋？
>
> 我是個蒸不爛、煮不熟、錘不扁、炒不爆、響噹噹一粒銅碗豆。

你便是落了我牙,歪了我嘴,瘸了我腿,折了我手,天賜與我這幾般兒歹症候,尚兀自不肯休。(《一枝花·不伏老》)

漢卿的態度已經堅強到起誓發願了,他最後說:"則除是閻王親自喚,神鬼自來勾,三魂歸地府,七魄喪冥幽,天哪!那其間才不向煙花路兒上走。"(同上,《尾》)

原來漢卿也是個特能愛戀的人,他同當時同在大都活動的著名戲曲女演員朱簾秀過從甚密,感情忒好。漢卿寫作的《望江亭》《救風塵》,都由簾秀主演,可以想見兩人合作得親密無間,甚為相得。雖然後來由於簾秀被逼嫁給了一個道士,漢卿依舊念念不忘,掛肚牽腸。如《套數·南呂·一枝花·贈朱簾秀》云:

輕裁蝦萬須,巧織珠千串;金鉤光錯落,繡帶舞蹁躚。似霧非煙,妝點就深閨院,不許那等閒人取次展。搖四壁翡翠濃陰,射萬瓦琉璃色淺。

【梁州】富貴似侯家紫帳,風流如謝府紅蓮,鎖春愁不放雙飛燕。綺窗相近,翠戶相連,雕櫳相映,繡幕相牽。拂苔痕滿砌榆錢,惹楊花飛點如綿。愁的是抹回廊暮雨蕭蕭,恨的是篩曲檻西風剪剪,愛的是透長門夜月娟娟。凌波殿前,碧玲瓏掩映湘妃面,沒福怎能夠見?十里揚州風物妍,出落著神仙。

【尾】恰便似一池秋水通宵展,一片朝雲盡日懸。爾個守戶的先生肯相戀,煞是可憐,則要你手掌兒裏奇擎著耐心兒卷。

　　夏庭芝《青樓記》說朱簾秀："雜劇為當今獨步，駕頭、花旦、軟末泥等，悉造其妙。"一導一演，耳鬢廝磨，那有不發生愛戀之理？

　　套曲把朱簾秀誇飾得色藝雙全、天仙化人，作者自己對之有愁有愛有恨的複雜心情也一泄無餘了："不許那等閒人取次展"、"沒福怎能夠見"、"你個守戶的先生肯相戀，煞是可憐"，使人聞之撕肝裂膽，血淚交並，也不是一般的作者能夠傾訴出來的。即說《雙漸蘇卿》那首小令吧：書生雙漸與合肥妓女小卿相戀，雙漸汴京應試，茶商馮魁以巨金把小卿贖購而去，船過鎮江金山寺，小卿趁馮魁酒醉熟，題詩寺壁。其後雙漸得了功名亦南歸過此，見了小卿之詩急遽追趕，遇著順風，終於奪回小卿。這本是宋元間民間流行的一個故事，漢卿有感而發，自恨未能如雙漸也。曲云：

　　　　綠楊堤，畫船兒，正撞著一帆風趕上水。馮魁吃的醺醺醉，怎想著金山寺壁上詩？醒來不見多姝麗，冷清清空載月明歸。

<h2 style="text-align:center">四</h2>

　　元代雜劇可以說是由宋、金以來的市民文學（說說唱唱，伴以動作）發展而來的，那時就常用多種腔調演唱一個故事，如傀儡戲、皮影、大曲、院本之充分表演。久而久之，便結合起來產生了新的戲曲形式——元代雜劇。

　　這雜劇仍是以唱（歌曲）為主，唱詞由一宮調的套曲組成，由尾入韻，配以科白。整出結構一般分為四折（前後銜接的四個段落），劇前或摺子之間，分別情況加以"楔子"（交待角色，說明劇情，長短繁簡不一),詞曲慣用一個演員主唱(男稱"正末",女稱"正旦")。它的題材是十分廣泛的,據元末鍾嗣成的《錄鬼簿》和明初朱權的《太和正音譜》所載,凡作者五六十人,雜劇三百五十餘出,名家多隸籍大都(計十六人),亦有真定、保定、涿州的,山東則濟南、東平、益都,山西太原、平陽,河南洛陽等地間亦有人,可惜絕大多數都不曾流傳下來,只存劇碼了。即以關漢卿為例吧,名義上說他有雜劇五十八出,而傳今者僅有《玉鏡臺》《謝天香》《金綠池》《竇娥冤》《魯齋郎》《救風塵》《蝴蝶夢》《望江亭》(以上見《元曲選》)、《西蜀夢》《拜月亭》《單刀會》《調風月》(以上見《元刊雜劇三十種》)及《續西廂》(附於王實甫的《西廂記》後)等十三種而已。然已"公案戲""胭脂戲""英雄戲"各有千秋,影響深遠,足為吾人研討借鑒之用了。下面讓我們重點地談談他的"公案戲"和"胭脂戲"(主要是關於"藝妓"的)。

五

關漢卿雜劇的語言特色及其藝術成就在於他所刻畫的劇中人物,都是翎栩如生、富有個性的,尤其是來自社會底層,遭受封建統治階級各式各樣的壓迫和凌辱的婦女,如:妓女趙盼兒(《救風塵》)、杜蕊娘(《金綫池》)、謝天香(《謝天香》),童養媳竇娥(《竇娥冤》),再嫁的寡婦譚記兒(《望江亭》)等,無不給人留下深刻的印象。因為作者懷著極大的熱情,描寫了她們的悲愁苦難的生活境遇,和她們種種的善良、聰明、堅韌、潑賴的性格,讚美了她們敢於鬥爭、敢於勝利的精神。另一方面,揭發與批判了壓迫者的卑鄙嘴臉,如昏官楚州太守桃杌、皇親葛彪、豪強魯齋郎、權貴楊衙內、惡棍張驢兒等。他們多數是魚肉人民、橫行鄉里、貪財好色、殘暴成性的蟊賊,理宜口誅筆伐、置之死地。作者筆下的藝術特點,即在於愛恨分明,揭發暴露,以古諷今,耳提面命。對溫嶠、柳永、包拯一類的士人書生，惟恐其生活不美滿，為官不清正。寓浪漫思想於批判現實的手法之中，把人物搬上舞臺，有說有唱，聳動聽聞，使人樂見，繼承發展，影響深遠。亦以其語言白話通俗，來自民間，直率爽朗，清新悅耳，充分體現了北方人民樸實自然、意境高遠的情調。即在文字的結構與運用上，也極其靈活自如，長短參互，從一、二字到五、七字，還常加"襯"字，使用重言，務期其炳炳烺烺。

六

"公案戲"多數是演唱"清官"除暴安良、為民作主的，但是劇情不一，角色各異。即如漢卿塑造的"包龍圖"吧，即很平常，不像後來《包公案》裏的包拯，愛民如子，嚴肅神明，在他衙門裏也"冷巉巉無人救，眼睜睜活受苦"，"公人如狼似虎，相公又生嗔發怒。休說麻槌腦箍，六問三推，不住勘問，有甚數目，打的渾身血污"。（《蝴蝶夢》第二折《鬥蝦蟆》，被告王婆婆唱。）他的衙役們"張千""李萬"只是一般的"祇侯"，同樣勒索犯人，"手執無情棒，懷揣滴淚錢"，"燈油錢也無，冤苦錢也無。俺吃著死囚的衣飯，有鈔將些來使"（同上，第三折，科白楔子）。也不見忠誠的王朝、馬漢、張龍、趙虎。

自然，這位"包龍圖"，基於府尹大堂上"蝴蝶夢"的啟發：三個蝴蝶觸入蛛網，大的、二的得到拯救，而小的無人理睬，以反映王婆婆疼愛非親生的長、二兩子，而使三兒抵命葛彪的義舉。結局是包龍圖以盆吊盜馬賊替救了王石和，認為皇親葛彪死有餘辜，王婆婆表封為賢德夫人，三個兒子金和、鐵和、石和都獲贈賞。

值得提出的是作者關漢卿的巧思，從《莊子·齊物論》之"莊周夢為胡蝶，栩栩然蝶也。……俄而覺，又蘧蘧然周也"的"物我同化論"，一變而為府尹大堂上的"蝴蝶夢"，以神益於辦案救人，為並時或此後的《黃粱夢》(馬致遠)和明代湯顯祖的"臨川四夢"(《還魂》《邯鄲》《南柯》和《紫釵》)等作了"先行",為之濫觴。

也是包龍圖傑作的《智斬魯齋郎》,同為人們熟悉的"公案戲"。欺壓官府,奪拿人妻的權豪魯齋郎,強佔了張孔目珪、李四銀匠(兩人還是郎舅)的妻室,使著他們失落了兒女,走投無路,出家偷生。可巧的是兩家的兒女都被包龍圖收養到了,並且教育成人,男的還中舉會試得了功名。十五年後,這個作惡多端的罪魁魯齋郎被包龍圖巧易為"魚齊即",說他作惡多端,強佔人妻,請聖主判了斬字,瞞天過海,抽梁換柱,而是所謂"智斬",亦可見權豪勢要之難除。作者如非心有所苦,對當日的貴族統治者的橫行霸道深惡痛絕,何必如此耗費精力?而此後《包公案》之愈出愈奇,使人樂見,有自來矣!

七

《救風塵》的故事並不是足以聳動聽聞的,但劇中的主角正旦趙盼兒,以一個妓女,竟能捨己救人,巧鬥"皇親",從周舍的手中要出了宋引章的休書,讓她跟書生安秀實完成花燭,最後叫這個"心狠毒""家豪富"的壞蛋,挨了六十大棍,與民一起當差,受到了應得的懲罰。這劇情的本身,就反映了作者嫉惡如仇、同情人民的正義心理、高貴品格,可謂獨出心裁不與人同之作。而趙盼兒形象的閃閃發光、促人深省,鄭州守李公弼的不畏權勢和為民除害的形象,也自然就使人喜聞樂見,昭昭然留至今了。

為妓女辦案,使原告敗訴,趙盼兒說:"宋引章有親夫,他強佔作妻室,淫亂心情歹,凶頑膽氣粗,無徒,到處裹胡為做。現放著休書,望恩官明鑒取。"(第四折《得勝令》)於是被告趙盼兒、宋引章取得了勝利。

書生(安秀才)、妓女(上廳行首趙盼兒)二位一體,充分合作。安秀實反訴："我安秀實聘下宋引章,被鄭州周舍強奪為妻,乞大人做主咱。"（同上,楔子）趙盼兒則唱："他幼年間便習儒,腹隱著九經書,又是俺共里同村一處居,接受了釵環財物,明是個良人婦。"（同上,《沽美酒》）

珠聯璧合,真夠得上是"神聖同盟"！其結果自然是"得勝還朝",也適合當時的社會風俗與身分,故劇碼正名曰："安秀才花柳成花燭,趙盼兒風月救風塵。"

《竇娥冤》（後亦名《斬竇娥》《六月雪》）是至今有名的悲劇,這齣戲有下列幾個特點:

①昏官楚州太守桃杌草菅人命,說言："人是賤蟲,不打不招承。"直打的竇娥"血肉橫飛",受刑不過,屈招毒死了張驢兒的父親。（第二折）

②竇娥怒氣衝天地唱道："為善的受貧受窮更命短,造惡的享富貴又壽延。天地也,做得個怕硬欺軟,卻原來也這般順水推船。地也,你不分好歹何為地? 天也,你錯勘賢愚枉做天！唉! 只落得兩淚漣漣。"（第三折《滾繡球》）。

③血濺丈二白練、六月飛雪和楚州大旱三年這三種宏誓大願,都於竇娥冤死後實現,是作者精心安排的浪漫思想的體現。

④竇天章作為廉訪使,給自己冤死已經三年的親生女兒昭雪平反,得未曾有。

⑤魂旦竇娥給父親托夢訴冤,是為"鬼戲"開為端。如她唱道:

> 我每日哭啼啼守住望鄉臺,急煎煎把仇人等待,慢騰騰昏地裏走,足律律旋風中來,則被這霧鎖雲埋,攛掇的鬼魂快。（第四折,《雙調新水令》）
>
> 呀! 今日個搭伏定攝魂臺,一靈兒怨哀哀。父親也,你

現掌著刑名事,親蒙聖主差,端詳這文冊,那亂綱常,當合敗,便萬剮了喬才,還道報冤仇不暢懷。(同上,《得勝令》)

當然,此戲最高貴的角色,還是竇娥的孝義當先,代婆婆受刑,而寧死不屈,絕不改嫁張驢兒,甚至魂鬥到底,必致罪人伏法。雖此後《紅梅閣》之李慧娘、《烏龍院》之閻婆惜不及也。

八

《望江亭》的一段公案,又是獨具特色的。再嫁的寡婦譚記兒為了維護自己的幸福生活,挺身而出,假扮漁婦,在望江亭邊巧取了楊衙內要危害她和她的丈夫潭州太守白士中的勢劍金牌,使衙內俯首貼耳,一敗塗地。

這個承辦官喚作李秉中(巡撫湖南都御史),他的活兒倒很簡易:根據案情,作了判詞,說:

> 楊衙內倚勢挾權,害良民罪已多年。又興心奪人妻妾,敢妄奏聖主之前。譚記兒天生智慧,賺金牌親上漁船。奉勅書差咱體訪,為人間理枉伸冤。將衙內問成雜犯,杖八十削職歸田。白士中照舊供職,賜夫妻偕老團圓。(第四折結尾楔子)

這主要的活兒雖然是譚記兒幹的,可是楊衙內朝中勢大,沒有新的上命解決不了問題。所以在此之前,正旦記兒依舊要呼天說:"呀!只除非天見憐,奈天天又遠。今日個幸對清官,明鏡高懸。似他這強奪人妻,公違律典。既然是體察端的,怎生發遣?"(第四折《麽篇》)直

到宣判完了,她才滿意地唱道:

> 雖然道今世裏的夫妻,夙世的緣,畢竟是誰方便。從此
> 無別離,百事長如願。這多謝你個賽龍圖恩不淺。(同上,
> 《清江引》)

此戲亦是借古(北宋)諷今,突出之處在於作者美化寡婦說譚記兒是
"佳人領袖,美女斑頭,世上無雙,人間罕比"(第二折楔子),並且讚揚
她的"聰明智慧",謳歌她的"再嫁"。

<h2 style="text-align:center">九</h2>

作者是最能通過劇中人物的表演,把曲藝專業鄭重宣揚的。如
《謝天香》裏錢可之考驗天香:

> 錢大尹云:"張千,將酒來,我吃一杯,教謝天香唱一曲調
> 咱。"正旦云:"告宮調。"錢大尹云:"商角調。"正旦云:"告曲
> 子名。"錢大尹云:"定風波。"正旦唱:"自春來慘綠愁紅,芳
> 心事事……"(張咳嗽科)正旦改云"已已"。錢大尹云:"聰
> 明強毅謂之才,正直中和謂之性。老夫著他唱'自春來慘綠
> 愁,紅芳心事事可可'。她若唱出'可可'二字來,便是誤犯
> 俺大官諱字,我扣廳責她四十。聽得張千咳嗽了一聲,她把
> '可可'二字改為'已已'。哦,這'可'字是歌戈韻,'已'字是
> 齊微韻。兀那謝天香,我跟前有古本,你若是失了韻腳,差了
> 平仄,亂了宮商,扣廳責你四十。則依著齊微韻唱,唱的差了
> 呵,張千,準備下大棒子者。"正旦唱云:"自春來慘綠愁紅,芳

心事事已已。日上花梢,鶯喧柳帶,猶壓繡衾睡。曖酥消,膩雲鬢,終日厭厭倦梳洗。無奈薄情一去,音書無寄。早知恁的,悔當初不把雕鞍繫。向雞窗,收拾蠻箋箋象管,拘束教吟味。鎮日相隨莫拋棄,針綫拈來共伊對,和你免使少年光陰虛費。"大尹云:"嗨,可知柳耆卿愛她哩。老夫見了呵,不由的也動情。"(《謝天香》第二折楔子)

從這一段"楔子"裏,我們起碼可以看出它不但有"科白",而且有詩、詞、曲,同時更證明作者賦予正旦謝天香的曲調是"中原音韻"的。天香後來在唱詞裏還呼應著說:"不問我舞旋,只著我歌謳","把商角調填詞韻腳搜,唱到'慘綠愁紅,事事可可',一時禁口"。(同上第四折《哨遍》)"相公諱字都全有,我將別韻兒輕輕換偷。"(同上《耍孩兒》)

孰能生巧,會者不難,而錢大尹之咄咄逼人,謝天香的小心承受等形象也就躍然紙上了。此外如說唱中的頂針續麻、順口插科、妙語連珠、絲絲入扣一類的功夫,在關漢卿的創作裏,都有程度不同的交待。所以我們才稱道他是"行家裏手""曲子狀元"。《金綫池》的主角杜蕊娘就說麼:

或是曲兒中唱幾個花名,詩句裏包籠著尾聲。續麻道字針針頂,正題目當筵合笙。(《金綫池》第三折《醉高歌》)

十

同情被侮辱與被損害的妓女,是她們的知己,最熟悉她們的生活,

同情她們的心理。例如見於《救風塵》的幾支曲子,出於趙盼兒(正旦,能夠肝膽照人的一個女生)之口的:

妓女追陪,覓錢一世,臨收計,怎做的百縱千隨,知重咱風流媚。(一折《仙呂點絳唇》)

姻緣薄全憑我共你,誰不待揀個稱意的?她們都揀來揀去百千回。待嫁一個老實的,又怕盡世兒難成對。待嫁一個聰俊的,又怕半路裏輕拋棄。遮莫向狗溺處藏,遮莫向牛屎裏堆,忽地便吃了一個合撲地,那時節睜著眼怨他誰?(同上《油葫蘆》)

我想這先嫁的還不曾過幾日,早折的容也波儀瘦似鬼。只教你難分說,難告訴,空淚垂。我看了些覓前程俏女娘,見了些鐵心腸男子輩,便一生裏孤眠。我也直甚頹。(同上《天下樂》)

待裝個老實,學三從四德。爭奈是匪妓,都三心二意。端的是那裏是三梢末尾,俺雖居在柳陌中、花街內,可是那件兒便宜。(同上《那吒令》)

她每有人愛為娼妓,有人愛作次妻。幹家的乾落得淘閒氣,買虛的看取些羊羔利,嫁人的早中了拖刀計。她正是南頭做了北頭開,東行不見西行例。(同上《寄生草》)

你道這子弟情腸甜似蜜,但娶到他家裏,多無半載周年相棄擲,早努牙突嘴,拳椎腳踢,打的你哭啼啼。(同上《勝胡蘆》)

這可以說,從她們的賣笑生涯,到擇人而事(從良以後),很少被當做人看待的。惟有作者提高了她們的社會地位,讓她們與士人為伍,作知識分子熱愛的對象。如《金綫池》裏韓輔臣之與杜蕊娘。韓說：
"一生花柳幸多緣，自有嫦娥愛少年"，"我須是讀書人淩雲豪氣，偏遇
這潑虔婆全無顧忌"。（第二折楔子）杜說："好姐姐幾時得脫離了舞
榭歌樓，不是我出乖弄醜，從良棄賤，我命裏有終須有。"（同上，《梁
州》）再看下面的一段對話：

　　咱本是潑賤倡優，怎嫁得你俊肖儒流？（韓輔臣云：這是
有盟約在前的。）正旦唱：把枕畔盟，花下約，成虛謬。（韓輔
臣云：我出你家門也只得半個多月，怎便見得虛謬了那？）正
旦唱：你道是別匆匆無多半月，我覺的冷清清勝似三秋。（韓
輔臣跪科云：大姐，我韓輔臣不是了，我跪著你請罪罷。）正旦
不睬科云：那個要你跪！唱：越顯的你嘴兒甜，膝兒軟，情兒
厚。（同上，《感皇恩》）

　　試看，虔婆（還是親娘）作怪，趕出去的韓輔臣，卻使杜蕊娘發火，
可是越說越厚，這便是作者妙用。再瞧《謝天香》裏的謝天香和柳
耆卿：

　　柳詩云：本圖平步上青雲，直為紅顏滯此身。老天生我
多才思，風月場中肯讓人？小生姓柳名永，字耆卿，乃錢塘郡
人也。平生以花酒為念，好上花臺做子弟。不想遊學到此
處，與上廳行首謝天香作伴。小生想來，今年春榜動，選場
開，誤了一日又等三年。則今日辭了大姐，便索上京應舉去。
大姐，小生在此多蒙管待。小生若到京師闕下得了官呵，那
五花官誥，駟馬香車，你便是夫人縣君也。正旦云：耆卿，衣
服盤纏我都準備停當，你休為我誤了功名者。正旦唱：一曲

306

翻成和淚篇，最苦偏高離恨天，雙淚落君前。山長水遠，愁見
理行軒。

兩人的結合，也是作為"才子佳人"式的，非但色美婉戀而已。如
天香下面唱道：

　　　　講論詩詞，笑談街市，學難似，風裹揚絲，一世常如此。
（一折《仙呂·點絳唇》）
　　　　俺可也圖甚麼香名貫人耳。想當也波時，不三思。越聰
明，不能勾無外事。賣弄的有伎倆，賣弄的有豔姿，則落的臨
老來呼弟子。（同上，《天下樂》）

可以看出，這柳永又是假借宋人的。

十一

釋道二教自後漢以降，傳之中國千有餘年，甚為封建帝王所崇信。
元朝也不例外，開國之初，世祖即拜八思巴為國師、法王，並使之創制
蒙古新字（語韻之法，大要以諧聲為宗，幾千有餘字），則其重要可知。
道教亦然，開國皇帝成吉思汗已拜長春真人邱處機作為道長、國師，常
令隨軍參預戎機。處機每言欲一天下者，必在乎不嗜殺人。及問為治
之方，則對以敬天愛民為本。問長生久視之道，則告以清心寡欲為要。
元起朔方，實亦自然之勢。漢卿本一不得志之書生，其所創作豈有不
受影響之理？以故敬天信鬼，因果報應之說，時時流露於戲曲之中。
即看漢卿《不伏老》套數中的"閻王親自喚，神鬼自來勾。三魂歸地
府，七魄喪冥幽"（《尾》）和雜劇的《感天動地竇娥冤》及其"魂旦""鬼

戲""陽山""望鄉臺""輪回孽報"之言,很難替關漢卿否認他有釋、道兩家的思想。人窮則呼天,借神鬼以洩憤,並幻望來生幸福,這有什麼稀奇？何況他的主導思想還是儒家的,如講究"孝義"、謳歌"忠正"、侈談"九經"、醉心"科第"。但有一點卻是比較突出的:對於婦女的態度比較"解放",甚至提高妓女的社會地位,使與士人同伍,可做眷屬。總之,漢卿的精神是戰鬥的,對於現實是不滿的,而其操持的武器便是戲曲。承前啟後,古為今用,推陳出新,彪炳未已。"文章,經國之大業,不朽之盛事"(曹丕《典論·論文》),從韻文發展之跡象觀之:詩詞歌賦,此則是曲,雜劇且是綜合性的藝術,後來居上,誰曰不然？

九二年八一前夕於保定河北大學
一九九三年國際元曲討論會會議論文

關漢卿戲曲散論

元代雜劇可以說是由宋、金以來的市民文學(說說唱唱伴以動作)發展而來的。那時就常用多種宮調演唱一個故事,如傀儡戲、皮影、大曲、院本之充分表演,久而久之便結合起來產生了新的戲曲形式:元代雜劇。

這雜劇仍是以唱歌曲為主,唱詞由同一宮調的套曲組成,由尾入韻;配以科、白,整出結構一般分為四折,劇前或折子之間,分別情況加以"楔子"。全劇詞曲慣用一個演員主唱。據元末鍾嗣成的《録鬼簿》和明初朱權的《太和正音譜》所載,凡作者五六十人,雜劇350餘出,名家多隸籍大都(計16人)。關漢卿即大都人,有雜劇58出,而傳今者僅有《玉鏡臺》《謝天香》《金綫池》《寶娥冤》《魯齋郎》《救風塵》《蝴蝶夢》《望江亭》①、《西蜀夢》《拜月亭》《單刀會》《調風月》②及《續西廂》等13種而已。然以"公案戲""胭脂戲""英雄戲"各有千秋,影響深遠,足為吾人研討借鑒之用。下面讓我們重點地談談他的"公案戲"和"胭脂戲"(主要是關於"藝妓"的)。

關漢卿雜劇的藝術成就在於他所刻畫的劇中人物,都是栩栩如生富有個性的,尤其是來自社會底層遭受封建統治階級各式各樣的壓迫和凌辱的婦女,如妓女趙盼兒、杜蕊娘、謝天香,童養媳寶娥,再嫁的寡婦譚記兒等,無不給人留下深刻的印象。因為作者懷著極大的熱情,

---

① 以上見《元曲選》。
② 以上見《元刊雜劇三十種》。

描寫了她們的悲愁苦難的生活境遇和她們種種的善良、聰明、堅韌、潑辣的性格,讚美了她們敢於鬥爭敢於勝利的精神。另一方面,揭發與批判了壓迫者、殘害者的卑鄙嘴臉。如昏官楚州太守桃杌、皇親葛彪、豪強魯齋郎、權貴楊衙内、惡棍張驢兒等,他們多數是魚肉人民,橫行鄉里,貪財好色,殘暴成性的蟊賊,理宜口誅筆伐置之死地。作者劇作的藝術特點,即在於愛恨分明,揭發暴露,以古諷今。對溫嶠、柳永、包拯一類的士人書生,惟恐其生活不美滿,為官不清正。寓浪漫思想於批判的現實手法之中,把人物搬上舞臺,有說有唱,聳動聽聞,使人樂見,繼承發展,影響深遠。關劇的語言,白話通俗,來自民間,真率爽朗,清新悅耳,充分體現了北方人民樸實自然、意境高遠的情調。即在文字的結構與運用上,也極其靈活自如,長短參互,從一二字到五七字,還常加襯字,使用重言,務期其炳炳烺烺。

"公案戲"多數是演唱清官除暴安良為民作主的,但是劇情不一,角色各異,即如漢卿塑造的包龍圖吧,即很平常,不像後來《包公案》裏的包拯,愛民如子,嚴肅神明。在他的衙門裏也"靜巉巉無人救,眼睜睜活受苦","公人如狼似虎,相公又生嗔發怒。休說麻槌腦箍,六問三推,不住勘問,有甚數目,打的渾身血污"[①]。他的衙役張千、李萬只是一般的"祗候",同樣勒索犯人:"手執無情棒,懷揣滴淚錢","燈油錢也無,冤苦錢也無,俺吃著死囚的衣飯,有鈔將些來使。"[②]也不見忠誠的王朝、馬漢、張龍、李虎。

自然,這位包龍圖,基於府尹大堂上"蝴蝶夢"的啟發:三個蝴蝶觸入蛛網,大的二的得到拯救,而小的無人理睬,以反映王婆婆疼愛非親生的長、二兩子,而使三兒抵命葛彪的義舉。結局是包龍圖盆吊盜馬

---

① 《蝴蝶夢》第二折《鬥蝦蟆》,第三折。
② 同上。

賊替救了王石和,認為皇親葛彪死有餘辜,王婆婆表封為賢德夫人,三個兒子金和、鐵合、石和都獲贈賞。

值得提出的是作者關漢卿的巧思,從《莊子·齊物論》之"莊周夢為蝴蝶,栩栩然蝶,俄而覺,又蘧蘧然周"的"物我同化論",一變而為府尹大堂上的"蝴蝶夢",以裨益於辦案救人,為同時或此後的《黃粱夢》和"臨川四夢"等作了先行,為之濫觴。

再如描寫包龍圖的傑作《魯齋郎》。欺壓官府、奪拿人妻的權豪魯齋郎,強佔了張孔目、李四銀匠的妻室,使得他們失落了兒女,走投無路,出家偷生。可巧的是兩家的兒女都被包龍圖收養到了,並且教育成人,男的還中舉會試得了功名。15年後,這個作惡多端的罪魁魯齋郎被包龍圖巧易為"魚齊即",說他作惡多端,強佔人妻,請聖主判了斬字。瞞天過海,抽梁換柱,而是所謂"智斬",亦可見權豪勢要之難除了。作者如非心有所苦,對當日的貴族統治者的橫行霸道深惡痛絕,何必如此耗費精力?

《救風塵》的故事並不是足以聳動聽聞的,但劇中的主角,正旦趙盼兒以一個妓女竟能捨己救人,巧鬥"權豪",從周舍的手中要出了宋引章的休書,讓她跟書生安秀實完成花燭,最後叫這個"心狠毒,家豪富"的壞蛋,"挨了六十大棍,與民一體當差",受到了應得的懲罰。這劇情的本身,就反映了作者疾惡如仇、同情人民的正義心理和高貴品格,可謂獨出心裁、不與人同之作。而趙盼兒形象的閃閃發光、促人深省,鄭州守李公弼的不畏權勢、為民除害的形象也自然就使人喜聞樂見,昭昭然留至今了。

在公堂上書生安秀實、妓女趙盼兒二位一體,充分合作。安秀實反訴:"我安秀實,聘下宋引章,被鄭州周舍強奪為妻,乞大人做主咱。"①趙盼兒則唱:"他幼年間便習儒,腹隱著九經書,又是俺共里同村一處居,接受了釵環財物,明是個良人婦。"②珠聯璧合,真夠得上是"神聖同盟",其結果自然是"得勝還朝",也適合當時的社會風氣與身份,故劇碼正名曰:安秀才花柳成花燭,趙盼兒風月救風塵。

《竇娥冤》是至今有名的悲劇。此戲最高貴的角色,是孝義當先的竇娥。她代婆婆受刑,而寧死不屈,絕不改嫁張驢兒,甚至魂鬥到底,必致罪人伏法,雖此後《紅梅閣》之李慧娘、《烏龍院》之閻婆惜不及也。

《望江亭》的一段公案,又是獨具特色的。再嫁的寡婦譚記兒為了維護自己的幸福生活,挺身而出,假扮漁婦,在望江亭邊巧取了楊衙內要危害她和她的丈夫潭州太守白士中的勢劍金牌,使楊衙內俯首貼耳,一敗塗地。

此案承辦官喚作李秉忠(巡撫湖南都御史),他的活兒倒很簡易,根據案情,作了判詞,說:"楊衙內倚勢挾權,害良民罪已多年,又興心奪人妻妾,敢妄奏聖主之前。譚記兒天生智慧,賺金牌親上漁船。奉敕書差咱體訪,為人間理枉申冤。將衙內問成雜犯,杖八十削職歸田。白士中照舊供職,賜夫妻偕老團圓。"③

這主要的活兒雖然是譚記兒幹的,可是楊衙內朝中勢大,沒有新的上命解決不了問題,所以在此之前,正旦譚記兒依舊要呼天說:"呀!只除非天見憐,奈天,天又遠。今日個幸對清官,明鏡高懸。似他這強奪人妻,公違律典,既然是體察,端的怎生發遣?"④直到宣判完了,她

---

① 《救風塵》第四折"楔子",第四折《沽美酒》。
② 同上。
③ 《望江亭》第四折《么篇》《清江引》,第二折楔子。
④ 同上。

才滿意地唱道："雖然道今世裏的夫妻夙世的緣，畢竟是誰方便，從此無別離，百事長如願，這多謝你個賽龍圖恩不淺。"①

此戲亦是借古諷今，突出之處在於作者美化寡婦，說譚記兒是"佳人領袖，美女班頭，世上無雙，人間罕比"②，並且讚揚她的聰明智慧，謳歌她的再嫁。

作者是最能通過劇中人物的表演，把曲藝專業鄭重宣揚的，如《謝天香》裏錢可之考驗天香：

> （錢大尹云）張千，將酒來，我吃一杯，教謝天香唱一曲調咱。（正旦云）告宮調。（錢大尹云）商角調。（正旦云）告曲子名。（錢大尹云）《定風波》。（正旦唱）自春來慘綠愁紅，芳心事事……（張咳嗽科）〔正旦改云〕已已。（錢大尹云）聰明強毅謂之才，正直中和謂之性。老夫著他唱"自春來慘綠愁紅，芳心事事可可"，他若唱出"可可"二字來，便是誤犯俺大官諱字，我扣廳責他四十，聽的張千咳嗽了一聲，他把"可可"二字改為"已已"。哦，這"可"字是歌戈韻，"已"字是齊微韻。兀那謝天香，我跟前有古本，你若是失了韻腳，差了平仄，亂了宮商，扣廳責你四十。則依著齊微韻唱，唱的差了呵。張千，準備下大棒子者！（正旦唱云）自春來慘綠愁紅，芳心事事已已。日上花梢，鶯喧柳帶，猶壓繡衾睡。暖酥消，膩雲鬢，終日懨懨倦梳洗。無奈，薄情一去，音書無寄！早知恁的，悔當初不把雕鞍繫。向雞窗收拾蠻箋象管，拘束教吟味。鎮日相隨莫拋棄，針線拈來共伊對，和你，免使少年光陰

---

① 《望江亭》第四折《么篇》《清江引》，第二折楔子。
② 同上。

虚費。(錢大尹云)嗨,可知柳耆卿愛他哩!老夫見了呵,不由的也動情。①

　　從這一段"楔子"裏,我們起碼可以看出它不但有科、白,而且有詩、詞、曲。天香後來在唱詞裏還呼應著說:"把商角調填詞韻腳搜,唱到'慘綠愁紅事事可可',一時禁口"②,"相公諱字都全有,我將別韻兒輕輕換偷"③。

　　熟能生巧,會者不難,而錢大尹之咄咄逼人,謝天香的小心承受等形象也就躍然紙上了。此外如說唱中的頂針續麻、順口插科、妙語連珠、絲絲入扣一類的工夫,在關漢卿的創作裏,都有程度不同的交待,所以我們才稱道他是"行家裏手""曲子狀元"。

　　(本文原載於首屆元曲國際研討會組委會編《首屆元曲國際研討會論文集》,河北教育出版社 1994 年 11 月第 1 版)

---

① 《謝天香》第二折、第四折《哨遍》《耍孩兒》。
② 同上。
③ 同上。

《水滸》散論

一、神道設教,欺騙人民,把宋江擺在上通於"天", 生來就是統治者的地位

列寧說:"僧侶、地主和資產階級都是假借上帝名義說話,為的是要求貫徹他們這些剝削者的利益。"《水滸》作者賦予宋江這個地主階級代表人物的特點也不例外。譬如說宋江是什麼"星主",還受有"天書"。梁山上百多個英雄,也都是"星宿","上帝"叫他們"下來去做""混世魔王"的。所以,如果只認為《水滸》一些鬼神的描寫,荒誕不經不值一顧,那就錯了。不是嗎?宋江按照"上帝"的意旨,完成接受招安及征服四寇的任務以後,是要"成神"的:重登"紫府"與上界的"霹靂天仙"趙匡胤(宋太祖)、"赤腳大仙"趙禎(宋仁宗),還有非同小可的大臣,作為"文曲星"的包拯(龍圖閣大學士)、"武曲星"的狄青(征西大元帥),後先媲"美"的"上界仙人"。這是從《水滸》一開篇就交代清楚了的事。得"道"的"魔主"可以成"仙",下界的"大仙"也是"聖君賢相",而這個"道"正是封建地主統治階級用以維護政權剝削和鎮壓廣大人民的正統思想、綱常名教。那麼,還有什麼可說的呢?天生的"星主"宋江混入梁山起義大軍隊伍之中,本來就是為了篡奪領導權去分裂和最終消滅梁山泊的起義大軍的。"百年魔怪舞翩躚!"北宋王朝覆滅的前夕,《水滸》作者不管願意與不願意,也只能有此說法。"千鈞棒"須由"金猴"奮起。""萬里埃"難談立時"澄清",這是歷史的

局限性嘛。道教、方士，大行其道，宣和年間宋徽宗自己不就號稱"道君皇帝"嗎？

至於宋江的醉心"忠義"、一意"招安"還可以從他對李逵的態度得到印證：

李逵，在梁山上是農民起義軍造反派的首領，對抗沒落的趙宋統治王朝最堅決的好漢。這是誰都承認的。因為他出生貧雇農，流落江湖被奴役於社會的下層，充當個地方監獄的"小牢子"，為人純樸好鬥，不懂得什麼叫做妥協。例如：大鬧江州，英雄小聚義於白龍廟時，跳將起來叫道："都去(上梁山)，但有不去的，吃我一斧，砍做兩截便罷。"上了梁山又說："我們許多軍馬便造反"、"殺去東京，奪了帝位"。這說明著，李逵從一開始就是個既反貪官又反皇帝，用自己的血肉跟剝削者們拼命到底的豪傑。這更可以從"菊花會"上宋江高唱"望天王降詔，早招安"的《滿江紅》詞時，李逵即是反對的，他叫道："招什麼鳥安！"(武松、魯智深、劉唐等也都是這種態度)一腳把桌子踢得粉碎的反抗行動，即可以佐證。而李逵與宋江在造反與投降的兩條路線鬥爭上，其尖銳的情況亦可以略見了。

李逵對宋江是忠實得很的。他曾經不止一次捨死忘生地救過宋江的性命，並在梁山軍裏立過最大的戰功。他也是宋江的諍友，對宋江的陰暗心理、齷齪行為是敢於揭發的。典型的事例除上述者外，以痛恨宋江的"借得山東煙水寨，來買鳳城春色"為最顯著。當時他在東京大鬧元宵節，火燒李師師的娼寮，打翻入見趙佶(宋徽宗)的楊太尉，給荒淫無恥、粉飾太平的趙佶，蠅營狗苟、醜態畢露的宋江以迎頭痛擊當面教訓。這同後來他罵宋江"山東殺閻婆惜"、"東京養李師師"、"原來是個冒充好漢的'酒色之徒'"一樣地大快人心，特別是在宋江真個要接受招安時，李逵罵那陳太尉道："你那皇帝正不知我這裏眾好漢，來招安老爺們，倒要做大！你的皇帝姓宋，我的哥哥也姓宋，你做

得皇帝,偏我哥哥做不得皇帝! 你莫要惱犯著黑爹爹。好歹把你那寫詔書的官員盡都殺了!"(七十五回)

可悲哀的是,"胳臂到底扭不過大腿"。反對只管反對,最後還是不得不跟著宋江一同去接受招安,同征四寇。"功名成就"之後,和宋江同歸於盡:宋江吃了藥酒,生怕李逵在他死後起來造反,也哄著李逵一同飲下,說道:"我為人一世,只主張忠義二字,不肯半點欺心。今日朝廷賜死無辜,寧可朝廷負我,我忠心不負朝廷。我死之後,恐怕你造反,壞了我梁山泊替天行道忠義之名,因此請將你來,相見一面,昨日酒中已與了你慢藥服了,回至潤州必死。"於是李逵垂淚道:"罷、罷、罷! 生時扶侍哥哥,死了也是哥哥部下一個小鬼。"(一百回本、百二十回本皆同)這就充分說明著,宋江把李逵欺騙得伏伏帖帖,眼睛裏只有一個"公明哥哥",而且是全始全終至死不渝的。尤其是這"忠義"二字,也刻骨鏤心地體現在宋江的身上,所謂"天王聖明,罪臣當誅"(韓愈語)者,確為本書的中心思想,而《忠義水滸全傳》之稱(百二十回本)真是名符其實並無他義了。因此,儘管作者在小說的末尾,添了一個宋江在梁山泊裏"顯聖",老百姓四時祭享不絕,祈風得風,祈雨得雨的尾巴,並在"噩夢"之中擺上了李逵,手持雙斧向宋徽宗高聲叫罵:"'無道昏君,聽信四個賊臣,屈壞我們性命,今日既見,正好報仇!'說罷,輪起雙斧,徑奔趙佶。"(同上)也不過是聊以解嘲之筆。何況又一次裝神鬧鬼地宣傳了迷信思想,輪回孽報呢?

總之,關於"神魔"的說法,是淵源有自的:《詩·商頌》裏的"天命玄鳥,降而生商,宅殷土芒芒(《玄鳥》);《周頌·生民》之"誕置之寒冰,鳥覆翼之,鳥乃去矣,后稷呱矣",以及《尚書·周書》中的"皇天震怒,命我文考,肅將天威,大勳未集"(《泰誓上》),即已說"神"、道"鬼"不必說了,就是宋元的小說,亦何獨不然。魯迅先生指陳:"奉道流羽客之隆重,極於宋宣和時,元雖歸佛,亦甚崇道,其幻惑故遍行於人間，明初稍衰，比中葉而復極顯赫"、"榮華熠耀，世所企羨，則妖妄之說自盛，而影響且及於文章。且歷來三教之爭，都無解決，互相容受，乃曰同源。所謂義利、邪正、善惡、是非、真妄諸端，皆混而又析之，統於二元"(《中國小說史略》122頁)，看了這個論斷，起碼可以解決個問題：

（1）這是受了宋元以來"神鬼小說"影響的結果。無怪道家以張天帥為主，佛家以智真長老為首，都是神通廣大未卜先知的了。天罡、地煞、顯聖、魂捉一類的杜撰就更不待說啦。其來有因，變本加厲，我們當然認為這些都是糟粕，必須予以揚棄。

（2）雖說是儒、釋、道三教歸一，作者把它雜糅起來了，可是我們仍然覺得它是以儒家為正宗的。因為他們侈談"忠義"、念念不忘"孝友"，在許多人物形象故事情節之中，都充分地體現出來了。自然，跟著也應該明確一下，這裏的儒家，已經是理學家了。儘管他的思想也不足為訓，必須批判。

二、什麼"除暴安良？"簡直是"殘民以逞"
——被醜化了的梁山上某些英雄形象

毛澤東同志說："無產階級對於過去時代的文學藝術作品，也必須首先檢查它們對人民的態度如何，在歷史上有無進步意義，而分別採取不同態度。"《水滸》作者為梁山泊宣示的另一個政治口號是所謂"除暴安良"。不"除暴"當然談不上"安良"，但北宋當時最為殘暴的，還能有超過宋徽宗趙佶的嗎？不准梁山英雄們除掉他，反爾喊著"替天行道"去保護他，這不是自相矛盾嗎？譬如阮小五、阮小七在奉命對抗何觀察時所唱的詩歌：

打魚一世蓼兒窪，不種青苗不種麻。酷吏贓官都殺盡，忠心報答趙官家。（小五）

老爺生長石碣村，稟性生來要殺人。先斬何濤巡檢首，京師獻與趙王君。（小七，以上並見第十九回）

"官家""王君"都指的是趙佶，這不是很明確的態度嗎？只反官吏不反皇家，何況查遍全書，也只有像高廉、知州賀太守一類的地方官才被殺掉，連蔡九知府、梁中書都不敢動的。朝廷要的大官如童樞密貫、高太尉俅等就更不必說了，只有卑躬屈膝的分兒（對於被拎的高俅即是這樣的）。至於"稟性生來要殺人"的話，就露出了殘酷的本質了。在梁山泊裏許多英雄好漢的身上，就有這個習性。他們經常不分青紅皂白地任意砍殺，如號稱"天傷星"的武松，殺嫂挖心，殺張都監一家，連告請饒命的後槽、廚下的丫環、唱曲的玉蘭，一個也不放過，把刀口都砍缺了，真是"血濺鴛鴦樓"（第三十一回）。李逵就更兇殘了，鬧江州時，在法場上不論軍官百姓，只殺得屍橫遍野，血流成渠，兀自不肯停手。回山後還活剮了黃文炳燒他的肉吃（第四十回），簡直成了"屠夫"了，所以喚做"天殺星"。其次如慣使"蒙汗藥酒"暗害往來客商的十字坡黑店女老板——母夜叉孫二娘；慣好給奪婦女，用活人心肝下酒的酒色之徒——矮腳虎王英；翠屏山上對自己妻子潘巧雲開肚摘腸的楊雄，石秀也沒有饒過巧雲的使女迎兒（第四十六回）。斬除奸邪，我們不反對。然而冤各有頭、債各有主，如使城門失火、殃及池魚，那便良莠不分、草菅人命了，還算那道的"安良"呢？

還不止此，即從梁山泊主宋江來說，不也是從殺閻婆惜起事的嗎？而且他的反詩"他年若得報冤仇，血染潯陽江口"（第三十九回），不但報復心切，更是咬牙切齒地想要大開殺戒的，又說什麼呢？這些人的心靈深處，不都是血淋淋的殺殺殺！譬如混入大名城內的柴進，不就威脅蔡福說對於盧員外"如有半米兒差錯,兵臨城下,將至濠邊,無賢無愚,無老無幼,打破城池,盡皆斬首!"(第六十二回)三句話不離本行,梁山上的人都是這樣的嘛。在"征四寇"中表現得就更充分了,讓我們也條列一下此類的言行:

> 只一斧,砍翻了兩三個。那幾個要走,李逵趕上,連六七斧,砍的七顛八倒,屍橫滿地。(第九十三回,征遼途中)

> 殺得屍橫市井,血流街衢。(同上,蓋州城內,董平等所為)

> 二百餘人,殺個盡絕。(蓋州城外,李逵、魯智深殺了鈕文忠等人)

> 莫說那幾個鳥漢,就是殺了幾千,也打甚麼鳥不禁。(同上,李逵的話)

> 城內居民,沉溺的、壓殺的,已是無數。樑柱門扇,窗櫺什物,屍骸順流壅塞南城,城中雞犬不聞,屍骸山積。(第一百回,李俊水灌太原城)

> 當下宋兵在威勝城中,殺的屍橫市井,血滿溝渠。(同上,征田虎)

> 田虎、田豹、田彪,押赴市曹,凌遲碎割。(第一百一十回,張清擒的田虎)

> 戰船上水軍,被李俊等殺死大半,河水通紅。(一百十六回,征王慶,宛州之役)

> 當日三路賊兵,死者三萬餘人,傷者無算;只見屍橫郊野,血滿田疇。(同上)

> 三萬鐵騎,殺死大半。(同上)

> 三萬軍兵殺死大半,山上山下,屍骸遍滿。宋江收兵,計

點兵士,也折了千餘。(一百十七回)

當下火勢昌熾,炮聲震響,如天摧地裂之聲,賊兵萬餘軍馬擊死大半,焦頭爛額者無數。(約有千餘人)逃脫性命。(一百十八回,柴進火炮擊糜勝)

宋軍大敗,死者五千餘人。(同上,盧俊義被喬道清妖法火燒而逃)

李俊水路擒王慶。(一百十九回)

三千步卒,只剩得百餘個小軍,逃得回來,見盧先鋒說知此事。(一百十八回,征方臘,戰顯嶺關)

當下幫源洞中,殺的屍橫遍野,流血成渠,斬殺方臘蠻兵二萬餘級。(一百一十九回)

方臘被魯智深禪杖打翻,便取條繩索綁了。(同上)

一百八人,克復揚州,渡大江,怎知十停去七。(同上,宋江泣語)

順手一抄,就是十八條,都是以宋江為正先鋒征四寇時所殺傷損害的軍民,和自己的弟兄(陣斬的敵將,還未計數在內),兵凶戰危,用現在的話說,不就是血債累累,殺人如麻嗎?可是成了趙佶的"功狗",真個"替天行道"到底了,卻是無法否認的。我們認為,它這指導思想,無論從儒、釋、道任何方面去看都是矛盾的,講不通的。孟子說:"不嗜殺人者能一之"、"民為貴,社稷次之,君為輕"。老子說:"聖人不仁,以百姓為芻狗"、"夫樂殺人者,則不可以得志於天下矣!"尤其是佛家是主張六根清靜、六塵不染、慈悲為本,首戒殺的。可是這個《水滸傳》怎麼樣呢?就以魯智深為例吧,他自家圓寂以前所作的"頌子",和徑山大惠禪師火化他以前的"法語",不都是說他"平生不修善果,只愛殺人放火"、"魯智深,起身自綠林,兩隻放火眼,一片殺人心"(九十九回)嗎？出家人猶如此，其他可知了。這實在可以為梁山英雄們的典型寫照：所謂"除暴安良"者，豈有它哉？如是而已。罪過！罪過！

三、淺釋所謂"忠君""保國"的實質
——道學家的餘緒

《水滸》作者雖然雜糅了一些"輪回孽報""出世無為"的釋道思想，但其主流卻是儒家的孔孟之道，特別是後來增益了的宋代理學。這從本書開宗明義第一章即引用邵雍這個主觀唯心主義者的詞，說什麼"人稟陰陽二氣，仁義禮智天成，浩然配乎塞蒼冥"已可知其梗概。因為邵雍跟周敦頤一樣都是宋代很早就侈談"太極""陰陽"的宇宙觀和"五常"道德與生俱來的理學家，所以說他們是孔丘"乾坤，天命"、孟軻"良知，良能"的餘緒。而這首詞裏的結語"赤心當報國，忠義實堪欽"遂給《水滸》定了調子、畫了框框。

我們知道國家不過是"維護一個階級對於另一個階級統治的機器"，只有地主資本家為了欺騙人民、維護他們通過剝削和鎮壓得來的利益才胡說國家是一種天意的東西，是一種超乎自然的東西，說它是人類向來賴以生存的一種力量，是將某種並非出於人類本身，而是來自外界的東西賦予人們或可能賦予人民的一種力量，說它是上天降賜的力量(列寧)。同理，每個時代——奴隸時代、封建時代和資本主義時代——的統治階級，都力圖掩飾自己的統治，把自己狹隘的階級利益冒充為全民的利益。他們把自己剝削者的道德，冒充為全人類的道德，把自己剝削者的道德崇奉為永恆的真理，也就是建築在不依人為轉移、不依其所依靠的社會經濟結構為轉移，而似乎只是出自於上帝的基礎之上的永恆的真理。

因此我們就更清楚了，《水滸》作者所強調的赤心當報的正是以趙

佶為皇帝的封建地主階級統治的國家,所揭示的"忠義"必然也就是
"替天行道""忠心報答趙官家"的生死無二的封建地主統治階級的道
德了。因為按照訓詁的字義來說,"盡己之謂忠",就是說對於封建地
主最高的統治階級代表人皇帝,必須是"鞠躬盡瘁,死而後已";"行而
宜之之謂義",封建社會最高的道德標準除了"忠君"便是"孝親"啦,
"君君,臣臣,父父,子子"、"父子有親,君臣有義"乃是立國的根本。
這就不怪《水滸》作者賜宋江以"孝義"的"美名"了。不是嗎?宋江最
反對"犯上作亂",他上梁山以前在鄆城縣幹的正是專辦鎮壓人民案件
的刑名師爺。晁蓋等人上了梁山,宋江見到加強守備本縣地面的公文
便說:"晁蓋等眾人,不想做下這般大罪!"當他刺配江州被梁山英雄劫
取上山並想殺死押送公人時,他竟說:"弟兄到要陷我不忠不孝之地,
我自不如死了。"甚至拔刀自刎。又說:"念宋江有老父在堂,如何敢違
教訓,不肯放宋江下山,情願就死。"淚如雨下,跌倒在地。念念不忘地
主的父親,念念不忘服罪守法,這那裏有半點兒造反的意思?直到梁
山英雄鬧了江州又在法場上救了他的性命以後,才不得不上山落草
的,可是緊跟著就篡奪領導大權,改換"聚義廳"為"忠義堂",分裂起
義軍的隊伍,培養反動的投降勢力,等等。一套念念不忘接受招安、念
念不忘"替天行道"的醜惡"權謀"都被貫徹到底啦。

　　按"天理"論本是"天命"論的變種。《水滸》作者一再告戒不能違
背"天理",並且通過宋江之口喋喋不休地說對趙宋封建統治王朝起義
造反是"上逆天理""犯了迷天之罪"。這個"天理"論不是別的,正是
趙宋封建統治王朝的正統思想。宋朝的理學家程顥和朱熹也都先後
說過:"吾學雖有所受,天理二字卻是自家體貼出來"、"天命即天理"。
程、朱等人是把整個封建制度及其道德說成是萬古長存、不可變易的
"天理"。它乃是宋朝理學家最高的哲學思想範疇。《水滸》作者之所
以鼓吹"天理",強調忠、孝、節、義,其思想根源實在於此,因為它是符

合趙宋封建統治王朝維護階級利益鞏固剝削政權的需要的。

農民起義的偉大鬥爭,沉重地打擊了趙宋封建統治王朝搖搖欲墜的政權。地主階級在對農民起義進行武裝鎮壓的同時,也加緊了思想上的進攻,道學家二程(顥、頤)、朱熹等人,正是適應這種需要,繼承了儒家的路線,才對孔孟之道增益潤飾建立起程、朱理學的。政治思想如此,作為宣揚它最為有利工具的文藝作品,自然不會例外。只要我們認真分析一下《水滸》全書的主題思想,就可以發現它到處滲透著道學家的氣息的。總的說來它是用"替天行道"去宣揚道學家的"天理",用"忠孝節義"以維護封建的"綱常",用"改邪歸正"來鼓吹投降主義。

從程、朱所強調的"天命就是天理""天理就是綱常"這一系列的思想體系來看,它比孔孟的"天命"論還完整。因為它不僅用"宿命"論來欺騙人民,而且突出了"綱常名教"來禁錮人們的生活行為,所以我們認為,《水滸》作者通過宋江這一典型人物所搞的要投降、受招安、改邪歸正,修正農民起義路線的思想根源是孔孟之道,是程、朱理學。"已非袖手談心性,確能一死報君王",大而化之,普及到了民間,我們豈可小看它的影響!

四、從"敢笑黃巢不丈夫"說起,談談"菊花會" 和《菊花詩》的根本差異

"敢笑黃巢不丈夫",是宋江酒醉以後寫在潯陽樓上的《西江月》詞的結語。過去很有些人認為這是宋江造反的"宣言",志大言大,連歷史上農民起義軍的領袖之一唐代的黃巢都不放在眼裏了,我們的看法不是這樣的。《水滸》上的宋江那裏比得上黃巢,恰恰相反,歷史上的黃巢才是個造反到底,一度打垮了李唐腐朽沒落的封建統治王朝的

好漢子、大英雄,跟宋江的"只反貪官不反皇帝",終於奴顏婢膝地接受了"流氓皇帝"趙佶的招安,去"順天、護國"以圖"封妻、蔭子"的奴才,完全是兩碼事。我們不妨先把兩人的生平對照一下:

(1)宋江是地主和地方小官吏,黃巢賣私鹽是個小商販,兩人出身不一樣。

(2)宋江是逼上梁山以後混入農民革命軍裏的階級異己分子,後來篡奪了領導權。黃巢是起義以後跟尚讓(唐代農民革命軍早期領導人王仙芝、尚君長的繼承人)聯合起來並被推為首領的。

(3)宋江一上梁山便招降納叛、結黨營私、培植反動勢力以備招安。黃巢卻擴大了起義軍,縱橫南北使人民望風歸附,直至打破長安趕走唐僖宗李儇,真個摧毀了腐朽沒落的封建統治政權。

(4)宋江攻城不掠地,殺官不置吏,局促於水泊之中,連對戰敗被拎的浪子太尉高俅都磕頭下拜請求寬恕,可以說一點兒造反的氣魄都沒有。黃巢則一路破敵、一路派人鎮守,建國(大齊)以後,凡是抗命的地主貴族,不分公主、附馬、宰相,一概殺掉。

(5)宋江報復心切,為了個人恩怨,不惜高叫"血染潯陽",放縱弟兄,殘害百姓,抄斬俘虜滿門。黃巢則"為生靈"起義,號召人民各安生業,並經常以財物分賜,不斷擊潰反撲的唐家軍。

(6)宋江儘管出賣了梁山起義大軍,接受了招安,成為趙父子的功狗,但無救於北宋的覆滅、趙佶父子的被俘。黃巢雖然由於契丹的進攻和起義軍內部的不團結,最後退出長安,卻是奮鬥到底壯烈犧牲的好漢。

總計黃巢領導的農民起義軍,曾經南征湖湘、交、廣,北服汴洛、河朔,直至攻入長安趕走李儇成為最高統治者,前後幾達十年之久,功業彪炳如此,為什麼宋江還要加以非笑呢?這便是立場不同的關係了。因為宋江所稱道的"丈夫"乃是"事君能致其身"、"臣事君以忠"的孔孟之徒,他們最反對的是“犯上作亂”違背倫常的叛逆。“道不同,不相為謀”,黃巢的“改朝換代,取而代之”的做法,怎麼會被宋江肯定呢,他是“孝義”的典範嘛。還可以把宋江的《滿江紅‧詠菊》和黃巢的《賦菊詩》拿來對證一番,以見分曉:

黃巢的詩是:“待到秋來九月八,我花開後百花殺。沖天香陣透長安,滿城盡帶黃金甲”。按“秋”有二義,一是穀物成熟,一是氣象肅殺。這裏的語意也是雙關的,既在說傲霜的秋菊,經得起肅殺的考驗,草木零落一花獨秀。也在講起義有成、果實豐碩,佔領長安以後依舊枕戈待旦、提防反撲,這意氣是何等的浩瀚呀!

宋江卻是在陰謀排了座次,定位第一把交椅,並且宣稱“共存忠義、同著功勳、替天行道、保境安民”以後,更進一步地通過《滿江紅‧詠菊》來鼓吹“中心願平虜,保民安國。日月常懸忠烈膽,風塵障卻奸邪目。望天王降詔早招安,心方足”的。就是說,他的“頭上添白髮”不過是不得早日屈膝皇帝腳下,去做忠實的奴才因而愁悶所致;他的“鬢邊不可無黃菊”則恰恰是表示秋菊已晚人老珠黃,切莫忘記報效國家樹立功業的意思。要常懸忠烈膽吆,試問這等秋蟬般的哀鳴,落葉似地絕叫,比起“沖天香陣透長安,滿城盡帶黃金甲”來,豈非有天壤之別!“狗嘴裏吐不出象牙來”,奴才到底冒充不了革命派。“言為心聲”,這就不怪李逵“一腳踢碎桌子,怒罵‘招甚麼鳥安’了”。毛澤東同志說:“在階級社會中,每一個人都在一定的階級地位中生活,各種思想無不打上階級的烙印。”宋江和黃巢除了兩個都是山東人而且是所謂“小同鄉”(他們一個是鄆城,一個是荷澤,兩地係鄰縣)以外,其它毫無共同之處。不論從階級立場還是政治路線上看,其差異都是非常鮮明的,只有叫黃巢鄙視宋江的分兒,沒有讓宋江笑黃巢的道理,不可不辨。

五、試談"梁山泊"領導權的遞嬗
——農民起義軍內兩條路線鬥爭的種種

梁山泊方圓八百里,山環水抱物產豐饒,進可以攻退可以守,的確是農民起義軍的一個好根據地。但"有人此有土",如果領導不得利,組織路線差,那就空有好的物質條件什麼事也幹不成了。這兒原來開荒佔草的頭領杜遷、宋萬,雖然本領不濟,心術卻還去得。後來的王倫就不行啦,這個不第秀才"愚而好自用",按照林沖的話說是:"心術窄狹,妒賢嫉能,難以相聚。"這從他寨外勾結的是沒落的大地主貴族柴進,對投夥新到的人要人頭做"投名狀"等行徑,就可以看出來不只是個小手小腳僅以自保的人,而且殘忍成性草菅人命,是個十足的壞蛋。"王倫奸詐遭誅戮,晁蓋仁明主將班",《水滸》作者在晁蓋初上梁山、林沖火拼王倫時已經給了這樣的定論。至於晁蓋,則"仗義疏財,愛結交天下英雄",與吳用、劉唐、三阮、公孫勝等聚義於東溪村,劫取了蔡京的生辰綱十萬貫金珠的不義之財以後,首戰即挫敗了濟州府尹的觀察、巡檢,上山又剪除了王倫,被護戴為梁山的主帥,於是"整點倉廒,修理寨柵,打造軍器,安排大小船只,教演水兵"準備迎敵官兵,上下同心,真是一片興旺氣象,也說明著這是一開始就打定了造反到底的決心的。另一方面從組織關係上也可以看出來這支隊伍是較好出身、戰鬥力更為堅強的英雄:三阮(貧漁)、吳用(窮教書匠)、劉唐、白勝(流浪漢)和公孫勝(雲遊道士)這些東溪村的老夥伴共同掌握了領導權;以軍官出身林沖為首的梁山舊人杜遷、宋萬、朱貴等,都退處於輔佐的地位。這種合理安排,不只是前此不才的王倫不能相比,就是上山之後的宋江也具有實質上的差異。晁蓋"要和大宋皇帝做個對頭",宋江卻高叫"替天行道"只反貪官不反皇帝。晁蓋紀律嚴明,主張愛護人民

"全施仁德,厭惡偷雞摸狗之輩"。宋江則不怕"玷辱"一味寬容,有意混淆起義軍隊伍,對柴進、李應、盧俊義一類的大地主特別親,把林沖、關勝,呼延灼這樣的軍官降將當做虎將,而看待三阮、李逵、武松等英雄好漢,如同供備驅使的走卒一般,例如李逵經常是被"黑廝""畜生"地罵不絕口,這還說明不了問題? 他招降納叛,結黨營私,使投降派實力在握,叫革命派開不得口,"羽毛豐滿"地坐上了第一把交椅以後,索性打著"順天""護國"的兩面破旗去接受招安、征討"四寇",讓那些昨天共同造反的農民大軍次第通過自己的毒手流血滅亡了! 劊子手、陰謀家,混進起義隊伍中的地主階級代表人物,這算得了什麼豪傑? 怎配稱梁山泊的主帥!

所以我們要弄清楚的是,王倫不必多說了,只講晁蓋也不過是《水滸》作者用來給宋江開拓基業、培養勢力的一個過渡人物。這從晁蓋不屬於"天罡""地煞"之數,不是"星主"未受"天書",不能指揮大兵團,敗死在曾頭市等安排上已可知其梗概。毛澤東同志說:《水滸》這部書,好就好在投降。做反面教材,使人民都知道投降派","《水滸》只反貪官,不反皇帝,屏晁蓋於一百零八人之外。宋江投降,搞修正主義,把晁蓋的"聚義廳"改為"忠義堂",讓人招安了。"魯迅也說:"一部《水滸》,說得很分明,因為不反對皇帝,所以大軍一到,便受招安,替國家打別的強盜——不"替天行道"的強盜去了,終於是奴才。"《水滸》作者體現在宋江身上的,正是它的典型。這個"義膽包天""忠肝蓋地"的宋江在徹底毀滅了梁山軍及其根據地,還有過去的兄弟部隊以後,自己也未免於被御賜的毒藥酒殺掉的可恥的下場。還有,梁山泊形勢再好,生產再豐富,比起整個國家也不過是個彈丸之地,怎麼能夠對抗朝廷的征討呢? 可是作者卻讓宋江"兩贏童貫""三敗高俅",我們認為這不單是為了暴露童、高等人的腐朽無能,其主要的目的恐怕還是借此表現梁山的英雄了得,從而為接受"招安"創造條件的。"征四寇"不也大獲全勝了嗎？因之，梁山的英雄們便也陸續死光了，何必還要勞駕俞萬春（清，道光間人）的《蕩寇志》（也叫《結水滸傳》）呢？這部書裏說，宋江等山寇一個個地都教官兵通過陳希真、陳麗卿父女之手，加上祝家莊的餘孽祝永清——他是陳麗卿的丈夫，殺掉了。所以魯迅又說："他的文章是漂亮的，描寫也不壞，但思想未免煞風景。"（《中國小說史略》338頁）其實，那裏止於是"煞風景"，這也是反映於俞某頭腦中歷史因素的必然結果。如同明末清初金人瑞腰斬百二十回《水滸》為七十一回本一樣，不允許宋江等有受招安征四寇的表現，"這大概也就是受了當時社會環境的影響"（同上）。

六、《水滸》《三國》在寫作手法上相似之處

據明人王圻《續文獻通考·經籍考·傳記類》說，經由羅貫中所編撰的小說多至"數十種"。我們今天還可以看到的，就有《水滸》《三國》《隋唐志傳》和《北宋三遂平妖傳》，而且都是長篇巨著，後兩者暫時不去理它。《水滸》跟《三國》這兩部英雄傳奇的不朽傑作，無論從內容形式任何方面看，全可以認為是給中國的章回小說創造了空前的典範的。因為它們熔鑄了詩詞歌賦，改造了故事傳說，尤其是運用了散文中的一切形式，簡直成功了文學中的"綜合藝術"了，怎麼能說是"小可"的事體呢？即如先從"章回"的體例上說，溯自宋元以來的話本，雖然有的曾分作"章則"，如見於《大唐三藏取經記》中的"行程遇猴行者第二"之類，但像《水滸》《三國》這樣具有一百二十個"回目"的長篇巨制，還是前所罕見的。因為章回小說的"體例"，無論從形式內容任何方面講，都是創造性的，從發生到發展的，也就是說有頭有尾前後聯貫的。就先說"回目"吧，每一回目都分兩節，每節之中各有其人

物和故事。從形式上說，是按著個、十、百的數目字順次排列下去的，回目的字則七言八言不等，但卻是上下貫串語法完整的。例如：

《水滸》

第一回《張天師祈禳瘟疫　洪太尉誤走妖魔》

第二回《王教頭私走延安府　九紋龍大鬧史家村》

《三國》

第一回《宴桃園豪傑三結義　斬黃巾英雄首立功》

第二回《張翼德怒鞭督郵　何國舅謀誅宦豎》

　　它們兩兩對稱各表一事，而且每一節中都具備著主語、述語和賓語，條理清晰，綱舉目張。上下一聯的最末一字又往往是平仄互異絕不雷同的；如果上聯是仄，下聯一定是平；反之，如果上聯是平，下聯也一定是仄，惟有這樣才能夠陰差陽錯、朗朗上口嘛。還有開頭結尾之處，作者也通過兩書創造出來一些相適應的筆法，如在段落起首時，他經常使用"話說""卻說""再說""只說""且說""休說"等"話頭"。

《水滸》

話說故宋哲宗皇帝在時……（第二回）

卻說王都尉當日晚不見高俅回來……（同上）

且說這王進卻無妻子……（同上）

休說眾人歡喜飲酒……（同上）

再說史進正在莊上忿怒未消……（同上）

《三國》

話說天下大事……（第一回）

卻說玄德引關、張來潁川……（同上）

且說董卓字仲穎……（第二回）

不說玄德入小沛……（第十六回）

話分兩頭。卻說玄德差人打探……（第三十九回）

　　它們的含義，則除了"休說"是不說，"只說"是有單說的意思以外，基本上是相同的，不過"話說""卻說"和"再說"被使用的時候較多罷了。還有，作為"章回小說"的另一組織結構上的特色是，兩書在每一章回的結尾都常常留下本回末了的問題以待下回解決。那手法是先說上兩三句話，再在幾個通用的"話尾"如"直教""有分教"或是"正是"的下面作上一付對，藉它總結本回、暗示下回，而其作用不外是提出醒人心目的問題，使讀者與聽眾注意，所謂故作驚人之筆誘引他們急於知道下文的便是。例如：

《水滸》

　　不是這夥人來捉史進並三個頭領，怎地叫史進先殺了一二個人，結識了十數個好漢？直教：蘆花深處屯兵士，荷葉陰中治戰船，畢竟史進與三個頭領怎地脫身，且聽下回分解。（第二回）

　　真長老指著魯智深，說出這幾句言語，去這個去處，有分教：這人笑揮禪杖，戰天下英雄好漢；怒揮戒刀，砍世上逆子饞臣。畢究真長老與智深說出甚言語來，且聽下回分解。

　　正是：斷送落花三月雨，摧殘楊柳九秋霜，畢竟楊志在黃泥崗上尋死,性命如何,且聽下回分解。

《三國》

旁邊一人鼓掌大笑曰:"此事易如反掌,何必多議!"視之,乃曹操也。正是:欲除君側宵人亂,須聽朝中智士謀。不知曹操說出甚話來,且聽下文分解。

堅縱馬趕去,兩山後伏兵齊出,背後蔡瑁、蒯越趕來,將孫堅困在垓心。正是:玉璽得來無用處,反因此寶動刀兵。畢究孫堅怎地脫身,且聽下文分解。

這些例子說明著不止是《水滸》的變化多端,《三國》也是一樣。兩書體現於藝術手法上的第二個特點,是作者在刻劃人物形象時,往往使用詩詞、駢語來渲染補充相貌、服飾,甚至於性格,不一而足。例如:

《水滸》

頭戴一頂青紗抓角兒頭巾,腦後兩個白玉圈連珠鬢環。身穿一頂領單綠羅團花戰袍,腰係一條雙搭尾龜背銀帶。穿一對磕瓜頭朝樣皂靴,手中執一把折疊紙西川扇子。那官人生的豹頭環眼,燕頷虎須,八尺長短身材,三十四五年紀。(第七回,豹子頭林沖)

眼如丹鳳,眉似臥蠶,滴溜溜兩耳垂珠,明皎皎雙眼點漆,唇方口正,最須地格輕盈;額闊頂平,皮肉天倉飽滿。坐定時渾如虎相,走動時有若狼形,年及三旬,有養濟萬人之肚量;身軀六尺,懷掃除四海心機。上應星魁,感乾坤之秀氣;下臨凡世,聚山嶽之精靈。志氣軒昂,胸襟秀麗,刀筆敢欺蕭

相國,聲名不讓孟嘗君。那押司姓宋名江,表字公明,排行第三,祖居鄆城縣宋家莊人氏。(第十八回)

《三國》

生得身長八尺,兩耳垂肩,雙手過膝,目能自顧其耳,面如冠玉,唇若塗脂;人不甚好讀書,性寬和,寡言語,喜怒不形於色。素有大志,專好結交天下豪傑。(劉備的相貌性格,見第一回)

頭戴三叉束髮紫金冠,體掛西川紅錦百花袍,身披獸面吞頭連環鎧,腰係勒甲玲瓏獅蠻帶,弓箭隨身,手持畫戟,坐下嘶風赤兔馬,果然是人中呂布,馬中赤兔。(呂布的戎裝形象,見第五回)

此等關於人物形象的各式各樣的寫法,遂為後來古典小說作者的典範。因為作者把他們的相貌性格衣飾和兵刃配合得是這樣的貼切,直到今天京劇班中表演水滸戲和三國戲的這些角色時,那臉譜、那衣靠,也就是說那扮相、那性格,還和這裏的差不了多少哩。

人物形象而外,亦多描寫兩軍將士對戰的韻文和頌揚特殊人物的詩詞,《水滸》尤著。因為它還不乏山水莊園一類自然景色的渲染,先講戰陣的:

《水滸》

一對南山猛虎,兩條北海蒼龍。龍怒時頭角崢嶸,虎鬥處爪牙獰惡。爪牙獰惡,似銀鉤不離錦毛團;頭角崢嶸,如銅葉振搖金色樹。翻翻覆覆,點鋼槍沒半米放閑;往往來來,狼牙棒有千般解數。狼牙棒當頭劈下,離頂門只隔分毫;點鋼槍用力刺來,望心坎微爭半指。使點鋼槍的壯士,威風上逼斗牛寒;舞狼牙棒的將軍,怒氣起如雷電發。一個是扶持社稷天蓬將,一個是整頓江山黑煞神。(三十四回,花榮與秦明交手)

《三國》

踴出燕人張翼德,手持蛇矛丈八槍。虎鬚倒豎翻金線,環眼圓睜起電光。酣戰未能分勝敗,陣前惱起關雲長。青龍寶刀燦霜雪,鸚武戰袍飛蛺蝶。馬蹄到處鬼神豪,目前一怒應流血。梟雄玄德掣雙鋒,抖擻天威施勇烈。三人圍繞戰多時,遮攔架格無休歇。喊聲震動天地翻,殺氣迷漫牛鬥斗。呂布力窮尋走路,遙望家山拍馬還。倒拖畫杆方天戟,亂散銷金五彩幡。頓斷絨條走赤兔,翻身飛上虎牢關。

它這特色是:火熾、誇飾、絢麗、緊張,補散文之不足,為故事增添光彩。再講頌揚人物的:

《水滸》

身軀凜凜,相貌堂堂。一雙眼光射寒星,兩彎眉渾如刷漆。胸脯橫闊,有萬夫難敵之威風;語話軒昂,吐千丈凌雲之氣。心雄膽大,似撼天獅子下雲端;骨健筋強,如搖地貔貅臨座上。如同天上降魔主,真是人間太歲神。(二十三回,贊武松)

《三國》

賢哉徐母,流芳千古;守節無虧,於家有補;教子多方,處身自苦;氣若丘山,義出肺腑;讚美"豫州",毀觸魏武;不畏鼎

鑊，不懼萬斧；唯恐後嗣，玷辱先祖；伏劍同流，斷機堪伍；生得其名，死得其所；賢哉徐母，流芳千古！（第三十七回）

這也應該算是韻散結合，講唱齊用，雅俗共賞，自成格局吧。此亦自南宋以來，"說話""講史"文學發展的必然結果。不是嗎？即以《水滸》而論，舉凡"煙粉、靈怪、搏刀趕棒、士馬金鼓"之事，哪一類缺短了？至於《三國演義》淵源於"講史"的"說三分"就更不必細說啦。

下面單為《水滸》補充引錄兩段關於自然景色描繪的詩文，一為山莊的：

門迎闊港，後靠高鋒。數千株槐柳疏林，三五處招賢客館。深院內牛羊騾馬，芳塘中鳧鴨鴻鵝。仙鶴庭前戲躍，文禽院內優遊。疏財仗義，人間今見孟嘗君；濟困扶傾，賽過當年孫武子（第二十二回，柴進的莊園）

再一個就說梁山泊：

山排巨浪，水接遙天。亂蘆攢萬萬隊刀槍，怪樹列千千層劍戟。濠邊鹿角，俱將骸骨攢成；寨內碗瓢，盡使骷髏做就。剝下人皮蒙戰鼓，截來頭髮做韁繩。阻擋官軍，有無限斷頭港陌；遮攔盜賊，是許多絕徑林巒。鵝卵石疊疊如山，苦竹槍森森如雨。戰船來往，一周回埋伏有蘆花；深港停藏，四壁下窩盤多草木。斷金亭上愁雲起，聚義廳前殺氣生。（第十一回）

"骷髏碗瓢""骸骨鹿角""人皮戰鼓"，說得陰慘慘、鬼森森地好象個人間地獄了！這跟號稱"替天行道、除暴安良"的起義軍根據地,好像不相適應啦,起碼是過甚其辭吧,然亦未嘗不綻露著它的殺州屠縣的殘暴的一面呢。

第三是兩書都大量地使用了諺語成言,而《水滸》表現得更為突出。它除了到處都有生動精煉的"口頭成語"以外,如"端的""怎生""恁的""兒的""叵耐""遮莫"一類的副詞習慣語;"酒保""夥家""伴當""小閑""上下""全真"一類的名詞稱謂,也經常搖曳於字裏行間。而諺語成言則觸處皆是,充塞其中,四言、五言、六言、八言、十言的都有。不過見於《水滸》的比較通俗而出於《三國》的文言居多而已。

見於《水滸》的,如赤口白舌、交頭接耳、眉來眼去、打草驚蛇、強賓不壓主、賊去關門、沒巧不成話、捏了一把汗、不怕官只怕管、有眼不識泰山、趕人不要趕上、遠親不如近鄰、一客不煩二主、三寸不爛之舌,以及前不巴村後不巴店、吃飯防噎走路防跌、一手交錢一手交貨、有家難奔有國難投、長別人志氣滅自己威風、好事不出門惡事傳千里、人無千日好花無百日紅等,不勝枚舉。其八言、十言的又往往是兩相對稱前後係聯之語。

見於《三國》的如引狼入室、狡兔三窟、投鼠忌器、海枯石爛、赴湯踏火、櫛風沐雨、舞文弄墨、並駕齊驅、兔死狐悲物傷其類、人心不足得隴望蜀、久仰大名如雷灌耳、吉凶相救患難相扶、青史傳名流芳百世、車載斗量不可勝數,以及講兵法的置之死地而後生、出其不意攻其不備、攻心為上攻城為下、歸師勿掩窮寇莫追、知己知彼百戰百勝、以逸待勞以主制客,和說戰場的鼓角喧天火炮震地、旗旗蔽野戈戟如林、棋逢對手將遇良材、勢如飛馬疾似流星、屍橫遍野血流成河等,也可以說俯拾即是難於備載。

這些諺語成文,都是口耳相傳沿襲下來的經驗之談,使用普遍年

336

代久遠。就其含意來說，有的業已陳腐必須清除，有的直到現在還經常騰之於口、筆之於書呢。因為它們來自民間，絕大多數是通過濃縮、積累與提煉的，亦可見我們祖先生活豐富、語言優美與夫才智周流的所在了。作者羅貫中，如果不是熟悉人民的生活歷史的掌故，也不會把它們運用得這般的自然如此的貼切。所恃以體現故事情節人物形象的語文素材嘛，豈可等閒視之。

七、繼承史傳，結構清新，刻劃人物，後來居上
——再談《水滸》《三國》的藝術成就。

作者繼承了司馬遷以來以人為綱、藉事係聯、重點描述、創造典型的優良的文史家的傳統，從而更進一步地寫作出來有如《水滸》《三國》這等長篇巨制、洋洋大觀的前所未見的演義小說，那就不止是創造性地發展了中國古典小說的本身，而且也第一個滿足了廣大人民越來越需要充實的文化生活的要求，使著中國的文學史開展了嶄新的一頁了。譬如《水滸》的章回是從《洪太尉誤走妖魔》開書（第一回）到《梁山泊英雄排座次》（第七十回）繼續撰寫至“征四寇”後的《神聚蓼兒窪》（一百二十回）做結局。但其具體的寫法卻是化整為零、穿針引線地以書中的幾個重要人物為主的。例如它從第二回起由高俅引出了王進，再由王進進入了史進本傳。而到了第三回就由史進傳內出現了魯達演成了魯達傳（四、五、六、七各回），第七回中同樣地由魯達傳轉入了林沖傳（見七、八、九、十、十一各回）。十二回中由林沖傳過渡到楊志傳（是十二、十三兩回）以後，才變換了手法突出地通過鄆城縣役朱全、雷橫的捕捉到劉唐而以事為主地投入了“智取生辰綱”的正文，於是以晁蓋為首的七星：吳用、公孫勝與三阮（小二、小五、小七）、白勝，也就陸續地出現（同時楊志的生活，也得到補充。具見十四、十五、

十六各回），十七回又是魯、楊的合傳——雙奪二龍山。但從十八回起便接入梁山泊主宋江的本傳（第十八、二十、二十一、二十二、二十三回），其中只有十九回是說晁蓋上山、林沖火拼的。二十三回後半已經進入武松傳了（二十四、二十六、二十七、二十八、二十九、三十、三十一）。三十二回下半之後，又是以宋江為首的群雄合傳，只是某些比較重要的人物分別佔上一、二頁，根本說不上是"專章立傳"啦——如四十四回後半至四十六，三回算是楊（雄）、石（秀）合傳；六十一、六十二、六十三算是盧俊義（附燕青）傳的便是。七十一回以次，更有了巨大的變化，因為它已由傳記式的文字轉為"受招安""征四寇"的大事記了。基於上述種種情況，如果我們把史進、魯達、林沖、楊志，特別是宋江、武松，各傳分別獨立起來，真可以成為許多很好的短篇或中篇。關於"受招安"、"征四寇"的各段故事也是一樣（"四寇"中只有王慶紀傳身世較詳）。

再看《三國》呢，是從第一回《宴桃園豪傑三結義》開始就在重點地描寫以劉、關、張為首的這個西蜀政治集團的，不過作者所採取的卻是合傳的手法。例如他對劉備這一人物，為了符合自己的正統觀念，以為徹底地對立國賊的張本，一力抬高了劉備的社會地位，給他安排了一個"皇叔"的稱號——中山靖王劉勝之後，孝景皇帝閣下玄孫，不只是一般的宗親而已。比起漢獻帝劉協來，還是一個叔父輩；同時又說劉備能深入底層接近人民，得到廣大群眾的擁護與愛戴，不止出身寒微而且是"多能鄙事"的勞動者："販屨織席為業"、"後園種菜，親自澆灌"（第二十一回）、"有人送犛牛尾至，玄德取尾親自結帽"（第三十九回）。這都說明著這位英雄是來自民間，而且還具有著豐富的勞動經驗的：種植、編手工什麼都搞得。具體到這一點，甚至可以說比職充刀筆之吏，出身於地主家庭的梁山首領宋江還高明啦。至於關羽和張飛，則一個是因為殺了仗勢欺人的土豪，在本地不得安身這才逃難江湖的好漢；一個雖然"頗有莊田"，但也只是"賣酒屠豬"的小生產者，何況又是一位"專好結交天下豪傑"的英雄（並見第一回）！所以，三人的能夠接近以及結拜作異姓的弟兄，原是極其自然的事。還有，桃園集團裏其它兩個重要人物：趙雲只是行伍出身，而且具有火熱的一顆"忠君愛民之心"（第七回），諸葛亮是個知識分子（他的父親只作過郡臣一類的小官），他自己為了維持生活，已經不得不"躬耕南陽"了（第三十六回）。那麼，他的隱居鄉里，以及"好為梁父吟"，很明顯地是"淡泊明志者"的代表形象了。因之，儘管遲至三十七回方才露面，具有著"千呼萬喚始出來"的聲價。可是他之能夠跟劉、關、張、趙等傾心結納、共事到底的社會條件，卻早被作者安排得妥妥當當。

　　作者雖然是五百多年前的小說家，但他在下筆刻劃人物敘述故事的時候，卻頗具有樸素的辯證唯物精神，著重客觀條件，掌握發展情況，觀人論事實事求是，決不固定地孤立地來看問題。譬如《水滸》上的一百單八將，不管他們的出身如何不同，過去的生活如何差異——舊係軍官的林沖、通市民的武松、大地主的盧俊義，或是沒落的地主貴族階級柴進，當他們被貪官污吏土豪劣紳，以及維護這些醜惡分子的朝廷，逼迫得有家難奔有國難投的時候，便跟農民穆春，漁人三阮、二張，小手工業者金大堅、侯健，和自由職業者安道全、皇甫端等聯合起來，同上梁山揭竿起義了。這種眼光恐怕不懂得點兒辯證法兩點論，只看階級出身的舊文人是難能望其項背的。如《三國》中的幾個反面人物曹操、袁紹等，在他們討董卓戰虎牢、扶漢室時，卻基本上是被肯定的，孫權雖曾與劉備共破曹操，但在他勸進曹操接受曹操九錫之封時，已是被視同國賊了。特別是劉備在曹操許田射獵以前，他可以和曹操共破呂布；在孫權赤壁鏖兵時，他又與權同拒曹操；以至於徐州頒三讓，荊州是硬借，四川便奪取，漢中乃進襲等，都是因人因地因時制宜的卓越的手法，我們不可不知，不可不學。

　　言為心聲,文字是思想的外殼,通過它可以表達出來人物的性格。作者在《水滸》《三國》兩書中也充分地發揚了這點兒。就如李逵和張飛吧,李逵聽說宋江吟了反詩時應道:"吟了反詩打甚麼鳥緊! 萬千謀反的倒作了大官! 你自放心東京去,牢裏誰敢奈何他! 好便好;不好,我使老大斧頭砍他娘!"(《水滸》第三十九回)在割黃文炳時笑道:"你這廝在蔡九知府後堂,且會說黃道黑,撥置害人,無中生有攛掇他。今日你要快死,老爺卻要你慢死!"(第四十一回)李逵也要回家取娘時焦躁,叫道:"哥哥,你也是個不平心的人! 你的爺便要取上山來快活,我的娘由她在村裏受苦,兀的不是氣破了鐵牛肚子!"(第四十二回)宋江接受招安時,李逵罵那李虞侯道:"你那皇帝正不如我這裏眾好漢,來招安老爺們,倒要做大! 你的皇帝姓宋,我哥哥也姓宋,你作皇帝,偏我哥哥做不得皇帝? 你莫要來惱犯著黑爹爹,好歹把你那寫詔官員,盡都殺了。"(第七十五回)。這個早在元雜劇中就以忠實真摯、坦蕩戇直著稱的"山兒李逵",只從上面摘錄的一些口語裏,便可以看出他是一位多麼赤誠待人、爽朗可愛的農民革命英雄的典型形象了。而作者借著語言來表達人物聲口情調的功能之非同泛泛,也自昭然。再如《三國》的張飛怒鞭督郵時大喝:"害民賊,認得我麼!"(《三國演義》第二回)。虎牢關戰呂布時,飛馬大叫:"三姓家奴休走! 燕人張飛在此。"(同上,第五回)。劉備三請諸葛亮時,張飛曰:"哥哥差矣,量此村夫,何足為大賢? 今番不須哥哥去,他如不來,我只用一條麻繩縛將來!"(同上,第三十八回)協同趙雲截江奪阿斗時,孫尚香責問張飛無禮,飛曰,"嫂嫂不以俺哥哥為重,私自回家,這便無禮!"(同上,六十一回)。對戰馬超前,大叫而入曰:"辭了哥哥,便去戰馬超也!"(同上,第六十五回)張飛急躁直爽忠於劉備的性格和精神,從這些口語裏不是很清楚地可以看到麼? 比起《三國志平話》來,《演義》雖然因為偏重"桃園弟兄"的集體描寫,沒有叫張飛過分地突出,但那作為與眾不同的"快人快話"的形象，卻是直到今天還令人喜聞樂見的。所以，《演義》在使用文字上儘管有不夠通俗的缺點，而關於此類運用口語或是對話的形式來說明人物刻劃之處，倒作得相當的好。

還有，一部歷史也就是一部"相砍書"，槍桿子裏頭出政權嘛。像《水滸》《三國》這樣的小說也不例外。那麼，不會寫戰爭的故事是不行的。作者羅貫中卻恰恰是此中的能手。無論他安排在《水滸》中的，還是《三國》中的全是如此。因為，它不是只從戰爭的場地和使用的工具上講：野戰、城戰、山戰、水戰、馬戰、步戰、車戰、炮戰、堡壘戰、地道戰，雲梯戰、法術戰，諸般具有。而且從隊伍的配備與攻擊的形式上說也是：主力、別動、前鋒、押後、儲備、給養、兵工、攻堅、陷陣、夜襲、迂迴、埋伏、遭遇、誘敵、長圍、久困、輕取、速決、火燒、水淹、箭射、絕糧、斷汲、空室、清野、馬戰、放對、校量、俘獲、折殺，樣樣皆全。而且成套的戰役，如見於《水滸》上的三打祝家莊、兩贏童貫、三敗高太尉、征四寇的一系列攻戰。見於《三國》上的虎牢關大戰，官渡之役，尤其令人眼花繚亂的敗當陽走長阪坡，直至赤壁鏖兵。還有火燒連營、七擒孟獲、六出祁山、九伐中原，等等，非盡向壁虛構，很有一些歷史根據或是戲曲傳說資料的，都寫得主客分明，頭尾聯貫，萬化千變，制勝出奇。這些地方都說明著作者是生活經驗豐富、胸中自有丘壑，素材掌握齊全，筆下因而生花。所謂敵情、地形、天時、人力，一一關注，等於學了軍旅之事，凡調兵、遣將、聚草、囤糧，各見匠心，應該算是有本有源。

作者不只叫書中的人物有性情有生活，而且往往塑造出來一些大仁大智大勇的角色。就是說使他們忘我無私、堅強戰鬥，具有正義的美德勝利的信念。也舉例吧，如《水滸》中的魯達，從拳打鎮關西到杭州坐化；武松，從景陽崗打虎到單臂擒方臘；李逵，從鬧江州到飲毒藥酒。那一位不是有聲有色、有血有肉生活得有意義、鬥爭得不停歇的英雄呢？《三國》中的人物也是一樣，關羽從溫酒斬華雄到敗走麥城，趙雲從單騎救主到力斬五將，諸葛亮從博望坡初用兵到五丈原歸天，都是栩栩如生特別動人的。而且像諸葛亮等人，本來在史書上就是不平凡的已經不朽的了，可是他們給予讀者的印象，通通沒有像這兩部書裏的真切完整，這便不能不歸功於作者的手法卓絕眼光遠大了。即如作為講史小說的《三國》來講，是最難處理得好的一部長篇，既要照顧歷史的事實，又要不違背它的文學上的特點。蜀漢在三國時代本來是一個僻處西南後起先亡的蕞爾小國，諸葛亮也不過是一位忠貞自矢、頗有經綸的政治家與軍事家，可是一到了作者的筆下，這個國，便成了討漢賊的根據地，這個丞相便成了政策的貫徹始終者。所謂“向情劉備，疾惡曹操，南陽臥龍，妙算無敵”的看法直到現在還影響著廣大的人民。特別是諸葛亮，只要諸葛亮在場什麼都有辦法，不聽諸葛亮的話，必然失敗，諸葛亮死了，這書便沒有看頭了。因此種種，諸葛亮便成了“智慧”的代稱，《三國演義》裏面的第一人物。而作者根據多方面蒐集起來的素材，基於當時的廣大人民的需要，於是旋轉乾坤、偷天換日地把特定的歷史階段充實以豐富生動的故事，浪漫與現實相結合的軼聞，同時也賦予了許多歷史人物以不朽的性靈，嶄新的生命，使著後代的我們觀感親切，如聞其聲，如見其人，如預其事地“象憂亦憂，象喜亦喜”的藝術天才，就更不能不叫人頂禮膜拜了。

一九八四年一月
於河北大學中文系

明清小品詩文研究

一

小品詩文,這在現代文人的心弦上,是多麼一個富有彈力的名辭,尤其是那些專弄明清文和文學史的,恐怕都已竟熾手熱衷了。

但是,什麼叫做小品詩文呢? 她們的涵義與範圍,到底怎樣? 在我們入手本文以前,似乎應該先闡明白的:

按在西洋,往往是 Essay 和 Composition 對稱,Poem 和 Verse 對稱,譒譯過來,Essay 是說短一些兒的較為直抒的文章,Composition 則是長一些兒的近於組合的文章了。Poem 和 Verse 的區別,也合這個差不多遠-Poem 係短篇的詩歌。Verse 乃大一點兒的韵文,不過這種分類並不一定絕對。有的時候,卻也可以兩兩互用的。

現在一般博洽中西的文學家們,常常粗枝大葉的把中西文藝上的名辭,互相溝通起來,就像小品詩文吧,他們並不管牠們的涵義怎樣,便硬取了 Essay 和 Poem 對塡進來,不知,中西文化,各有不全,文學雖是不分國界的東西,然而各地土著的名辭,是否能夠其誼一也的彼此合式,的確要成問題的,寧缺毋濫,所以他們這種說法,我們只好割愛了。

新賬討清,我們再看舊賬:

如果我們仔細考究一下,我們一定可以發現中國文章的分品,不是很早的事情,六朝的時候,雖有大品小品的字樣,然而那是指着

佛經說的,普通的文章上,還不曾見過,譬如《世說新語》裏面的一段
記載:

> 殷中軍讀小品,下二百籤皆是精微,世之幽滯,嘗欲與支
> 道林辯之,竟不得,今小品猶存。

按佛經詳者曰大品,略者曰小品,後人引申其義,遂把文章也分作
大小品啦,實證如此,恐怕沒人不信的,這是蛻化的第一步。降至李
唐,大文學家如李白、韓愈等,有的謙遜自己的作品為雕蟲小伎,不合
大人(李白《上韓荊州書》)。有的以道統為就己任,拿文章來做載道
的工具(韓愈《原道》)。當時說者或屬假意,或屬別有用心,可是,後
之賢者不假分辨,以為前輩先生已有成議了,便將抒情的寫意的短篇
的東西,貶做小品,而把說理的載道的長篇的文章,算為大品。其實,
那里對呀。這是蛻化的第二步。宋明之世,除掉一部分超然一點兒的
文人外——宋如三蘇、山谷,多能以詩說理,以文抒情,弄成一種偈句
式的詩文雜糅的現象,明如三袁、鍾、譚,留待將來講述——大家反倒
變本加厲的鬧起來,乾隆認為小品文章,不足齒於士林了。真是一代
不如一代啦。

近今文人,如周作人、林語堂等,方才提出:文無所謂大小品。因
為截至現在,文已竟無道可載了,而抒情的實意的散文的進展,乃是文
學演變上的自然趨勢,不容任何人來妄肆軒輊。如果我們要認他做小
品,也無不可,只是必須免去高下偏正和大小的歧視態度,否則依舊的
陷入正統派文人的誤謬的覆轍了,這是蛻化的第三步,同時也是小品
名辭解釋的最後而又最完善的一步。

至於詩,則向來沒有大品、小品的分法。只在齊梁,有位鍾仲偉
(嶸)先生,曾經把詩列成上、中、下三品,他的《詩品序》說道:

嶸觀王公縉紳之士,每博論之餘,何嘗不以詩為口實;隨
其嗜欲,商榷不同,淄澠並汎,朱紫相奪,喧譁競起,準的無
依。近彭城劉士章,俊賞之士,疾其淆亂,欲為當世詩品,口
陳標榜,其文未遂。嶸感而作焉。

觀此,可知鍾嶸當日的詩品,乃是單純的價值上的評判,不合體制
發生關係。我們也曉得,祇有長篇短篇的詩,沒有大品小品的詩,不過
為了便於稱呼起見,姑假仲偉三品之說,別為新舊大小之號罷了,即或
有人譏以三塊石頭落井,作者無言。

<h2 align="center">二</h2>

小品詩文的問題談過,再讓我們說說標榜明清的緣故。

從十五世紀(明孝宗弘治晚年)到十六世紀(明熹宗天啟初年),
中國文壇,曾經有過一次極其偉大的演變。厥後,這種勢力雖然一度
消失,可是直到清季,還在不絕如縷的潛伏着呢。迨及民國初年,她更
爆炸起來,造成了等量齊觀的新文學運動,來完結她的未了的夙願,你
說利害不利害呀。

那末,這個演變的內容是什麼呢,我們的答案便為:小品詩文的產
生與發展。

當然嘍,小品詩文的產生,不必準從明代才有。她們的發展或
完成,也不一定便限於這個短短的時期內。不過,我們鑒於這回運
動的規模的大,和影響的遠,不能不來正式的給她一下表章,和研
究。自來探討中國文學的人,對於明清兩代的詩文,很少給與較高
的估價者,原因是:兩代數百年的文壇,多叫什麼前後七子(明)、桐

城、陽湖(清)給辱沒了。特別是那明朝中葉以前的作品,简直的脫不了下邊的公例:

> 標準　詩必盛唐,文必秦漢。
> 方法　剿襲摹擬,影響步趨。
> 目的　歌功頌德,載道護法。

我們都知道:文學是活的,不是死的,是維新的,不是守舊的。然則這等烏煙瘴氣違反時代的陳腐舊套,可有一毫存在的價值,事久當易,物極必反,自然要有天才巨眼的人士,出來擔負革命的工作了。

不過,現在談論小品詩文的,常要從公安講起,說到竟陵。其實三袁以前,已經有了開山創始的大家,鍾譚而後,更有許多聞風興起的作者,他們不曾注意罷了。

我們限於篇幅,雖然不能一一的詳細介紹,但即登臺點將,便不當令人有向隅之歎,爰籍諸家,共分四期如左:

一,弘正期(一五一○-一五七九)。這是小品詩文的萌芽期,我們舉唐伯虎(寅)、徐文長(渭)等作代表,而王穉登(百穀)次之。

二,嘉萬期(一六○○-一六二○)。這是公安派的全盛期,我們舉主將袁中郎(宏道)作代表,而袁伯修、袁小修、江進之等次之。

三,萬曆期(一六二○-一六四○)。這是竟陵派的全盛期,我們舉鍾伯敬(惺)、譚友夏(元春)作代表而劉同人(侗)、于司直(奕正)等次之四，康乾期（一六四〇--一七〇〇）。時至清初，已是小品詩文的衰落期了。我們舉張宗子（岱）、金聖歎（人瑞）、袁子才（枚）作代表，而李笠翁、廖柴舟（燕）等次之。

最後，我們有一項聲明，那就是對於諸人的批判，完全採取客觀的態度——意在根據文學上自然演變的形跡，來各還他們一個廬山真面目——反之，像清人朱竹坨、紀曉嵐等的，妄以己見，肆意誹謗，作者則極端避免的。

三

大凡一種文物或者事業的出現，絕不是猛丁的便從天上掉下來的，履霜堅冰至，其所由來漸，換句話說，一定要有它的循序演進的自然的因果的。小品詩文的昌盛，雖然還在嘉萬以後，但是，不有弘正諸人的先竪叛旗，恐怕也不會立竿見影吧。

唐伯虎（一四七〇--一五二三），單名一字寅，別號六如居士，吳趨人，弘治解元，這個玩世出奇的江南第一風流才子，他還是個白話詩歌大家呢，我們可知道嗎？譬如：

一上一上又一上，一上直到高山上。舉頭紅日白雲低，四海五湖皆一望。（《唐伯虎集·外集·紀事》）

這是多麼清新的小詩，在李（東陽）何（景明）等鬧得正凶的時候，豈不是難能而又可貴的東西？較長些的也是一樣：

人生七十古來少，前除幼年後除老。中間光景不多時，

347

又有炎霜與煩惱。

花前月下得高歌,急須滿把金尊倒。世上錢多賺不盡,
朝裏官多做不了。

官大錢多心轉憂,落得自家頭白少。春夏秋冬撚指間,
鐘送黃昏雞報曉。

請君細點眼前人,一年一度埋芳艸。艸裏高低多少墳,
一年一半無人掃。

(一世歌,《唐伯虎集》)

這首詩歌,我們如果和著鼓板高唱起來,簡直就是現在的鼓兒
詞或蓮花落了,還有再比這個通俗生勤的嗎?他的《花下酌酒歌》
更妙:

九十春光一擲梭,花前酌酒唱高歌。枝上花開能幾日,
世上人生能幾何?

昨朝花勝今朝好,今朝花落成秋艸。花前人是去年身,
去年人比今年老。

今日花開又一枝,明日來看知是誰?明年今日花開否,
今日明年誰得知?

天時不測多風雨,人事難量多齷齪。天時人事兩不知,
莫把春光付流水。

好花難種不常開,少年易老不重來。人生不向花前醉,
花笑人生也是呆。

(同上)

記得幼年初看《紅樓夢》的時候,每到黛玉葬花的章回上,便要如醉如

348

痴的難過起來,特別是那一首酸淒悱惻的《葬花詞》,簡直沒有勇氣把她念完,如今一瞧,原來曹雪芹還是從唐伯虎學去的呀,使我們更該知道,天才的文人的真情實感,果是千古一般的了。

伯虎似這種的詩歌極多,例如《一年》《醉時》《解惑》《世情》《怡古》《妒花》《焚香默坐》《漁樵問答事》等論是;抒情的,敘事的,寫意的,說理的,或者諷世的,都是同樣的靈透自然的,不過,他早年的作品,卻不如此。

伯虎早年的詩,如《花月吟》《效連珠體》,與《姑蘇十詠》等,曾經一樣的咬文嚼字,雕琢用典,他的文章又是駢麗的居多,不著樸質,所以沒人尊奉他,時人王世貞批判他道:

> 先生之始為詩,奇麗自喜,晚年稍放格諧俚俗,冀托於風
> 人之指,其合者猶能令人解頤。(同上)

顧璘也道:

> 棄洛之餘,益任放誕,邪思過念,絕而不萌,托興歌謠,殉
> 情體物,務皆俚耳,罔避俳文。(同上)

早年奇麗自喜,晚年罔避俳文,伯虎作風的演變情形,由此可見,也足證超然物外的不易了。

徐文長(渭)(一五二一——一五九三),山陰諸生,他比伯虎晚了幾年,也是個天字元號的怪人。梅客生《寄袁中書》,曾道他的奇特云:

> 文長吾老友,病奇於人,人奇於詩,詩奇於字,字奇於文,

文奇於書。(《徐文長集》袁序)

詩文稱二奇,必有大可觀,讓我們先來瞧詩:

> 屋腐隙西椽,密雲夜如織。朝窺牀簟頭,白糝高一尺。側耳不敢搖,寒籠戢僵翼。伴侶同苦辛,何從乞漿食?(同上,五古,《雪》)

又一首:

> 巖壑千重路轉偏,春陰漠漠帶炊煙。因投野店聊呼酒,笑問名山數舉鞭。
> 籠鳥對人暄曙色,桃花臨水弄新年。多情忽憶天台約,歸去應尋剡曲船。
>
> (同上,七律,《言遊武夷道中撫景》)

又一首:

> 墙頭赤棗杆兒斑,打棗竿長二十拳。塞北紅裙爭打棗,江南白苧怯穿蓮。(同上,《邊詞》)

細玩諸詩,果然清幽奇峭,別有風神,我們再看:

> 老王亂青冥,皇天夜遺蛻。餘骨散九洲,顯顱此焉寄。人視萬御餘,天意一夕計。游艇沸滄波,彷彿熱管衛。亭午入數折,冲然元氣閉。縣峯昇羽人,毛竹倚仙姊。辟彼齒牙

蠹,生死齦齦內。世人不解奇,但識世間事。示之帝所遺,惟以溪山睞。(《泛舟九曲》)

這可真是刁鑽古怪,鬼話連篇了,然而他即不勉強,也無因襲,處處都是本色獨造語,這就不怪袁中郎也佩服他啦。

文長的文章,更是冷雋可喜,如《送沈君叔成序》:

叔成父仗劍出塞垣,拾其先公蛻以歸,乃復抱書號闕下,取所銜兩虎數狐以甘心,始拂衣歸鄉間,駐馬野棠,灑涕報事於先公墓道。為得張皇,光焰閃爍。於是鄉里稱叔成奇男子,無忝先公。既罷,復短劍跨一驢,將渡江淮而北,復有事京師也。來別余於理,見余抱梏就擊,與鼠爭殘炙,蟻蝨瑟瑟然官吾顛,館吾破絮,成父忽雙涕大叫曰:"叔憊至此乎! 袖吾攣虎手何為?"余壯之,體貌雖屝囚矣,而氣少振也,於是作歌以為別。

昔袁中郎批評這一文章道:"文數行耳,悲楚激烈,幾於易水歌矣。"我們看他這枝矯健的文筆,也的確寫得生氣虎虎,慷慨淋漓。再瞧題跋:

重其人,宜無所不重也,況書乎! 重其書,宜無所不重也,況早年力完之書乎! 重其力完,宜無所不重也,況題乎! 董君某,得新建公早書,願以題命我。(同上)

層層解合,語語脫跳,必是這般作法,方才不愧小品之名哪。下面的一條尤妙:

閩南宮書多矣,瀟散爽逸無過此帖,辟之朔漠萬馬,驊騮獨先。(同上,《書米南宮墨跡》)

寫到這裏,我們索性連他的書札也看一道:

連餉波臣,信頤輕老,不意塞北無假彈鋏之勞,坐致江南日習舉綱之趣,風味滿座,感荷非言(同上,《答某饋魚》)

雖然有典故用排偶,可是流露自然,並無虛套,文長文長,真就名實相符了。

總之,唐、徐二人,一個是以高才被黜(會試時,因江陰舉人徐經賄案削籍),不見齒於縉紳糈神之林,因而激發豪放,流為俳俚的詩歌。一個是以布衣稱奇,恥入王李之黨,又因一生坎坷,幾番死活(徐因狂疾,曾以長錐貫兩耳、巨石碎腎囊,幾死。又因殺妻,入獄論抵,後為鄉人救出),乃至鬼詩怪文,重迭而出。我們細按兩家,雖是一個稍嫌輕浮,一個略近古怪,然而他們已竟有了的創始的精神,和足為後人之所矜式的成品,則是不容埋沒的了。

況且公安輕新,有似俚俗,竟陵冷僻,有似幽峭,簡直是唐、徐兩人,預先他們投下一個暗影了,豈不更可玩味麼!

四

現在該談到公安文派了,按公安三袁的生卒年代:

袁宗道(伯修),號玉蟠,人稱石浦先生,生於嘉靖三十九年庚申

(一五六〇),卒於萬曆二十八年庚子,享年四十一歲。

袁宏道(中郎),人稱石公先生,生於隆慶二年戊辰(一五六八),卒於萬曆三十八年庚戌(一六一〇),享年四十三歲。

袁中道(小修),生於隆慶四年庚午(一五七〇),卒年不詳。三袁之中,中郎天才最高,但首先揭示革命文學的意旨的,還是伯修,伯修主張詩文以發抒性靈為主後,中郎、小修方才起唱和的。只是,伯修、中郎死得都早,小修雖然享年較長,卻又遞於宦途而使文風變易,因此,披靡一世的公安勢力,遂積漸的轉向竟陵去了。

三袁而外,還有一個江進之(盈科),他是公安文派的唯一的信徒,和中郎先生頂為要好,不過,他才氣稍差,詩文尚未至於圓熟的地步,所以後人多貶損他。例如竟陵鍾伯敬道:

> 江令賢者,其詩定是惡道,不堪再讀,從此傳響逐臭,方當誤人不已,才不多中郎,而求與之同調,徒自取狼狽而已。

又說中郎所以援引進之作同志的道理曰:

> 袁儀部所以極喜進之者,緣其詩歷詆往哲,遍排時流,四顧無朋,尋伴不得,忽得一江進之,如空谷聞聲,不必真有人跡,聞跫然之音而喜。(同上)

伯敬罵進之,可謂刻薄到家,但我們細考袁江相得的情形(江曾兩次為袁作序,江死,袁哭之慟),看不出怎樣的勉強。詳閱進之的文稿,也未發覺如何的惡道,大概是伯敬先生戴了有色眼鏡,想要以竟陵來掊擊公安,而又不肯直接指摘中郎,於是抓了姓江的作替死鬼吧。

唉! 袁中郎還不曾談,倒替江進之先辨了一陣,未免喧賓奪主了。

這是沒有問題的,公安是小品詩文的主要產地,而中郎又是公安的押壇主將,那末,對於此公的作品,我們自然不該輕輕的放過了。只是,關於中郎的詩文,我已在本列的卷期上,有了相當的介紹,此地似乎不必再來重複,現在,我們衹要看看批他的文字了。

按中郎問世的各種文集,大抵都有時人的論序,我們只就這些序文中,便可以略窺。

他的一切成就,江進之序《錦帆集》道:

> 茲編者,大端機自己出,思從底抽,撮景眼前,運精象外,取而讀之,言言字字,無欲不飛,真令人手舞足蹈而不覺者。
> (《袁中郎序集》)

《錦帆集》是中郎的處女作品,起始付刻是在去吳的時候,江郎又是中郎唯一的知己,所言當不盡屬阿諛。又雷何思(思霈)太史序《瀟碧堂》道:

> 石公有詩,莫把古人來比我,同牀異夢不相干,能作如是語,故能作如是詩與文,如山之有雲,水之有波,草木之有華,種種色色,——變萬態,未始有極而莫知其所以然,但任吾真率而已。

雷何思是竟陵伯敬的座師,他能如此的佩服中郎,則中郎的魄力可知。又聞子將(啟祥)序《華嵩遊艸》道:

> 盤山桃源及華嵩諸記,則鏤心刻骨,肯貌肖神,儼然吳道

子畫地獄變相手矣。(同上)

中郎傳世的最後的文稿,便是《華嵩遊艸》——那是他死前兩年主試秦中時的筆墨——所以極其珍貴的。

觀上三序,足見中郎造詣之深了,所以清人賀熙齡道:

有明一代,作者林立,自李献吉、何仲默倡為復古之說,李於麟、王元美嗣起,謂文必秦漢,詩必盛唐,英詞壯氣,凌屬無前,其弊也摹擬過甚,真意漸漓,而一時靡然景從附和,猶如斗之有杓,山之有岱也。獨公安袁中郎先生,不相推奉,而矯之以清新宕逸之辭,其時風氣一變,雖其後亦有勝有不勝,而先生之沈識定力,不苟隨俗披靡,以取悅當世,可不謂豪傑之士與!(同上)

文學乃時代之產兒,一個階段有一個階段的特色,所以過去的東西,自亦不無相當的價值,前後七子,雖然壞在摹擬過甚,可是他們的英詞壯氣、凌屬無前的長處,的確也是不可掩沒的。祇以短過於長,事久須易,方才為後起的袁中郎等所打倒,這種功過關係和自然演變的情勢,我們是不能不交待清楚的。不過,賀熙齡說中郎,其後有勝有不勝,又是怎麼一回事呢?

原來中郎晚年的作品,頗不能一致的守其信口信腕的原則,譬如《哭江進之》詩與《閒居雜詠》等,也一樣的零用典故澀句了,並且在告訴人家作詩文的時候,亦有:"詩文之工,決非以艸率得者,望君勿以信手為近道也。"(《袁中郎集‧尺牘‧與黃平倩》)好像自相矛盾起來啦,還怪後人指摘嗎? 可是,如果仔細追究一下,這種理由卻也十分的單簡。

　　按中郎詩文是以獨抒性靈不假摹擬為主的，但是，假使一意的任性奔放起來，便將俳諧俚俗無所不至，就如：

　　　　一日湖上行，一日湖上坐，一日湖上住，一日上湖臥。

　　這固然是信手拈來毫無雕琢的東西了，但和打油定鉸的野詩，可有什麼區別？在中郎或者能够說，這是我個人矯枉之作，但是空疏不學之士，便要從流而下了。中郎晚年，大概是看出了這種毛病，所以才又稍加更正的，他的這種心理，竟陵譚友夏揣摩得最透，友夏道：

　　　　察公之用心，其議不待人發，而其才不難自變，其識已看
　　定天下所必趨之壑，而其力已暗割從來所自快之情，予因思
　　古今真文人，何處不自信，亦何書不自悔，當眾波同瀉、萬家
　　一習之時，而我獨有所見，雖雄才辯口搖之，不能奪其所信，
　　至於眾為我轉，我更覺進，舉世方競寫喧傳，而真文人靈機自
　　檢，已遁之悔中矣，此不可與鈍根浮器之人言也。（《譚友夏
　　文集·袁中郎先生續集序》）

　　這段文章，是中郎的兒子袁述之，拿著中郎的遺稿，去求友夏作序，而友夏應命艸成裏面的一段，當時述之曾說：“先子者不可學，學先子者辱先子者也。子不學先子者，惟子可以序先子。”（同上）又足證公安竟陵的文風，確有不同了。

五

公安以後，便是竟陵。

竟陵文學雖然同反七子，可是她卻不似公安那般的清新明淡，他們竟陵的作者，主張以自己的感情心境，去領略或了解古人，而不贊成使才氣。他們寧可讓自己的詩文晦澀一些，也不蹈襲俚俗的覆轍。凡此種種云，我們可從鍾（伯敬）、譚（友夏）二人的共選《詩歸》，同尊古學裏見出來，伯敬之言曰：

> 選古人之詩而命曰《詩歸》，非謂古人之詩以吾所選為歸，庶幾見吾所選者，以古人為歸也。引古人之精神，以接後人之心目，使其心目有所止焉，如是而已矣。（《鍾伯敬文集》卷四《詩歸序》）

引古人之精神，以接後人之心目，可見伯敬崇古之深。譚友夏亦有言曰：

> 夫真有性靈之言，常浮出紙上絕不與眾言伍，而自出眼光之人，專其力，壹其思，以達於古人，覺古人亦有炯炯雙眸，從紙上還矚人，想亦非苟然而已。（《譚友夏文集・詩歸》序）

古人矚我，我思古人，總歸不過一個真性靈，但今之人與眾言，便不配有此了，所以我宜致力古學。

不過,鍾譚之返樸,亦非偶然,前面已竟說過,鍾伯敬因鑒於公安的俚俗,所以才努力鍛煉,以除牛蛇鬼神打油定鉸之弊的。並且,他還不僅看出公安的破綻哩,如果我們詳細玩味下面的這一段談話,簡直可以說他把整個的文學演變上的規範都參透了,他說:

> 大凡詩文,因襲有因襲之流弊,矯枉有矯枉之流弊,前之共趨,即今之偏廢,今之獨響,即後之同聲,此中機捩,密移暗度,賢者不免,明者不知。

這真是千古不易的明言,恐怕連中郎、伯敬等,也都難逃法綱了。
至關於詩文的論述,則是譚友夏比鍾伯敬的多。友夏所論,一以篤實自然為宗,他在《選語石居集序》中道:

> 夫詩文之道,上無所蒂,下無所根,必有良質美手,吟想鮮集,足以通神悟靈,而又有硯潔思深、惕惕於毫毛之內者,與之觀其恒,通其變,採心昭戒,庶幾一遇之而不敢散。(《譚友夏文集》)

詩文雖然沒有根蒂,但必須覃思惕惕珍重出之,方為上品,所以他又道:

> 夫詩文之道,非苟然也,其大患有二。樸者無味,靈者有痕,故有志者常精心於二者之間,而驗其候以為深淺。(同上,《題簡遠堂詩》)

但他並不是泥古守制的,他說:

法不前定，以筆所至為法，趣不强括，以詣所安為趣，詞
不準古，以情所迫為詞，才不由天，以念所冥為才。（同上，
《詩歸序》）

這還不算極端的自由主義嗎？然而，讀者莫要忘卻，他背後原有
學識和經驗作主宰哩。

伯敬、友夏都是詩人，理論敘完，我們再來看他們的作品：

鍾伯敬的詩

六月初五日夜（五言古）

長夏不肯晚，既晚亦蒼涼。涼色已堪悅，況此纖月光。
初生如新水，清淺半東墻。尋常如乍見，悲喜觸中腸。對月
本佳況，鄉思亦無方。且復共明月，無為念故鄉。（《鍾伯敬
文集》）

庚戌除夕（五言律）

除歲他鄉夕，今年屈指三。關心存與沒，閱俗北兼南。
燈火看相似，杯盤對不堪。自憐疎野骨，此日候朝參。（同
上）

江行徘體（七言律）

邨煙城樹遠依依，解指青溪與翠微。風途白魚爭入市，
江過黃鵠漸多磯。家從久念方驚別，地喜初來也似歸。近日
江南新潦後，稻蝦難比往年肥。（同上）

秣陵桃葉謌(七言絕)

女兒十五未知羞,市上門前作伴遊。今日相邀徉不出,
郎家昨送玉搔頭。(同上)

不差,這些詩歌的確要比公安派的精鍊得多了,然而必如沈春澤
云:"其中片語隻字,有不本之經,參之子,輔之史集,根理道,原性情者
乎?"(《隱秀軒文集序》)。則未免揄揚太甚。

譚友夏的詩:

遊梁山(五言律)

高松翠萬竹,斗折亂紅黃。造物光搖落,空山破混茫。
人如一雨雨,國是眾香香。理履非今日,徒誇靈隱霜。(《譚
友夏文集》)

移航至河,與劉濟甫等擬陶月泛(七言律)

夏塘生厭又遷舟,望望河光若有投。蓮底坐僧全幅畫,
篙邊訪弟數家幽。野香吹岸茶初濕,林月涼灘釣未收。愛製
漁歌歌吹外,志和終老宅常浮。(同上)

巷中七詩為武陵姬秋水詠(五言絕)

有郎愛絃索,北調久無傳。恨學江南曲,聲聲帶可憐。
(同上)

由香山上洪光尋經（七言絕）

登登物物是森森，攜有泉源到樹音。松栢午天皆暮色，誘人風雨晚秋心。（同上）

友夏的詩，又比伯敬的幽深冷僻啦，朱之臣說他“清微静篤，一以傳古人之深意”（《寒河詩序》），倒還像對。

鍾、譚而外，劉同人，于司直，也是竟陵有名的作者。惟兩人在文學上未見主張，祇會以極藝術的手筆，合著了一部《帝京景物略》——劉搜集材料，于潤色辭藻——可惜此書於收入《四庫全書》時，已被紀曉嵐改得失掉風味了。不然的話，真是竟陵文派的一部千古不沒的作品。

六

時至清初，因先此歸（震川）、唐（荊川）文派之興，公安竟陵的勢力，已竟為滅煞了。夷考其故，大概是：歸、唐二子看清楚了兩派的優點（反七子，去摹擬）與劣點（公輕浮，竟冷僻），於是採長補短別成一種：著重辭藻的創造文派，知己知彼，百戰百勝，公安竟陵，自然要被廓除了。

然而，野火燒不盡，春風吹又生，歸、唐二子的神通，儘管如天的廣大，畢竟還有高才狂志的能手。鑽出他們的壁壘，所以金聖歎、袁子才等，仍有公安竟陵的餘意。

金聖歎（人瑞），他是一個平民文學的批評家，常用一枝痛快淋漓的妙筆，來評點題跋各種說部，譬如《水滸》《西廂》，直到現在還是膾炙人口哩。

實也難怪，人家那枝禿管毛錐，真可橫掃五千人，不信看他的《水滸傳》：

> 哀哉乎，此書即成而命之曰《水滸》也，是一百八人者，為有其人乎？為無其人乎？誠有其人也，即何心而至於水滸也。為無其人也，則是為此書之胸中，吾不知其有何等冤苦，而必設言一百八人，而又遠托之於水涯？吾聞率土之濱，莫非王臣，普天之下，莫非王土也，一百八人而無其人猶可耳，一百八人而有其人，彼豈真欲以宛子城、蓼兒窪者，為非復趙宋之所復載乎？（《貫華堂》卷五楔子）

偌大一個文人，肯為通俗小說作批注，已竟奇了，批注出來，又是出神入化、灑人心脾的東西，豈不更奇了嗎？清初文人，能够和聖歎功趣相似的，亦只李笠翁一人而已。聖歎的詩，則不甚奇——他是在學老杜——要想看詩，我們還是瞧瞧隨園老人吧。

隨園老人袁子才（枚），作詩作了四十多年——始弱冠，終花甲——產品共計七千餘首，不但詩篇量多質美，而且理論也極豐富——就只詩話，便有那麼厚一大册！現在先揀他的詩學來介紹：

> 夫詩無所謂唐宋也，唐宋者一代之國號耳，與詩無與也。若拘拘焉持宋以相敵，是子之胸中有已亡之國號，而無自得之性情，於詩之本質已失矣。（《小倉山房文集》卷十一《答施蘭坨論詩書》）

這是子才反抗七子摹擬的第一道檄文，他更明白地指斥他們道：

明七子貌襲盛唐，而若輩乃皮傅殘宋，尤無謂也。（同上，《萬柘坡詩集跋》）

貌襲、皮傅，都極無謂。那末，必須怎樣才成哪？他說：

後之人，未有不學古人而能為詩者也。然而善學詩者，得魚忘荃；不善學詩者，刻舟求劍。（《詩話》卷二）

不怕學古人，只莫要刻舟求劍，的是至理名言。關於作詩時候應辨的情趣，他也分得非常詳盡：

作詩不可不辨者，淡之與枯也，新之與纖也，樸之與拙也，健之與粗也，華之與浮也，清之與薄也，厚重之與笨滯也，縱橫之與雜亂也，似是而非，差之毫釐，失之千里。（同上）

這些節目，自然不是深有造詣的人，不會看得出來的，換句話說，如果作詩的人，真能清楚這些限界，那他一定可以成功了。子才的詩，亦以性靈為主，但性靈這個東西，是要依著年齡變易的，因此他早歲的作品雖然雅麗飄忽，而晚歲的便頹唐不逮了。他自己說：

賦詩如開花，開多花必少。況我八旬人，神思久枯槁。可奈索詩人，終朝猶別剿。明知未死蠶，抽絲終不了。勉強與支吾，自慚真艸艸。何圖良朋來，公然齊道好。吾斯之未信，姑且存其稿。或者五體盡頹唐，只有一枝筆不老。（同

上,卷三十五,《筆不老》)

五體頹唐,筆自然也要老了,子才雖在嘴硬,然而龍鍾之態已見。再如:

> 我不願來而忽來,我不願去而忽去。不知來自何方,去從何處。此中自有真消息,天不能言我代說。只等盤古老翁依舊活,我來尋我自然得。(同上,卷二十七,《病中戲作》)

至於他早年的詩篇,那真是琳瑯滿目美不勝收了。不過,我總喜歡他的長篇的記事詩,茲舉一章以概其餘:

> 輿夫負重行,上山復下谷。歷盡諸險難,垂暮方息足。我意獲弛担,自當速睡熟。誰知重張燈,徹夜作搏搏。此闔彼復嗔,甲逃乙更逐。所得幾何錢,未足供饘粥。胡乃大鴟張,拋散如星落。明朝重聳肩,勇氣勝賁育。至夜又復然,如有鬼捉縛。毋乃梟與盧,竟是醫勞藥。物性果不齊,熊魚各有欲。上智與下愚,不可常理度。且勿憂人憂,姑且樂吾樂。(同上,卷二十八,《輿夫歎歎》)

以才運情,使筆如舌,人稱韓昌黎善以散文作詩,我們又何嘗不可以說袁子才以詩作散人呢!

子才的文,多古文駢體,但亦縱橫跌蕩自成一格,倒是他的書牘,雖然自家不大矜持,卻趣味丰富得多,例如:

書來，勸持刀者以片薄為貴，此言悮矣。火腿之美劣，全在先天之鮮與不鮮，不在切片之薄與不薄也。譬如無鹽醜女，使披鮫綃之衣飄若輕雲，其增美也乎？西施國色，使披千石之裘，首飾繁重，其能變醜也乎？僕常云：買此物最難，三年出一個狀元，三年出不得一個好火腿，足下以為然否？（同上，卷八，《戲答方甫參饋火腿》）

袁子才是最講究吃喝的，他的《隨園食譜》，直到現在還有為一幫老饕之客，奉作指南圭璧呢。譬如火腿，你看他說得有多麼在行！

子才以下，再如：屠隆（著有《婆羅館清言》），尤西堂（著有《雜俎》），湯卿謀（著有《湘中艸》《閒餘筆話》），史震林（著有《西青散記》）等人，也都還有公安、竟陵的臭味，只是時代愈後，我們實在無暇再為他們廢篇幅了。

七

以上遍述各期各家的詩文已舉，如果歸納起來看，大概是：由於七子的返古摹擬，而引起唐（伯虎）、徐（文長）的首豎叛旗，不過，兩人祇有創作，未見主張，迨至公安（三袁），方才有了極明確的文學口號——知文學變遷之跡，倡詩文清新之旨——然而其弊也膚淺，竟陵（鍾譚）代興，正以篤厚，但是幽峭冷僻，識者病之，於是歸（震川）、唐（荊川）一出，而公安、竟陵兩派文壇只剩殘兵偏將了。

最後，我們採取張宗子（岱）的一篇文章，來作結束：

今日喜王李者，則詆鍾譚，喜鍾譚者，則詆王李。夫王李

自成王李,鍾譚自成鍾譚,今之作者,自成為今之作者,何必詆,何必不詆?(《石匱書》)

希望研究明清小品詩文的人,能够這般才好。

一九三五年五月十九日

(本文原載於《北強月刊》1935 年第 2 卷第 5 期,署名"魏紫銘")

唐六如評傳

唐六如名寅,字伯虎。世居吳縣(今江蘇省蘇州市)趨里。其父廣德,母丘氏。六如於成化(明憲宗)六年(公元一四七〇)二月初四出生。那年歲值庚寅,所以名寅字伯虎,又字子畏,自號六如(佛家語也,亦曰六喻)。《金剛經》曰:"一切有為法,如夢幻泡影,如露亦如電,應作如是觀。"以夢、幻、泡、影、露、電六者,喻世間一切無常也。

六如兒時,即聰慧異常。年方垂髫,就考取了秀才,人也很拘謹,整日關在房間裏讀書,連外面的街道都不清楚,交往友朋尤其審慎。他的好友祝允明(1460—1526),剛和他交往時,兩番拜訪,他都不見。只在一天的早上,投送了兩張名片,算是如數回拜了(《唐伯虎集·外集·唐子畏墓誌銘》)。及壯,轉為任俠,自己說是:"宕跌無羈,不問生產,何有何無,付之談笑。鳴琴在室,坐客常滿,而亦能慷慨然諾,周人之急。"(同上,三卷,《與文徵明書》)

"肆目五山,總轡遼野。橫披六合,縱馳八極。無事悼情,慷慨然諾,壯氣雲蒸,烈志風合。戮長霓,令東海,斷修蛇,使丹嶽,功成事遂,身斃名立。斯亦人生之一快,而寅之素期也。"(同上,《上吳天官書》)這段文字表明六如很有抱負。他這抒發志趣講求事功的語言頗為別致,氣魄大,象徵美,乃真情實感之作,非無的放矢之言。他在《席上答王履吉》亦云:"我觀古昔之英雄,慷慨然諾杯酒中,義重生輕死知己,所以與人成大功","感君稱我為奇士,又言天下無相似。庸庸碌碌我何奇,有酒與君斟酌之"。六如壯年竟被稱為"奇士",原因是他常以古之魯連與朱家為法,認為他們"言足以抗世,惠足以庇人",稱得起

"布衣之俠"(亦見《上吳天官書》)。

但是,六如的父親,卻想要他通過科舉求取功名,以便光宗耀祖改換門第。看到六如這等行徑,雖然也把八股先生請來教學,心裏不免暗暗失望。經常歎氣說:"看來,這孩子日後必能有些名頭,不過,讓他成家立業便不容易了。""知子莫若父",我們不能不佩服六如父親的估計。六如迫於父命,雖然也學些制藝,可是直到父死還不曾中過舉,家道卻一天天地破敗下來:"蕪穢日積,門戶衰廢。柴車索帶,遂及藍縷。"

祝允明遂在此際勸六如道:"你如果有意成全父親的心願,就該趁早努力課業,圖個上進,不然的話,索性脫卻袍冠,燒掉制藝文章,任著自家的愛好幹去。為什麼這樣不三不四地混充掛名秀才呢。"六如聽了很受感動,立刻回答道:"好吧,明歲恰逢大比之年,讓我挪出一載的工夫來弄弄看,如果再不成功,只好從此甘休了。"接著,他真就閉門謝客,拿出往日讀過的《毛詩》《四書》,揣摹擬練,務使合於"時義"(恐怕是以朱熹注為主要研究對象的),也不找人共同鑽研。

戊午,明孝宗十一年(1498),六如已經廿九歲了,鄉試應天府(今南京)。洗馬梁儲看到他的試卷,嗟歎不已道:"書生裏真有這樣的奇才異能之士嗎? 解元(第一名舉人)在此無疑了。"於是錄為榜首。領解以後,六如有詩自敘云:"壯心未肯逐漁樵,泰運咸思備掃除。劍貴百斤方折閱,玉遭三黜忽沽諸。紅綾敢望明年餅,黃絹深慚此日書。三策舉場非古賦,上天何以得吹噓。"(《領解後謝主司》)詩的內容表明,六如喜出望外,重新點燃了功名之火。

次年,己未(孝宗十二年,公元 1499 年,六如三十歲),六如赴京會試,偶與江陰舉人徐經同舟。徐乃江南首富,因為六如鄉試冠軍,一路上未免多方巴結,便一同到了北京。此時,六如聲譽鵲起,都中闊老,來訪者多:"公卿吹噓,縉紳交遊,歧舌而贊,並口而稱。"(《與文徵明書》）好像狀元非他莫屬了。可惜六如不知檢點身行，致把到手的功名付諸流水了。這回奉命典試的有一位程敏政（與李東陽齊名，官至禮部右侍郎）學士，和六如的房師梁儲熟識，請程照看。程說："我也聽說唐寅是江南奇士，但須看看他的文章再講。"梁便命六如草上三事，程很欣賞。

後來，梁儲因公南下，六如由於感激知遇，拿了一塊白絹，請程敏政作文送行，不料卻種下了禍根。徐經有錢，公開買通試官，這些骯髒勾當，大概也不背著六如。六如不慎露了口風，事情便壞了，徐經的仇人舉發，說徐經勾通主司賄賂當道，並詞連程敏政和六如。孝宗見了震怒非常，立即頒下詔書，撤銷敏政的典試官職，不准參與閱卷，又逮捕了徐經、六如，說是要重辦。六如已經考完兩場，結果鬧了個坐監獄。"或謂：敏政之獄，傅瀚（弘治中為禮部尚書）欲奪其位，令昶（後亦為福建左布政使）奏之。秘，莫能明也。"（《敏政傳》結語）原來是一場爭權奪位的官僚鬥爭，而"城門失火，殃及池魚"，六如未免冤枉。

六如獲遣還鄉以後，除了社會上的污辱以外，還有家庭間的仇視，生活狼狽不堪。他說："僮奴據案，夫妻反目；舊友獶狗，當門而噬。反視室中，瓶甌破缺；衣履之外，靡有長物。西風鳴枯，蕭然羈客；嗟嗟咄咄，計無所出。將春掇桑葚，秋有橡實，餘者不逮，則寄口浮圖，日願一餐，蓋不謀其夕也。"（《與文徵明書》）這可真是"水盡山窮"了，他的原配夫人徐氏離異，大概就在此際。六如雖然這般落魄，並不詛咒朝廷，因為他覺得罪有應得，所以又有"整冠李下，掇墨甌中，僕雖聾盲，亦知罪也"之言。

當六如以"枯木朽株"自視，而有"苟延奚為"之哀鳴時，寧王宸濠插了進來。寧王非常愛慕六如的才華，當六如一帆風順中舉會試的時候，不好相尋。六如貶黜以後，機會來了，他趕忙派專使到蘇州來聘請。宸濠既是一家親王，六如又正百無聊賴，便應聘至南昌。宸豪對六如禮遇備至。可是六如慢慢發現宸濠是一個心存異志、不安本分的人。六如怕受連累就恃酒罵座、佯狂不已,弄得人人討厭,宸濠也斥他為"狂徒",這才比較安全地離開了江西。

此後六如真就絕意仕進,一切淡泊了。他認為"金紫之貴,珠玉之富"足以"困生",不如"天地自然而然者"能使人"夷然而樂,坦然而安"。(語見集中《愛溪記》)他說:"我輩住人世,何榮何辱何樂何求?""清風明月用不竭,高山流水情相投。"(《世情歌》)還說:"世上錢多賺不盡,朝裏官多做不了。官大錢多心轉憂,落得自家頭白早。"(《一世歌》)看來六如真是"大徹大悟了"了。六如絕跡名利場以後,他的生活可以《漫興》詩為寫照:"不煉金丹不坐禪,半隨時俗半隨緣。生涯畫筆兼詩筆,蹤跡花船與酒船。鏡裏形骸春共老,燈前夫婦月同圓。東家歡樂西家醉,天上仙間地上仙。"這就是說,他雖好釋氏並不出家,也不求長生。生涯則是作畫吟詩,不謀榮利,痛痛快快地活著就算。現在讓我們把這種情況分別介紹如下:

先說六如對於佛家參禪的看法。他有幾首詩歌道得最好,《醉時歌》:"地水火風成假合,合色聲香味觸法。世人癡呆認作我,惹起塵勞如海闊。貪嗔癡作殺盜淫,因緣妄想入無明。無明即是輪回始,信步將身入火坑。朝去求名暮求利,面作心欺全不計。上牀身半別鞋子,方悔昨朝搬鬼戲。他人謀我我謀他,冤冤相報不曾差。一身欠債還他債,請君嗦鐵去拖車。種堪愛惜色堪貪,他家妻子自家男。不是冤家頭不聚,鐵枷自有愛人擔。幾番死兮幾番活,大夢無憑閑聒聒。都是自家心念生,無念無生即解脫。死生無常繫雙足,莫待這番重瞑目。人身難得法難聞,如龜投芥龜鑽木。自補衲衣求飯吃,此道莫推行不得。拼卻這條窮性命,不成些事何須惜。數息隨止界還靜,修願修行入真定。空山空木虎狼中,十卷《楞嚴》親考訂。不二門中開鎖鑰,烏龜生毛兔生角。諸行無常一切空,阿耨多羅大圓覺。一念歸空撥因果,墮落空見仍遭禍。禪人舉有著空魔,猶如避溺而遭火。說有說無皆是錯,夢中眼花尋下落。翻身跳出斷腸坑,生滅滅已寂滅樂。"這首四十八句三百三十六字的長歌,從一開始就針對著"六根(眼、耳、鼻、舌、身、意)六塵(色、聲、香、味、觸、法)"之不"淨"與必"染"說起,指出人生之複雜、險惡、難得超脫,不如隨緣隨俗而自己掌握分寸的好。那《楞嚴經》不就是大佛祖如來密因修正了義諸菩薩萬行的首要經典嗎?"菩薩"者,"大士"也,上求"菩提"(覺悟)、下求"有情"(眾生)的"發大善心"之代表人物也。釋迦牟尼未成佛祖以前即有是稱。修成正果談何容易! 六如已經親自考訂過了,故知之深而樂之切耳:生滅寂靜,一切夢幻,能入能出,自我作古,所以他才是絕頂聰明的人。

明代弘治(孝宗)正德(武宗)之間,王陽明(守仁)的"心明便是天理",為學"惟求得其心"之"致良知"及其"知行合一"論,業已形成,而且影響頗大,陽明說"譬之植焉,心其根也",學也者,無論"培壅"、"灌溉",無非"有事於根焉而已"(語見《王文成公全書·紫陽書院集序》等文中),六如與陽明同時,思想境界很有許多相似之處。因為兩人都是出入二氏歸本儒家的,不過一個以事功、理學著稱(王),一個以詩文書畫傳世(唐),應該說是各有千秋的。六如的學佛,也不過是為擴大自己的知識面,"來尋善知識"充實自己的人生觀的。他之誇大仙佛的本領、神通,僅只為忠孝作先行,充注釋而已,這也稱得起中學為體、佛學為用吧。所以越來越可以證明六如的思想根源,未嘗不來自當時的客觀條件。王陽明已經有"心學"了嗎,對於"支離破碎"的朱熹一派,也應該是一種糾正呢。而通過像上面錄引的清新流暢、通俗易懂,既動視聽又利宣講的詩歌,足以說明六如的寫作,富有人民氣息,接近人民的語言啦。

再說六如的"畫筆兼詩筆"。他是一位多才多藝的作者。作畫是他獲取生活費的主要手段,當然也就成了他主要生活內容。尤其是到了晚年，他整天埋首在靠近市街的小樓上。求他作畫，只要帶了酒肉來，便可以如願以償。他有七絕一首自道其事說："不煉金丹不坐禪，不為商賈不耕田。閒來寫幅青山賣，不使人間造孽錢。"（《外集紀事》）這是多麼開朗的胸襟哪，公平交易，雙方滿意，絕不討人便宜，也不孤芳自賞，這才夠得上"風流自有真"的名士，用今天的話說，就是"流自己的汗，吃自己的飯；既未剝削，便是好漢"，何況付出的又是無法估價的藝術青山。

六如的畫和唐人王維的一樣，都是"詩中有畫，畫中有詩"的。"大葉偏鳴雨，芳心又展風。愛他新綠好，上我小亭中"（《題美人蕉》）。"紅杏枝頭掛酒旗，綠楊枝上囀黃鸝。鳥聲花影留人住，不賞東風也是癡"（《題杏林春燕》）。這樣的題詩，在六如的《文集》裏近八十首。關於六如的畫品，《文集外集紀事》中有幾段很為精彩的記載：

> 伯虎作洗桐圖，左列高梧一株，孤竦秀特，枝葉間有生氣。一童子捧盂，一老人方袍鶴立，灑指作洗滌狀，其運筆細潤，幾同繭絲，惜老人冠首為稚子少損，然亦不減連城。清晨展玩，涼氣颯颯，令人神爽也。

> 伯虎曾畫臨江一小亭，眾山環之。一人角巾白裕，憑闌遠眺，超然有象外意。遂題詩其上云："落日山逾碧，孤亭景自幽。蒼江寒更急，客興自中流。"

筆者舊日在故宮博物館，也見過一些六如的作品，無論山水、人物、翎毛、花卉都是精妙絕倫，令人歎為神品的。其形式則畫卷、門斗、扇面、條幅，應有盡有，稱得起："下筆輒追唐宋名匠，畫品高甚，在五代北宋間。"（《外集·唐子畏墓誌銘》）

至於六如的詩，時人以為：

①初喜濃麗,既又仿白氏,務達情性而終璀璨,佳者多與古合。

②詩婉麗學劉禹錫。

③棄洛之餘,益任放誕,邪思過念,絕而不萌,托性歌謠,殉情體物,務皆俚耳。

④先生之始為詩,奇麗自喜,晚年稍放,格諧俚俗,冀托之風人之旨,其合者猶能令人解頤。(並見《外集·唐子畏墓誌銘》)

打開六如的《文集》細看,我們也覺得他的詩可以分作前後兩期:中解以前的"濃麗、璀璨"和貶斥以後的"格諧俚俗",人們願意欣賞的又恰恰是前面已經鄭重介紹過的那些"務達性情,令人解頤"的"歌謠式"的長篇。檢點《文集》此類甚多,其尤著者為:《一年》《一世》《醉時》《解惑》《世情》《怡古》《妒花》《把酒對月》《焚香默坐》《漁樵問答》等十歌。詩句以五言或七言為主,詩情奔放激切,動人感人,每為發自肺腑之言,可以說已然自成格調了。

與此相反,六如早年的詩作,則以樂府、古體居多,也舉出幾首以為例證,且事比較。如:"泉源深逶迤,嘉樹亂芳妍。地縮武陵脈,軒開蔚藍天。寄情聊蛇蛩,隨手奏艒船。別撰遊仙調,臨池促管弦。"(《桃花庵與祝希哲諸君同賦》)這應該是所謂"奇麗自喜"的詩,因為它講求對仗,雕琢字詞,力避俚俗之句。此乃五言律體,七言的也不例外:"繁花漫首當年甚,舉目荒涼秋色凜。寶琴已斷鳳凰吟,碧井空流麋鹿飲。響屧長廊故幾間,於今惟見草斑斑。山頭只有舊時月,曾照吳王西子顏。"(《姑蘇詠百花洲》)

六如詩才敏捷,出口成章,但玩世不恭,往往出奇制勝。如《外集紀事》記云：“吳令欲於虎丘採茶，命役齎牌嚴督諸僧。役奉牌需索，僧無以應命。役即繫僧歸，邑令大怒，笞之三十，號令通衢。僧惶遽計無所出，知令雅重伯虎，厚幣求之，伯虎拒不納。一日出遊，乃戲題其枷上云：‘皂隸官差去採茶，只要紋銀不要賒。縣裏捉來三十板，方盤托出大西瓜！’令出見，詢僧，僧對云：‘唐解元所題也。’因大笑釋之。”

看罷這段故事，使我們想到的不單是六如的詩才，值得特別注意的，倒是他的公正態度：敢於說長道短、諷刺“天門的知縣”及其“虎狼般的衙役”。至於吳令的“雅量”，恐怕是由於六如的“人望”吧，自家理虧，其奈之何！

六如做詩是非常講求章法的，《作詩三法序》說：

　　詩有三法：章、句、字也。三者為法，又各有三章之為法。一曰：氣韻弘壯。二曰：意思精到。三曰：詞旨高古。詞以寫意，意以達氣，氣壯則思精，思精則詞古而章句備矣。

　　為句之法，在摹寫，在鍛煉，在剪裁。立議論以序一事，隨聲容以狀一物，因遊觀以寫一景。模寫之狀，如傳神，必得其似；鍛煉之法，如製藥，必極其精；剪裁之道，如縫衣，必稱其體。是為句法。

　　而用字之法，實行乎其中：妝點之如舞人，潤色之如畫工，變化之如神仙。字以成句，句以成章，為詩之法盡矣。

六如坎坷一生，憤而玩世，喜笑怒罵，對立權位，發為詩文，乃其變態心理之所在。看他這裏“畫工潤色，神仙變化”之言，即可知之，所謂“發乎情，止乎義”，不離本色者是，原因還在於：他也曾“窮研造化玄蘊象數，尋究律曆，求揚馬玄虛，邵氏聲音之理而釐訂之。傍及風鳥、五遁、太乙，出入天人之際，將為一家學”（《外集·唐子畏墓誌銘》），不甘於文人、畫師,而欲成為學者,側身乎"立言"之流(由於立德、立功,均已無望)。他自己說得好:"窮窺古人:墨翟拘囚,乃有'薄喪';孫子失足,爰著《兵法》;馬遷腐戮,《史記》百篇;賈生流放,文詞卓犖。不自揆測,願麗其後,以合孔氏不以人廢言之志,亦將鑒栝舊聞,總疏百氏,敘述六經,翱翔蘊奧,以成一家之言,傳之好事,托之高山,沒身而後,有甘鮑魚之腥而忘其臭者,傳誦其言,探察其心,必將為之撫缶命酒、擊節而歌嗚嗚也。""嗟乎吾卿!男子闔棺事始定,視吾舌存否也。僕素任俠不能及德,欲振謀策操低昂,功且廢矣,若不托筆札以自見,將何成哉?"(《文集·與文徵明書》)

可以說,這實際上是六如"棄洛"以後的抱負。值得惋惜的是,他雖然有此雄心,學問也夠淵博,而終於無成,不曾創建出一家之言。他所能夠壽世傳今的,偏偏是自家不大注意的文藝:詩歌、文章和畫。那麼,原因何在呢?據我們分析,恐怕全由於"蹤跡花船與酒船",生活太放蕩了吧。他的十首《漫興》,就有談及"冶遊"的專章。詩云:"平康巷陌倦遊人,狼籍桃花病酒身。短夢風煙千里笛,多情弦索一牀塵。黃金誰買《長門賦》,黛筆難描滿額鬘。惟有所歡知此意,對燒高燭賞餘春。"赤裸裸的,絕不隱諱,如同柳永的《雨霖鈴》一樣:"楊柳岸,曉風殘月",並不怕說"文人無行"。

總之"無行"也罷,"浪漫"也罷,這都是歷史的存在,我們並不想為唐六如辯解什麼。他的一生,長可補短,瑕不掩瑜。畫為妙品,詩勝於文,至今仍不失為名家。我們特別欣賞的乃是他的"竹枝詞式"的歌詩,影響深遠,有所突破。如:"九十春花一擲梭,花前酌酒唱高歌。枝上開花能幾日,世上人生能幾何?昨朝花勝今朝好,今朝花落如秋草。花前人是去年身,今年人比去年老。今日花開又一枝,明日來看知是誰。明年今日花開否,今日明年誰得知。天時不測多風雨,人事難量多齟齬。天時人命兩不齊,莫把春光付流水。好花難種不常開,少年易老不重來。人生不向花前醉，花笑人生也是呆。"（《花下酌酒歌》）淋漓盡致，一瀉無餘，而又聲調響亮，沁人心脾。我們懷疑清人曹雪芹《紅樓夢》裏的黛玉《葬花詞》，有的章句格調即由此變化而來的。如："花謝花飛飛滿天，紅消香斷有誰憐？桃李明年能再發，明年閨中知有誰"之與"今日花開又一枝，明日來看知是誰？明年今日花開否，今日明年誰得知"。儘管他們一個是"葬花"，一個是"醉花"，到頭來其"感時花濺淚"的心情都是一致的。稍有差別的是《葬花詞》長些，五十二句三百六十四字；《花下酌酒歌》短些，二十句一百四十字。長的稍嫌縟麗，可是後來居上，家喻戶曉；短的不事雕琢，確是慷慨悲歌，鏗鏘到底的。兩者同垂不朽！

六如晚年愈益狂放：詩酒傲公侯，行樂桃花塢，雖學古人，連李白都不放在眼裏了。他說："李白能詩復能酒，我今百杯復千首。我愧雖無李白才，料應月不嫌我醜。我也不登天子船，我也不上長安眠。姑蘇城外一茅屋，萬樹桃花月滿天。"（《把酒對月歌》）虧他嘴響，連李白都非同道啦。他五十歲時的《言懷》之詩，足為自己終身的結論。詩道："笑舞狂歌五十年，花中行樂月中眠。漫勞海內傳名字，誰論腰間缺酒錢？詩賦自慚稱作者，眾人多道我入仙。些許做得工夫處，莫損心頭一寸天。"

豈望富貴，不憂貧賤。笑舞狂歌，花月醺眠，在理亂不知、黜陟不聞的情況下，對得起"良心"，還有所貢獻。這就是唐六如的一生。嘉靖癸未（明世宗二年，公元一五二三年）十二月二日，六如卒，終年五十三歲，葬於吳中橫塘王家屯。遺著有《唐伯虎集》若干卷，畫若干幀。時人論之云：

先生才高，少事聲色。既坐廢見，以為不復收，益放浪名教外，可悲也！（《外集·傳贊》琅邪王世貞）

　　有俊才,博習多藝。善屬文。為人放浪不羈,志甚奇,沾沾自喜。(同上,長洲閻秀卿)

　　坦夷疏曠,冥契禪理,弱居庠序,漫負狂名。著《廣志賦》及《連珠》數十首,跌宕融暢,傾動群類。(同上,刑部尚書顧璘)

　　雅資疏郎,任逸不羈。喜玩古書,多所博通,不為章句。屬文務精思,氣最峭厲。嘗負淩軼之志,庶幾賢豪之蹤。(同上,國子博士徐禎卿)

　　王世貞、徐禎卿,都是明代"七子"中的名手,對於六如這等推重,可見事非偶然。顧璘也有文聲,不止是做高官而已。看來六如的橫遭貶黜,他們是採取同情的態度的。"驕妒互會,竟媒禍胎"(語見《傳贊》)未嘗不是公允之見,刑部尚書應知底細麼。"詩窮然後工",如果六如一帆風順、富貴及時,未必就有任情奔放的詩歌、妙奇唐宋的繪畫傳之後世了。從這一點上說,也可以說是壞事變成了好事啦。

　　　　　　　(本文原載於《承德師專學報》1986年第1期)

徐文長論

十六世紀二十年代至九十年代,中國明朝嘉靖(世宗朱厚熜)萬曆(神宗朱翊鈞)年間,會稽山陰(即今浙江省紹興縣)出了一位文學怪傑徐文長渭(1521—1593)。他能書善畫,詩美、文佳,突破了前後"七子"的藩籬,在生活上也有許多不與人同的行誼,至今江東一帶,還流傳著一些口耳熟悉的徐文長的故事,即可概見。

按《明史·徐渭傳》及陶望齡、袁宏道所作《徐文長傳》,尤其是文長自己的《自為墓誌銘》中,我們知道,徐文長名渭,初字文清,別號天池山人、青藤道士,或署田水月,山陰人,出身於一個地方官吏的家庭,他的父親徐鏓"廉勤謹慎,夙夜靡遑,自光祿徙東平",終四川夔州府同知,文長其庶子也。生正德辛巳(明武宗朱厚照在位之十四年)二月四日,百日父即棄世,養於嫡母苗氏,凡十有四年,母略知書,持身嚴毅,治家有方,教育文長,竭盡心力。母卒,依於伯兄淮(字文東)與仲兄潞(字文邦,皆童母所生,苗母則父之繼室也)。淮,喜蹴鞠,愛燒丹,浪跡江湖。潞,諸生,能古詩文,曾佐幕府,俱客死異鄉(事見文長所作苗宜人及伯兄、仲兄之墓誌銘中)。嘉靖庚子年(世宗十九年)文長二十歲時為山陰秀才。作者自述其少壯時期學習與為人的情況道:

> 少知慕古文詞(九歲能屬文,十餘歲時即仿揚雄《解嘲》作《釋毀》),及長益力。既而有慕於道,往從長沙公(季本,王守仁傳人,亦會稽人)究王氏宗(按即陽明之學),謂道類

禪又去,扣於禪,久之,人稍許之,然文與道終兩無得也。賤而懶且直,故憚貴交似傲,與眾處不免袒裼似玩,人多病之,然傲與玩,亦終兩不得其情也。

生九歲,已能習為干祿文字(即科舉文),曠棄者十餘年,及悔學,又志迂闊,務博綜,取經史諸家,雖瑣至稗小(稗官,小說),妄意窮極,每一思,廢寢食,覽則圖譜滿席間。故今齒垂四十五矣,藉於學宮者二十有六年,食於二十人中者(即廩生之類)十有三年,舉於鄉者八而不一售,人且爭笑之。而己不為動,洋洋居窮巷,儆數椽儲瓶粟者十年。(《自為墓誌銘》)

從這些坦蕩的自白裏,我們可以看出來文長是崖岸高傲不與人同的,博學多能不拘一格的,信守陽明之學而清貧自樂的。他非常之崇拜陽明,說陽明"千古真知聽話虎,百年遺像見猶龍。夜來衣鉢今何在,畫裏鬚眉亦似儂"(《新建伯遺像》),連長相都在比擬了,雖然功業不及(文學的造詣卻有過之),他也非常之服膺季本,《季先生入祠祭文》說:

> 先生之於行,簡節疏目,似緩於其細矣,而心事之光明,如青天白日,可以對鬼神而格豚魚者,則固獨立乎其大。
> 先生之於學,探本極源,既急於其大矣,而著述之精密,如蠶絲牛毛,用以明六經而酌百氏者,則又不遺乎其細。
> 當其仕也,為砥柱於風波之中,有舉世所難言者而獨言之,舉世所難行者而獨行之,盡其在我而不問其成與敗。

他在《時祭文》《縣祭文》《府縣祭文》中更說季本是:"發明六經,

折衷群疑。士優則仕，老至不知。士類宗之，可以為師。心事青天，胸次霽月。兒童不欺，鬼神可格。國人評之，太上立德。”又說：“惟公一代經師，千古道宗，聞之者幾於聆韶，見之者稱為猶龍。”這推崇得可謂五體投地了。

文長的青壯年生活是頗為清苦的，除前面已經約略提到的以外，還可以從他的詩文中求得具體的反映。他自己說：“某以卜居，為豪無賴所詿誤，家殆盡”（《贈富翁潘公序》），他連個固定的住室都沒有，說：“自觀象之宅失，而我考妣若兄嫂之主，至於今凡八遷”（《告先生》），即是久居的地方，那房屋也是破陋不堪的，有詩云：“傸居已六年，瓦齾綻椽縫。每當雨雪時，舉族集盆甕。微溜方度楣，驟響忽穿棟。有如淋潦辰，米麥決篩孔”、“菌耳花篋衣，爛書揭不動”“數椽猶傸人，安得峻櫨栱？買瓦費百錢，已覺倒囊籠。命工勿多攤，擘艾聊救痛”（《補屋》），則其貧困可知。

但文長並不是沒有雄心壯志的，“少年曾負請纓雄”（《上谷歌》），而且佐幕胡宗憲（嘉靖三十四年，浙江巡按御史，後升總督，防倭有功，但為嚴嵩黨，下獄而死）時，頗有表現（主要是文字上的，如《伐進白鹿表》《代祭陣亡將士文》等），胡亦待之甚厚。渭自言：“始謁時，親見公束帶階迎，同飲食，從容談說，退必導於其衙之門”（《胡公文集序》），甚至代文長解決家庭問題，《謝督府胡公啟》說：“渭失歡幃帳，動逾十年，俯托絲蘿，歷辭三姓。過持己見，遂駭眾聞，詆之者謂矯激而近名，高之者疑隱忍以有待。明公寵以書記，念及室家，為之遣幣而通媒，遂使得婦而養母。”宗憲還曾代替文長謀售鄉試：“胡公值比歲，思為渭地，諸簾官入謁，屬之曰：‘徐渭，異才也。諸君校士而得渭者，吾為報之。’以誤於某貢生而未成。”（事見陶望齡所著《徐文長傳》中）關於文長之際遇胡宗憲，袁宏道之《徐文長傳》內，敘述得亦甚詳盡，宏道云：

　　文長為山陰秀才,大試輒不利,豪蕩不羈。總督胡梅林公知之,聘為幕客。文長與胡公約"若欲客某者,當具賓禮,非時輒得出入。"胡公皆許之。文長乃葛衣烏巾,長揖就坐,縱談天下事,旁若無人。胡公大喜。是時,公督數邊兵,威振東南,介冑之士,膝語蛇行,不敢舉頭;而文長以部下一諸生傲之,信心而行,恣臆談謔,了無忌憚。會得白鹿,屬文長代作表。表上,永陵(世宗)喜甚,公以是益重之,一切疏記,皆出其手。文長自負才略,好奇計,談兵多中。凡公所以餌(詐誘也)汪(直)、徐(海)諸虜者,皆密相議然後行,……胡公既憐文長之才,哀其數困,時方省試,凡入簾者,公密屬曰:"徐子,天下才,若在本房,幸勿脫失。"皆曰:"如命。"一知縣以他羈後至,至期方謁公,偶忘屬,卷適在其房,遂不偶。

　　據此,可知文長在胡幕,除書記工作出色外,還有軍事上的表現,然亦因此而累盛名。憲宗下獄,文長亦發狂自戕:"引巨錐剚耳,刺深數寸,流血幾殆。又以椎擊腎囊,碎之不死"(具見陶著《徐傳》),"人曰:'渭文士且操潔,可無死。'文長則自認為:不知古文士,以入幕操潔而死者眾矣,乃渭則自死,孰與人死之"。蓋渭為人,"度於義無所關,時輒疏縱,不為儒縛。一涉義所否,雖斷頭不可奪。故其死也,親莫制,友莫解焉"(《自為墓誌銘》,陶著徐傳並有錄引)。其實,這事非關"畏罪",乃文長對於宗憲感恩之深,義不獨生故耳。如《祭少保文》云:"嗚呼痛哉!惟感恩於一盼,潛掩涕於蒿萊!"深以自己"出身微賤",無力回天,既不能幫助宗憲"思過"於生前,而使之"免死",只能悲憤欲絕以酬"知己"了,亦可見文長操守之所在啦。語云:"無不以一眚掩大德",文長庶乎其不差矣。

文長為人的缺點,是對於女性的"猜而妒",除髮妻潘姒字介君,相處尚好,可是早死(只有十九歲)外,"後有所娶,輒以嫌棄",甚至"擊殺其後婦,遂坐法繫獄中。又欲自決,賴鄉人張元忭力救得免。文長心德之,而不慣其禮法(元忭,進士,編修,尚陽明之學,兼重朱熹之躬行實踐,拘拘於孔孟)"。時大言曰:"吾殺人當死,頸一茹刃耳!今乃碎糜吾肉"。但是,不管怎麼說,文長對於這一"恩公"也是念念不忘銘諸肺腑的。《祭張太僕文》說:"公之活我也,務合群啄而為之鳴。嗟乎!某雖不言,而寸心之恒,終千古以悠悠也。"

文長出獄後,心情開朗,筆下生花,亦莊亦諧,得未曾有。如《後破械賦》云:

愛有一物,制亦自斑。鶻喙不啄,琴體乏弦。乃偕二友,木寶金紐。與之為三,脰及足手。一人遇之,不棺而朽。多其高義,隨我四年。我分殉之,何心棄捐!二三神明,呵護其首。司其去留,為我撞剖。嗟乎哉!爾完我死,爾破我生。破完倏忽,生死徑庭。可不慎乎?敢告司刑。

他這坐的顯然是"死囚牢"了,殺人的償命呦。可是居然得生,所以才有這種"昨日何重,今日何輕?其在今日也,栩栩然莊生之為蝴蝶,其在昨日也,蘧蘧然蝴蝶之為莊生"(《前破械賦》),有恍如夢中之感,然而這種詩賦也惟有文長才作得出來。

接著文長便以遊解憂了,近遊金陵(今南京),北客上谷(今河北省易縣),自比"鳥棲"說:"半生不解依枝宿,今日翻成繞樹啼"(《閶門送別》),說:"請觀世上看花者,曾見花開不謝來?"(《夏相國白鷗園》)說:"好人不在世,惡人磨世尊。聰明管自己,闒冗任乾坤"(《曇陽之九》),可以見其意興所在了。北遊尤多佳句,如:"綠柳連雲撥不開,忽扶黃瓦出樓臺。隄長水闊三千尺，一日惟看一殿回"（《燕京歌》），"八達高坡百尺強，逶連大漠去荒荒。輿幢盡日山油碧，戍堡終年霧喫黃"（《上谷歌》），"千金赤兔匿宛城，一隻黃羊奉老營。自古學基嫌盡殺，大家和局免輸贏"（《胡市》）。此則不止情景如畫而且含義甚深啦。

文長南歸以後，殘病時發時止，陶望齡記其此際生活情況云：

> 日閉門與狎者數人飲噱。亦時攜錢至酒肆，呼下隸與飲（袁著徐傳所言）。而深惡諸富貴人，自郡守丞以下，求與見者皆不得也。常有詣者，伺便排戶半入，渭遶手拒，口應曰："某不在。"人多以是怪恨之，晚絕穀食者十餘歲。人問："何居?"曰："吾噉之久，偶厭不食耳，無他也。"（言非辟穀以求長生）

按文長晚年嘗有《畫菊》《牡丹》諸詩以道其閒居絕穀之狀：

> 身世渾如拍海舟，關門累月不梳頭。東籬蝴蝶閑來往，看寫黃花過一秋。（《畫菊》）
> 經旬不食似蠶眠，更有何心問歲年。忽報街頭糕五色，西風重九菊花天。（又一首）
> 五十八年貧賤身，何曾妄念洛陽春。不然豈少胭脂在，富貴花將墨寫神。（《牡丹》）

這些詩確是比擬得好，傳真入神，足資寫照。當然也可以說他是借題發揮等於"寓言"的。因為文長深得屈（原）莊（周）的藝術精神，能入能出，極諳繼承發展之道。

文長"不事生業,及老貧甚,鬻手自給,然人操金請詩、文、書繪者,值其稍裕,即百方不得,遇窘時乃肯為之。所受物,人人題識,必償已乃以給費,不即餒餓,不妄用也。有書數千卷,後斥賣殆盡。幃莞破弊,不能再易,至藉稿寢,年七十三卒"(具見陶著徐傳),望齡總結文長的一生道:

> 　文長負才,性不能謹飾節目,然跡其初終,蓋有處士之氣,其詩與文亦然。雖未免瑕纇,咸以成其為文長者而已。中被詬辱,老而病廢,名不出於鄉黨,然其才力所詣,質諸古人,傳於來禩,有必不可廢者。秋潦縮,原泉見,彼恧喧汜溢者須臾耳,安能與文長道修短哉?(同上)

陶望齡並於傳文之末,備言公安派袁宏道稱之為"奇絕,謂有明一人",是則不止定評得允當,而且道及其"傳於來禩"的最早的影響者了。袁宏道自己也說:"先生詩文崛起,一掃近代蕪穢之習,百世而下,自有定論。"(見所著《徐傳》之結語)《四庫全書總目提要》則言其"學問未充,聲名太早,一為權貴所知,遂侈然不復檢束。及乎時移事易,侘傺窮愁,自知決不見用於時,益憤激無聊,放言高論,不復問古人法度為何物,故其詩遂為公安一派之先鞭,而其文亦為金人瑞(1603—1661,小說評點家)等濫觴之始",並認為宏道之言"太過",望齡之論"持平"。我們卻覺得正是由於文長不講"古人法度",才能在詩文上有突破的造詣,從而為"公安"之"先鞭",金棠的"濫觴",陶論的確"持平",袁論並非"太過",從這裏讓我們找到了晚明文學(也包括小說)革新的跡象哩。清朱彝尊《靜志居詩話》云:"傳有言,琴瑟既敞,必取而更張之,詩文亦然,不容不變也。"話雖嫌其籠統,所言"窮則變,變則通"的道理,則是不可抹煞的,對於徐文長尤其是應該這樣地去看待。

一、思想概況

文長的思想是出入釋道以儒為宗的,這可以說自唐以來的官方體系,"三教同歸"麼。譬如他稱佛氏云:"論心諸所證悟,即壽命相者悉掃抹之。而其告波斯匿王,又引見恒河性之覺之,云此身變滅之後,乃有不變不滅者存,此皆彼教中精微之旨。"(《贈禮師序》)這話是不差的,因為佛家從來是主張"無我相,無人相,無眾生相,無壽者相"(《多心經》)的。而所謂死後成佛於"極樂世界",這是"不生不滅"之境了。他又說:"以某所觀,釋氏之道,如《首楞嚴》所云:大約謂色身之外皆己,色身之內皆物。亦無己與物,亦無無己與物,其道閎眇而難明,所謂無欲而無無欲者也。"(《逃禪集序》)按此即"本來無一物,何處惹塵埃"(佛家六祖之言)之意,不怪陶望齡說文長解《首楞嚴經》有新意了(見陶著徐傳)。為什麼指稱文長並不佞佛呢? 因為他又有這樣的語言,他說:

> 何事移天竺,居然在大倉。善哉聽白佛,夢已熟黃粱。
> 托鉢求朝飯,敲鑼賣夜糖。(《曇陽》)

天竺即印度,乃佛家之祖國,大倉在今江蘇省淮安縣境。即是說,到處是佛境,到處有佛家,不必巴巴得非到印度去求不可。何況佛家也要吃飯,一樣地需求托鉢、賣糖呢! 生活是現實的呀,誰能只在"黃粱夢"中去打發日子? 文長對道家的看法也不例外,他尊信老、莊,而不泥於道家,說:"莊周輕死生,曠達古無比。何為數論量,生死反大事。乃知無言者,莫得窺其際。身沒名不傳,此中有高士。"(《讀莊子》)這不是在談莊周到底不能"清淨無為"嗎？一落文字已著形跡了。又有詩云："曇陽一髻左，道人三朵花。誰云只是你，安知不是我？大海撤岸冰，小生沒處躲。"(《曇陽》)這也很有點開玩笑的味道了：撲朔迷離，爾我難分說，不要擺"死角"，弄得大家無路可走吧。足見文長並非真個相信成佛作祖的。

但是不管怎麼說，文長對於釋道之書是下過工夫的，他自己就講："余讀旁書，自謂別有得於《首楞嚴》《莊周》《列禦寇》，若黃帝《素問》諸編，倘假以歲月，更用繹紬，當盡斥諸注者繆戾，標其旨以示後人。"(《自為墓誌銘》)可證。我們說他"三教合一"是因為他有這樣的詩："三公伊何，宣尼聃曇。謂其旨趣，轅北舟南。以予觀之，如首脊尾。應時設教，圓通不泥。誰為繪此，三公一堂。大海成冰，一滴四方。"(《三教圖贊》)這便是他對儒、釋、道的基本態度。

我們說文長以儒為宗歸本孔氏，是因為他稱"吾儒"、講"忠孝"、愛"諸兄"、重"友朋"，但也不完全是老一套，對儒家的某些傳統觀念他就表示過不滿，例如他批評"論道有疵"之韓愈說，"攻佛甚粗"、"大約佛之精，有學佛者所不知而吾儒知之；吾儒之粗，有吾儒自不能全，而學佛者反全之者"。他甚至認為"所謂君臣父子之懿，文物、事為之盛"為"吾儒之粗"者，因為這裏邊難免"兒女"之情、"干祿"之願，以至於"無所不至"(以上所引並見《贈禮師序》)的成為庸俗之人的緣故。於是，文長思想境界之高曠，也就是含有釋氏的成分，亦可覘知了。"為有性命？為無性命？""大小動植，體則不同。所含生性，等無有二"(《書瀘水羅漢畫贊》)，"凡涉有形，如露泡電，以顏色求，終不可見。知彼亦凡，即知我仙"(《純陽子圖贊》)，文長對於世事人生的看法，總是這般雜糅釋、道的，所以也極開朗，譬如對於聖人，他就有與眾不同的說解，他認為，非只堯、舜、禹、湯、文、武、周公、孔子始為聖人，聖人無乎不在，只要他之所作所為是有利於人類的。《論中三》說：

自上古以至今，聖人者不少矣。必多矣，自君四海，主億兆，瑣至治一曲之藝，凡利人者，皆聖人也。周所謂道在瓦礫，在尿溺，意豈引且觸於廁耶？故馬醫醬師，治尺箠，灑寸鐵，而初之者，皆聖人也。

吾且以治者舉，人出一思也，人創一事也，又人累千百人也，年累千萬年也，而後天下之治具，始大以明備，忠而質，質而文，文而至於不可加，而具之枚亦不可數。

那末，文長是不主張聖人是什麼生而知之的天才、為少數人所壟斷的專用稱號了。自天子以至於藝人，人人有分麼，更要緊的是他既重開創的精神，又講經驗的積累的，從古到今，繼承發展，很有一些歷史唯物的樣法的。持之有故，敢發議論，與此後"非聖叛道"有所突破之李質（卓吾）頗相近似，應該說是時勢使然，文長已經走在頭裏了。詩文具在，曷可忽之！

最後讓我們以文長的"三才論"作結，它載在《函三館記》中，是可以代表文長的整體思想的。其文云：

吾儒曰"三才"，老曰"三生萬物"，而冠之曰"一生三"。乃釋也則不立言矣。即"一"字且掃抹之矣，而況於"三"乎？乃其舉世界之中之外之諸有，至於竭恒沙之數而不可殫。即隸首復興，弧矢、勾股，操其法，日百億聚其徒，用其百億徒之指，以礫礫奇偶而乘除之，亦日且不給矣，又何貴於"萬"，與生萬者之"三"，與生三者之"一"哉？

然則為儒者將何居？曰："一"非自能"一"也，從"無"而有"一"也，"三"非自能"三"也，從無而有三也。"萬"非自能

"萬"也,從"無"而有"萬"也。辟之生人然,"一"者始生祖也,"三"者父也,"萬"者子與孫也,孫孫子子相為無窮也。則上古未生人之前,祖從何而生哉?知此,則為儒者知所以居矣。

他這從無到有,從一到萬,通天徹地,以人為綱的說法,並不新鮮,但是能用物理演算法、比較態度來對待宇宙人生,應該認為是不可多得的,也類似微觀之與宏觀麼。而"夫儒參三才者也",一"中立而天地位,萬物育"(同上),更可以證明文長的思想,到底還是雜糅釋道以儒(其實是"知行合一"的"陽明之學")為宗的。而《四庫全書總目提要》說他"傳姚江縱恣之派",卻是似是而非,未免譏評過甚了。

二、詩的造詣

袁宏道稱譽文長的詩文說:"其所見山奔海立、沙起云行、風鳴樹偃、幽谷大都、人物魚鳥,一切可驚可愕之狀,一一皆達之於詩。其胸中又有勃然不可磨滅之氣,英雄失路,托足無門之悲。故其為詩,如嗔如笑,如水鳴峽,如種出土,如寡婦之夜哭,羈人之寒起。當其放意,平疇千里;偶爾幽峭,鬼語秋墳"(語見所撰《徐文長傳》)。這推崇得可謂淪肌徹骨,淋漓盡致,連《四庫全書總目提要》都不得不說:"袁宏道之激賞"乃是"臭味所近"之故,可以知袁文之知之深,與徐詩之美及影響的深遠了。《提要》又說:"其詩欲出入李白、李賀之間,而才高識僻,流為魔趣。選言失雅,纖佻居多,譬之急管么弦,凄清幽渺,足以感蕩心靈,而揆以中聲,終為別調。"這話似貶實褒。文長之詩真是由於奇情奇趣與奇辭,蛻化於正統文學(指"七子"之詩文而言)之外,才有其特殊貢獻的。

首先,文長是主張抒發性靈為情造文,反對摹擬步趨、言不由衷的。他說:

> 古人之詩本乎情,非設以為之者也,是以有詩而無詩人(按此指《詩經》及《古詩十九首》等類詩作而言)。迨於後世,則有詩人矣,乞詩之目,多至不可勝應,而詩之格亦多至不可勝品。然其於詩類,皆本無是情,而設情以為之。夫設情以為之者,其趨在於干詩之名,干詩之名,其勢必至於襲詩之格而剿其華詞。審如是,則詩之實亡矣! 是之謂有詩人而無詩。(《肖甫詩序》)

發乎情止乎禮,辭章用以表達,矯揉造作者何足以語此! 內容決定形式,兩者又交加為用相得益彰麼。不然的話,豈不貌似神非,失其本根了嗎? 所以文長又說:

> 人有學為鳥言者,其音則鳥也,而性則人也。鳥有學為人言者,其音則人也,而性則鳥也。此可以定人與鳥之衡哉?
> 今之為詩者,何以異於是! 不出於己之所得,而徒竊於人之所嘗言曰:某篇是某體,某篇則否,某句似某人,某句則否,此雖極工逼肖,而已不免於鳥之為人言矣。
>
> (《葉子肅詩序》)

"鸚鵡能言,不離飛鳥",這比擬得是多麼恰當啊! 他接著評價葉子肅的"其情坦以直,故語無晦;其情散以博,故語無拘;其情多喜而少憂,故語雖苦而能遣其情;好高而恥下,故語雖儉而實豐。蓋所謂出於己之所自得,而不竊於人之所嘗言者也"(同上),也未嘗不可以算作文長自家的寫照的。他就是這樣的一靈不昧,萬念似空,放恣性情馳騁天地地去揮毫寫作麽。例如他也頂禮古人之作者,然而都是空所依傍自我作古的,對於屈(原)賈(誼),有詩云:

　　百草諸香白露漙,一時非不哭湘沅。千年獨有黄花瘦,為伴行吟瘦屈原。(《菊》)

　　無不長沙吊賈生,賈生也自吊靈均。頭佗暗裏爭餐鱠,卻把乾魚哭向人。(《寫竹擬送友人之官長沙》)

　　一翁醉夢一惺惺,各有湘潭漁父情。添寫三閭來問答,真成出相楚《騷經》。(《漁畫》)

　　屈子頌匪今,軾也志空寓。千載伊誰子,后皇錫嘉樹。曾剡刺崇簪,青黄揉廣阼(見《離騷》)。永與茲亭留,不遷乃其素。(《柳浪堤·楚頌亭》)

屈賈大蘇都在政治上失意,文長也是自令放逐的,所以引為同道,比以菊、竹,傲寒耐霜,千古不朽,又不止詩文為然了。

文長的詩,按門類來講,是"樂府""古詩""律詩""排律""絕句""竹枝詞"以及"辭賦",無一不能,而且各有特色的。統計全集,都凡八百六十七首,較之當代人,不能不算豐產。就中以"題畫""寫物"的短詩和"抒情""寫意"的長篇,最擅勝場。茲摘録數首為例如下:

　　潘家大谷梨,今遍九河堤。接樹冰千鞠,單顆水一提。馬馱香黑甕,雁過脆紅犀。未怕相如渴,王孫倀翠眉。(《梨》)

原序云:潘家大谷梨,見"潘岳賦"及"柳子厚詩"。近河間以黑甕獻其膏入京。有一種名"雁過消紅",而瑩班班似犀,可見河北之梨自古有名：紅消梨確是外紅半邊，皮內白潔如玉而又多汁，可作"梨膏"，文長言之不差。

又詠《夕霞》云：

> 元氣渺太素，丹鉛何所妝？白魚勞尾變，紅石補天長。
> 刺付煙嵐彩，同並沉瀅光。俄飛一片紫，騎鳳是蕭娘 。

自注云："魚勞則尾赤。《詩》云：'魴魚赬尾。'"足證其狀物之工用詞之巧，蓋竟體不用"霞"字，而夕陽絢麗滿天，彩雲瞬息變化的景色，已經躍然紙上了。按蕭娘當是春秋時秦穆公的女兒弄玉跨鳳從蕭史的故事。

以上詠物寫景之例。其"題畫"者，別在介紹文長的書畫時再為錄引。其抒情寫意之詩，有《戒舞智》：

> 富非聖所卻，貧乃士之常。華屋非不美，環堵庸何傷！
> 多才戒舞智，善閉靡不彰。舞智向愚者，弄偶於偶場。偶自
> 不知弄，爾弄何所償。舞智向智者，譬以光照光。彼光不受
> 照，爾照何由揚？舞智兩不售，不舞兩不妨。請君聽予言，作
> 善降百祥。

通俗、明快、自然，不用典，不堆砌，琅琅上口，極便宜傳，與此前唐伯虎之"十歌"相似，可以說是自成格調的。抒情之作，更是坦坦蕩蕩一片赤誠，可見文長之肝膽照人。《寄王子心葵》云：

> 葵花似君心，向日解違陰。葵葉我所愧，有足不能衛。
> 與君夙相知，把葵吳山時。今日相思處，南冠縶楚儽。

从名字上做文章，信手拈来，有比有兴，可是真情实感，悱恻动人，殆为繫狱时所作也。

文长诗歌之另一特色，即长序似文，每与其诗交相为用，而情景殷然，使人赞欢。如《元夕之辰，偕友人集九里之"天瓦"、"寒泉"二庵各赋並序》，文长至一百三十八字：

> 去郭九里曰九里者，炉峰舒臂。其西高则乱石偃拔，骇兽穿林。下则回泉纡萦，惊飓入草。两精舍各据所胜，止息缁黄。因石以覆，则为"天瓦"。依流而茨，乃题"寒泉"。鸾鹤之所，必栖猿麋，舍此莫集也。
>
> 某君南来之暇，稍厌宾筵，及予元夕之候，载觞其中。上下高流，狎弄鱼鸟，落帆到舍，则月白灯红矣。似别武陵，悔返城市，景迁情改，宁免生灭之缘。各有赋篇，令予作序。

这不是一篇清新秀丽的小品游记吗？景色如画，幽静宜人，其五言律诗之本体，无论在抒情上、写意上，还是点染山水上，也都是摇笔即来一气呵成，不见雕琢的痕迹的。诗曰：

> 寻常难淡泊，况复值兹辰！山水留吾辈，灯花媚别人。言归城市去，似别武陵春。一路梅花水，今年弄月新。

多么高雅，俨然隐者之言了。而其兼喜"缁"（佛）、"黄"（道），超然物外的思想境界，也就可见一斑了。

文长不是只有感慨身世、怡情山水、遁逃世外、雪月风花之作，换句话说，他也关心民瘼热爱国家而不乏其诗文，不过难称主流而已。

如《野蠶》云：

> 越桑雖云盛，不及吳中繁。越女賣釵釧，僅可完蠶山。
> 如斯苦拯救，良亦可憫憐。如何野蠶種，孳息多今年。曳絲
> 滿郊郭，食葉留其勑。葉葉如蟲綱，枝枝垂釣緡。涎縷無所
> 用，膠衣粘頭巾。過者苦拂拭，桑女交攢輦。提筐往西園，空
> 手歸東鄰。即欲貿釵珥，有錢無桑村。嗟彼機上杼，秋來鮮
> 聞聲。匪來猶可說，國輸良有程。衣食無二理，蠹衣與時均。
> 嘗聞捕蝗法，及此同瘞焚。

白描精雕，活畫一幅蝗災圖。機杼無聲，國稅難免，這便是替桑女
叫苦了。對比起即是不遭災禍亦須賣掉首飾始能完納稅額的越女，吳
女反爾略勝一籌的。但不管怎麼說，吳女越女俱不得活，以其徵收特
重耳。此之謂"弦外之音"不言而喻。

三、散文之美

文長之文，就是《提要》也說是："其文則源出蘇軾，頗勝其詩。故
唐順之、茅坤諸人，皆相推挹，中多代胡宗憲之作。《進白鹿》前後二
表，尤世所豔稱。"我們則認為他也是疏、啟、表、策、論、說、記、贊、序、
跋、銘、傳，甚而至於駢儷，無一不精的。雖然不少放言高論之長篇巨
制如①《答人問參同》（三千三百一十八字，是解說《周易·參同契》的
陰陽氣象，五行變化，及其版本注釋的，識見淵雅獨到），②《擬上督府
書》（一千七百九十八字，是談兵事講賞罰，建議給胡宗憲的。說明渭
亦能軍，可以參贊帷幄之中），③《呂尚書行狀》（一千八百二十字，是
記敘兵部尚書，新昌呂光洵的行誼的。呂工建，平亂，均著勳勞）和④

393

《讀龍悌書》(一千六百三十二字。是"乾之健也"的發揮,強調人的自覺性的。言雖抽象,頗有見地),我們認為作者那些快馬輕刀、趣味盎然的書、啟、傳、記等類小品文字,值得欣賞,引人入勝。還有,他的政論諸作,如見於《會稽縣志》中的《設官》《作邑》《徭賦》《戶口》《水利》《官師》《選舉》,也都是要言不繁,明確動人的。書啟如《答某饋魚》:

> 連飼波臣,信頤野老,不意塞北無假彈鋏之勞,坐致江南日,習舉網之趣。風味滿座,感荷非言。

清新典雅,別饒風趣,真是絕妙尺牘。又《與道堅》云:

> 客中無甚佳思,今之入燕者,辟如掘礦,滿山是金銀,焚香輪入,命薄者偶當空處,某是也。以太史義高,故不得拂衣耳。

雖是在發牢騷,可是自怨自艾,辟況有方,使受書者好自回味,這便不與人同的。其志書中之總論如《水利論》云:

> 夫會稽上承諸流而下迫海,其賦入之多寡,恒視畜泄之時不。故畝者,胃也;上流者,咽喉也;海者,尾閭也。故咽喉治,尾閭節,則胃和而精,不則失咽喉。尾閭,胃之所出以養者也。

精通水利,指陳灌溉,這豈是書生之見,其文章之簡明扼要,言之鑿鑿亦有足多。又有《選舉論》云:

> 選舉不問其人之何如,遇名則書,與官師同取諸科錄以

考，與考於題名記者同，間有書數語於名之下，其例與書數語
於官師表之下亦同，故不別論。

指出情況，說明做法，非熟通禮治、考選者，是寫不出來的。此之
謂滿腹經綸不落陳規舊套，文字也犀利可喜。其中精粹的論點，還有
下列數者：

①《地理總論》：今夫天下大器也，會稽亦冶中之一器也。
長是邑者，猶工也，告工以其器，故必先冶；告長以其治，故必
先地 。

②《沿革論》：余考諸史，會稽之為邑，自隋開皇（隋文帝
年號九年，公元 589 年）始。則自開皇以前至於秦史冊中，凡
稱會稽者，並郡也。而今之志邑者，往往取郡事以入邑，豈非
以會稽之名，通乎郡邑而不深考。

③《形勝論》：夫郡邑之有形勝，豈取於觀遊哉？《易》
曰："地險，山川丘陵也。"《史》稱："秦四塞之國，被山帶渭，
東有關河，西有漢中，南有巴蜀，北有代馬，此天府也。"可以
知形勝之說矣。

④《風俗論》：今之所安者，婚論財，嫁率破家。乃至生女
則溺之，父母死不以戚，乃反高會召客，如慶其所歡事，惑於
堪輿家，則有數十年暴露其父母而不顧者 。

⑤《物產論》：計然言於范蠡曰："知鬥則修備，時同則修
物。二者形，則萬貨之情可得而覩。"

⑥《徭賦論》：余聞諸長老云：徭賦之法，蓋莫善於今之一
條鞭矣。第慮其不終耳 。（實物稅，力役征，都轉為貨幣稅，
簡便之至）

⑦《戶口論》：夫口與業相停而養始不病。養不病而後可以責民之馴。蘇軾有言：吳蜀有可耕之人而無其地，荊襄有可耕之地而無其人。

⑧《災異論》：災之見於天者，郡則同也，省於天下則同也。若其見乎地，則於邑尤切矣。余故特詳焉。噫，致災之由，弭災之道，固有任其責者矣。

⑨《古跡論》：賢人隱士之所寓，澤繫而風流，能使過者興感而聞者思齊，載記者抉幽拾落，累冊而書之，則又何怪焉。

覽視種種，更知文長之於"志書"，別有見地。講古論今，頭頭是道，甚至可以認為是他的政治理論了。那麼，文字而外，文長何嘗不是一位文武全才之士呢？這從他下面的"治軍"的文章裏頭，也足以助長我們的看法啦。

附一：也談兵：

文長在胡宗憲幕中，不止備文書之職，代擬表狀，同時也常參贊軍事，出謀劃策，以其熟諳兵法，發而每中也。如《擬上督府書》：

生伏計岑港之役，諸將吏已竭其心力而不可為矣。明公不於此時，以一身獨當其任，而亟收其成功，將何待耶？

欲亟收其成功，則其他製作器械、易將益兵、清野坐困、占候祈禳，與凡一切紛紛之說，皆枝葉也，而其根本，莫先於治兵。世之言治兵者，莫不明賞罰。夫賞易為者也，生請言罰之難。割耳斬首，能施於結營列陣之先，而不能禁於鋒交眾潰之際，何者？勢重而不可回也。勢重而不可回，以紀亂而未嘗辨也。

故凡善用兵者,必務明其部伍,五人為伍,五伍為隊,四隊為百,莫不有長,而長皆得相罰斬,以次而至於伍。則是凡諸長之所督者,皆不過四人與五人也。故百人趨戰,法當用二十五人橫刀分督之,至於鋒交乘勝,則此二十五人者,又皆為戰士矣。

以一人而制四人,則寡而易辨。以四人而聽一人之制,則知其易辨而不敢亂,推而至於十萬億兆,莫不皆然。正如身之使臂,臂之使指。孫子所謂治眾莫如治寡,韓信所謂多多益善,皆此道也。

賞罰為用,寡則易辨。班排作戰,今日猶然。可謂深諸行伍之情,非只紙上談兵而已。下邊這一段話,就更切實了:

生愚以為今日治兵,宜一以此法為主。然後募選勇敢之士,可二千人,練習其法三日,乃召至一精熟岑港地形及賊中情狀者數人,令其聚沙成象,指示險夷遠近,營柵門戶,凡虛而可攻,間而可伏,弛而可襲,與賊之每先伏以待,據高以望,及敗而必走之路,勞逸寢興,饑飽警惰,昏曉可乘之期。

至於人言,當用諸將舊兵,委以餌賊而擊其追奔,似亦一算。則又當併計其餌而出,或餌而不出,奔而追,或奔而不追,追而遠,或追而不遠之狀。彼短我長,無不曲盡,乃始制為趨避、進止、分合、奇正之規。

敵情、地形、戰備,瞭若指掌,發而必勝,這不是奇正反合算而無遺的戰略戰術嗎? 誰說文長只是一介書生,帥府中的一個清客? 至於文

字簡潔明確,可以置之軍旅之中付諸實施,那就不待細說了。再如《擬上府書》,這是直接參與軍事行動的。文曰:

> 聞賊新來失路,期速走脫境,宜委狡猾者一二人,若逃徙狀,使其虜為鄉導,左其路而預伏選兵於阻隘以待,此上算也。今既已無及矣。

> 乃生昨至高埠,進丹賊所據之處,觀覽地形,及察知人事,至熟且悉。眾以為賊自海邊,經數百里來入死地,無積食,利於速戰,不利於持久。

> 不知我兵暴烈日,觸炎氣,食宿飯,飲濁河,衣不解帶,經六晝夜,使再數日不決,強者必病,弱者必死且盡,卒而萃於一處,使他賊至,或相應,更何以支? 由此言之,則吾兵亦利於速戰,不利於持久也。

此文甚長,不能全錄,"夫共有其害者,必共有其利"之言,簡直有點辯證法的味道了。"生昨觀東北二面,阻水甚闊,雖南面稍狹,而三面水路之兵,分佈既密,警戒亦嚴,獨西南水甚狹,可徒涉。而夾岸之林,循水而隘。且以岸西之田,一望不盡,田水之外,不復闊甚,我兵持此不備,而賊據高窺視,遂亦無心於西"(同上)的一段話,又是通過偵查,料敵如見,戰陣之間,決策勝利的所在了。從其結語之"兵法所謂攻其不備,出其不意是也。先為不可勝,以待敵之可勝是也"(同上),更可以證明文長之熟悉兵法,及其求實應用之文風,為一般作者難與媲美之處啦。

文長克敵制勝之道,無乎不在,甚至重視到了武器裝備,還涉及於西南邊防。《雲南武錄序》云:

余嘗讀《唐書·南蠻傳》,永昌(今為雲南省保山縣治)西野人之桑,取以為弓,不筋漆而利 。

越巂(原注:巂音炭,夷以貨贖罪曰巂)之西多薦草,產善馬。至金鐵銅鉛,則在在有之。故滇之刀劍矛戟名天下。

其始,蒙舍詔之自王也,雖屬偽,然觀其擇鄉兵為四軍,羅苴子戴朱鞮,負犀革銅盾而跣,走險如飛,百人置羅苴子統一人。

又有望苴蠻,其馳突如神。其師行乃人齎糧斗五升,滿二千五百人為一營,其令:前傷者養治,後傷者斬。是習武之法。

文長在此批判了李唐末年對雲貴等地經營失策以後,盛讚馬伏波援,諸葛武侯亮之"權衡不失分寸",為"百世習武者之蓍龜"說:"以弓則取材於西野,以馬則取駿於越巂,以刀戟則取五金於諸產,所以運籌而權衡於一心者,苟能取師於馬、葛兩公,是戡定之武也 "(同上)。事雖未行,確有見地。如同他講求地形於北部,特重獨石(今河北省沽源縣)以備北敵說:"說兵者謂今獨石迤北,孤懸一臂於虜中,其初獨石置衛,本開平地也。開平(亦今河北省縣)左驛邑接大寧(今河北省平泉縣),右四驛接獨石,彼此有急,左右旦夕可相援。而開平後乃棄之。虜凡橫亙三百里,徙衛於獨石,有急左右不得相援。又西虜寇薊遼,必踰獨石,循開平,棄開平,非計也"(《贈李鎮序》),是對於京城北部邊塞的形勢,瞭若指掌之證。可謂嫻於兵事之有心人。

附二:不多作"傳"

文長不常給人做"傳",《文集》之中只有五篇,而以《贈光祿少卿沈公傳》為首的一篇,卻是義憤填膺,貶斥奸佞,而又切合史法有"本傳"有"外史曰"的精心創作。他說:沈青霞煉"文奇、政奇、諫奇、憨奇",由於對立嚴嵩、嚴世蕃父子,死於非命,行跡似屈原,並於"外史曰"中論證道:

> 余讀《離騷》,及閱青霞君塞下所著《鳴劍小言集》《籌邊賦》,扼腕流涕而歎曰:"甚矣! 君之似屈原也。然屈原以怨而君以憤,等死耳,而酷不酷異焉。雖然,死不酷無以表烈忠,今夫干將缺且折,其所擊必巨堅也。君結髮廬越山,至入仕,至放居塞垣,其特奇行多甚言之。人無不駭心墮膽者,然其要卒歸於孝忠。"

從這篇文章裏,又可以看到文長對於屈子的念念不忘了。此外他還給沈煉作過《知清豐沈公祠碑》(代商督學作),碑文所述的主人公績,大抵見於傳文者相似,不過首尾有異而已。茲錄引碑首之文及其頌詩如下,文云:

> 贈光禄少卿沈公煉,嘉靖中以進士知溧陽,與御史爭可否,再調補清豐(按今河北省清豐縣即其地),凡十年,稍遷錦衣衛經歷,會虜(俺答,蒙古族)入古北口,漸逼都城,時肅皇帝久居西宮,至是特視朝,且詔下百官議,眾莫敢聲,獨趙公貞吉一開口,公輒和之,觸諱忌。已而上書,請兵二萬人,願自效。虜退,會大風霾,公又上書,詆分宜直,甚乃得罪,杖闕下。徙置保安(今河北省涿鹿縣),既至,則益結豪賢為禦虜計。虜躁大同,塞臣敗績,則割漢首以上倬贖,公移書詆之。又作《射虎行》《籌邊賦》,及諸謠詞,以彈激風刺,稍稍聞京師。分宜若塞臣畏且衝之。其後又削木為檜象,令決騅,射

中則舉觥相賞喝。值饑，則又散己財粟，活殍以千計。將卒
割漢首，公得之，斃杖下者復數人。於是遠近無不頌公真忠
氣，益切齒分宜黨。黨為計日深，公由此遂遇禍。

文長熱愛沈煉言行之意，實已溢於言表，此亦所謂同聲相應同氣
相求者也。我們還認為其最高貴之處，應為防禦外侮關心民瘼的積極
表現。沈煉，文長，以及古人屈原，三者同功。

按沈煉青霞斥奸衛國以致慘被殺害的故事，已經編入馮夢龍的
《古今小說》中了。它的回目叫做《沈小霞相會出師表》，寫得悱惻動
人忠肝義膽。這小霞名襄，是沈煉長子，紹興有名的秀才，亦極忠孝。
父親遇難，痛不欲生。自己雖被株連，卻由於父輩的援救，鄒應龍、林
潤等人扳倒了嚴嵩父子，得以不死，沈煉的沉冤，也獲到了昭雪。

這一樁悲歡離合的故事，是以沈小霞在保安尋覓其父遺體而於賈
石家中先見著了昔日楷書的兩次《出師表》，遂得歸葬。突出諸葛亮的
忠貞，亦反映了沈青霞自己不怕犧牲、矢志抗敵的所在。因此種種，可
見文長對於沈煉的敬重，和沈煉流芳明代的歷史情況了。名下無虛，
非只個人的好惡使然，馮夢龍也不例外。

附三：駢體文

駢體文脫胎於"漢賦"，不同於"魏文"，而大盛於六朝，以其韻散
合璧，聲形優美，動人聽聞，小大由之，源遠流長。唐宋以來代有作者，
儘管李白有"綺麗不足珍"之論，韓愈提倡散文，正面加以排斥，終於不
絕如縷，職是故也。其實，文人誰不喜歡舞弄筆墨呢？在主體詩文中，
它起碼可以做個"小擺式"麼。文長也不例外，寫得雖然不多，卻是別
有風格的。如《沈氏號篇序》即可認為是他的代表作，文云：

　　吾越有耶溪者，帶繞名山，號稱佳麗。回洲度渚，涵鏡體以長縈。散藻澄苔，轉風光而輕泛。其在前代，尤為巨觀。紅渠映隔水之妝，紫騮嘶落花之陌。鏡湖伊邇，蘭渚非遙：嘉會不常，良辰難待。舟移景轉，三春才子之由。日出煙消，幾處漁郎之曲。古今所記，圖牒攸存。

　　來居士沈君，棲真妙致，挽慕前修，始羈跡於市廛，終寄情於魚鳥。眷言邪水，尤嗜曲涯，轉入一天，還回幾折。數聲長笛，渺滄浪而自如，一棹扁舟，入荷花而不見。意將流傳斯景，爰授圖工，歌詠其由，遍徵文士。乃於末簡，要予微言，今晨把玩，儼遊風景之真，他日追陪，或預几筵之末。

　　駢四儷六，以四為主，語言清新，以景為多，這不是很好的文字嗎？

四、書畫有道

　　由於文長的能書善畫，我們甚至可以給他戴上藝術家的桂冠。他的書畫真跡今日雖不多見，從其書法理論上，已可略知梗概。他說，書法久亡，只有當今尚存的《書法鉤玄》及《字學新書摘抄》可以略窺一二，他把它們校勘整理加以考釋，分為《執筆》《運筆》《書功》《書致》《書思》《書候》《書丹》《書原》《書評》和《書譜》十章，並抉其大旨道：

　　自執筆至書功，手也。自書致至書丹法，心也。書原目也。書評口也。心為上，手次之，目口末矣。

　　余玩古人書旨云：有自蛇鬥若舞劍器，若擔夫爭道而得者，初不甚解，及觀雷大簡云：聽江聲而筆法進，然後知向所云蛇鬥等,非點畫字形,乃是運筆如此,則孤蓬自振,驚沙坐飛,飛鳥出林,驚蛇入草,可一以貫之而無疑矣。

惟壁拆路、屋漏痕、折釵股、印印泥、錐畫沙等,乃是點畫形象。然非妙於手運,亦無從臻此。以此知書心手盡之矣。(以上《玄抄類摘序》文)

運用之妙,存乎一心,調查研究,觸類旁通,這說得頭頭是道,並不玄妙。跟近取諸身、遠取諸物,觀鳥獸之跡與地之宜的漢字結構原理是一致的,不過更加美化於心手之間而已。他談畫理也是一樣,《李伯子畫冊序》說:

魚、鳥、鵝、鸛,具載陣法中,而決水千仞,因地制流,又為《孫子·形勢篇》中至要語,凡茲四者,蓋即繪家所稱羽毛山水事也。

夫爭道鬥蛇,何預於書?聞聲渡水,何預於禪?而一觸即悟,終身樂之不窮。

因此可見,無論書畫,甚至於學禪,文長都是主張妙悟的,用今天的話說就是:從感性認識上升到理性認識,也就是從微觀發展到宏觀,從恒河沙數以至於三千、大千世界,並無例外,此其所以為通澈也。

文長於行草書,"尤驚奇偉傑",其論書主於運筆,大概昉諸米氏(按當為北宋之米,陶望齡語也),可與上面錄引的材料互相參照。又袁宏道在他所作的《徐文長傳》中,也並說文長的書畫非同凡品,"字奇於文,文奇於畫"道:

文長喜作書,筆意奔放如其詩,蒼勁中姿媚躍出。予不能書,而謬謂文長書決當在王雅宜、文徵仲之上。不論書法,而論書神,先生者,誠八法之散聖、字林之俠客也。聞以其餘,旁溢為花草竹石,皆超逸有致。

文長自己說:在他的生活裏,畫的成就是第四位的。我們卻認為:書、畫一理,長於書法的人往往也是畫家,龍飛蛇走,鐵畫銀鉤,丹青妙筆,花樹芬芳,兩者在藝術的造詣上,也就是精神之美上,是共通的統一的,並無二致的。文長又豈能例外?"涂時有神蹲在手"(卷五,七言古詩,《蟹》),"根撥皆吾五指栽"(同上,《畫百花卷與史甥》),"指夫浩氣響成雷"(同上,《又圖卉應史甥之索》),不就是他的現身說法真實反映嗎?儘管文長自己謙遜地說:"予不能畫,而畫之意則稍解"(同上,《書劉子梅譜》),其實,文長何止稍解畫意,他的畫理畫工都是爐火純青蜚聲當代的。陶望齡就說麼:"今其書畫流傳者,逸氣縱橫,片楮尺縑,人以為寶。"(見陶作徐傳中,可為佐證)

五、亦能雜劇

雜劇至明代雖已不如金元之盛,卻是未嘗無人創作的,文長就是其中的的名人之一。文長的雜劇不多,但《四聲猿》卻不同凡響。袁宏道云:"余少時過里肆中,見此雜劇有《四聲猿》,意氣豪達,與近時書生所演'傳奇'絕異,題曰'天池生',疑為元人作。後適越,見人家單幅上有署田水月者,強心鐵骨,與夫一種磊塊不平之氣,字畫之中,宛宛可見,意甚駭之。"(袁著《徐傳》)王世貞也說:"北雜劇已為金元大手擅場,令人不復能措手。曾見汪太函四作為《宋玉高唐夢》《唐明皇七夕長生殿》《范少伯西子五湖》《陳思王遇洛神》,都非當行。惟徐文長渭《四聲猿》盛行。"(《藝苑巵言》)這推崇得可謂突出,特別是袁宏道的話。

按文長的《四聲猿》共是：《漁陽弄》（也叫《狂鼓吏》，後世通稱《陰罵曹》）、《玉禪師》（又稱《翠鄉夢》）、《雌木蘭》《女狀元》四個雜劇。總的說來，是些語言清新，手法浪漫，人物風趣，故事奇特的"喜劇"和"鬧劇"。一句話，喜笑怒罵，滑稽突梯，賦有不同於"金元雜劇"的情調與風格。例如《漁陽弄》是寫漢末的禰衡，在陰曹地府應鬼判之請，重拘曹操之魂，再一次地擊鼓怒罵，藉以斥責邪惡，抒發激情。其《混江龍》詞道：

> 他那裏開筵席下榻，教俺操槌按板來搗，正好俺借槌來打落，又合著鳴鼓攻他。俺這罵，一句句鋒芒飛劍戟，俺這鼓一聲聲霹靂卷風沙。曹操，這皮是你身兒上軀殼，這槌是你肘兒下肋巴，這釘孔兒是你心窩裏毛竅，這板仗兒是你嘴兒上獠牙，兩頭蒙總打得你澈皮穿，一時間也酬不盡你虧心大。且從頭數起，洗耳聽咱。

我們查對了《後漢書·禰衡傳》，只說衡為《漁陽》參撾，蹀躞而前，容態有異，聲節悲壯，聽者莫不慷慨。衡進至操前而止，於是，先解衵衣（近身衣），次釋餘服，裸身而立。徐取岑牟（鼓角士胄）單絞（蒼黃色之單衣）而著之，畢，復參撾（擊鼓之法）而去，顏色不怍（羞也）。操笑曰："本欲辱衡，衡反辱孤。"《文士傳》曰："魏太祖欲辱衡，乃令人錄用為鼓史。後至八月朝普天閱試鼓節，作三重閣，列坐賓客，以帛絹製作衣，一岑牟，一單絞及小禪"，"衡擊鼓作《漁陽》參撾，蹋地來前，躡跋足腳，容態不常，鼓聲甚悲，易衣畢，復擊鼓參搥而去。至今有《漁陽》參撾，自衡始也。"李賢注云："搥及撾並擊鼓杖也。參撾是擊鼓之法。"

《三國演義》之"禰正平裸衣罵曹"則從回目上就看出了"火藥氣味"了。其正文云："操於省廳上大宴賓客,令鼓吏撾鼓。舊吏云:'撾鼓必換新衣。'衡穿舊衣而入,遂擊鼓為《漁陽》參撾,音節殊妙,淵淵有金石聲。坐客聽之,莫不慷慨流涕。左右喝曰:'何不更衣?'衡當面脫下舊破衣服,裸體而立,渾身盡露,坐客皆掩面。衡乃徐徐著褲,顏色不變。操叱曰:'廟堂之上,何太無禮!'衡曰:'欺君罔上乃謂無禮,吾露父母之形,以顯清白之體耳!'操曰:'汝為清白,誰為污濁?'衡曰:'汝不識賢愚,是眼濁也;不讀詩書,是口濁也;不納忠言,是耳濁也;不通古今,是身濁也;不容諸侯,是腹濁也;常懷篡逆,是心濁也!吾乃天下名士,用為鼓吏,是猶陽貨輕仲尼,臧倉毀孟子耳!欲成王霸之業,而如此輕人耶!'"評注者曰:"操自負奸雄,其才力足以推倒一世,而禰衡鄙夷傲睨,視若無物,非膽勇過人安能如此!"

等到文長的《漁陽弄》出來,那就不止是"罵曹"而是"打曹"了。因為他說:"鼓"的本身即是曹操,"皮"乃"軀殼","槌"是"肋巴","釘孔"為"毛竅","板杖"作"獠牙",要是把他打得"潑皮穿"啦,這就比"五濁"之罵,更快人更解恨了。他並且痛斥曹操的"求賢"和"讓州"也是"為自家","值什麼"!是"大缸中去幾粒芝麻,饞貓哭一會慈悲假,饑鷹繞半截肝腸掛,凶屠放片刻豬羊假"(《寄生草》)。這些自然是在借題發揮指桑罵槐的。如果說他也是"古為今用,推陳出新",恐怕當代的奸佞像嚴嵩之流,難免也包括在內吧。

《雌木蘭》和《女狀元》,這是對封建社會重男輕女的惡習唱其反調的:說木蘭代父從軍,一樣可以為國家立功。春桃女扮男裝以後,考取了狀元,作了官吏表現出了驚人的才能,說:"裙釵伴,立地撐天,說什麼男兒漢!"自然,直到今天我們才能說,"女性是半邊天",不能妄生軒輊。在四百年前的明代中葉,徐文長只能叫她們"女扮男裝"才能有所作為,而最後還不得不讓她們露出本來面目,回到依附於男性的

"閨閣"中去。《玉禪師》:"大肚子和尚逗柳翠",更是敢於犯禁的戲劇,也揭示了腐敗的官場和並不清靜的佛門,勾心鬥角,爾虞我詐的種種醜行。但是講求輪回孽報的迷信關係,卻是很大的缺陷。總之,不管怎麼說,作者是通過這幾出雜劇,充分地表現了他的敢於沖出樊籬的叛逆精神,這和他的不滿現實狂放不羈的思想與性格是分不開的,而其影響所及,就不止是有明一代了。包括文長的詩、文、書、畫在內,蔚為奇葩,流傳不朽。

八五年五月四日於保定河大

（本文有河北大學中文系油印本,題為《徐文長和他的詩文》,後更名為《徐文長論》,載於《河北大學學報》1986 年第 2 期）

看李卓吾批評《琵琶記》戲文後

　　《琵琶記》趙五娘吃糠守節土葬公婆,蔡伯喈停妻再娶不養父母,本是淵源於南曲的《趙貞女蔡二郎》的。女主角雖被肯定,男主人卻是批判的對象(為天雷所殛,今日的京劇,猶沿襲之)。它跟見於《後漢書》的蔡邕伯喈(132—192)毫不相干(蔡邕博學多能,為靈、獻二帝間的經學家、書法家,性行純孝,樸直忠正,被迫附於董卓為王允所殺)。作者高則誠(1305?—1359)為了說教忠孝,宣傳節義,以有助於明代的統治,這才改弦更張變本加厲地用戲劇的形式完成其政治目的的。此從第一出《副末開場》的《沁園春》詞中,就交代清楚,定了調子啦,其詞云:

　　　　趙女姿容,蔡邕文業,兩月夫妻,奈朝廷黃榜遍招賢士,高堂嚴命,強赴春闈,一舉鼇頭,再婚牛氏。利縮名牽竟不歸。饑荒歲,雙親俱喪,此際實堪悲!
　　　　堪悲趙女支持,剪下香雲送舅姑,把麻裙包土築成墳墓,琵琶寫怨,徑往京畿,孝矣伯喈,賢哉牛氏!書館相逢最慘淒,重廬墓,一夫二婦旌表門閭。

　　這場戲的下場詩還補上了兩個人物,加重了趙、蔡的德行,說:

　　　　極富極貴牛丞相,施仁施義張廣才。
　　　　有貞有烈趙真女,全忠全孝蔡伯喈。

牛即蔡邕的岳丈，張乃蔡家的鄉鄰，在劇中是一貶一褒的兩個次要角色。（其實是湊成了“忠”“孝”“節”“義”四大德行的代表人物。）

李贄卓吾（1527—1602）是號稱敢於批判封建傳統，有著離經叛道的精神的，他怎麼看待這部戲文呢？可以說，基本上他是同意高則誠的主題思想的。在四十出戲中，從劇情到腳色，從開場到尾聲，從說白到唱詞，他跟作者一樣，都是念念不忘孝義、聲聲只道忠貞的。雖在某些行當的派用、場次的安排、說唱的口吻上，提出了不同的意見（都是有關藝術手法方面的問題）。例如在第一出《副末開場》之《水調歌頭》詞中：“不關風化體，縱好也徒然”、“論傳奇，樂人易，動人難，知音君子這般，另作眼兒看”等句旁打了黑杠並眉批道：“便裝許多腔。”至於“只看子孝共妻賢”以及第二詞《沁園春》裏的“孝矣伯喈，賢哉牛氏”便放過了（等於認可）。

值得玩味的是這位對立孔教、不滿儒家的卓老，竟尊稱劇中的主人公趙五娘為“聖婦”，而其立論的根據卻是：

①新婚兩月即聽任夫婿上京趕考，自己勇敢地挑起來撫養年已八十的翁姑之重擔。

②饑荒之年，吃糠嚥菜，忍受凌辱（如被蔡婆罵作“賤人”之類）絕不反抗。

③截髮捧土以葬二老，描容賣唱千里尋夫，背著琵琶上路，吃盡風霜之苦。

④京師書館重會蔡邕以後絕無怨言，安於一夫二妻的富貴生活。

這些行誼的確都是超凡入聖非一般婦女之所能的。我們認為作者高明誠不過在主觀片面以意為之的戲文,非明代當時的現實社會中真有這樣的人物、事蹟。李卓吾不但與之沆瀣一氣,又從而附益之,未免令人齒冷。難道又是"童心"(良知良能,自我犧牲)在作怪嗎?實在矛盾。

卓吾在批注中還稱蔡婆為"聖母",如第四出《蔡公逼試》唱道:"方才得六十日夫妻,強逼他爭名奪利","自古道曾參純孝,何曾去應舉及第"。卓吾說:"蔡婆言語,即登壇佛祖也沒有這樣機鋒。"又評"忍將父母饑寒死,博得孩兒名利歸"等唱詞云:"有遠見,是'聖母',是'達人'。"並總批於此出之後說:"今世上只有蔡公再無蔡婆也。如蔡婆者真間生之大聖,特出之活佛。"

從這裏我們又知道卓吾是佞佛的,因為他還欣賞了卅四出裏《寺中遺像》的"佛賺"唱曲:"如來本是西方佛,西方佛卻來東土救人多","上帝好生不好殺,好人還有好提掇","好人成佛是菩薩"。神仙思想也不例外。卓吾批第廿七出《感格墳成》之"趙女堪悲,天教小神(土地)相濟"云:"這裏天何等近,緣何別處卻又遠?"因此,我們可以大膽地講,卓吾是儒、釋、道三教雜糅的思想者了,不存在什麼超越現實的人生觀。

更有趣味的是,卓吾也稱牛女為"聖人"(原因具見戲中),而以下面這一段白口最有分量:

> 相公,妾當初勉從父命,遣事君子,不想君家有白髮之父母,青春之妻房,致君衷腸不滿,名行有虧,如今思之:誤君之父母者,妾也;誤君之妻房者,妾也;使君為不孝薄倖之人,亦妾也。妾之罪大矣!縱偷生於今世,亦公議所不容。

高明誠為男主人蔡伯喈又找了這麼個"替罪羊"，顯係突出牛女之義，惹得卓吾都說："肯舍死以全夫孝，蔡生反畏牛如虎何也?"在蔡回答牛以"身體膚髮受之父母不敢毀傷，豈可陷親於不義"時，卓吾又貶斥之道："殺才! 你身從何來? 到今父母飲恨而死!"足正李對蔡、牛向背之所在了。李並於此出之尾總批云："曾有人說牛生麒麟，意不信之，今觀牛女，果然果然。"至於李批此戲的藝術表現，則可分以三個方面：

1. 角色安排上的

此戲的主次要角色具備旦（趙五娘）、生（蔡伯喈）、外（蔡公、張廣才、牛丞相）、貼（牛女）、末（牛府老僕等）、醜（牛女的丫環等），比起已有生旦淨末的元曲並無遜色。問題在於以淨角扮蔡婆，"淨，不潔也，用其反義"（胡應麟說）。在卓吾的眼裏，蔡婆乃是"聖母"，未可唐突。他說："不合以淨腳扮蔡婆，易以老旦為是。不然，因子辱母，為人子忍乎?"（第二出《高堂稱慶》）按此論甚是。淨分紅、白，與黑面上塗色，本為男腳。女則今有彩旦，如牛女之丫環宜以此行當充之，不應為醜（醜亦男腳，所謂小醜）。

2. 場次排比上的

場次，元人多曰"折子"，不著戲目，一般為四折，開場有"楔子"，演罷作"尾聲"，最後給以"題目正名"。明則往往曰"出"，出各有"目"，其出甚多，數十不等。開場無"楔子"而易以副末作引白，交代劇情（常算一場戲）。李卓吾同意這種安排。例如他評第三出《牛氏規奴》云："第三出就及牛氏，亦有關目。"評第十八出《再報佳期》云：

"此出獨簡可取。"又總批第卅三出《聽女迎親》云:"牛亦可化,如今又有不化之人,不如牛矣,不如牛矣!"

3. 科白唱辭上的

卓吾有褒有貶,褒多於貶。所褒者每曰"真真""好甚""妙妙";貶者則曰:"可厭""可刪",甚至罵為"放屁"。而"眉批""句注"俱全,"黑杠""圓圈"並用,更是別開生面影響甚遠的形式(如晚明的譚友夏、鍾伯敬所評點的《縮春園傳奇》即是榜樣)。

眉批為"曲好"之詞。第九出《臨妝感歎》"風雲會四朝元":

輕移蓮步,堂前問舅姑,怕食缺須進、衣綻須補,要行時須與扶。奈西山景暮,奈西山景暮,教我倩著誰人傳語,我的兒夫,你身上青雲,只怕親歸黃土,我臨別也曾多囑咐。嗏,那些個意孜孜,只怕十里紅樓,貪戀著他人豪富。丈夫,你雖然是忘了奴,也須念父母。苦!無人說與這淒淒冷冷怎生辜負!

卓吾評道:"此曲甚妙甚自在,不遜《西廂》《拜月》也。"可見李老也講求"對比文學"的方法。唱詞接著說:

文場選士,紛紛都是才俊徒,少甚麼鏡分鸞鳳,都要榜登龍虎。偏是他將奴悮,也不索氣蠱,也不索氣蠱。既受托了蘋蘩,有甚推辭,索性做個孝婦賢妻,也落得名標青史。今日呵!不枉受了些閑悽楚。嗏,俺這裏自支吾,休得汙了他的名兒,左右與他相回護。丈夫,你便做腰金衣紫,須記得釵荊與裙布。苦！一場愁緒，堆堆積積宋玉難賦。

卓吾又道："索性做個左右與他都是。傳神妙語，讀之情狀如見。"據此可見高、李一作一評之處處點染孝義矣，五娘乃劇中的首要人物麼。

索性讓我們也選錄一段白口，看看他們的妙用。第十七出《義倉賑濟》之倉官（醜扮）打諢云：

> 我做都官，管百姓另是一般行徑，破靴破帽破衣裳，打扮須要廝稱。到官府百般下情，下鄉村十分豪性。討官糧大大做個官升，賣私鹽輕輕弄條喬秤。點催首放富，差貧保上戶，欺軟怕硬猛，拼打強放潑，畢竟是個畢竟。誰知天不由人，萬事皆從前定。騙得五兩十兩，到使五錠十錠，田園盡都典賣，並無些子餘剩。叵奈廳前首領，嫌恨司房喬令，把我千樣淩辱，將我萬般督併。動不動去了破帽，打得我黃腫成病，幾番要自縊投河，不要了這條性命。今番又點義倉，並無糧米抵應，若還把我拖翻，便叫高臺明鏡。小人也不是督官，也不是里正，休把屈棒錯打了平民，我是扮戲的副淨。

卓吾在句旁發了圈圈，並加眉批曰："善戲虐，亦有關情弊。"社長的嘴臉也不高明："身充社長管官倉，老小一家都在倉裏養。（淨唱）"也有白口：

> 人人稱我年高伏眾，個個叫我社長官人，若得一紙狀子，強似廳上縣丞，原告許我銀子三錠五錠，被告送我豬腳十斤廿斤，若還得了兩家財物，只得朦朧寫個回文。

　　卓吾於句旁發圈並眉批道："是社長一咮供狀。"已可見元代基層吏治的腐朽與老百姓橫遭欺壓的情況，所以是揭發也是批判。因為他對達官貴人尤其是貪官污吏是深惡痛絕，不斷地口誅筆伐的。他說："今世只以萬兩黃金為貴，即一家為奴為盜亦不顧也。嘗有村學究以'白酒紅人面'課生徒者，卓老代對之曰：'黃金黑世心。'自謂頗中今日膏肓。"（第二出《高堂稱慶》）又云："金珠不寫在書上大疏略，今人定大笑之。若在今人，一個錢也當封記。"（第廿六出《拐兒紿誤》）此類已不止是憤世嫉俗了，此以他對當日的政治是有看法的。例如他否定戲中的牛丞相倚勢嫁女，也包括當日的朝廷聖旨強婚。第十六出《丹陛陳情》【後缺】

明代公安文壇主將袁中郎先生詩文論輯

小叙

朱明詩文，載道者多，前後七子，大都此類。其能清新流麗超逸爽朗者，公安、竟陵兩派而已。惟竟陵鍾譚，究繼公安之後，公安三袁，又以中郎為先，故欲悉當日之文風者，首宜認識中郎焉。

一、中郎先生小傳

袁中郎名宏道，中郎其字也，別號石公先生。生於隆慶二年戊辰（一五六八），卒於萬曆三十八年庚戌（一六一〇），著書有《袁中郎全集》（明版以袁無涯蘇刻本最精）。《明史》為之作傳云：

> 袁宏道字中郎，公安人，與兄宗道、弟中道並有才名，時稱三袁。……年十六歲為諸生，即結社城南為之長，間為詩歌古文，有聲里中。舉萬曆二十年進士，歸家下帷讀書，詩文主妙悟，選吳縣知縣，聽斷敏決，公庭鮮事，與士大夫談說詩文，以風雅自命。已而解官去，起授順天教授，歷國子助教，禮部主事，謝病歸。久之，起故官。尋以清望擢吏部驗封主事，改文選。尋移考功員外郎……。遷稽勳郎中，後謝病歸，數月卒。……先是王李之學盛行，袁氏兄弟獨心非之。……至宏道益矯以清新輕俊，學者多舍王李而從之，目為公安體。

(《文苑》卷二百八十八)

大抵中郎年不出四十二歲,官不過朝中散郎,但其不朽事業固別有在也。

先是:弘正之間,李東陽出入宋元,溯流唐代,文章擅聲館閣,下此而李孟陽、何景明倡言復古,文自西京、詩自中唐而下,一切吐棄,操觚談藝之士,翕然宗之。嘉靖時,王慎中、唐順之輩,又標文宗歐曾,詩仿初唐之旨,而李攀龍、王世貞等更符而和之,轉揭文主秦漢、詩規盛唐之說,於是有明二百餘年之文壇,遂多半浸蝕於此種烏煙瘴氣鬼話連篇之景象中矣。

厥後,公安大袁(宗道字伯修)出,立述語言文字宜有古今之義,以與時賢周旋,此在當日,曾不啻晴天霹雷,然使無中郎繼之,恐亦所獲微渺耳。

二、中郎先生之文學觀

中郎先生之文學主旨,可以其自家提出之十六字口號代表之:

Ⅰ. 積極方面,提倡信口信腕獨抒性靈之作品。

Ⅱ. 消極方面,反對影響步趨剽襲摹擬之詩文。

此可以其對於詩文之論評見之,茲分述如下:

1. 論詩

(1)史的考鑒

　　文之不能不古而今見也,時使之也。……夫古有古之時,今有今之時,襲古人語言之跡而冒以為古,是處嚴冬而襲夏之葛者也。騷之不襲雅也,雅之體窮於怨,不騷不足以寄之也。後之人有擬而為之者,終不肖也,何也?彼直求騷於騷之中也。至蘇李述別及《十九》等篇,騷之音節體致皆變矣,然不謂之真騷不可也。古之為詩者,有泛寄之情,無直書之事。……晉唐以後,為詩者,有贈別,有叙事。……是詩之體已不虛。……古人之法,顧安可概哉?夫法因於敝而成於過者也。矯六朝駢麗釘餖之習者以流麗勝,釘餖者固流麗之因也。然其過在輕纖,盛唐諸人以闊大矯之。已闊矣,又因闊而生莽,是故續盛唐者以情實矯之。已實矣,又因實而生俚,是故續中唐者以奇僻矯之。然奇則其境必狹,而僻則務為不根以相勝。故詩之道,至晚唐而益小。有宋歐蘇輩出,大變晚習,於物無所不收,於法無所不有,於情無所不暢,於境無所不取,滔滔莽莽,有若江河,今之人徒見宋之不唐法,而不知宋因唐而有法者也。如淡非濃,而濃實因於淡。然其弊至以文為詩,流而為理學,流而為歌訣,流而為偈誦,詩之弊又有不可勝言者矣。近代文人,始為復古之說以勝之。夫復古是已,然至以剿襲為復古,句比字擬,務為牽合,棄目前之景,摭腐濫之辭,有才者詘於法,而不敢自伸其才;無之者拾一二浮泛之語,幫湊成詩。智者牽於習,而愚者樂其易,一倡億和,優人騶子,共談雅道。吁,詩至此抑可羞哉!(《瓶花齋集》卷之六《雪濤閣集序》)

觀左文,浩浩盪盪縱橫捭闔,直是一部文學史評,而其妙處卻在不落空言各切實際,始終擒住依時變易之綱領,實公安主義之出發點也。中郎又曰:

大抵物真則貴,貴則我面不能同君面,而况古人之面貌乎?唐自有詩也,不必《選》體也;初盛中晚自有詩也,不必初盛也。李杜王岑錢劉,下迨元白盧鄭各自有詩也,不必李杜也。趙宋亦然。陳歐蘇黄諸人,有一字襲唐者乎?又有一字相襲者乎?至其才能為唐,殆是氣運使然,猶唐之不能為《選》,《選》之不能為漢魏耳。今之君子,乃欲概天下而唐之,又且以不唐病宋。夫既以不唐病宋矣,何不以不《選》病唐,不漢魏病《選》,不《三百篇》病漢,不結繩鳥跡病《三百篇》耶?……夫詩之氣,一代減一代,故古也厚今也薄。詩之奇之妙之工之無所不極,一代盛一代,故古有不盡之情,今無不寫之景。然則古何必高,今何必卑哉?(同上,卷廿,書,丘常孺)

此亦引申上文之義,不過說得益為精闢,使人無處躲閃耳。

(2)詩的泛論

至於詩,則不肖聊戲筆耳。信心而出,信口而談。世人喜唐,僕則曰唐無詩;世人喜秦漢,僕則曰秦漢無文;世人卑宋黜元,僕則曰詩文在宋元諸大家。昔老子欲死聖人,莊生譏毀孔子,然至今其書不廢;荀卿言性惡,亦得與孟子同傳。何者?見從己出,不曾依榜半個古人,所以他頂天立地,今人雖譏訕得,卻是廢他不得。不然糞裏嚼渣,順口接屁,倚勢欺良,如今蘇州投靠家人一般。記得幾個爛熟故事,便曰博識;用得幾個見成字眼,亦曰騷人。計騙杜工部,固柴李空同,一

個八寸三分帽,人人戴得。以是言詩,安在而不詩哉?(同
上,張幼于)

痛快淋漓,絕妙好文,直罵得一般撒濫污詩人體無完膚,足見中郎
先生遺世獨立之決心與精神矣。先生又引人言曰:

> 梅子曾語予曰:詩道之穢,未有如今日者。其高者為格
> 套所縛,如殺翮之鳥,欲飛不得;而其卑者,剽竊影響,若老嫗
> 之傅粉。其能獨抒己見,信而言,寄口於腕者,予所見蓋無
> 幾也。(《全集》卷一,《叙梅子馬王程稿》)

信口信腕,於此提出。然則,先生何嘗無同志哉?不,亦先生之自
道耳。

(3)詩之作法

> 善為詩者,師森羅萬象,不師先輩。法李唐者,豈謂其機
> 格與字句哉?法其不為漢,不為魏,不為六朝之心而已,是真
> 法者也。(同上,《叙竹林集》)
> 夫詩以趣為主致,多則理詘(同上,《田京稿序》)

詩無成法依趣為歸,以森羅萬象師,氣魄何等偉大!

2. 論文

先生論文,與詩同工,試觀其《與友人論時文》云:

　　大約愈古愈近，愈似愈贗，天地間真文厮滅殆盡。獨博
士家言，猶有可取。其體無沿襲，其詞必極才之所至，其調年
變而月不同，手眼各出，機軸亦異，二百年來，上之所以取士，
與士子之伸其獨往者，僅有此文。而卑今之士，反以為文不
類古，至擯斥之，不見恥於詞林。嗟夫，彼不知有時也。……
彼聖人賢者，理雖近腐而意則常新，詞雖近卑而調則無前。
(同上，卷廿)

文亦有時而手眼各出機軸殊異者為上，奈何世之操觚者，偏皆迷
於古道乎？先生又曰：

　　物之傳者必以質，文之不傳，非不工也，質不至也。……
行世者必真，悅俗者必媚，其久必見，媚久必厭，自然之理也。
故今之人所刻畫而求肖者，古人皆厭離而思去之。古之為文
者，刊華而求質，斂精神而學之，唯恐真之不極也。(同上，卷
三，《行素園存稿引》)

傳必以質，媚不掩真，有志之士，蓋興乎來，是故：

　　以學為文者，言出於所解，而響傳於所積，如雲族而雨
注，泉湧而川浩。……以文為學者，拾餘唾於他人，架空言於
紙上，如貧兒之貸衣，假姬之染黛。(同上，卷二，《陝西鄉試
錄序》)

惟學博而後文能質真氣厚、超卓不群，斯中郎先生金針度人之

語也。

三、中郎先生推崇之詩文及作家

公安旗幟揭櫫後,豁達之士,頗有望風景從者。其詳雖不可知,然就中郎集中所見,已即不鮮焉。厥中前乎先生郎者一人,曰徐渭(字文長):

> 其所見山奔海立,沙起雲行,雨鳴樹偃,幽谷大都,人物魚鳥,一切可驚可愕之狀,一一皆達之於詩。其胸中又有勃然不可磨滅之氣,英雄失路、托足無門之悲,故其為詩,如嗔如笑,如水鳴峽,如種出土,如寡婦之夜哭,羈人之寒起。雖其體格時有卑者,然匠心獨出,有王者氣,非彼巾幗而事人者,所敢望也。文有卓識,氣沈而法嚴,不以模擬損才,不以議論傷格。(同上卷,《徐文長傳》)

按中郎先生極為推崇文長,為之作傳,為之評點文集,尊之揚之,稱曰前輩先生焉。然,是豈偶然哉?實文長輕快自然之文章,有以符之耳。文長而外,同乎先生者一人,即其弟中道(小修)是已:

> 詩文……大都獨抒性靈,不拘格套,非從自己胸臆流出,不肯下筆。有時情與境會,頃刻千言,如水東注,令人奪魂。其間有佳處,亦有疵處,佳處自不必言,即疵處亦多本色獨造語。然予則極喜其疵處,而所謂佳者,尚不能不以粉飾蹈襲為恨,以為未能盡脫近代文人氣習故也。(《錦帆集》卷之二)

　　小修賦性放縱,文亦嚴盪不羈。晚年惑於仕宦,氣體稍變,但以享年較久關係(小修死時已得五十四歲,在天啓四年矣),究能盡其碩果僅存之責任,以竟兩兄未了之業也。小修而外,為之友朋者數人,曰江進之、陳正甫、咼吳川:

　　　　進之才高識遠,信腕信口,皆成律度,其言今人之所不能言,與其所不敢言者。或曰:進之文超逸爽朗,言切而旨遠,其為一代人才無疑。詩窮新極變,物無遁情,然中或有一二語近平近億近俳,何也? 余曰:此進之矯枉之作,以為不如是,不足矯浮泛之弊而闢時人之目也。(《瓶花齋集》之六《雪濤閣集序》)
　　　　余友陳正甫,深於趣者也,故所述《會心集》若干卷,趣居其多。(《解脫集》卷之三《叙陳正甫會心集》)
　　　　吳川自出機軸,氣雋語快,博於取材而藻於屬辭。比之遂溪,蓋由淡而造於色態者,所謂秋水芙蓉也。(《滿碧堂集》卷之十一《叙咼氏家繩集》)

　　三人作品,或以明勝,或以淡勝,或以趣勝,均合公安清新俊逸之原則,故都為中郎所稱。復次,下列諸人,亦與先生有文字之往還,特不知其身世:

　　　　鑄辭命意,隨所欲言,寧弱無縛者,吳文定、王文恪是也。氣高才逸,不就羈紲,詩曠而文者,洞庭蔡羽是也。(《全集》卷一《叙姜陸二公同適稿》)
　　　　元定之詩,其人之注腳也。布置鬚眉,形影皆好,是請詩

具；明窗靜吟，花開獨飲，是謂詩料；瘢痲山水，流連煙月，是謂詩骨。（《文集》卷二《劉元定詩序》）

又先生自評其文並以之與曾退如相較曰：

余文信腕直寄而已。……余與退如所同者，真而已。其為詩異甘苦，其直寫性情則一；其為文異雅樸，其不為浮詞濫語則一，此余與退如之氣類也。（同上，《叙曾太史集》）

總之，同聲相求，同氣相應，中郎先生所推許者，必皆任性率真、手口直抒之文字，德不孤，必有鄰，誰謂先生單調哉？

四、中郎先生之時文

夫人必立己，而後立人，其身不正，鮮有從者。中郎先生之主義，既已高唱入雲矣，彼其一己之詩文，果足有以符之乎？欲加品評，斯在披閱其作品：

1. 詩

先生律絕古體無一不佳，尤以五七絕句為最飄逸：

（1）五言絕句（《文集》卷八）

別無念

漢口來何易，湘江去不難。北風吹順水，三日到齊安。

其二

謂爾真吾師,謂吾真爾友。不知歐冶爐,肯鑄頑鐵否。

金牛鎮口占

其七

淋淋瀝瀝行,仄仄敧敧遠。此去浮屠街,二十四泥板。

其十二

峰峰雪點綴,曲曲水蒼寒。卻似曾經眼,王維畫上看。

江上見數漁舟為公卒所窘

釣竿拂晚霜,衣薄蘆花絮。一畝不籍官,也被官差去。

(2)七言絕句(同上,卷八)

小婦別詩

一身狼狽踰冬秋,姊妹人人歎白頭。剛得在家三日好,明朝行李又杭州。

桃花雨

淺碧深紅大半殘,惡風催雨剪刀寒。桃花不比杭州女,洗欲臙脂不耐看。

（3）五言律詩（同上，卷五）

郊外小集

其二

浪跡真無賴，狂心今若何？一尊聊對酒，萬事且狂歌。

穉子秒黃葉，漁人語白波。蘆花青裊裊，秋意滿溪蓑。

舟中

白鳥當窗坐，青山映水行。看雲諸態冷，弔古百愁生。

近海魚爭大，鄰淮酒欲清。長亭不可數，回首呂梁城。

（4）七言律詩（同上，卷七）

得罷官報

擬將心事寄烏藤，料得前身是老僧。病裹望歸如望赦，客中聞去似聞升。尊前濁酒憨憨醉，飽後青山漫漫登。南北宗乘參取盡，龐家別有一枝燈。

雨中過蘇

二年前事似前朝，記得朱顏個裏銷。雨雨風風新震澤，車車馬馬舊虹橋。塵來不上雙行斾，病後猶存一捻腰。是我萬般辛苦地，如今閒話盡逍遙。

以上各詩，無一生澀典故，亦無堆砌跡痕，真是天衣無縫、妙合自然之作，然則粉飾蹈襲之弊，信為先生汰卻矣。

2. 文

先生之文,除論詩文者已略如上述外,茲更錄其尺牘、遊記各二章,以概其餘。

(1)尺牘

寄散木

散木近作何狀,人生曷可一藝無成也? 作詩不成,即當專精下棋,如世所稱小方、小李是也。又不成,即當一意蹴鞠挾彈,如世所稱查八十郭道士等是也。凡藝至極精處,皆可成名,強如世間浮泛詩文百倍。幸勿一不成,兩不就,把精神亂拋撒也。知尊多藝,故此相砥,勉之哉!(《文集》卷三)

江長洲進之

雖說吳令煩苦,其實良朋相聚,亦是快事。他日虎邱一塊石,太湖一勺水,傳吾兩人佳話,未可知也。

下筆即來,簡潔遒勁,決無時儒排比敷衍之態,有箋如此,《秋水軒尺牘》不當焚卻耶! 遊記亦復若是:

(2)遊記

蘭亭

蘭亭,殊寂寞。蓋古蘭亭依山依澗,澗彎環詰曲,流觴之

地,莫妙於此。今乃擇平地砌小渠為之,俗儒之不解事如此哉!(《梨雲館類定集》卷十四)

烟霞石屋

　煙霞洞亦古亦幽,凉沁入骨,乳汁潺潺下。石屋虚明開朗,如一片雲,欹側而立,又如軒榭,可佈几筵。余凡兩過石屋,為傭奴所據,嘈雜若市,俱不得意而歸。(同上)

五、中郎先生之影響

"宏道益矯以清新輕俊,學者多舍王李而從之"。其於當時之影響,已見《明史》載記及三節所述矣。他如竟陵之鍾譚,後百餘年之隨園,與夫近世之新文學運動,又何莫非先生直接間接之流風乎?鍾(伯敬)之言曰:"真詩者,精神所為也。察其幽情單緒,孤行靜寂於喧雜之中,而乃以其虛懷定力,獨往冥遊於寥廓之外。如訪者之幾於一逢,求者之幸於一獲,入者之欣於一至。不敢謂吾之說,非即向者千變萬化不出古人之說,而特不敢以膚者、狹者、熟者塞之也。"(《鍾伯敬文集》之一《詩歸序》)譚友夏之言曰:"夫真有性靈之言,常浮出紙上,決不與眾言伍。……法不前定,以筆所至為法;趣不强括,以詣所安為趣;詞不準古,以情所迫為詞;才不由天,以念所冥為才。"(《譚友夏文集》卷八《詩歸序》)夫二子所謂之真精神詞、才、趣、法,與中郎先生獨抒性靈、信口信腕之主義,有以異乎?子才袁氏亦有言曰:"夫詩無所謂唐宋也。唐宋者,一代之國號耳,與詩無與也。詩者,各人之性情耳,與唐宋無與也。若拘拘焉持唐宋以相敵,是己之胸中,有已亡之國號,而無自得之性情,於詩之本旨已失矣。"(《小倉山房文集》卷十七《與施蘭坨》)是雖一百年後之袁枚,猶與先生符節相合也。民國成立,一切革新,初五之年,續溪胡公首倡文學革命之義,論者怪之,以為前所未聞。其實胡公之"八不"主義——不用興,不用陳套語,不講對仗,不避俗字俗語,不作無病之呻吟,不摹倣古人,語語須有個我在,須言之有物,須講求文法之結構(文見《胡適文存》卷一《文學改良芻議》)——詎知非中郎先生之義以大而化之者乎? 然則先生之影響於後世也,誠偉大已!

(本文原載於《北强月刊》1934 年第 1 卷第 6 期,署名"魏紫銘")

晚明"公安三袁"合論

引　言

在中國文學史上，還很少有為了一種文學傾向，而兄弟共同戰鬥到底，終得集體成名的事。晚明公安的"三袁"（宗道、宏道、中道），才正是此類情況的突出人物。他們兄弟三人同是進士（大哥宗道還是狀元），同能出入釋氏（以儒為宗），同與當時文壇的大革新者李贄（卓吾，"非經叛道"）為友，同反"七子"的陳言（李東陽、何景明等"文必秦漢，詩必盛唐"之論），同創作"獨抒性靈，信手信腕"的文字，同有文集傳世（宗道《白蘇齋集》，宏道《袁中郎集》，中道《珂雪齋集》）。俗云"打架親兄弟"，這事很不簡單，恐怕那"上陣父子兵"的北宋"三蘇"（父洵、大蘇軾、小蘇轍）也比擬不了呢！（他們比較保守，講求"文以載道"，寫作取法乎韓愈、歐陽修。）

按明代從正德（武宗朱厚照）開始，到嘉靖（世宗朱厚熜）、萬曆（神宗朱翊鈞）以後，可以說是朝政日非（宦寺弄權，奸臣當道，倭寇頻仍，邊患日急，士大夫結黨營私，老百姓水深火熱），雖有少數勵精圖治的人，也難於扭轉乾坤，使之中興。例如王守仁的文治武功、學問道德，張居正的頗識大體、攘外安內，戚繼光的橫掃海賊、鎮撫三邊，也只能聊事彌補、延緩滅亡而已。具體到文學創作上講，戲曲、小說並未大行其道，反而是前後"七子"的剿襲秦漢、摹擬盛唐一類的假古董，把詩文搞得烏煙瘴氣、面貌全非。像徐渭、李贄的旁流橫溢、敢於突破藩籬的人,卻經常被視為怪異狂悖。於是袁氏弟兄居然敢於逆流而動,毅然決然地與之對抗,並且造成了巨大的影響,不可謂非豪傑之士了。泰上三不朽,也應該屬於功在"立言"之類。這話並不是我們信口開河妄有輕重的,連當日躋身於"七子"之末的屠隆(長卿)都不得不說,此類詩文乃是"模辭擬法,拘而不化","獨有周漢之句法耳"(《由拳集·文論》),焦竑(弱侯)就說得更好:"近世之文,吾不知之矣,彼其所有者,道耶,德耶,事功耶? 蔑其實而欲妄為之詞。"又曰:"夫詞非文之急也,而古之詞,又不以相襲為美。"(《澹園集·與友人論文》)又說:"詩非他,人之性靈之所寄也。苟其感不至,則情不深。情不深,則無以驚心而動魄,垂世而行遠。"(《雅娛閣集序》)這就指出不止是文辭不能相襲,思想、感情同樣重要,言之無物、為文造情之作,都不足以"藏之名山傳諸其人"的。

"其所從來者漸矣","履霜,堅冰至",豈不信哉! 因此種種,我們大可以說:"七子"之"死的文學"必遭唾棄,已是人心所向大勢所趨了。而"三袁"之出,"矯以清新輕俊",毫無疑問是適應潮流、合乎需要的。誠如《四庫全書總目提要·集部·袁中郎集》所云:"前後七子,遂以仿漢摹唐轉移一代之風氣,迨其末流,漸成偽體,塗澤字句,鉤棘篇章,萬喙一音,陳因生厭,於是公安三袁乘其弊而排抵之。"清人朱彝尊也說:"隆萬間,王、李之遺派充塞,公安昆弟起而非之,以為唐自有古詩,不必選體;中、晚皆有詩,不必初、盛;歐、蘇、陳、黃各有詩,不必唐人。唐詩色澤鮮妍,如旦晚脫筆硯者。今詩才脫筆硯,已是陳言。豈非流自性靈與出自剿擬,所從來異乎? 一時聞者煥然神悟,若良藥之解散而沉痾之去體也。"(《靜志居詩話》)竹垞去晚明未遠,所見自足憑信。

一、生平

袁宏道(1568—1610),字中郎,公安人,與兄宗道(1560—1600)、弟中道(1570—1623)具有才名,時稱"三袁"。宗道,字伯修。萬曆十四年會試第一。授庶起士,進編修,卒官右庶子。泰昌時,追録光宗講官,贈禮部右侍郎。

宏道年十六為諸生,即結社城南,為之長。間為詩歌古文,有聲里中。舉萬曆二十年進士。歸家,下帷讀書,詩文主妙悟。選吳縣知縣,聽斷敏決,公庭鮮事。與士大夫談說詩文,以風雅自命。已而解官去。起授順天教授,歷國子助教、禮部主事,謝病歸。久之,起故官。尋以清望擢吏部驗封主事,改文選。尋移考功員外郎,立歲終考察群吏法,言:"外官三歲一察,京官六歲,武官五歲,此曹安得獨免?"疏上,報可,遂為定制。遷稽勳郎中,後謝病歸,數月卒。

中道,字小修。十餘歲,作《黃山》《雪》二賦,五千餘言。長益豪邁,從兩兄宦遊京師,多交四方名士,足跡半天下。萬曆三十一年始舉於鄉。又十四年乃成進士。由徽州教授,歷國子博士、南京禮部主事。天啟四年進南京吏部郎中,卒於官。

先是,王、李之學盛行,袁氏兄弟獨心非之。宗道在館中,與同館黃輝力排其說。於唐好白樂天,於宋好蘇軾,名其齋曰白蘇。至宏道,益矯以清新輕俊,學者多舍王、李而從之,目為"公安體"。

從這一段傳記裏,我們認識到了以下幾種情況:

1. "三袁"都是進士、朝官,嘗住京師,為清流所仰望。有才識,有地位,足以對抗"七子",倡導新的文派。

2. 宗道以狀元而首創,宏道最擅勝場,中道後死,前後歷半個世紀(凡經世、穆、神、光、熹五朝),影響深遠。

3. 他們詩文的核心,是特重"性靈",講求"真""趣",直抒胸臆,信手信腕。

顯而易見,中郎是其間成就最大、反對"七子"擬古的代表人物,因為他確實被稱為晚明詩文革新的能手、值得尊敬的小品文作家。直到今天還有我們必須學習的地方,例如他那敢於戰鬥前進的精神,層出不窮、新新不已的創作成果即是。以下我們就拿他作為中心,來分敘"大袁""小袁"若合符節的種種。

二、論學

"三袁",楚人也,出身於荊州(今湖北省公安縣)的地主家庭,與古代江陵之大辭賦家屈靈均(原)同土,地靈人傑,如果他們有一點浪漫氣息,那是可以理解的。何況明代正德(明武宗朱厚照)以後,王(陽明)學暢行,他們又不能不感染著道學家的思想哪。自然,對他們影響最大的還是方外的釋氏,不過,能入而亦能出,還最終依舊歸本於儒家,不失書生本色而已。如中道之言"王學"曰:

> 良知之學,開於陽明,當時止以為善去惡教人,更不提著此向上事。使非王汝中發之,幾不欲顯明之矣。
> 蓋陽明先生認得世間人資質虛浮者多,概以語之醍醐上味,翻成毒藥;不若令其為善去惡,且做個好人。如有靈根,發起真疑,亦自可引之以達於上。然此亦千中無一,萬中無

432

一事也。後來王汝中於天泉橋上發之，陽明雖指四無為向上
一脈，而亦未嘗絕四有之說，以為不須有。正如創業祖宗，兒
孫事體，百凡俱慮到，亦不偏有所祖，令後來易成窩春，而尤
諄諄語汝中曰：“吾人凡心未了，雖已得悟，不妨隨時用漸修
功夫。不如此，不足以超凡入聖。”所謂上乘兼修中下也，是
何等穩密。近日論學者，專說本體，未免逗漏，大非陽明本
旨，予故違眾拈出，高明以為何如？

（《珂雪齋集·書學人冊》）

從中道這段話裏所提出的關於“王學”之“靈根”“四無”“凡心”等
等，不是和釋氏的“妙悟”“超凡”“上乘”如出一轍嗎？可見“心性”之
理彼此可以參通的。他又接著說：

心者何？即唐、虞所傳之道心也。人心者，道心中之人
心也。離人心，則道心見矣；道心見，則即人心皆道心矣。見
道心故謂之悟，即人心皆道心則修也。悟到即修到，非有二
也。聖賢之學，期於悟此道心而已矣。此乃至靈至覺，至虛
至妙，不生不死，治世出世之大寶藏焉。而世謂儒門無此學
術，奉而歸之於禪，則大可笑已。（同上，《傳心篇序》）

這其實就是雜糅儒佛合二為一的說法。他甚至指稱“有宋諸儒雖
所見不同，然未有不見此道心者也”（同上），當係就陸九淵（象山）之
“簡易工夫”而言。陸、王本是並稱的麼。中道說“心體本自靈通”，
“格物致知”才把它搞得支離破碎的，看來是在否定二程（顥、頤）、朱
（熹）之學了。當行本色，理無有二。大哥宗道解釋“無為，有為，晦昧
為空”時也說：

433

晦昧為空,"為"字從來未有如此解者,未有如此直截透徹者。"為"之一字,正是今古學道人銅枷鐵鎖,一切聲聞緣覺,妄為修證古德,呵其重厚昏沉。此是通身晦昧,坐在"為"字中者。即如入地菩薩見性,尚隔羅縠,是亦未能脫盡晦昧。蓋一分見處,便是他一分"為"處;一分"為"處,便是他一分晦昧處也。所以《楞嚴經》末段,由盡色陰方盡受陰,由盡受陰方盡想陰,由盡想陰方盡行陰。千般崎嶇,正墮在識陰黑暗區宇裏,千為萬為,博得晦昧,則亦何益之有哉?(《白蘇齋類集‧李卓吾》)

此乃徑直談佛法,講禪學"清淨無為"的道理的,越"有為"越"晦昧"麼。宗道又加重語氣說"此是古人禪病,非今人禪病",因為"今世學人,其上者堆積一肚佛法,包裹沉重,還嫌禪學疏淺,鑽研故紙不休,此等人正是為有,何曾為空乎?"(同上)按儒興在前,釋氏後來居上,以虛代實,所以兩教傳人紛呶不已:

三教聖人,門庭各異,本領是同。所謂學禪而後知儒,非虛語也。先輩謂儒門澹泊,收拾不住,皆歸釋氏。故今之高明有志向者,腐朽吾魯鄒之書,而以諸宗語錄為珍奇,率終身濡首其中而不知反。不知彼之所有,森然具吾牘中。特吾儒渾含不泄盡耳,真所謂淡而不厭者也。

閑來與諸弟及數友講論,稍稍借禪以詮儒,始欣然舍竺典而尋求本業之妙義。予謂之曰:"此我所行同事攝也。"既知此理之同,則其毫髮之異,久之自明矣。若夫拾其涕唾以入帖括,則甚不可。宜急戒之,勿以性命進取,溷為一塗

434

可也。

（卷十七，《說書類序》）

“借禪以詮儒”，實際上說是虛實相應、交相為用的綜合態度。宗道亦非首創之人，又云：

> 空不可遇，為此語良是。然謂為空害空，覺太過慮矣。《心經》不云乎：“是諸法空相，不增不減。”夫為空而有益於空，固不得謂之真空矣。使為空而有損於空，亦安得謂之真空乎？（《答友人》）

此乃“色即是空，空即是色”的增益的說法。《答陶石簣》，亦言其微妙的作用道：

> “三界惟心，萬法惟識”一語，似無可疑者。便令解不得亦無損，縱使解得，中甚用也。吾輩學道，雖未必大悟，至於向肉團心上卜度穿鑿，求分毫明白，決不作此蟲豸伎倆。……制心一處，無事不辦，弟近來亦止向無字上做功夫。些小光景，見解都不認著，只以悟為則，亦決不敢嫌此事淡澹，更去尋枝葉也，兄以為何如？

可見宗道亦是援佛入儒者了。宏道更不例外，他說：“夫佛之言覺也，禪之言定也”，“釋迦、孔子，易地皆然。”（《袁中郎全集·祇園寺碑文》）儒、釋兩家其揆一也，這說的不更直接了當嗎？宏道以佛家“色相是空”的道理來談所謂“寂滅”云：

435

經云：若以色見我，以音聲求我，是人行邪道，不能見如來。又云：有能受持誦讀，若供養者，其福德不可思議。夫供養是以色見也，誦讀是以聲求也。色見聲求，大慈所訶，而得無量不可譬喻功德，何耶？……當知佛所謂聲色者，不取相之聲色也。又云：發阿耨多羅三藐三菩提心者，於諸法不說斷滅相。當知佛所謂無相者，不舍聲色之無相也。佛語本自和會，讀者自作分別解耳。（《金剛證果引》）

聊以解嘲，各取所需，什麼"色即是空"，由人自去體會。以宏道的聰明才智，是不會不知道"佛"是怎麼回事的。譬如他說：

象法之盛，佛法之衰也。佛法莫盛於梁，亦莫敝於梁。當是時，寶刹如雲，神僧如林，以至天子為奴，卿相授具。浮屠之盛絕，今古無兩。然而戒律成縛，義解為崇，溺情因果，蕩心虛滅。志公杜口，達磨不識。卒使後世理學大儒譚心性者以果報疑佛，溺果報者又以佛法之不效疑佛，名為崇佛，實佛冤耳。（《祇園寺碑文》）

口宣佛言不已，內心另有定奪，此非口是心非，實乃釋氏妙用，不求甚解可矣。宏道知之已詳，他的許多"詠禪詩"，說得更為露骨，不止是無所容心而已。如：

菩薩與凡庸，不知誰正倒。牛馬若率真，形貌亦自好。獨有知見人，不識本分草。拾它糞掃堆，秘作無價寶。面上曲折多，腹內安穩少。坐立皆成文，閒話正打稿。演出活法聰，難瞞俊閭老。（《袁中郎集·天目書所見》）

這簡直是在唐突佛子了。因為他並不佞信而表裏如一的,所以才信口雌黃。又有詩云:

　　三步一號呼,十步一禮拜。萬人齊仰瞻,菩薩今何在?欲尋真大士,當入眾生界。試觀海潮音,不離浙江外。(卷二,五古,《仲春十八日宿上天竺》)

都是在旅遊中觸物生情的。什麼菩薩?真大士自在人間,亦安知不是某家?

　　若以色見我,是人行邪道。饒他紫金身,只是泥與草。朝來自照面,三十二種好。終日忙波波,忘卻自家寶。(卷二,五古,《仲春十八日宿上天竺》其二)

由此可見,"三袁"弟兄之所以近禪,不過是因為不滿現實遁逃世外,從思想上求得解脫,以淨化其俗塵,空靈其詩文而已。這從他們雖有功名卻只做些翰苑閑曹,無甚政治作為,宏道本有能吏之稱,終嫌仕途頃嚚而退避三舍可證。宏道之詩曰:

　　煌煌京洛城,朱衣喧廣道。白首賤書生,驢韉掛詩草。懷刺謁恩門,門卒相輕眇。十上十不達,登街顏色槁。疊身事貴公,習諛苦不早。罩眼一寸紗,茫茫遮人老。(卷一,樂府,《京洛篇》)

一介寒儒哪有不企圖經世致用的?屢遭白眼之後,只好收視反聽,歎息此路不通了。人間既無一片乾淨土,天上如何？

> 乘赤霧,鞭鸞轍。路逢王子晉,玉簫吹已折。織女弄機
> 絲,餘緯爛霄闕。下土蟣虱民,誤喚作雌霓。張翁老且耄,舉
> 止多媒褻。待仙三萬年,不曾見隆准。真人多竄左,天狐慘
> 餘孽。羲御失長鞭,牽牛歎河竭。（卷一,樂府,《升天行》）

可憐得很,天上也一般無二,連仙人們都失所憑依啦,這就怪不得
宏道弟兄之"清靜無為"、自樂其樂了。有了功名,也是白費麼！前面
不是說過了嗎？王陽明、張居正、戚繼光等又怎麼樣了呢,無補於朱明
王朝的衰亡,李（自成）張（獻忠）起義,清人入關,大勢已去。

三、文論

三袁都是主張文章因時變易,反對泥古摹擬的。於是"七子"首當
其衝,而"文必秦漢,詩必盛唐"之論,於是窒息。宗道首先從"語言有
古今",應貴通曉的道理發難道:

> 口舌代心者也,文章又代口舌者也。輾轉隔礙,雖寫得
> 暢顯,已恐不如口舌矣,況能如心之所存乎？故孔子論文曰:
> "辭達而已。"達不達,文不文之辨也。唐虞三代之文,無不達
> 者。今人讀古書,不即通曉,輒謂古文奇奧,今人下筆不宜平
> 易。夫時有古今,語言亦有古今。今人所詫謂奇字奧句,安
> 知非古之街談巷語耶？

宗道這裏已經有了近似語文"進化論"的觀點,應該是一種進步的

思潮。他並且更進一步地批判了李夢陽(空同)等剿襲模擬的流毒。
他繼續說:

> 空同不知,篇篇模擬,亦謂反正。後之文人,遂視為定
> 例。……不知空同模擬,自一人創之,猶不甚可厭。迨其後
> 以一傳百,以訛益訛,愈趨愈下,不足觀矣。(卷廿,雜說類,
> 《論文》上)

宏道則專就"反正"之"反"下了功夫,說它與"法"同義:

> 夫反,所以跡也。今之作者,見人一語肖物,目為新詩。
> 取古人一二浮濫之語,句規而字矩之,謬謂復古。是跡其法,
> 不跡其勝者也,敗之道也。(《袁中郎集·敘竹林集》)

那麼,怎樣才算正確的態度呢? 師物不師人。宏道說:

> 故善畫者師物不師人,善學者師心不師道,善為詩者,師
> 森羅萬象,不師先輩。法李唐者,豈謂其機格與字句哉? 法
> 其不為漢、不為魏、不為六朝之心而已,是真法者也。(同上)

這剖析得極有水平,舉例也精當,簡直已有"唯物"的精神了。宏
道最後單刀直入地指斥"邯鄲學步"者道:

> 蓋詩文至近代而卑極矣,文則必欲準於秦漢,詩則必欲
> 準於盛唐。剿襲模擬,影響步趨,見人有一語不相肖者,則共
> 指以為野狐外道。曾不知文準秦漢矣,秦漢人曷嘗字字學六

經歟？詩準盛唐矣,盛唐人曷嘗字字學漢魏歟？秦漢而學六
經,豈復有秦漢之文？盛唐而學漢魏,豈復有盛唐之詩？
(《袁中郎集‧敘小修詩》)

只能是"代有升降,法不相沿,以物為主,各極其變",主客觀世界
相應地動盪不居,這社會才能存在,人類才能進化,何況文章？它須是
報導生活反映現實的麼。這種道理,中道談得不多("三郎"是以實踐
為主的),反爾是宏道的戰友江進之配合得很密切。江進之說:"文之
不能不古而今也,時使之也"(《雪濤閣集序》)。江進之繼續補充其看
法道:

> 唯識時之士,為能隄其隙而通其所必變。夫古有古之
> 時,今有今之時,襲古人語言之跡,而冒以為古,是處嚴冬而
> 襲夏之葛者也。(《雪濤閣集序》)

這和宏道的論調,幾乎毫無差異。因為江進之著重的也是時代不
同事物必變的道理,陳詞濫調豈能反映新的思想感情？進之還說:

> 至以剿襲為復古,句比字擬,務為牽合。棄目前之景,撫
> 腐濫之醨。有才者詘於法,而不敢自伸其才。無之者拾一二
> 浮泛之語,幫湊成詩。智者牽於習而愚者樂其易,一倡億和,
> 優人騶子,共談雅道。吁! 詩至此,抑可羞哉! 夫即詩而文
> 之為弊,蓋可知矣。(同上)

這些還只是江進之關於革新詩文的概論,他直接介紹,推崇宏道
的,卻以下面的話最有代表性:

世之稱詩者，必曰唐；稱唐詩者，必曰初曰盛。唯中郎不然，曰："詩何必唐？何必初與盛？要以出自性靈者為真詩爾。"夫性靈，竅於心、遇於境。境所偶觸，心能攝之；心所欲吐，腕能運之。心能攝境，即螻蟻蜂薑，皆足寄興，不必睢鳩騶虞矣。……才離筆硯已似舊詩矣！夫唐人千歲而新，今人脫手而舊，豈非流自性靈與出自模擬者，所從來異乎？

新則人爭嗜之，舊則人爭厭之。流自性靈者，不期新而新；出自模擬者，力求脫舊而轉得舊。由斯以觀，詩期於自性靈出爾，又何必唐？何必初與盛之為沾沾哉！中郎論詩之概若此。

（江進之《敝篋集序》）

因此，我們大可以說，儘管江進之不是公安人，和"三袁"也不是弟兄，他卻依舊應該被認為是"公安文派"的"健將"的。這從宏道常將新作示江，江輒歎美不置（宏道做吳令時與江進之鄰縣），並一再地給宏道刻印的《錦帆集》《解脫集》寫序言予以稱道，亦可概見。

宏道論詩文，經常強調"真"和"趣"。他說"真人所作，故多真聲"（《敘小修詩》），又說"要以情真而語直"（《陶孝若枕中囈引》），又說"余與退如所同者，真而已"（《敘曾太史集》）。他這所謂"真"，就是不摹擬，不剽襲，自抒性靈，信手信腕，為情造文而不無病呻吟之意。再補充些說，亦即"不效顰於漢魏，不學步於盛唐，任性而發，能通於人之喜怒哀樂嗜好情欲"。宏道說他弟弟中道的詩文就是這樣的。宏道的同宗，麻城袁編修銑說得好："中郎公論文若詩也，必曰真，故讀公之文若詩者，亦皆曰真。夫真可襲乎？曰：不可。人無見真之事而貌為真性真情真才真氣之文之詩，是偽之偽者也。"（《文集》卷首序）"真"的反面當然是"偽",騙人的鬼話,怎麼能夠叫人相信?"修辭立其誠"麼。關於宏道之所謂"真",還有分析得更精闢的人,如雷何思《瀟碧堂集序》云:

> 真者精誠之至,不精不誠不能動人,強笑者不歡,強合者不親,夫惟有真人而後有真言。真者,識地絕高,才情既富,言人之所欲言,言人之所不能言,言人之所不敢言。言人所欲言,有心中了了而舉似不得者,其筆之妙與舌之妙,令人豁目解頤,鼓舞而不能已。言人所不能言,雖千古未決之公案,與其不可摹之境,難寫之情,片言釋之如風雨,數千言不絕如江河。言人所不敢言,則世所幾平,忽作神聖;世所神聖,忽作幾平。理不必古所恒有,語不必人所經道,後世而有知其解者,人證我也;後世而無有知其解者,吾證我也。

對於"趣",宏道也反復地說:它是來自客觀世界的,特別是自然的景色,他說:

> 世人所難得者唯趣,趣如山上之色,水中之味,花中之光,女中之態,雖善說者不能下一語,唯會心者知之。(《敘陳正甫會心集》)

宏道可謂深得此中三昧了,"此中有真味,欲辯已忘言",殆又以主觀的反映為重要條件了。他說:"夫趣得之自然者深,得之學問者淺。"(同上)這不是在說,它是心生於物,觸景生情,單有理智辦不了事麼?特別是發為詩歌的:"夫詩以趣為主,致多則理詘,此亦一反。"(《西京稿序》)可證創作必須有趣味為其伴起的條件之一,才能得心應手、油然沛然麼。

四、師友

"三袁"首先是兄弟間彼此的唱和與切磋,這帶頭人自然是大哥宗道。海鹽姚士麟云:"太史公既以明經大魁天下,更自別啟靈竇,別主氣格,與中郎、小修獨唱互賡,陡辟門戶於趁舌應聲世界。"(《白蘇齋類集敘》)宗道自己也說:"閑來與諸弟及數友講論,稍稍借禪以詮儒,始欣然舍竺典而尋求本業之妙義。"(《說書類·前言》)中道更說:"兄中郎長余兩歲,少相友愛。兒時同讀書村之杜家莊上,講誦之暇,私相商確。至今思之,頗多異語。……及我大兄休沐南歸,始相啟以無生之學。"又說:"余以濩落,依之真州,相見頃刻,出所吟詠,捧讀未竟,大叫欲舞,作而笑曰:'高者我不能言,其次我所欲言,格外之論,我不敢言。與兄相別未久,胡遽至此。'"(《珂雪齋文集·解脫集序》)下面專記宗道與宏道學習理道的一段話:

> 時伯修方為太史,初與聞性命之學,以啟先生。先生深信之。下第歸,伯修亦以使事返里。相與朝夕商確,索之華、梵諸典,轉覺茫然。後乃於文字語言意識不行處,極力參究,時有所解,終不欲自安歧路,恃燼火微明以為究竟。如此者屢年,忘食忘寢,如醉如癡。一日見張子韶論格物處,忽然大豁,以證之伯修。伯修喜曰:"弟見出蓋纏,非吾所及也。"然後以質之古人微言,無不妙合,且洞見前輩機用。白雪田中,能分鷺鳥;紅羅扇外,瞥見仙人。一一提唱,聊示鞭影,命名曰《金屑》。(《吏部驗封司郎中中郎先生行狀》)

如此之類，都可以說明這兄弟三人是從詩文到學問，沒有不相互探討的。至於他們的師友，則李贄（卓吾）最為重要。李贄給"三袁"的影響是多方面的。

按李贄（1527—1602）為泰州學派後期的代表人物，其哲學觀點乃王守仁之餘緒，也有禪宗的思想。他雖指陳"六經"、《論》《孟》並非"聖世之至論"，主張不必"咸以孔子之是非為是非"，反對"以假人言假言，而事假事、文假文"，又以"變"的觀點，反對貴古賤今之說，提高小說、戲曲的地位，可以說是明代後期的一個怪傑。"三袁"弟兄卻和他的交誼甚厚，已經到了"明心見性""頂禮膜拜"的地步。尤其是關於論學的，宗道實為率先的心悅誠服者，宗道說：

> 予始讀陽明先生集，意不能無疑。及讀先生天泉證道之言曰："汝中所見，我久欲發，恐人信不及，含蓄到今。此是傳心秘藏，顏子、明道所不敢言者。今既已說破，亦是天機該發洩時，豈容復秘！"嗟夫！先生殻藏最上一著，許多年不露一點端倪，若非龍溪自悟，當終身閉口矣。大宗匠作用何如哉！（卷廿二，《雜說類》）

這就叫做五體投地的傾服的態度，說李贄是"殻藏最上一著"麼，極口稱為"大宗匠"麼！因為此乃"心法"，從顏淵到程顥都不敢說的"秘藏"麼。還有：

> 李卓吾先生有《四書義》數十首，予最愛其"不得於言勿求於心不可"篇，後二股云："心無時而不動，故言之動，即心之動，初不待求之而後動也。既不待求而動矣，而又何惡於求耶！心無時而或動，故言雖動而心不動，而又豈求之所能

動也！既非求之所能動矣，而又何害於求耶！"看他徹的人，
出語自別。（卷十九，《說書類·讀孟子》）

"言之動即心之動""心無時而不動"，這是合乎生理心理的運動
規律的，除非神經已經失掉作用的人。談"心學"而能有此見地，可以
說是超乎陸、王了。宗道對於卓吾的文章也是極為悅服的，《李卓吾》
篇中又云：

> 才釋馬筴，小休榻上，忽見案頭有翁書，展讀一過，快不
> 可言。又得讀《與焦弱侯書》，又得讀《四海》《八物》，目力倦
> 而神不肯休。今日又得讀《孫武子敘》，真可謂"暴富乞
> 兒"也。
> 近日閑中，隨筆記所見所說，將百餘段，不能悉寫請教。
> 聊抄數章博一笑。
> ……
> 不佞讀他人文字覺懣懣，讀翁片言隻語，輒精神百倍，豈
> 因宿世耳根慣熟乎？
>
> （同上）

又說：

> 忽得法語，助我精進不淺。又得讀近詩，至"白盡餘生
> 髮，單存不老心。遠夢悲風送，秋懷落木吟"，使我婆娑起舞，
> 泣數行下。近作妙至此乎！豈惟學道不可無年！（同上）

其折服欣賞的神情，不是已經溢於言表了嗎？包括卓吾的注釋

書籍文字在內,因為他說:"顧安得翁廣長舌頭,圓通手腕,將此全經注釋一遍乎? 第恐後溫陵注行,前溫陵注無處發賣耳。一笑,一笑。"(同上)

在道德文章上,如此之契合深厚,自然使人念念不忘。所以宗道下世之初,卓吾以詩哭之云:

> 獨步向中原,同胞三弟昆。奈何棄二仲,旅櫬下荊門! 老苦無如我,全歸亦自尊。翻令思倚馬,直欲往攀轅。(《續焚書·詩匯·哭袁大春坊》)

宏道和李卓吾的交往,則可於下面的一段記載中識其梗概:

> 時聞龍湖李老冥會教外之旨,走西陵質之。李老大相契合,贈以詩,中有云:"誦君《金屑》句,執鞭亦忻慕。早得從君言,不當有老苦。"蓋龍湖以老年無朋作書曰"老苦"故也,仍為之序以傳。留三月餘,殷殷不舍,送之武昌而別。(《袁中郎先生傳》)

兩人也經常通信,討論釋家之道,《續焚書·與袁石浦》云:

> 弟今秋一疾幾廢,乃知有身是苦。佛祖上仙所以孜孜學道,雖百般富貴,至於上登轉輪聖王之位,終不足以易其一盼者,以為此分段之身,禍患甚大,雖轉輪聖王不能自解免也,故窮苦極勞以求之。不然,佛乃是世間一個極拙極癡人矣,舍此富貴好日子不會受用,而乃十二年雪山,一麻一麥,坐令鳥鵲巢其頂乎? 想必有至富至貴,世間無一物可比尚者,故

竭盡此生性命以圖之。在世間顧目前者視之，似極癡拙，佛不癡拙也。

"古之學者為己"，卓吾對宏道即說，"《坡仙集》我有批削旁注在內，每開看便自歡喜，是我一件快心卻疾之書。大凡我書，皆是求以快樂自己，非為人也。"（《與袁石浦書》）這種精神，宏道領會得就很深，不管是孔氏還是釋氏的。卓吾還有詩句贈宏道，如：

> 入門為兄弟，出門若比鄰。猶然下幽谷，來問幾死人。

（其一）

> 無會不成別，若來還有期。我有解脫法，灑淚讀君詩。

（其二）

> 赤壁賦蘇公，龍湖吟白首。君是袁伏袁，附君成四友。

（其三）

> 江陵至亭州，一千三百許。尚有《廣陵散》，未及共君語。

（《答袁石公》八首）

八首錄四，已足見其篤厚之情了。袁大、袁二如此之傾倒卓吾，實緣在一些問題的看法上相同，如對於時事對於人生，不滿現狀，敢於標新立異，自我解嘲之類即是。那麼，袁三呢？我們徑可以回答，中道和卓吾的關係同樣非同泛泛，這從他能給卓吾作傳一事，即見分曉。卓吾不入《明史》，中道則補之以《李溫陵傳》，備言其特立獨行、不與人同的一生。說卓吾為人"中燠外冷，豐骨棱棱。性甚卞急，好面折人過，士非參其神契者不與言。強力任性，不強其意之所不欲"，"法令清簡，不言而治。每至伽藍，判了公事，坐堂皇上，或置名僧其間，簿書有隙，即與參論虛玄。人皆怪之，公亦不顧。俸祿之外，了無長物。……

447

久之，厭圭組，……致仕以歸"，"至麻城龍潭湖上與僧無念、周友山、丘坦之、楊定見聚，閉門下鍵，日以讀書為事。……其欣賞者，鎮日言笑，意所不契，寂無一語。滑稽排調，衝口而發，既能解頤，亦可刺骨"。

又言卓吾之文學云："所讀書皆抄寫為善本，東國之秘語，西方之靈文，《離騷》、馬、班之篇，陶、謝、柳、杜之詩，下至稗官小說之奇，宋、元名人之曲，雪藤丹筆，逐字讎校，肌劈理分，時出新意。其為文不阡不陌，攄其胸中之獨見，精光凜凜，不可迫視。詩不多作，大有神境。亦喜作書，每研墨伸楮，則解衣大叫，作兔起鶻落之狀。其得意者亦甚可愛，瘦勁險絕，鐵腕萬鈞，骨棱棱紙上。""公氣既激昂，行復詭異，斥異端者日益側目。""會當事者欲刊異端以正文體，疏論之，遣金吾緹騎逮公。"置獄中，持刀自割其喉而死，年七十五。

雖然中道的結語是"五不能學"和"三不願學"如："清節凜凜"之與"操同中人"，已斷情慾之與"未絕嬖寵"，"深入至道"之與"株守文字"，"惟知讀書"之與"不親韋編"，"直氣勁節"之與"隨人俯仰"，中道均實事求是地說是學不了，難與對比。尤其是卓吾之"好剛使氣，快意恩仇，意所不可，動筆之書"，中道更說是不能學。然而中道對於卓吾之知之深而愛之切的筆觸，已經躍然紙上，使人心領神會了。前此卓吾生時與中道也有唱和之作，如《雨中塔寺和袁小修韻》云：

> 無端滯落此江瀕，雨濕征衫逢故人。但道三元猶浪跡，誰知深院有孤身？才傾八斗難留客，酒賦千鍾不厭貧。自是仙郎佳況在，何妨老子倍精神！（《焚書·七言八句》）

稱中道故人是"仙郎"，如同卓吾《九日至極樂寺（按在今日河北省薊縣城內）聞袁中郎且至因喜而賦》詩中之"黃金臺上思千里，為報中郎速進途"（同上）的殷切心情一樣，都充分證明著卓吾與袁家弟兄論交之不淺了。

此外，還有一個和袁家弟兄都不錯，與卓吾的關係也好的朋友——陶望齡（石簣，會稽人，萬曆探花，不樂仕進，頗有文名），宗道有《別陶編修石簣》詩云：

> 不分陶弘景，松風只自聽。異鄉同改火，法侶悵晨星。賀沼蒲稍綠，吼山石孔青。良朋君豈戀，同調有原鴒。（《白蘇齋集》六）

陶弘景乃"神仙"中人，博學多能，宗道以之擬於石簣，足見品格之高了，視同"法侶"麼。宏道和陶石簣的過從就更多，同遊知性，水乳交融，這從宏道給石簣的詩中亦可徵驗：

> 君攜我如頭，我從君若尾。不是西看山，便是東涉水。誰家薄福緣，生此兩狂子。受用能幾何，苦他雙腳底。（《袁中郎集》卷一《樂府》）

詩又云：

> 不即凡，不求聖，相依何，覓性命。三入湖，兩易令，無少長，知名姓。湖上花，作明證，別時衰，到時盛。後來期，不敢問，我好色，公多病。（同上）

信口而談，絕不藏性。不只兩人的友情昭然如畫，宏道之獨抒性靈、橫掃陳言的詩作亦可略見一般了。此外，宏道和望齡還共同景仰著比他們班輩在先的文學鉅子徐文長渭。

按十六世紀二十年代至九十年代,中國明朝嘉靖(世宗朱厚熜)、萬曆(神宗朱翊鈞)年間,會稽山陰(即今浙江省紹興縣)出了一位文學怪傑——徐文長渭(1521—1593)。他能書善畫,詩美文佳,突破了"七子"的藩籬,在生活上也有許多不與人同的行誼。至今江東一帶,還流傳著一些口耳熟悉的徐文長的故事,即可概見。袁宏道對於徐文長,那是異常地欽佩的。所著《徐文長傳》云:

> 余少時過里肆中,見北雜劇有《四聲猿》,意氣豪達,與近時書生所演傳奇絕異,題曰"天池生",疑為元人作。後適越,見人家單幅上有署"田水月"者,強心鐵骨,與夫一種磊塊不平之氣,字畫之中,宛宛可見。意甚駭之,而不知"田水月"為何人。

> 一夕,坐陶編修樓,隨意抽架上書,得《闕編》詩一帙。惡楮毛書,煙煤敗墨,微有字形。稍就燈前讀之,讀未數首,不覺驚躍。急呼周望:"《闕編》何人作者,今邪古邪?"周望曰:"此余鄉先輩徐天池先生書也。先生名渭,字文長,嘉隆間人,前五六年方卒。今卷軸題額上有'田水月'者,即其人也。"

> 余始悟前後所疑,皆即文長一人。又當詩道荒穢之時,獲此奇秘,如魘得醒。兩人躍起燈影下,讀復叫,叫復讀,僮僕睡者皆驚起。

> 余自是或向人,或作書,皆首稱文長先生。有來看余者,即出詩與之讀。一時名公巨匠,駸駸知向慕云。

由此可以證明,中郎發現了徐文長後,實在若何之驚喜了。所言繪景繪聲,情真意切,使我們現在讀起來,都深受感染。袁中郎跟著就稱譽徐文長的詩文說:

其所見山奔海立，沙起雲行，風鳴樹偃，幽谷大都，人物魚鳥，一切可驚可愕之狀，一一皆達之於詩。其胸中又有勃然不可磨滅之氣，英雄失路托足無門之悲，故其為詩，如嗔如笑，如水鳴峽，如種出土，如寡婦之夜哭，羈人之寒起。當其放意，平疇千里；偶爾幽峭，鬼語秋墳。

這推崇得可謂侵肌徹骨，淋漓盡致。連《四庫全書總目提要》都不得不說：“袁宏道之激賞”乃是“臭味所近”之故。

因此可以說明，對於倡言復古、字拘句擬的“七子”，從徐文長、李卓吾以至袁氏弟兄，應該認為是一條無形的聯合戰綫了。他們基本上是反對“文以載道”（孔聖之學）的，參悟了釋氏之說，廝守著姚江之論的，不滿意於當時的政治情況（徐之與李甚至發狂自戕，三袁弟兄也是逃避現實、不樂仕進的），所以發為詩文，泰半空靈，無所羈絆。這就自然要與廟堂之上掌握文教大權的“七子”之流互相水火、正面衝突啦。幾個回合以後，人們喜新厭舊，於是“公安三袁”崛起，形成了一派改革的力量。跡其發生發展的情況，原也是勢所必至、理有固然的。“泰上立德，其次立功，其次立言”、“文章經國之大業，不朽之盛事”，這是歷史，這是事實，有誰能不承認呢？

五、創作

“三袁”的詩文，從以上幾章論述時所徵引的材料裏，已經可以知其梗概了。儘管它們不免於是斷章取義的零金碎玉。這兒想要鄭重介紹的，則是他們的具有特色的代表作。例如宗道的今體《讀小修南遊稿誌喜》：

怪爾新詩好,居然下里稀。眉端滄海色,江上白雲衣。
鼓楫三湘去,攜圖五嶽歸。能令名利客,一倍宦情微。(《白
蘇齋集》四)

有情有景,筆調淡雅。"新詩好""宦情微"的主題思想,很自然地
流露出來了。其實也未嘗不是文學批評之作,內舉不避親,小弟中道
的創作跟自己一樣,就是值得標榜麼。下面的五古長歌更有氣魄,夠
得上是"以心攝境,以腕運心"的抒發性靈之作:

飛蓋霽色新,爽氣來青嶂。行行見洪河,洪河流湯湯。
津吏向我言,夜雨添新漲。一葉凌浩渺,沸波濺其上。鼓棹
度中流,東西迷所向。雷車爭砰鍧,雪屋互排蕩。兒女色如
土,老夫神猶王。自矢管公誠,豈憂蔡姬蕩! 篙師若有神,布
帆遂無恙。三老顧何能,呵護賴神貺。腐儒一寸心,幸哉天
吳諒。刺刺撫兒女,無庸太惆悵。宦海多風濤,絕勝洪河浪。
(卷一,古詩類,《過黃河》)

"文章本天成,妙手偶得之",不過是在說心與物通,反映真實,使
人喜聞樂見,在感受上引起共鳴罷了。驚濤駭浪呵護賴神,仿佛我們
也在和宗道同舟共濟於咆哮的黃河之中,這就是詩人的魅力。
海鹽姚士麟叔祥稱道宗道的文學成就說:

太史公既以明經大魁天下,更自別啟靈寶,別主氣格。
與中郎、小修獨唱互賡,陡辟門戶於趁舌應聲世界。蓋不必
以詞翰蓋名理,不必以名理礙性宗,又不必以詞翰、宗理規規

452

上合乎秦漢唐宋,而惟畢運我真,用詣萬情。情契真,真生新,祇見情情新來,筆筆新赴。亦不自知其筆之快於言,言之快於情,而為詞翰,為名理,為性宗。種種頭頭,提人新情,換人新眼,稱有明自辟大家也。(《白蘇齋類集敘》)

這話是滿有道理的,因為宗道神清氣秀文如其人,即以"公安派"兄弟之間而論,他實在是帶了個好頭,比起宏道與中道,還比較地雅量,只可惜死得太早了(只活了四十歲)。宏道也差不多,比宗道多在世二年。

三袁之中,在文學的造詣上,自以宏道為最。因為他不只有已成體系的創作理論,別出心裁的寫作手法,確也給人們留下了許多煥然出色的篇章。例如他在某些散文裏,以水譬文,寄物於遊,妙趣橫生,淡而真美,即是卓越絕倫之筆。

夫天下之物莫文於水,突然而趨,忽然而折,天回雲昏,頃刻不知其幾千里。細則為羅縠,旋則為虎眼,注則為天紳,立則為嶽玉。矯而為龍,噴而為霧,吸而為風,怒而為霆。疾徐舒戚,奔躍萬狀,故天下之至奇至變者,水也。(《文漪堂記》)

蓬勃大氣,萬象紛呈,從形式到內容,都給人以搖曳多姿、美不勝收之感。信手拈來,筆下生花,此其所以難能可貴也。他接著舉出具體的水地,並把它結合到文上,由感性到悟性地繼續刻畫融會道:

夫余水國人也,少焉習於水,猶水之也。已而涉洞庭,渡淮海,絕震澤,放舟嚴灘,探奇五泄,極江海之奇觀,盡大小之變態,而後見天下之水無非文者。

453

　　既官京師,閉門構思,胸中浩浩,若有所觸。前日所見澎湃之勢,淵洄淪漣之象,忽然見前。然後取遷、固、甫、白、愈、修、洵、軾諸公之編而讀之,而水之變怪無不畢陳於前者。或束而為峽,或回而為瀾,或鳴而為泉,或放而為海,或狂而為瀑,或匯而為澤,蜿蜒曲折,無之非水。故余所見之文,皆水也。

(《文漪堂記》)

　　"文心與水機,一種而異形者也。"(同上)這便是宏道的結論。但他猶以為未足,又把他和"氣"的運動統一起來點染,真是"語不驚人死不休"了:

　　夫文,以蓄入以氣出者也。今夫泉,淵然黛、泓然靜者,其蓄也。及其觸石而行,則虹飛龍矯,曳而為練,匯而為輪,絡而為紳,激而為霆。故夫水之變,至於幻怪翕息,無所不有者,氣為之也。

　　今吾與子歷含嶓,涉三峽,濯澗聽泉,得其浩翰古雅者,則為六經;鬱激曼衍者,則騷賦;幽奇怪偉,變幻詰曲者,則為子史百家。凡水之一貌一情,吾直以文遇之,故悲笑歌鳴,卒然與水俱發而不能自止。

(《開先寺至黃巖寺觀瀑記》)

宏道的山水遊記,大都此類。他不是為遊覽而遊覽的,所以壯觀即是開拓眼界,裨益神思,使自然的景色,美化作者的精神世界,無入而不自得焉,這也應該算是"物化"吧。他說:

> 百泉蓋水之尤物也,吾照其幽綠,目奪焉。日晃晃而爍也,雨霏霏而細也,草搖搖而碧也,吾神酣焉。(《遊蘇門山百泉記》)

請注意這"神酣"的境界,如果不是有動於中、已搖其精、感而遂通、天人合一的作者,那得有此? 看山也無例外。如云:

> 凡山之名者必以骨,率不能倍膚,得三之一,奇乃著。表裏純骨者,唯華為然。骨有態有色,黯而濁,病在色也;塊而獰,病在態也。華之骨如割雲,如堵碎玉,天水煙雪,雜然綴壁矣。(《華山記》)

這不是西嶽的色相由得宏道來"點染"嗎? 再看下面的一段:

> 沿溪行,巨石巍怪,或眠或立,湍水撼之,一澗皆咆號砰激,嶼毛沚草,咸有怒態。當其橫觸洶湧,雖小溪亦瞋目佇視,如與之鬥。忽焉石遜,涓然黛碧,觀者亦舒舒與與,不知其氣之平也。(《由天池踰含嶓嶺至三峽澗記》)

宏道的好友江進之(盈科)說:"中郎所敘佳山水,並其喜怒動靜之性,無不描畫如生。譬之寫照,他人貌皮膚,君貌神情。"(《袁中郎集·解脫集序》)又說:"君性超悟,深於名理,才敏妙,嫻於詞賦。……君詩詞暨雜著載在茲編者,大端機自己出,思從底抽,攄景眼前,運精象外。取而讀之,言言字字,無不欲飛,真令人手舞足蹈而不覺者。"(《錦帆集序》)這是不錯的,評價得恰到好處,不愧是宏道的知己。

如此說來,宏道除了怡情悅性、一切空靈的作品以外,還有沒有寫

實的文字、關心人民疾苦的詩文呢? 我們說,未嘗沒有,還相當的犀利。如他談"功名"云:

> 古今豪傑未有忘情功名者,唯當不可用之時而求用,與值可以用之時而不能用,其無才等也。夫士當其可用,則為龍為蛇,為鋒為穎;當其不可用,則陸沉眾中,寧晦勿耀,寧與庸夫同其庸,不與智士同其傑。(《顧升伯太史別敘》)

知識分子哪有一上來便不存在政治欲望的,差異只在於合則留,不合則去,不單純迷戀於富貴利達而已。跟他們弟兄所崇拜的陶淵明一樣,不為五斗米折腰而去"悠然見南山",只是靖節不得已而為之的一面。"刑天舞干戚,猛志固常在",淵明不也曾經打算有所作為建立事功麼? 何況宏道能於吏治,還很有才幹呢! 如他說"縣政":

> 今時外吏之難,至縣令極矣。縣令之責甚重,而權甚輕。責重,則一邑之一供一賦一饑一寒皆倚辦於我;而權輕,則時有掣肘之患。……為縣令者,日降心抑志以事百姓,如嚴家之保母,慄慄然抱易啼之嬰,若之何能罰必而令行也? 朝而謁於道,望塵而拜焉;暮而謁於郵,望簷而拜焉。小而一茶之供,一帷之設,皆長吏躬親視之。小不如法,門者皆得而訶責之。其當意,不足以為功;失意,令且懼叵測,將折腰謝過之無地也。(《送榆次令張元漢考績序》)

這些自然都是宏道的經驗之談,知之深,所以言之切。"七品芝麻官"雖然不好幹,卻是直接和老百姓打交道的"親民的官",很為重要。而且他在吳縣曾經幹得不錯,頗有政。他的朋友們說他"殫力圖民,昕夕拮据,憔悴之眾,賴以頓蘇"(江進之)、"始以其學試之政,……灑然澹然,不言而物自綜,事自集。……才敏捷甚,一縣大治。"(《吏部驗封司郎中中郎先生行狀》)但他自己對於縣治卻是疾惡繁鉅,惟恐不能掛冠而去的一位"百里侯"。曾有詩云:

> 一作刀筆吏,通身埋故紙。鞭笞慘容顏,簿領枯心髓。奔走疲馬牛,跪拜羞奴婢。復衣炎日中,赤面霜風裏。心若捕鼠貓,身似近羶蟻。舉眼盡無歡,垂頭私自鄙。(卷二,五古,《戲題齋壁》)

甘苦備嘗,有血有淚,可見"縣太爺"並不是好做的,所以棄之如敝屣,而明代末季基層吏治之糟也就可想而知了。更有長詩《徽謠戲柬陳正甫》以全面寫照之云:

> 操履若雲青,肝腸如日呆。打臉坐黃堂,要把奸頑掃。披霜夜書僉,戴星朝畫卯。移文四五張,禁約三兩道。拊心談民窮,攢眉視金寶。夏衣半疋葛,冬穿一領襖。門子赤腳多,皂隸白牌少。世人眼如豆,便道太爺好。誰知大夫心,厭之如糞草。本是儁男兒,扮作酸寒老。慈悲心愈毒,粗豪膽乍小。閉門錄高士,留客抒愁抱。所事皆明暢,無法不精曉。只在一寸心,愈參愈不了。人品高難拚,佛法近難討。處脂不能潤,徒勞傷枯槁。(卷二,五古)

精雕細鏤,別有匠心,非止白描的手法運用出色而已。如同他關心人民疾苦、怨恨官家之聚斂一樣,隱隱作恨恨切齒之聲:

索逋賦，逋賦索不得！不是縣家苦催征，朝廷新例除本色。東封西款邊功多，江淮陸地生洪波。內庫馬價支垂盡，民固無力官奈何？蘇州舊逋七十萬，漕折金花居其半。安得普天盡雨金，上為明君舒宵盰。嗟乎！民日難，官日苦，竹開花，礦生土。（卷一，樂府，《逋賦謠》）

明代中葉以後，朝廷用宦官出都監礦，騷擾四方，官嗟民怨。宏道此作，真實地反映了這種情況。《猛虎行》說得尤為痛切：

甲蟲蠹太平，搜利及丘空。板卒附中官，鑽簇如蜂踊。撫按不敢問，州縣被呵斥。槌掠及平人，千里旱沙赤。兵衛與郵傳，供億不知幾。即使沙沙金，官支已倍蓰。礦徒多劇盜，嗜利深無底。一不酬所欲，忿決如狼豕。三河及兩浙，在在竭膏髓。焉知疥癬憂，不延為瘡痏！（卷一，樂府）

"苛政猛於虎"（見於《禮記·檀弓》）本是孔子的話，宏道把它變化起來用作詩題，可以說明他對當時苛政疾惡之深，以及"中官"（即宦寺）的專橫，"礦徒"（宦官手下的爪牙）的敲骨吸髓似的貪婪與貪暴，都從詩中反映出來，也應該算是"為民請命"了。所以我們才說，宏道是有"不忍人之心"，才迸發出來"不忍人之詩"的。誰曰不宜？

宏道的創作是詩勝於文的，信手拈來天衣無縫，而且感人至深，確是任情抒發的，如：

置酒上南岡，別我好兄弟。一母生三人，頂踵皆相類。發願窮無生，百劫相砥礪。言前識鋒機，死裹尋關捩。居身如豎銅，蓄口唯談義。兄性溫而真，弟性坦而毅。余性兼寬

猛,弦韋時相濟。墮地便同根,飛天亦共翅。一旦忽分首,能
不添憔悴。白馬望吳門,慘澹無邊際。畏路如長虎,猜官如
猜謎。長兄見老成,勸余勉為吏。錢穀慎出入,上下忌同異。
小弟發狂譚,兄言胡乃贅。胸臆自可行,榮枯安足計!縱使
掛彈章,亦只數行字。八十日彭澤,獨非男兒事?言罷日西
沉,強起各分袂。馬尾對馬尾,東西倏異位。欲哭近婦人,一
笑飛寒淚。(卷二,五言古,《出燕別大哥三哥》)

宏道的弟弟中道知二哥最深,他有專文詳述兩人相與切磋、鑽研
藝文的過程及宏道特殊成就的種種,云:

兄中郎,長予兩歲,少相友愛。兒時同讀書村之杜家莊
上,講誦之暇,私相商榷,至今思之,頗多異語。稍長,移居城
中,修治城南別業,偕余與四五友人,遊息是處,語言奇詭,興
致高逸。每至月明之夜,相對清言,間及生死,泫然欲涕,慷
慨欷歔,坐而達旦。終不欲無所就,乃刻意藝文,計如俗所云
不朽者。上自漢魏,下及三唐,隨體模擬,無不立肖,自謂非
其至者,不深好焉。

公車之後,乃學神仙,偶有異人傳示要領,勤行未久,尋
亦罷去。及我大兄休沐南歸,始相啟以無生之學。自是以
後,研精道妙,目無邪視,耳無亂聽,夢醒相禪,不離參求。每
於稠人之中,如顛如狂,如愚如癡。五六年間,大有所契得,
廣長舌縱橫無礙,偶然執筆,如水東注。既解官吳會,於時塵
境乍離,心情甚適。山川之奇已相發揮,朋友之緣亦既湊和,
遊覽多暇,一以文字為佛事。山情水性,花容石貌,微言玄
旨,嘻語謔詞,口能如心,筆又如口,行間既久,遂以成書。余

以濩落,依之真州。相見頃刻,出所吟詠,捧讀未竟,大叫欲舞,作而笑曰:"高者我不能言,其次我所欲言。格外之論,我不敢言。與兄相別未久,胡遽至此! 彼文人彫刻剪鏤,寧不爛熳,豈知造物天然,色色皆新。春風吹而百草生,陽和至而萬卉芳哉!"

夫文章之道,本無今昔,但精光不磨,自可垂後。唐、宋於今,代有宗匠,降及弘、嘉之間,有縉紳先生倡言復古,用以捄近代固陋繁蕪之習,未為不可。而勦襲格套,遂成弊端。後有朝官,遞為標榜,不求意味,惟仿字句,執議甚狹,立論多謬。後人寡識,互相效尤。如人身懷重寶,有借觀者,代之以塊。黃茅白葦,遂遍天下。中郎力矯敝習,大格頹風。昔昌黎文起八代之衰,亦非謂八代以內都無才人,但以辭多意寡,雷同已極。昌黎去膚存骨,蕩然一洗,號為功多。今之整刷,何以異此!

(《珂雪齋文集·解脫集序》)

寫到這裏,則"三袁"創作詩文的主要貢獻可以說是歷歷在目了。有明一代,作者林立,李(獻吉)、何(仲默)、王(元美)、李(于麟)倡言復古,英詞壯氣,淩厲無前,為當時的作者所景仰,朝野附從,有如泰山北斗。為什麼"公安三袁"一出來,矯之以清新宕逸之辭,便使風氣為之丕變呢? 前面已經提到過,這個道理很簡單:說自己的話,抒發真實的情感,不苟隨浮波,取悅當世,這是符合歷史發展的規律的。開拓前進,推陳出新,生生不已,朝氣蓬勃。所以,就是這一點敢為天下先的精神,即值得我們學習了。那麼,不說他們是"豪傑之士",行嗎?

一九八六年冬月於保定古城蓮池之畔

晚明雙慧，輝映荆南

——也談袁中郎與鍾伯敬

　　宇宙即是一個運動的實體，無論自然界還是人類社會，都時刻在變動發展著，認識了這一規律，便什麼問題也能解決了。物極必反，新陳代謝，具體到歷史上的文學藝術，何莫不然？明代"公安"（袁宗道、宏道、小修）、"竟陵"（鍾惺、譚友夏）之與前後"七子"（李東陽、王世貞、何景明等），其遞嬗取代的主流，即是歷歷如畫的。

　　為什麼說"七子"之流有了問題呢？因為他們違背了"修辭立其誠"、"惟古於詞必己出"這些自古以來的詩人創作的基本要求，而主張"文必秦漢，詩必盛唐"地去剿襲、摹擬、影響、步趨。這是有悖時代精神的"假古董"、不足為訓的"謬種僵屍"，沒有靈魂，味同嚼蠟，危害了士林，玷污了文壇，實在不是一件小事情。

　　即舉王世貞的《袁江流鈐山岡》為例（詩見《弇州山人四部稿》中），此詩竟體五言，都凡三百一十八句，一千五百九十字。從其命題上看，似以山水起興的。至於內容，則鋪敘所謂"小家子"者，非分地獲得了富貴壽考，子蔭妻封的物質生活，如："任子左司空，孽孫執金吾。諸兒勝拜跪，一一賜銀緋。甲第連青雲，冠蓋羅道塗。"如："各各金黃鑄，一一千金直。南海明月珠，于闐夜光玉。貓精鴉鶻石，酒黃祖母綠。"這不是醉心利祿、誇飾文物嗎？

　　還有，前後兩度侈談官高爵顯："六十登亞輔，少保秩三孤。七十進師臣，獨秉密勿謨。八十加殊禮，內殿敕肩輿。"好像是"夫子自道"了。雖然後者是為了表示悔恨，特別是像這樣的話："縣官與相公，兩心共一心。相公別有心，縣官不可尋。相公與司空，兩心同一心。司空別有心，相公不得尋。"簡直是在暴露父（小家子）子（左司空）間的矛盾了。語氣重複，令人生厭。

其結尾之"相公寂無言，次且復徬徨。頰老不能赤，淚老不盈眶。生當長掩面，何以見穹蒼。死當長掩面，何以見高皇"，直至"狐兔未稱尊，一丘不得安。為子能負父，為臣能負君。遺臭汙金石，所得皆浮雲"，看來這是"畫龍點睛"，是中心思想的所在了。自訟子悔不當初，而浮雲富貴之言，格調終不算高。"七子"不是雅重格調、高談神韻的嗎？

有人說，這是王世貞為報父仇（王抒，薊遼總督，為嚴世蕃父子構陷而死）而作的。嵩為江西分宜人，故以《袁江流鈐山岡》為題，並模擬《孔雀東南飛》之體，而出之以嬉笑怒罵者。其事已在鄒應龍參倒嚴氏父子以後了。話雖如此，我們覺得作者遮遮掩掩不敢直面的態度，以及"祖母綠""密勿謨"等一類難於通曉的字詞，都是無法恭維的，此與廬江小吏焦仲卿與其妻蘭芝就義死情的往事曷可倫比！

總之，無論從內容、形式，任何方面講，這樣的作品都是"四不像"的，說是詩，嫌其冗長；指為賦，只有鋪陳；似韻文，而不騈儷；貌古風，卻極庸俗。光怪陸離，弄巧成拙，恰好反映了嘉靖（世宗）萬曆（神宗）兩朝文恬武嬉，玩弄筆墨，發思古之幽情，漠視人民疾苦的情況，所以連躋身於"七子"之末的屠隆（長卿）都不得不說此類詩文乃是"模辭擬法，拘而不化"（《由拳集·文論》），獨有周漢之句法耳。

焦竑（弱侯）就說得更好："近世之文，吾不知之矣，彼其所有者，道邪，德邪，事功邪？蔑其實而欲妄為詞。"又曰："夫詞非文之急也，而古之詞，又不必相襲為美。"（《澹園集·與友人論文》）又說："詩非它，人之性靈之所寄也。苟其感不至，則情不深，情不深，則無以驚心之動魄，垂世而行遠。"（《雅娛閣集》）這就指出不止是文辭不能相襲，思想、感情同樣重要，言之無物，為文造情之作，都不足以"藏諸名山，傳諸其人"的。

其所從來者漸矣，履霜堅冰至，豈不信哉！因此種種，我們大可以說："七子"之"死的文學"必遭唾棄，已是人心所向的大趨勢了。而"三袁"之出，"矯以清新輕俊"，毫無疑問是適應潮流、合乎需要的。誠如《四庫全書總目提要・集部・袁中郎集》所云："前後七子，遂以仿漢摹唐轉移一代之風氣，迨其末流，漸成偽體，塗澤字句，鉤棘篇章，萬喙一音，陳因生厭，於是公安三袁乘其弊而排抵之。"

清人朱彝尊也說："隆萬間，王、李之遺派充塞，公安昆弟起而非之，以為唐自有古詩，不必選體；中、晚皆有詩，不必初、盛；歐、蘇、陳、黃各有詩，不必唐人。唐時色澤鮮妍，如旦晚脫筆硯者；今詩才脫筆硯，已是陳言。豈非流自性靈與出自剽擬，所從來異乎？一時聞者煥然神悟，若良藥之解散而沉痾之去體也。"（《靜志居詩話》）竹垞去晚明未遠，所見自足憑信。

既然說到"三袁"，便須扼要地介紹他們的生平了。按《明史・文苑・袁宏道》云：

　　袁宏道，字中郎，公安人。與兄宗道、弟中道並有才名，時稱"三袁"。宗道，字伯修。萬曆十四年會試第一。授庶起士，進編修，卒官右庶子。泰昌時，追錄光宗講官，贈禮部右侍郎。宏道年十六為諸生，即結社城南，為之長。閒為詩歌古文，有聲里中。舉萬曆二十年進士。歸家，下帷讀書，詩文主妙悟。選吳縣知縣，聽斷敏決，公庭鮮事。與士大夫談說詩文，以風雅自命。已而解官去。起授順天教授，歷國子助教、禮部主事，謝病歸。久之，起故官。尋以清望擢吏部驗封主事，改文選。尋移考功員外郎，立歲終考察群吏法，言："外官三歲一察,京官六歲,武官五歲,此曹安得獨免?"疏上,報可,遂為定制。遷稽勳郎中,後謝病歸,數月卒。

中道,字小修。十餘歲,作《黃山》《雪》二賦,五千餘言。長益豪邁,從兩兄宦遊京師,多交四方名士,足跡半天下。萬曆三十一年始舉於鄉。又十四年乃成進士。由徽州教授,歷國子博士、南京禮部主事。天啟四年進南京吏部郎中,卒於官。

先是,王、李之學盛行,袁氏兄弟獨心非之。宗道在館中,與同館黃輝力排其說。於唐好白樂天,於宋好蘇軾,名其齋曰白蘇。至宏道,益矯以清新輕俊,學者多舍王、李而從之,目為"公安體"。

從這一段傳記裏,我們認識到了以下三點:

①"三袁"都是進士,又嘗往京師,為清流所仰望,有才識,有地位,足以對抗"七子"。"打架親兄弟",無怪這個文派可以新生代取了。

②此中以宏道最擅勝場,雖然伯修是狀元,小修也後死。這從他們的生平都附於中郎即可概見,何況還突出強調了宏道的功績呢!

③著作則宗道有《白蘇齋集》,人病其空疏。宏道亦多,有《觴政》《瓶花齋雜錄》《袁中郎集》《瀟碧堂》及《破研齋》諸集,或謂其識解多僻。中道有《珂雪齋集》。

"金無足赤,人無完人",古今一理。我們但當優缺點並舉,根據特定的歷史條件,認清其主要的貢獻也就是了。即說中郎吧,他的"詩文因時變易論",便是響噹噹的。他不停地揭示道:"文之不能不古而今也,時使之也。"(《袁中郎集·雪濤閣集序》)古有古之時,今有今之時,時不同,則作為這一時代的文學,自然不會與其他時代相同的。"古之不能為今者也,勢也"(《與江進之》),是同一個道理的。

中郎抓住了時間的變易,也就抓住了空間的不同,世界上從來不曾有離卻空間的事物麼。所以,他又說:"唯夫代有升降,而法不相沿,各極其變,各窮其趣,所以可貴,原不必以優劣論也。"(《序小修詩》)最後他必然要醜詆"七子"的,雖然並未指名道姓。他說:"詩文至近代而卑極矣,文則必欲準於秦漢,詩則必欲準於盛唐,剽襲模擬,影響步趨。"(同上)又說:"近代文人,……至以剽襲為復古,句比字擬,務為牽合,棄目前之景,擿腐濫之辭!……詩至此,抑可羞哉!"(《雪濤閣集序》)

說得確乎頭頭是道了,這跟其兄宗道的"夫時有古今,語言亦有古今","試將諸公一編,抹去古語陳句,幾不免於曳白矣!其可愧如此"(《白蘇齋類集‧論文》)如出一轍。甚至和此前說過的屠隆,那些"不屑於擬古","出自機杼"(《由拳集‧沈嘉則先生詩選序》)以及"詩之變,隨世遞遷。天地有劫,滄桑有改,而況詩乎"(《鴻苞集‧論詩文》)的說法,也是若合符節的。那麼,他的作品呢?先說散文。

如上所述,中郎的文章,我們已經略見一斑了,儘管多是斷章節錄的,足以證其犀利精悍啦。再如:"大抵物真則貴,真則我面不能同君面,而況古人之面貌乎?"(《與丘長孺》)又說:"物之傳者必以質,文之不傳,非曰不工,質不至也。"(《行素園存稿引》)又說:"大都獨抒性靈,不拘格套。非從自己胸臆流出,不肯下筆。"(《序小修詩》)其實,豈止小修,中郎自己又何嘗不是?不過像下面這樣的文字,就有些過分了:

　　昔老子欲死聖人,莊生譏毀孔子,然至今其書不廢;荀卿言性惡,亦得與孟子同傳。何者?見從己出,不曾依傍半個古人,所以他頂天立地。今人雖譏訕得,卻是廢他不得。不然,糞裏嚼渣,順口接屁,倚勢欺良,如今蘇州投靠家人一般,記得幾個爛熟故事,便曰博識,用得幾個現成字眼,亦曰騷人;計騙杜工部,囤紮李空同,一個八寸三分帽子,人人戴得。以是言詩,安得而不詩哉!(《與張幼于》)

"糞裏嚼渣,順口接屁",這樣的話不只氣勢凌人,也不雅馴,所以我們說他"太解放"了,不能夠以"矯枉者必過其正"的老調子來為他解脫。"文人相輕",也應持之有故,言之成理,不能"雞蛋裏挑骨頭"。總之,謾罵當不了戰鬥!中郎此類口吻不少,舉一以概其餘。人說,這是李贄(卓吾,號龍湖)影響了他。我們認為也不全是,卓吾是離經叛道的,然而並不尖酸刻薄。

再看看中郎的詞《橫塘渡》,這應該屬於戀歌一流吧:

橫塘渡,郎西來,妾東去,感郎千金顧。妾家住虹橋,朱門十字路。認取辛夷花,莫過楊柳樹。

可以說詞調是清新的,想法也夠勇敢,頗有吳歌的味道。其《歸來》所反映的兄弟閒居之樂,卻是真摯的,而且情景如畫:

歸來兄弟對門居,石浦河邊小結廬。可比維摩方丈地,不妨楊子一牀書。蔬園有處皆添甲,花雨無多亦溜渠。野服科頭常聚首,阮家禮法向來疏。

的確是自抒機杼、信口信腕的。下面的一首,就更有代表性了,《戲題齋壁》云:

466

　　　一作刀筆吏，通身埋故紙。鞭笞慘容顏，簿領枯心髓。
奔走疲馬牛，跪拜羞奴婢。復衣炎日中，赤面霜風裏。心若
捕鼠貓，身似近膻蟻。舉眼盡無歡，垂頭私自鄙。

中郎作縣官時，雖然"聽斷敏決"，卻恥於"為五斗米折腰"，已經溢於
言表。妙在直抒胸臆，等於白描，此其所以為清新俊逸也。"鞭笞慘容
顏"，又是"不忍人之政"的心情，彌足珍視。他之饒有"俗文"平易近
人之處，還可以從《聽先生說水滸傳》詩中覘知：

　　　少年工諧謔，頗溺《滑稽傳》。後來讀《水滸》，文字益奇
變。六經非至文，馬遷失組練。一雨快西風，聽君酣舌戰。
（以上所引諸詩，具見《袁中郎集》）

《水滸》是什麼書？盡人皆知乃"官逼民反，聚首梁山"、"誨盜"的造反
小說是也。袁中郎竟能如此之傾倒，說它勝過六經、《史記》，那就不止
是欣賞說部、愛聽講唱的問題了。同情人民疾苦，敢於號召反抗，在這
些地方是和同時的李贄一個鼻孔出氣的。詩詞之通俗曉暢，猶其餘
事。現在可以小結了，我們認為：

①袁中郎是崛起反對"七子"擬古的代表人物，影響最大，成效
　　顯著。
②他的詩文核心是特重"性靈"，講求"真趣"，自我作古，不事
　　依傍。
③因之，他的寫作方法也是直抒胸臆，信口信腕，橫掃雕飾，反對
　　摹擬的。
④有人說：戲謔嘲笑、間雜俚語是其缺點，而不知這正是他接近人
　　民語言、運用活的文字之勇敢處。

所以說,袁中郎確是晚明文學革新的能手,值得尊敬的小品詩文作家,精神面貌是前進的,創作成果是嶄新的,直到今天還有值得我們借鑒學習的地方。

竟陵派的鍾(惺)伯敬也是一樣(當然包括譚友夏在内)。

我們說"也是",是因為比起來袁宏道來,鍾惺到底是"後起之秀",不是嗎? 連《明史·文苑傳》,都把他附在《袁傳》中的。我們說"一樣",是認為伯敬的革新精神,比起中郎無差。他甚至要以自家"幽深"來改革"公安"的空疏啦,而譚友夏的作為又在鍾伯敬之下了,"三袁"不也是以中郎為中心的嗎?《文苑傳》云:

> 鍾、譚者,鍾惺、譚元春也。惺字伯敬,竟陵人,萬曆三十八年進士。授行人,稍遷工部主事,尋改南京禮部,進郎中。擢福建提學僉事,以父憂歸,卒於家。惺貌寢,羸不勝衣,為人嚴冷,不喜接俗客,由此得謝人事。官南都,僦秦淮水閣讀史,恒至丙夜,有所見即筆之,名曰《史懷》。晚逃於禪以卒。

> 自宏道矯王、李詩之弊,倡以清真,惺復矯其弊,變而為幽深孤峭。與同里譚元春評選唐人之詩為《唐詩歸》,又評選隋以前詩為《古詩歸》。鍾、譚之名滿天下,謂之竟陵體。然兩人學不甚富,其識解多僻,大為通人所譏。

> 元春字友夏,名輩後於惺,以《詩歸》故,與齊名。至天啟七年始舉鄉試第一,惺已前卒矣。

據此,可知我們前邊的提法基本上是正確的,如果再對比一下,則:

①中郎、伯敬,在晚明文學的革新上,各有千秋,也幾乎是同功一
  體的:敢於突破,不循藩籬。

②公安兄弟排斥了王、李的"泥古僵化"，竟陵鍾、譚矯正了"三袁"的"空疏輕淺"，一變再變，後來居上。

③伯敬、友夏以《詩歸》（即選體）勝，"幽情單緒，苦心孤詣"，所以"傳真"以為規範，不似中郎以詩文勝，抒我性靈，信口信腕。

④袁宏道離經叛道，放任自流，有龍湖李老（贄）之風，而剛烈不足。鍾伯敬晚逃於禪，嚴冷孤僻，卻未能四大皆空，六根清淨。

⑤鍾伯敬有《隱秀軒集》，但其主要的文學觀點，甚至寫作手法，還是體現於兩部《詩歸》上的較為完備。譚元春則有《獄歸堂集》《譚友夏合集》及《譚子詩歸》等著。

《四庫全書總目提要·集部·獄歸堂集》下解說云："隆萬以後，公安三袁始攻擊王、李詩派，以清巧為工，風氣一變。天門鍾惺更標舉'尖新幽冷'之詞，與元春相唱和，評點《詩歸》，流布天下，相率而趨纖仄。有明一代之詩，遂至是而極弊。論者比之'詩妖'，非過刻也。元春之才較惺為劣、而詭解如出一手。日久論定，徒為嗤點之資。觀其遺集，亦足為好行小慧之戒矣。"

對於鍾、譚，這是完全採取了否定態度的，什麼"纖仄""極弊""詩妖"一類的字眼兒全搬上來了，尤其是貶斥譚友夏的話頭"徒為嗤點之資""好行小慧"等等，在《提要》中都是很少見的。我們認為這是先入為主，"戴著有色眼鏡看人"的過分之論，"說話聽聲，鑼鼓聽音"，從這裏反可以找到反面的教材，所以就用不著大驚小怪了。

先看看他倆的《詩歸》，大旨究何所在。鍾伯敬的《詩歸序》曰：

　　選古人詩而命曰《詩歸》，非謂古人之詩以吾所選為歸，庶幾見吾所選者以古人為歸也。引古人之精神以接後人之心目，使其心目有所止焉，如是而已矣。

他這所謂"精神"，應該是時代的歷史的，愛國的憂民的，真實的美麗的濃縮升華語。換言之，即是"真、善、美"的代辭或大概念。"江山代有才人出"，只要它是藝術地反映了客觀的現實，怎麼能夠不壽世長存呢？"心有靈犀一點通"麼，地無分南北，時無論古今，鑒往知來，經世致用而已。他接著說道：

> 嘗試論之，詩文氣運不能不代趨而下，而作者之意興無不代求其高。高者，取異於途徑耳。夫途徑者，不能不異者也，然其變有窮也。精神者，不能不同者也，然其變無窮也。操其有窮者以求變，而欲以其異與氣運爭，吾以為能異而終不能為高。

在鍾伯敬看來，精神雖是無窮無盡的，但因時代而不同，所以必須體認其真髓的所在。途徑和方法卻是無法比擬的了，儘管有時也不能不變，適應其時代精神而變的才是高手，這自然有他正確的一面。然而話不能說得這樣絕對，辦法到底還是人創造出來的麼。人的因素第一，只要人類不毀滅，他就有本領反映客觀世界，甚至改天換地與之共存，文學也不例外。伯敬不也承認有"高手"嗎？我們需要的正是他們。他又說：

> 惺與同邑譚子元春憂之，內省諸心，不敢先有所謂學古不學古者，而第求古人真詩所在。真詩者，精神所為也。察其幽情單緒、孤行靜寂於喧雜之中，而乃以其虛懷定力獨往冥遊於寥廓之外。如訪者之幾於一逢，求者之幸於一獲，入者之欣於一至。不敢謂吾之說非即向者"千變萬化，不出古人"之說，而特不敢以膚者、狹者、熟者塞之也。

　　袁宏道講求的"真"，是創作中的自我表現，抒發性靈，真情實感；鍾伯敬講求的"真"，是冥心獨往，得之於古人精神的幽情單緒，但卻都是求諸己而後施於人的。一個志在反對"空廓"（此對"七子"而言），一個有意糾正"俚俗"（此對"公安派"而言），非無病呻吟食古不化者所可望其項背。鍾伯敬的"孤行靜寂""古今人我心目為之一易"的精神，又可以譚友夏之"冥心放懷，期在必厚。入之、出之、參之、伍之、審之、克之"（《唐詩歸》）得到佐證。友夏之言曰：

　　　　夫人有孤懷，有孤詣，其名必孤行於古今之間，不肯遍滿寥廓。而世有一二賞心之人，獨為之諮嗟徬徨者，此詩品也。

苦心孤詣，冥搜千古，一旦貫通，同垂不朽，這便是鍾伯敬之"合唱者"。譚友夏之"方法論"，則又過之，他說：

　　　　法不前定，以筆所至為法；趣不強括，以詣所安為趣；詞不準古，以情所迫為詞；才不由天，以念所冥為才。恬一時之聲臭，以動古今之波瀾，波瀾無窮而光彩有主，古人進退焉。雖一字之耀目，一言之從心，必審其輕重、深淺而安置之。

真夠精到的了，與鍾伯敬之意念直是相得益彰的，有這樣的"忠實同志"，就無怪他們的《詩歸》風靡一時了。但錢謙益（牧齋）、毛先舒（稚黃）等人卻起而非之。錢謙益說：

　　　　伯敬少負才藻，有聲公車間，擢第之後，思別出手眼，另立深幽孤峭之宗，以驅駕古人之上。而同里有譚生元春，為

之應和。海內稱詩者靡然從之,謂之鍾譚體。……數年之
後,所撰古今《詩歸》盛行於世,承學之士家置一編,奉之如尼
丘之刪定。

錢謙益雖為貳臣,詩文之名甚著,在晚明幾與鍾、譚同時,所以他的話
是信得過的。連他都不得不承認鍾譚《詩歸》影響之大,和其"創獲之
初,亦嘗覃思苦心,尋味古人之微言奧旨"(以上所引,具見《列朝詩集
小傳·鍾提學惺》中)的。當然,他批評的也很尖銳,認為它們不過是
"淒聲寒魄"的"鬼趣","噍音促節"的"兵象","鬼氣幽,兵氣殺",其
"著見於文章",甚至關涉到"國家之盛衰"了(同上)。這頂帽子可真
不小。儘管他那"掠影希光,以求絕出於時俗"、"舉古人之高文大篇
鋪陳排比者,以為繁蕪熟爛,胥欲掃而刊之,而惟其僻見之是師"(同
上)等語,不是毫無道理的。

　　毛先舒《詩辯坻》的《竟陵詩解駁議序》就談得比較中肯,他說:

　　　　楚有鍾惺、譚元春,因人心屬厭之餘,開纖兒狙喜之議,
　　小言足以破道,技巧足以中人,而後學者乃始眩瞀揚歧,遲回
　　裏轍,囂然競起,穿鑿紛紜,救湯揚沸,莫之能閼。

這對鍾、譚雖有微詞,還是認為他們的"小言""技巧"可以破除"七子"
之"剿說雷同"的末流之弊,於是"穿鑿紛紜,救湯揚沸",不能盡由兩
人負責。他對鍾惺的"六便"之論,卻是雖貶猶褒的。毛先舒說鍾氏
之書:

　　　　一、指義淺率,展卷即通。
　　　　二、持論儇說(輕易之謂),啟人狙智,造次捷給,易詘

472

（屈也）準繩之談。

三、矜巧片字，不貴閎整，龜腸蟬腹，得就操觚（方法）。

四、但趣新雋，不原風格。

五、前代矩矱（準繩也），屏同椎輪，便辟淋漓，一往欲盡，當巧之際，無復逡巡。

六、高談性靈，嗤鄙追琢，各用我法，遑知古人。則但吐由言，便稱高唱。輒復曹、劉為拙，沈約如奴。

我看，"淺率""捷給""新雋""淋漓"和"性靈"，都不能算是壞事，恰恰相反，在選詩或寫作上有了這些表現，才是鍾伯敬得以卓立於晚明選家的條件哪！毛先舒簡直是作者的知己了，何況伯敬的詩文足以副之呢？如《與高孩之觀察》云：

> 向捧讀回示，辱論以惺所評《詩歸》，反復於厚之一字，而下筆多有未厚者，此洞見深中之言。然而有說：夫所謂反復於厚之一字者，心知詩中實有此境也；其下筆未能如此者，則所謂知有未蹈，期而未至，望而未之見也。何以言之？詩至於厚而無餘事矣。然從古未有無靈心而能為詩者。厚出於靈，而靈者不能即厚。（《隱秀軒集·文往集》）

按伯敬之所謂"厚"，即是"忠實"，評選者應忠實於原著，認認真真、一絲不苟地抉發其心靈之深處精神美的所在，當然也包括因時變易、絢麗多彩的語言美在內。這"靈"即是心靈、靈感，"誠於中必形於外"的思想。創作者必須忠實地反映客觀的現實，雖然方法、方式、語言、文字可以千變萬化、層出不窮。而伯敬散文的通暢、明順，自有章法，並不幽深孤峭，已可略見。再如《答同年尹孔昭》，也一般無二：

473

兄怪我文字大有機鋒,謂盡之一字,有道者所不居。真是當頭一棒！然讀兄書,終篇機鋒二字,兄自反何如？我輩文字到極無煙火處,便是機鋒,自知之而無可奈何,亦是一業,何時與兄參之？(同上)

晚明乾淨俐落的小品盛行一時,自袁中郎以來即是膾炙人口的,特別是書簡尺牘,其一往情深、要言不繁之處,直至今日還叫我們欣賞不已呢,鍾伯敬又何嘗不然？請注意這"機鋒"(可作"尖銳""橫掃"之混同義解釋)和"極無煙火"(已近"廖廓清淨"之心理境界了)等詞句,伯敬不是"晚逃於禪"了嗎？他的詩與散文異曲同工,如《舟晚》云：

舟棲頻易處,水宿偶依岑。岸暝江愈遠,天寒谷自深。隔墟煙似曉,近峽氣光陰。初月難離霧,疏燈稍著林。漁樵昏後語,山水靜中音。莫數歸鴉翼,徒驚倦客心。(《隱秀軒集》)

一個舟行竟日,昏後停泊在山水之間的旅客,那心情及對於客觀景色的刻畫,可以說生動地形諸筆觸了。《西陵峽》更接近於通俗：

過此即大江,峽亦終於此。前途豈不夷,未達一間耳。辟入大都城,而門不容軌。虎方錯其牙,黃牛喘未已。舟進卻湍中,如狼畫其尾。當其險夷交,跳伏正相畸。回首黃陵沒,此身才出匭。不知何心魂,禁此七百里。夢者入鐵圍,醒猶忘在幾。賴此歷奇奧,得悟垂堂理。(同上)

這是一首散文詩,信筆寫來,辟喻有方,哲理味道十足,並不刁鑽古怪。原來明代政治自萬曆以後,每況愈下:皇帝荒淫,與民爭利;宦寺專擅,壟斷朝綱;士人分派,東林黨興;民不聊生,變亂四起。積極向上的知識分子,憤對現實,起而反抗,如李贄等之非聖叛道,不惜生命;等而下之,亦在遁逃世事,怡情田園山水,在詩文上下功夫,中郎之與伯敬即此中之佼佼者。所以我們不分畛域,認為兩人乃是晚明文壇上的一雙慧星,旁行斜上、後先輝映,為現代的我們樹立了不循故常、敢於突破的榜樣,值得鑽研,值得學習。

八四年十二月二十九日河大

(本文收入張國光主編《竟陵派與晚明文學革新思潮》時文字有改動,武漢大學出版社 1987 年)

略論天門鍾、譚二氏評選《古詩歸》之
藝術手法及其創見

一

評選詩文,在我們這個有五千年文明歷史的中國裏,較之其他世界各國,可以說是頗為獨特而且由來久遠的。主要的原因,在於我國漢語文字多變,圖書卷帙浩繁,不經過一番整理,如訓詁、編選、考釋、評注之類,是無法學習的。自有書契以來,"刪《詩》《書》,定禮樂"的孔仲尼先生,就是最早的一位麼。秦火事變以後,如大小毛公之於《三百篇》、孔安國之於《尚書》、劉向之於《國語》《國策》、何休之於《公羊傳》、馬融之於《論語》、鄭玄之於"三禮",以及王逸之於《楚辭》等等,均可以證明,沒有漢學,先秦文學是不會昌明起來的。這種讀書、做學問的精神和方法,一直發展到清代,已有變本加屬、後來居上之勢,事例也是舉不勝舉的。

明代末季,鍾惺(1574—1624)、譚友夏(1586—1637)的《詩歸》則在評選方面,不只別開生面超越了前人,而且至今還大有可以取法之處。譬如,從微觀到宏觀交相為用的"回饋""系統論"和"階段論"的兩結合,以及"比較文學方法"的充分應用,這些精神他們即是早已吃透了的,運用得非常嫻熟,甚至可以說是無懈可擊了。讓我們再拿它對比一下古人看:《昭明文選》各類文體具備,選得頗為精萃,但是蕭統自己沒有評注,其後歷代的選家與之同功。"選學"雖已成立,評注卻是另有專人的。(甚或始終闕如,如姚鼐的《古文辭類纂》即是。)

《詩歸》的特色是評選雙工,細緻深入,雖以藝術的欣賞為主,並不偏廢思想性的掘發,審音析義,辨章體例,極多創見。總的說來,他們不是單純地在羅列排比、月旦作家,或是咬文嚼字去點校詩篇的。而是二人同心戰鬥前進,欲在"詩學"上有所建樹的。那麼,這個目的他們達到了沒有呢?我們說基本上完成了:既廓清了明代前後七子"剽襲模擬"之弊(這是繼承了"公安三袁"的"獨抒性靈"之見的),也糾正了公安"末流"的"膚淺輕浮"之失(影響晚明,佔有"詩壇"近五十年),而成功為響噹噹的中國文學史上的一個流派:"竟陵文學"派。這那裏是簡單的事體!現在,就讓我們認真縷析《詩歸》的內在聯繫,它成書的規律性,及其表現手法的種種。即以《古詩歸》之部為例。

二

我們都知道,中華自有歷史以來就被稱為"詩之古國"的,一般是以周代(公元前十一世紀以後的五百年左右)的《三百篇》(二雅、三頌、十五國風)為最早的代表總集。它膾炙人口、彪炳古今,在世界文學史上也是首屈一指的,然而這可不等於說在它之前就沒有詩歌創作了。詩歌來源於生活、勞動。所謂"二帝三王"之際的詩歌,只是流傳下來的很少罷了。鍾譚二氏的"古逸"之一,特別是自《皇娥》至周武王的"物銘",便是企圖彌補這個空白的。他們窮搜苦索、深挖淺找的這些作品,有的雖不可信,"想皆後人用其事作"(鍾評"白帝子《答歌》"語),但如虞舜的《卿雲歌》,箕子的《麥秀歌》,伯夷叔

齊的《采薇歌》等,卻是見於文字,為我們所熟悉的。如鍾惺評《采薇歌》云:

　　　　此詩真有一段不滿於周之意,非獨不忘殷也。古人胸中是非,天且不能奪,而況人乎?("古逸"一,頁7)

　　鍾云:"以暴易暴兮,不知其非矣!誰人能開此口?然實有所見,不是一味憤訕。"又說:"揖讓之不能不化為征誅也,孔子感之,孟子順之,宋儒周旋之。"(同上)"揖讓""征誅"的舊說我們且不去管它,而鍾氏此評是偏於思想方面的亦可概見。又如評"周武王諸銘"云:"讀諸銘,想見古人於小物碎語,皆以全力付之,以細心體之。"《書銘》言:"忍之須臾,乃全汝軀。"鍾即指為"極切極厚,銘體可法"(同上,頁10-11),則又包括體裁的話了。

　　又如鍾評辛甲之《虞箴》說:"較《五子歌》尤覺宛至。"評孔子"諸歌"中之《丘陵歌》云:"此等四言,風氣似又出漢以上。"已見"比較文學法"之端倪。而評柳下惠妻之《柳下惠誄》則曰:"惠之和、之介、之不恭,和盤托出,真知己,真摯友也。筆力又在東方朔《誡子》及《畫贊》上。"(頁14-16)亦是。按"古逸"二,譚友夏評伯牙之《水仙操》及序云:"大道妙藝,無精神不可,然精神有用不著處。寂寞二字,微矣。覺'專心致志'四字至此說不得。"鍾亦特道其"序"云:"有一序,琴之神理盡矣。詩不過詠歎其妙耳。正不必多,正不必說盡,正不必求解。俗人於此,必欲詩與序多寡淺深相當,不必讀此矣。古人技藝各有神化,皆以道情禪觀對之。如段師琵琶,其法截;伯牙之琴,其機微,何曾作技看?今學道讀書之人,反一味草草。"(頁19—20)

　　從上面錄引的材料裏,可以看出,鍾譚的手筆是:

　　1. 從字到句,從序到詩,是絲絲入扣,滴水不漏,頂針續麻,一氣呵成的。

2. 既談及章法，也說到思想，而且是雜糅釋道，天然開朗，並不斤斤於儒家的。

3. 已有從發生到發展的跡象可尋，但不一定是後來居上的。

4. 長一點的評語，簡直就是"詩話"。鍾作的比較多，特別是附在每篇之末的。

三

又如評優孟的《慷慨歌》云：

> 優孟，古之義俠，篤於友者。以滑稽蔽之，憒甚。到溉輩何處生活？
> 又：羊舌之泣，優孟之笑，異情同義，皆是千古人。
> 又：優孟為友，又不在振其子之困，而在表其身之廉，知人哉，叔敖也！（頁26）

此言楚相孫叔敖"廉潔不受錢"以致其子貧而負薪，這在今日不也可以取法嗎？當時優孟以滑稽戲表出之，更足以見作者的義俠了，所以鍾伯敬也為之一唱三歎。又評《優孟歌》之不用音韻一點，也很有卓見。伯敬之言曰：

> 此歌初疑其無音韻，姑欲舍之，然其性情節奏，無非歌者，則已歌之矣。詩不必韻，雖不可為法，然亦間有之。盧江小吏妻，漢五言古也，何嘗拘韻？謠語單句，何處安韻？亦入詩類，顧其性情節奏合不合耳。故詩有無韻而可以為詩者，

此類是也。有有韻而可以詩亦可以文者,《申包胥歌》《萍實謠》《弟子職》、蘇秦、荀、老中諸韻語是也。(頁25-26)

這話是很有先見之明的。"散文詩"麼,內容決定形式,只要性情節奏夠味兒,沒有韻也不害其為好的詩歌。唐代韓愈的某些詩作,不就有人說它是散文嗎? 近代魯迅的《野草》,也是此類。同時,鍾氏之慣於上掛下聯以及橫向聯繫的手法,亦可概見。又如評斷《鼓缶》"君子有酒,小人鼓缶。雖不見好,亦不見醜"云:

> 孔子刪詩,不入《三百篇》者,非必盡以辭理之佳惡為去取,亦自有單詞錯簡,不能成篇者。存此二條,以志其凡。(頁36)

不是說得也很有道理嗎? 鍾譚二氏對於"古逸詩"之輯補,其目的就在於探本索源、拾遺補漏,所謂"數典不能忘祖,溫故可以知新"是也。關於"逸詩""古語"的篩選、抉拾,如"相馬以輿,相士以居"(《孔子家語》),"畏首畏尾,身其餘幾"(《左傳》引),"生相憐,死相捐"(《列子》),以及"奔車之上無仲尼,覆舟之下無伯夷"(《韓非子》)等,雖只三言二語,可是都有至理,而且合轍押韻,極便上口,所以流傳久遠,至今不衰。此外,兩氏還有一個共同的觀點:同情婦女的苦難,並不封建。如譚評《紫玉歌》(故事是吳王夫差小女,名玉,悅童子韓重,不得嫁而死,韓重往吊其墓)云:

> 古今多少才子佳人,被愚拗父母扳住,不能成對,齎情而死。讀《紫玉歌》,益悟文君奔相如是上上妙策,非膽到識到人不能用! (頁32)

友夏不但贊成寡婦再嫁，而且直稱可以私奔，亦足見其破除封建道德的膽識了。鍾、譚二氏的實事求是的精神，以及文學的史的發展之跡象，也都貫徹得好，掌握得非常正確。

四

除以上論述者外，其體現於"漢詩"中的尤為犀利。如他們肯定了漢武帝劉徹（前156—前87）的《瓠子歌》。鍾說："武帝塞宣房，實有一段憫人畏天之意。所謂以秦皇之力，行堯湯之心者也。功成而利亦溥，不得概以'好大'二字抹殺之。"譚曰："二章有不得已、不忍見、不可緩三意。其格調雄奇博厚，自是漢人文章風氣之根。"（頁45）

按武帝愛《離騷》，曾令淮南王劉安（前179—前122）作傳。他的"瓠子決兮將奈何？浩浩洋洋兮慮殫為河。殫為河兮地不得寧，功無已時兮吾山平。吾山平兮巨野溢"等句（頁44-45），便是胎息自"楚辭"的，所以友夏說他"雄奇博厚"，其實漢人自賈誼、枚乘以下莫不皆然。兩人評選此際四、五言之作，亦極精審。四言的如唐山夫人之《安世房中歌》、韋孟之《諷諫詩》、東方朔之《誡子詩》、司馬相如之《封禪頌》，即其代表。鍾伯敬贊《安世房中歌》的"大孝備矣，休德昭清。高張四縣，樂充宮庭。芬樹羽林，雲景杳冥。金支秀華，庶旄翠旌"云：

無雅頌之和大，亦無漢以下之膚近。質奧幻杳，自為一音。在四詩為雜霸，在漢以後為正始。樂府之有郊廟，即近體中之有應制也。不庸不膚，可以為法。女人詩定帶嫵媚，唐山典奧古嚴，專降伏文章中一等韻士。郊廟大文，出自閨

閣，使人慚服！讀此覺《練時日》等樂府，又是後代矣。（頁
49-50）

鍾氏極力推崇唐山，當然是尊重女作家的表現，但重要的是他把
《房中歌》的特點"典奧古嚴"，既非《雅》《頌》也不"膚近"，稱得是"郊
廟大文"，使人驚喜之語，才更可貴。因為他在韋孟的《諷諫詩》後，也
說了《三百篇》的來龍去脈道："《三百篇》後四言之法有兩種：韋孟《諷
諫》，其氣和（所謂肅肅雍雍，有雅頌之音），去《三百篇》近，而近有
近之離；魏武《短歌》，其調高，去《三百篇》遠，而遠有遠之合。"按
"彤弓斯征，扶寧遐荒。總齊群邦，以翼大商"（《諷諫》）的格調，的
確接近《三百篇》之"雅頌"，而"對酒當歌，人生幾何？譬如朝露，去
日苦多"（《短歌行》）的韻味，果然是變化發展了的"毛詩"，魏武已
經用它來抒發自己的意志，不去頌讚古事了。誠如鍾氏所云："心腸
光明，明明供出，志至而氣從之，氣至而筆與舌從之。"（頁122）並且加
重地說：

> 四言至此，出脫《三百篇》殆盡。此其心手不粘帶處。
> "青青子衿"二句，"呦呦鹿鳴"四句，全寫《三百篇》而畢竟一
> 毫不似，其妙難言。（頁123）

觀乎此，鍾、譚可謂魏武的知己了，推崇備至，而且入情入理，絕非望文
生義、胡亂吹捧者所可比擬。

五

鍾伯敬獨為選評的見於《易林》中之焦延壽所作的"易占"（凡五

十三條),也都是四言韻語,極其精悍。他說諸文是"仿古繇辭"的,"似諢、似隱、似寓、似脫,異想幽情,深文急響,靈警奇奧",乃遠紹《詩經》的"漢詩一派"。(頁77)又說:"《易林》以理數立書,文非所重。然其筆力之高,筆意之妙,有數十百言所不能盡,而藏裹回翔於一字一句之中,寬然有餘者,其鍛煉精簡,未可謂無意為文也。"(頁86-87)按鍾氏列舉的有一句成文的,如"一身五心""苗發不生""馬倚僕臥"等;有兩句為義的,如"歡喜堅固,可以長安"、"水載船舟,無根以浮"、"坐定歡門,與樂為鄰"等(頁87),其主要部分則是四句為組(也有個別的二、三、五句定語的)直接表示卦文的吉凶的,如:

《乾》卦中的:

"同人":"子號索哺,母行求食。反見空窠,訾我長息。"
鍾云:"悲促之音,《鴟鴞》全旨,十六字寫盡。"

"無妄":"傳言相誤,非於徑路。鳴鼓步狐,不知跡處。"
鍾云:"好笑!"

"歸妹":"背北相憎,心意不同,如火與金。"

《坤》卦中的:

"屯":"蒼龍單獨,與石相觸。摧折兩角,室家不足。"鍾云:"龍不見石,此蓋言反常之象。"

"履":"弊筍在梁,魴逸不禁。漁父勞苦,連室乾口。"鍾云:"《詩》'敝筍在梁,其魚魴鰥',更不必說魴逸不盡而意了然矣。《詩》語渾,此詩快。此《三百篇》與漢人之別。"

"泰":"雷行相逐,無有攸息。戰於平陸,為夷所覆。"鍾云:"二語盡雷之性情行徑,杜詩'隱隱尋地脈','尋'之妙本此。"

　　"師"之"節"："日月相望，光明盛昌。三聖茂功，仁德大
隆。"鍾云："《易林》語多詼奇，不可不錄此冠冕正大語。"
　　"泰"之"巽"："澤狗水凫，難畜少雛。不為家饒，心其巫
浦。"鍾云："名言炯戒，晉召胡亂，正昧此語耳。"（頁78—81）

　　諸語不僅協合《周易》原卦吉凶之斷，伯敬又益之以新義，踵事增華，上掛下連，奇偉！

　　說到"五言"，鍾譚不認為李陵（？—前74）《與蘇武（？—前60）詩》是偽作，所以選了出來並評價道："是生成漢人古詩，兩人相對相贈之作。'攜手上河梁，遊子暮何之？徘徊蹊路側，恨恨不能辭'，真有一副肝腸在眉宇舌端吐出。字字真所以字字苦，字字厚所以字字婉。"他們還說："李陵叛人，能使蘇武與之交，司馬遷為之被罪而不悔，有以也。"（頁57—58）按此可與《答蘇武書》及司馬遷《報任安書》參互著看。鍾譚所見，未必不受兩書的影響。另外，像張衡（73—139）的《同聲歌》"邂逅承際會，得充君後房。情好新交接，恐栗若探湯"，鍾氏評之為："《國風》專一之思，莫作昵情看。"譚氏也說："情語不在豔，而在真，尤不在快樂無方，而在小心翼翼。"（頁64）殆所謂"好色而不淫"之意也。友情與男女之情，都重在一個"真"字，為情造文，不可無病呻吟，固是兩氏"詩魂"的所在，也就一看便知。

　　兩氏對於蔡琰的《悲憤詩》"卓眾來東下，金甲耀日光。平土人脆弱，來兵皆胡羌。獵野圍城邑，所向悉破亡。斬截無孑遺，屍骸相撐拒。馬邊懸男頭，馬後載婦女"，是稱道其"苦語""苦境"，並說杜工部之《三別》以此為本的。鍾且更進一步地分析她的篇章結構曰："五言古長詩，雖漢人亦不易，惟《悲憤詩》及《廬江小吏妻》耳。"接著說：

　　　二詩之妙，亦略相當。妙在詳至而不冗漫，變化而不雜

亂,斷續而不碎脫。若有意,若無意,若無法,又若有法。惟老杜頗優為之。(頁 72)

伯敬還指出:"元、白長詩,人病其無法,拖沓可厭,不知實本於此。特其力疲而體率耳。"(頁 73)真追溯得好,對比得細。

六

"廬江小吏妻"即《孔雀東南飛》的五古長詩,則做得果真是空前的美妙,鍾、譚兩氏於全篇逐句地批注以後,又由伯敬單評其男女主人公說:"看來府吏始終是一樸直人,其妻始終是一靈變人。世間男子多情,不專在宛曲,而在樸直;女人全節,不專在貞一,而在靈變。"這已經是別開生面之論了。接著並分別在片尾作了小結,主要是關於寫作手法的,譚說:

人知其詳處,不知其略處。人知其真處,不知其諧處。人知其苦處,不知其復處。人知其烈處,不知其細處。知此數者,可以讀此詩。(頁 111)

譚氏說篇首的"守節情不移"句云:"全詩大本領,'節''情'兩字連說妙。從來'節'字皆生於'情'字。"是友夏已抉出了作者的神髓。鍾氏更詳言其手法出色之處,為後人所難學云:

此古今第一長詩,當於亂處看其整,纖處看其厚,碎處看其完,忙處看其閑。此乃古人氣脈力量所至,不可強也。後來惟老杜差能厝手。然能為古詩,不能為樂府。古詩猶易長,樂府不易長也。蔡琰《悲憤》、"廬江小吏妻",累千數百言,人知其委曲詳至,幾於無餘矣。不知其意言之外,手口之間,有一段說不出來處,所以為長詩之妙也。(同上)

不言而喻,鍾氏的話,是頗有辯證法兩點論的精神的。

鍾、譚二氏對於"樂府""古詩",選錄析解得也是慧眼獨具,法眼不差的。他們說《華爗爗》"神之遊,過天門。車千乘,敦崑崙"一首云:

> 郊廟登歌,事鬼之道也。幽感玄通,志氣與鬼神接。膚語、文語,如何用得?漢人不學雅頌,自為幻奧之音,千古特識。魏以下,步步套仿漢人,便失之矣。(頁91)

此為"三言"的郊廟之歌,鍾伯敬特重其不學雅頌,自為幻奧之音,正是推陳出新、不相摹擬之處。他說:"譚友夏謂圈點所不能加,正是古人文章大處,至言也。"(同上)譚氏接著也說:

> 樂府古辭,不極奧、極深、極恍惚、極靈動,則與癡呆拙手了無以辨。今所選,或如《毛詩》,或如《尚書》,或如騷些,或如符讖,後人且不能望其塵,不能解其故,何乃言"樂府"耶?

按古辭《練時日》與之同功,從形式上說,都是竟體三言的,包括題目在內。從內容上說,"靈之車,結玄雲,駕飛龍,羽旄紛"等句亦與《華爗爗》相似。與其說是來自《雅》《頌》,毋寧認為本於"楚辭"。譚友夏道:"章法本屈子《九歌》,簡奧似過之。"(頁89)此言甚是,鍾伯敬也認為它"奇響深文,靈光剡剡,紙上有幽氣"(頁88)。其他如《薤露》

之"人死一去何時歸"，《蒿里曲》之"聚斂魂魄無賢愚"，譚說："如水火刀劍鐵圍諸獄，活捉人衣裙。"鍾說："用聚斂字說魂魄，怕人！"（頁94）也全是人所罕見的話。而《雞鳴》之"雞鳴高樹顛，狗吠深宮中"，似為淵明（376—427）"犬吠深巷中，雞鳴桑樹顛"之所本。《婦病行》之"淚下一何翩翩，屬累君兩三孤子，莫我兒饑且寒"，《孤兒行》之"居生不樂，不如早去，下從地下黃泉"等句，則其社會性、典型性卻指點得夠深、夠細。如鍾論《孤兒行》云："極俚、極碎，寫得極奇、極古、極奧。看他轉節落語，有崎嶇歷落不能成聲之意，情淚紙上。"譚亦曰："予每讀唐人'為長心易憂，早孤意常傷'，觸著痛處，終日不樂。又復誦《孤兒行》一過，汗下淚下！非至性人身當其苦，聳動不來！"（頁101）因為兩人都綻露了一掬同情的淚水，鍾並且在寫作手法上縷析入微，譚又以之比擬唐詩，認為非比尋常，這就更加發人深思了。

《古詩十九首》是被推為凌駕諸古之上的，鍾、譚說它們雖不"新驕奪目"，但以"溫和冥穆"見稱（譚），但與樂府微異，"別有其妙"，"樂府能著奇想，著奧辭，而'古詩'以雍穆平遠為貴。'樂府'之妙在能使人驚，'古詩'之妙在能使人思。然其性情光焰，同有一段千古常新，不可磨滅處"（鍾）。更主要的是"'樂府'猶可擬，'古詩'不可擬。若但摩挲其面貌音字，使俗人手中、口中、眼中，人人得有《十九首》，則讀書者不喜誦之"了。（頁116—117）因為這是貌似神非的贗品，其義與"公安派"之反對"摹擬"者並無二致。此外鍾氏又說，"上山采蘼蕪，下山逢故夫"，"十五從軍征，八十始得歸"之諸古，"聲情全是'樂府'"。譚說："古詩中佳者，自無蔓調。然亦從筋肉中生出轉折，以為波瀾，未有想頭寥寥，謂之清真者。"譚氏特說："周公《東山》詩法，從庭戶無人生出許多妙語，遂為此詩（《十五從軍征》）之'鼻祖'。"（頁119）又是上溯其根源的。鍾伯敬亦言："'桔柚垂華實，乃在深山側'一首，托物之旨，深宛巽順，得微賤自達高遠之義。上本《離騷》（蓋指

《九章》之《橘頌》而言），下為陳正字（子昂，661—702）、張曲江《感遇》諸詩之祖。"

其蘇李錄別的五古數首之"晨風鳴北林，熠耀東南飛"，"鍾子歌南音，仲尼歎歸歟"等句，伯敬則既欣賞其"幽衷苦調"，又指出為偽托，"有蘇、李所無者"，"不過借蘇李題目寫其所欲言耳"。此擬古之妙，難於後人言，"而觀其骨韻，似非孔融、蔡邕輩不能，可見由來已久"。（頁 121）

七

魏晉"三曹"之詩，則鍾、譚首重魏武（155—220），前已言之。譚云："此老詩歌中有霸氣而不必其王，有菩薩氣而不必其佛。'山不厭高，水不厭深'，'水何澹澹，山島聳峙'，吾即取為此老詩品。"鍾云："曹公心腸，較司馬懿光明些，'治世能臣，亂世奸雄'，明明供出，讀此詩知之。"（頁 122）按批頭即作此種語言，其餘可見。單就形式上說，他也是四、五言俱佳的。

文帝曹丕（187—226），鍾卻認為："婉孌細秀，有文士氣，公子氣，不及乃父遠甚，然其風雅蘊藉，又非六朝人主所及。"（頁 126）如《善哉行》之"有美一人，婉如清揚。妍姿巧笑，和媚心腸"，真是"含辭未吐，氣若芳蘭"，這猶是四言的。而《燕歌行》之"秋風蕭瑟天氣涼，草木搖落露為霜。群燕辭歸雁南翔，念君客遊思斷腸"，"極和穩，誦之不厭"（譚），已是七言的佼佼者了。其五言的如《雜詩》之"西北有浮雲，亭亭如車蓋。慘哉時不遇，適與飄風會"，鍾云："曹氏父子，高古之骨，蒼涼之氣，樂府妙手，五言古則減價矣。"譚云："鍾此論極確，作樂府歌行手，以之為五言古，多有格格不合處。"（頁 128—130）便是獨特的見地，但卻滿有道理，以其多奇調、奇思、奇語也。如《陌上桑》之"披荊

棘,求阡陌,側足獨窘步,路局筈(即窄字),虎豹嘷動,雞鳴,禽失群,鳴相索"即是。鍾則說他"體物盡情"。(頁128)

陳思王曹植(192—232)的詩情辭語,一般人說是高於乃兄文帝曹丕的,鍾譚二氏也不例外。鍾云:"子建柔情麗質,不減文帝,而肝腸氣骨,時有磊塊處,似為過之。"(頁131)評其《野田黃雀行》之"高樹多悲風,海水揚其波。利劍不在掌,結友何須多? 不見籬間雀,見鷂自投羅"等句云:"仁人,亦復是俠客。"譚則指出其影響說:"儲光羲《野田黃雀行》以外數首,皆出於此。"並謂:"無君子心腸,無仙佛行徑,無少年意氣"的人,不能長於風雅。(頁132)

子建的《聖皇篇》是"小雅怨悱而不亂"的,從"聖皇應曆數,正康帝道休。九州咸賓服,威德洞人幽"至"車輪為徘徊,四馬躊躇鳴。路人尚酸鼻,何況骨肉情",都凡五十句。鍾伯敬說它"質而婉變,處黜貶危疑之際,以法歸臣下,以恩歸主上,最為得體。即其君自作周旋不過如是。王右丞(維)'執政方持法,明君無此心'立言本此。"並謂:"世上俗惡人不足言,文帝一肚文雅,而毫不能有所感動迴旋,真不可解!"(頁132—133)其實,伯敬不知,這是曹魏統治者間的內部矛盾,什麼兄弟骨肉,"聖人之大寶曰位",儘管曹丕已是皇帝,但對於當年曾蒙父愛,幾乎奪取繼承權的弟弟曹植,那是不能不把他貶斥在外以事防閑的。七步成章的《煮豆詩》和《贈白馬王彪》可以認為是"同一音旨"的作品,雖然他們長短不同,"深婉柔厚"亦異。

《美女篇》《棄婦篇》和《妾薄命》等三作,同樣是以呻吟婦女遭遇之不幸為題材而表示其"淒麗"之情的,如:"佳人慕高義,求賢良獨難。眾人徒嗷嗷,安知彼所觀? 盛年處房室,中夜起長歎!"譚云:"讚歎愛慕,千古一情,予讀陳思《美女篇》,輒報此想。"(頁134)"悲鳴夫何為? 丹華實不成。捬心作長歎,無子當歸寧。有子月經天,無子若流星。"鍾云:"讀不得!"譚云:"自怨自嗟,自消自遣,無一毫不寫出,不逼真。"鍾又云:"怨矣,卻無一字尤人。"(同上)這是關於《棄婦篇》的,女人無子,犯了"七出之條"麼。而不知《美女》也好,《棄婦》也好,都不過是陳思借題發揮,以此自況,所以為絕唱也。他不敢"尤人",不能不"自怨",因為哥哥是皇帝,不讓他在政治上有作為麼。

《妾薄命》之情調也是一樣的,寫得悱惻纏綿,不過竟體六言,形式另有創造,所以伯敬又云:"妮妮敘致,不盡情不已。看其音節撫弄停發,遲則生媚,促則生衰,極顧步低昂之妙!極風流人,生極富貴人家,處極無聊地,方能作此想,窮此趣。"(頁 135)實則物質生活,怎麼能代替精神上的空虛?也即是政治上的失意。骨肉間的迫害,陳思、白馬之所以悒悒沒世者,職是故耳!總之,"任意交屬所歡,朱顏發外形蘭。袖隨禮容極情,妙舞仙仙體輕。裳解履遺絕纓,俯仰笑喧無呈"一類的燈紅酒綠、紙醉金迷的"豔行",適足以忉怛生悲,何況它還是以物比興別有懷抱的。"芝桂雖芳,難以餌烹。尸位素餐,難以成名。磁石引鐵,於金不連。大舉朝士,愚不聞焉。"(《矯志詩》)這才是子建的"內心獨白",而"憂思成疾疹,無乃兒女仁。倉促骨肉情,能不懷苦辛"(《贈白馬王彪》中句),則又是他的骨肉真情了,安得不賈禍?

按鍾嶸(? —約518)《詩品》列陳思於"上品",文帝為"中品",魏武獨在"下品"。其評陳思曰:"其源出於《國風》,骨氣奇高,詞采華茂,情兼雅怨,體被文質,粲溢今古,卓爾不群。"並說:"嗟乎!陳思之於文章也,譬人倫之有周孔,鱗羽之有龍鳳,音樂之有琴笙,女工之有黼黻。俾爾懷鉛吮墨者,抱篇章而景慕,映餘輝以自燭。"推崇特高。對於魏武,則稱其甚有悲涼之句而已。文帝只許其"雜詩""西北有浮雲"等數首。凡此所見,與鍾、譚的選評大不相同,亦是兩氏別有慧心敢於突破之處。不過,他們沒有使《七哀詩》入選,對關心人民疾苦的《泰山梁甫行》"劇哉邊海民,寄身於草墅。妻子象禽獸,行止依林阻"只輕描淡寫地說是"仁心心眼，看出寫出"（頁132），應該認為不足。

八

鍾譚看待建安七子也是頗為輕蔑的。伯敬說："仲宣（177—217）諸人，氣骨文藻事事不敵蔡中郎、孔文舉、彌正平，公宴諸作尤有乞氣，故一切黜之，即黜唐應制詩意也。稍取明潔者數首，以塞千古耳食人之望。試與曹氏父子詩共讀之，分格自見，不待饒舌。"（頁137）這就是說，鍾氏反對王粲位在"上品"。並且不理睬劉彥和勰（約465—約532）《文心雕龍》的"仲宣溢才，捷而能密，文多兼善，辭少瑕累，摘其詩賦，則七子之冠冕乎"的話，選了他的《從軍行》，還譏評了其中的"籌策運帷幄，一由我聖君"、"鞠躬中堅內，微畫無所陳"等句，說是"聖君"二字，擁戴得無品，寫盡文士在軍中光景，使人慚笑。又說"我有素餐責，誠愧伐檀人"句，"伐檀人用得無謂"（頁137），簡直是一貶到底。

陳琳（？—217）的《飲馬長城窟行》，則為鍾伯敬所充分肯定，說："飲馬長城窟，水寒傷馬骨。往謂長城吏：'慎莫稽留太原卒！'全是長短歌行，然徑入唐人集中不得，中有妙理。"例如他批起首四句時，認為"老杜歌行似此"。並謂"男兒寧當格鬥死，何能怫郁築長城"句"怨甚"，而"生男慎莫舉，生女哺用脯"句，反映了"使民憤至此，何以為國"的愛民思想。這就是跟一味地頌聖、虛偽地自責的王仲宣（如見於《從軍行》中的），毫無共同之處了。徐幹偉長（171—218）雖被魏文帝稱為"懷文抱質，恬淡寡欲"，為七子中的"彬彬君子"（《與吳質書》），亦只評選其《答劉公幹》一首，"與子別無幾，所經未一旬。我思亦何篤，其愁如三春"，謂為"語似樂府"，"質甚"。（頁138）按徐幹著有

491

《中論》二十餘篇，"辭義典雅"（亦魏文語），品學兼優，猶僅得此，餘子之作，自屬"自鄶以下"了。

"竹林七賢"，鍾、譚雖也同推嵇康（224—248）和阮籍（210—263），但兩氏最為欣賞的不過是叔夜四言的《憂憤詩》，與嗣宗《詠懷詩》中之"灼灼西隤日，餘光照我衣"、"楊朱泣岐路，墨子悲染絲"以及"人言願延年，延年欲焉之"等三首。譚評叔夜之"實恥訟冤，時不我與。雖曰義直，神辱志沮"四句云："幽辱中寫出高人心事，'神辱'二字，千古小人殺高士的把柄。"並總評其詩曰：

> 似自狀，似年譜，歷敘得妙，引咎得妙，字字是嵇叔夜《幽憤詩》，摹仿移動不得。

鍾伯敬之評注亦云：

> 後世高人行徑，古人引為罪過，非唯自處之嚴，抑亦觀理之深，自怨自艾，自供自悔，知其所以殺身之道，而性不可化，付之無奈，高士每有此病！（頁142—143）

嵇叔夜之所以厭棄當世，視死如歸，正是其玄學思想的充分發揮、徹底實踐之處。"鳥獸不可與同群"，高就高在這與對立殘暴的業已當權的司馬氏及其爪牙，誓不兩立。然而"君子無德怨自修"，又何必"怨天尤人"呢？鍾、譚兩氏，實已深識其心志了。題曰"幽憤"，可以顧名思義了。詩如其人，古色古香，故曰"《廣陵散》從此絕矣！"

阮嗣宗與嵇叔夜，雖抱同一思想卻是兩樣行徑。披髮佯狂，避災遠禍，心中有數，消極抵抗，絕不赤膊上陣，司馬氏亦無可奈何，此其所以又高。實際上則"悲"字不離口，未嘗不憂慮於"日夕將見欺"也。

譚氏言其"氣格情思"優於古詩。鍾氏指為"愁懷達見,迫成異調",看法同工。關於詩歌體例風格蛻變上的衡量也是一樣,友夏說:

> 古今以嗣宗《詠懷》詩幾與比《古詩十九首》矣!盡情刪之止存三首。三首中氣格情思,視古詩何如,豈敢向古人吠聲耶?

伯敬亦言:

> 予嘗謂陳子昂、張九齡《感遇》詩格韻興味,有遠出《詠懷》上者。此語不可告千古矒人,請即質之阮公。(頁144)

這又是在強調文學發展的辯證關係了:阮不如《古詩十九首》,陳子昂等卻後來居上,單從格調上看是有道理的。然而我們不能忘記,漢人有漢人的物質生活,唐人有唐人的歷史情況,都與阮嗣宗魏晉清談之風不同。阮的"天地解兮六合開,星辰隕落日月頹"(《大人先生歌》),那妙想天開而復極端頹放的心情,就是與眾不同,非可越代相與比擬的。上面,我們從古逸開始,直到漢魏,粗略地窺探了一下鍾譚二氏的評選,認為他們給予的啟發與增益是多方面的:

1.《詩歸》為名,"評選"其法,實際上卻是一部非常精到的詩歌批判集。它以時為綱,據人繫聯,主要的工作在於析論作品、點檢優劣,從而求索其發生發展的跡象。見解獨到,筆法謹嚴。

2. 戰鬥精神十足,敢於開拓前進,既突破了前後七子的藩籬,也彌補了公安三袁的輕淺。言人之所不能言,文筆亦犀利流暢,或曰"幽峭"、"隱晦",我們卻看不出來。歸納與演繹並用,博大精深。

3. 推陳出新,古為今用,由此及彼,由表及裏,義理、辭章、考據三者並重,這樣做學問的方法,鍾譚二氏均已充分地運用到了(儘管他們並沒有明白標出)。這也是遠見卓識必須矜式的地方。

4. 可以說,鍾、譚兩氏的《詩歸》,應該稱得起是"評選"的典範,就是在今天也非常具有參考的價值。因為它和一般的箋注不同,已經是獨具特色的一家言了。特別是他們的敢於突破、藐視權威的精神,乘風被浪淩厲無前,在晚明之季,是首屈一指的。而字斟句酌的"繡花針"的工夫,跟"大刀闊斧"的砍削手法之切實結合,就更使人折服啦。

(本文收入張國光、李心餘、歐陽勛主編《竟陵派文學研究論集》,中國社會科學出版社 1990 年)

"陽剛之美"與竟陵派

我們是欣賞"陽剛之美"的,因為它"自強不息"戰鬥前進,敢於突破,有所創新。正如《周易·乾卦》所言:"乾,元、亨、利、貞。"《文言》解釋說:"元者,善之常也。亨者,嘉之會也。利者,義之和也。貞者,事之幹也。"一句話,對於過去的"大人""君子"來講,它是"有美皆備,無麗不臻"的。甚至譬之以"龍",指稱"飛龍在天,利見大人","龍,猶之君子者也"。今天可以認為:我們都是"大人""君子",人人可以"猶龍"。神龍變化海天小,只要是在"運動",是在"變化",是在"前進",而且不這樣也是不行的,"天行健"麼!以鍾、譚為首的竟陵文學派尤其應作如是觀。

他們敢於突破作為明代正統文學的"前後七子"的藩籬,與"公安三袁"共同反對"摹擬""剿襲"的詩文,強調"獨抒性靈""信口信腕"的文風,"修辭立其誠""惟古於詞必己出"麼。我們從來就反對"陳陳相因"的陳辭濫調,甚麼"文必秦漢,詩必盛唐":漢有漢文,唐有唐詩,各有其時代精神、歷史條件,豈可違背時空,妄事比擬!"江山代有才人出,各領風騷數百年",這是唯物的、發展的、除舊佈新的,正如大家經常講求的"治學之道"須是"義理"(思想性)、"辭章"(藝術性)、"考據"(科學性)三者並重一樣,能如是,才是"陽剛之美",也一定會"飛龍在天,利見大人"(當作人民講)。

其實,"天與人為一"(就是認識自然現象和社會人類的依存關係),"道與藝結合"(所謂文以"載道""明道","言之不文,行之不遠"的道理)。明代的正統思想雖然雜糅釋、道,但基本上是儒家的,所以

繼承了陸象山的"易簡"工夫的王守仁(陽明),縱有事功,貫徹了他的
"知行合一",到底不免於"毀謗叢生,抑鬱以終"的結局。同理,儘管
自正德(明武宗)以來,許多文人作者如唐寅、徐渭,直至李卓吾,有時
解放個性,或狂或狷,標榜"夢、幻、泡、影、露、電"之恍惚,也未能真個
"色相皆空,六塵不染","果然離經叛道"。公安、竟陵,就不侈談這
些,能夠"跳出三界外,不在五行中"。嬉笑怒罵,率性而行,僅僅把所
謂"空靈""淡泊"體現於詩文人生之中。若鍾若譚,不即如是乎? 一
位"掛冠"而退,一位老於諸生,冥心獨往,幽情單緒,搞他們的《詩
歸》,自我作古,海闊天空。

　　不少人也包括我個人在內,從三十年代就學習過"竟陵鍾、譚"的
詩文,但當時給我的觀感,卻只是他們的小品(如山水遊記)清新、引人
入勝(公安三袁直至張岱同然),並沒有在文藝思想上、文學歷史上,給
他們以足夠的重視、合理的評價。這是應該負疚的,應該更進一步地
向天門的同志們、各地的中青年專家學人學習的。總之,我們確已認
識到,鍾惺、譚友夏及其竟陵文派,是以"空靈""清新"別有會心的詩
文創作,取代了剿襲、雷同、為文造情、業已僵化了的"七子"的文壇的。
起碼有三十個年頭吧,對於"公安三袁"特別是袁宏道(中郎)來講,恐
怕既是"同盟"又有所"修正"(在"俚俗膚淺"這一末流之弊的方面)的
了吧。所以他們在中國古代文學發展史上,是幾顆可與巨星媲美的
"彗星",一閃而逝,可是奇光永存。厚非者流,蚍蜉撼樹,何其不自量
乃爾! 我們應該正視這一歷史情況,攜起手來,從頭做起,發揚而光大
之,亦所以為建設"四化"之精神文明,盡一磚一瓦之勞啦。

　　(本文原載於張國光、李心餘、歐陽勛編《竟陵派文學研究論集》,
中國社會科學出版社,1990 年)

喜見傅山批點汲古閣崇禎本《唐詩紀事》殘卷有記

五六年秋,訪書於天津勸業場,偶得陽曲傅青主(1607—1684)批點過的汲古閣毛晉刻印之崇禎本《唐詩紀事》殘卷廿一冊,不禁大喜,如獲至寶。蓋青主乃明末清初的著名學者、思想家,博雅君子,多才多藝,兼通經、史、諸子、釋氏、道家以及詩文、書畫、金石、醫術,無一不精。尤可頌者,明亡抗清,強隱不仕,與當時的愛國志士、漢學大師顧亭林(1613—1682)相媲美,南北呼應,砥礪氣節。兩人交誼亦極篤厚,亭林北遊過晉陽時,青主即常為其居停主人。例如亭林有詩酬之云:

為問明王夢,何時到傅巖？臨風吹短笛,斸(zhuo,斲)雪荷長鑱(白木柄)。老去肱頻折(行醫),愁深口自緘。相逢江上客,有淚濕青衫! (《顧亭林詩文集》四《贈傅處士山》)

"愁深口緘""淚濕青衫",可見相知之深。《又酬傅處士次韻》之二,重申其緬懷故國、渴望光復之意云:

愁聽關塞遍吹笳,不見中原有戰車。三戶已亡熊繹國,一成猶啟少康家。蒼龍日暮還行雨,老樹春深更著花。待得漢庭明詔近,五湖同覓釣魚槎。(同上)

此詩與青主的《乙酉(明亡的第二年,公元1645)歲除八絕句》之一的:"縱說今宵舊歲除,未應除得舊臣荼。摩雲即有回陽雁,寄得南枝芳信無？"心靈相通，如出一轍，毋怪其同為摯友，俱是遺臣了。這算是本文的一個"楔子"吧。

按此書印以竹紙，但已逐頁襯了棉紙，而且每冊都用白綾上下包角，灰厚紙作皮，黃絲綫訂背（一直四扣），說明這完全是改裝過的本子了。可資鑒定其為崇禎版的物證約有二端：一、卷首扉頁（第一冊的第二頁）正中有藍色大字隸書"唐詩紀事"，右側上角標以"毛氏正本"，左側下角注曰"汲古閣藏"，皆為同色寸隸。二至四葉為臨邛（即今四川邛崍縣治）計敏夫有功原序，寸字楷書（但自《唐詩紀事原序》起，至"周遊四方名"凡重複八十七字），五至六葉為嘉靖乙巳（明世宗二十四年）東黃張子立序，寸字草書，七至九葉為嘉定甲申（宋寧宗嘉定十七年），懷安（在河北省西北部）王禧慶長所書之寸字行書序。又"原序"下有傅山、傅眉兩父子之方形陰篆文印章各一，山稍大在上，眉副於下（其他各本之扉頁同此）。

二、自然，最足以說明問題的，還是毛晉自己於崇禎五年十月下旬用小字行書寫在八十一卷卷尾的"識語"，清晰地指出《紀事》中有：①一人重見，②一詩重見，③脫去本詩，④誤入他詩，⑤幾人渾作一人，⑥眾題渾作一題，以及⑦一人一詩反分析幾首者等二百餘種謬誤"一一釐正"的話，就不止是字書秀麗，確定了板本，作為有價值的圖書啦。而古香古色，新舊對比，亦可以裨益於校勘之學呢。美中不足的是它乃殘本，在八十一卷中缺了近三十五卷。儘管如此，我們還是從裏面擷拾到許多珍貴的手跡和資料。如《紀事》卷廿七底扉頁有墨筆行書五律一首，尾題曰《論文》，其詩云：

　　　倏忽來風雨，經綸不可尋。雲霞無尺度，海嶽信高深。
　甕牖駁椒目，繩牀靜大心。五車憐惠子，尚不似書蟬！

　　此詩第七句"五車憐惠子"之"憐"亦作"鄰"（上為"鄰"，下作"憐"，不知青主果定何字。一個"鄰近"，一個"可憐"，都講得通），至於詩的中心思想，則是一索可知的：名曰《論文》，實在"論事"。說：突然襲擊來的風雨，已經無法找到它發生的脈絡了。因為雲霞在散亂著，山海也顯得高深不可測量啦。這雖然叫蔬食野處的老百姓一時迷惑了雙眼，可是慢慢地就定下了心性，有所認識啦。誰說學富五車的儒生無能？我們還不只是鑽古書堆中的白蟻哪。

　　顯而易見，這是青主的報國之思，不滿現狀的讕言，所謂象外之象、意外之意者是。原跟《八絕句》的某些蘊含著之思緒一樣，不能不使用隱喻的筆法的。這跟前此的《甲申守歲》，也是朱明乍亡時的志圖恢復放言無忌的情調，已經略有改觀了。清人統治越來越鞏固，他自己的年歲也越來越大，遭受的迫害更是有加無已了麼。其詩曰：

　　　　三十八歲盡可死，棲棲不死復何言！徐生許下愁方寸，
　　庚子江關黯一天。蒲坐小團消客夜，燭深寒淚下殘編。怕眠
　　誰與聞雞舞，戀著崇禎十七年。（《霜紅龕集》十，其一）。

一、標點上的特色

　　青主父子體現於標點上的手法，很有特色，朱、墨分用，精細異常。從字跡方面講，青主是慣於使墨的，行楷兼施，耐人觀賞。傅眉多使朱筆，小字作注，然潦草率意，不及其父多矣。標點符號比起今天的當然還是極其初步、很不完備的，但已能點句用"、"（有時用"。"）、人名號用"｜"，而且佳句發"密圈"，劣句"抹長杠"矣。最精確處，還有於年號之旁，注上皇帝廟號之舉（單用一字，如"開元"只標"玄"，"貞元"只

標"德"之類)。每遇律詩,必眉注一"律"字(所見已近五百),俱是朱筆,可謂不憚煩了。至於其他眉批旁注之語,則内容多式多樣,字句長短不一,一時不勝枚舉,逐條發人深思,琳琅滿目。先言其見於全書之目録中者,即豐富多采。如:顯示在作家人名上的各種符號:

　①凡劉姓者,均於其頂上注一墨筆小字行書"星"字,全冊共計四十一個,未審何意。

　②其李姓者,則於名上朱筆注一"子"字,統計近一百個。

　③王姓者,亦有"三"字加於頭上,其數亦不少於五十個。

　④尤奇者,為薛姓名下畫一"B"號,凡十七人。

　⑤張姓者,在"張"字右上角重寫一小"長"字,共有四十人。

　⑥盧姓者與之同類,但係加一"虍"字頭重於其上,凡三十二個。

　⑦孫姓者,乃於名字之下寫一"孫"字,很為鮮明,不止十個。

　⑧孟姓者,提上眉端注一"孟"字,只有八個,但"孟簡"之下有東門生之注。

　⑨又賈姓者,"賈"字頭上畫了個"一"(凡五人);曹姓者,名字底下有一字辣(亦五人);而封姓者更妙,各在名下書一鐘鼎文𨤳(封之原形)。

　⑩此外則"牛、馬、羊"姓者,各於名旁畫一紅圈。宋邕之上注曰"瞽者";顧云之下注曰"鹽兒";耿諱名下注一"耳"字,又於姓旁畫了紅圈;李德裕下注云"重見";高力士名旁加了朱"、",名上注曰:高力士能詩。

真可以說是五花八門了，有的可以理解，有的莫明其妙。但是不管怎麼說，傅氏父子的"開創精神"，是值得欣賞的，可供學習的地方，也非止一端。因為，他們是三百多年前的先輩了。

二、展示出來的書法

我們知道，青主的藝術成就，是有"文不如詩，詩不如字，字不如畫"的寶塔式的稱譽的。綜觀他表現於此書上的筆法，也真的是花生毫端宛轉天然，不是為書法反而是其極致的珍品的。這主要表現在通過批點評注所給予的寸楷、行書及小字上面的工夫。玉潤珠圓，搖曳多姿，而且洋洋大觀，使人目不暇給。類別起來，可得以下數者：

寫在各冊扉頁上的作者人名，從九個（最少的，如卷一卷二的"太宗""高宗""中宗""明皇""德宗""文宗""宣宗""昭宗"諸帝，都是淡墨寸楷，落落大方），以至三四十個的（最多的如七十一至七十四卷為一冊的書皮上，已至五十二人。自"張道古"起，"僧雲表"止，字跡雖然較小，也是運筆如椽，一氣呵成的），掃數分行並列（少者六人，多者十一人），井井有條，使人一目了然。

分注在人名下面的小字，有的已近"蠅頭小楷"，然亦重點突出，筆筆不苟。如分見於"陳子昂"名下的"方外十友"，"崔融"名下的"金銅丁桃李酣酣"，"李適"名下的"八風舞"，"徐彥伯"名下的"情人拂瑤袂、三絕、徐澀體"，"李迥秀"名下的"鴛鴦"，"崔湜"名下的秦州薛都督的挽詞（以上卷之八、九），"王岳靈"名下的"撰張惡子廟碑"，"張翬"名下的《丹陽集》十八人之一"（卷十五之十八六）等等，都是抽繹自各人本條內的精華，在這裏"畫龍點睛"表而出之的。

按傅青主的書法是自大、小篆隸以下無不精通的，嘗自論之曰："弱冠學唐、晉人楷法，皆不能肖。及得松雪（按為趙孟頫）《香山墨蹟》，愛其圓轉流麗，稍臨之，則遂亂真矣。已而乃愧之，曰：'是如學正人君子者，每覺其觚稜難近；降與匪人遊，不覺其日親者。松雪何嘗不學右軍？而結果淺俗，至類駒王之無骨，心術壞而手隨之也。'於是復學顏太師（按為顏真卿）。因語人學書之法：寧拙毋巧，寧醜毋媚，寧支離毋輕滑，寧真率毋安排。"（語見《清代七百名人傳》1838）。那麼，這說的就不止是"筆法"了，還有"筆德"。字如其人，不可不慎。就是說，出之以樸實自然，認真謹嚴，絕不矯揉造作，誇飾飛揚，為人也是一樣。這從他最後師法於剛勁的顏真卿，而違棄了荏弱的歷事二朝的趙孟頫，即可概見。

這種情況，在《清史·遺逸》本傳中，也有所談及。又在《紀事》卷四十八"陸希聲"條中，特別肯定了希聲的"撥鐙法"（既眉注又朱圈之），亦可以參證。其文曰："古之善書，鮮有得筆法者，希聲得之。凡五字：擫、押、鉤、格、抵，用筆雙鉤，則點畫道勁而盡妙矣，謂之撥鐙法。希聲自言昔二王傳此法，至陽冰亦得之。"我們看了青主的堂聯大字（如曾經展覽在太原省博物館的多件），和披露在《紀事》上的小字行、楷以後，確有此感。因為他小大由之，宛轉天然，珠圓玉潤，龍臥鳳安，不炫其美而美自在焉，耐人欣賞之至。

三、平等看待詩藝，並不崇拜帝王

唐代諸帝之詩，佳作美句不少，但青主淡然處之，用"、"點句到底，一個紅圈都不給畫。如太宗《帝京篇》中之"人道慮高危，虛心誡盈蕩。奉天竭誠敬，臨民思惠養。納善察忠諫，明科慎刑賞"（其十），未嘗不是明君的善言。青主卻等閒視之，不予渲染，有時還要挑剔一下。如《詠飲馬》詩"駿骨飲長涇，奔流灑絡纓"句，青主眉批曰："駿骨以奔事用之，則死馬矣！但泛用始得。"

對於中宗更不矜假，其《立春日遊苑迎春》之作，如："寒冰猶戀甘泉樹，淑景催臨建始花。彩蝶黃鶯未歌舞，梅香柳色已矜誇。"已經難為這位倒楣皇帝了，居然有情有景寫得出來。但青主只眉批曰："者貨也不賴。"幽默之至！昭宗乃是李唐的末代皇帝，亡國之君，顛沛流離，久貯哀思。如乾寧三年播遷華州時所作之《菩薩蠻》詞，其一云："登樓遙憶秦宮殿，茫茫只見雙飛燕。渭水一條流，千山與萬丘。遠煙籠碧樹，陌上行人去。何處有英雄？迎奴歸故宮。"這詞還不哀婉嗎？窮途末路，不如平民。但青主平視過去，不著一字，態度顯得非凡。

這應該是階級立場的關係吧。皇帝老兒有一些開明政治讓人民過得去，乃是他們的本等，分所應該，不值得歌頌。從根本上說，是"天地不仁，以萬物為芻狗"的。同理，他們倒了霉要亡國，也是咎由自取。振古如斯，用不到同情。至於會寫詩文，不過是聊以解憂、玩弄筆墨之類而已。國破家亡、改朝換代之後，依舊是老百姓遭殃！

四、講求聲音訓詁，注釋校勘已有漢學家的精神

在學問的成就上，傅青主是不如顧寧人的，因為兩人的生活道路不盡相同。明亡之初，青主倍遭迫害，雖得倖免一死，也只能"穴居野處"養晦韜光了。後來又由於抗拒出仕，情況依舊狼狽，懸壺賣藥以助衣食，行有餘力才搞點兒文藝。顧寧人則悠遊四方，隨時可以奮筆，所以《日知錄》《音學五書》《天下郡國利病書》不停地問世，成了清代最早的漢學大師。

青主雖然沒有這個條件，但是做學問的態度與方法，卻與顧寧人並無二致。這從他體現於《紀事》中的種種批注，可以充分地說明問題。例如關於聲韻的：

眉注卷二"德宗"條，呂渭詩"曆象千年正，醞釀四海多"句云：

"釀,平聲。"

又注"宣宗"條,《弔白居易》詩"童子解吟長恨曲,胡兒能唱琵琶篇"句云:"琵字入聲。"

眉注卷九"李適"條,《答宋十一崖口五渡見贈》"邀余名山期,從爾泛海澨"句云:"澨,押仄聲。按澨音尸,水涯。"

又眉注"韋承慶"條,《直中書省詩》"昆蚑(音 chī,蟲行貌)既含養,駑駘亦驅馳"句云:"蚑、駘字讀平、去二聲始諧。"

眉注卷十五"王灣"條,《秋夜寓直即事贈蕭令公諸友人》"雲路俄平入,臺階忽上陵"、"中書贈陳准,右相簡王陵"諸句,以朱筆云:"陵字再押。"並用墨筆重書"陳准""王陵"兩名。

眉注卷十九"蘇源明"條,《小洞庭五太守譔集歌》"小洞庭兮寓方舟,風嫋嫋兮離平流"等十二句云:"句皆兩兩叶韻。"又注"馮夷逝兮護輕橈,蛟龍行兮落中湖"句云:"橈與湖叶,橈須如奴聲。"又注"適予手兮非予期,將解袂兮蔟(俗叢字)予曲"句云:"期上曲字須平聲。"又墨注於《奉酧(俗酬字)忠武李相公見寄》一則上云:"搏虎,搏字本側聲,若此字,當平聲近波耶?"當為晉地讀法。

朱筆批注卷二十二"任華"條,《雜言寄李白》"班、張所作,瑣細不入耳,未知卿雲得在嗤笑限否"兩句云:"耳、限不叶。"並在"耳"旁注了"眼"字,"限"旁墨筆注了"囊"字。按《中原音韻》,"限"在"廉纖部","耳"在"支思部",所以不叶。如果把"耳"字易為"眼"字,與"限"字同在"廉纖部",那就叶了。因此,我們可以說青主之言是也。不過,再把"限"字改為"囊"字,則義雖可通(甚至更加美好),而韻就不叶了,因為"囊"在"齊微"部、不在"康纖部"。例如,此詩之下接三句:"登廬山,觀瀑布,海風吹不斷",間句一叶,"山"與"斷"同在"寒山"部,便無問題了。附帶說明一句,青主是很少在同一批注中朱墨兼施的。

墨筆行書於卷七十二"僧廣宣"條，"宣以應制詩示樂天"一則中之樂天詩句"紅樓許住請（平聲）銀鑰，翠輦陪行蹋玉墀"曰："請字平讀。"

青主父子，考字亦極認真，如卷三十四"樊宗師"條，《蜀綿州越王樓詩序》見於"蟠紅顏青"句的"顏"字，傅眉朱筆眉注云："顏，字書無之，或頠（音 wěi，安靜）之訛耶？《篇海》有'頠'字，即'唇'字上加'ク'，近'詹'頭，又不見'頠'字。"

又同條"危樓倚天門，如闖星辰宮"句，亦墨筆眉注："'闖'無音，字書有'闈'字，許勿切，小門也。音義俱非'闖'也。"

又朱筆側注於"宗師字紹述"一則"韓退之志其墓曰：為文必出於己，不襲蹈前人一言一句，……然而不煩於繩削而自合也"句曰："合甚？"並把這句文打了紅杠。

從筆跡上看，這三項小字注都是傅眉之作，字甚粗劣。

墨筆眉書"郭元振"條之"巨木白耳"："意在志異。"

墨筆眉注"崔融"條，《瓦松賦》云："瓦松一名屋遊，余昔在山東近海處，岸上不生草，最有瓦松之類，形色皆了不相異，不知為何名。"此乃青主博物類比之處。

墨筆眉書"陳子昂"條，《感遇詩》之十三"水木澹孤清"句："有意外之意。"又先於陳子昂名下墨注小字："范攄《雲溪友議》：陳拾遺冤，字子昂。"其字秀麗異常。

墨筆眉批"鄭虔"條，子美詩"《神農》《黃石》《藥纂》《兵流》者，古書也"云："此似謂虔之所著，有草本兵法之流耳，非指古書也。"並在三句文中抹以紅杠。

朱批於"李正封"條，《詠露》"灑池淒皓鶴，流塵清遠陌"，云："灑字太量。"又《禪門寺暮鐘》"簨虡高懸於闇鐘"句頂，亦朱批云："簨虡字用之禪寺鐘，不妥。"按此言是也，簨虡乃懸廟堂巨鐘之架，禮器也，不應亂用。

又"《享龍池樂章》"一則中之"當時舜海潛龍躍,此日堯河帶馬巡"兩句,青主眉書了"堯河""舜海"四字,或以為工巧也。其"姜皎"條《享龍池樂章》中,亦有"堯壇寶匣餘煙霧,舜海漁舟尚往還"句,青主提寫了"堯壇""舜海"於其眉端,可以佐證。按古人對用"堯天""舜日"之類的詞彙甚多,此不過推衍而來之二例而已。

卷三十五"皇甫湜"條,"翱在潭州"一則上角,用墨筆行書注云:"皇甫湜為韓公墓志曰'壻左拾遺李漢',又不云有李翱,此云'夫人,吏部之子',何也?"此之謂考據之學。

墨筆眉批於"孟郊"條,"李翱薦郊"一則云:"論郊詩格皆不甚中。"蓋指翱謂郊能兼自漢以來五言之體,梁肅又言"其有高處,在古無上;其有平處,下顧兩謝"等語揄揚太過。青主卓見。

墨筆眉書小字於"常袞"條中《集賢院即事寄徐薛二侍郎》詩之"綴簾金翡翠,賜硯玉蟾蜍"句上云:"工部《贈李八秘書三十韻》有'御鞍金腰嫋(馬腰衣),宮硯玉蟾蜍'。"是在間接頌揚少陵造句之美,亦以示意袞非獨創。"袞京兆人"一則言:"為中書舍人,文采贍蔚,長於應用,譽重一時,相代宗,用人非文詞者,擯不用,世謂之'鸇伯'。"是"鸇伯"乃常袞之別號矣。

朱注"王翰"條下云:"晉陽有此人耶?"是未確知其籍貫,不敢遽以為山西人也。

又朱注《恩賜樂遊園宴應制》詩"未極人心暢,何如帝道明"側云:"如似知字。"擬改得好。

墨筆批《贈常州》"日月速如飛,忽然沖人身"云:"沖字亦奇,似犯意。"

朱筆小字於"崔庸"條,"庸登天祐二年進士第"旁云:"天祐,昭宗末年號,哀宗亦有此年號。"察考訂屬實,無誤。

墨筆行書眉注於"陳詠"條"有詩名,善弈棋"之"善弈",是知青主或亦精於此道者也。

墨筆眉注於卷二十七"孤獨及"條,《夏中酬于逖畢耀問病見贈》"遙指故山笑,相看撫號鐘"句曰:"'號'字當是'鐬'。"按青主所正是。

墨筆行書於"裴澈"條之"田令孜沉左拾遺孟昌圖於蟆頤江"一事之上角曰:"孟昌圖投蟆頤江,蓋冤之也。"澈之弔詩曰:"一章何罪死何名? 投水惟君與屈平。從此蜀江煙月夜,杜鵑應作兩般聲。"云:"《老學庵筆記》第四卷:'唐拾遺耿湋《下邽喜叔孫主簿鄭少府見過詩》云:不是仇梅至,何人問百憂? 蘇子由作績溪令時,有贈同官詩云:歸報仇梅省文字,麥苗含穟欲蠶眠。蓋用湋語也。近歲均州刻本輒改為仇香。'"是青主既比較唐、宋作者,追溯詞章根源,又未嘗不講求版本也。

墨筆眉注"王昌齡"條,《九江口作》云:"莽莽江勢闊,雨開潯陽秋。驛門是高岸,望盡黃蘆洲。水與五溪合,心期萬里遊。明時無棄才,謫去隨孤舟。鷙鳥立寒木,丈夫佩吳鈎。何當報君恩,卻繫單于頭!"青主曰:"辛亥(按為公元 1671 年,清聖祖康熙十年,先生 65 歲時)臘月(農曆 12 月)雪夜,夢袁山先生與眾坐上高談。山問:'舟自何來?'云:'從九江至此。'皆是。且有'宋南蹙,今北蹙'之語。早起讀此,得奇應也。"按王昌齡,山西太原人(一說陝西人),其邊塞之作多為氣勢雄偉、格調高昂之篇,所以青主引以為助,甚至形諸夢寐之中,亦足徵其復國之心,老而彌篤。

眉注卷四十七"崔子向"條,《奉酬忠武李相公見寄》"劍門失險曾搏虎,淮水安流緣斬鯨"句云:"搏虎,搏字本側聲,若此字,當平聲近波耶?"

眉注卷四十八"李德裕"條,《述夢》詩"賦命誠非薄,良時幸已遭。居當堯舜日,官接鳳皇曹。且睇煙霄閣,心驚羽翼高"等句,云:"三十九韻(按為《中原音韻之》蕭豪部)。"朱筆小字,疑似傅眉所書。

按此類審音定聲,核實韻部之注釋,雖不多見,已經知道傅青主是精於此道的。"老去方知格律細"麼。儘管他還不曾寫出韻書來。其子傅眉,在這一方面的工夫也很老到。

此外,又知青主校訂格物之學亦甚講求,並且重視出處。如上諸例。

五、慧眼卓識,老吏斷獄,進退古人,愛恨分明,
評論使人心折

青主的文藝批評是比較客觀的,嚴肅認真,不從個人的好惡出發,所以公正可信。如墨筆行書眉批於卷二"文宗"條"嘗與宰相論詩之工拙"一則,鄭覃曰:"詩之工者,無若《三百篇》,皆國人作之,以刺美時政,王者采之,以觀風俗耳,不聞王者為詩也。後代辭人之詩,華而不實,無補於事。陳後主、隋煬帝皆工於詩,不免亡國,陛下何止焉!"青主論之曰:"鄭覃之語,似是實鄙,王者為詩何妨政治? 豈不大強於他好。說來掃興無味,吾不取也。"這就是他獨具慧眼不與人同之處。以唐文宗而論,雖篤好詩文,卻未嘗償事,即可佐證。

眉注"賈至"條,《自蜀奉冊命往朔方途中作》"胡羯亂中夏,鑾輿忽南巡。衣冠陷戎寇,狙狼隨風塵。幽公秉大節,臨難不顧身。激昂白刃前,濺血下沾巾。尚書抱忠義,歷險披荊榛。扈從出劍門,登翼岷江濱。時望挹侍郎,公才標搢紳"等句上,以"幽公""尚書""侍郎"三個名號,當是青主痛恨胡羯亂華,頂禮諸官衛國忠義之意。

墨筆行書卷十八"李白"條《胡無人》詩"敵可摧,旄頭滅,履胡之腸涉胡血。懸胡青天上,埋胡紫塞旁。胡無人,漢道昌"等句上,云:"懸胡青天上,豈不大便宜?"看來青主仇胡特甚,借題發揮,賊胡死後

只能埋之邊塞，連懸屍空中都不允許，可見其蓄意之深了。在這一點上，青主勝似青蓮。

墨筆眉注於卷二十"李頎"條，《聽董大彈胡笳兼寄房給事》"董夫子，通神明，深山竊聽來妖精。言遲更速皆應手，將往復旋如有情"云："彈胡笳者亦稱為夫子。"並特別提出"董大"之號於前，豈一沾"胡"字便生反感耶？否則，"董大"亦音樂家也，彈得一手好胡笳，何嘗不可以稱為"夫子"？

墨筆行書眉注於卷二十"張諲"條，"諲官至刑部員外郎，善草隸，工丹青，與王維、李頎等為詩酒丹青之友，尤善畫山水"一則之上，以"草隸丹青"之語，殆"同聲相應"也，青主自己就是詩人而又兼工書畫的麼。

此外，青主於蘇渙名下注有"白蹠"二字，查其本條，蓋緣"渙本不平者，善用白弩，巴人號曰'白蹠'，以比莊蹻"。然則特注於封皮本人之下，亦有深意矣！又李穆之下注有"翁婿朋友"以言其相得之正（脫俗也）。李鄴侯稱爵而不呼名，只於下端注以小字"泌，三令節"，蓋因此節乃泌相德宗時所首倡者。（中和、上巳、九日皆為節日。中和節百官進農書，以示務本。）

墨筆行書眉注於卷二十三"孟浩然"條，皮日休《孟亭記》一則之"先生之作，遇景入詠，不鉤奇抉異，令齷齪束人口者，涵涵然有干霄之興，若公輸氏當巧而不巧"等語，云："酒民既會讀詩，又會造詞，大解。如何令人不見此等半個？"按襄陽孟浩然，"骨貌淑清，風神散朗，救患釋紛以立義，灌園藝圃以全高，交遊之中，通脫傾蓋（指丞相張九齡、名詩人王昌齡等人而言），機警無匿。學不攻儒，務掇菁華，文不按古，匠心獨妙，五言詩天下稱其盡善"（同條王氏源序），許多行事與青主近似，故深美之。傅眉亦朱筆側批於詞條"商璠"所謂"浩然詩，文采莘（同豐）茸，經緒綿密"句旁云："便不似皮生會評此君。"（字跡甚劣）也是父子同調的表現。

墨筆提注"巕岉"二字於卷七十一"韓定辭"條,"定辭為鎮州王鎔書記"一則中之"幕客馬或延接,有詩贈韓:別後巕岉山上望,羨君時復見王喬"句上。按此山乃"仙山",王喬亦是"仙人",這也未嘗不綻露著青主晚年的思想。因為韓詩同樣有"崇霞臺上神仙客,學辨癡龍藝最多"句,可為佐證。

墨筆眉注於卷六十五"韓偓"條,"偓小字冬郎"一則"嘗即席為詩相送,一座盡驚,句有老成之風。自號玉山樵人",重書其號,殆肯定偓之早成也,連李義山都有"桐花萬里丹山路,雛鳳清於老鳳聲"的讚語麼。

墨筆尾批於"曹松"條,《晨起》詩云:"曉色教不睡,捲簾清氣中。林殘數枝月,髮冷一梳風。並鳥聞鍾語,欹荷隔霧空。莫徒營白日,道路本無窮。"青主說:"起句好。"

墨筆眉批於"杜荀鶴"條,《春宮怨》云:"早被嬋娟誤,欲妝臨鏡慵(懶也)。承恩不在貌,教妾若為容?風暖鳥聲碎,日高花影重。年年越溪女,相憶采芙蓉。"全詩云:"好。"並朱批其尾曰:"通好。"也在"承恩"兩句旁畫了紅圈,似為傅眉之筆。

墨筆行書眉注於"王鐸"條,鐸《謁梓橦張惡子廟》詩"劍門喜氣隨雷動,玉壘韶光待賊平。惟報關東諸將相,柱天功業賴陰兵"句上,以"張惡子"之名,迨以其奇歟?因判度支蕭遘亦有和詩云:"青骨祀吳誰讓德,紫華居越亦知名。未聞一劍傳唐主,長擁千山護蜀城。斬馬威稜應掃蕩,截蛟鋒刃俟升平。鄭侯為國親簫鼓,堂上神籌更布兵。"青主不只提書了"青骨祀吳、紫華居越"八字,而且還在"為國親簫鼓,神籌更布兵"句上寫了"解劍贈神"四字。蓋僖宗以黃巢入長安,西避入蜀,志圖恢復,甚至盼神相助,故扈從諸臣有"柱天功業賴陰兵"、"堂上神籌更布兵"之語,亦可見其人力無能之實況了,僖宗並曾解劍贈神以吁之麼。

卷三十一"張薦"條，"書監"一則內權載之《離合詩》曰："《離合》太無味。"按《紀事》和之者，凡崔邠、相於陵、許孟容、馮伉、潘孟陽、武少儀等六家，只有潘孟陽一首："詠歌有離合，永夜觀酬答。筐中操彩箋，竹簡何足編！意深俱絕妙，心契交情結。計彼官接聯，言初並清切。翔集本相隨，羽儀良在斯。煙雲競文藻，因喜玩新詩。"為青主眉批曰："詞章美。"餘則點句而已，無一畫圈。又與"武少儀"之和詩上："少年慕時彥，小晤文多變。木鐸比群英，八方流德聲。雷陳美交契，雨雪音塵繼。恩顧各飛翔，因詩覘瑰麗。傅野絕遺賢，人稀有盛遷。早斂風與雅，日詠贈酬篇。"批曰："千思博。"蓋此作與孟陽之詩，都清新可喜，無害其為六韻十二言之五古也。

六、青主否定的詩句和作者舉例

"桃花吒撥價最殊"句，"價最殊"旁打了紅杠，卻用墨筆小字注了"精志"，不知何意。又"我來塞外按邊儲"內，眉批曰："'我來'兩字極可厭。"打了紅杠杠。又於尾句用墨筆小字批曰："嘉州亦我來，令人難過。"

朱批"張濯"條《題舜廟》："古都遺廟出山潰（水崖）"句曰："是何語？"打了紅杠。又"猶疑琴曲韻南薰"句，也打了紅杠，說是"厭厭"。

朱筆眉批於"郭鄖"條《寒食寄李補闕》詩"介子終知祿不及"句曰："句拙。""當時以為絕唱"語，曰："不知絕唱何在？"

朱筆旁批"韋處厚"條"盛山十二詩"一則云："十二詩都無佳句。"

墨筆眉書"李華"條，《詠史詩》中之"電影閉蓮臉，雷聲飛蕙心"兩句，並朱批於其旁曰："二語造然義淺。"

墨筆眉批卷二十三"岑參"條，《玉門關蓋將軍歌》之"蓋將軍，真丈夫。行軍三十執金吾,身長七尺頗有須。玉門關城迥且孤,黃沙萬里百草枯。南鄰犬戎北接胡,將軍到來備不虞。五千甲兵膽力粗"等句云:"迥且孤,且字厭。"打了紅杠,還用墨筆字"沙土"批在一旁。"到來備不虞":"五字呆實。"在"到來"旁也打了紅杠,並用墨筆小字注曰:"如不知。"又云:"'美人一雙閑且都'、'清歌一曲世所無'兩句之'閑且都'、'世所無',押韻而可厭。"亦用墨筆小字注曰:"美人一雙出室圖。""世所無"是"迷嗚嗚",打了紅杠子。又"眾中誇道不曾輸":"'曾'字不如'會'字。""櫪上昂昂皆駿駒":"'皆'字亦呆。"也於"不曾輸"旁,小字墨筆注曰:"嘶風。"

墨筆眉批於"杜荀鶴"條,《時世行》之"夫因兵死守蓬茅,麻苧裙衫鬢髮焦。桑柘廢來猶納稅,田園荒盡尚征苗。時挑野菜和根煮,旋斫生柴帶葉燒。任是深山更深處,也應無計避征徭"詩云:"桑柘一聯太淺俗。"又批全詩曰:"可謂鄙野矣。"按此詩雖欠典雅卻敢抨擊,而且頗有寫實哀怨之筆,值得同情。如同又云之"八十老翁住破村,村中牢落不堪論。因供寨木無桑柘,為點鄉兵絕子孫。還似平州征賦稅,未曾州縣略安存。至今雞犬皆星散,日落西山哭倚門"一樣,詞固俚俗,情實可憫,是不是夠得上批判暴露之作呢?青主可能是以人廢言了。因為荀鶴乃朱梁之人,不直其所為。在荀鶴"擢第"一則上批曰:"此差便當辭卻。"傅眉也在"恃勢侮易搢紳"句側批曰:"該死。"尤其是在初謁梁王所賦之《無雲雨詩》"同是乾坤事不同,雨絲飛灑日輪中。若教陰翳都相似,爭表梁王造化工"上之批語:"荀鶴自是朱家一奴耳!"傅眉則於末一句旁朱批曰:"胡說!"這還不是深惡而痛絕之嗎?對於逢迎諂媚之"貳臣",豈能寬假?

朱批"羅袞"條中之羅隱召拜不起,袞詩有"何當世祖(梁朱全忠)從人望,早以公台命卓侯"句以"無恥之極!"並在其旁打了紅杠。傅家父子,從來最惡"貳臣"。

又眉注"孫棨"條,《題妓王福娘牆》詩"移壁回窗費幾朝,指環偷解薄蘭椒"、《贈妓人》"彩翠仙衣紅玉膚,輕盈年在破瓜初"、《題北里妓人壁》:"寒繡衣裳餉阿嬌,新圖香獸不禁燒"等句上云:"孫棨録僅三首,皆狹邪之作。"乃青主非議之辭。蓋唐人(士大夫之流)多有此,未可以為訓也,儘管這在當日還算不了作風問題。又此條紀事凡四則,尚有"才拙道仍孤,無何舍釣徒"一詩非贈妓者。

又"唐末寇亂,休避地渚宮(今湖北省江陵縣),荊帥高氏優待之"一則,"話時政不治,乃作《酷吏詞》以刺之"句旁,小篆曰:"迂哉!何干。"並眉注了"高氏"二字,蓋譏其投靠權勢,乃一政治和尚。但其"寧知一曲兩曲歌,曾使千人萬人哭。不惟哭,亦白其頭饑其族,所以祥風不來,和風不復"等句,亦知民間疾苦,也有"白話詩味"。又此中墨筆眉注,當是老傅手筆。

朱批"皇甫曾"條,《郊居》詩"三徑荒蕪羞對客"句云:"何羞?"並給"羞對客"三字打了紅杠杠。

朱筆橫抹於"李旭"條之"真珠每被塵泥陷,病鶴多遭螻蟻侵"的兩句詩上,並批曰:"是甚詩?"(出自《及第後呈朝中知己》)

墨筆眉注於卷二十"王泠然"條,泠然《上相國燕公書》一則之"今吏部侍郎楊滔眼不識字,心不好賢,蕪穢我清司,改張我舊貫。去年冬奏請,自今以後,官無內外,一例不得入畿"(主要的是指秘書省的校書、正字一類的官員而言),這不是等於不叫他們工作嗎?所以青主明顯地把他揭示出來說:"楊滔眼不識字。"又說:"官無內外,一例不得入宮。"因為這種濫竽充數又擅作主張的官兒是過去少見的。

墨筆眉注於卷三十二"孫海"條,"孫長源有才思,嘗為諷刺詩"一則之"忽然一曲稱君心,破卻中人百家產"。又云"城外平人驅欲盡,帳中猶打衰花毬"等句上一個"打"字,表面上是揭發"打毬"非時,實際上乃罪其不仁。而"打毬"之成為詞句,其所從來遠矣!

一篇云:"同心相遇思同歡,擎出酒胡當玉盤。盤中麂觥不自定,四座清賓注意看。可亦不在心,否亦不在面,徇客隨時自圓轉。酒胡五藏屬他人,十分亦是無情勸。爾不耕,亦不饑。爾不蠶,亦有衣。有眼不能分黼黻,有口不能明是非。鼻何尖,眼何碧,儀形本非天地力。彫鐫匠意若多端,翠帽珠衫巧妝飾。長安斗酒十千酤,劉伶平生為酒徒。劉伶虛向酒中死,不得酒池中拍浮?酒胡一滴不入眼,空令酒胡名酒胡。"青主標其篇名為《酒胡子》,當是同情盧注之失意,並贊許其詩之清新也。

墨筆眉書"廳僕"於"程賀"條"崔亞典眉州,賀為廳僕"。蓋賀以崔亞之青眼,始得及第,且有詩名,未嘗以世俗門第之見相待,有足多者也。

墨筆行書眉注於"張九齡"條,"九齡在相位"一則之"帝命高力士持白羽扇以賜"云:"賜扇之事,昔人辨之矣。"

又墨筆行書"九齡泪裴燿卿罷免之日"一則上曰:"一雕挾兩兔",蓋深惡李林甫之用事耳。

墨筆行書"餅師妻"於"王維"條之"寧王憲貴盛"一則,當有同情此婦遭際之意,也未嘗不反映著寧王的淫靡、霸道。

墨筆行書"王維"條,《終南山》詩之"太乙近天都,連山接海隅,言勢焰盤據朝野也。白雲回望合,青靄入看無,言徒有其表而無其內也"諸句上云:"如此解詩,奴一萬輩子貨!"並在"言勢焰"句旁,打了紅杠子。"言徒有其表"句旁朱批曰:"胡說。"

又朱批《許州書情寄韓張二舍人》"繞院綠苔聞雁處,滿庭黃葉閉門時。故人高步雲衢上,肯念前程杳未期"句下云:"處字、時字,句中有此定不佳。"又把"處""時"兩字,連同"故人"等兩句旁,都打了紅杠杠。

又朱批《獻劉濟》尾句"感恩知有地,不上望京樓"句旁云:"是何言行？"

最末。李伯魚名下注云："張燕公妹夫也。燕公銘妹墓有為雨為雲之句。"小字三行，特為俏麗。眉書"李伯魚"條《燕公銘張氏墓》云："雲雨字用銘妹墓，可見古人不以此兩字為狎昵也。今人則不然。"按張說銘文為："送我伯妹，萬安之墳。精靈何處？為雨為雲。彼臨淄兮千里，望倏忽兮夫君！"很顯然，這兒的"雲雨"乃先"雨"後"雲"，言於雨雲迷蒙中更加看不到"精靈"在哪裏了。亦可以解釋作"精靈"化為"雲雨"，迷離恍惚，不知飛灑何方。

墨筆眉注於"崔子向"條，"子向貞元以前為監察御史，終南海從事。《裴鉶傳奇》"一則上曰："《裴鉶傳奇》不知何書。今行《崔煒傳》曰'向子'。"

朱筆眉注於"僧貫休"條，"姓姜氏"一則之"錢鏐自稱吳越國王，休以詩投之"曰："何為？"並標出了"投呈錢鏐王"五字，又"入蜀以詩投王建"亦旁批曰："又何為？"也注出了"投王蜀"三字，當均係傅眉所為。惟"有《西嶽集》十卷"之卷數，老傅墨筆行書於其上云："《宦遊紀聞》云：《西嶽集》卅卷。"

諸如此類，有美皆備，竟可以看做是傅山父子非比尋常的"詩話"了，是為記。

八六年秋重寫

（本文原載於《河北大學學報》1987 年第 2 期）

講史小說《三國志演義》

《三國志演義》乃是《五代史平話》以後的一部最為人所熟悉的講史小說。它的影響所以如此之大，魯迅先生說得好：“三國時多英雄，武勇智術，瑰偉動人。而事狀無楚漢之簡，又無春秋列國之繁，故尤宜乎講說。”(《中國小說史略》第十五編，《明之講史》)這話真是半點兒也不差。因為，我們都知道，中國歷史上的人物、故事的確以春秋戰國和三國時期的最稱繁盛，後者又比較地整齊，所以便更容易為小說家取作題材了。

自然，《三國》成書和《水滸》一樣，也不是一下子就有了一百二十回的巨著的——唐代已經有人用三國的人物作為談笑的資料，如李商隱《驕兒》詩云：“或謔張飛胡，或笑鄧艾吃。”宋代則“說三分”與“講五代史”已並列為說話的專科(《東京夢華錄》)；蘇軾甚至引王彭所云塗巷小兒聽說三國的情況道：“聞劉玄德敗，頻蹙眉有出涕者；聞曹操敗，即喜唱快。”(《志林》)可見三國故事流傳民間已久。

金元院本雜劇之中使用三國故事作題材的更多，如表演劉、關、張的《三戰呂布》(武漢臣、鄭德輝作)，斬呂布(于伯淵)；表演關羽故事的《義勇辭金》(見周憲玉《雜劇十段錦》中)，《單刀會》(《元人雜劇三十種》)；表演諸葛亮故事的《臥龍崗》(王曄)，《博望燒屯》(《元人雜劇三十種》)，《燒樊城》(趙文寶)，《襄陽會》(高文秀)，《諸葛祭風》(王仲文)，《隔江鬥智》(無名氏)，《五丈原》；其他如表演呂布故事的《連環計》(無名氏)，周瑜故事的《謁魯肅》(高文秀)，曹子建故事《七步成章》(王實甫)，管寧故事的《管寧割席》(關漢卿)等。雖然業已多失傳(只有《單刀會》《博望燒屯》《連環計》,《隔江鬥智》□□□於《元人雜劇》和《元曲選》中),但是它們裏面的許多故事情節□□□□以從今天的《三國志演義》中找尋出來。

以上的情況都說明了《三國》的成書也是一步步地□□□□□說話人底本,和雜劇腳本中發展起來的。而且遠從北宋□□□□□事就已經成為極流行的講史了。不過,成問題的是,□□□□□□國志話本早就沒有辦法看到了。傳今的第一部《三國志話本》,乃是元至正(順帝托歡鐵木耳的年號)間新安虞氏所刻的五種全相平話本中的《全相平話三國志》(其他四種書是《武王伐紂》《樂毅圖齊七國春秋後集》《秦併六國》和《呂后斬韓信前漢書續集》各三卷合共十五卷)。只應該指出的是,這個本子無論從內容還是文字任何方面看,都和今本的《三國志演義》大不相同。

因為作者在書的一開端便聲稱它乃是一樁冤怨相報的公案:書生司馬仲相因疾惡秦始皇焚書坑儒的暴行,被轉到陰曹報冤殿去作閻君。仲相第一件事便審的是漢高祖劉邦被告恩將仇報殘殺功臣韓信、彭越、英布一案;但在追究責任的時候,劉邦和呂雉互相推諉,直到傳來蒯通作證,才使被告俯首認罪。旋奉天帝諭旨放韓信等三人轉回陽世,同分漢朝天下:韓信為曹操佔有中原;彭越為劉備奪了四川;英布為孫權雄踞江東;並教劉邦轉世為獻帝,呂雉轉生為伏后,教曹操囚帝殺后以報前仇。末後又叫蒯通轉為諸葛亮去幫忙劉備,仲相也轉為司馬懿併吞三國統一天下。這便是此書"不是三人分天下,來報高祖斬首冤"的緣起。

還有,關於此書轉世報冤一節,新編《五代史平話梁史》卷上中也有類似的文字:

劉季殺了項羽立著國號曰漢,只因疑忌功臣,如韓王信、彭越、陳豨之徒,皆不免於族滅誅夷。這三個功臣,抱屈銜冤,訴於天帝。天帝可憐見三功臣無辜被戮,令他每三個托生作三個豪傑出來,韓信去曹家托生,作著個曹操;彭越去孫家托生,作著個孫權;陳豨去那宗室家托生,作著個劉備。這三個分了他的天下。曹操篡奪獻帝立國號曰魏;劉先主圖興復漢室,立國號曰蜀;孫權自行兵荊州,立國號曰吳。三國各有史,道是《三國志》是也。

這證明了韓信等轉世三分的說法在宋時就已經流傳開了的,雖然他們的內容不無小有出入之處。本來麼,劉邦屈殺功臣行為殘暴,千百世下誰不扼腕憤慨?人民的作者們,為了發洩一下胸中不平之氣,這才借著佛家輪回孽報之說來安排了一干人物;所以它縱令是神話的附會的,卻不能夠不說是富有現實的意義的。何況那元末明初的朱元璋(太祖)、朱棣(世祖),又是兩個慘殺臣下的傢伙呢!又司馬仲相陰曹斷獄的故事,後來也單獨發展成了《鬧陰司司馬貌斷獄》小說一篇(見《古今小說》中)。司馬仲湘(貌字仲湘,是"相"已改作"湘")在這裏面表現的就更驚人了,他只做了六小時的閻王卻判清了三百五十多年來未曾判決的四大案件。"屈殺忠臣"(原告韓信等三人,被告劉邦夫婦)一宗以外,還有"恩將仇報"(原告丁公,被告劉邦)、"專權奪位"(原告戚氏,被告呂氏)和"乘危逼命"(原告項羽,被告王翳、呂馬童等六人)等三宗。清結以後,除第一案人犯的轉生跟見於《三國志平話》引端中的情況一樣之外,又打發了丁公投胎為周瑜,項羽投胎為關羽,王翳等六人投胎為曹操部下守五關的六將,叫他們俱被關羽殺掉。這也未嘗不可以作為《三國志平話》緣起的補充材料。

虞氏本《三國志平話》共分三卷,第一卷從"話分兩說,今漢靈帝即位,當年銅鐵皆鳴"起到白門樓呂布喪命,劉備不為曹操所用,說出了"他家本是中山后，肯坐曹公臣下臣"為止。第二卷從漢獻帝認劉備為皇叔，封以佐將軍豫州牧起，到東吳招親回返荊州，議取西川為止。第三卷從氣死周瑜，劉備佔有荊襄九郡起，到降孫皓三分歸一統，漢帝外孫劉淵北逃，後來終於俘虜了懷、憫二帝，重立漢朝，大赦天下為止。它的內容基本上雖和今本《三國志演義》相差不多，但有些人名、地名，特別是故事的情節便大不一樣。例如以糜夫人為梅夫人，皇甫嵩為皇甫松，張角為張覺，董承為董成，蔡邕為蔡雍，文醜為文醜；新野為辛冶，華容道為滑榮路，街亭為皆亭，耒陽為歷陽；左將軍為佐將軍，討虜將軍為托虜將軍等；多半是同音假借的簡體字。情節上的例子如孫學究得道；張飛怒殺定州太守分屍督郵，劉呂相爭翼德兩番求救曹營；弟兄失散，張飛古城自稱"無姓大王"；當陽、長版喝斷橋樑；滑榮路上曹操借了塵霧走脫；龐統煽動沿江四郡背叛劉備；孫夫人因阿斗被奪"羞慘投江而死"；諸葛亮皆亭遇娘娘，說是"臥龍升天，豈無大雨"，獻帝聽到司馬氏代魏，大笑而死；劉淵、劉聰得了晉室天下以後仍立廟奉祝漢高、昭烈和後主。都是稀奇古怪的事，而且文字上也拙劣異常。如孔明東吳求救巧激周郎一段：

卻說周郎每日與小喬作樂。今人告曰托虜今差一官人，將一船金珠緞匹，賜予太守。小喬甚喜。周瑜言："夫人不會其意。"諸葛、魯肅親自來請。須臾，諸葛至。問："何人也？"諸葛自言："南陽武蕩山臥龍岡元名諸葛亮。"周瑜大驚。問："軍師何意？"諸葛曰："曹操今有百萬雄兵，屯於夏口，欲吞吳、蜀。我主在困，故來求救。"周瑜不語。又見數個丫環侍女，簇小喬遇屏風而立。小喬言："諸葛，你主公陷於夏口，無計可救，遠赴豫章，請周郎為元帥。"卻說諸葛身長九尺二寸，年始三旬，鬢如烏鴉，指甲三寸，美若良夫。周瑜待諸葛酒畢,左右進根橘,托一金甌,請諸葛推衣起,用左手捧一根,右手拾其刀。魯肅曰:"武侯失尊重之禮。"周瑜笑曰:"我聞諸葛出身低微,元是莊農,不慣。"遂每分其根為三段。孔明將一段分作三片,一片大,一片次之,一片又次之,於銀臺內。周瑜問:"軍師何意?"諸葛說:"大者是曹相,次者是孫托虜,又次者是我主孤窮劉備也。曹操兵勢若山,無人可當。孫仲謀微拒些小,奈何? 主公兵微將寡,吳地求救,元帥托患。"周瑜不語。孔明振威而唱曰:"今曹操動軍遠收江吳,非為皇叔之過也。爾須知曹操長安建銅雀宮,拘刷天下美色婦人。今曹相取江吳,虜喬公二女,豈不辱元帥清名?"周瑜推衣而起,喝:"夫人歸後堂。我為大丈夫,豈受人辱! 即見托虜為帥,當殺曹公。"

從這一段書裏就可以看出來稱謂不統一,不合理(如諸葛亮被周瑜叫做軍師,又為魯肅稱為武侯。而且就拿他的本名說也忽而諸葛忽而孔明,沒個一致的辦法),有的詞句晦澀無法索解(如"孫仲謀微拒些小","元帥托患","拘刷天下美色婦人"等),和上下文氣不能聯貫之處(如小喬言"請周郎為元帥"下忽接入孔明面貌的敘述)。不過,這些缺點倒足以說明了它確是納入民間傳說,接近人民口語的原始的素樸之作。至於人物方面則張飛在這裏是一位最有生氣最惹人愛的角色,因為作者把他寫成了純真可喜的粗人,能夠為一切不合理的現象展開鬥爭的壯士,此外便是諸葛亮算無遺策、奇計迭成的神機形象;相形之下,那關羽反是黯然無光的了。又曹操這時也還不曾被特別的憎惡。

逮及此書發展成為《三國志演義》,就真個是與以前不同,另有可觀了。

《三國志演義》作者之為羅貫中卻是自明以來就毫無異詞的，不過羅氏究係自撰還是別有師承（如就《三國志平話》加以刪補之類）我們已經無法指出。現在能夠知道的只是曾見於金華蔣大器（庸愚子）嘉靖本《三國志通俗演義》序文中的情況，大器說：

> 語云："質勝文則野，文勝質則史。"此則史家秉筆之法。其於眾人觀之，亦嘗病焉。故往往舍而不之顧者，由其不通乎眾人。而歷代之事，愈久愈失其傳。前代嘗以野史作為評話，令瞽者演說。其間言辭鄙謬，又失之於野，士君子多厭之。若東原羅貫中，以平陽陳壽傳，考諸國史，自漢靈帝中平元年，終於晉太康元年之事，留心損益，目之曰《三國志通俗演義》。文不甚深，言不甚俗，事紀其實，亦庶幾乎史。蓋欲誦讀者人人得而知之，若詩所謂里巷歌謠之謂也。

好啦，從蔣大器的話裏，我們起碼可以推知羅貫中的演義本，是由評話（也就是"野史"）轉為歷史的，是取材於陳壽的《三國志》的（看嘉靖本的標題"晉平陽侯陳壽史傳，明羅本貫中編次"亦可論定），是加工到了已足為士君子所讀誦的程度的。因此，魯迅先生也說它是："排比陳壽《三國志》及裴松之注，間采稗史，且又雜以臆說作之；論斷仍取陳、裴及習鑿齒、孫盛語，引詩則多為胡曾與周靜軒。"（《中國小說史略》第十五編《明之講文》）再換幾句話說，就是這部書已經成功為此附史實雅俗共賞的歷史演義小說了，羅氏之功實在不能夠不大書特書。

按今本的《三國演義》，果是以描寫東漢王朝分裂成魏、蜀、吳三國最後又重告統一為題材的歷史小說。它的時代是從漢靈帝劉宏中平元年（公元一八四年）開始到晉武帝司馬炎太康元年（公元二八零年）

結束,前後共計九十六年。全書分為一百二十回,二百四十卷(因為每回都有上下兩節的關係)——第一回為《宴桃園豪俠三結義》(嘉靖本為《祭天地桃園三結義》)。第一百二十回為《降孫皓三分歸一統》(嘉靖本為《王浚計取石頭城》)。書中的前八十回是敘述東漢王朝崩潰,地方武力混戰直到三國分立的,這是小說的主要部分。後四十回是描寫魏、蜀、吳的矛盾對立,因而越來越走向了司馬西晉統一的局面,已是小說的結尾部分了。它既是一部歷史小說,就不能不取材於記述三國史事的著作;同理,既成為小說,便又不能不有增飾加工、附會臆說的地方,這是我們應該首先搞清楚的。

說到這裏,《三國志演義》的主要問題,也就是它的中心思想所在,該當提出來了。

按過去批判此書的人,多因為它是敘述"興劉滅曹"的歷史故事的,給戴上了一頂擁護"正統思想"的大帽子,這種說法自然也不能夠算錯。本來麼,"正統思想"是封建主義歷史觀的一部分。生長在封建社會的歷史小說作家,不去竭力地表現它反而是稀奇的事。何況具體到三國來講,在它們還未成形以前,名義上還是漢家的天下,但最要緊的是"正統思想"有時還結合著"民族思想"出現的,這樣的情況往往發生在人民慘遭外來侵略者統治的時候。即如從北宋到明初的三百多年當中(也就是《三國》從故事[評話戲曲]發展到演義的時期),正是漢民族連續遭受契丹、女真特別是蒙古人侵略和統治的時代。漢族人民在種族歧視、政治迫害、經濟剝削的痛苦生活中,企圖起而自救,有了還我河山,復興中朝的願望,原也極其自然的。武備不足,且做文字宣傳,那末,如果把劉備所代表的的漢家政權作為漢族政權的象徵,於是大聲疾呼地說"漢賊不兩立,王業不偏安",不是很正當的民族情感麼?譬如趙宋南渡以後,大詩人陸游《得建業倅鄭覺民書言虜亂,自淮以北民苦徵調,皆望王師之至》詩一開頭便有"邦命中興漢,天心大討曹"的句子,不是已經用漢家比南宋,以曹操擬女真了麼?蒙古征服了中國,人民的戲曲作家,也有許多使用三國故事做題材來體現了"人心思漢"的思想的。最顯著的例子如見於關漢卿所作《關大王單刀會》雜劇中關羽在魯肅向他索還荊州時的唱詞:"想著俺漢高皇王圖霸業,漢光武秉正除邪,漢獻帝將董卓誅,漢皇叔把溫侯滅,俺哥哥合承受漢家基業,則你東吳國的孫權,和俺劉家卻是甚枝葉?"言外之意,不又是在高抬漢家,鄙視異姓(族)麼?何況那三國故事的本身就是興漢滅賊的,不也可以渲染成為有著愛國主義思想的小說麼?所以我們的結論才是:《三國志演義》的"正統思想",可以認為是和對抗外來侵略者的愛國主義思想有關的。而最重要的是它的歌頌有義氣的英雄,讚美忠信愛人的明主賢相和將軍們,反對奸惡殘暴的當權者,所以作者才根據著廣大人民的願望,反映了帝蜀貶魏擁劉反曹的愛恨分明是非昭然的理想。這不止是此書人民性的所在,也正是它的中心思想。

這話也不能空說一陣就算,讓我們再從作者賦予書中的人民性和主要人物身上的團結、戰鬥、愛人民的精神去切實地檢查一下。先談談關於愛護人民的,如:

扶持王室,拯救黎民(第五回,曹操討董卓的檄文)。禍加至尊,虐流百姓(同上,袁紹盟詞)。

劫遷天子,流徙百姓(第六回,曹操追擊董卓時語)。

帝星不明,賊臣亂國。萬民塗炭,京城一空(同上,孫堅進駐洛陽後的話)。

誰想漢天下卻在汝手中耶!汝可憐漢天下生靈(第八回,王允對貂蟬語)。

今卓上欺天子,下虐生靈,罪惡貫盈,人神共憤(第九回,呂布教李儒誘董卓重來長安時的說法)。

這些話都是把人民和天子相提並論的,就剪除董卓(羌種)的這一正義行為上說,不應該以統治者要取人民擁護的普通政治辭令來看待它們;因為那董卓是如此的殘暴——殺掠社賽(趕廟會的)之民:

> 嘗引軍出城,行到陽城地方,時當二月,村民社賽,男女皆集。卓命軍士圍住盡皆殺之,掠婦女財物,裝載車上,懸頭千餘顆於車下,連軫還都,揚言殺賊大勝而回;於城門下焚燒人頭,以婦女財物分散眾軍。(第四回)

明明自己是賊,倒說人民是賊,這不只是賊喊捉賊,而竟是殘賊百姓了。卓又洗劫洛陽:

> 卓即差鐵騎五千,遍行捉拏洛陽富戶,共數千家,插旗頭上,大書"反賊逆黨",盡斬於城外,取其金貲。李傕、郭氾盡驅洛陽之民數百萬口,前赴長安。每百姓一對,同軍一隊,互相拖押,死於溝壑者,不可勝數。又縱軍士淫人妻女,奪人糧食,啼哭之聲,震動天地。如有行得遲者,背後三千軍催督,軍士手執白刃,於路殺人。(第六回)

看看這種強盜行為不是國賊還是什麼? 再如他的慘殺降卒:

> 一日,卓出橫門,百官皆送。卓留宴,適北地招安降卒數百人到。卓即命於座前,或斷其手足,或鑿其眼睛,或割其舌,或以大鍋煮之。哀嚎之聲震天,百官戰慄失筯,卓飲食談笑自若。(第八回)

似此滅絕人性的暴賊，若不及早除去，人民怎麼受得了。所以才說王允等設計誅之乃是正義的行為。這從卓屍被號令通衢以後，"看屍軍士以火置其臍中為燈，膏油滿地。百姓過者，莫不手操其頭，足踐其屍"（第九回）的情況；和李傕、郭汜遷葬卓屍（事實上已經只剩了一些"零碎皮骨"）時，"天降大雷雨，平地水深數尺，霹靂震開其棺，屍首提出棺外。李傕候晴再葬，是夜又復如是。三次改葬，皆不能葬，零皮碎骨，悉為雷火所滅"（第十回）的描敘，都可以看出來人民對"吾為天下計，豈惜小民哉"（第六回）的豺狼是如何的深惡痛絕，也就是作者"天之怒卓，可謂甚矣"（第十回）的結論，在怎樣的給統治者以當頭棒喝了。反之，作者對於"愛民如子"的人，則是一意表揚的，如徐州刺史陶謙在曹操包圍了城池要報"殺父之仇"的時候說：

> 曹兵勢力難敵，吾當自縛往曹營，任其剖割，以救徐州一郡百姓之命。（第十回）。

糜竺卻勸他說，"府君久鎮徐州，人民感恩"（同上），不可造次行事。孫策初定江東的時候也是：

> 初聞孫郎兵至，皆喪膽而走。及策軍到，並不許一人擄掠。雞犬不驚，人民皆悅，齎牛酒到寨勞軍。策以金帛答之，懽聲遍野。（第十五回）

原也難怪，在封建社會中老百姓只希望有個好朝廷，多用一些好官吏，教他們能夠安居樂業便滿足了，所以比較開明的統治者多一半是會受到人民的歡迎的，特別是劉備真可以說是到處"得民"了，如：

　　尋小路投許都。途次絕糧,嘗往村中,求食。但到處,聞劉豫州,皆爭進飲食。(第十九回敗於呂布後)

　　路過徐州,百姓焚香遮道,請留劉使君為牧。操曰:"劉使君功大,且待面君封爵,回來未遲。"百姓叩謝。(第二十回隨操斬呂布後)

但還是只是一般的載記,至於突出的描寫,恐怕要算見於《劉玄德攜民渡江》一回中的文字了:

　　孔明曰:"可速棄樊城,取襄陽暫歇。"玄德曰:"奈百姓相隨已久,安忍棄之?"孔明曰:"可令人遍告百姓:有願隨者同去,不願者留下。"先使雲長往江岸整頓船隻,令孫乾、簡雍在城中聲揚曰:"今曹兵將至,孤城不可久守,百姓願隨者便同渡江。"兩縣之民,齊聲大呼曰:"我等雖死,亦願隨使君!"即日號泣而行。扶老攜幼,將男帶女,滾滾渡河,兩岸哭聲不絕。玄德於船上望見,大慟曰:"為吾一人而使百姓遭此大難,吾何生哉!"欲投江而死,左右急救止。聞者莫不痛哭。船到南岸,回顧百姓,有未渡者,望南而哭。玄德急令雲長催船渡之,方才上馬。

　　卻說玄德同行軍民十餘萬,大小車數千輛,挑擔背負者不計其數。路過劉表之墓,玄德率眾將拜於墓前,哭告曰:"辱弟備無德無才,負兄寄托之重,罪在備一身,與百姓無干。望兄英靈,垂救荊、襄之民!"言甚悲切,軍民無不下淚。忽哨馬報說:"曹操大軍已屯樊城,使人收拾船筏,即日渡江趕來也。"眾將皆曰:"江陵要地,足可據守。今擁民眾數萬,日行

十餘里,似此幾日得至江陵? 倘曹兵到,如何迎敵? 不如暫
棄百姓先行為上。"玄德泣曰:"舉大事者必以人為本。今人
歸我,奈何棄之?"百姓聞玄德此言,莫不傷感。(第四十一
回)

前面董卓說:"吾為天下計,豈惜小民哉?"這裏劉備說:"舉大事
者必以人為本。今人歸我,奈何棄之?"不是作者把害民、愛民的言行
作了一個鮮明的對比麼? 董卓不必再談了,看起"我等雖死亦願隨使
君"的人心向背來,曹操不已經是董卓的接續者了麼? 還有,如果只是
國內統治階級矛盾的戰爭,那百姓又何至於"扶老攜幼,將男帶女,滾
滾渡河"? 這裏面便有文章了,何況魏延此時竟公開地指斥荊州降將
蔡瑁、張允為"賣國之賊"! 操雖為漢賊,卻是托名漢相的,蔡瑁、張允
以城降曹無論如何也說不上是"賣國賊"的。所以我們認為這些地方
已是作者在開始把曹操當做異族侵略者來處理了。
　　既已提出來劉備,我們就搞清楚了他的身份。按劉備自己向漢獻
帝劉協說:

　　臣乃中山靖王之後。孝景皇帝閣下玄孫,劉雄之孫,劉
宏之子也。(第二十回)

劉協聽了細排譜牒的結果,原來劉備還是叔叔輩,於是拜爵為左
將軍宜城亭侯。自此,他便不只是漢室宗親(孔融語,見十一回),而且
是堂堂的皇叔了。再看人民對於這位皇叔的看法如何,我們認為徐母
和曹操的一段對話最足以為代表。曹操教徐母寫信給徐庶時:

　　徐母曰:"劉備何如人也?"操曰:"沛軍小輩,妄稱'皇

叔’,全無信義,所謂外君子而內小人者也。"徐母厲聲曰：
"汝何虛誑之甚也！吾久聞玄德乃中山靖王之後,孝景帝閣
下玄孫,屈身下士,恭己待人,仁聲素著。世之黃童、白叟、牧
子、樵夫皆知其名,真當世之英雄也。吾兒輔之,得其主矣。
汝雖托名漢相,實為漢賊,乃反以玄德為逆臣,欲使吾兒背明
投暗,豈不自恥乎！"(第三十六回)

她說完了話,不但不動筆寫信,反而舉起石硯直打曹操。因之,在
這裏面,我們不只知道了人民耳目中的劉備,同時也知道曹操臭名遠
揚的情況了。至於戰鬥的徐母形象的可愛,自然更不待說。

對於劉備這一人物,作者還有一個契合人民性的處理手法,那就
是為了對立國賊,儘管給他安排了一個皇叔的地位,可是為了他的能
夠接近人民熟悉人民的生活,又強調了他是出身於寒素的家庭
的。如：

家貧,販屨織蓆為業。(第一回,本傳)
汝乃織蓆編屨之夫。(第十四回,袁術罵備)
織蓆編履小輩,安敢輕我！(第二十一回,同上)

不只是在"四世三公"的袁術眼睛裏這個出身寒微的劉備卑不足
道,就是袁術手下的將官紀靈,也會罵一聲"劉備村夫"(十四回),本
來佩服劉備是英雄的曹操在翻了臉以後,也大罵其"賣履小兒"(七十
二回),連非常看得起劉備的公孫瓚向虎牢關前各鎮諸侯介紹劉備的
時候,也不能不只說一句"平原人劉備是也"(第五回)。而劉備又真
是一個"吾少也賤,故多能鄙事"的人物,如：

玄德也防曹操謀害,就下處後園種菜,親自澆灌,以為韜晦之計。(第二十一回)

有人送犛牛尾至,玄德取尾親自結帽。(第三十九回)

這都說明了這位人民的英雄是來自民間並且還有著豐富的勞動經驗的,種菜、編手工什麽都搞得。總之,作者之意是要塑造出來一個大丈夫不怕出身低,賣草鞋的劉備才能是領導人民對抗漢賊的英雄形象,所以又借陸績、孔明的對話重明確了這一點。陸績說:"劉豫州雖云中山靖王苗裔,卻無可稽考,眼見只是織蓆販屨之夫耳!"孔明非笑他說:"劉豫州堂堂帝冑,當今皇帝,按譜賜爵,何云無可稽考?且高祖起身亭長,而終有天下;織蓆販屨,又何足為辱乎?"(第四十三回)

不過,談到這裏我們趕緊就應該補充一項重要的材料,那就是,劉備之所以成為"人民的領袖",不是鬧個人英雄鬧出來的,換句話說,他乃是通過眾所周知的集體主義的奮鬥才得實現的。再具體些講是他只是一個為人民所擁護的、正義的、戰鬥的、團結的、有組織有紀律的政治集團的領導者。如果一定要給這個集團起個名字,勉強也可以叫它做"桃園集團"。

要問"桃園集團"的成員,馬上會有人不假思索地說:劉備、關羽、張飛唄!書中第一回便交代明白了麽——《宴桃園豪俠三結義》。但是,我們不只想這樣劃小了圈子。因為看作者安排在小說裏的東西,強大的桃園力量沒有諸葛亮和趙雲是表現不出來的。也正如今日整齣的三國京劇一樣,少了軍師(孔明)和四將軍(趙雲)絕唱不成功。雖然劉、關、張是它的基本隊伍。這個道理很多,讓我們慢慢兒地陳述在下面。

為什麽說桃園集團是為人民所擁護的、正義的、戰鬥的、團結的政治集團呢?這首先從他們的誓言裏就可以看得出來:

念劉備、關羽、張飛，雖然異姓，既結為兄弟，則同心協力，救困扶危，上報國家，下安黎庶；不求同年同月同日生，但願同年同月同日死。皇天后土，實鑒此心，背人忘恩，天人共戮。（第一回）

試問，"同心協力，救困扶危，上報國家，下安黎庶"，還不是桃園的政治綱領麼？再從這個綱領的本質上看，有誰能說它不是為人民所擁護的正義的集團呢？但這個政治目的的實現卻是以"不求同年同月同日生，但願同年同月同日死"的異姓兄弟作為基礎的，所以我們又不能不說它是團結的戰鬥的了（後世效顰的單純為小集團謀利益的"金蘭之好"一類的結盟，實在不配和這個相比）。

劉備的出身，前面已經說過。關羽是一個因為殺了仗勢欺人的土豪，在本地不得安身這才逃難江湖的亡命徒，他與劉備自然容易接近了。就是張飛，雖然"頗有莊田"，但也只是"賣酒屠豬"的小生產者，何況他又是一個"專好結交天下豪傑"的英雄呢！（並見第一回）所以以階級出身上看，三人的結拜原是極其自然的事。

這三位弟兄自結拜以後在生活上是"食則同桌，寢則同牀"，如劉備"在稠人廣座，關張侍立終日不倦"（見第二回）不必說了，最難得的是他們果然為了共同的政治目的協力奮鬥到底。先說劉備：

卻說玄德在袁紹處，旦夕煩惱。紹曰："玄德何故常憂？"玄德曰："二弟不知音耗，妻小陷於曹賊；上不能報國，下不能保家，安得不憂？"（第二十五回）

這是劉備在徐州失散暫投袁紹時的煩惱情況，看他先提二弟，後

提妻小,先談報國後談保家,那態度還是照舊地不變的。再如他聽說
關羽為孫權所害以後的悲憤:

> 玄德曰:"孤與關、張二弟桃園結義時,誓同生死。今雲
> 長已亡,孤豈能獨享富貴乎?"言未畢,只見關興號慟而來。
> 玄德見了,大叫一聲,又哭絕於地,眾官救醒。一日哭絕三五
> 次,三日水漿不進,只是痛哭;淚濕衣襟,斑斑成血。(第七十
> 八回)

關羽之死,雖緣於個人英雄剛愎自用,但就捨身為國和業已降賊
的孫權做最後的戰鬥上說,卻是雖敗猶榮的。因此,劉備之哭,以及後
此的復仇之戰,便不應該解釋為出於私情的了。劉備對張飛的態度也
是一樣,在張飛失了徐州羞見劉備想要拔劍自刎的時候,劉備慌忙抱
住張飛說:

> 吾三人桃園結義,不求同生,但願同死。今雖失了城池
> 家小,安忍教兄弟中道而亡?(第十五回)

劉備不忍教張飛中道而亡,自然還包有討賊的大事業尚待完成的
意思;直到後來張飛死於范疆、張達的暗殺,劉備決心興兵伐吳也是至
死方休的做法,都告訴我們桃園弟兄真是同生共死啦!沒有聽見劉備
的話麼?"二弟俱亡,朕安忍獨生!"就是這一種履約踐誓的精神,也足
夠兄弟鬩牆之輩慚愧多少年了。書中所說的袁氏骨肉之變:袁紹和袁
術,袁譚和袁尚間的兩代弟兄不和。劉氏兄弟之爭:劉表子劉琮、劉琦
關於荊州繼承權的紛擾,都指出了這是死路一條,同時也未嘗不是拿
來反襯三個異姓兄弟的團結的偉大的。我們再從關(羽)張(飛)的行

為上看：關羽屯土山向張遼所提出的投降的三條件是：

> 一者，吾與皇叔設誓，共扶漢室，吾今只降漢帝，不降曹操；二者，二嫂處請給皇叔俸祿養瞻，一應上下人等，皆不許到門；三者，但知劉皇叔去向，不管千里萬里，便當辭去；三者缺一，斷不肯降。（第二十五回）

處危難中行權宜之計時還是這般歸漢不肯降曹的大義凜然，我們便不當認為它只是關羽個人的行為出色了。但這種曲綫的政治姿態是不大容易被人瞭解的。以劉備的英明仁厚，在關羽斬了顏良、文醜以後都不能不寫了這樣的信：

> 備與足下，自桃園締盟，誓以同死；今何中道相違，割恩斷義？君必欲取功名，圖富貴，願獻備首級以成全功！書不盡言，死待來命！（第二十六回）

其實也怪劉備不得，弟兄兩人偏偏分寄在交戰的袁曹雙方，關羽殺了紹將自然會使劉備處境危殆。且看關羽如何表示吧——關羽看了劉備來信痛哭著說："某非不欲尋兄，奈不知所在也。安肯圖富貴而背舊盟乎？"（同上）遂寫書答云：

> 竊聞義不負心，忠不顧死。羽自幼讀書，粗知禮義，觀羊角哀、左伯桃之事，未嘗不三歎而流涕也。前守下邳，內無積粟，外無援兵，欲即效死，奈有二嫂之重，未敢斷首捐軀，致負所托。故而暫且羈身，冀圖後會。近至今日，方知兄信，即當面辭曹操，奉二嫂歸。羽但懷異心，神人共戮，披肝瀝膽，筆

楮難窮。瞻拜有期，伏帷照鑒。（同上）

接著關羽真就掛印封金過關斬將地趕向河北來會劉備，造成了忠義無雙的英雄佳話。不過，還是那句老話，關羽之於劉備，可不只是溫情主義的無原則的服從。譬如他對國土的態度，當諸葛瑾拿著劉備的書信來收取荊州三郡的時候，關羽說：

> 吾與吾兄桃園結義，誓共匡扶漢室。荊州本大漢疆土，豈得妄以尺寸與人？“將在外，君命有所不受”。雖吾兄有書來，我卻只不還。（第六十六回）

這種私不廢公保衛漢家河山的態度不更嚴正了嗎？直到孫權降曹，兩面夾攻荊州，使著關羽敗走麥城以後，他那不妥協不屈辱的精神也沒有半點兒變更，如諸葛瑾來勸他歸順東吳時，他說：

> 吾乃解良一武夫，蒙吾主以手足相待，安肯背義投敵國乎？城若破，有死而已。玉可碎而不可改其白，竹可焚而不可毀其節。身雖殞，名可垂於竹帛也。（第七十六回）

有人說，關羽昔日尚可以投曹操為什麼今天就不能夠降孫權？殊不知彼一時此一時也，彼時弟兄失散，劉備下落不明，二嫂歸他保護，張遼的話又說的入情入理（就以踐盟桃園、匡扶漢室的話來打動他），所以他便只得從權辦理。此時則劉備以立業西川，自己又守土有責，諸葛瑾卻勸他屈膝敵國，這事如何作得？為了貫徹桃園誓言。自然是“玉碎”方顯本色的。

張飛雖是一個“粗人”，但對於信守桃園大義上卻是乾脆徹底直截了當的。例如關、張相會古城的一幕：

> 當日孫乾領關公命，入城見飛。施禮畢，具言："玄德離了袁紹處，投汝南去了。今雲長直從許都送二位夫人至此，請將軍出迎。"張飛聽罷，更不回言，隨即披掛持矛上馬，引一千餘人，徑出北門。孫乾驚訝，又不敢問，只得隨出城來。關公望見張飛到來，喜不自勝，付刀與周倉接了，拍馬來迎。只見張飛圓睜環眼，倒豎虎須，吼聲如雷，揮矛向關公便搠。關公大驚，連忙閃過，便叫："賢弟何故如此？豈忘了桃園結義耶？"飛喝曰："你既無義，有何面目來與我相見！"關公曰："我如何無義？"飛曰："你背了兄長，降了曹操，封侯賜爵，今又來賺我！我今與你拼個死活！"關公曰："你原來不知，我也難說。現放著二位嫂嫂在此，賢弟請自問。"二夫人聽得，揭簾而呼曰："三叔何故如此！"飛曰："嫂嫂住著。且看我殺了負義的人，然後請嫂嫂入城。"甘夫人曰："二叔因不知你等下落，故暫棲身曹氏。今知你哥哥在汝南，特不避險阻，送我們到此，三叔休錯見了。"糜夫人曰："二叔向在許都，原出於無奈。"飛曰："嫂嫂休要被他瞞過了！忠臣寧死而不辱，大丈夫豈有事二主之理！"關公曰："賢弟休屈了我。"孫乾曰："雲長特來尋將軍。"飛喝曰："如何你也胡說！他那裏有好心，必是來捉我！"（第二十八回）

從這段文章裏滿可以看出張飛是個直性漢子，不曉得什麼彎彎曲曲的政治手法，雖然有時他也會"粗中有細"地用些智謀（如長阪設疑兵，耒陽查龐統，西川釋嚴顏等）。何況關羽投曹連劉備都曾誤會過呢？更重要的是張飛也只認得桃園的義氣，未曾因為是"二哥"便將就下去了。所以一直等到關羽斬了蔡陽退了追兵他才涕泣相迎。

關羽被害東吳，張飛急於報仇的心情比劉備來得還厲害，如下面的載記：

> 飛至演武廳拜伏於地，抱先主足而哭。先主亦哭。飛曰：“陛下今日為君，早忘了桃園之誓！二兄之仇，如何不報？”先主曰：“多官諫阻，未敢輕舉。”飛曰：“他人豈知昔日之盟？若陛下不去，臣舍此軀與二兄報仇！若不能報時，臣寧死不見陛下也。”（第八十一回）

於是這位“張三爺”果然以死殉桃園了。作者為什麼要創造出來這樣生死不渝的團結形象呢？我們認為應該是借此攻擊蒙古王朝的“走馬換帝”的！他們兄弟相殘，從武帝哈尚到順帝托懽特莫爾，僅僅二十六個年頭就換了八個皇帝——骨肉之間猶然如此，還用說被征服的漢人？再不起來反抗如何得了。而對立之道，便是集體主義最為上策了。但是，具體到桃園弟兄來講，為什麼又要說只是劉、關、張三人還發揮不了最大的力量呢？這是因為從武功上看，沒有“長勝將軍”趙雲；從智謀上看，沒有“神機軍師”諸葛亮，桃園集團就不可能打下江山立下基業的。何況關、張、劉相繼謝世以後（也就是書中的八十六回以後），如果沒有這兩個人物屹立在蜀廷之中，根本就無法體現出來“漢賊不兩立，王業不偏安”的戰鬥精神！

先說趙雲，這位勇冠三軍深明大義的英雄，簡直可以看他作書中的勝利形象之一。他的汗馬功勞真是數不過來的，只對劉備父子便曾經三番兩次地完成了保護的任務——劉備敗徐州（三十一回）、逃白帝（八十四回）、劉禪在當陽（四十一回）、在長江上（六十一回）時，都是趙雲捨死忘生才把他們“搶救”出來的。而最難得的是他不只是個一

535

勇之夫,極知大體,如奉命取桂陽不肯和城守趙範的寡嫂結婚。勝利後,諸葛亮又加以撮合,他說:

> 趙範既與某結為兄弟,今若娶其嫂,惹人唾罵,一也;其婦再嫁,便失大節,二也;趙範初降,其心難測,三也。主公新定江漢,枕席未安,雲安敢以一婦人而廢主公之大事?

這實在是尊重對方人格又表現了公而忘私的大丈夫行為,不得只庸俗地看做是對於封建道德之信守。再如劉備初定益州,便欲將成都有名田宅分賜諸官,趙雲諫曰:

> 益州人民,屢遭兵火,田宅皆空;今當歸還百姓,令安居復業,民心方服;不宜奪之為私賞也。(第六十五回)

軍事勝利以後,首先看到的是人民的疾苦,這哪裏是一般武將的見識? 同時,從這些地方也可以意識到桃園集團的"民本主義"是無乎不在的了。再如劉備決議興兵伐吳為關羽復仇時,也是趙雲敢於正而諫阻:

> 卻說先主起兵東征,趙雲諫曰:"國賊乃曹操,非孫權也。今曹丕篡漢,神人共怒。陛下可早圖漢中,屯兵渭河上流,以討凶逆,則關東義士,必裹糧策馬以迎王師;若舍魏以伐吳,兵勢一交,豈能驟解? 願陛下察之。"先主曰:"孫權害了朕弟,又兼傅士仁、糜芳、潘璋、馬忠皆有切齒之仇,啖其肉而滅其族,方雪朕恨。卿何阻耶?"雲曰:"漢賊之仇,公也;兄弟之仇,私也。願以天下為重。"(第八十一回)

按孫權雖已與魏聯合,但主要的敵人自然還是篡漢的曹丕。劉備此時卻一味地拒諫孤行,連趙雲、諸葛亮的意見都不採納(諸葛亮當時也有"遷漢鼎者,罪由曹操;移劉祚者,過非孫權。竊謂魏賊若除,則吳自賓服"的話)。並且把他兩人一個擱在後方(諸葛亮留守四川),一個命催糧草(趙雲作為後應),這樣違背集體三義的行為,安得不敗!

趙雲應該作為桃園集團的核心人物,從劉備,關羽的口中,也可以找出證據來。劉備說:"子龍是我故友。"(第四十一回)關羽說:"子龍久隨吾兄,即吾弟也。"(第七十三回)即是。還有,當時的人更多此類說法,如拿他和關、張並稱的:

　　關、張、趙雲,皆萬人敵,惜無善用之人。(第三十五回司馬徽的話)

以趙雲和劉、關、張、諸葛並稱的:

　　我聞劉玄德乃大漢皇叔,更兼孔明多謀,關、張極勇。今領兵來的趙子龍,在當陽長阪百萬軍中,如入無人之境。我桂陽能有多少人馬? 不可迎敵,只可投降。(第三十二回桂陽太守趙範語)

趙雲和關、張一樣都是威名震於三國的不必多說了。必須注意的是趙範的說法,恰可以作為桃園核心人物盡在此中的有力佐證。因之,最後應該交代一下諸葛亮啦。

諸葛亮隱居南陽自比管樂,因受劉備三顧茅廬的邀請,這才隆中決定三分形勢。出山使著桃園據荊州,取四川,入漢中,從無到有,從孤窮到奄有一方地建立了討賊根據地。劉備死了,他又身負托孤之重。七擒孟獲,六出祁山,鞠躬盡瘁地為討漢賊付出了畢生的精力。總之,的確像我們在前面所說的,通過諸葛亮這一典型的軍師形象,作者不但完成了桃園集團的核心組織,而且也卓越地塑造成功一位極罕見的愛國戰士,現在先看諸葛亮在桃園集團中的地位:

> 玄德待孔明如師,食則同桌,寢則同榻,終日共論天下大事。(第三十八回)

> 卻說玄德自得孔明,以師禮待之。關、張二人不悅,曰:"孔明年幼,有甚才學?兄長待之太過!又未見他真實效驗!"玄德曰:"吾得孔明,猶魚之得水也。兩弟勿復多言。"關張見說,不言而退。(第三十九回)

這是說諸葛亮一參加桃園集團便是一位"參謀長"的樣子。只是關、張還有些不服,直到博望坡用兵以後問題才得解決。經過的情況是:

> 忽報曹操差夏侯惇引兵十萬,殺奔新野來了。張飛聞知,謂雲長曰:"可著孔明前去迎敵便了。"正說之間,玄德召二人入,謂曰:"夏侯惇引兵到來,如何迎敵?"張飛曰:"哥哥何不使'水'去?"玄德曰:"智賴孔明,勇須二弟,何可推調?"關、張出,玄德請孔明商議。孔明說:"但恐關、張二人,不肯聽吾號令。主公若欲亮行兵,乞假劍印。"玄德便以劍印付孔明,孔明遂聚集眾將聽令。張飛謂雲長曰:"且聽令去,看他如何調度。"(同上)

諸葛亮分派軍事已畢：

> 雲長曰：“我等皆出迎敵，未審軍師卻作何事？”孔明曰：“我只坐守縣城。”張飛大笑曰：“我們都去廝殺，你卻在家坐地，好自在！”孔明曰：“劍印在此，違令者斬！”玄德曰：“豈不聞‘運籌帷幄之中，決勝千里之外’？二弟不可違令。”張飛冷笑而去。雲長曰：“我們且看他的計應也不應，那【後缺原件第 56 頁】

前人往往說，這是劉備恐怕諸葛亮靠不住，所以要他的“口供”。我們卻不是這樣的看法，因為劉備是以不得滅曹賊扶漢室為恨的，而諸葛亮之才十倍曹丕和劉禪的不成器又都是事實，於是老老實實地交待一下便是很有必要的了。不然的話，從古以來封建王朝的“顧命”大臣在死者骨肉未寒的時候就為非作歹的多了，為什麼單單諸葛亮能夠鞠躬盡瘁呢？如《出師表》云：

> 先帝慮漢賊不兩立，王業不偏安，故托臣以討賊也。以先帝之明，量臣之才，故知臣伐賊，才弱敵強也。然不伐賊，王業亦亡。惟坐而待亡，孰與伐之？故托臣而弗疑也。

繼續對敵鬥爭不顧成敗利鈍，這才是劉備托孤、諸葛亮接受顧命的大義所在，也就是桃園集團貫徹到底的戰爭精神。如果只用普通的封建道德來衡量它，那便歪曲了作者的用心了，如諸葛亮將終時的言行：

　　孔明強支病體,令左右扶上小車,出寨遍觀各營。自覺
秋風吹面,徹骨生寒,乃長歎曰:"再不能臨陣討賊矣! 悠悠
蒼天,曷其有極!"(第一百四回)

　　像這種"出師未捷身先死,長使英雄淚滿襟"的情調,教誰看到不
要為之痛哭、流涕、長太息呢? 他如此的潔身自好,死之曰:"不使內有
餘帛,外有餘財。"並勸劉禪要"約己愛民,布仁恩於宇下"(同上)等,
都是他始終熱愛祖國至死不忘人民的高貴的表現。(諸葛亮死後,他
的學生姜維又接著"九伐"中原,他的兒、孫諸葛瞻和諸葛尚也都戰死
綿竹,成為一門忠烈。)

　　桃園這個為人民所擁護的、正義的、戰鬥的、勝利的、有組織有紀
律的政治集團,便這樣通過劉備的仁德、關羽的義烈、張飛的雄武、趙
雲的忠勇,尤其是諸葛亮的奇謀,最完美地被形成了。但還需要強調
一句的是,他們發揮力量的主要條件是集體主義的精神。不然的話,
為什麼劉備在未得諸葛亮以前只能夠寄人籬下? 諸葛亮不碰到劉備
也不過是高臥隆中? 次而至於關羽走麥城是因為不聽諸葛亮"北拒曹
操,東和孫權"(第六十三回)的指示;張飛被暗殺是原於不注意劉備
"鞭撻健兒而復令在左右"(第八十一回)的勸告。就是趙雲,跟了公
孫瓚那樣久也幹不出來顯赫之功呢? 所以說"桃園兄弟"(我們非常
欣賞京劇演員表演某些三國戲時所採用的這個稱謂)的戰無不勝、攻
無不取的局面,如據荊州、取西州、入漢中等,只有當他們協力同心團
結在一起的時候才會實現。而作者給我們創造成功的史無前例的集
體主義的典型,也就在這裏。再舉一個反證,看看敵人對於桃園的
態度:

　　　劉備以英雄之資,有關、張、趙雲之將,更兼諸葛用謀,必

非久屈人下者。愚意莫如軟困之於吳中，盛為築宮室，以喪
其心志，多送美色玩好，以娛其耳目。使分開關、張之情，隔
遠諸葛之契，各置一方，然後以兵擊之，大事可定矣。今若縱
之，恐蛟龍得雲雨，終非池中物也。（第五十五回）

這是周瑜在美人計落空以後向孫權提出來的又一企圖拆散桃園
的辦法。他之毒辣不必說了，而桃園成員被敵人重視的情況也可概
見。（曹操雖然疾視劉備，也不能不稱之為“英雄”，為“人中之龍”。
對於關羽和趙雲則一個曾費盡氣力加以收買，一個也想在百萬軍中加
以“生致”。對於桃園，自然更是想要徹底消滅的。）

桃園的大敵也就是他們對立鬥爭的主要對象，是以曹操為首的反
動匪幫，乃是人所共知的事體。這是因為他們欺詐殘暴公開地和漢家
人民為敵。就拿曹操個人來說，他的人生態度是“寧教我負天下人，休
叫天下人負我”（第四回曹操殺呂伯奢全家以後對陳宮的話）。他的
政治態度是“苟天命在孤，孤為周文王矣”（第七十八回曹操對陳群勸
進時候的話）。因此，殺害董貴妃（第二十四回）、伏皇后、獻帝二子
（第六十六回）、五臣百官（第六十九回）和曾被親信的謀士如荀彧（第
六十一回）、崔琰（第六十八回）等一系列的狠毒行為便作成了他的國
賊形象，使著劉備、周瑜都對他下了“雖托名漢相，實為漢賊”（分見三
十一回，四十四回）的結論。劉備還針對他提出了自己的政治主張，劉
備說：

今與吾水火相敵者，曹操也。操以急，吾以寬；操以暴，
吾以仁；操以譎，吾以忠；每與曹相反，事乃可成。若以小利
而失信義於天下，吾不忍也。（第六十回）

同之,曹操這個"饕餮放橫,傷化虐民"(見第二十二回袁紹討操檄文中)的國賊,雖勢大兵強先統一了北方,但在人心向背的程度上卻遠遠地不能和劉備相比了。如曹操要發人馬下荊州時,孔融歎曰:"以至不仁伐至仁,安得不敗乎!"(第四十回)左慈在曹操做了魏王意得氣驕時說:"益州劉玄德乃帝室之冑,何不讓此位與之? 不然,貧道當飛劍取汝之頭也。"(第六十八回)都代表的是人民的看法。尤其是後來劉備進位漢中王表中指斥曹操為"侵擅國權,恣心極亂"和反復申言"寇賊不梟,國難未已"(第七十三回)的話,又可以令人聯想到有排除異族侵害中國的味道在內了。

至於孫權這個人物,則我們以為當他說"孤與老賊勢不兩立"(第四十四回),因而聯合劉備共拒曹操並在赤壁取得了輝煌的勝利的時候,自然要予以肯定的。可是等到他勾結曹操偷襲荊州甚且遞出降書順表說"臣孫權久知天命已歸王上,伏望早正大位,遣將剿滅劉備,掃平兩川,臣即率群下納土歸降矣"(第七十八回)的時候,那就必須否定他了。

對於三國人物的分析,我們就重點地作到這裏。另外還要明確的是,作者提供給我們的幾點必須警惕的事例,第一是驕敵者必敗,如:

①曹操赤壁橫槊賦詩時說:"劉備、諸葛亮,汝不料螻蟻之力,欲撼泰山,何其愚耶!"(第四十八回)

②關羽鎮守荊州常呼江東為群鼠(第六十六回),又不肯與江東吳和親,說:"吾虎女安肯嫁犬子耶!"(第七十三回)

③劉備戰猇亭時輕視陸遜為帥,說:"朕用兵老矣,豈反不如黃口孺子耶!"(第八十三回)

這就是說無論是敵是我，兵力小、兵力大、臨陣驕矜、狂罔自大者結果只有敗亡。第二是猜忌者必敗。如：

①周瑜從和諸葛亮接觸時起就一心一意地想算計他，結果是三番被氣之後喊著"既生瑜，何生亮"死去。（第五十七回）

②馬超興兵為父報仇，而不能團結父執韓遂，竟被曹操縱了反間，斬之斷臂，自己也敗回西涼。叫我們現在看到韓遂向馬超解釋的話："賢侄休疑，我無歹心。"（第五十九回）還覺得怪可憐見的。

這又是說狹隘褊急、猜忌成性的人，有時只害了自己，有時也連累別人壞了大事，不可不戒。第三是反覆者必敗，如呂布最是此類典型，受金誅殺丁原時說："吾堂堂丈夫，安肯為汝子乎？"（第三回）因貂蟬殺董卓時說："有詔討賊！"一戟直刺咽喉（第九回）。被擒白門樓時向曹操乞命說："布今已服矣，公為大將，布副之，天下不難定也。"（第十九回）這樣"饑則為用，飽則颺去"（第十六回）的"三姓家奴"（第五回）誰還敢用？

因此，我們知道反覆無常、朝三暮四之輩，也是作者深惡痛絕的。統上三者驕矜、猜忌、反復，就是從今天人民革命事業的要求上看，都還是必須徹底拔除的壞品質。而作者遠在三百年前便已經通過典型的人物事例提了出來，不能不說《三國》一書到處可以發現富有進步意義的東西。

其次，談談此書的藝術手法。首先是關於人物形象的。

《三國志演義》作者的最大成功，是他賦予了歷史人物以新的生命。幾個重要腳色如桃園弟兄、曹操、孫權等無不各有其聲音笑貌態

度作風,而且,那形象和性格又往往是配合得非常之貼切的,就舉劉、關、張為例:

劉備:生得身長八尺,兩耳垂肩,雙手過膝,目能自顧其耳,面如冠玉,唇若塗脂。人不甚好讀書,性寬和,寡言語,喜怒不形於色;素有大志,專好結交天下豪傑。(第一回)

關羽:身長九尺,髯長二尺;面如重棗,唇若塗脂;丹鳳眼,臥蠶眉;相貌堂堂,威風凜凜。手使青龍偃月刀(又名冷豔鋸),重八十二斤。(同上)

張飛:身長八尺,豹頭環眼,燕頷虎須。聲若巨雷,勢如奔馬。手使一杆丈八點鋼矛。(同上)

直到今天京劇班中桃園弟兄的臉譜和他們表現在舞臺上的性格,如劉備的溫和,關羽的靜肅,張飛的粗燥,還和這裏說的差不了多少。就中我們單舉快人快語的張飛為例:

欲殺董卓時:張飛大怒曰:"我等親赴血戰,救了這廝,他卻如此無禮。若不殺之,難消我氣!"(第一回)

怒鞭督郵時:飛大喝:"害民賊!認得我麼?"督郵未及開言,早被張飛揪住頭髮,扯出館驛,直到縣前馬樁上縛住;攀下柳條,去督郵兩腿上著力鞭打,一連打折柳條十數枝。(第二回)

三戰呂布時:傍邊一將,圓睜環眼,倒豎虎須,挺丈八蛇矛,飛馬大叫"三姓家奴休走,燕人張飛在此!"(第三回)

三顧茅廬時:張飛曰:"哥哥差矣。量此村夫,何足為大賢?今番不須哥哥去,他如不來,我只用一條麻繩縛將來!"

(第三十八回)

　　大鬧長阪時:張飛橫矛立馬於橋上,大叫:"子龍! 你如何反我哥哥?""若非簡雍先來報信,我今見你,怎肯干休也!"(第四十一回)

　　耒陽查龐統:飛乃入縣,正廳上坐定,教縣令來見。統衣冠不整,扶醉而出。飛怒曰:"吾兄以汝為人,令作縣宰,汝焉敢盡廢縣事!"(第五十七回)

　　截江奪鬥時:當下張飛提劍跳上吳船,周善見張飛上船,提刀來迎,被張飛手起一劍砍倒,提頭擲於孫夫人前。夫人大驚曰:"叔叔何故無禮?"張飛曰:"嫂嫂不以俺哥哥為重,私自歸家,這便無禮!"(第六十一回)

　　西蜀戰嚴顏:那嚴顏在城敵樓上,一箭射中張飛頭盔。飛指而恨曰:"吾拏住你這老匹夫,親自食你肉!"(第六十三回)

　　對戰馬超時:卻說張飛聞馬超攻關,大叫而入曰:"辭了哥哥,便去戰馬超也!"(第六十五回)

　　急報兄仇時:鞭畢范疆、張達,以手指之曰:"來日俱要完備! 若違了限,即殺汝二人示眾!"(第八十一回)

　　張飛急躁直爽的性格,從這些口語裏不是很清楚地可以看到麼? 因此我們又知道此書在使用文字上雖然不夠通俗,可是此類借著對話來說明人物刻劃之處卻都做得相當的好的。關於人物衣飾的也是一樣,如他說呂布的戎裝形象:

　　　　頭戴三尺束髮紫金冠,體掛西川紅錦百花袍,身披獸面吞頭連環鎧,腰繫勒甲玲瓏獅蠻帶。弓箭隨身,手持畫戟,坐下嘶風赤兔馬。果然是人中呂布,馬中赤兔!(第五回)

俗語說的好，"人是衣裳馬是鞍"。作者大概掌握了這種實際生活的經驗，就拿上面錄引的文字說吧，六十二個字中，倒有一半多是描寫衣飾的，呂布的形象也就跟著出來了。

還有，作者更善於重點地寫人寫事，除已分別摘引在前面的材料以外，如他通過禰衡所體現的敢於鬥爭國賊的書生形象：

> 操於省廳上大宴賓客，令鼓吏撾鼓。舊吏云："撾鼓必換新衣。"衡穿舊衣而入，遂擊鼓為《漁陽三撾》，音節殊妙，淵淵有金石聲。坐客聽之，莫不慷慨流涕。左右喝曰："何不更衣！"衡當面脫下舊破衣服，裸體而立，渾身盡露，坐客皆掩面。衡乃徐徐著褲，顏色不變。操叱曰："廟堂之上，何太無禮？"衡曰："欺君罔上乃謂無禮。吾露父母之形，以顯清白之體耳！"操曰："汝為清白，誰為污濁？"衡曰："汝不識賢愚，是眼濁也；不讀詩書，是口濁也；不納忠言，是耳濁也；不通古今，是身濁也；不容諸侯，是腹濁也；常懷篡逆，是心濁也！吾乃天下名士，用為鼓吏，是猶陽貨輕仲尼，臧倉毀孟子耳！欲成王霸之業，而如此輕人耶？"（第二十三回）

八妓、九儒、十丐，我們都知道書生在蒙古人的眼裏是沒有地位的，但在《三國志演義》中知識分子如荀彧、郭嘉、程昱、賈詡、魯肅、張昭、闞澤、陸遜、法正、蔣琬、費禕、孫乾等，卻紛紛地參贊魏、吳、蜀三方面的軍政大計，禰衡在這裏還正面和曹操展開了鬥爭。從這些地方也可以看出來此書的現實主義意義了。再如他對馬超的描寫：

> 操出馬於門旗下，看西涼之兵，人人勇健，個個英雄。又

見馬超生得面如傅粉,唇若抹硃,腰細膀寬,聲雄力猛;白袍銀鎧,手執長槍,立馬陣前;上首龐德,下首馬岱。操暗暗稱奇,自縱馬謂超曰:"汝乃漢朝名將子孫,何故背反耶?"超咬牙切齒,大罵:"操賊欺君罔上,罪不容誅! 害我父弟,不共戴天之仇! 吾當活捉,生啖汝肉!"說罷,挺槍直殺過來。(中略)馬超、龐德、馬岱引百餘騎,直入中軍來捉曹操。曹在亂軍中,只聽西涼軍大叫:"穿紅袍的是曹操!"操就馬上急脫下紅袍。又聽得大叫:"長髯者是曹操!"操驚慌,掣所佩刀斷其髯。軍中有人將曹操割髯之事,告知馬超,超遂令人叫:"短髯者是曹操!"操聞知,即扯旗角包頸而逃。曹操正走之間,背後一騎趕來,回頭視之,正是馬超。操大驚。左右將校見超趕來,各自逃命,只撇下曹操。超厲聲大叫曰:"曹操休走!"操驚得馬鞭墮地。看看趕上,馬超從後使槍搠來。操繞樹而走,超一槍搠在樹上,急拔下時,操已走遠。(第八十五回)

馬超本是西蜀五虎上將之一,但作者寫他的英勇卻用的是另一種筆法。入川以前殺得曹操割須棄袍,和張飛也打了個平手;歸蜀之後,只說是曾迫劉璋投降,受命久鎮西陲,戰陣一事反倒不見了。而且他之對立曹操是直接由於家仇的,這跟劉備等主要的是為了國難又自不同,雖然超父馬騰是死於謀誅曹操的。再看作者怎樣敘說曹操的兇殘:

且說華歆將伏后擁至外殿。帝望見后,乃下殿抱后而哭。歆曰:"魏公有命,可速行!"后哭謂帝曰:"不能復相活耶?"帝曰:"我命亦不知在何時也!"甲士擁后而去,帝搥胸大慟。見郗慮在側,帝曰:"郗公! 天下寧有是事耶!"哭倒在地。郤慮令左右扶帝入宮。華歆拏伏后見操。操罵曰:"吾以誠心待汝等,汝等反欲害我耶! 吾不殺汝,汝必殺我!"喝左右亂棒打死。隨即入宮,將伏后所生二子,皆鴆殺之。當晚將伏完、穆順等宗族二百餘口,皆斬於市。朝野之人,無不驚駭。(第六十六回)

在封建社會中,竟能把皇帝、皇后和他們的親屬這樣的虐殺著的應該算是一種什麼人物呢? 換句話說,能夠單純地解釋作是統治階級內部的矛盾嗎? 因為,劉協在《三國志演義》裏只是一個被損害的腳色呀! "昭陽殿裏夫妻別,不及民間婦與夫"的"可憐蟲"形象,不可以做代表! 同時,我們從引錄在前面的材料裏,也就知道作者對於國賊曹操是怎樣的深惡痛絕了。

自然這部書雖叫做《三國志演義》,但作者的重點,很清楚地是擺在桃園(蜀)一方面的,從下邊的統計字數裏也可以看得出來:

①一百二十回中倒有九十回是寫桃園的,有的佔了全回(這是多數),有的佔了半回。而且其餘的三十回中,提到桃園的地方也不少。

②書裏面的主要人物幾乎全在桃園之中(如劉、關、張、趙、諸葛和姜維),其餘的腳色除曹操是特定的國賊以外,連孫權、劉表、劉璋等都可以說是為了陪襯桃園才被描寫的。

③故事是從《宴桃園豪傑三結義》開始的,發展到了赤壁之戰還是出色地在說桃園,直到佔荊州、入西川、定漢中、猇亭之役、七擒孟獲、六出祁山、九伐中原,都是以桃園為主要的題材而夾敘別人的。姜維死後,只有一回《降孫皓三分歸一統》,全書便告結束。

因此我們可以說,作者真是繼承了司馬遷以來以人為綱、借事穿插的優良的史家傳統,並且更進一步地,提煉出來典型,結合了實際,而成為空前的歷史小說作家。——作者處理人物頗有辯證發展的眼光,如曹操雖為國賊,但在他討董卓、擒呂布、滅袁紹時卻基本上是被肯定的;孫權雖曾與劉備共破曹操,但在他勸進曹操接受曹丕九錫之封時卻是被視同國賊的。特別是劉備,在曹操許田射獵以前,他可以和操共破呂布;在孫權赤壁鏖兵時,他又與權同拒曹操;以至於徐州須三讓荊州是硬借四川便奪取漢中乃進襲等,都是因人因地因時制宜的卓越的手法,我們不可不知,不可不學。

只是,有人說,《三國志演義》的作者把當時反抗封建統治階級的黃巾軍變成了賊寇,又把關羽寫成了"神聖",諸葛亮寫成了"神仙",不但違背了現實主義人民性的原則而且演義的氣氛也太濃厚了,對於這些問題我們有著左列的不成熟的意見:

黃巾軍誠然是漢末起義的人民軍,但我們認為作者之所以提出他們來,主要是為了劉、關、張的出世的,沒有看到只用半回便輕輕地帶過了麼?而且我們也不應該只抓住作者這個缺點就把他體現在書中的東西,整個地予以否定,作者究竟是生活在三百年前封建社會裏的人哪。

在本書中,關羽是義烈的象徵,諸葛亮是智慧的象徵。作者牽於歷史事實,雖然不能不說關羽死於荊州,但卻一再強調他是死於奸計,死於夾攻,為國捐軀,雖敗猶榮;並且通過"顯聖"一類的神話,告訴讀者像他這樣的人物是會浩氣長存不死不朽的——關羽成為神聖雖然是明清以後的事,他的被人尊視為時已不在晚,這只要看元曲裏稱他為關大王,本書亦稱"公"稱"某"而不名(至多叫一聲"雲長")可知。

作者處理諸葛亮也使用的是同樣的手法。那就是說,按照史實,儘管他是無救於西蜀的偏安和危亡的。可是作者只願意把這種結局歸為天命,而非由於人謀之不臧。因為在諸葛亮出場以前,作者便借司馬徽口中"臥龍雖得其主,不得其時,惜哉"(第三十七回)的話來給他預作注腳了。所以此後作者便拼命地寫他算無遺策著著佔先,使人感到只要諸葛亮在場什麼都有辦法,不聽諸葛亮的話只有失敗,諸葛亮死了這書便沒有看頭了。因此種種,諸葛亮便成了智慧的代稱,《三國志演義》裏最可愛的人物之一。

至於《三國志演義》的結構我們在前面已經約略地談過,它是一部以人為綱有分有合的歷史小說,但是應該明確的是,它這人物是以桃園為主的。沒有看到開宗明義第一回,便是《宴桃園豪俠三結義》麼?它說"分""合"是在強調"分"的,沒有看到書一上場便說的是"天下大勢,分久必合,合久必分"麼?借歷史上的人物和故事號召團結漢人,分裂現有統治局面,如果仔細考究一下便會發覺作者"苦心孤詣"的所在了。還應該交代的,是此書在章回標目和段落起迄的口吻上基本都和《水滸》相似,因此,不再多說。(這也是為兩書同係早期章回小說的有力佐證。)

《三國志演義》的文字是不夠通俗的,這原因之一,恐怕是作者認為它是歷史小說,取材行文必須做到雅俗共賞的境地,才會博取廣大讀者的愛好,尤其是知識分子的讚揚,以收宣傳之功吧。雖然如此,我們卻一樣地覺得他的詞彙豐富,為人民所喜聞樂見,例如下面的句子:

①成語類的四言的

引狼入室	狡兔三窟	投鼠忌器	海枯石爛
隨波逐浪	赴湯蹈火	櫛風沐雨	癬疥之疾
心腹大患	病入膏肓	血氣方剛	協力共心
易如反掌	寬洪大量	頓開茅塞	並駕齊驅
足智多謀	尋章摘句	舞文弄墨	忘恩負義
弄巧成拙	不知時務	反覆無常	

八言的

事須三思免致後悔	區區微勞何足掛齒
吉凶相救患難相扶	金石之言當銘肺腑
人心不足得隴望蜀	青春作賦皓首窮經
三教九流諸子百家	至誠之道可以前知
兔死狐悲物傷其類	車載斗量不可勝數
青史傳名流芳百世	久仰大名如雷灌耳

②講兵法的

置之死地而後生	以逸待勞以主制客
出其不意攻其無備	攻心為上攻城為下
憑高視下勢如破竹	歸師勿掩窮寇莫追
減兵省將明罰思過	知己知彼百戰百勝
包原隰阻屯兵兵法之大忌	

③說戰場的

鼓角喧天火炮震地	火光沖天喊聲震地
旌旗蔽野戈戟如林	棋逢對手將遇良才
壯士臨陣不死帶傷	勢如飛馬疾似流星
人皆饑倒馬盡困乏	屍橫遍野血流成河
愁雲漠漠慘霧濛濛	天愁地慘月色無光

　　這些詞彙雖多文言,但卻簡單具體為人民使用已久。特別是關於兵法的,擺在這兒的固然是抽象原則的東西,可是我們不要忘記它們都可以從書中找出來實際的戰陣例證的。因之,也就被起義者們所熟

悉了。(明末農民革命軍領袖張獻忠等引用《三國》兵法行軍的材料已見上章《水滸》中,這裏不再多說。)

《三國志演義》一書,三百年來除了教育著廣大人民以外,它的影響甚且還波及到了愛國軍人、知識分子和滿清的統治階級。《郎潛紀聞》云:

> 明末李定國,初與孫可望並為賊。蜀人金公趾在軍中,為說《三國衍義》,每斥可望為董卓、曹操,而許定國以諸葛。定國大感曰:"孔明不敢望,關、張、伯約不敢不勉。"自是遂與可望左。及受桂王封爵,自誓努力報國,洗去賊名,百折不回,殉身緬海,為有明三百年忠臣之殿,則亦習耶書之效矣。

明末的李定國和孫可望先本都是起義軍人,不過可望比較殘暴,定國又能對抗外來的侵略者至死不屈,這便更應該受到歌誦了。不料他之愛國思想卻是啟發自《三國演義》的,可見此書流傳之廣力量之大。又《隨園詩話》云:

> 崔念陵進士,詩才極佳,惜有五古一篇,責關公華容道上放曹操一事。此小說衍義語也,何可入詩?何屺瞻作劄有"生瑜生亮"之語,被毛西河謂其無稽,終身慚悔。某孝廉作關廟對聯,竟有用"秉燭達旦"者,俚俗乃爾,人可不解□耶?

無論袁枚怎麼說,滿清的文人、學者一樣地欣賞《三國》,並對其文字事物有所感染的這個事實恐怕無法否認了。《郎潛紀聞》又說:

> 羅貫中《三國演義》多取材於陳壽、習鑿齒之書,不盡子

虛烏有也。太宗崇德四年,命大學士達海譯《孟子》《六韜》,兼及是書,未竣;順治四年,演義告竣,大學士范文肅公文程等蒙賞鞍馬銀幣有差。國初滿洲武將不識漢文者類多得力於此。

試問自古以來,有那一種稗官野史曾經這樣視同經書戰策地被統治者使用著? (他們自然是斷章取義地只陳那有利於統治可借鑒於軍旅之事的來應用。)而滿人文化之低也就可以想見。《竹葉亭雜記》亦云:

> 雍正間,札少宗伯因保舉人才,引孔明不識馬謖事,憲宗怒其不當以小說入奏,責四十仍枷示焉。乾隆初,某侍衛擢荊州將軍,人賀之輒痛哭。怪問其故,將軍曰:"此地以關瑪法尚守不住,今遣老夫,是欲殺老夫也!"聞者掩口。此又熟讀衍義而更加憒憒者矣。"瑪法",國語呼祖之稱。

胤禎(清世宗)本是一個要面子的滿洲皇帝,所以才大力地糾正朝臣的"小說語",以救祖宗之不足,不過,以荊州將軍痛哭外守一節,又可以側面偵知當日江南不好統治的一般情況了。(後來道咸年間的太平軍和宣統末年的辛亥革命,果然都在江漢一帶站穩了腳步,打垮了滿清政權。)只是不管怎麼說,《三國志演義》的勢力之大尤其是中心人物關羽、諸葛亮等的深中人心,欲是越發地可以看見了。

以上係就《三國志演義》的政治影響上的約略地談了一下。此外它也為《東周列國志》《西漢演義》《隋唐演義》《精忠說岳全傳》等類歷史的章回小說開了創作的先河,也為古典戲劇裏的三國戲、曲藝說唱裏的三國段子提供了必不可少的材料。總之,一句話,自從有了《三國志演義》這部完整的歷史小說，人民的生活便得到了一定程度上的充實了。

總結起來說：

①《三國志演義》是中國第一部歷史章回小說，它的作者雖然已經被肯定為羅貫中，但也同樣是由傳說、平話發展過來的。

②書中的正統思想是和對抗外來侵略者的意識有關係的，因為它的完成時代是民族矛盾、階級矛盾都嚴重的時代。

③此書名為《三國》，實際上卻是以"桃園弟兄"（西蜀）為主體的，這是一個為人民所擁護的、正義的、戰鬥的、勝利的、有組織有紀律的政治集團。

④在人物的塑造上，它是獲得了空前的成功的。此外，許多歷史人物都被賦予了新的不朽的栩栩如生的性格了。

⑤文字是不夠通俗，但不能說它就沒有形象生動豐富具體的詞彙和成語。而且倒可以看出作者繼承優良的古文跡象所在。

⑥他跟《水滸》一樣，無論是在政治上或文化上都給予了中國人民以很大的幫助。因此，連愛新覺羅王朝也想利用作統治天下的工具啦。

⑦從文字藝術上看，它更是章回歷史小說、三國古典戲劇、說唱三國曲藝的先鋒與腳本，通過它們的相互輝映，越發地充實了人民的藝術生活。

總之，此書雖然是以歷史事實為根本，在大規模地描寫著三國時代魏、蜀、吳的複雜的政治鬥爭和軍事鬥爭的。但是主要的還是作者依據人民的需要，參證了裴松之的注文，所創作出來的像"桃園弟兄"這樣可敬愛的英雄們，也就是說廣大人民理想中的政治集權，因而以憎惡的情緒來對立那些殘民以逞的統治階級的，這便是它的人民性與進步性的所在。

漫話《三國演義》中的"桃園弟兄"

中國古典文學作品的具有箋注，這是由來已久的事了。因為成書在先秦年代的六經諸子，文字多半佶屈聱牙，不經過訓詁考釋的功夫，我們就無法懂得原作的涵義。所以，自漢以來，便有馬（融）、鄭（玄）之學。其後何（晏）、杜（預）繼之，亦各注一書。下達唐宋諸儒，此道益見廣闊。而顧（亭林）、江（永）、戴（震）、段（玉裁）等人，遂得集其大成，號稱清代樸學。但這只是經學小學發生發展的狀況，它們跟歷代的史書一樣，自從裴氏父子（松之和駰）開創集解之端以後，如韋昭注《國語》，司馬貞、顏師古搞《史》《漢》之類，也就跟著大行其道啦。獨於詩文小說，王逸的《楚辭注》，李善的《文選注》，雖然問世不晚，可是對比起來文集存在的數目，和經史注釋者眾多的事實，便相差太遠了。特別是此中的小說，除了劉孝標的《世說新語注》是一種短篇逸事的補充以外，正式給章回小說作評注的，還是明清之際的李卓吾（1527—1602）、金人瑞與毛宗崗。值得注意的是這幾位先生都偏偏對《三國演義》下過功夫，李卓吾批不易找見，不去談它，金、毛兩人對於此書的看法完全一致，他們的本子又是流行於過去的坊間的，所以必須研究一下。

金人瑞，是中國近代最著名的的古典文學批評家。他把《莊子》《離騷》《史記》《杜甫律詩》《水滸》和《西遊記》並列為《六才子書》。他說："今而後知第一才子書之目，又果在三國也。"因為他認為三國乃是"古今爭天下之一大奇局"，創作《三國演義》的也是"古今為小說之一大奇手"。無論文人學士、英雄豪傑還是"凡夫俗子"，讀了它都會

稱"快"(具見《三國演義》卷首《原序》中),再具體地講,就是他認為這部書獨特的藝術成就在於:

尊蜀漢為正統。金人瑞說,"以正統予魏",這是陳壽《三國志》和司馬光《資治通鑒》的錯誤。因為"劉氏未亡,魏未混一",怎麼應該推"魏"為正統?何況曹氏又是"篡國之賊"?同理,晉亦不得被尊為正統,司馬氏也是"以臣篡君"嘛!(《三國演義序》)這種看法,當然是封建主義歷史學家的"正統思想",對於生長在三百年前封建社會裏的小說家或小說批評家來講,原本不足為怪。問題在於《演義》體現於這方面的東西,並不像金人瑞說的那麼簡單:蜀漢之為"正統",除了姓劉以外,更主要的是"仁義之師",愛民如子;"漢賊不兩立",跟曹魏鬥爭到底的這些符合人民願望的善良的政治行為。

三國人才奇絕。他說,"古今人才之眾",沒有能比過三國的。特別是"眾才尤讓一才之勝"的情況,就更令人稱為"奇絕"了。譬如"名高萬古"的諸葛亮,既是"隱士風流"又有"雅人深致",而且"達乎無時,近乎人事",胸藏鬼神不測之機,"比管樂則過之,比伊呂則兼之",所以是古今來第一賢相。再如"絕倫超群"的關雲長,為人"英靈儒雅"世無其匹,"大節神威",亙古一人,也是歷史上最著稱的名將(同上)。此類說法,自然又有其正確之處。不足的地方是沒有把他們相互間的關係,為共同的政治目的而奮鬥的人事情況結合起來看,終未免於不全面。

指出曹操是奸雄。"智足以攬人才而欺天下者,莫如曹操",這是聖歎對於阿瞞的定評。他說他"似忠、似順、似寬、似義"。又說他"得士知人,擊烏桓於塞外,討董卓於生前","竊國家之柄,而姑存其號;留改革之事,以俟其兒",算得上是古今來第一奸雄。一看這些話,不禁使我們立刻感到他不是完全否定曹操的。起碼在情調上不曾顯露出來□惡國賊的樣子。否則關於曹操許多下流無恥、陰賊險狠特別是殘害人民的勾當，如何不提？要知道這畢竟是《演義》中的曹操而非史書上的孟德呀！何況就是《三國志》上的魏武帝也不見得找不出來他的"劊子手"一類的行為呢？作戰經常屠城，親信轉眼誅殺，不是麼？

嚴誅了亂臣賊子。這一點應該是金人瑞批注《演義》中心思想的一個補充。因為行仁政、愛人民的思想既經確立，便不允許寬容亂臣賊子。他說，書中"嚴誅"他們，是在恪守"《春秋》之義"的，所以才"多錄討賊之忠，紀弒君之惡"，雖然它是一部小說，從其褒貶的精神上看，簡直可以"繼《麟經》而無愧"。這就是說，金人瑞已經把《演義》跟《春秋》等量齊觀了。即此一端，在他生活的那個時代，便不是一件小可的事。儘管這種積極維護封建統治政權的態度，是我們今天必須予以批判的。因而像書中交待的曹操、華歆、司馬昭、賈充之流，不只不應該單純地認為這是他們和獻帝劉協、高貴鄉公曹髦之間的統治階級內部的矛盾；反爾可以看作評者特別是作者之所以否定他們，是在一定程度上代替人民表示了憎惡的情感的。

有人說，金人瑞雖有把小說提高到跟《莊》《騷》《史記》和《杜詩》具有同等價值的功績，但他卻是個反動的批評家。譬如，有"農民革命教科書"稱號的《水滸傳》，便被他批得極其不堪。他竟認為梁山英雄們不過是一夥強盜，說梁山人皆"豺狼虎豹之資、殺人奪貨之輩，所謂敲撲剗刑之餘"。就是他們的嘍囉，也一樣是"揭竿斬木"的賊寇（《序二》）。所以他反對叫他們受招安，說"有王者作，比而誅之，則千人亦快，萬人亦快"。讓他們"免於宋朝之斧鑕"是不應該的。並且一再地強調"宋江雖降，必書曰盜，此《春秋》謹嚴之志"（《宋史綱》）。為此，他甚至於腰斬了百二十回本包括著受招安、征四寇的《水滸全傳》，而為前所未有的到"盧俊義梁山驚惡夢"打住的七十回本。同時又取消了"忠義"的字樣。他說："嗚呼！忠義而在《水滸》乎哉"（《序二》），"於《水滸》上加'忠義'字，卻是使不得"（《讀第五才子書法》）。其它

557

如採用"擒賊擒王"的筆法,到處指斥梁山領導人宋江是"權詐不定,奸雄搗鬼","謀殺晁蓋,犬彘不食"等等,就更不必細說啦。不都足以說明他的反人民的立場非常地鮮明麼?怎麼還可以考慮他對《三國志演義》的看法?不錯,是的。金人瑞因為生當明末清初天下紛亂的時代,主觀地認為他遭受苦難是由於朱明統治王朝的覆滅,故爾遷怒到起義軍首領李自成、張獻忠的流竄,認為是他們逼死了朱由檢,送掉了大明的江山。於是充分地發揮了他的封建主義的正統思想,借題說話、指桑罵槐地貶斥了梁山英雄們,原是極容易知道也必須堅持批判的地方。但可不能夠因為這個便不加分析地連帶他對《三國志演義》的說法都予以否定。而且恰恰相反,具體到他對《演義》的某些看法,像我們徵引在前面的那些材料,儘管它仍舊是封建主義的正統思想,如果把這和對立"揚州十日""嘉定三屠"的女真入侵者,以及憎惡賣國求榮、誘引清人入關的大漢奸吳三桂和洪承疇等具有民族思想感情在內的情調結合起來看,也未嘗沒有值得另眼看待的東西。金人瑞不是特別推崇"漢"為正統的麼?他說中國的朝代哪一個也不如"漢",前半歷史應該"以漢為主,而秦與魏晉不得與焉"不必說了。就是後一半歷史,雖然可以唐宋為正,也照舊比不了"漢"。因為唐是以臣代君,蹈襲的乃"魏晉之餘緒";陳橋兵變,"取天下於孤兒寡婦之手",趙匡胤也不光明正大。惟有像漢高帝除暴秦、漢光武滅王莽和昭烈帝討曹操這等"興漢""復漢""存漢"的行徑,才能算是好樣的。那末,他的弦外之音,豈不可以想見?何況他既以《演義》擬《春秋》,這尊王攘夷大一統,正是《春秋》的精神呢。

民族思想,結合著正統思想,也就是民族矛盾大於階級矛盾的情況,往往發生在人民慘遭外來侵略者統治的時期。即如從北宋到明初的三百多年當中,正是中國人民連續遭受契丹(遼)、女真(金)特別是蒙古人(元)侵略和統治的時期。當時的中國人民在種族歧視、政治迫害和經濟剝削的痛苦生活中，企圖起而自救，有了"還我河山"復興中朝的願望，原是幾千年來戰鬥的愛國主義優良傳統的貫徹和發揚。例如趙宋南渡以後，愛國詩人陸游《得建業鄭覺民書言虜亂，自淮以北民苦徵調，皆望王師之至》一開頭便有"邦命中興漢，天心大討曹"的調子，顯然已經在用漢家比南宋，以曹操統一北方比蒙古征服了中國啦。人民的戲劇作家們常常以三國故事作題材來體現"人心思漢"了。最顯著的例子，如見於關漢卿所作《關大王單刀會》雜劇裏，關羽在魯肅向他索還荊州時的唱詞："想著俺漢高皇王圖霸業，漢光武秉正除邪，漢獻帝將董卓誅，漢皇叔把溫侯滅。俺哥哥今承受漢家基業，則你東吳的孫權，和俺劉家卻是甚枝葉？"這剛好與金人瑞高抬漢家三祖劉邦、劉秀、劉備的精神是先後一致的。而講古比今、指東說西又是中國人民在長期封建主義壓迫之下所陶鑄成功的一種障眼偽裝的藝術手法，所以，金人瑞等這種帶有復合性質的思想感情——正統觀念結合著民族意識，是歷史的產物，可以體會得到的東西。問題在於它並非像金人瑞設想的那等簡單，也照樣交代在《演義》中啦。

　　至於書中的貫串著正統思想，這當然是不容許絲毫懷疑的事。不過我們應該知道，它是伴隨著反對殘暴統治，從關切人民生活的仁心善政出發的。譬如，因為作者體現它，首先是把人民的痛苦和國家的危難相提並論的：

　　　　挾持王室，拯救黎民。（第五回）
　　　　禍延至尊，毒流百姓。（同上）
　　　　劫遷天子，流徙百姓。（第六回）
　　　　帝星不明，賊臣亂國；萬民塗炭，京城一空。（同上）
　　　　誰想漢天下卻在汝手中邪！……汝可憐漢天下生靈。
　　（同上）

上欺天子,下虐生靈;罪惡貫盈,人神共憤。(第九回)

這些都是作者通過地方起兵、朝臣憂國,企圖誅除賊臣董卓的檄文口語所揭示出來的政治態度。自從二千六百多年前,孟軻在戰國時代提出了"民為貴,社稷次之,君為輕"(《孟子·盡心下》)的口號,認為君臣上下的關係是相對的(具見《孟子·梁惠王下》《離婁下》等篇)以來,肯把老百姓的地位抬得這樣高的,還真不多見。尤其是生動具體地把它描寫在像《演義》這等長篇的歷史小說裏,就更是空前的了。因為董卓之為漢末最兇惡的權臣,是在史書上就早已有了記載的。如范曄的《後漢書·卓本傳》說他:

嘗遣軍至陽城,時人會於社下,悉令就斬之,駕其車重,載其婦女,以頭繫車轅,歌呼而還。

盡徙洛陽人數百萬口於長安,步騎驅蹙,更相蹈藉,饑餓寇掠,積屍盈路。

所得義兵士卒,皆以布纏裹,倒立於地,熱膏灌殺之。

施帳幔飲設,誘降北地反者數百人,於坐中殺之,先斷其舌,次斬手足,次鑿其眼目,以鑊煮之。

其他見之於《三國志》和《後漢書》中的殘暴行為如:

"淫略婦女,剽虜資物","虐刑濫罰,淫樂縱欲",尤其是殺人放火,挖墳掘墓,把一座二百多年的政治經濟中心地帶洛陽,弄得斷瓦頹垣,蓬蒿叢生,幾百里內都沒了人煙,等等滅絕人性、罄竹難書的強盜行為,在經過作者重點的渲染,使他成為罪惡的典型以後,就是今天看來,也只能叫人罵一聲"害民賊",萬死猶輕的。所以,當日王允等人設計殺掉了他,確實應該算是一件為民除害的正義行為。這從卓屍示眾通衢以後,軍士拿他的膏油點燈,百姓過者,沒有不"手擲其頭足踐其屍"(《演義》第九回)的情況,已經可以看出來這個生前曾經大叫著說"吾為天下計,豈惜小民哉"(第六回)的豺狼,是如何被深惡痛絕了。後來卓將李傕、郭氾反入長安遷葬卓屍時,"天降大雷雨,平地水深數尺,霹靂震開其棺,屍首提出棺外,李傕候晴再葬,是夜又復如是,三次改葬,皆不能葬,零皮碎骨,悉為雷火消滅"(第十回)的一段描寫,雖然是作者根據《三國志·卓本傳》予以加工的,而其"天之怒卓,可謂甚矣"的結論,卻是充分地表達了憎惡的情緒啦。

董卓雖然這般兇惡,但因為他被誅除得早,對於後來的影響不算太大,所以在前十回裏就結束了他。唯有曹操,這個討伐董卓起家,事實上卻是比董卓厲害十倍殘虐萬分的"奸雄""國賊",就更是作者塑造在《演義》中的主要反派人物了。關於他的欺詐成性陰賊險狠的"奸雄"行為,前面已經約略地談過,這裏要揭示鞭撻的是他的荼毒百姓、殘虐生靈的情況和行為。此類的史實,就是以維護曹操著稱的《三國志》作者陳承祚先生,也無法隻字不提的。例如見《魏志》的屠城記錄:

徐州之役:興平元年夏,曹操再征陶謙,攻下了襄賁,"所過多所殘戮"(《武帝紀》)。《陶謙傳》則說:"謙兵敗走,死者萬數,泗水為之不流。"《荀彧傳》裴注引《曹瞞傳》就說得更詳盡啦,它說:"自京師遭董卓之亂,人民流移東出,多依彭城間,遇太祖至,坑殺男女數萬口於泗水,水為不流。"又說:"引軍從泗南攻取慮、睢陵、夏丘諸縣,皆屠之,雞犬亦盡,墟邑無復行人。"這是因報家仇遷怒百姓的暴行。

雍丘攻張貌:興平二年,曹操的老朋友張邈叛歸呂布,叫自己的兄弟張超帶同家屬護守雍丘,操怒,"攻圍數月,屠之,

斬超及其家"(《張邈傳》)。這是排除異己罪及黎民的劊子
手行徑。

征布屠彭城：興平三年九月，"公東征布，冬十月，屠彭
城"(《武帝紀》)。也是憑藉武力，賊人民的殘酷手段。

屠戮西人居地：建安十九年，因逐韓遂，命夏侯淵與諸將
"攻興國，屠之"。冬十月，又"屠枹罕"，斬宋建(同上)。這
是藉口邊防虐殺異族的血腥罪行。

氐王城邑被屠：建安二十年，曹操出兵至河池，"氐王竇
茂眾萬餘人，恃險不服。五月，公攻屠之"(同上)。又是掃
蕩異族的暴力行為。

洗劫南陽：建安二十四年，春正月，被判到南陽鎮壓人民
起義的曹仁軍"屠宛"，殺掉了領導人侯音(同上)。裴注引
《曹瞞傳》云："是時，南陽間苦徭役，音於是執太守東里袞與
吏民共反，與關羽連和。……會曹仁軍至，共滅之。"

看到這些材料以後，我們更應該明白為什麼羅貫中把曹操定做
"國賊"了。翦除異己，企圖以武力征服天下，不論是誰，只要抗拒大軍
的，必遭屠滅。那麼，他這虐殺人民的情況，不是比董卓嚴重得多、辛
辣得多了麼？"國以民為本，有人茲有土"，自古以來，大思想家和比較
為人民所信賴的政治工作者，沒有不強調"仁心善政，以德服人"的重
要性的：孔子講求"愛人"，墨子鼓吹"兼愛"，孟子到處宣傳"不嗜殺
人"的人才可以"王天下"。他們這些說法雖然各有其歷史條件、物質
根源，但那人道主義的精神卻是一貫著的。而能夠關切人民生活的政
治家們，又往往在管理國家的事務上得到成功或是有了好的表現。這
些事例更是史不絕書的，也不必條例了。這裏曹操卻偏偏是一個殘民
以逞、殺人不眨眼的劊子手，還怪作者要對立他到底麼？因為作者繼

承的,也是這個優良的人道主義傳統。

反之,作者對於"愛民如子"的人,則是一意表揚的。如徐州刺史陶謙在曹操包圍了城池要報殺父之仇的時候說:"曹兵勢力難敵,吾當自縛往曹營,任其剖割,以救徐州一郡百姓之命。"(《演義》十回)初定江東的孫策也"不許一人擄掠,雞犬不驚,人民皆悅。齎牛酒到寨勞軍,策以金帛答之,歡聲遍野"(第十五回)。特別是劉玄德,可以說是"仁聲素著",到處得到人民擁護。如兵敗徐州,"尋小路投奔許都,途次饑餓,往村中求食,但到處,聞劉豫州,皆爭進飲食"(第十九回)。隨曹操攻斬呂布的歸途,"路過徐州,百姓焚香遮道,請劉使君為牧"。曹操說"使君功大,且待面君封爵,回來未遲。"百姓叩謝(第二十回)。最突出的描寫,恐怕要算"攜民渡江"的一回文字了。這事發生在曹操破荊州下江南,劉備敗當陽走夏口之前。當諸葛亮認為時機已迫,請劉備"速棄樊城,取襄陽暫歇"時,劉備說:"奈百姓相隨已久,安忍棄之?"等到徵求老百姓的意見是否願意同行,"兩縣之民齊聲大呼曰:'我等雖死,亦願隨使君!'"結果是即日號泣而行,"扶老攜幼,將男帶女,滾滾渡河,兩岸哭聲不絕",惹得劉備也大為悲慟說:"為吾一人而使百姓遭此大難,吾何生哉?""欲投江而死,左右急救止。"路過劉表墓,劉備又哭告說:"辱弟備,無德無才,負兄寄托之重,罪在備一身,與百姓無關,望兄英靈,垂救荊襄之民。""言甚悲切,軍民無不下淚!"忽探馬報稱,曹操大兵即至,眾將勸告暫棄百姓、急趨江陵拒守時,劉備落著眼淚說:"舉大事者,必以人為本;今人歸我,奈何棄之?"百姓聞劉備此言,莫不傷感(並見第四十一回)。結果到底為了百姓累贅,使著劉備一行不能夠爭取時間照計劃辦事,因而幾至家敗人亡、全軍覆沒。

前面董卓說:"吾為天下計,豈惜小民哉?"曹操也說:"寧叫我負天下人,休欲天下人負我。"(第四回)於是一個叫他屍骨化為灰燼,一個自知"獲罪於天,無所禱也",坐待數終(七十八回)。而劉備呢,不只叫他及身得為帝王,還要把天下的正統歸之於他。試問作者愛憎的態度是如何地鮮明?要不是他認清楚了中國人民多少年來人心向背的所在,也就是熱愛仁賢痛惡殘暴的戰鬥的優良傳統的實質,怎麼能夠體現出來這等堂皇偉大的思想呢?劉備說得好:

> 今與吾水火相敵者,曹操也。操以急,吾以寬;操以暴,吾以仁;操以譎,吾以忠。每與操相反,事乃可成。若以小利而失信於天下,吾不忍也。(第六十回)

這些正是曹、劉優劣之處,同時也是這部大書是非善惡的標準和主要矛盾,雙方對立鬥爭的中心思想。如曹操教徐母給徐庶寫信,徐母稱劉備是"恭己待人,仁聲素著",卻指斥曹操"雖托名漢相,實為漢賊"(第三十六回)。曹操要發人馬下荊州擊劉備時,孔融叫它作"無義之師",諫止不從,仰天歎曰:"以至不仁伐至仁,安得不敗乎!"(第四十回)都非常明確地表現著這一課題。

但是,作者根據這一主題所給予我們的最為膾炙人口至今流被民間的"德行",還是通過以劉備為首的蜀漢政治集團所體現出來的"忠貞義勇互助友愛"。對於這些優美的品質,如果簡單地呼之為封建道德,那便不止違背了歷史的觀點,而且也無法認識此書精義的所在了。就是說,劉備之所以能夠貫徹他的仁民愛物的政治行為,如果離開蜀漢集團裏其他人物的協力同心積極合作,是不會成功的。而屬於這個集團的重要成員也不只是為了個人的利益或者少數人的功名富貴才結合到一起的。因為,這樣的人們絕不會搞好相互間的關係,真正為了共同的目的團結奮鬥到底。所以,我們非常欣賞作者安排在《演義》中的這一正義的、團結的、戰鬥的、勝利的、為人民所擁護的政治集團。

同時，對於作者賦予了他們以"桃園弟兄"的這一稱號，尤其覺得親切有味，富於教育的意義。

要問桃園弟兄都是誰，熟悉三國故事的人馬上會不假思索地回答：劉備、關羽、張飛，《演義》第一回不就交待明白了麼：《宴桃園豪傑三結義》。但是，我們不同意這樣劃小圈子來看問題的態度。因為，詳觀作者敘述在《演義》裏的故事情節，可以肯定地說：強大的桃園力量，沒有諸葛亮和趙雲是表現不出來的。這正如多少年來扮演在舞臺上和說唱在講臺上的整出三國戲劇，大段子的三國曲藝一樣，如果少了軍師（孔明）、四將軍（趙雲），是很少能夠表演成功的。雖然在桃園沖北磕頭這一拜的儀式中，只是劉、關、張三弟兄。

為什麼說桃園弟兄是為人民所擁護的、正義的、團結的、戰鬥的、勝利的政治集團呢？這首先從"桃園"的隊伍也是它的核心人物劉、關、張結義的誓言裏就可以看得出來：

> 念劉備、關羽、張飛，雖然異姓，既結為兄弟，則同心協力，救困扶危，上報國家，下安黎庶。不求同年同月同日生，但願同年同月同日死。皇天后土，實鑒此心。背人忘恩，天人共戮！（第一回）

試問："同心協力，救困扶危，上報國家，下安黎庶"，這還不是桃園弟兄的政治綱領麼？再從這個綱領的本質上看，有誰能說它不是正義的為人民所擁護的呢？但這個政治目的的實現卻是以"不求同年同月同日生，但願同年同月同日死"的異姓弟兄作為基礎的。所以，我們又不能不說它是團結的戰鬥的了。就其精神實質來說，唯有《水滸傳》上七十一回所載以宋江為首的百八人齊集梁山以後的誓詞："聚弟兄於梁山，結英雄於水泊，共一百八人，上符天數，下合人心"，"自今以後，但願共存忠義於心,同著功勳於國,替天行道,保境安民"仿佛似之。大可注意的是,兩書作者都是羅貫中,兩書的主題又都是仁愛忠義保國利民,這便不是偶然的事啦。

這三位弟兄自從結拜以後,在生活上是"食則同桌,寢則同牀",如劉備"在稠人廣坐,關張侍立,終日不倦"(並見第二回)不必說了。最難得的是他們果然為了共同的政治目的,協力同心奮鬥到底,經得住了生死患難的考驗。先看劉備:在張飛失了徐州羞見兄長想要拔劍自刎時,劉備慌忙抱住張飛說:"吾三人桃園結義,不求同生,但願同死,今雖失了城池家小,安忍叫弟兄中道而亡?"(第十五回)看他開口就是"桃園結義",又特別強調事業未就不可"中道而亡"的道理,都說明著是時刻地在貫徹誓言的精神的。再如劉備在被曹操擊敗暫投袁紹時,旦夕煩惱。袁紹問他:"為什麼這樣地愁悶?"備說:"二弟不知音耗,妻小陷於曹賊,上不能報國,下不能保家,安得不憂?"(二十五回)這裏又是:先提二弟,後提家小;先談報國,後談保家,那態度還是照舊地不變的。尤其是劉備聽說關羽為孫權所害,只慟得"一日哭絕三五次,三日水漿不進,只是痛哭,淚濕衣襟,斑斑成血",說:"孤與關張二弟桃園結義時,誓同生死,今雲長已亡,孤豈能獨享富貴乎?"(第七十八回)這種情誼,可以說是比親生的弟兄還要篤厚。因為,關羽之死,雖緣於個人英雄剛愎自用,但就捨身為國和業已降賊的孫權作最後的決戰上說,卻是光榮的取義行為。所以,劉備之慟,以及後此的復仇之戰,便不應該解釋作於了私情了。沒瞧見張飛也死於范疆、張達的暗殺以後,劉備決心興兵伐吳說:"二弟俱亡,朕安忍獨生"(第八十一回)的至死方休的做法麼?這些都是他履約踐誓的具體表現,也告訴我們"桃園弟兄"真是同生共死啦。

接著讓我們再從關(羽)張(飛)的行為上看看:關羽屯土山向張遼所提出的投降三條件是:

一者,吾與皇叔設誓,共扶漢室,吾今只降漢帝,不降曹操;二者,二嫂處請給皇叔俸禄養瞻,一應上下人等,皆不許到門。三者,但知劉皇叔去向,不管千里萬里,便當辭去。三者缺一,斷不肯降。(第二十五回)

你看他,處危難之中,行權宜之計時,還是這般歸漢不降曹的大義凜然,就是說把誓言的主要要求擺在頭裏,其餘兩件也是為了照顧嫂嫂忠於兄長,沒有一點為自己打算的地方。這豈只是關羽個人行為的出色,仍舊是桃園的精神在充分地發揚著的緣故。然而,這種曲綫式的政治手法,究竟不大容易被人瞭解的,以劉備的英明仁厚,在關羽斬了顏良、文醜以後,都不能不寫了這樣的信:

備與足下,自桃園締盟,誓以同死,今何中道相違,割恩斷義?君必欲取功名、圖富貴,願獻備首級以成全功。書不盡言,死待來命!(第二十六回)

其實也怪劉備不得,弟兄兩人偏偏分寄在交戰的袁、曹雙方,關羽斬殺紹將,自然會使劉備處境危殆,問題在於關羽並不知情啊。所以關羽看了劉備的來信,痛哭著說:"某非不欲從兄,奈不知所在也。安肯圖富貴而背舊盟乎?"(同上)遂復書云:

竊聞義不負心,忠不顧死。羽自幼讀書,粗知禮義。觀羊角哀、左伯桃之事,未嘗不三歎而流涕也。前守下邳,內無積粟,外無援兵,欲即效死,奈有二嫂之重,未敢斷首捐軀,致負所托,故而暫且羈身,冀圖後會。近至汝南,方知兄信,即

當面辭曹操,奉二嫂歸。羽但懷異心,神人共戮。披肝瀝膽,
筆楮難窮。瞻拜有期,伏維照鑒。(同上)

接著,關羽真就掛印封金過關斬將地趕向河北來會劉備,造成了
忠義無雙的英雄佳話。不過,還是那句老話,關羽之於劉備,可不只是
溫情主義的無原則的服從,就是說,他處處都是按照著桃園的大義辦
事。譬如他對國土的態度,當諸葛瑾拿著劉備的書信來收取荊州三郡
的時候,關羽說:

　　吾與吾兄桃園結義,誓共匡復漢室,荊州本大漢疆土,豈
　　得妄以尺寸與人?"將在外,君命有所不受!"雖吾兄有書來,
　　我卻只不還。(第六十七回)

這種著眼大者私不廢公的保衛漢家山河的態度,是多麼的光明嚴
正呢! 直到孫權降曹兩面夾攻荊州,使著關羽敗走麥城以後,他那不
妥協不屈辱的精神也沒有半點兒的變更。如諸葛瑾奉命來勸他歸順
東吳時,他說

　　吾乃解良一武夫,蒙吾主以手足相待,安肯背義投敵國
　　乎? 城若破,有死而已。玉可碎而不可改其白,竹可焚而不
　　可毀其節。身雖殞,名可垂於竹帛也。(第七十六回)

有人說,關羽昔日尚可以投曹操,為什麼今天就不能夠降孫權?
殊不知彼時弟兄失散,劉備下落不明,二嫂歸他保護,張遼的話又說得
入情入理:就以踐盟桃園匡扶漢室的話來打動他,所以他便只得從權
辦理。此時則劉備業已立國西川、自己又守土有責,這事如何做得?

為了貫徹桃園的誓言，自然是"玉碎"方顯本色的。

張飛雖是一個"粗人"，但對於信守桃園大義更是乾脆徹底直截了當。例如他聽說關公來到古城，立刻披掛持矛上馬，帶著隊伍出了城門迎上前去，見了關羽，吼聲如雷、揮矛便搠的一段對話：

> 關公大驚，連忙閃過，便叫："賢弟何故如此？豈忘了桃園結義耶！"飛喝曰："你既無義，有何面目來與我相見？"關公曰："我如何無義？"飛曰："你背了兄長，降了曹操，封侯賜爵，今又來賺我，我今與你拼個死活！"關公曰："你原來不知，我也難說，現放著兩位嫂嫂在此，賢弟請自問。"（第二十八回）

從這段文字裏，滿可以看出來張飛是個直性漢子，不曉得什麼彎彎曲曲的政治手法。雖然他有時也會"粗中有細"地用些智謀，如長阪坡設疑兵、耒陽查龐統、西川釋嚴顏等，都收到了良好的效果。何況關羽投曹操連劉備都曾誤解過呢？更重要的是，張飛也只認得桃園的大義，並沒有因為關羽是他的二哥，便不懷疑背信棄義了。所以一直等到關羽斬了蔡陽退了敵兵，按照張飛的要求表明了心跡，這才涕泗不已俯伏請罪，給人一個"真是好弟兄"的富有教育和啟發意義的印象。特別是在關羽被東吳所害以後，張飛急謁劉備，請求火速報仇的那種心情：

> 飛至演武廳，拜伏於地，抱先主足而哭，先主也哭。飛曰："陛下今日為君，早忘了桃園之誓。二兄之仇，如何不報？"先主曰："多官諫阻，未敢輕舉。"飛曰："他人豈知昔日之盟？若陛下不去，臣舍此軀為二兄報仇！若不能報時，臣

寧死不見陛下也。"(第八十一回)

於是這位張三爺果然以死殉桃園了。這種"異性骨肉"的情誼,為共同的政治目的而奮鬥到底的精神,也就是公私兩盡忠義薄天的道德行為,在劉備敗死白帝之日,便獲得了最為完美的體現。

但是,為什麼又說,廣義的桃園弟兄,還要包括上趙雲和諸葛亮呢? 這是因為,從武功上看,沒有"長勝將軍"趙雲;從智謀上看,沒有"神機軍師"諸葛亮,桃園集團就不可能打出江山立了基業的。何況劉、關、張相繼謝世以後(也就是書中八十六回以後),如果沒有這兩個人物屹立在蜀廷之中,根本就無法體現出來"漢賊不兩立,王業不偏安"的正義的戰鬥行為? 即如趙雲,這位勇冠三軍、深明大義的英雄,簡直可以看他作書中的勝利形象之一。他的汗馬功勞是數不過來的,只對劉備父子便曾三番兩次地完成了保護的任務:劉備敗徐州(第四十一回)、逃白帝(第八十四回),劉禪在當陽(第四十一回)、在長江上(第六十一回),都是趙雲捨死忘生奮戰到底才把他們"搶救"出來的。而最難得的是他不只是個一勇之人,而且極知大體,如奉命取桂陽,不肯和城守趙範的寡嫂結婚,勝利後,諸葛亮又加以撮合時,他說:

> 趙範既與某結為兄弟,今若娶其嫂,惹人唾罵,一也;其婦再嫁,便失大節,二也;趙範初降,其心難測,三也。主公新定江漢,枕席未安,雲安敢以一婦人而廢主公之大事?(第五十二回)

這實在是尊重對方人格又表現了公而忘私的偉大行為,不得只庸俗地看作是信守封建道德的。因為就是這一席話,便涵蘊著嚴正精細尤其是忠信的大義的。再如劉備初定益州,即欲將成都有名田宅分賜諸將，趙雲曰：

> 益州人民，屢遭兵火，田宅皆空。今當歸還百姓，令安居
> 復業，民心方定，不宜奪之為私賞也。（第六十五回）

軍事勝利以後，首先看到的是人民的疾苦，這哪裏是一般武將的
見識？同時，從這些地方，也可以認識到桃園集團中的重要成員，很少
不是懷有著"下安黎庶"的政治修養者了。還有，劉備決意興兵伐吳為
關羽復仇時，也是趙雲敢於正面諫阻：

> 卻說先主起兵東征。趙雲諫曰："國賊乃曹操，非孫權
> 也。今曹丕篡漢，神人共怒。陛下可早圖漢中，屯兵渭河上
> 流，以討凶逆，則關東義士，必裹糧策馬以迎王師。若舍魏以
> 伐吳，兵勢一交，豈能驟解？請主上察之。"（第八十一回）

孫權雖已與魏聯合，但主要的敵人自然是篡漢的曹丕。何況從軍
事外交的形勢上看，也是和吳拒曹會比兩面作戰有利得多呢？關羽不
就是喪敗在這一點上的麼？劉備於此不察，卻一味地拒諫孤行，無論
是趙雲的"漢賊之仇，公也；兄弟之仇，私也，願以天下為重"，同諸葛亮
的"遷漢鼎者，罪由曹操；移劉祚者，過非孫權；竊謂魏漢若除，則吳自
賓服"（並同上），一概不加採納，並且把他兩人，一個擱在後方（諸葛
亮留守四川），一個命催糧草（趙雲作為後應），這樣違背集體主義精
神的戰役，安得不敗！而趙雲不管到什麼分際，都是這般地頭腦冷靜、
眼光遠大，就不能不令人感生敬愛啦。

趙雲應該作為桃園集團的核心人物，從劉備、關羽的口中也可以
找出證據來：劉備說："子龍是我故友。"（第四十一回）關羽說："子龍

久隨吾兄,即吾弟也"(第七十三回)等語即是。另外,當時的人亦多此類說法,如拿他和關、張並稱:"關、張、趙雲,皆萬人敵。"(第三十五回司馬徽之言)"有關、張、趙雲之將"(第五十五回周瑜的話)。"關、張極勇,今領兵來的趙子龍,在當陽長阪百萬軍中,如入無人之境。"(第五十二回趙範的話)就是作者從各方面都把趙雲與關、張等量齊觀,合情合理地擺進桃園核心組織裏的明證。最後,應該交待一下諸葛亮啦。

諸葛亮隱居南陽,自比管樂,因受劉備三顧茅廬的邀請,這才隆中決定三分形勢,出山使著桃園據荊州、取西川、入漢中、立基業,從無到有,從孤窮到奄有一方地建立了討賊根據地。劉備死了,他又身負托孤之重,七擒孟獲,六出祁山,鞠躬盡瘁地為討漢賊付出了畢生的精力。總之,的確像我們在前面所說的那樣,諸葛亮這一典型的軍師形象,作者不但叫他參加桃園集團的核心組織,而且也卓越地塑造成為一位極罕見的愛國戰士。現在先讓我們看看諸葛亮在桃園集團中的地位:

> 玄德待孔明如師,食則同桌,寢則同榻,終日共論天下大事。(第三十八回)
> 卻說玄德自得孔明,以師禮待之。關張皆不悅,曰:"孔明年幼,有甚學才?兄長待之太過,又未見他真實效驗!"玄德曰:"吾得孔明,猶魚之得水也,兩弟勿復多言。"關張見說,不言而退。(第三十九回)

這是說,諸葛亮一參加桃園,便是一位參謀長的樣子,只是關張二人有些不服,直到"博望坡軍師初用兵",關張按照他的計策取得勝利以後,方才有了"孔明真英傑也"(同上)的讚語。從此,他們便協力同心分工合作地去完成對敵鬥爭的任務。

諸葛亮的奇計迭出，算無遺策，知己知彼，百戰百勝之處，我們只看作者常常提到他的通天文、識地理、知陰陽、曉奇門、看陣圖、明兵法，連英俊機智的周瑜，老奸巨猾的曹操，和深沉穩健的司馬懿，都不是對手，便可概見。我們想要特別提出來的是他的善於"將將"及"忠貞報國"。按桃園集團中最難調度的人物是義勇絕倫，然而心高氣傲的關羽。當關羽要入川找馬超比拼武藝高下的時候，諸葛亮寫信給他說："孟起雖雄烈過人，亦乃黥布、彭越之徒耳！當與翼德並驅爭先，猶未及美髯公之絕倫超群也。"入後戒之以鎮守荊州任務重大，不可輕動（第六十五回）。我們一看就知道，這是諸葛亮順著關羽的心氣說他比馬超英雄，而主要的用意卻在勸告他守土有責亂動不得，結果竟使關羽看罷書信綽髯微笑說："孔明知我心也。"（同上）遂無入川之意。即此一事已見手法。

至於諸葛亮的忠貞，則更是觸處可見。如他的哥哥諸葛瑾奉周瑜命試圖以伯夷、叔齊同行之義勸他轉事東吳時，他說：

> 兄所言者，情也；弟所守者，義也。弟與兄皆漢人，今劉皇叔乃漢室之胄，兄若能去東吳，而與弟同事劉皇叔，則上不愧為漢臣，而骨肉又得相聚，此情義兩全之策也，不識兄意以為如何？（第四十四回）

這真是妙用，哥哥來勸弟弟不成，反被弟弟勸說了哥哥，而且是大義昭然情理俱盡，於是哥哥只好無言作別了。這已是作者在出力地寫諸葛亮的忠義了。然而最具有代表性的，還是劉備白帝城托孤的那一幕。劉備臨死以前，拉著諸葛亮的手落著眼淚說："君才十倍曹丕，必能安邦定國，終定大事。若嗣子可輔，則輔之；如其不才，君可自為成都之主。"孔明聽畢,泣拜於地說:"臣安敢不竭股肱之力,盡忠貞之節,繼之以死乎!"(第八十五回)前人看到這裏,往往認為這是劉備恐怕諸葛亮靠不住,所以要諸葛亮的"口供",我們就不這樣體會他啦。因為,劉備是以不得滅曹賊、扶漢室為恨的,而諸葛亮之才十倍曹丕和劉禪的不成器,又都是事實,於是老老實實地交待一下,便很有必要了。不然的話,從古以來,封建王朝的顧命大臣,在死者骨肉未寒的時候,就違背遺命為非作歹的多了,為什麼單單諸葛亮能夠"鞠躬盡瘁"呢?他在《出師表》裏說:"先帝慮漢賊不兩立,王業不偏安,故托臣以討賊也。"(第九十七回)諸葛亮就是根據這一大義,前後六出祁山,不顧成敗利鈍,對敵鬥爭到底的。因此,我們必須說,這才是劉備托孤、諸葛亮接受顧命的至意的所在,也就是桃園集團為了人民為了漢室,繼續團結戰鬥的偉大的行誼。如諸葛亮病危時,強支病體,叫左右扶上小車,出寨巡視各營,覺著秋風吹面,徹骨生寒,便悲歎地說:"再不能臨陣討賊了,天哪,天哪!"(第一百四回)像他這種"出師未捷身先死,長使英雄淚滿襟"的情調,叫誰看了能不為之痛苦流涕長太息呢?此外,如他的公忠體國、潔身自好:"死之日,不使內有餘帛,外有餘財",並且懇勸劉禪要"約己愛民,佈仁恩於宇下"(同上),以及他的學生姜維又接著九伐中原,他的兒子諸葛瞻和諸葛尚也都戰死綿竹,成為一門忠烈等,都不能不說是他的遺教光被,垂育後昆的結果。

諸葛亮遺愛在人的情況,作者也是極力描寫的。劉禪在成都聞亮死信,大哭說:"天喪我也!"哭倒在龍牀之上,連日不能設朝。(第一百五回)我們都知道,劉禪是一個沒什麼心肝的人,對於諸葛亮之死都要哀慟到這個地步,那麼,能說不是由於他一生忠貞的感召嗎?而且是,連吳主孫權聽說他死了都要"每日流涕,令官員盡皆掛孝"(同上)的。我們查遍《演義》,還不曾發現這樣受到鄰國哀思的人。軍隊和老百姓就更不用說了：他們“哀聲震地，皆撞跌而哭，至有哭死者”（第一百四回），“百姓人人涕泣”（第一百五回），並有逢年到節私下裏在野地設祭之事（裴注引《襄陽記》）。這就無怪作者甚至托為“顯聖”，道他死後照舊愛憐人民，告誡入川的鍾會：“萬勿妄殺生靈”（第一百十六回）了。

桃園這個為人民所擁護的、正義的、戰鬥的、團結的、勝利的、有組織、有記律的政治集團，便是這樣通過劉備的仁德、關羽的義烈、張飛的雄武、趙雲的忠勇，尤其是諸葛亮的奇謀與貞信，最完美地被形成了。但還要強調一句的是，他們發揮力量的主要條件是集體主義的精神。不然的話，為什麼劉備在未得諸葛亮以前，只能夠孤窮四方寄人籬下？諸葛亮不碰到劉備，也不過是高臥隆中，自比管樂？次而至於關羽敗走麥城，是因為不聽諸葛亮“北拒曹操，東和孫權”（第六十三回）的指示；張飛被人暗殺，是他不注意劉備“鞭撻健兒而復令在左右”（八十一回）的告誡；就是趙雲，跟了公孫瓚那樣久，並未幹出來赫赫之功呢？所以桃園弟兄的戰無不勝的局面，只有當他們協力同心團結在一道的時候才會實現，用諸葛亮隆中決策的話說就是他們佔有了“人和”（第三十八回），而作者給我們創造成功的史無前例的集體主義典型，也就在這裏。

接著，讓我們作它一個小統計：

這部書雖然叫作《三國志演義》，但作者的重點很明顯地是擺在“桃園”（西蜀）一方面的，因為：

①一百二十回中，倒有九十回是寫“桃園弟兄”的：有的佔了全回（這是多數），有的佔了多半回。而且其餘的三十回中，提到“桃園弟兄”的地方也不少。

②書裏的主要人物，幾乎全在“桃園”之中（如劉、關、張、趙、諸葛亮和姜維）。其餘的腳色，除曹操是特定的國賊，孫權是敵友之

間,寫的分量不算太少以外,他如袁紹、劉表、呂布、公孫瓚等,都可以說是為了陪襯"桃園"才被描述的。

③故事是從"宴桃園豪傑三結義"開始的,發展到了"赤壁之戰",還是出色地在寫"桃園"。直到佔荊州、入西川、定漢中、猇亭之役、七擒孟獲、六出祁山、九伐中原,都是以"桃園"為主要的一方而夾述別個的。姜維死後,只有一回"降孫皓三分歸一統",全書便告結束。

因此種種,我們大家可以說"桃園"的思想,就是《演義》的主題;"桃園"的人物,就是小說的正面人物;而"桃園"的故事,也就是書裏的中心故事了。

說到這裏,我們還有幾個需要補充的問題,那便是作者把劉備說得這般得人心,"桃園弟兄"如此地親愛互助,不但都有一定的歷史根據,也是具有著現實的意義的。即如劉備,陳壽就說他"好交結豪傑,少年爭附之"(《三國志・蜀志・先主傳》),裴注引《魏書》也說他在平原時與下士"同席而坐,同簋而食,無所簡擇,眾多歸焉"。又引《獻帝春秋》說他在徐州時得到下邳人陳登等擁護,謂可"永使百姓,知所依歸"。到荊州後,豪傑來歸者日益多,走當陽時,已有眾十萬,蓋其"弘毅寬厚,知人待士"(《蜀志》本傳)有以致之。至於關、張跟他的關係,則《關羽傳》談得最詳細:

> 先主於鄉里合徒眾,而羽與飛為之禦侮。先主為平原相,以羽、飛為別部司馬,分統部曲。先主與二人,寢則同牀,恩若兄弟,而稠人廣坐,侍立終日,隨先主周旋,不避艱險。(《蜀志》卷六)

《張飛傳》也說:"少與關羽俱事先主,羽年長數歲,飛兄事之。"

(同上)他如羽飛忠勇之處,則《羽傳》具有"吾受劉將軍厚恩,誓以共死",《張飛傳》也有"羽飛萬人之敵,羽善待士卒伍而驕於士大夫,飛愛敬君子而不恤小人"的記載。這些情況,都非常清楚地證明著《三國志》和裴松之注,乃是作者敷演桃園結義的原始根據。關於趙雲的也是一樣,《蜀志‧雲傳》裴注引《趙雲別傳》說:劉備依托公孫瓚時,就認識了趙雲,雲亦"深自結托",於暫別之日保證"絕不背德"。其後兩人又重在袁紹處相遇,備與雲"同牀眠臥,密遣合募部曲",遂即相與始終,共成大業。諸葛亮就更不要說啦,所有三顧草廬、魚水之說、奉命聯吳、永安托孤、率眾南征、祁山伐魏,也就是見於《蜀志》亮本傳和裴注引《襄陽記》《魏略》《蜀記》《諸葛亮集》《漢晉春秋》《魏氏春秋》等書中一系列的忠貞行誼,有誰能不承認它們是羅貫中據以肯定君臣相待、貫徹始終的素材呢? 陳壽沒有說過劉備麼?"舉國托孤於諸葛亮,而心神無貳。誠君臣之至公,古今之盛軌也。"(《備本傳》)又稱劉禪說諸葛亮是:"體資文武,明睿篤誠。受遺托孤,匡輔朕躬。繼絕興微,志存靖亂。爰整六師,無歲不征。神武赫然,威震八荒。"(見於《亮本傳》)因此,我們非常同意趙翼的帶有總結性的看法,他說:

> 劉豫州為眾士所慕仰,若水之歸海,此當時實事也。乃其所以得人心之故,史策不見。第觀其三顧諸葛,諮以大計,獨有傅巖爰立之風。關、張、趙雲,自少結契,終身奉以周旋。即羈旅奔逃,寄人籬下,無寸土可以立業,而數人者患難相隨,別無貳志。此固數人者之忠義,而備亦必有深結其隱微而不可解者矣。(《廿二史劄記》卷七《三國之主用人各不同》)

关于桃园忠义爱人的传说故事,戏曲、平话,特别是《演义》的长篇巨制,其渊源就在于此,虽然赵翼是只从这一政治集团的领导人物刘备的身上出发来看问题的。但为什么又说它也具有着历史现实的意义呢?这是因为,封建社会的极权制度是所谓"天王圣明,臣罪当诛"的,在中国历史上想要多找寻一些像刘备等人手足相待、全始全终的君臣范例,实不易见,而体现于《演义》中的"桃园弟兄",自然更是凤毛麟角的独特"典型"了。何况自元末到明初,民族矛盾益趋尖锐,这个时代,蒙古王朝又兄弟相残,史不绝书(从武宗海山到顺帝托懽铁木耳,仅仅二十六个年头就换了八个皇帝),我们纵令没有材料证明作者的创造"桃园典型"就是对立斗争这一暴乱的政治现象的,也应该注意它的社会影响。

更重要的,是这个政治集团乃系在特定的历史条件下代表着绝大多数人民利益的典型集团。作者通过它,不但体现了中国人民忠贞友爱、坚持斗争、向往幸福、乐观胜利的优秀品质,同时也继承与发扬了中国文学现实主义、爱国主义的优良传统,并且在一定程度上丰富了人民的生活、充实了人民的知识(例如军旅之事、外交手法,以及其他有关政治、经济、社会、文化的历史活动等)。因此,具体到这一点上,我们认为它跟《水浒》的"一百○八将"一样,虽然是在分别地描写着、刻划着少数的英雄人物,可是它在实质上却包蕴着千百万人民的物质基础和精神状态的。问题不过是作者落笔的角度不同,有的是在讴歌"好人政府"的统治集团方面的,有的是在赞美"农民起义"的革命组织方面的,着眼不同,各有千秋。这种发展的结果,必须予以珍视。

1984 年 1 月 24 日河北大学中文系

談顧炎武

　　凡今之所以為學者,為利而已,科舉是也。其進於此,而
為文辭著書一切可傳之事者,為名而已,有明三百年之文人
是也。

　　君子之為學也,非利己而已也。有明道淑人之心,有撥
亂反正之事,知天下之勢之何以流極而至於此,則思起而有
以救之。

　　且六代之末,猶有一文中子者,讀聖人之書,而惓惓以世
之不治、民之無聊為亟。沒身之後,唐太宗用其言以成貞觀
之治。

　　　　　　　　　　　　(《亭林餘集・與潘次耕劄》節錄)

　　潘次耕乃編刻《亭林遺書》者,曾欲拜門顧炎武為弟子,顧炎武辭
以"鄙劣不足以裨助高深",未敢便諾"從遊"。其實是因為潘次耕不
能"食貧居約,而獲遊於貴要之門","朝朝夕夕與豪奴狎客"為伍之
故。已可見顧炎武的慎交了。次耕其後改作,炎武始與往還。《潘生
次耕南歸寄示》云:

　　知君心似玉壺清,未肯緇塵久雒京。若到吳閶尋舊跡,
五噫東去一梁生。(《詩集》五)

《與友人論門人書》,亦示其嚴於律己、不求聞達之意,並批判了

"利禄之徒"說:

> 今之為禄利者,其無藉於經術也審矣。窮年所習,不過應試之文,而問以本經,猶茫然不知為何語,蓋舉唐以來帖括之淺而又廢之。其無意於學也,傳之非一世矣,矧納貲之例行,而目不識字者,可為郡邑博士;惟貧而不能徙業者,百人之中尚有一二讀書,而又皆躁競之徒,欲速成以名於世。語之以五經則不願學,語之以白沙、陽明之語録則欣然矣,以其襲而取之易也。其中小有才華者頗好為詩,而今日之詩,亦可以不學而作。吾行天下,見詩與語録之刻,堆几積案,殆於"瓦釜雷鳴",而叩之以二《南》《雅》《頌》之義,不能說也。於此時而將行吾之道,其誰從之! (《與友人論門人書》)

從這封書信,可以看出顧炎武的輕視理學、特重經學,孤芳自賞、不齒禄蠹的高尚情操了。另外是他的尺牘談學問、講出處者多,與達官貴人往還而又言不及義者絶無,在充分地發揮著借助於這一手法以表明心跡、交流經史之學的作用。文如其詩,開門見山、直接了當,極少冗言贅語。《與人書一》又講為學之道云:

> 人之為學,不日進則日退。獨學無友,則孤陋而難成;久處一方,則習染而不自覺。不幸而在窮僻之域,無車馬之資,猶當博學審問,古人與稽,以求其是非之所在,庶幾可得十之五六。若既不出戶,又不讀書,則是面牆之士,雖子羔、原憲之賢,終無濟於天下。

以文會友,所以交流;切磋琢磨,始有進益。閉門造車之流,何足以語此？此固孔子"學而時習之""有朋自遠方來"(《論語·學而》)之樂也。《與人書廿五》則述為學的目的說：

> 君子之為學，以明道也，以救世也。徒以詩文而已，所謂
> "雕蟲篆刻"，亦何益哉！某自五十以後，篤志經史。

顧炎武之論文不多，而以《郡縣論》最有知見，以其頗有"進化論"之觀點，而又從國計民生出發也。其言曰：

> 知封建之所以變而為郡縣，則知郡縣之敝而將復變。然則將復變而為封建乎？曰，不能。有聖人起，寓封建之意於郡縣之中，而天下治矣。蓋自漢以下之人，莫不謂秦以孤立而亡。不知秦之亡，不封建亡，封建亦亡；而封建之廢，固自周衰之日而不自於秦也。
>
> 封建之廢，非一日之故也，雖聖人起，亦將變而為郡縣。方今郡縣之敝已極，而無聖人出焉，尚一一仍其故事，此民生之所以日貧，中國之所以日弱而益趨於亂也。
>
> 何則？封建之失，其專在下；郡縣之失，其專在上。古之聖人，以公心待天下之人，胙之土而分之國；今之君人者，盡四海之內為我郡縣猶不足也。人人而疑之，事事而制之，科條文簿日多於一日，而又設之監司，設之督撫，以為如此，守令不得以殘害其民矣。
>
> 不知有司之官，凜凜焉救過之不給，以得代為幸。而無肯為其民興一日之利者，民烏得而不窮，國烏得而不弱？率此不變，雖千百年，而吾知其與亂同事，日甚一日者矣！

他這是有感而發的,主張地方分權,"尊令長之秩,而予之以生財治人之權","罷監司之任,設世官之獎,行辟屬之法"(同上),始可以"厚民生"而"強國勢",雖非真個反對封建主義卻是整頓吏治的一條好辦法。而侃侃談來,有理有據,文字既不艱深,層次亦極分明,其下八論同此,每篇不過四百字左右,短小精悍,這便是顧炎武論說文的特點。他的《生員論》稍長於此,卻是洞中其敝而慨乎言之者。文分上、中、下,以中篇最有氣勢,剖析亦最明晰,其文曰:

廢天下之生員而官府之政清,廢天下之生員而百姓之困蘇,廢天下之生員而門戶之習除,廢天下之生員而用世之材出。

今天下之出入公門以撓官府之政者,生員也;倚勢以武斷於鄉里者,生員也;與胥吏為緣,甚有身自為胥吏者,生員也;官府一拂其意,則群起而哄者,生員也;把持官府之陰事,而與之為市者,生員也。

泛言天下生員,一連四個"廢"字,這是為什麼?原來他們走動府官,武斷鄉里,起哄交易,無惡不作。"治不可治,鋤不可鋤","前噪後和,前奔後隨",為民大患,真交待得一清二楚。而其主旨則在於抨擊科舉,掃蕩時文,從根本上除卻此輩功名利祿之由,始能國泰民安,故其結語曰:

舍聖人之經典、先儒之注疏與前代之史不讀,而讀其所謂時文。時文之出,每科一變,五尺童子能誦數十篇而小變其文,即可以取功名。而鈍者至白首而不得遇。老成之士,既以有用之歲月,銷磨之場屋之中;而少年捷得之者,又易視天下國家之事,以為人生之所以為功名者,惟此而已。故敗壞天下之人材,而至於士不成士,官不成官,兵不成兵,將不成將,夫然後寇賊奸宄得而乘之,敵國外侮得而勝之。

那麼,改革之法呢? 顧炎武鄭重地說,必須以經史、世務代替時文,而後"聰明俊傑通達治體之士,起於其間矣"(同上)。並在《生員論下》中斷言:請用辟舉之法。

顧炎武於《錢糧論上》中講求的照顧農民、少用錢稅,因地制宜、區別征銀於市坊商人的議論亦甚得體,以其切實可行非空談也。其文云:

先王之制賦,必取其地之所有。今若於通都大邑行商麕集之地,雖盡征之以銀,而民不告病。至於遐陬僻壤,舟車不至之處,即以什之三征之而猶不可得。以此必不可得者病民,而卒至於病國,則曷若度土地之宜,權歲入之數,酌轉般之法,而通融乎其間? 凡州縣之不通商者,令盡納本色,不得已,以其什之三征錢。錢自下而上,則濫惡無所容,而錢價貴,是一舉而兩利焉。無蠲賦之虧而有活民之實;無督責之難而有完逋之漸。今日之計莫便乎此。

這乃是顧炎武的"計政""經濟學",尤其是"便民措施"。從瞭解實際情況中得來,與"紙上談兵"之書生見識,不可同日而語。連同前面錄引的《封建論》《生員論》,都是顧氏"經世致用"之學。其文樸實無華,其事簡易可行,關懷民瘼,敢於倡議,大智大仁大勇,不愧稱為五百年間(明末清初至辛亥革命之初)的第一完人。

顧炎武為清代"樸學"的鼻祖,這從他的幾篇序文中可以徵見。《音學五書序》云:

《記》曰:"聲成文謂之音。"夫有文斯有音,比音而為詩,詩成然後被之樂,此皆出於天,而非人之所能為也。三代之時,其文皆本於六書,其人皆出於族黨庠序,其性皆馴化於中和,而發之為音,無不協於正。然而《周禮》大行人之職,"九歲,屬瞽史,諭書名,聽聲音",所以一道德而同風俗者,又不敢略也。是以《詩》三百五篇,上自《商頌》,下逮陳靈,以十五國之遠,千數百年之久,而其音未嘗有異。帝舜之歌,皋陶之賡,箕子之陳,文王周公之繫無弗同者。故三百五篇,古人之音書也。魏、晉以下,去古日遠,詞賦日繁,而後名之曰韻。至宋周顒、梁沈約,而四聲之譜作。然自秦、漢之文,其音已漸戾於古。至東京益甚,而休文作譜,乃不能上據《雅》《南》,旁摭騷子,以成不刊之典,而僅按班、張以下諸人之賦,曹、劉以下諸人之詩所用之音,撰為定本,於是今音行而古音亡,為音學之一變。下及唐代,以詩賦取士,其韻一以陸法言《切韻》為準,雖有獨用同用之注,而其分部未嘗改也。至宋景祐之際,微有更易。理宗末年,平水劉淵始并二百六韻為一百七。元黃公紹作《韻會》因之,以迄於今。於是宋韻行而唐韻亡,為音學之再變。世日遠而傳日訛,此道之亡,蓋二千有餘歲矣。

這一段文字,可以說是"中國音韻簡史"了。二千年來,音韻三變,每一句話,都包孕著許多具體事實。言言有本,句句不虛,高度的濃縮概括,令人一覽無餘。豈止"韻史"而已,竟可以認為"學術文"的典範:娓娓敘來,同條共貫,提綱挈領,重點昭然,不是諳熟此道之大學者,曷克臻此。接著,他又分別交待"五書"的內容,並列舉其要點道:

炎武潛心有年,既得《廣韻》之書,乃始發悟於中,而旁通
其說,於是據唐人以正宋人之失,據古經以正沈氏、唐人之
失,而三代以上之音,部分秩如,至賾而不可亂。乃列古今音
之變,而究其所以不同。為《音論》二卷,考正三代以上之音,
注三百五篇為《詩本音》十卷;注《易》為《易音》三卷;辨沈氏
部分之誤,而一一以古音定之,為《唐韻正》二十卷;綜古音為
十部,為《古音表》二卷。

炎武連自己做學問的原委:有所發現,有所發明,有所革新,有所
前進的情況都清晰地提供給我們了,"鴛鴦繡就從君看,要把金針度與
人",是大科學家精神,是真學人本色。所以,他對於所有的成就也很
自信,說:"自是而六經之文乃可讀。其它諸子之書,離合有之,而不甚
遠也。天之未喪斯文,必有聖人復起,舉今日之音而還之淳古者。"(同
上)我們對於炎武結尾的這一句話,卻有不同的看法,還"今音於淳
古",那就大可不必了,自討苦吃麼。用之以讀古經,讓它起個橋樑作
用,倒是不差。《後序》更詳言《五書》賡續之道,所以補前人之不
足說:

> 此書為三百篇而作也,先之以《音論》,何也? 曰:審音學
> 之原流也。《易》文不具,何也? 曰:不皆音也。《唐韻正》之
> 考音詳矣,而不附於經,何也? 曰:文繁也。已正其音,而猶
> 遵元第,何也? 曰:述也。《古音表》之別為書,何也? 曰:自
> 作也。蓋嘗四顧躊躇,幾欲分之,幾欲合之,久之然後臚而為
> 五矣。
>
> 嗚呼! 許叔重《說文》始一終亥,而更之以韻,使古人條
> 貫不可復見。陸德明《經典釋文》割裂刪削,附注於《九經》

之下，而其元本遂亡。成之難，而毀之甚易，又今日之通患也。

四顧躊躇，《五書》分合久之始定，亦可見作者之好學深思甘苦備嘗了。其批判許、陸之失，亦是真知灼見，非泛泛者可比。而設為自問自答之筆，又可見其行文之搖曳多姿，"語不驚人死不休"了。誰說經學家不文，只慣於排比獺祭呢？其《初刻日知錄自序》則更簡明可取啦。炎武申敘之曰：

> 蓋天下之理無窮，而君子之志於道也，不成章不達。故昔日之得，不足以為矜；後日之成，不容以自限。若其所欲明學術，正人心，撥亂世以興太平之事，則有不盡於是刻者，須絕筆之後，藏之名山，以待撫世宰物者之求。其無以是刻之陋而棄之則幸甚！(《亭林文集》)

黃汝成說顧亭林的《日知錄》："言經史之微言大義，良法善政，務推禮樂德刑之本，以達質文否泰之遷嬗，錯綜其理，會通其旨。至於賦稅、田畝、職官、選舉、錢幣、權量、水利、河渠、漕運、鹽鐵、人材、軍旅，凡關家國之制，皆洞悉其所由盛衰利弊，而慨然著其化裁通變之道。"(《日知錄集釋敘》)這把書的門類、內容、作用，說得可謂細緻、全面，由以徵知《日知錄》才是顧炎武"經世致用"的代表作。它天文、地理、政治、經濟、律曆、軍事，無所不包。主要的還在於修、齊、治、平，以利民生。文體上則有的斐然成章，有的數語斷結，小大由之咸得其宜，詞句亦清晰切至不難索解。無怪作者自己也深信其作可以藏諸名山傳諸其人，所謂"放之則彌六合，卷之則退藏於密。其味無窮，皆實學也"(借用程朱的話)了。

顧炎武雖為"樸學"之祖,卻是尊重"漢學"的。數典不忘祖,源遠自流長。這從他的《述古》詩中可以想見:

六經之所傳,訓詁為之祖。仲尼貴多聞,漢人猶近古。禮器與聲容,習之疑可覿。大哉鄭康成,探賾靡不舉。六藝既該通,百家亦兼取。至今三《禮》存,其學非小補。後代尚清談,土苴斥鄒魯。哆口論性道,捫籥同矇瞽。(其二)

"漢學"馬(融)鄭(玄)齊名,鄭尤淵深:箋注《詩經》《三禮》,濫觴訓詁文字。且鄭亦漢末完人,經學今古雜糅,不存門戶之見,極便後人觀覽,所以炎武亟口稱道。但"漢學"與"宋學"自北宋以來就是對立的,詩中"清談""捫籥"之言,仍足以說明問題。

《旅中》自道其流浪生活情況,手法已近白描,乃四十二歲時所作,連年詩多。

久客仍流轉,愁人獨遠征。釜遭行路奪,席與舍兒爭。混跡同傭販,甘心變姓名。寒依車下草,饑糝甌中羹。浦雁先秋到,關雞候旦鳴。蹠穿山更險,船破浪猶橫。疾病年來有,衣裝日漸輕。榮枯心易感,得喪理難平。默坐悲先代,勞歌念一生。買臣將五十,何處謁承明。

《酬王處士九日見懷之作》亦言其放逐之苦,諸詩蓋均不惑年之筆也。

是日驚秋老,相望各一涯。離懷銷濁酒,愁眼見黃花。天地存肝膽,江山閱鬢華。多蒙千里訊,逐客已無家。

流浪儘管流浪,志氣並未銷磨,於此可見。

《寄弟紓及友人江南》之三云:

> 自昔遘難初,城邑遭屠割。幾同趙卒坑,獨此一人活。
> 既偷須臾生,詎敢辭播越。十年四五遷,今復客天末。田園
> 已侵并,書卷亦剽奪。尚虞陷微文,雉羅不自脫。卻喜對山
> 川,壯懷稍開豁。秉心在忠信,持身類迂闊。朋友多相憐,此
> 志貫窮達。雖鄰河伯居,未肯求呴沫。出國每徒行,花時猶
> 衣褐。以此報知交,無為久惻怛。

看來顧炎武由於抗清,家破人亡,自己亦不得不走避外州它縣,吃
盡苦頭。可貴之處在於"壯懷開豁,秉心忠信"書卷隨身,不忘經學之
鑽研,光復的大業。《子德李子,聞余在難,特走燕中告急,諸友人復馳
至濟南省視,於其行也,作詩贈之》云:

> 黃君濟川才,大器晚成就。一出事君王,牧馬踰嶺岫。
> 元臣舉國降,羽葆蒙塵狩。崎嶇遂奔亡,空山侶猿狖。蕭然
> 冶城側,窮巷一塵僦。數口費經營,索飯兼稚幼。清操獨介
> 然,片言便拂袖。常思驅五丁,一起天柱仆。微誠抱區區,時
> 命乃大謬。南望建陽山,荒阡餘石獸。生違鹿柴居,死欠狐
> 丘首。矢口為詩文,吐言每奇秀。揚州九月中,煨芋試新酎。
> 猛志雷破山,劇談河放溜。否極當自傾,佇待名賢救。落落
> 我等存,一繩維宇宙。

"驅五丁,仆天柱"又是蓄意反抗志圖恢復的隱語,因為"元臣降

服,"羽葆蒙塵"先已露出故國敗亡之痛了。炎武的此類五古長篇,多是贈與不仕的同道的,"落落公等存,一繩維宇宙"之句,可以概括。同時也掃數直書其事,使用賦的手法來歌頌完人的。應以《贈孫徵君奇逢》這個《儒行傳》中第一人為其代表,詩曰:

> 海內人師少,中原世運屯。微言垂舊學,懿德本先民。
> 早歲多良友,同時盡諍臣。蒼黃悲詔獄,慷慨急交親(天啟
> 中,左光斗、魏大中、周順昌三君被逮至京,君為周旋營救,不
> 辟禍患)。黨錮時方解,儒林氣始申。明廷來尺一,空谷賁蒲
> 輪。未改幽棲志,聊存不辱身。名高懸白日,道大屈黃巾。
> 衛國容尼父,燕山住子春。門人持笈滿,郡守式廬頻。竹柏
> 心彌勁,陶鎔化益醇。登年幾上壽,樂道即長貧。尚有傳經
> 日,非無拜老辰。伏生終入漢,綺里只辭秦。自愧材能劣,深
> 承意誼真。惟應從卜築,長與講堂鄰。

由此可見顧炎武對孫奇逢的崇拜之深,除了孫是他的老前輩以外,恐怕"樂道常貧,幽棲不辱",才是作者頂禮的主因。奇逢死後,炎武遠在山西,未得送葬,猶有"遙憑太行雲,迢遞過夏峰。泉源日清泚,上有百尺松。憶叨忘年契,一紀秋徂冬。常思依蜀莊,有懷追楚龔。不得拜靈輀,限此關山重(《孫徵君以孟冬葬於夏峰,時僑寓太原,不獲執紼,遂見乎辭》)。"並再鄭重表示"惟願師伯夷,寧隘毋不恭"(同上)之意。蓋炎武亦垂垂老矣,年六十二歲,益知晚節宜終的重要了。

清人李鴻章硃批明板《史記》小識

李鴻章是什麼人？研究中國近代史的先生們,不知道的恐怕不多,語云:"誦其詩,讀其書,不知其人可乎?"不過這裏暫不多說,留待以後分解。

先談談這部書的板本。全書共計四十大冊,我們說它"大",是因為"書"的尺寸比照秦漢"高文典冊"之書二尺四寸之規定,略有損益而已。書的選紙用料亦頗考究,裝訂得亦極精緻。總的說來是古樸大方、耐人玩索的。書的封皮,色呈淡青,質甚堅韌、耐磨損。扉葉襯上好白軟(一至三張不等)備用。騎背縫針凡七上下,兩角絕小而繡以花紋,甚美。綾布包角雖不罕見而加工卻細。爰念文革以前明板書見了不少,夠得上稱為"善本"的卻不多。現在不同,留在個人手中還帶有名人批注的真成了"鳳毛麟角"了。

書竟體白文,沒有句逗,每頁十行,行各□字,整齊異常。但初學者未免"瞠目結舌"了。作為史料的價值也不大,不過從板本上說卻是異軍突起,可以欣賞的。文革除舊以後,已可充為善本了。何況還有李氏的硃批呢,又保存在個人的手裏。

這個本子很不一般,它是以司馬貞的《史記索隱序》開卷的,繼之是他的《補史記序》《史記正義序》,第三篇是劉宋裴駰的《史記集解敘》,第四篇則是李唐張守節的《史記正義謚法解》及其《史記正義論例》《史記正義列國分野》,及至"史記目錄",又多《三皇紀》一卷。以次順序為《帝紀》(十二卷)、《年表》(十卷)、《八書》(八卷)、《世家》(三十卷)、《列傳》(七十卷),共計一百三十卷,加《太史公自序》乃有一百三十二篇。其《三皇紀》的作者署名為唐之司馬貞,厥後明代吳勉學復加以校正,遂使之神乎其神、流傳至今。例如說庖犧氏人首蛇身,能畫八卦,蓋遠古人民圖騰拜物、崇信鬼神,固不止吾國而已。

從"目錄"上反映出來許多特點,如《三皇本紀》小字側注,小司馬補;《孝景本紀》側注,褚少孫補;《孝武本紀》,褚少孫取《封禪書》補;《禮書》取《荀子》"禮論"補;《樂書》取《樂記》補;《曆書》褚少孫補;《外戚世家》又見呂太后。這是別的板本所沒有的,我們根據此類附記可以察知各本篇目的出處。善哉! 信而可徵。另外在許多"本傳"中附有等而下之的人物,亦可令人知其從屬關係,不令有向隅之感。

在"目錄"的安排上還有一個與眾不同之處,本書的作者常把許多同類的人物擺在一卷之中並列起來,然後分記(多數是在"列傳"之中)。如《張丞相列傳》三十六標明只一傳書,而下面分列張蒼、周昌、趙堯、任敖、申屠嘉等五個人的傳記,並且還有小字開列韋賢以下續魏相、丙吉、黃霸、韋玄成、匡衡共計七人之多。特別像第一百一十一卷《衛將軍驃騎列傳五十一》竟列有衛青、霍去病等十八人(每行六人)三排並列,真是洋洋大觀,未曾別見。

另外,與此同而不同的是此書的編目者任意命名,令人無法捉摸。如《三王世家》(齊王閎、燕王旦、廣陵王胥)的傳記隨意命名,標奇立異。《五宗世家》從河間獻王德到真定王平共是一十四家,又是四行分列,屈指可數。有趣味的改編者竟是這樣的"大膽",不止任意改動卷數、更換篇名,而且平添《三皇本紀》詳注褚少孫增補之篇章,真夠得上獨具隻眼、自有千秋,與清代晚出之同治年間經過張文虎根據金陵書局翻刻《史記集解》《索隱》《正義》合印本整理出來業已通行的本子,在許多地方(關於褚補的篇章)可以互相參正,所以越發令人拍案叫絕。

　　此書"年表"的安排也很別致,如卷第廿二《漢興以來將相名臣年表》用小字,而"大事記"之"相位""將位""御史大夫",不但字型較大,而且俱低一格書人和職事。蓋第一格頂天留給皇帝專用,如高皇帝元年"大事記"沛公為漢王,之南鄭,秋,還定雍,字即特小。"大事記"兩側並用同樣小字注曰:"《索隱》謂:'誅叛。'"其次為"相位",小字注曰"《索隱》謂:'置立丞相、太尉三公也。丞相肖何守漢中。'"等而次之為"將位",兩旁小字注云:"命將興師。"空白格一,始言太尉長安侯盧綰(已在皇帝二年矣)。最下一格小字,注云:"亞相,御史大夫位。皇帝元年,御史大夫周苛守滎陽。"

　　《漢書·司馬遷傳》說其中十篇缺,有錄無書。三國魏張晏注:"遷沒之後亡《景紀》《武紀》《禮書》《樂書》《兵書》(即《律書》)《漢興以來將相年表》《日者傳》《三王世家》《龜策列傳》《傅靳列傳》,言詞鄙陋,非遷本意也。"清人錢大昕認識得比較好,錢氏說:"少孫補《史》皆取史公所缺,意雖淺近,詞無雷同,未有移甲以當乙者。或者少孫補篇已亡,鄉里妄人取此以足其數耳。"《傅靳蒯成列傳》所敘三侯立國,年代都跟《功臣表》相符,文章格調又很像司馬遷,褚少孫補作不會那樣完密,他也未必寫得出那樣的文章,所以張晏的話也未可全信。總之今本《史記》中確有後人補綴的文字,但不盡是褚少孫的手筆。褚少孫在他所補的《三王世家》中說:"臣幸得以文學為侍郎,好覽觀太史公之列傳,列傳中《三王世家》文辭可觀,求其世家終不可得,竊從長老好故事者取其封策書,編列其事而傳之,令後世得觀賢主之指意。"(《廿二史考異》)。按褚少孫係西漢元成間的博士,雅好司馬遷的史文,自己還曾編得有專集呢,可惜沒有傳下來。(褚當為今河南省禹縣人,核對起古今地理的話)

　　古人藏書都有專用印章,而且是相當考究的。李合肥在同光之時已是直隸(即今河北省)總督、北洋大臣、內閣大學士,常常往來於天津、保定之間,這是老一輩的人都知道的。所以他印在這部書的鈐印,實是代表性。它一共有兩顆大印蓋在書的高頭,而且全在第一本上。

　　一曰"合肥李氏積虛堂藏書印",字為陽篆文(刻工精美,當是名家)。
　　二曰"學士齋記",亦是陽文小篆,印幅更大。

　　第一顆章記印文雖有十字而幅度較小,用在書之首卷第一葉右上角,使人一看便知書主是誰,無庸置辯。其二顆雖僅四字而堂皇清澈,使在《史記》目錄下端也是表示珍視、首肯之意,生平所罕見,安排非一般麼(筆者實有同感,現在更不待言)。

　　有人說李鴻章官高爵顯、出將入相,何計較起文事?殊不知在這一點上,湘淮同功一體,李固不多讓曾也。

　　李氏硃批的慣例是先在本篇篇目的高頭畫上兩三個紅圈,然後點句到底,逐段眉批。如《陳涉世家》十八、戍卒造反,首義有成,遂以"世家"稱之。此亦司馬遷尊稱之義也。先在篇目畫了三個硃圈,遂即點句到底,並逐段眉批在書之上(舊所謂"天"者,一般空白都留得大),李氏批文計有□節。這兒沒有太史公對於陳勝的評論,於是褚少孫發了議論,他說:"地形險阻,所以為固也;兵革刑法,所以為治也,猶未足為恃也。夫先王以仁義為本,而以固塞文法為枝葉,豈不然哉!"接著他又以賈誼之《過秦論》作結,都凡二千餘字(太史公從來沒有過的),亦可見李氏重視此論之態度了。

　　合肥給《呂后本紀》畫了雙圈,並評點到底,當是認為她功過參半,未可厚非。如子長所言患難夫妻,共打天下,高祖在時即為之翦除如韓信、彭越、黥布等不滿現狀、蓄有反叛意圖之驕兵悍將,這是史有明言的。雖然她賦性殘忍,危害戚夫人和趙隱王如意等,史遷還是給她作了"本紀",尊之如皇帝麼。倚靠重臣張良、陳平、周勃等也是她的長處,都是史有明言的。清朝同光之際西太后那拉氏還當政,這一點李合肥也不能不有所顧及的。那拉氏在殘暴戕害篡國等方面有許多類似呂太后的地方,李合肥時為"重臣",豈有不曉得的道理?

從方苞姚鼐的言行看"桐城派"

桐城派，是一個以"學行繼程朱之後，文章在韓歐之間"作為精神面貌的古文學派，它的存在幾乎是和清代相與始終的：作者四、五十家，流被南北各省，可以說是中國文學史上最大的散文派系。所以，想要弄清楚它的發生發展情況，並不是一件簡單的事。現在，讓我們對它的創始人方苞、姚鼐先初步地認識一下。

方苞（1667—1749），是桐城派的"始祖"，他生活的那個年代，正是清朝的統治從彷徨不定走向空前鞏固的年代，這種歷史情況，也如實地反映到他自己八十二歲高齡的人生遭際裏。他出身於一個可稱書香門第，也是沒落了的官宦人家。父親仲舒能詩，不肯刻集行世，說"人怕名，豬怕壯"，必須小心。哥哥方舟，八股文章作得很好，但也不常下考場，死前還把稿子燒光。① 這說明著寧靜隱逸已是他們的家風。

幼承父兄之教的方苞，雖然生活清苦，"雜牧豎，蘇茅汲井"地從事飲食，卻"誦書史，喜事功"，很想作一番事業，因此所交往的也多是"短衣屬飾，任俠談兵"一流的楚越遺民。這時，他甚至認為宋儒腐爛，不肯閱讀他們的著作。二十以後他經常往來南北二京，又和當代聞人黃宗羲的大弟子史學家萬斯同，進步思想家顏李學派鉅子李塨，講史法、重興亡、為文"妙遠不測"的古文作家戴名世等成了朋友。這些人在思想上文學上給他的影響都很大。

---

① 《望溪文集》卷尾所附蘇惇元輯《方望溪先生年譜》。

萬斯同勸告他,不要只搞"資人愛玩"的古文,應該多注意經學;李塨希望他學些裨益生民的真本領以"樹赤幟,張聖道";戴名世在古文上幫助他的地方就更大了:開示意境,點定作品,相與質正了差不多十年。因為,方苞在心目之中,已經認為這位鄉先輩的學識文筆,可以比肩古人、獨步當世了。可惜的是,方苞後來和這些朋友不只不同路,甚且反唇相譏、極力詆毀了。戴名世《南山集》獄,是促使他急遽轉變態度的重要原因之一。

清朝以少數民族入主,軍事底定以後最擔心的當然是人心的向背,因而樹立正統思想拔除反抗意識的政治措施,便刻不容緩了。康熙年間的崇祀程朱、興文字獄,就是這一政策的貫徹。戴名世出身科甲,職任編修,在自己的文集裏卻緬懷明季,不奉正朔,如何容得?既經揭發,後果不問可知。苞因列序名,也被逮捕入獄。他在這樣危急的情況下,竟誘說名世不聽他的話,私自刻了有問題的集子,連署苞名的序文都是名世假托的(事實上是,《南山集》的底版,苞都收藏在家的)。① 案結,方苞的生命是保全下來了(免死,編籍為奴),人們對他這種反復無常的行為,卻不肯原宥了。

顏李學派教人以"動",說誰"動"誰"強",反對書本知識,說:"終日章句吾伊,經濟安在?"②他們的人生態度又是艱苦樸素自力更生的。就是說,和"袖手談心性,一死報君王"的宋儒,完全處於對立的地位。已經轉變了的方苞,豈有不加以排斥的道理?令人憎惡的是,他採取的手段越來越卑鄙了。李塨長子習仁夭亡,苞既當面謾罵:詆毀朱熹的人,都會斷子絕孫。李塨死後,他在"墓誌"中又硬說,由於他的

---

① 節譯自李塨《恕谷後集·甲午如京記事》。
② 詳見顏元《習齋言行錄·學須》《剛峰》《鼓瑟》等篇中。

說明，埌已承認錯誤，改定了老師顏元《存治》《存學》裏面批判程朱的話。①

有人說，方苞作人雖差，文章畢竟寫得不錯，對於創作的"義法"也有獨到的見地。殊不知形式是為內容服務的，"學所以為道，文所以為理"，他那清順古樸的"辭章"，不過是為"人心所同即天理"、北宋諸儒始有見於"人性之本"②一類道學家的濫調去作宣傳工具的。方苞之所以能夠"供奉"內廷，歷事三朝，注經修禮地官到侍郎、總裁，未始不由於此。何況即專就文字而言，苞作也不是什麼十全十美的東西。

首先是他治學空疏，行文不夠謹嚴。如給自己的曾祖作墓誌，寫籍貫時竟把"桐城"簡稱為"桐"。按，帶"桐"字的縣名還有桐鄉、桐柏、桐廬和桐梓，不止"桐城"一個。這樣省去，後世誰能知道指的就是"桐城"呢？"太史公"乃西漢官名，司馬談父子兩代都充當這個職事，"公"也不是司馬遷對他父親的尊稱，苞乃認為《史記》中的"太史公曰"，都是褚少孫加上去的。③

其次為不辨真偽妄加增補。例如《周官》這部偽書，自宋歐陽修已有定論，苞卻根據它來誇飾周代的典章制度，把周公看得非常偉大，還抨擊敢於懷疑的人是"甚蔽"。④ 望文生義增字解經本是宋儒的老毛病，他也繼承下來了。苞嘗增補朱熹的《詩說》並申述其理由道：程子的說法，朱子加以更定的多了，認為它有失程子的原義，可以嗎？⑤

最後是，步趨摹擬就在方苞的古文理論中，如他說的"文生於心"而"稱其質之大、小、厚、薄以出"很顯然不過是韓愈"夫所謂文者，必

① 分見《望溪文集·與李剛主書》《李恕谷墓誌銘》。
② 《望溪文集·周官辨序》《文昌孝經序》。
③ 節引自錢大昕《潛研堂文集·跋方望溪文》。
④ 《望溪文集·讀周官》。
⑤ 《望溪文集·再與劉拙修書》。

有諸其中"、"實之美惡，其發也不掩"的翻板。因為跟著他就引申"藝術莫大於古文"、非"中有所得不可以為偽"的道理，認為必須"行之乎仁義之途，游之乎詩書之源"（也是韓愈的話）①，才能夠掩跡秦漢繼武周人的。

當然這並不等於說，除此以外，方苞就連一點兒值得提起的東西都沒有了。他在遭受迫害之初，不是曾經通過《獄中雜記》來暴露官員腐朽、胥吏貪殘的黑暗統治情況麼？像《左忠毅公逸事》那樣人物典型、文筆生動、激勵悱惻的作品，也不是不能夠獨步一時的（就是他談過的純潔文體、通順辭章的辦法，都應該認為具有參考的價值）。問題在於，從他的思想體系和創作過程上看，此類表現並非主流，因而不能不分別對待罷了。

直傳方苞之學的有宛平王兆符、歙縣程崟、仁和沈廷芳等人，但都不及沒有跟苞學習過而又名在弟子之列的桐城劉大櫆（1698—1780）著稱。大櫆性行純淑、詩文清麗，苞曾推為"國士"，說他具有"韓歐之才"。但他窮居鄉里一生潦倒（只作過幾年縣教官），在桐城派中起的作用不大，遠遠比不上他的學生姚鼐。

姚鼐（1731—1815）還趕上了方苞的晚年（他二十歲時，苞才逝世），不過兩人沒有見過面。他的老師除劉大櫆外還有伯父姚範。大櫆教詩、古文辭，範教經學。姚鼐可以說是清朝一手培養出來的正統文人：科甲、京官、學差、山長、重赴鹿鳴宴、詔加七品銜。這種遭際在早期的桐城作家裏沒人能夠比得。而他之得以大量延攬弟子，廣為流播聲氣，直至立派桐城自我作古，也實在是因為具備了這些條件。

桐城本一縣治，因為方苞、劉大櫆、姚鼐都是這裏的人，影響擴大以後便拿地名當作文派名了，而這個始作俑者就是姚鼐。他藉口乾隆

① 俱見《望溪文集·楊千木文稿序》和《昌黎文集·答尉遲生書》。

末年在北京聽到程晉芳、周永年說過當代古文能手不多,方苞、劉大櫆稱最,"天下文章其出於桐城乎"①的話而立名開派的。後來曾國藩也重複了周永年的話,並特別推崇姚鼐,說他"治其術益精","由是學者多歸向桐城,號桐城派"。② 他的學生更說:"望溪理勝於辭,海峰辭勝於理,若先生理與辭兼勝。"(陳用光)"先生才高而學識深遠,所獨得者,方、劉不能逮也。"(管同)這還有什麼疑問? 義理、辭章、考據三事具備,方苞、劉大櫆、姚鼐相繼而成,姚鼐並且是後來居上的,那裏去找這樣完美的事。所以吳敏樹竟直接了當地講:"今之所謂桐城文派者,始自乾隆間姚郎中姬傳,稱私淑於其鄉先輩望溪方先生之門人劉海峰","其意蓋以古今文章之傳,繫之己也",③言下大不謂然。

那末,姚鼐對於古文到底有什麼特殊的成就呢? 先說"義理"上的。我們都知道方苞主張學行程朱,"非闡道翼教者不苟作";姚鼐論學亦以程朱為宗,"有所作必歸於扶樹道教"。方苞對立顏李學派,說詆毀程朱是"戕天地之心,必絕世不祀";姚鼐也排斥李塨,尤其是漢學家戴震等,說"程朱猶父師也",誹謗他們必為"天之所惡"而"身滅嗣絕"。④ 就是說,已經摹擬到傳聲筒的地步了。這當然是正統所在,家法攸關,必須如此才算得上善繼善述。但姚鼐和戴震又是怎麼一回事?

原來,乾嘉之際漢學大行,特別是戴震不滿現實、鼓吹變易、講求經術、托跡先王,從宇宙論上就認為"道"是存在的實體而且"生生不息"⑤地運動發展著的。震的"鉅細畢究,本末兼察"的考據工夫,就是

---

① 姚鼐《惜抱軒文集·劉海峰先生八十壽序》。
② 曾國藩《曾文正公全集·歐陽生文集序》。
③ 吳敏樹《柈湖文集·與襄岑論文書》。
④ 《惜抱軒文集·與簡齋書》。
⑤ 戴震《孟子字義疏證·天道》等篇。

他藉以推求真理的科學方法。姚鼐對於戴震先本極力欽服(甚至一度請執業為弟子,不過為震所拒絕)。① 但後來立馬桐城忠於正統的姚鼐,對於戴震這種以窮經為名而其實非議宋儒的"異端"到底不能容忍,所以還是唱著"道學一旦廢,乾坤其毀焉"②的調子去從事警衛了。

更成問題的是,姚鼐一面醜詆戴震非聖叛道,一面卻襲取震的"義理、文章、考核"三事之分,也說"天下學問之事,有義理、文章、考據三者之分,異趨而同歸,不可廢"③。按學問之道,本是可以絀長補短的,惟須樸實虛心不事剽竊,否則無以取信了。姚鼐寫的考據文章不多,像《郡縣考》《左傳補注序》《辨逸周書》等篇,也有條理清晰論證確切之處。不過因為他別有用心,又不能貫徹這種精神於所有的寫作中,所以終歸是桐城派的考核。

至於"辭章"方面,則乍看姚鼐的"文章之源本乎天地""文者天地之精英",仿佛有點子唯物氣息的。可是別忘了他所強調的,乃在"內充而外發者,其言理得而情當"的主觀唯心論。再看他的"天地之道,陰、陽、剛、柔而已",只要抓住它精微的所在,"皆可以為文章之美",又好像找到了對立激蕩相反相成的客觀規律。然而我們更不能不注意,他那根本的意圖是在"惟聖人之言統二氣之會而弗偏"④上,就是說協和中正不發生矛盾才最為理想的主張。

不過,姚鼐把創作方法歸納於神、理、氣、味、格、律、聲、色八字之中,並指出前四者為"精"(因為它是內容方面的東西),後四者為"粗"(因為它是形式方面的東西),如果沒有這個"粗",那個"精"也就無法

---

① 戴震《戴東原集·與姚孝廉姬傳書》。

② 《惜抱軒文集·述懷詩》。

③ 見《戴東原集·與方希元書》和卷首的段玉裁序及《惜抱軒文集·復秦小峴書》等篇。

④ 《惜抱軒文集·海愚詩鈔序》《答魯賓之書》。

體現的說法,①卻是應該予以肯定的。雖然他說得有些抽象含糊,所繼承的又是劉大櫆"神氣音節"之論,這和他已經知道寫文章須用活的語言,"文字者猶人之語言也",比起方苞當日要把語録、小說、俳諧、佻巧之類一概汰除的清規戒律來,②同樣是有所提高的表現。儘管解決的都只是形式上的問題。

　　總之,中國社會發展到了十七世紀以後,要求摧毀舊制度建立新生活的進步思想已經萌櫱,前面提過的顔元、李塨、戴震和更早一些的王夫之、顧炎武、黃宗羲等,便是它的先驅者。而方、姚兩人卻頑固保守,一直在對抗新生的事物,豈可等閒視之！桐城派後來流傳到曾國藩等人,竟爾正面和太平軍周旋起來,他們所掌握的古文,也直接成了鎮壓人民起義的宣傳工具,其事絕非偶然。所以我們研究它的時候,必須根據政治標準第一的原則,先搞清楚它的歷史面貌(作家們生活實踐的情況,和他們體現於作品中的思想內容),然後才能談到什麼是今天可以吸取的。

（本文原載於《唐山師專學報》1981 年第 2 期）

---

①　見蘇撰年譜。

②　《惜抱軒文集·與張原林》及《古文辭類纂》序目中。

桐城本派諸家概述

安徽桐城,是桐城古文學派的發源地。戴名世、方苞、劉大櫆、姚鼐,先後崛起,各以振興文事為事。雖其後名世慘死,方苞移家金陵,大櫆歸老櫆陽,姚鼐在外講學,常常失掉了重心,但因名號已成,天下知曉,本地人士容易追風奮起的關係,自姚以下,像樣作家的產生,仍舊不在少數。例如曾國藩所提到的方東樹、姚瑩和東樹的弟子戴鈞衡,極為曾氏所貴,而王先謙特別表出的劉開,都是了不起的人物。此外曾、王俱未措意,而我補充上來的方宗誠(東樹之弟),雖是師尊不純,年輩較晚,然而論起義理、辭章的造詣來,最低限度亦會及得戴鈞衡,所以不便容其向隅。至於此外的人,即或隸籍桐城,自謂作者之流,仍舊所在多有,然而因為篇幅關係,不能一一敘述了。以上諸人略依己意次之如下:

一、方東樹
附:戴鈞衡、方宗誠

桐城後起的作家,能夠像方苞的學行程朱、文章韓歐,或是姚鼐的義理、辭章、考據三者兼長的,簡直沒有。不得已而求其次,則得其一端者,已屬可貴。就拿方東樹說,他便是一個只重義理學行,而文章比較平凡的人。

方東樹,字植之,安徽桐城人。曾取蘧伯玉五十知非,衛武公耄而好學之意,以"儀衛"名軒,學者遂稱為儀衛先生。他生於高宗乾隆三十七年(1772),幼穎敏,年十一,效范雲作《慎火詩》,為鄉前輩稱讚。二十二,入縣學為弟子員,尋補增廣生。時同里姚鼐主講江寧鍾山書院,乃往受業。與上元梅曾亮(伯言)、管同(異之)、同里劉開(孟塗),並為姚鼐所稱許,世目為姚門四傑。家貧,屢試不售,年五十遂不再應舉,客遊四方。歷主廬州、亳州宿松、廉州、韶州等處書院,所至導諸生以學行,不只課以文藝。晚年里居,誘掖後進。以詩文就正者,既告之法,且進以為己之學。年八十,祁門令延主東山書院,欣然往,抵祁,越兩月而卒,時為文宗咸豐元年。(並見蘇惇元所撰《傳》及鄭福熙所撰《年譜》。)東樹的文章不甚精美,他自己說:

> 昔吾亡友管異之評吾文曰:"無不盡之意,無不達之辭,國朝名家無此境界。"吾則何敢自謂能然?然所以類是者,亦有故。蓋昔人論文章不關世教,雖工無益。故吾為文,務盡其事之理,而足乎人之心。竊希慕乎曾南豐、朱子論事說理之作,顧不善學之,遂流為滑易好盡,發言平直,措意儒緩,行氣柔慢,而失其所能。於古文雄奇、高渾、潔健、深妙、波瀾、意度全無。得失自明,固知不足以登作者之籙。(《儀衛軒文集自序》)

滑易好盡,發言平直,措意儒緩,行氣柔慢,這些的確都是東樹的短處。因為他作文章,只求能盡理達辭,便算夠了,不再講什麼雄奇、高渾、潔健、深妙。不過,他卻知道文須變異,言必有本的道理。如《答葉溥求論古文書》云:

> 故凡吾所論文,每與時文相反。以為文章之道,必師古

人,而不可襲乎古人。必識古人之所以難,然後可以成吾之是。善因善創,知正知奇。博學之以別其異,研說之以會其同。方其專思壹慮也,崇之無與為對,信之無與為惑,務之無與為先,掃群議,遺毀譽,強植不可回也,貪欲不可已也。及乎議論既工,比興既得,格律音響既肖,而猶若吾文未足追配古作者而無愧也。於是委蛇放舍,綿綿不勤,舒遲黯會,時忽冥遇。久之,乃益得乎古人之精神,而有以周知其變態。是故文章之難,非得之難,為之實難。道德以為體,聖賢以為宗,經史以為質,兵、刑、政、理以為用,人事之陰陽、善惡、窮通、常變、悲愉、歌泣、淩雜、深頤以為之施,天地、風雲、日星、河嶽、草木、蟲魚、禽獸、花石之高曠、夷險、清明、黟露、奇麗、詭譎,一切可喜可駭之狀,以為之情。及其譽之於口而書之於紙也,創意造言,導氣扶理,雄深駿遠,瑰奇宏傑,蟠空直達,無一字不自己出。而後吾之心胸面目,聲音笑貌,若與古人偕出沒,隱見於前。而又懼其似也,而力避之;惡其露也,而力覆之;嫌其費也,而力損之。質而不俚,疏而不放,密而不儳,陰陽蔽虧,天機闔開,端倪萬變,不可方物。蓋自孟、韓、左、馬、莊、騷、賈誼、揚雄、韓、歐以來,別有能事,而非艱深、險怪、禿削、淺俗與夫餖飣、勦襲所可襲而取之者也。夫文亦第期各適一世之用而已,而必劌心刳肺,斷斷焉以師乎古人,若此者何也? 以為不如是則不足以為文也。

　　本文的大意,是在說作者對於古人,要師而不襲,識難以慎。其方法為先從博學、研說、專思、一慮,以求得古人的神態,然後再以道德為體,聖賢為宗,經史為質,兵、刑、政、事為用,人事為師,物感為情,以為創意、造言、導氣、扶理的依據。但行文時,須是力避其似,力覆其露,力損其費,才能達到無一字不自己出的境地。乾脆點講,除掉有些是經驗之談以外,還不是韓愈"師其意不師其辭"的引申義。東樹論文,尤重質本。他說:

> 欲為文而第於文求之,則其文必不能卓然獨絕,足以取貴於後世。周秦及漢,名賢輩出,平日立身,各有經濟德業,未嘗專學為文,而其文無不工者,本領盛而辭自充也。故文所以不朽天壤萬世者,非言之難,而有本之難。若夫所以為之之方,可一朝講而畢也。

文之不朽,須是有本。什麼才是作者應有之本呢? 那便是學行可述,大節不虧一類的經濟德業。東樹義理之辨,極似宋人。如《原靜》言"性"與"欲"云:

> 《記》曰:"人生而靜,天之性也。感於物而動,性之欲也。"是知人性本靜,凡動皆欲,感動即動。是欲也,雖感於物,亦出於性。(《儀衛軒文集》卷一)

這種道理,如果拿心理學來解釋,"靜"是心理的內涵,"動"是外物的感應。沒有"刺激",不會"反應",所以說"人生而靜"。受了"刺激",便起"反應",所以說"感於物而動"。人類天生都有一些兒"原本的趨向",這些"趨向",可以決定"反應"的方式,所以說"雖感於物,亦出於性"。又《原義》談"中庸"之道云:

> 義者,宜也;宜,時中也。時中非權莫執,故中權而後時措之,宜也。苟行不得宜,則仁亦為病。如云姑息之仁、兼愛

之仁，又如仁主愛、愛成貪，皆失義為之害也。仁包四德，失義則仁之量虧而未盡。（同上，卷一）

按《禮記·中庸》有云：“君子之中庸也，君子而時中。小人之反中庸也，小人而無忌憚也。”（第一章）依照方東樹的講法，“時中”便是“義”，便是“君子之中庸”；“無忌憚”便是不得宜，則“仁”亦為病，所以說“小人反中庸”。

此外，桐城子弟還有一個必盡的義務，而方東樹也做到了，那便是他的攻擊“漢學”。為了攻擊“漢學”，他曾特著《漢學商兌》以圖徹底地排拒之。蘇惇元云：“乾嘉間，學者崇尚考證，專求訓詁名物之微，名曰漢學。穿鑿破碎，有害大道，名為治經，實足以亂經，又復肆言攻詆朱子。道光初，其焰尤熾。先生憂之，乃著《漢學商兌》辨析其非。書出，遂漸熄。”蘇又記云：“先生著《漢學商兌》既刊佈，謂惇元曰：‘士不能經世濟民，著書維挽道教，或亦補不耕織而衣食之咎也。”可見他的重視此文，與疾惡“漢學”了。按《漢學商兌序》云：

　　近世有為漢學考證者，著書以辟宋儒、攻朱子為本，首以言心、言性、言理為屬禁。海內名卿鉅公，高才碩學數十家，遞相祖述，膏唇拭舌，造作飛條，競欲咀嚼。究其所以為之罪者，不過三端：一則以其講學標榜門戶分爭，為害於家國；一則以其言心、言性、言理墮於空虛心學、禪宗，為歧於聖道；一則以其高談性命、束書不觀、空疎不學，為荒於經術。而其人所以為言之惝，亦有數等：若黃東發、萬季野、顧亭林輩，自是目擊時敝，意有所激，創為救病之論，而析義未精，言之失當；楊用修、焦弱侯、毛大可輩，則出於淺肆秋名，深妒宋始創立《道學傳》，若加乎《儒林》之上，緣隙奮筆，恣設詖辭；若夫好學而愚,智不足以識真,如東吳惠氏、武進臧氏,則為闇於是非。自是以來,漢學大盛,新編林立,聲氣扇和,專與宋儒為水火,而其人類皆以鴻名博學為士林所重,馳騁筆舌,弗穿百家,遂使數十年間承學之士,耳目心思為之大障。歷觀諸家之書,所以標宗旨,峻門戶,上援通賢,下譽流俗,眾口一舌,不出於訓詁、小學、名物、制度。棄本貴末,違戾詆誣,於聖人躬行求仁、修齊治平之教,一切抹摋。名為治經,實足亂經;名為衛道,實則畔道。

不過他替人家作反宣傳的結果,倒把自己的弱點暴露出來。對於那三端的攻擊,既不曾有著旗鼓相當的反駁;對於那些漢學家,也不見有使人折服的批判。光說兩句氣話,會得什麼效果?所以蘇惇元"書出遂漸熄"之言,我們有些懷疑。譬如他又說:

以六經為宗,以章句為本,以訓詁為主,以博辨為門,以同異為攻,不概於道,不協於理,不顧其所安,鶩名干澤,若飄風之還而不僵,亦辟乎佛,亦攻乎陸、王,而尤異端寇讎乎程、朱。今時之敝,蓋有在於是者,名曰考證漢學。其為說以文害辭,以辭害意,棄心而任目,刓散精神而無益於世用,其言盈天下,其離經畔道過於楊、墨、佛、老。

還不是照樣的空話頭,批評人家的言語,不簡直等於讚美人了嗎?不過"漢學"和"宋學"的是非,前編已經談過,這裏不贅言。我們所以舉出方東樹的言論,只是證明他確在攻擊"漢學",不愧為桐城的子弟而已。

東樹的立身處世,頗能言實相符。蘇惇元稱他"有至性,內行純篤。事祖母、父母甚孝，營葬三世七喪，竭盡心力。持己尤廉介剛直，不詭隨世俗。身雖未仕，常懷天下憂。凡遇國家大事，忠憤之氣見於顏色，或流涕如雨。族戚友朋之事，為之憂戚喜忭，一如己事"（見所撰《方傳》）。所以方、姚以後，義理精明，學行純篤的桐城作家，允以方東樹為第一人。

東樹著書有：《漢學商兌》《待定錄》《大意尊聞》《書林揚觶》《一得拳膺錄》《進修譜》《未能錄》《最後微言》《思適居銓語》《病榻罪言》《山天衣聞》《昭昧詹言》、文集、詩集等數十卷，內容多半是講求義理心性和修齊治平的。弟子甚多，著籍者蘇惇元。從弟宗誠、戴鈞衡，而以戴為最。

1. 戴鈞衡

戴鈞衡，字存莊，號蓉州，安徽桐城人，生清仁宗嘉慶十九年（1814），卒文宗咸豐五年（1855），年四十一。鈞衡幼有異稟，七歲就傅，讀書目數行下，振筆灑灑數千言。稍長，益奮志，泛覽百家。時人毛岳生（生甫）、梅曾亮（伯言）、姚瑩（石甫）皆驚為異才。年二十七，邑老儒方東樹自粵歸，鈞衡以詩文請業為弟子。東樹詫曰："經采華妙，吾目所未見也。"但鈞衡以文藝為末事，而謂士當通經致用，切劘以根柢之學，於是刻意奮勉，輟廢餐寢，又憂家國，好言時事。雖中道光二十九年舉人，但兩會試，不第。洪楊亂起，疆吏望風逃避，鈞衡父率鄉人行團練，以資保衛。鈞衡亦襄事其間，遂以積勞憂憤蚤卒。著有《味經山館文鈔》（以上並見戴心傑《蓉洲府君行述》及《味經山館文鈔自序》）。其《自序》云：

予年二十，學古文，愛鄉先生耕南劉氏作，揣摩私效，學不足以充其才,徒滋假像陳言而已。二十三,交許丈吾田,攻考證學,務為匯古數典之文。二十七,從遊植之方先生,始知所作皆非,而後者更不如前此之猶合義法。於是乃以姬傳姚先生《古文辭類纂》為宗,久之,略見塗轍。先生曰:"文章之本,不在是也。"於是稍稍求之宋五子書以明其理,求之經以裕其學,求之史以廣其識。因循玩愒,厭故喜新。雜以科舉人事作輟,未克實用力以臻精深之詣。每有所作,理不能徵於實,神不能運於空,氣不能渾於內,味不能餘於外,隨手拋擲,不自愛重。間有錄稿,必正之植之先生與同門厚子、鍾甫、存之三人者而後存。歲庚戌、壬子先後兩入都,湘鄉曾侍郎、仁和邵映垣、山陽魯通甫、武陵楊性農、巴陵吳南屏,復加審正,選存若干首。春官兩黜,四十無成,方將退隱故山,從容肆力,以嗣鄉先生之緒。而粵西多事,蔓延兩楚,大吏擁重兵守險,率望風逃。不三月間,武昌、安慶、江寧、鎮江、揚州皆陷,天下震動。桐沖邑,未罹兵火,而居民遷徙流離。鄰匪來逼,家君率鄉人行團練,以資保衛。小子襄事其間,目不覩文字者半載於茲矣! 回憶討論文事諸賢,植之先生墓草已宿,邵、曾諸君子星散四方,干戈滿塗,書問梗塞。同門三子者,數月不一得見,見亦無暇論學。區區無用之文,尚復何心整理哉?

從這篇文章裏,我們可以看出鈞衡為文章和做學問的經過。而遍觀他所接近的師友,尤可以察出他的志趣傾向。他講文章也是"神理、氣味"這一套,還不足以為私淑劉(大櫆)的證據? 他講"義理"雖亦尊宋五子,而主張由經裕學,以史廣識,還不是私淑姚鼐的證據? 他說:

　　方正學有言："立教有四：一曰道術,二曰政事,三曰治
經,四曰文藝,四者各就其才之所能,性之所近,以教之而底
於成。"余謂道術、政事、文藝皆必由治經而入。何則? 治經
者,格物窮理之大端也。蓋自堯舜以來相傳之道,所以自治
與所以治人之法,無不具於經學者。苟不能深求其旨,求得
古聖人之心,則所以行之於身、措之於世、發之為文章者,皆
無其本。治經非徒通其訓詁、章句、名物、典章而已。陸行者
資乎車,水行者資乎舟,然而水陸之行,必皆有所欲到之處。
苟茫無定向,第飄搖轉徙於天地之間,而無所歸止,則舟車徒
為苦人之具。訓詁、章句、名物、典章者,治經之舟車也,治經
而不求得聖人之心,亦何異飄搖轉徙於天地哉! 雖然,舟車
不具,無以行也。治經者,舍訓詁、章句、名物、典章,亦無由
以行也。(同上,卷一,《課經學》)

治經為窮理之大端,道術、政事、文藝,皆必由此而入,否則不能深窮其
旨而求得古聖人之心法。但治經必須以訓詁、章句、名物、典章為工
具,否則亦無由而入。那麼,這種說法和戴東原反對鑿空,當由"考覈
以通乎性與天道"的主張,又有什麼不同? 可見鈞衡不但是受了姚鼐
義理、辭章、考據並重的影響,而對於方東樹的空談、臆測有所改作,簡
直是戴震於漢學家"實事求是"的精神,對於姚鼐的等視"考據"亦在
糾正了。不過他究竟是桐城派,是程朱的信徒,對於單純以"考據"為
事,不知立身淑世的漢學家,還是肆力的攻擊。他道:

　　予獨慨夫說經之書破碎、支離、穿鑿、武斷,未有如嘉慶
間所稱"漢學家"者也。其始起於國初一二大儒,鑒明代空疏

之習,矯以實事求是,猶能確守聖人之道,遵奉程朱,有體有用。繼起者則務為博聞、強記、專門名家。又其後,乃流為破碎、支離、穿鑿、武斷。雖其鉤稽推考,亦有足補前儒之未備者,然舍其大而求其細,拋其本而尋其末,矻矻焉終其身於故紙堆中,內無以淑其身心,外無以施之國家天下,乃亦享大名、立宗派,憪然與程、朱為難,睥睨元、明以來一切理學名儒。彼其意以為吾之所知,皆彼所不及知也,而不知斯固彼所不屑知,亦天下後世所不必皆知者也。今夫大學之道,首在"格物"、"致知"、"窮理"者,格致之大端也。窮經而不求之理道之源,踐之倫常日用之地,則知先為物累,而大學之徑塞矣。今試取漢學家破碎、支離、穿鑿、武斷之書,謂足以誠意乎? 正心乎? 修身而齊家乎? 治國而平天下乎? 無一可者也。律以孔子之道,斷當取而焚之,以無蔽惑乎學者之心思耳目。

這便又是方東樹的老調了。但我們平心而論,如果從文章和義理(宋儒的躬行實踐)來看,嘉慶以後的漢學家,的確是越弄越支離破碎,越幹越舍本求末了,以工具為目的,終其身於故紙堆中,也不怪桐城派的抨擊。鈞衡處處以學行為重,文藝為末。如《上羅椒生先生書》云:

　　詩古文者,古人只以道其所行與不能已於中之故,後世不得志於時者,乃多籍以自抒所學。其卑鄙者,則以鉤聲譽、干謁公卿。足下將欲祈乎古歟? 則惟深之以學問,踐之以躬行,然後發之皆德音,不必以為名也。(同上,卷三)

就是科舉的文章,鈞衡也主張要以實學為宗。他說:"制義者,所以發明聖賢之言也。欲言其言,則必通其經,明其道,講求其典章法度,而實體之於身心,而後言之有物,其發之也為有本。不此之務,而徒從事於揣摩得失,剽竊影響之為,則吾未見其出而實有裨於世也。"(同上,卷一,《擇山長》)總之,這個品端學粹的戴鈞衡,要不是他遭時不遇,喪亂頻仍,以致使他無暇學問,悒鬱早卒,他的成就絕不會只是這麼一點點。

2. 方宗誠

方宗誠,字存之,安徽桐城人,生於清仁宗嘉慶二十三年(1818),卒於德宗光緒十四(1888),年七十一。宗誠為東樹從弟,曾入曾國藩幕,奏補棗強縣知縣,以卓異,又為李鴻章所推舉,擢知灤州,因故不赴任,光緒六年遂告歸。宗誠所師,不僅東樹一人,故其造詣亦與東樹少異。宗誠《復方魯生先生書》嘗自述其師承次第云:

> 誠稟質懦弱,少時得師玉峰許先生,慕其苦志卓行,使奮然有所興發。其後數年,獲交先生,所以鍛煉宗誠者益力。近十年來,從從兄植之先生遊,植之先生少雖博物文學之士,而暮年進德,體究入微,專致力於心性倫物之實,所以告宗誠者,無一浮虛影響之談。故宗誠自維入學以來,多獲賢師友之益,而於此甄略有所見,則實本於二先生及先生焉。(《方柏堂集前編》四)

因為崇信陸、王的方魯生,和學行程、朱的許鼎,都曾作過宗誠的師友,所以宗誠之學,雖以受之東樹者為較多,而其結果卻未能盡同。例如

東樹反對"漢學",拼命地攻擊,宗誠只說"學問之道,凡以求得其本心
而已"(同上,《編次許玉峰先生集敘》),不贊成斤斤於是非異同之辨。
《復劉岱卿書》云:

　　竊以謂吾輩為學,宜急於辨人品之真偽,無急於辨學術
之異同。宜急於辨吾心之理欲,無急於辨他人之是非。今儒
者之書,多好辨陸、王、陳、劉諸儒之失。夫諸儒之學,不能無
偏,即不能無弊端,前賢論之詳矣。學者果真知程、朱之為
是,則當確守程、朱之法,而實力行之。豈宜徒取其言為爭辯
之具邪?昔子貢方人,子曰:"賜也賢乎哉,夫我則不暇。"今
人讀書不知實踐,而但詆毀先儒,是亦方人之類耳。如以為
衛道閑邪起見,則今日學者方喻利為人之不暇,求有一真為
陸、王、陳、劉諸儒之學者,邈不可得,又何為憂其學之害人
乎?況吾心之理欲誠偽,未能辨析幾微,省察而力克之,而徒
襲取程朱之緒論,以攻辨諸儒,豈為己之學邪?子貢曰:"文
武之道,未墜於地,在人。賢者識其大,不賢者識其小,莫不
有文武之道焉。"愚以為陸、王、陳、劉,雖不知周、程、張、朱之
粹,然亦莫不有孔子之道焉。學者苟以朱子之學為宗,而於
諸儒之說但節取之,亦無不可獲師資之益。不知善取其長,
徒抉其短,以為吾確宗朱子,吾恐非朱子之願也。

　　漢、唐和陸、王,都是桐城派反對的學問,而宗誠不護"漢學",維護
陸、王,好像他在背叛"家法"了。殊不知宗誠之時,"漢學"的權威時
代已經過去,隨著程、朱的復興,陸、王之學也有重行抬頭的趨勢。就
是桐城作家中,還有兼重陸、王的呢!所以程朱、陸王之爭,又見大熾。
豁達的人,多主張調和,方宗誠便是裏面的一個。

宗誠先本不喜陸、王,師方魯生後,才有意於兼收,《復方魯生先生》又云:

> 往者宗誠妄論先儒學派,不喜陸、王,深為先生所斥。因取陸、王書,虛心體玩,乃知其言失者固多,而其得者亦間有合於孔、孟教人之旨。雖解說文字間與程、朱不同,而究其修己淑世之心,無非欲以明天理、盡人倫、為極則。偏駁誠所不免,直詆為異端,亦過也。先生於陸、王無異詞,而於程、朱論學之旨,則間生訾議,鄙意有所未安。夫秦、漢而後,學絕道晦,非程、朱大儒揭明之,何能使此道昭然,如日月之經天,江河之行地?即陸、王之粗見大原,亦未嘗不由程、朱發其蘊也。學之不講久矣!語及正學,言及先儒,大都笑而不應,甚或疾之如仇。其有才智者,又或耳食一二正言,全不知體之於身,施諸實用。今先生欲取陸、王之說,直指本體啟發人心,其意可謂仁矣。然竊以為窮理之細,檢身之密,行法之嚴,析義之精,終不如程、朱之所以示人者為無弊焉。若好為過高之論,及稍開訾議之端,誠恐聞者於先生精言之論,未必能得之於心,而但襲取一二高談,以為輕藐先儒之具,且資之以掩其狂蕩之失,其弊可勝道哉!

程、朱、陸、王各有得失,理宜識其是非,以求益於吾身心。偏有所好,或意圖蒙混,便失卻"中正"之道了。今觀宗誠此書,固已極言程、朱之善,但於陸、王實亦未嘗一筆抹煞,蓋緣其能以並存為心而已。《復玉峰先生書》中這種道理,說得更為精到,其書云:

> 嘗論先儒之學,惟程、朱守孔子"下學上達"之敘,其論學

大旨,以為此理本具於吾心,而散殊於事物,事物與吾心,二而一者也。故必先"即物窮理",以求一旦豁然貫通乎本原,所謂"格物以致其知"也,是合外內之道也。其後宗程、朱者,往往但知"即物窮理",而狃於見聞,膠於文義,馳其心於外,逐其心於物,終其身不能洞本而澈原。陽明氏出,憤末學之支離,以為天下之理,即在吾心,而以"致良知"為教。其所謂"致良知"者,亦儀《大學》"明明德",朱子所謂因其所發而遂明之之意也;儀《中庸》"致曲",朱子所謂自善端發現之,遍推而致之,以各造其極之意。孟子所謂"擴而充之,足以保四海"之意也。陽明所以折權奸於方熾,定大變於呼吸。羽書旁午,從容自在,讒謗交加,毫不動心,未始非平日"致良知"之功也。是豈得謂之非好學哉?然徒以"致良知"為教,而廢"格物窮理"之功,且牽引經書以為己說,以為即"格物窮理"之功,復古本,改朱注,使學者專事心體而略事物,務求上達而廢下學,其弊必至於忍心為性,忍心為理,而任意妄行,此其過矣!是故陸、王諸儒之學,可以謂之"偏",不可謂之為"異端"。且諸儒之學雖偏,而實能力行以至其極。今之宗程、朱者,亦必能力行以至其極,而後為賢於諸儒焉。不然,雖所見"中正",勝於諸儒,究不若諸儒之實有所得也,而況所見未必"中正"邪?(同上,前編卷四)

宗誠這一篇文章,實在做得精到。所論朱學王學各點,不但扼要中肯,而又發微知著,非對朱子、陽明下過一番認識功夫的人,絕難有此成就。末段以能"力行"與否,估定學者的價值,仍舊不忘桐城"實踐"的精神,真可謂善講"義理"者了。

宗誠論文,亦多講學的氣氛,因為他是直截了當的主張"文以載

道"的。《斯文正脈敍》云:

> 道之顯者,謂之文。孔子所云斯文在茲者,蓋即指斯道
> 而言也。言道則懼學者隱然而莫見,言文則使學者燦然而易
> 明,其實一也。古無有離道而謂之文者。蓋自天地之廣大,
> 萬物之繁賾,鬼神之幽隱,帝王之典章制度,《書》之所載,
> 《詩》之所歌,以及吾身日用之常經,事理之當然,時勢之變
> 化,凡耳之所得而聞,目之所得而見,口之所得而言,身之所
> 得而踐者,皆文也,而"道"即在是也。君子博學於"文",即
> 所以求明夫斯道也。古無有離道而謂之文者,亦豈有外求
> "道"而別有所謂"博文"者乎?(同上,次編卷一)

"古無有離道而謂之文者,亦無有外求道而別有所謂博文者",是
天地間的萬事萬物都是"文",同時也都是"道"了。"文"與"道"的分
別,只是一顯一隱,一個事物的兩方面而已。可知宗誠也是一個"文道
合一論"者,《古文簡要敍》更詳述其理道:

> 文之事本一,而其用三,曰晰理,曰紀事,曰抒情。理之
> 原具於人心,而散見於事事物物。不有文以晰之,則自身心
> 性情之近,以至國家天下之遠,自日用行事之常,以至患難死
> 生之變,凡夫喜、怒、哀、樂之節,視、聽、言、動之宜,子、臣、
> 弟、友之經,出處、進退、取捨之義,牧民、御眾之方,制敵、禦
> 侮之策,致治、保邦、移風易俗、禁奸、弭亂之計謀碩畫,所謂
> 裁成、輔相以左右民,與夫息邪、距詖以承先聖旨統者,其理
> 千條萬緒,變變化化,不可端倪。是是非非,混淆雜出,皆將
> 無以明諸心,而處其當。至於上古以來,聖君、賢臣平地成天

之績,良將、循吏撥亂反正之功,暴君、汙吏、小人、檢士惑世誣民之事,國家興亡、治亂之由,以及忠臣、義士、孝子、貞婦之畸行苦節,高人逸士之流風餘韻,可以廉頑而立懦者,苟非有文以紀之,則又何以昭法戒而使後人多識多聞以蓄其德?且夫人生而靜,天之性也。感於物而動,而情生焉。君臣、父子、夫婦、昆弟、朋友之交,違順苦樂之境,存亡聚散盛衰之遇,操心慮患、怨慕離愛、呼天向隅之鬱積,非抒之以文,則又何以發憤宣悲,寫人情之所難言而泣鬼神、動天地?是三者,文之大用也。雖然,有其本。今夫日、月、星、辰、風、雲、雷、雨之成象於上,變化而無方者,天之文也,而天非有心而文之焉。山峙川流、草木蕃庶、鳥獸率舞之成形於下,變化而不窮者,地之文也,而地非有心而文之焉。《詩》以道志,《書》以道事,《禮》以道行,《樂》以道和,《易》以道陰陽,《春秋》以道名分,為經於中,變化而不可易者,聖人之文也,而聖人非有心而文之焉。至聖之道充於中,而以時發現於外而不已也,是故學者不可不求其本。理明於心,事曉暢於心,情出於心之正,動於心之自然,而皆非有所穿鑿而矯飾,則發為晰理之文,自能辨是非,判疑似,別真偽,不徇一己之私見,而當於人心之所同然。讀其文者,可以啟聰牖明,沃心發慮,開物而成務。發為紀事之文,則自能謹闕文,具本末,刪繁提要,詳略有倫,紀其事而並傳其神,志其人而並狀其氣象。後之讀者,雖在千百載之下,而如生千百載之上,親炙其人,目見其事,感動興起於不容已。發為抒情之文,則自能道故舊,述今昔,敘悲歡離合之跡,傳幽隱宛結之思。或含蓄而深婉,或沈鬱而頓挫。令讀其文者,不覺一唱三歎,唏噓欲泣,情為之篤,而氣為之厚。有本者如是。是豈徒剽賊古人,揣句讀、摩音

節而為之者哉?(同上)

洋洋灑灑,縷述晰理、紀事、抒情等"三用"的本質,形式和方法的交相為用,而最後歸之於"誠中形外",行其自然的大本。不用講說理透徹,單論文章,已經可以在桐城派中佔有一席地位了。不曉得王《纂》、曾《序》,為什麼都沒有方宗誠的的名字。我們把他介紹出來,也許可以稍補曾、王的不足哩。

二、劉開

劉開的學行,恰和方東樹相反,論文章他是辭高氣盛,論品質卻是素行不檢。上元管同(異之)曾批評他道:

> 道光六年,北遊京師,石甫持《明東詩文集》十數大編,索余序。讀之,辨博馳騁,氣光發露,不可掩遏,予既歎為奇才,益以生平不再見明東為恨。或曰:"明東學於姚先生,不務守師訓而奔走公卿形勢,朝上一書以求名,暮進一詩以鑽利,此戰國遊士蘇張之流耳,豈知道者歟?"石甫曰:"不然。明東自負其才,欲為世用,躓於諸生,身屯而道塞。借勢王公大臣,思以振歷,彼所謂不羞小節而恥功名不顯於天下者,豈遊士倫哉! 昌黎韓公數干貴人,自言凡吾所為,小得將以具裘葛、養窮孤,大得將以同吾所樂於人。夫明東之志,亦若是而已。(《因寄軒文集》卷四《劉明東詩文集序》)

管同與劉開同隸姚門,有所譏議,自不得不托諸或人。姚瑩(石甫)乃欲藉韓愈的干進為之掩飾,殊不知韓愈便是因為這個,累及盛名了。

這豈不是欲蓋彌彰嗎？

劉開的生平，據姚元之所選傳云：

孟塗姓劉氏，名開，字明東，一字孟塗，又字方來，家桐城東鄉之孔城，生數月而孤（按為清高宗乾隆四十六年，公元1781年）。年四十，以書謁惜抱先生，先生大奇之。因從事先生之門，得其學。其為人落拓不羈，喜交遊，與人論談，輒罄肺腑，言不少隱。家貧不能養，奔走四方間，無干謁之態，以故人爭重之，四方賢士，無不知有劉孟塗者。嘗謂元之曰："吾鄉多佳山水，使吾得有菽水資，迎吾母居龍眠杯渡間，手一編日夕諷詠，且不去吾母左右，其樂當何如？而顧為是僕僕者哉。"然亦習舉子業，試輒不利，卒以上舍終，年四十一。（按宣宗道光元年，公元1821年。《孟塗全集》卷首）

劉開文章的為姚鼐所激賞，陳方海所撰傳中亦言：

年四十，上書鄉先輩姚公鼐，公奇賞之，嘗謂人曰："此子他日當以古文名家，望溪、海峰之墜緒，賴以復振，吾鄉之幸也。"（同上）

又姚姬傳先生於書云：

承寄文，命意遣詞俱善。世不可無此議論，亦不可無此文。盡力如此做去，吾鄉古文一脈，庶不致斷絕矣，豈獨鼐一人之幸也哉？（同上）

姚鼐都這般地看重孟塗,可見孟塗的才華與造詣之高。開自己道:

> 學不敢謂博也,而古今名物之理,天下國家之務,典章度數之精,身心性命之奧,固素所講求,而能得其樞要。識不敢謂精也,而以之判可否,決得失,辨幾微之分,明顯隱之情,則自謂無過。才不敢謂異也,而以之論道德之要,闡聖賢之業,窮庶物之變,震金戛石,摛為文辭,至於出深入高,鈞元啟妙,蕩滌群垢,橫決四恣,江河之流,日星之明,風霆之聲,取之左右,運為固有。則雖坐古人而進退之,與之角力競勝,亦無愧容。(同上,卷三,《上阮芸臺侍郎書》)

不過,他雖是這般的才氣縱橫,志大言大,但終於落落無遇,一生落魄。他有詩自憤其失意云:

> 少時辛苦作書生,十載屠龍技不成。得失已空花亦落,恩仇未快劍羞鳴。吳門詩酒閒時句,楚國親知暫別情。醉向波心拋葉稿,風雷付與怒濤爭。(同上,《後集》十六《少時》)

他只落得浪跡江湖,久別家室,過了半世漂泊生活。《寄家書》詩云:

> 珍重新箋幾日裁,高堂盼到見時開。有書難寫方為恨,生子能遊便不才。失志文章同棄璧,感時意氣鬱驚雷。千行緩說他鄉事,報罷平安報未回。

劉開詩古文與駢體文俱佳,講論"義理"的文字,亦極能頭頭是道,綱舉目張。如他《談心性》云:

620

　　五氣集而神發,心之靈明著焉。心本虛,有性則實;性本靜,因心而動。謂心一於虛乎? 不可。謂心一於實乎? 亦不可。心者,虛而實,實而虛者。謂心偏於靜乎? 不可。謂心偏於動乎? 亦不可。心者靜而動,動而靜者也。唯聖人之心能虛能實,能動能靜,而不役於虛、實、動、靜。夫惟不役於虛、實、動、靜,故虛足以涵三才之象,實足以立可化之原,動足以應天下之機,靜足以裕神明之用。此其道在"窮理",而其功在"寡欲"。"窮理",非盡天下而求之也,"知要"而已矣。"寡欲",非僅去邪之謂也,"慎思"而已矣。"知要",則知務其大,而心專於一。"慎思",則思不出位,而誠無不通。專則有功,誠則不妄。勿淆於物,勿擾其天。知是乃靜,靜不失常,故動不逾節。唯不失常也,故其本立。唯不逾節也,故其用行。由是嗜欲既盡,心乃虛。理足於中,心乃實。彼役於虛、實、動、靜者,虛則不能實矣;中無所有者,靜則不可動矣,未能有為也? (同上,卷一,《說心》)

講心氣,論動靜,主張"知要"以"窮理""慎思"以"寡欲",這種雜糅程朱、陸王的說法,正是桐城派的本色。不過,他卻反對義理太密,防閑人情。他說這是不該的,同時也不容易實行。《義理說》道:

　　三代而上,"義理"本乎人情,而聖人之言理也寬。三代而下,"義理"勝乎"人情",而儒者之言理也密。夫情勝理則無節,理勝情則難行。義理與人情兩不相勝,則人心平而天下安。聖人知人心不能即安於義也,故文武之道,有張有弛,大學之法,有藏有修,有息有遊。凡以使之安於教也,善則嘉之,不能則矜之。言不為過高,行不求至難,心不欲已甚,凡以便於人情也。後儒不顧人情所安,而以"義理"之言,束縛天下。嚴之以義節,多之以防閑,於是有操勵之學,有專敬之功。論非不是,而人莫能久從,則是嚴理太密之過也。治天下者,法令簡易,庶民安之。綱紀愈密,則奸偽愈生。君子之教學者,亦若是而已矣。(同上)

"義理"須本乎"人情",可謂一語破的。操勵專敬,言理太密,正是宋儒不近人情之過。劉開非之,足見卓識。又開論漢、宋學之爭,亦有極精到的見地。《論學上》云:

天下人心風俗之所以轉移者,無他也,視學之明晦而已矣。夫學者修之一室,而措諸當事,成於一時,而應於久遠者也。政治之汙隆,人才之升降,未有不自此出者也。昔者明代之末,天下爭為講章、語錄之學,束三代、兩漢之書不觀。其君子以高論為賢,其庸流以道所成習。業病於空虛,功廢於苟簡,學術之弊甚矣!然當時賢才輩出,氣節功業卓越今古,是何也?天下之學,皆以躬行實踐為先,為士者莫不宗法程朱以砥礪於實用,故學雖不博,而行誼不愧古人。即私淑陽明者,亦皆有氣節偉行之可稱。彼其觀感之效,切於稽古之功也。我朝政教修明,淹通宏博之士相繼而起,一改前代固陋之學,於《易》則采漢經師之遺,於《尚書》則糾偽孔傳之失,於《禮》則采賈、鄭之奧,於《春秋》則破孫、胡之鑿,於《詩》則折衷《小序》《集傳》而兼核草木鳥獸蟲魚之名,其用意可謂勤矣,援據可謂富矣。然詳於名物度數,而或略於"義理"之是非。其後嗜古者,益以博為能,以多為貴,而不顧

"理"之所安,厭故而喜新,以功令所載為泛長,以先儒所言為迂闊。於是獵奇好異之習興,而躬修心得屏而不論。因之以進取,加之以希時,紛華奪其外,利欲亂其中。而所謂學術者,不可言矣。是以人才衰散,不克振起,習俗以浮薄。天下之士,能取科第者足以為才矣,而不通治術,無傷也。有多聞博辯者足以稱賢矣,而立身之有虧,無損也。驟而語以忠、信、廉、節之士,則驚愕而不欲聞。詢以家國天下治安之計,則茫無一得。是非智量之果不如昔也,其病起於學之不明,而士不以躬行實踐為事也。夫不以躬行實踐為事,則名節不足重,而道德、文章、功業,舉皆為無用之具,而可以不必致力,唯取利祿之便於身而已。此乃學之所以壞也。世風之難淳,未必不由此也。夫所取於學古有獲者,為能多識前言往行以淑其躬也。今之君子,不師古人之言行,而唯剽竊是從,排擊是務。夫道無不在,漢、宋儒者之言各有所宜,不可偏廢也。而程朱所以為後世宗者,以其所嚴辨者,皆綱常名教之大,禮義廉恥之防,是非得失之介,可以激發心志、品節、性情,所繫於日用出處者甚切。故國家禮之重之,布其說於申令,用以扶植世道,綱紀人倫。今也寸長之人,皆厭薄程、朱而口不稱,豈朝延所以崇學教士之意乎?且世之言"漢學"者,皆宗康成矣。康成德足以長人,智足以避禍,節足以勵俗,彼之所知也。不慕其名德,而但取其記誦之精,此可為善學康成者乎?且朱子之與康成,固異世相濡者也。有得於先聖之微言者,不可遺前代之禮制。有識量之淵雅者,不可無道義之權衡。二者恒相需為用,今不各從其善而徒挾門戶之私,是所爭者小,而所失者大也。夫勤搜廣采之有功,不如從容涵養之所得為多也。異文佚字之資人者淺,不如流風遺韻

623

之入人者深也。

漢學之長,在詳於名物度數,而略於"義理";宋學之長,在注重躬行實踐,而不免空疏。學者但當各從其善,不宜徒從門戶之爭,這實是孟塗的調和之論。至於他說"勤搜廣采不如從容涵養,異文佚字不如流風遺韻",而終歸到"義理"先於"考核","漢學"後於"宋學",自然又是桐城應有的態度了。不過,孟塗究能遷善知大,而不拘牽於五子之說。如《論學下》有云:

> 且夫君子之學,知法孔氏而已,何漢、宋之有哉?學之判漢、宋也,自近世之人名之也。門戶之見,執而不能作也,然其弊古已有之矣。蓋孔子之後,儒分為三,源一而支派殊也。而唯曾氏傳得其正,故學唯求其是耳。其源流分合同異,不必論也。夫道至孔子備矣,然韓愈之求孔氏也,於孟子始;後儒之求孔氏也,於朱子始。夫學孟子則誠得矣。然孔孟之旨,至程、朱而始明要歸;學問之事,至程、朱而曲盡其纖悉。故有志孔、孟者,不能不介於宋儒。非以程、朱為極則也,程、朱之生也近,其始末亦詳,其言委曲明暢而易曉。而孔子之道,則如天地之運用而無跡也。孟子之學,如江河之浩博而無崖也。學者驟窺焉而不知所措,舍程、朱之言,則無以施其用力之方,而得所從入之徑,此前代所以奉為標準也。然使終其身於宋儒之說,而不能上會聖人之微意,則又非古人徙義之學。蓋宋儒四子之功,深於窮經。朱子之於經,各有發明,而其精力則萃於《集注》也。程子之《易傳》取義至精,而他經則未遑成書也。故宋儒之明大義、闡微言,開迪後學,其識宏矣。而聖經之蘊奧,則不敢自謂能盡也。夫經之深,不

可窮也,猶海之無盡藏也。為宋學者,徒守五子之書,而不知
專力於全經,其所造何能遠乎?(同上)

君子之學,直法孔氏,不以程、朱為已足,程、朱僅一階梯而已,這便是
劉開對於桐城"義法"的小革命。可惜的是,階梯程、朱,與極則程、朱,
等於換湯不換藥。不如轉采考核的漢學方法,可以徹底通經,真識孔
氏,所以劉開終究止於辭章家了。

劉開論文,主張文與道、理與辭,係一物的兩方面,彼此表裏互用,
缺一不可。《初學集序》云:

> 道者,文之實;文者,道之華。道非文,莫能明;文非道,
> 無以立。其盛則衰,非自為之也,所從來尚矣。孔子曰:"有
> 德者,必有言,有言者,不必有德。"故躬行必心得,辭雖約而
> 蘊含;博學多文,辭雖繁而精散。由是觀之,天地之精結為
> 人,人之精萃於心,心之精凝於思,思之精發為言,言之精運
> 為文,非藝之末者也。(同上,卷七)

"道者,文之實;文者,道之華。道非文,莫能明;文非道,無以立"、"文
非藝之末者也",又是一個高抬文章的"文道合一論"者。又言"理"與
"辭"的關係道:

> 君子之立言也,將以明理也,將以達意也。理不足而後
> 求勝於意,意不足而後求工於辭者,豈能自為工耶?理與意
> 實主之。本之於性,成之於學,變之於物,其始不能強其然,
> 其終得之亦莫喻其故,蓋必至是而後可謂之文焉。

總之,無論明道明理,均須以文為辭;而文辭之立,又須有理有道。因此他要反復地說:"夫文之本出於道,道不明則言之無物;文之成視乎辭,辭不修則行之不遠。"(同上,卷三,《復陳編修書》)這些說法,雖未免於掇拾舊論,但至少亦可以代表他的態度。所以單按才華來講,開在後起諸人中,確為最高。不過他因為言不顧行,行不顧言,於是桐城諸人恥言明東,而曾國藩《歐陽生序》中之姚門高弟子,亦無劉開,又可見桐城文派的特重躬行了。

三、姚瑩

姚瑩,字石甫,安徽桐城人,生清高宗乾隆五十年(1785),卒文宗咸豐二年(1852),年六十八。姚瑩是嘉慶十三年的進士,選福建平和縣知縣,累官湖南按察使,以積勞卒於任所。姚瑩是姚鼐的從孫,雖曾親受"義法"於其祖,但文章卻不甚高,姚鼐曾告誡他說:

> 汝所自為詩文,但是寫得出耳,精實則未。然此不可急求。深讀久為,自有悟入。若只是如此,卻只在尋常境界。(尺牘,《與石甫侄孫》)

鼐又批評他說:

> 汝詩文流暢能達,是其佳處,而盤郁沈厚之力,詹遠高妙之韻,環麗奇偉之觀,則所不能。故長篇尚可,短章則無味矣,更久為之,當有進步耳。(同上)

自然,瑩文也並不是一無是處。譬如"論學"的文章,鼐便稱為

"汝所論近時人為學之弊極是"(同上),不過因為瑩是鼐的本家子弟,詞氣之間,未嘗矜假渲染罷了。現在先看姚瑩論學的文章,他在《學而時學之》裏曾分析學問的種類道:

> 朱子謂學者當先問所學何事。余謂有弟子之學,自灑掃、應對、入孝、出弟、謹信、愛親,以至詩書六藝之文是也。有大人之學,明德、新民、止於至善是也,此君子之學也。有名法之學,急功近利,為一切富強之計是也。有訓詁之學,析文破義,字櫛句比,而略於道理之安、是非之實是也。有辭章之學,涉獵經、史,獺祭典故,排聲韻、妃黃白,淫佚新奇,專為悅目賞心之作是也。有象數之學,自天文、曆律、占候、推步,以至醫、卜、方技之流是也。此四者,善而用之,皆君子所不廢。一不善而悖於君子之道,則足以取一身之名利,而害天下之人心。(《識小錄》卷一)

析義理為弟子、大人,變考據為訓詁,象數、辭章仍舊,條目清晰,論斷透闢,這還不是姚家本色? 瑩稱朱子,亦能與他人異辭。他說:

> 朱子生平博聞強識,無書不讀,自天文、地理、諸子百家之言,無不精通大義。蓋其聞見廣,故局量大;器識高,故裁鑒精。惟宏故通,惟明故辨也。人但見其表章六經、四子,於典章、名物、訓詁不甚鑿鑿,遂疑其空疏,是未嘗讀《朱子全集》者。特人之精力有所專注以成名,則餘事不能兼盡其致耳。夫典章、名物、訓詁,此漢、唐諸儒之所長也。其精力盡於此,故天人性命之理、聖賢精微之蘊,莫能明焉,然不可謂其一無所得也。朱子精力專在天人性命之理、聖賢精微之

蘊,而於古今治亂興亡之跡,人物是非臧否之實,尤詳考而熟習之。至於天文、地理、九流、二氏、詩文、辭賦、雜伎、小數,無一物一事不推求而得其義。若典章、名物、訓詁,特其學問中之一事耳,又未嘗不孜孜考索,徵實辨謬,以求其確當也。此其通才宏智,博學多能,亦豈漢、唐諸儒所及?若其生平出處,言行中正醇粹,無不可以示天下而為萬世之法,蓋孔子以後一人而已。(同上,《朱子之學先博後約》)

按朱子的學問,本極淵博。只是他講"義理"的時候,不按考據的方法,增字解經,望文生訓,故為一般漢學家所譏評。但在朱子本身,或亦欲以明微言大義,所以"以意逆志"來作解說。末流之士,便不配了。前此方、姚諸人雖知為朱辯護,而所摭拾的,卻偏是他的空疏方面的東西,未嘗遍及他的整個的學問,所以聽者益為不服。今姚瑩乃能彌補先輩的缺陷,從朱子大處立論,亦可謂青出於藍了。至稱朱子為孔子後一人,自是桐城共有的信念。又說:

朱子大儒,見理分明,澈上澈下,諸所發明皆得聖賢不言之精義。但又解書文,或於語氣輕重微有不合者,要不足為朱子病,蓋其大義未有不盡善也。(同上,《性與天道》)

解書文微有不合,而不足為病,只要大義盡善,這些說法便是桐城的舊章了。瑩自己釋經義,也常用朱子的方法。《性與天道》又云:

疑子貢之意,以人所受於天之"理"為"性",則仁、義、禮、智、信五常之本,及喜、怒、哀、樂未發之中是也。其所謂"天道",則指陰陽五行所以消息生死之機,與夫四時之所以

628

運行,萬物之所以並育,世運升降、興廢、盛衰所以不齊之數。
凡極深極奧不可以人智窺測者,皆是也。

無據而云然,豈不也是"以意逆志"之類? 不過並非不諳"考據"。
譬如他注"差"字云:

> 《中庸》注:"故不能無過不及之差。""差",楚加反,讀如
> "失之毫釐,差以千里"之差。《廣韻》:"舛也。"蓋有過、不
> 及,即非"中庸",未免有差矣。坊本音初宜反,讀雌,則為差
> 等之義。不知過猶不及,同非"中庸",又何差等之有? 音義
> 皆非,當正之。(同上)
> 又按"差"字,《玉篇》在"左部"。云:楚宜切,參差不齊
> 也。又楚加切,字一作㢳,籀文㢳。遍檢《說文》㢳部、左部,
> 皆無此字,蓋漏之也。今字典入"工"部,既失命部之義,而
> 《說文》"工"部,亦無此字也。

據文字聲義,以究經義之所當,又於便中查此一字之形,以論字書歸部
之得失。這種方法,已近漢人,只是瑩未能普遍的展開應用而已。

此外,瑩因從政時間較久,頗多"經世致用"的文章,所以方宗誠
(存元)稱他:"雖親炙惜抱而亦能自出機杼,洞達世務,長於經濟。植
之先生稱其'義理多創獲,其論據多豪宕,其辯證多浩博,而鋪陳治術,
曉暢民俗,洞極人情',先生自謂其文'博大昌明',誠有然也。"文事雖
未精而有實用。

贊曰:

> 桐城本派,首重推劉開,詩文奇偉,惜抱稱才。東樹厚

重，義法猶在。《漢學商兌》，獨放異彩。鈞衡、宗誠，高足偕來；戴申氣節，方不狹仄。姚瑩親炙，近水樓臺。洋洋灑灑，浩如煙海。

注：此文為拙著《桐城古文學派小史》中之一章。八五年八月十五日抗日戰爭勝利四十周年摘錄於河北省保定市河北大學中文系。

桐城古文學派小史

古文到了"桐城派",的確通順簡樸了。不過,文章的構成,有外形亦有其內質,通順簡樸,只是桐城文的外形,要想認識它們,還須考究它們的內質——所反映於文章上的思想是什麼。桐城派的思想是:宋學的延續,程朱的再生。他們不但重視"詞章",同時也研討"義理"。這是什麼緣故呢?

原來自從韓愈提出"學所以為道,文所以為理",《昌黎文集·送陳秀才彤序》的口號,他自家又真能"抵排異端,攘斥佛老"(同上,《進學解》),以肩起"衛道護法"的旗幟以後,不但唐朝復古的風氣,漸漸被他造成,就是此後各代的文人,也都受他的影響。不過有的只看見"理道",而向"義理"方面用功,有的只看見"文詞",而從修辭方面努力。於是變質換量,分道揚鑣,或為理學家、或為古文家而已。

桐城派的特色,卻在能"義理、詞章"並重,而合理學家與古文家為一體。雖然他們的談理說道,有時只是幌子招牌一般,不過為了充實文章的內容,以遂其言之有物的初衷。然而"學行繼程朱之後,文章在韓歐之間"(《方望溪文集序》)畢竟是他們一貫的家法。研究桐城古文學派的人,如果不拿"義理""詞章"來相提並論的探索,那便永遠不能清楚他們的面目了。

桐城古文學派的樹立

清代的古文,本來不是直到桐城才有的。初期的作家如侯方域

（朝宗）、魏禧（冰叔）、汪琬（苕文）、邵長蘅（子湘）、姜宸英（西溟），都是名在天下專集行世的人。不過，他們不講"義法"，少談"理道"，又值清朝初立，文事未遑的時候，不曾蔚為大宗罷了。桐城的開派者方苞，便嘗和這些人的老年相接。例如此中的姜宸英，還曾和方苞有所結納。方苞云：

> 余為童子，聞海內治古文者數人，而慈溪姜西溟其一焉。壬申至京師，西溟不介而過余。總其文屬討論曰："惟子知此，吾自度尚有不止於是者，以溺於科舉之學，東西奔迫不能盡其才，今悔而無及也。"時西溟長余以倍而又過焉，而交余若儕輩。（《方望溪文集‧記姜西溟遺言》）

其實就是桐城派的勢力，還不是後來才擴大的嗎？

按桐城本縣治，清朝屬江南省安慶府，今安徽省桐城縣是其地。"桐城古文學派"乃以地名為學派名者。姚鼐《劉海峰先生八十壽序》述其名號的由來道：

> 曩者，鼐在京師。歙，程史部。歷城周編修語曰："為文章者，有所法而後能，有所變而後大。維聖清治邁逾前古，獨士能為古文者未廣。昔有方侍郎，今有劉先生，天下文章其出於桐城乎！"（《惜抱軒文集》八）

方侍郎是方苞，劉先生是劉大櫆。根據這一段話，是桐城的文名乃由方、劉樹立的了。又曾國藩《歐陽生文集序》云：

> 乾隆之末，桐城姚姬傳先生鼐，善為古文詞，慕效其鄉先

輩方望溪侍郎之所為,而受法於劉君大櫆,及其世父編修君範。三子既通儒碩望,姚先生治其術益精。歷城周永年書昌為之語曰:"天下之文章其在桐城乎!" 由是學者多歸向桐城,號"桐城派",猶前世所稱" 江西詩派"者也。(《曾文正文公集》卷一)

由此足見桐城派的成立, 姚鼐亦為重要的腳色,甚且係集其大成的人物了。不過,姚、曾兩人的說法,吳敏樹卻不大贊成。敏樹說:

> 文章藝術之有流派,此風氣大略之云爾。其間皆不必實相師效,或甚有不同,而往往自無能之人假是名以私立門戶,震動流俗,反為世所詬厲,而以病其所宗主之人。如"江西詩派",始稱山谷、後山,而為之圖。列號傳嗣者,則呂居仁,居仁非山谷、後山之流也。今之所稱"桐城文派"者,始自乾隆間姚郎中姬傳,稱私淑於其鄉先輩望溪方先生之門人劉海峰,又以望溪接續明人歸震川而為《古文辭類纂》一書,直以歸、方續八家,劉氏嗣之。其意蓋以古今文章之傳,繫之己也。如老弟所見,乃大不然。姚氏特呂居仁之比爾,劉氏更無所置之。其文之深淺美惡,人自知之,不可以口舌爭也。自來古文之家,必皆得力於古書,蓋文體壞而後古文興。唐之韓、柳,承八代之衰而挽之於古,始有此名。柳不師韓而與之並起。宋以後則皆以韓為大宗,而其為文所以自成就者,亦非直取之韓也。韓尚不可為派,況後人乎?烏有建一先生之言以為門戶塗轍,而可自達於古人者哉。(《柈湖文集·與篠令論文派書》)

　　敏樹不但不相信桐城三祖的曾相師效,且認列號傳嗣者多為假借名義,無能於文的人,是他根本否認"桐城派"的存在了。尤其令人佩服的,是他竟能直接指出造派立統的把戲是由姚鼐幹出來的,可謂別具隻眼。

　　不過,標榜本是文人的能事,而文人的恃以呼朋引伴的也正在此。假如大家不剿襲、模擬、影響、步趨,一個文派便不會成立了。所以我們儘管知道"桐城派"構成的內幕,依舊當它是一個整個的對象,只要研究的時候態度謹慎一些便夠了。

第一章　創始者——方苞
附:戴名世

　　方苞,字鳳九、一字靈皋,晚年自號望溪,學者稱望溪先生。江南安慶府桐城縣人。清聖祖康熙七年(一六六八),生於六合之留稼邨。高宗乾隆十四年(一七四九)卒於家。苞曾於康熙四十五年會試中式,但因母病未預殿試。戴名世《南山集》獄起,幾論斬。乾隆元年以文名入直南書房,累擢禮部侍郎,充文穎館、經史館、三禮館總裁。四年落職,仍修三禮,後辭歸。

　　方苞在桐城派中的地位,和韓愈在八家中相似,都是開路的先鋒,興派的首腦。苞的學問,可分義理、詞章兩方面講。

　　苞在幼年本來只重文辭,識萬季野後,方才轉治經學。苞記季野告誡他的話道:

　　　"子於古文,信有得矣,然願子勿溺也。唐宋號為文家者
　　八人,其於道粗有明者,韓愈氏而止耳。其餘則資學者以愛

玩而已,於世非果有益也。"余輟古文之學而求經義,自此始。
(《方望溪全集》卷十二《萬季野墓表》)

季野是當時的大史學家,人得一言以為榮。瞧得起苞而對苞有所指導,苞自然樂於接受了。故《與萬季野先生書》云:

　　僕性資愚鈍,不篤於時,抱章句無用之學,倔強塵埃中,是以言拙而眾疑,身屯而道塞。獨足下觀其文章,察其志趣,以謂並世中明道覺民之事,將有賴焉。此古豪傑賢人不敢以自任者,昧劣如某,力豈足以赴其所聲邪?某於世士所好聲華棄猶泥滓,然辱足下之相推,則非唯自幸,而又加怵焉。蓋有道君子重其任,則責之倍嚴。使僕學不殖而落,行不植而敬,足下將有得於心者,此僕所以每誦知己之言,而忻與惕並也。蓋嘗以古人之道默自忖省,其無所待而能自必者,獨光明諸心,為善不為惡而已。至欲體道以得其身,非極學問思辨之功,所謂篤行者,終無本統。僕先世雖世宦達,以亂離焚剝,去其鄉縣,轉徙六棠荒谷之間。生而饑寒,雜牧豎,朝夕蘇茅汲井以治饔飧,未能專一幼學,優遊浸潤於先王之遺經。及少長,則已操筆墨奔走四方以謀衣食。或與童蒙鉤章畫句,嗷譟嘤嚶,或應事與俗下人語言,終日昏昏,憊精苦神。其得掃除塵事,發書翻覆者,日不及一、二時。古之謀道者,雖所得於天至厚,然其為學必專且勤,久而後成。故子曰"發憤忘食"。其學《易》也,曰"假我數年"。今僕智識下古人千百,而用功乃不得什一。如乘敝車罷牛,道長塗曲,艱絕險,又植樛枝盤根,絓其縴而關其軸,不亦難乎! 以此知士有志於古人之道,不獨既成而行有命,其成與否,亦天所命也。然

行之以不息,要之以至死,其有得於身與有得於後,則吾不
敢知。(同上,卷六)

　　按萬季野雖是黃宗羲(黎洲)的學生,但他對於程、朱、陸、王,並不
偏袒視之。他說:"朱子道、陸子禪"(《恕谷後集》卷六《萬季野小
傳》)。對於兩派的爭議始終不曾參加,所以方苞雖是個崇信程、朱的,
也要聽從他的言論。萬氏而外,劉拙修、劉言潔,也是促苞研究義理的
朋友。並且苞的歸響程、朱,二劉才是真正的誘遵者呢? 苞說:

　　　　僕少所交多楚、越遺民,重文藻、喜事功,視宋儒為腐爛。
　　用此年二十目未嘗涉宋儒書。及至京師交言潔與吾兄,勸以
　　講索,始寓目,乃深嗜而力探焉。(同上,《與劉拙修書》)

　　苞尊宋儒可從他治經看出,《江寧府志》說他論學一以宋儒為宗,
說經之書大抵推衍宋儒之學而多心得,是不錯的。如《周官辨序》云:

　　　　凡人心之所同者,即天理也。然此理之在身心者,反之
　　而皆同。至其伏藏於事物,則有聖人之所知,而賢者弗能見
　　者矣。昔者周公思兼三王,以施四代之政,蓋有日夜以思,而
　　苦其難合者。以公之聖,而得之如此其艱,則宜非中智所
　　及也。
　　　　故《周官》晚出,群儒多疑其偽。至宋程、張二子及朱子
　　繼興,然後知是書非聖人不能作。蓋惟三子之心幾乎與公為
　　一,故能究知是書之所蘊而得其運用天理之實也。然三子論
　　其大綱,而未嘗條分縷析以辨其所惑。故學者於聖人運用天
　　理廣大精密之實,卒莫能窺。而幽隱之中,猶若有所疑畏焉。

蓋鄭氏以漢法及莽事詁《周官》，多失其本旨。而莽與歆所竄入者，實有數端。學者既無據以別其真偽，而反之於心實有所難安，故其惑至於千數百年而終莫能解。苟非析以理之至是而合其心之同然，則是經之蠹蝕終不可去。夫《武成》之書，周人開國之典冊也，守在官府，傳佈四方，不宜有偽，而孟子斷為不可盡信，亦析之以理而已。余懼學者幸生三子之後，而於是經之議猶信疑交戰於胸中，是公之竭其心思以法後王者，將蔽晦以終古，故不得已而辨正焉。孟子曰："能言拒楊墨者，聖人之徒也。"以余之淺見寡聞，豈足以有明？而忝承乎三子，則知道者或猶能察其心，而不以為妄也夫。（《文集》卷三）

按"人心所同即天理"此乃純然程、朱之言，並以程、張、朱配周公，而明言己作繫紹續三子，效法孟軻，則其用心豈不可知？又如《文昌孝經序》云：

不豔於利，不怵於害，生有不敢，而死有不去。此士大夫所謂之奇節美行也。然觀《春秋內外傳》所紀廝輿賤士，往往確然必伸其所志，而以死生利害為甚輕。蓋先王之道，有以立民之命，其漸之也深，雖更衰亂而其流不息如此。自戰國、秦、漢以來，士君子之族，正誼明道，而不雜於功利，千百年數人而已。北宋諸儒之興，始卓然有見於人性之本，而深探先王以道立民之意。其言善之當為，未有及其利者也。言不善之當去，未有及其害者也。使人皆得其利以為善、惡其害而不為不善，則世亦可庶幾於治。而君子之為說，斷然不出於是者，以為不正其本，則當天道駁而不應，而人事之可以昌得而苟免也。其為善之心,可易以趨利,而為不善去不善之心,可易以避害,而無術以移之。朱子有言:"今之學者,割股、廬墓,皆為為人。"嗚呼! 非窮理盡性,而能為是言與? (同上)

"正其誼不謀其利,明其道不計其功"。功利與義理,天理與人欲,在宋儒眼中都是不能兩存的。方苞推崇朱子,依樣葫蘆,可稱宋儒的"肖子"了。

總之,方苞論學、治經,不外明道、立言,以繼聖人之餘緒。所謂"非將以文辭耀明於世也,大懼聖人之意終不可具焉耳"(同上,《春秋直解後序》),實是他的主要意旨。因為他認為道雖不變,可是因著時地的不同,需要賢明人士的繼續解釋。他常補正朱子《詩說》,並申述其理由說:"僕於朱子《詩說》所以妄為補正者,乃用朱子說詩之意必以補其所未及,正其所未安,非放背馳而求以自異也。程子之說,朱子所更定多矣,然所承用謂非程子之意義可乎?"(同上,卷六,《再與劉拙修書》)又說:

余嘗謂道一而已,而聖賢代興,其操行之要,與所示學者入德之方,則必有為前聖所未發者。《詩》《書》《易》《禮》,深微奧博,非積學者不能徧觀而驟入也。至孔子則所言皆平近顯易,夫人可知,而六經之旨備焉。至曾子傳《大學》揭"慎獨"之義,俾學者隨事觸物,而不容自欺,所以直指人心道心之分,而開孟子所謂"幾希"之端緒,乃前之聖人所未發也。其自稱曰"吾日三省吾身",即"慎獨"之見於操行之實者耳。

"六經"、《論語》《大學》《孟子》,越晚出的越容易解說,其所示學者入德之方,也是越後來的越平近顯易,可見經籍的需人繼續講解。至於他之所謂"道",——"人心""道心""人德""慎獨",自然又是宋儒那一套。

不過,這裏有一個問題,卻是方苞治經的致命傷。那便是他只憑傳聞眾說從事臆斷,不講考據、訓詁,辨偽析真,於是弄出許多笑話來。如上面所述的周公在他眼裏為"聖人",《大學》之出先於《孟子》等,隨處都有。例如《讀周官》云:

> 嗚呼!世儒之疑《周官》為偽者,豈不甚蔽矣哉。《中庸》所謂"盡人物之性,以贊天地之化育"者,於是書具之矣。蓋惟公達於人事之始終,故所以教之、養之、任之、治之之道,無不盡也。惟公明於萬物之分數,故所以生之、取之、聚之、散之之道,無不盡也。運天下猶一身,視四海如奧阼,非聖人而能為此乎?

你看他把周公說的是多麼的神聖,就好似親眼見過的一般。況且《周官》是一部偽書,自宋歐陽修已有定論。他還硬要罵人家淺蔽,豈不可笑!語云:"皮之不存,毛將焉附?"像這樣的不分良莠,盲從臆斷,不管文辭怎麼鮮明,也要被人認為空疏、狂妄了。後來姚鼐提出"義理、辭章、考據"三者並重的口號,便是對於這種缺陷的補救。

寫到這裏,我們還可以介紹一段漢學家瞧不起古文家的故事,來證明方苞文章的空疏。錢大昕《潛研堂文集》卷三十一《跋方望溪文》曰:

> 望溪以古文自命,意不可一世,惟臨川李巨來輕之。望溪嘗攜所作《曾祖墓銘》示李,才閱一行即還之。望溪恚曰:

"某文竟不足一寓目乎!"曰:"然。"望溪益恚,請其說。李曰:"令縣以桐名者有五:桐鄉、桐廬、桐柏、桐梓,不獨桐城也。省桐城而曰桐,後世誰知為桐城者?此之不講,何以言文。"望溪默然者久之,然卒不肯改,其護前如此。

普通的文章和說經的文字一樣,不講考據便要差以毫釐、謬之千里,所以錢、李兩人的批評確有道理,不盡是吹毛求疵。記得這種地方,馬平王拯(定甫)曾代方苞辯護云:

> 所示臨川李氏駁方氏說,良有所見。乃僕以為此微疵耳,豈得以寸朽而棄連抱之木乎哉?夫貴耳而賤目,榮古而虐今,此俗儒懵識者所為。足下聞李氏之片說,未及究方氏之全書,豈宜輕聽而偏向也。方氏之文省桐城為桐,與僕前日所論劉氏文稱喪父為失怙者,猶有間,蓋稱桐城以桐,猶《尚書》稱"呂梁"曰"梁","孤歧"曰"歧"耳。李氏言縣以桐名者五,桐城不得稱桐,則九州既有梁州,"呂梁"何以稱"梁"?徒省文而於文之本體無所大壞,此蓋弊之小者。若劉氏文,稱喪父為失怙,此魏晉以下詞賦之士、妃青配白者之所為。例是為之,取妻不且云"媒得",生子不且云"康祀"邪?夫文章不完其論說之是非,而徒斤斤於單詞只義之間以區為純駁,已遺其本而操其末矣。

按王拯既承認方苞這種地方為微疵寸朽,則儘管拿出論說是非的大題目來,也不足以掩蓋了。況桐城的文章以曉暢為原則,今乃濫省名詞,使文晦澀,豈不有悖本旨?所以我們仍是贊成錢、李的態度的。

方苞這種空疏的治學方法,顯然是上了程、朱的當。只是康、雍之世，漢學已經發達，一般治小學、史學或經學的人，都在尊崇證據，利用考核，苞為什麼單服膺程、朱呢？講到這裏，便不能不略究清代學術的概況了。

清代康、雍之時，程、朱最盛；乾、嘉之時，漢學最盛；道、咸之時，重返程、朱。推崇程、朱的人，說陸、王簡易，提倡漢學的人，說程、朱空疏。討厭漢學的人，說考證破碎。所以清代初期，可以說是程、朱、陸、王之爭，而其中期則係漢學、宋學之爭。本來明代末年，因為流品猥雜的王學之士，放縱得太不像話，結果上下潰亂，家國丘墟。明亡以後，學者推原禍始，自然要痛恨陽明了。而王學反動的第一步，又非復返於程、朱不可，於是陸桴亭（道威）、陸稼書（隴其）、王懋竑（予中）等人，相繼批判陽明，推尊程、朱。陸稼書甚至說："宗朱子為正學，不宗朱子即非正學"，而想把陽明從聖廟拉出去，可見程、朱學者氣焰之大。就是方苞也說：

　　昔先王以道明民，範其耳目百體以養所受之中。故精之可至於命，而粗亦不失為寡過。又使人漸而致之，積久而通焉，故入德也易，而造道深。程、朱之學所祖述者，蓋此也。自陽明王氏出，天下聰明秀傑之士，無慮皆棄程、朱之說而從之，蓋苦其內之嚴且密，而樂王氏之疏也。苦其外之拘且詳，而樂王氏之簡也。凡世所稱奇節偉行非常之功，皆可免強奮發一旦而成之，若夫自事其心，自有生之日以至於死，無一息不依乎天理，而無或少便其私，非聖者不能也。而程、朱必以是為宗，由是耳目百體一式於儀則，而無須臾之縱焉，豈好為苟難哉？不如此終不足以踐吾之形而復其性也。自功利、辭章之習成，學者之身心蕩然而無所守久矣！而驟欲從事於此，則其心轉若觳觫而不安，其耳目百體轉若崎嶇而無措。

而或招之曰:由吾之說,塗之人可一旦而有悟焉,任其所為而與大道適,惡用是戔戔者哉。則其決而趨之也,不待傾矣。然由其道,醇者可以蹈道之大體,而不能盡其精微。而駁者遂至於倡狂而無忌憚。此朱子與象山辨難時,即深用為憂,而預料其末流之至於斯極也。

這便是方苞批評陽明推尊朱子的言論。不過他的態度還算中庸,不太火氣。只是清初為何程、朱最盛呢?梁啟超曾述其理由道:

清初依草附木的,為什麼多跑朱學那條路去呢?原來滿洲初建國時候,文化極樸陋。他們向慕漢化,想找些漢人供奔走,看見科第出身的人,便認為有學問。其實這些八股先生除了《四書大全》《五經大全》外,還懂什麼呢?入關之後,稍為有點志節學術的人,或舉義反抗,或抗節高蹈。其望風迎降及應新朝科舉的,又是那群極不堪的八股先生,除了《四書集注》外,更無學問。清初那幾位皇帝所看見的都是這些人,當然認為這種學問,便是漢族文化的代表。程、朱學派變成當時宮廷信仰的中心,其原因在此。古話說"城中好高髻,四方高一尺",專制國帝王的好尚,自然影響到全國,靠程、朱做闊官的人越發多,程朱旗下的嘍囉也越發多。況且掛著這個招牌,可以不消讀書,只要口頭上講幾句"格物窮理"便夠了。那種謬為恭謹的樣子,又可以不得罪人。恰當社會人心厭倦王學的時候,趁勢打死老虎,還可以博衛道的美名。有這許多便宜勾當誰也不會幹呢?(《中國近三百年學術史》,頁一六五至一六六)

梁氏這種看法實在不差。因為清代初年的程、朱信徒，不一定都像陸桴亭、陸稼書等那般正氣。就是方苞還有人懷疑他是假道學呢，譬如梁啟超說：

> 他是一位大理學家，又是一位大文豪。他曾替戴南山做了一篇文章的序，南山著了文字獄，他硬賴說那篇序是南山冒他名的。他和李恕谷號稱生死之交，恕谷死了，他作了一篇"墓誌銘"，說恕谷因他的忠告背叛顏習齋了。他口口聲聲說安貧樂道，晚年卻專以殖財為事，和鄉人爭烏龍潭魚利打官司。（同上，一六七頁）

梁氏所言均有實據，不是信口誣衊的。我們要知道，一個自命為道學家的人，不管他的理論如何的周延，如果行為方面不能符合無悖，那便不配做我們的指導者了。方苞假若只是一個文藝家，倒也沒有什麼大關係，偏偏他要硬充道學家，我們便不能不過問他的行為了。現在先看看他和戴名世是怎麼一回事。

按戴名世字田有，一字褐夫，桐城人。生清世祖順治十年（一六五三），卒聖祖康熙五十二年（一七一三），年六十一。名世比苞長十四歲，可以說是苞的鄉先輩。名世的文章在康熙末年最為有名，名世和苞的友誼也極篤厚。不過後來名世因事被殺，人們不敢稱揚他，遂把他的文名埋沒了。方苞集中的"宋潛虛"便是名世的化名。苞常序其文集道：

> 余自有知識，所見聞當世之士學成而並於古人者，無有也。其才可拔以進於古者，僅得數人，而莫先於褐夫。（《潛虛先生文集》卷首序）

又《書先君子家傳後》曰：

　　此亡友宋潛虛作也。潛虛少時文，清雋朗暢。中歲少廉悍。晚而告余曰："吾今而知優柔平中，文之盛也。惟有道者幾此，吾心慕焉，而未能！"然世所見潛虛文，多率爾應酬之作。其稱意者，每櫝而藏之曰："吾豈求知於並世之人哉？度所言果不可棄，終無沉沒也。"是篇其中歲所作，自謂稱意櫝而藏之者。潛虛死，無子。其家人言，櫝藏之文近尺許，淮陰某人持去。或曰"尚存"，或曰"已失之矣"。嗚呼！是潛虛所自信為終不沈沒者，其果然也邪？

觀此，則苞對名世的推崇可知。名世亦稱苞文，並詳言兩人切磋的情形道：

　　始余居鄉年少，冥心獨往，好為妙遠不測之文，一時無知者，而鄉人頗用是姍笑。居久之，方君靈皋與其兄百川起金陵，與余遙相應和。蓋靈皋兄弟亦余鄉人而家於金陵者也。始靈皋少時，才思橫絕，其奇傑卓犖之氣，發揚蹈厲，縱橫馳騁，莫可涯涘。已而自謂弗善也。於是收斂其才氣，濬發其心思，一以闡明義理為主。而旁及於人情物態，雕刻爐錘，窮極幽渺，一時作者未之或及也。蓋靈皋自與余往復討論而相質正者，且十年。每一篇成，輒舉以示余。余為之點定評論，其稍有不愜於心，靈皋即自毀其稿。而靈皋尤愛慕余文，時時循環諷誦，嘗舉余之所謂妙遠不測者，仿佛想像其意境。而靈皋之孤行側出者，固自成其為靈皋一家之文也。靈皋於

《易》《春秋》,訓詁不依傍前人,輒時有獨得。而余平居好言史法,以故余移居金陵與靈皐互相師資。荒江墟市,寂寞相對,而余多幽憂之疾,頹然自放,論古人成敗得失,往往悲涕不能自已。蓋用是無意於科舉,而唾棄制義尤甚。乃靈皐歎時俗之波靡,傷文章之萎薾,頗思有所維挽,救正於其間。今歲之秋,當路諸君子,毅然廓清風氣,凡屬著才知名之士,多見收采,而靈皐遂發解江南。靈皐名故在四方,四方見靈皐之得售,而知風氣之將轉也,於是莫不購求其文,而靈皐屬余為序而行之於世。嗚呼!自余與靈皐兄弟相率刻意為文,而侘傺失意莫甚於余。回首少時,以至於今,已多歷年所。所謂冥心獨往者,至余猶或貽姍笑。今幸靈皐以其文行於世,而所為維挽救正之者,靈皐果與有責焉。(《潛虛先生文集》卷一《方靈皐稿序》)

從這一篇文章裏,我們可以看出名世和方苞的關係,是怎樣的密切了。"往復討論而相質正者且十年",豈是通常的友朋?"每一篇成",便請名世"點定評論",名世稍有不可,苞即"自毀其稿",則苞對名世的尊崇,亦可想見。此外兩人雖同努力古文,而名世講史法,重興亡,好論古人成敗得失,方苞則談義理,求經意,一以文章義法為主,又可知彼此的個性與造詣了。

名世論文以淡泊自然為宗,《與劉言潔書》云:

竊以為文章之為道,雖變化不同,而其旨非有他也。在率其自然而行其所無事,即至篇終語止而混茫相接不得其端,此自左、史、馬、班以來,諸家之旨,未之有異也。蓋文之為道難矣!今夫文章之為道,未有不讀書而能工者也。然而吾所讀之書,而吾舉而棄之,而吾之書固已讀,而吾之文固已工矣。夫是故一心注其思,萬慮屏其雜,直以置其身於埃壒之表,用其想於空曠之間,遊其身於文字之外,如是而後能不為世人之言,不為世人之言,斯無以取世人之好。故文章者,莫貴於獨知。今有人於此焉,眾人好之,則眾人而已矣。君子好之,則君子而已矣。是故君子恥為眾人之好者,以此也。彼眾人者,耳剽目竊,徒以調飾為工,觀其青華爛漫之章,與夫考據排續之際,出其有惟恐不盡焉,此其所以枵然無有者也。君子之文,淡焉泊焉,略其町畦,去其鉛華,無所有乃其所以無所不有者也。(同上,卷五)

這便是"冥心獨往"、"妙遠不測"的引申義。蓋其處心在置身埃壒之表,用想空曠之間,以遊身文字之外也。所以修辭的時候,也要略町畦,去鉛華,反對菁華爛漫排斥考據排續,以求虛無淡泊之實。如果單從藝術方面來講,名世這種理論,未嘗不比方苞優美。他的文章亦能"空靈超妙,往往出人意表"(方誠之評語)、"境象如太空之浮雲,變化無跡。又如飛化御風,莫窺行止"(戴鈞衡評語),更是方苞所不及的了。

由此看來,桐城古文風氣的開創,名世亦與有莫大的功勞,論者只尊方苞,未免不公。

不過,這個講史法重興亡的名世,終於招來殺身之禍,並且牽連了方苞。

名世自幼好讀《左傳》《史記》,有志自撰《明史》。但亦絕無反抗滿清之意(他還考過康熙四十八年的一甲二名進士,職授編修)。他《與余生書》云:

　　昔者宋之亡也,區區海島一隅,僅如彈丸黑子,不踰時而又已滅亡,而史得以備書其事。今以弘光之帝南京,隆武之帝閩越,永曆之帝兩粵,帝滇黔,地方數十里,首尾十七八年,揆以春秋之義,豈遽不為昭烈之在蜀,帝昺之在崖洲,而其事漸以滅沒,……老將退卒,故家舊臣,遺民父老,相繼漸盡,而文獻無徵。凋殘零落,使一時成敗得失,與夫孤忠效死流離播遷之情狀,無以示於後世,豈不可歎也哉! 終明之世,三百年無史。金匱、石室之藏,恐終淪散放失,而當世流布諸書,缺略不詳,毀譽失實。嗟乎! 世無子長、孟堅,不可聊且命筆,鄙人無狀,竊有志焉。……余始者之志,於明史有深痛,輒好問當世事,而身所與士大夫接甚少,士大夫亦無以此為念者。

　　從這篇文章裏,可以看出名世對於當時的官修明史,是若何的不滿意。而那種永懷君上,緬舊思故的情緒,也就溢於言表了。但他遭禍的原因, 還不全在這裏。

　　自從順治入關,以至三藩亂定,差不多有四十多年,滿人才把中國完全統一。所以閩、越、雲、貴等地,直到康熙初年,還在奉明正朔。名世既談史法,這種地方當然不能馬虎。於是他的《南山文集》上,也就用起永曆年號來。事為左都御史趙申喬所查知,遂給名世奏了一本,說他"狂悖無狀",苞集序列名,名世與苞乃先後下獄。

　　康熙五十一年獄決。吏議名世大逆, 當身磔族夷, 集中掛名者皆死。賴朝臣李光地等力救,方才改處名世大辟,苞隸漢軍。名世行刑之日,景象異常淒涼。親戚奴僕完全逃避,只有名世的故友楊干木說:"孰謂上必使人覘視者? 其然,固無傷。"獨賃棧車與名世同載,捧其首而棺殮焉。(同上,《集外文》卷七《楊千木墓誌銘》)

本來從滿人盜竊中原以來，那種"揚州十日"、"嘉定三屠"的白色恐怖，無日不在明代遺民的腦海震盪著。有勇氣的人，自然要集會結社，圖謀自衛。消極的人，也要逃亡遁跡，以避斧鉞。但怨忿之氣，終不免流露於口頭紙上。這種情形，滿人知之已熟。所以他們的奴才一行舉發，便要株連禍結，大興其獄。莫說名世等還是反滿有據的欽犯，就是稍具名聲的漢人，也都常常的不免哩。

苞在少年，也是一個豪邁之士。他常自言："少誦書史，竊慕古豪傑賢人。"（《與白玫玉書》）他的朋友除名世外，如"少以雄豪自處，短衣厲飾，惟恐見者知為儒生"（卷十《劉古塘墓誌銘》）的劉古塘、"喜任俠。言兵，所心慕者，獨漢諸葛武侯明、王文成"（卷八，《四君子傳》）的王源，都是卓特的人物，可以推想苞在那時也要有所作為。後來因為他歸向程、朱，侈言韓、歐，雖已把少年英豪之氣大半鑿喪，卻又弄得一個文家虛名，所以也就難逃公道了。苞的父兄，本來都是韜光養晦，不求聞達的隱士。他的父親仲舒先生，雖作得一手好詩，然而連集子都不肯刻行。常告訴苞說：

> 凡文章如候蟲、時鳥，當其時不能已耳。百世千秋之後，雖韓、杜作者，以為出於其時，不知誰何之人，獨有辨乎？且諺曰："人懼名，豕懼壯。爾其戒哉！"（《集外文》卷四《跋先君子遺詩》）

方苞得禍以後，常常追念著父親的遺訓而痛哭流涕，可見他已知悔恨了。他的哥哥方舟百川，八股文也作得甚高，但卻居家事親，不去投考。並常以苞的輕出干名為非，而時時予以勸告。怎奈苞俱不聽，所以苞的泥首圄圄，辱身廝役，首先是對不起父兄了。

《南山集序》本苞所親撰，我們看名世的為人，和苞與名世的關係，

也覺得不會有什麼疑問。但案發以後,苞卻諉為名世偽托。如苞語李
塨(恕谷)云:

> 田有文不謹,予責之後,遂背余梓《南山集》。予序亦渠
> 作,不知也。(《恕谷後集》卷三《甲午如京紀事》)

講道學的人,最應該注意的是信義。而苞竟於危難之中,遷罪朋
友,以圖苟免,恐怕名教中人,對此亦不能寬恕吧。

此外頂卑鄙的事情,便是苞覥顏事仇,認賊作父。他出了監牢,還
當著奴才,便要應詔作文,歌功頌聖。等待有了官職,正式降服以後,
又立刻注經、修禮,幫助滿人麻醉起天下人士來。討厭他的上司,幾次
三番地趕他,他都戀棧不去。所謂“富貴不能淫,貧賤不能移,威武不
能屈”等動心忍性的大丈夫行徑,他是哪一種也沒有做到。試看程、
朱當日,都是這樣的嗎? 所以單據戴案起結的一切情形, 已經可以揭
穿方苞的假面具了。

那末,方苞和李塨又是怎麼一段因果呢?

原來康、雍年間,程、朱之學雖然盛行天下, 畢究還有不滿現狀別
謀反動的學問產生出來。這種學問便是當時突起北方“主動主義”的
“顏李學派”。

顏是直隷(即今河北省)博野的顏元(習齋)(一六三五— 一七〇
四),李是同省蠡縣的李塨(恕谷,又字剛主)(一六五九— 一七三三)。
顏李學派便是這兩個人合同開創出來的。

顏元的出身很是微賤,他是人家一個養子的兒子,對於當時的名
士也很少認識。因為他的一生,大半都是在鄉下過活。李塨則常往來
京師,結納時賢,遇人便講習齋之學,所以顏學的得以昌大,實賴李塨
之力。因之李塨雖是顏元的弟子,論者則並稱為“顏李學派”。

　　顔元和李塨都是埋頭苦幹不尚空談的人物。顔元"忍嗜欲,苦筋力,以勤家而養親,而以其餘習六藝,講世務,以備天下國家之用"(《望溪文集》卷十《李恕谷墓誌銘》),李塨"食粗衣垢繭手塗足。入其廁,矢堆糠秕"(《恕谷後集》卷三《甲午如京紀事》)。承習齋教以躬行為先,他們不但反對陸、王,同時也反對程、朱,顔元說:"陸、王之學,充其極致,只是無事袖手談心性,臨危一死報君王",李塨說:"宋後二氏學興,儒者浸淫其說,靜坐內觀,論性談天,與夫子之言,一一乖反。而至於扶危定傾,大經大法,則拱手張目,授其柄於武人俗士"(《恕谷後集》卷三《與方靈皋書》)。他們反對程、朱、陸、王的"主靜主義",顔元說:"主靜有大害二:一是壞身體,終日兀坐書房中,萎惰人精神,使筋骨皆疲軟。以至天下無不弱之書生,無不病之書生,生民之禍,未有甚於此者也"(《朱子語類評》),"二是損神智,為愛靜空談之學久,則必至厭事。遇事即茫然,賢豪且不免,況常人乎? 故誤人才、敗天下之事者,宋人之學也"(《年譜》卷下)。他們針對"主靜",提出一個反面的"主動主義"。顔元又說:"常動則筋骨竦,氣派舒"(《言行錄》卷下《世性編》),又說"人心動物也,習於事則有所寄而不妄動"(同上,卷上,《剛峰篇》),又說"身無事幹,尋事去幹。心無理思,尋理去思。習此身使勤,習此心使存"(同上,卷下,《鼓琴篇》)。他最後並為《主動主義》作一個有力的結論道:

　　　　五帝、三王、周、孔,皆教天下以動之聖人也。昔以動造成世道之聖人也,漢、唐襲其動之一二,以造其世也。晉、宋之"苟安",佛之"空",老之"無",周、程、朱、邵之"靜坐",徒事口筆,總之皆不動也。而人才盡矣! 世道淪矣! 吾常言:"一身動,則一身強。一家動,則一家強。一國動,則一國強。

天下動,則天下強。自信其考前聖而不繆,俟後聖而不惑矣!"(同上,《學須篇》)

"動"是什麼,動便是"工作",便是"勞動"。國無古今,民無中外,不事"工作"不是"勞動"的人,還能夠長久地生存嗎?所以"顏李學派"的"主動主義"無論從生理、心理任何方面講,都是非常的精到的。

方苞雖然不認識顏元,但和李塨的交誼卻異常的篤厚。李塨南遊,苞曾請其寓居己宅。方苞被難,塨亦再三地對他弔唁。而且兩人一見,便要談理辨道。看那種情形,還是方苞常常折服。例如李塨《甲午如京紀事》云:

　　壬辰,聞方靈皋以戴田有事被逮,癸巳事解抵,今甲午十月乃過存。七日抵京師,知靈皋供應暢春苑,纂修樂律,以母病告假在都。八日候之,假滿已返。十一日復返,奉太夫人藕粉,將登堂拜。而靈皋適前一日來,聞予聲趨出。愴然互拜曰:"苞乾坤罪人。老母病癱,不能頃刻離苞,而苞必不能常侍奈何?"問曩事。靈皋曰:"田有文不謹,予責之後,遂背予梓《南山集》。予序亦渠作,不知也。難前夢先君至,苞抱之,乃血袋中空。無何,難遂作。皆苞無實盜虛所致。憶癸未場後,先生曰:'名禍階也。'今先生安居奉母,而予若茲宜矣!"已而論禮,予謀卜夜,靈皋曰:"敝寓無容膝地,比鄰劉君可借榻。但先生攜襆被來耳。"黃昏往靈皋問過,曰:"苞居先兄喪,逾九月,至西湖驀遇美姝,動念。先君逝,歠粥幾殆,母命食牛肉數斤,期後欲心時發。及被逮,則此心頓息矣。何予之親父兄不如遭患難也,禽獸哉!"予曰:"自訟甚善。特是三年之喪,天動地岌,雖屬大變,乃人所共有:哀一殺身一,惰則雜念起。故《魯論》曰:"喪事不敢不勉。"《儀禮》曰:"夙興夜處,小心畏忌。"不惰其身不寧,今舉族北首,老母流離,身陪西市,幾致覆宗。其與居喪常變又殊,故情亦殊也。又問曰:"心動矣,性忍矣,遇事不能咄嗟立辨,能何由增?"王崑繩常誨我曰:"不能辦事,幼習程、朱之過也。豈迂腐非變故所能移與?"又曰:"老母日迫,罪戾滋加,憂之奈何!"予曰:"先生請以敬,勿以憂。舜遭人倫極變,而夔夔齊慄,惟將以敬。敬則心有主,敬則氣不耗。不能可益,患難可平。禍外加憂,何解於禍? 此聖賢、常人之分也。"靈皋起謝。
(《恕谷後集》卷三)

方苞對李塨的敬服,由此可略見一斑。但在李塨正式請苞加入"顏李學派"時,苞卻嚴辭拒絕。塨之原書云:

塨自幼知求友天下,而亦幸有其人,或志節醇篤,或記覽淵博,或才能揮霍。然醇篤者,率墨守先儒舊說,未有心得;淵博者,或亟亟好名;揮霍者,每踉弛不循矩矱,而三者已極天下之選矣。惟見門下,篤內行而又望高遠志,講求經世濟民之猷,沉酣宋明儒說,文筆衣被海內,而於經史多心得,且不假此婣婭侯門為名譽,此豈近今所能得者! 私心傾禱,謂樹赤幟以張聖道,必是人也。而相晤恨淺,不盡欲言,是以久思奉書左右,惟採擇焉。憶癸未春,聚於王崑繩長安寓所,門下執拙著《大學辨業》相提誨。塨因謬陳《格物》之義,聖學之大旨,門下稱是,深相結而別。迄丙戌春,入京,會葬黃崑圃父喪。至八里莊門下揖塨語曰:"大學格物,先儒論之詳矣! 今聞格物即格三物,終有疑,奈何?"塨曰:"君疑之,即告亦謂人疑也。《周禮》人方疑為偽書,何有三物?但門下不必作《周禮》三物觀,惟以仁、義、禮、智為德,子、臣、弟、友、五倫為行,禮、樂、兵、農為藝,請問天下之物,尚有當在此三外者乎?即雜以後世文章講誦,亦只發明此三者耳。格物之物,非三物而何?吾儒明德、親民之學,止於至善,乃尊於農、工、商,而為士之職也。試觀宋儒用佛門惺惺法,閉目靜坐,玩弄太極,探躋性天,內地不雜於二氏乎?終日章句吾伊,經濟安在?試思伊尹割正有夏,周公制禮作樂,誅平管蔡,孔子則期月三年,日望施行。及為司寇,卻萊墮費,宋儒自期有是乎?不過明理尋樂,闡發經旨,共為將就耳,孔孟之傳只如是乎?盡明親止善之道乎?士之職乎?"門下撫膺曰:"然,朋友所以貴面講也。"伊時深服虛心亮識。抵翌日,過尊寓,復垂商治河水利弭道諸事,又以旋裏念念,大略數言別去。自此日懸於心,夢寐服食如見顏色,不知果可脫去舊轍,剖明聖道與否?

只看這一段信,便可知道李塨對於方苞的器重,及其希望方苞加入本派的懇切了。蓋"顏李"成派未久,便儼然與程、朱南北分抗,兩派信徒因學說的不同,往往各尊師統,互相攻訐,同時又都想昌大本門,傳諸後世。方苞也是一時的人望,得之足以光耀宗學,繼承道統。所以他雖已崇奉程、朱,李塨仍要努力地拉他。可惜的是妄費精力了!苞與李塨的信,卻常是這般的口吻:

竊疑吾兄承習齋顏氏之學,著書多訾謷朱子,習齋之自異於朱子者,不過諸經義疏與設教之條目耳。性命倫常之大原,豈有二哉?此如張、夏論交,曾、言議禮,各持所見,而不害其並為孔子之徒也,安用相詆訾哉? 記曰:人者,天地之心。孔、孟以後,心與天地相似。而足稱斯言者,舍程、朱,而誰與? 若毀其道,是謂戕天地之心,其為天之所滅決矣! 故自陽明以來,凡極詆朱子者,多絕世不祀。僕所見聞,具可指數。若習齋、西河,又吾兄所目擊也。(《望溪文集》卷六《與李剛主書》)

這是在李塨長子習仁夭死之時,苞給塨的一封信。苞認"清靜無為"的程、朱,與"實事求是"的顏、李,根本無二,已屬武斷,又謬言程、朱,與天地同心,若毀其道,便絕世不祀,投石下井,乘人之危,更是可厭。方苞又說關於躬行實踐之事:"程朱之學,未嘗不有事於此,但凡此乃道之法跡耳,使不由敬靜以探其根源,則於性命之理,知之不真,而發於身心,施於天下國家者,不能曲得其次序。"如果回味起來李塨,"閉目靜坐,玩弄太極,探躐性天,章句吾伊"的評語,不禁莞爾以笑其遁窮。但方苞不曾來歸,李塨卻是非常的惋惜。塨云:

> 方子靈皋文行踔越,非志溫飽者。且於塨敬愛特甚,知顏先生之學,亦不為不深。然且依違曰:"但伸己說,不必辨程、朱"。揆其意,似諺所謂:"受恩深處即為家者。"則下此可知矣。(《恕谷後集》卷四《復惲皋聞書》)

李塨而外,方苞的好交王源(崑繩),也曾幫助顏李來說方苞,可是結果仍是失敗。

王源先本篤信陽明,自己常說:"源生平最服姚江,以為孟子之後一人。"(《居業堂文集‧與李中孚先生書》)程朱則最所反對,可是晚年一聞李塨言顏學,源便心悅誠服地信奉起來了(李塨集中《王子傳》,曾詳言王源歸向顏李的情況）。源和方苞為友情本甚篤厚,所以自己皈依以後,還要自己的朋友也來同立在一條戰綫上。源曾特別訪苞於家,勸苞改塗。苞亦有文紀其事云:

　　崑繩曰:"吾求天下士四十年,得子與剛主。而子篤信程、朱之學,恨終不能化子,為是以來。"留兼旬,盡發程、朱之所以失,習齋之所以得者,余未嘗與之爭。將行,憮然曰:"子終守迷,吾從此逝矣! 使百世以下,聰明傑魁之士,沉溺於無用之學而不返,是即程、朱之罪也!"余作而言曰:"子之言盡矣,吾可以言乎? 子毋視程、朱為氣息奄奄,人觀朱子《上孝宗書》,雖晚明楊、左之直節,無以過也。其備荒浙東,安撫荊湖,西漢趙、張之吏治,無以過也。而世不以此稱者,以道德崇閎,稱此轉渺乎其小耳!"(《文集》卷八《四君子傳》)

源與苞的爭論,又是"有用"與"無用"的問題,可見兩派相持的焦點。但彼此雖格格不入,心目之間卻也未嘗不服氣。此從王、方兩家易子而教——方苞長子道章曾奉父命就學於李塨;王源的兒子王兆符,也自幼年便師方苞,——可以看出。假如方苞要能始終保存著這種是是非非,留待公斷的態度,自然無啥。而他偏好趁勢打死老虎,於李塨卒後,謬謂塨因他的勸告,對於顏元有所改作,這便不是學者所宜出了。苞道:

　　余出刑部獄,剛主來唁,以語崑繩者語之。剛主立起自責,取不滿程、朱語載"經說"中已鐫版者,削之過半。因舉習齋《存治》《存學》二編未愜余心者告之,隨更定。曰:"吾師始教,即以改過為大,子之言然,吾敢留之為口實哉?"

　　就是這回事情，梁啟超最不相信。梁說：“恕谷卒，方不俟其子孫之請，為作墓誌，於恕谷德業一無所詳，而惟載恕谷與王崑繩及方論學同異，且謂恕谷因方言而改其師法。恕谷門人劉用可（調贊）說：方‘純構虛辭，誣及死友云’。”（《中國近三百年學術史》頁一七四）按顏元之學，只是注重經歷艱苦，從實踐中探求出來的真道理，不大重視書本上的學問。他說：“讀書愈多愈惑，審事機愈無識，辨經濟愈無力。”（《朱子語類評》）又說：“率古今之文字，食天下之神智。”（《四書正誤》卷四）又說：“以讀經史訂群書，為窮理處事，以求道之功，則相隔千里。以讀經史，訂群書，為即窮理處事，而曰‘道在是焉’，則相隔萬里矣。”（《存學篇》卷二《性理書評》）他甚至拿讀書比服砒霜，他說：“僕亦吞砒人也。耗竭心思氣力，深受其害。以至六十餘歲，終不能入堯、舜、周、孔之道。”（《朱子語類評》）李塨受了南人讀書的影響，頗以顏元之論為非，因而稍稍從事著作。但顏元還告訴他說：“今即著述盡是，不過宋儒為誤解之書生，我為不誤解之書生耳，何與儒者本業哉？”（《年譜》卷下）可惜李塨未能全聽，於是著了魔道，入了圈套，遂有削版刪書之事。所以劉、梁之言，縱即有理，我們也應該清楚這種情形。現在關於方苞的學行祈向，已經約略地知道，我們再來看看他的文章。苞論文之本源道：

　　僕聞諸父兄：藝術莫難於古文，自周以來各自名家者，僅十數人，則其艱可知矣！苟無其材，雖務學不可強而能也。苟無其學，雖有材不能驟而達也。有其材、有其學而非其人，猶不能以有立焉。蓋古文之傳與詩賦異道，魏晉以後奸佞汙邪之人，而詩賦為眾所稱者有矣，以彼暝瞞於聲色之中，而曲得其情狀,亦所謂誠而形者也。故言之工而為流俗所不棄。若古文,則本經術而依於事物之理,非中有所得不可以為偽,故自劉歆承父之學議禮稽經而外,未聞奸佞汙邪之人,而古文為世所傳述者。韓子有言:"行之乎仁義之途,遊之乎詩書之源。"茲乃所以能約六經之旨以成文,而非前後文士所可比並也。

這是說有才有學中有所得的人,才配來作古文。寫起文章又必須要本經術而依於事物之理,方能傳諸後世。奸佞汙邪和只工文辭的人,便都不足以語此。最後說:"行之乎仁義之途,遊之乎詩書之源"的韓愈,非其他人士所可比,並顯然又是"韓愈主義"的紹續者。苞又道:

> 文章之傳代降而卑,以為古必不可復者,惑也。百物技巧至後世而益精,竭心焉以求其善耳。然則道德文術之所以衰者,其故可知矣。……古文之學每數百年而一興,唐宋所傳諸家是也。漢之東,宋之南,其學者專為訓詁,故義理明而文章則不能兼勝焉。而其尤衰,則在有明之世。蓋唐、宋之學者,雖遂於詩、賦、論、策之末,然所取尚博。故一旦去為古文,而力猶可借也。明之世一於五經四子之書,其號則正矣。而人占一經,自少而壯,英華果銳之氣,皆蔽於時文,而後用其餘以涉於古,則其不能自樹立也,明矣。由是觀之,文章之盛衰,一視乎上之所以教,下之所以學,各有由然而非以時代為升降也。夫自周之衰以至於唐,學蕪而道塞近千歲矣!及昌黎韓子出,遂以掩跡秦、漢,而繼武周人,其務學屬文之方,具見其書者,可按驗也。然則今之人苟能學韓子之

學,安在不能為韓子之文哉?(《望溪文集》卷七《贈淳安方
文輈序》)

文之立否,視學而定,並不因時代之升降生有等差,況且百物技巧
至後世而益工,怎麼能說後世不及前人?但當"竭心以求其善耳!"這
種說法,從表面上看,似在復古尊韓,而骨子裏卻是根據文物進化的原
理,主張雖前人亦可以超過的。關於文章本乎學行的道理,苞於《楊千
木文稿序》中更有所言云:

> 自周以前,學者未嘗以文為事,而文極盛。自漢以後,學
> 者以文為事,而文益衰,其故何也?文者生於心而稱其質之
> 大小厚薄以出者也。戔戔焉以文為事,則質衰而文必蔽矣。
> 古之聖賢,德修於身,功被於萬物,故史臣記其事,學者傳其
> 言,而奉以為經,與天地同流。其下如左丘明、司馬遷、班固,
> 志欲通古今之變,存一王之法,故紀事之文傳。荀卿、董傅,
> 守孤學以待來者,故道古之文傳。管夷吾、賈誼,達於世務,
> 故論世之文傳。傳此皆言有物者也。其大小厚薄則存乎其
> 質耳矣。魏晉以降,若陶潛、李白、杜甫,皆不欲以詩人自處
> 者也,故文莫盛焉。韓愈、歐陽修,不欲以文士自處者也,故
> 文莫盛焉。南宋以後,為詩若文者,皆勉焉以效古人之所為,
> 而慮其不似,則欲不自局於蹇淺也,能乎?(同上)

這裏所謂"質"就是"學行"的別稱。文之出,稱其質之大小厚薄。
文的價值亦由此定。"質"的表現,為言之有物。勉勉強強去效法古人
之所為,那便失卻本質了。

總之,方苞的古文原理,無論言"基"、言"質"都不外學行文章的

一元論。自從韓愈提出"學所以為道,文所以為理"以後,道學家便拿著了"理道",古文家便看重了"文辭",分道分野,畸輕畸重。這種情形已經持續了一千餘年,直到方苞方才欲合韓、歐、程、朱為一人,這實在是他的創見,同時也是"桐城派"的特色。

方苞論文以"義法"為最精。他常說:"南宋元明以來,古文義法不講久矣。吳越間遺老尤放恣,或雜小說,或沿翰林舊體,無一雅潔者。"(見沈傳書後《蘇撰年譜》)因此他主張:

> 古文中不可入:語錄中語,魏晉六朝人藻麗俳語,漢賦中板重字法,詩歌中雋語,《南北史》佻巧語。(同上)

這就是說:古文只能醇謹樸實,俚俗不得,也俏麗不得。至於詳細的討究,則具見其《古文約選序》例中,他先言古文興廢的源流道:

> 太史公《自序》"年十歲誦古文",周以前書皆是也。自魏晉以後,藻繪之文興,至唐韓愈氏起八代之衰,然後學者以先秦盛漢辨理論事質而不蕪者為古文。蓋六經及孔子、孟子之書之流餘肆也。

> 苞又接著分論經史與諸家之可取為義法者云:《三傳》《國語》《國策》《史記》為古文正宗,然者自成一體,學者必熟復全書,而後能辨其門徑、入其窈窔,故是編所錄,惟漢人散文,及唐、宋八家專集,俾承學治古文者,先得其津梁,然後可溯流窮源,盡諸家之精蘊耳。

> 一、周末諸子精深閎博,漢、唐、宋文家,皆取精焉。但其著書主於指事類情,汪洋自恣,不可繩以篇法。其篇法完具者,間亦有之,而體制亦別,故概弗取錄。

二、在昔議論者,皆謂古文之衰自東漢始,非也。西漢惟武帝以前之文生氣動奮,倜儻排宕,不可方物,而法度自具。昭、宣以後,則漸覺繁重滯澀,惟劉子政傑出不群,然亦繩趨尺步,盛漢之風,遽無存矣。韓退之云:"漢朝人無不能為文。"今觀其書、疏、吏牘,類皆雅飭可誦。茲所錄僅五十餘篇,蓋以辨古文氣體必至嚴,乃不雜也。既得門徑,必縱橫百家而後能成一家之言。退之自言"貪多務得,細大不捐"是也。

三、古文氣體,所貴清澄無滓。澄清之極,自然而發其光精,則《左傳》《史記》之瑰麗濃郁是也。始學而求古求典,必流為明七子偽體。

四、子長《世表》《年表》《月表》序,義法精深變化。退之、子厚讀經、子,永叔史志,論其源並出於此。孟堅《藝文志》《七略序》,淳實淵懿。子固序"群書目錄",介甫序《詩》《書》《周禮》義,其源並出於此。

五、退之、永叔、介甫,俱以志銘擅長。但序事之文,義法備於左史。退之變左史之格調,而陰用其義法。永叔摹《史記》之格調,而曲得其風神。介甫變退之之壁壘,而陰用其步伐。學者果能探左史之精蘊,則於三家志銘無事規橅而自與之並矣。

六、《易》《詩》《書》《春秋》及《四書》,一字不可增減,文之極則也。

"六經"為極則,子史為正宗,溯源諸家之所取材,並批判其得失,這種論列,可謂詳盡。歷來言古文義法的人,除明之宋濂外,恐怕是莫能比並的。自苞以後,古文家惟知奉為教條,不見有何改制了。下文

更係苞關於古文義法梗概的敘述。苞云:

> 蓋古文所從來遠矣!"六經"、《語》《孟》其根源也。得
> 其枝流而義法最精者,莫如《左傳》《史記》,然各自成書,俱
> 有首尾,不可以分剟。其次《公羊》《穀梁傳》《國語》《國策》,
> 雖有篇法可求,而皆通紀數百年之言與事,學者必覽其全而
> 後取精焉。惟兩漢書疏及唐宋八家之文,篇各一事,可擇其
> 尤而所取必至約,然後義法之精可見。

又方苞以"清真古雅"為古文至高無上之境界,"清真古雅"亦必
須從經、史、子、集中找尋根源。其《禮闈示貢士》云:

> "清"非淺薄之謂:五經之文精深博奧,津潤輝光,而
> "清"莫過焉。"真"非直率之謂:左、馬之文,怪奇雄肆、濃郁
> 斑爛,而"真"莫過焉。歐、蘇、曾、王之文:無難詞,無奧句,而
> 不害其為"古"。管夷吾、荀卿、《國語》《國策》之文,道瑣事,
> 述鄙情而不害其為"雅"。至於質實而言有物,則必知識之高
> 明,見聞之廣博,胸期之闊大,實有見於義理,而後能庶幾焉。
> 是又"清真古雅"之根源也。(《集外文》卷八)

此外《進四書文選表》中亦概言其大旨道:

> 欲理之明,必溯源六經而切究乎宋元諸儒之說。欲辭之
> 當,必貼合題意而取材於三代兩漢之書。欲氣之昌,必以義
> 理灑濯其心,而沉潛反覆於周、秦、盛漢、唐、宋大家之古文。
> 兼是三者,然後能"清真古雅"而言皆有物。

　　方苞對於古文雖已立有這般精詳的義法,但"桐城派"以外的學者,如錢大昕等還未能予以贊同。錢大昕《與友人書》云:

　　　　前晤告兄,極稱近日古文家以桐城方氏為最。予常日課誦經史,於近時作者之文,無暇涉獵。因吾兄言,取方氏文讀之,其波瀾意度,頗有韓、歐陽、王之規橅,視世俗冗蔓擾雜之作,固不可同日語。惜乎其未喻乎古文之義法爾。夫古文之體,奇正、濃淡、詳略本無定法,要其為文之旨有四:曰明道,曰經世,曰闡幽,曰正俗,有是四者,而後以法律約之,夫然後可以羽翼經史,而傳之天下後世。至於親戚故舊聚散存歿之感,一時有所寄托而宣之於文,使其姓名附見集中者,此其人事蹟原無足傳,故一切闕而不載。非本有可紀而略之,以為文之義法如此也。方氏以世人誦歐公《王恭武》《杜祁公》諸志,不若《黃夢升》《張子野》諸志之熟,遂謂功德之崇,不若情辭之動人心目,然則使方氏援筆而為王、杜之志,亦將舍其勳業之大者而徒以應酬之空言了之乎? 六經三史之文,世人不能盡好,間有讀之者,僅以供場屋餖飣之用,求通其大義者罕矣! 至於傳奇之演繹,優伶之賓白,情辭動人心目,雖里巷小夫婦人,無不為之歌泣者,所謂曲彌高,則和彌寡,讀者之熟與不熟,非文之有優劣也。以此論文,其與孫鑛、林雲銘、金人瑞之徒何異? 文有繁有簡,繁者不可減之使少,猶之簡者不可增之使多。《左氏》之繁,勝於《公》《穀》之簡。《史記》《漢書》互有繁簡,謂文未有繁而能工者,非通論也。太史公漢時官名,司馬談父子為之,故《史記自序》云:"談為太史公。"又云:"卒三歲而遷為太史公"。《報任安書》亦自稱

"太史公",公非尊其父之稱,而方以為稱"太史公曰"者,皆
褚少孫所加。《秦本紀》《田單傳》別出他說,此史家存疑之
法,《漢書》亦間有之,而方以為後人所附綴。韓退之撰《順
宗實錄》載陸贄《陽城傳》,此實錄之體應爾,非退之所創,
方亦不知而忘譏之。蓋方所謂古文義法者,特世俗選本之
古文,未嘗博觀而求其法也。"法"且不知,而"義"於何有?
昔劉原父譏歐陽公不讀書,原父博聞誠勝於歐陽,其言未免
太過,若方氏乃真不讀書之甚者。吾兄特以其文之波瀾意
度近於古而喜之,予以為方所得者,古文之糟粕,非古文之
神理也。王若霖言:"靈皋以古文為時文,卻以時文為古
文。"方終身病之。若霖可謂洞中垣一方癥結者矣。泥淳
不及面質,聊述所見,吾兄以為然否?(《潛研堂文集》卷三
十三)

　　這篇文字,對於方苞的批評,可分兩部分來講:一是錢氏根據
方苞以世人誦歐公、王、杜諸志,不若黃、張諸志之熟,遂謂"功德
之崇,不若情辭之動人心目"一事,而譏苞為避實就虛,因噎廢食。
且謂文章本身非有優劣,讀者熟否與此無關,但曲高和寡的六經三
史,終勝歌泣婦孺的傳奇優伶一籌。窺其用意,似又以通俗文字為
非。一是說,方苞讀書不精,未能博聞,對於古人作品,往往誤解妄
譏,於是斷定方苞所得為古文之糟粕,而非古文之神理。平心而論,
方苞的讀書工夫,固不如漢學家錢大昕等的精到博洽,但遽謂苞為
不讀書之甚者,似亦未免言之太過。況文章的作用,正是要抓到大
量的讀者,白居易詩"老嫗能解",其價值亦即在此。單從動人心目
上看,縷述功德的東西,當然不及包蘊情辭的作品。而錢氏不知之,
謬稱方苞為不諳"義法"這便是外行人在說外行話了。所以"以古文

為時文，以時文為古文”正是方苞能夠通曉時變、汰除陳腐的地方，我們實在不該厚非。苞所著有《望溪全集》《喪禮或問》等數十卷，弟子及門者宛平王兆符、歙程崟、仁和沈廷芳，但均不及劉大櫆有名。（待續）

（本文原載於《河北大學學報》1983 年第 4 期）

桐城古文學派小史(續一)

第二章　中繼者——劉大櫆
附:吳定、王灼

　　劉大櫆,字才甫,號海峰,桐城東鄉人,生於清聖祖康熙三十七年(一六九八),卒於高宗乾隆四十五年(一七八○),年八十二(《清史·列傳》、吳定撰墓誌銘均作卒於高宗乾隆四十六年,年八十三,此從《三續疑年錄》及《劉氏家譜》)。姚鼐《劉海峰先生傳》云:

　　　　海峰生而好學,讀古人文章,即知其意而善效之。年二十餘入京師,當康熙末,方侍郎苞名大重於京師矣,見海峰,大奇之,語人曰:"如苞何足言耶,吾同里劉大櫆,乃今世韓歐才也。"自是天下皆聞劉海峰。然自康熙至乾隆數十年,應順天府試,兩登副榜,終不得舉。乾隆元年舉博學鴻詞,十五年舉經學,皆不錄用。朝官相知,提督學政者率邀之幕中閱文。年愈六十,乃得黟縣教諭。又數年去官,歸樅陽,不復出。卒年八十二。

　　又《清史·列傳·文苑傳》亦言:

劉大櫆,安徽桐城人。貌豐偉而性真諒,嗜讀書,工為文章。年二十九遊京師,時內閣學士同邑方苞能為古文詞,負重名。大櫆布衣持所業謁苞,苞一見驚歎,告人曰:"如苞何足算耶,邑子劉生乃國士耳!"聞者駭之,久乃益信。雍正七年、十年兩舉副榜貢生。乾隆元年,苞舉應博學鴻詞科,為大學士張廷玉所黜,既乃知為大櫆,深悵惜。十五年,廷玉特舉大櫆經學,又報罷,出為黟縣教諭。數年,去官歸。四十四年卒。年八十有二。

據此,我們知道大櫆一生潦倒,不曾富貴利達。只是他的文章曾為方苞所賞識。這種情形,方苞當日也曾講過。如苞《與雙學使慶書》云:

劉生大櫆,不但精於時文,即詩古文詞眼中罕見其匹。為人開爽,不為非義,為學幕中最難得之人。(《望溪文集·集外文》卷十)

又《與魏中丞定國書》云:

及門劉生大櫆者,天資超越,所為古文頗能去離世俗蹊徑而命實不猶!弟舉以鴻博,已入穀,而或檢去之,兩中副車。今以親老,不忍遠離,止得暫圖教職。公見其文,自知其巍然而異於儕輩。弟復先言之者,以其數奇耳。其所著《小稱集》,謹以承教。(同上)

足見苞對大櫆推許獎掖之力,不過苞雖稱大櫆為及門、為劉生,卻

666

不見得真有傳道授業的關係。因為大櫆謁苞已在年近三十學業有成之後。況苞治經講義理，大櫆工詩善文辭，兩人造詣各自不同，亦可為證。大櫆弟子吳定云：

> 先生文章得之天授，年二十九，學成，遊京師，靈皋侍郎見而驚賞之，令其拜於門。然而兩人之文各殊所造：靈皋善擇取義理於經，其所得於文章者義法而已。先生乃並其神氣、音節盡得之，雄奇恣睢，驅役百氏。其氣之肆，波瀾之闊大，音調之鏗鏘，皆靈皋所不逮。

不用說學行，連文章都是各殊所造，哪裏曾有這等直傳的師生？仁和邵懿辰（位西）曾論之曰：

> 余讀桐城劉海峰文終卷，而歎其才有餘而道不足也！意其才豪氣猛，與國初侯朝宗之文相類，而粗獷亦似之，評者輒以昌黎相比況，過矣。夫海峰為望溪弟子……望溪，今之昌黎也。海峰受業其門，宜無不經承指授。而覆視所為文，邈然不知其出於方氏者。蓋望溪致力於經也，終其身專且勤。窺海峰之文，其於經殆苟焉而已。

其實邵氏是只知其一未知其二哩。方苞治經專勤，劉大櫆於經苟焉，此論誠然。大櫆之文，“邈然不知其出於方氏者”，此論亦是。這些地方，正好證明方苞未曾直傳大櫆，邵氏為什麼還要有宜無不經承指授之言呢？按諸《方集》所見文序，及蘇惇元撰《方望溪先生年譜》，及門弟子如宛平王兆符（王源子，早卒）、歙程崟（與兆符同刊《望溪文集》）、仁和沈廷芳（著有《方氏家譜》及《方傳書後》等）均有明文載記，程式文云：

> 釜與北平王兆符,皆以成童後學於先生。兆符治經書古
> 文,而釜攻舉子業。(《方望溪文集》卷首序)

蘇《年譜》云：

> 六十一歲冬,仁和沈廷芳來受業。先生曰："師所以傳道
> 授業解惑也,生欲登吾門,當以治經為務。"廷芳謹受教。

其餘如望溪六十三歲時,安溪宮獻瑞來受業;八十歲時,博野、尹
元孚、曾一來受業,亦有所言,而獨無一語提及大櫆,豈不益可證明?
至於大櫆落魄的情形,大櫆自己亦有文字上的陳述,如他《與高督
齙書》云：

> 書至,知明公欲以櫆充博學宏詞之選,將焉之天子而未
> 知櫆之任受否也。夫櫆素非山林逸遺之士,不求聞達以為高
> 者。客遊京師八九年矣! 皇皇焉求升斗之禄而不可得。智
> 窮力屈,乃一為省覲而歸。歸未數月,又將負篋擔囊,駕言遠
> 涉,持貨賄日遊於市。豈其辭沽直者,譬如山木樗棟是資,其
> 憚為工師取乎? 夫何不任受之有!

"持貨賄日遊於市,豈其辭沽直者",可謂道盡積極求售的心理。
客遊京師八九年,求升斗之禄而不可得,這種遭遇也真夠壞了。又《羈
客歎》詩云：

客子無人惜,衣衫常垢汙。匏瓜無人食,終日繫門閭。

又《寄跂三兼簡沈浴鯨詩》云:

我昔遊京師,舉目無相知。騎驢覓冷炙,徒使衣塵緇!

又《自贈詩》云:

生平愚且魯,入世眊兼聾。學業牛蹄水,人情馬耳風。
文章無所用,計畫只增窮。百歲虛過半,淒涼旅舍中。

大概大樾便在這種淒涼狼狽的流浪生活中,過了半世,前進無路,
只好轉回鄉里,然而又免不了鄉人的訕笑:

長安城中生計微,束載裹糧徒步歸。鄉里小兒競蠻觸,
廟堂老翁多是非。自歎蕭蕭病葉墜,仰看落落明星稀。丈夫
蹭蹬不得志,愧爾溪邊雙鷺飛。

不過大樾雖是這般失意,卻能逆來順受,不露悻悻之態。他《答吳
殷麟書》云:

殷麟足下:頃惠手書,辭重指疊,大抵閔我之窮,憤我之
屈,意氣肫篤,迥出世俗尋常之外,茫然增悲,且感且愧。然
竊自念思,僕雖窮,要無足矜,非有屈,又何能憤邪?天之生
人,其賦性受性異於禽獸。故古之君子戰兢怵惕以自保其靈
明,惟恐失墜,而終其身常在憂懼之中,自善其身矣。而又不

忍同類之顛連,乃始出其身以先覺乎天下。其身雖在崇高,
而心實存乎抑畏;其外雖若逸豫,而內更益其劬勤。若是者
何也?凡以為天下之民,非為己也。是故不必富貴,不必不
富貴,貴則施澤及一世,賤則抱德在一身,富則有以自厚其
生,貧則有以自處其約。時其天明,則與物皆昌;時其陰閉,
則與物皆塞。爵廩之來也,吾不拒;其去也,吾不留。其來
也,吾不以一毫而增;其去也,吾不以一毫而減。故可富可
貧,可貴可賤,而吾之修身勵行,要不以一朝而變易也。

自然,這種不必富貴,不必不富貴的達觀態度,我們也可以說他是
不得不如此,不過終究要算"定性知命"以後的表現。他說:

　　君子樂天知命,不為愚氓之冷暖,而墮其操持。獵姚姒
之精,咀盤誥之華,所以蓄吾之知。坐思行追,默識乎黃帝、
堯、舜、孔子,所以尚吾之志。居窮履困,毫毛不敢取於人,所
以堅吾之守。見物之生,不見其死,所以長吾之恩。由義以
生,其氣浩然充塞而無所屈撓,所以全吾之勇。天之高,非步
仞之可窺也。地之廣,非道里之可計也。君子盡其在我,而
人何與焉。(同上)

這就是說,窮酸有道,我自願為,他人冷暖,與我何干?此種風範
一立,後之桐城作家,遂相率奉為標的。
然而大櫆也的確窮得太可憐了,甚至於勞人送米,妻孥欲拋。他
有《謝人送米》詩云:

　　風塵相望日,老病索居人。杖策尋山寺,烹蔬拾澗薪。

670

故交勞送米,欲別淚盈巾。饑飽有天命,知非我獨貧。

又《蓬戶》詩云:

蓬戶少人跡,空林唯鳥巢。野風吹槲葉,涼月上松梢。衣食終無計,妻孥幾欲抛。早知儒服誤,難免俗情嘲。

他為什麼這般的悖晦? 完全因為時運不濟嗎? 不是的,他說:

余性顓愚,知志乎古而不知宜於時,常思以澤及斯民為任。凡世所謂巧取而捷得者,余皆不知其經術,以故與縉紳之士,相背而趨,終無遇合。退而強學棲遲山隴之間,雖非有苦,而亦未嘗有樂也。

原來是位不達世務的先生,這樣的人,哪裏配在政治舞臺上廝混? "強學棲遲",自係當然的情勢了。但是,詩、文窮而後工,官場失意,對於大櫆的創作卻未始不是一意專精的好機會。如,他《與某翰林書》云:

櫆舒州之鄙儒,而憔悴屯邅之士也。率其顓愚之性,牢鍵一室,不治他事,惟文史是耽。意有所觸,作為怪奇磊落瑰瑋之辭,以自為娛樂。未嘗一往至康莊之衢,懸簿之第,曳長裾跂珠履也。四方之薦紳先生不聞其名氏,鄉里之愚,笑譏訕侮,必欲擠之陷穽而後已。

必是這般冥心獨往,方才能造出怪奇磊落瑰瑋的文辭。至於鄉愚的譏笑，自是常情。又《與王君書》云：

> 櫆性椎魯，生即善病。又僻處窮鄉，無所賴藉。乃冥其心思，追古人而從之，以故凡厥所有，皆與世齟齬。只可自娛，不堪共質。間常出以示人，驚見駭聞，非怒則笑。其怒我者，其厚我者也。其笑我者，其薄我者也。今人之懷抱，大抵同矣！前此以觀於人者，既不相入，則後此者亦可知矣。用是卷而藏之寂寞，以俟來世之子雲，不復與世人相為酬答。

"出以示人"，"非怒則笑"，足見當時風氣的尚未大開。"卷而藏之寂寞，以俟來世之子雲"，亦可知大櫆的自負。總之，大櫆和方苞一樣，都是感覺到古文的難工而少助，所以才一面自己苦幹，一面吁求同志。大櫆《汪在湘文集序》云：

> 余窮，無所用於世，宴居獨處，嘗取三代秦漢以來賢人志士之所為文章，伏而讀之，慨然想見其用心，欣然有慕乎作者之能事。間亦盜剽仿效，擬作以自娛喜。竊歎古之為文者，蜀山秦隴江河之瀆也，後之人隳以為部婁、汙渠，思有以振興追躡之，而苦才力之不逮。徒懷虛願，誰其助予！（同上，卷四）

"徒懷虛願，誰其助予？"令人如聞其聲。如果碰到一個同情的人，自然他要感激非常了。《再與吳閣學書》云：

> 櫆不肖，樸駮粗鄙，才能無可采，而名聲不聞於里巷，為世俗之所共棄久矣！明公不知其愚，卒然於道途之間，羈旅

之際，見而以為可取。歸於中朝，執縉紳大夫之裾而告之曰：
"桐城劉生者，今之昌黎也。"自東漢文壞，曠數百年以至於
唐，唐興百有餘年而韓愈氏出而振之，至今未有倫比。以櫆
之不肖，一旦而得以肩隨其際，明公之知櫆者至矣！其所以
待櫆者厚矣！（同上，卷二）

按吳閣學名士玉，吳趨人。他在《海峰文集序》中曾言結識大櫆的
經過云：

> 去年春，予遇劉子耕南於旅舍，與語，溫然以和。叩其胸
> 中之藏，浩然不可以度量計。予固異劉子非尋常人，既而出
> 其所為詩、賦、古文辭及制舉業之文，共數十首以示予。讀
> 之，洋洋乎才力之縱恣，無所不極，而斟酌經史，未嘗一出於
> 矩矱之外。因與之訂交，攜其文至京師以示縉紳大夫，莫不
> 以劉子之文為非世俗所及。予於是益信予言之可驗，而向者
> 旅舍之遇為不虛已。逾年，劉子來京師，復時時出其近著示
> 予，則每進益上，蓋劉子之才固足以追步古人而力為之不止，
> 方將與古之莊、騷、左、馬、杜、李諸人馳騁上下，而非徒為一
> 世之聞人已也。予非私其所好，劉子之文具在，請以質諸世
> 之有目者，共視以為何如也。

這裏面的"洋洋乎才力之縱恣，無所不極，而斟酌經史，未嘗一出
於矩矱之外"，乃是大櫆文章的最確切的考語。這和姚鼐稱他"文與
詩並極其力，能包括古人之異體，熔鑄以成，其體雄豪奧秘麾斥出
之，豈非其才之絕出今古者哉"（《惜抱軒文集·後集》五《劉海峰先
生傳》），吳定稱他"其才之雄，兼集莊、騷、左、史、韓、柳、歐、曾、蘇、

王之能，瑰奇恣睢，鏗鏘絢爛，足使震川、靈皋驚退改色。詩亦孕育百代，供我使令"（《紫石泉山房文集》卷十《海峰先生墓誌銘》），都是確切的評價。

大櫆論文雖亦尊經，說："夫與天地日月同其存滅，六經之文也。自六經而下，其文遞降而薄。"（《海峰文集》卷四《見吾軒詩集序》）重質，說："夫自古文章之傳，視乎其人。其人而聖賢也者，則文以聖賢而存。其人而忠孝潔廉也者，則文以忠孝潔廉而存。匪是，則文必不工，工亦不傳。"但大體上還是以技術方面的神氣音節為主。他說：

> 行文之道，神為主，氣輔之。曹子桓、蘇子由，論文以氣為主，是矣。然氣隨神轉，神渾則氣灝，神遠則氣逸，神偉則氣高，神變則氣奇，神深則氣靜，故神為氣之主。至專以理為主，則未盡其妙。蓋人不窮理讀書，則出辭鄙倍空疏。人無經濟，則言雖累牘，不適於用。故義理、書卷、經濟者，行文之實。若行文自另是一事。譬如大匠操斤，無土木材料，縱有成風盡堊手段，何處施設？然有土木材料，而不善設施者甚多，終不可為大匠。故文人者，大匠也。神氣音節者，匠人之能事也。義理、書卷、經濟者，匠人之材料也。

義理、書卷、經濟，都只是文人的材料，要想作好文篇，須把這些材料施設得好。怎樣施設，便是神氣、音節的職事了。他又單講神氣道：

> 昔人云："文以氣為主。氣不可以不貫，鼓氣以勢壯為美，而氣不可不息。"此語甚好。神者，文家之寶。文章最要氣盛，然無神以主之，則氣無所附，蕩乎不知其所歸也。神者，氣之主；氣者，神之用。神只是氣之精處。古人文章可告

人者,惟法耳。然不得其神而徒守其法,則死法而已。要在
自家於讀書時微會之。李翰云:"文章如千軍萬馬,風恬雨
霽,寂無人聲。"此語最形容得氣好。論氣不論勢,不備。今
粗示學者:古人行文至不可阻處,便是他氣盛。非獨一篇為
然,即一句有之。古人下一語如山崩峽流,竟攔擋他不住,其
妙只是個直的。氣最重要。予向謂文須筆輕氣重,善矣而未
至也。要得氣重,須便是字句下得重,此最上乘,非初學拙笨
之謂也。

神者氣之主,氣者神之用,有法無神則死法而已。是這一段的主
旨。那末,音節與神氣又有什麼關係呢? 他接著說:

文章最要節奏,譬之管弦繁奏中,必有希聲窈渺處。神
氣者,文之最精處也。音節者,文之稍粗處也。字句者,文之
最粗處也。然予謂論文而至於字句,則文之能事盡矣。蓋音
節者,神氣之跡也。字句者,音節之矩也。神氣不可見,於音
節見之。音節無可準,以字句準之。音節高,則神氣必高。
音節下,則神氣必下。故音節為神氣之跡。一句之中,或多
一字,或少一字,一字之中,或用平聲,或用仄聲,同一平字仄
字,或用陰平、陽平、上聲、去聲、入聲,則音節迥異。故字句
為音節之矩。積字成句,積句成章,積章成篇,合而讀之,音
節見矣。歌而詠之,神氣出矣。近人論文,不知有所謂音節
者,至語以字句,則必笑為末事。此論似高實謬。作文若字
句安頓不妙,豈復有文乎? 但所謂字句音節,須從古人文字
中實實講貫過始得,非如世俗所云也。

675

字句本係文章的基礎,不從安頓字句入手,哪裏會有好文章。金朝古文家元好問曾說:"文須字字作,亦要字字讀。"(《元遺山全集》卷二《與張仲傑郎中論文》)便是這個意思。

神氣音節以外,大櫆又主張文貴"奇""高""大""遠""簡""疏""變""瘦""華""參差"與"去陳言"。但說法都似這般的抽象,我們不備舉了。

大櫆不甚談理言道,所著《天道》《雷說》《辨異》《息爭》《釋毀》《慎始》等篇,都是很淺膚的東西,不配稱"精微博大"。所以他的貢獻只是在詩、古文辭方面。桐城吳汝綸嘗比較大櫆與方苞的文章,而剖析其優劣異同道:

> 大抵望溪之文,貫串乎六經、子史、百家、傳記之書,而得力於經者尤深,故氣韻一出於經。海峰之文,亦貫串乎六經、子史、百家、傳記之書,而得力於史記尤深,故氣韻一出於史。方之古作者,於先秦則望溪近《左氏內外傳》,而海峰近《戰國策》。於西漢則望溪近董江都,而海峰近賈長沙。於八家,則望溪近歐、曾,而海峰近東坡。就二子而上下之,則望溪西漢之遺,而海峰宋人之流亞也。夫文章之道,絢爛之後,歸於老確。望溪老確矣,海峰猶絢爛也。意望溪初必能為海峰之閎肆,其後學愈精,才愈老,而氣愈厚,遂成為望溪之文。海峰亦欲為望溪之醇厚,然其學不如望溪之粹,其才其氣不如望溪之能斂,故遂成為海峰之文。

汝綸的批判,還算公道。譬如他說方苞得力於經,大櫆得力於史。方苞近左氏、董仲舒、歐陽修、曾鞏,大櫆近《戰國策》、賈誼、蘇軾。方苞老確、醇厚,大櫆絢爛閎肆,都不外在表明方苞以學力勝,大櫆以才力勝。這裏是兩人的差異點,同時也是兩人對於桐城古文學派的各自的貢獻。

大櫆的弟子以學行文章名世者,有吳定、王灼、姚鼐。長沙王先謙曾言:"歙縣吳澹泉先生,與桐城姚惜抱、王濱麓,同受古文之學於劉海峰先生。"(《紫石泉山房文集》卷首王序)關於姚鼐,另有專章敘述,這裏先談吳定和王灼。

按《清史列傳》:吳定字殿麟,號澹泉,安徽歙縣人。生於高宗乾隆九年(一七四四),卒於仁宗嘉慶十四年(一八〇九),年六十六。著有《紫石泉山房文集》十二卷,詩六卷,《周易集注》十卷。姚鼐《吳殿麟傳》云:

少時事親,謹三年之喪如禮。……家本貧,至老貧甚。然廉正有守,屢鄉試不售。嘉慶初,有司以孝廉方正舉之,賜六品服。時謂是科舉者,惟殿麟差不愧其名云。劉海峰先生之官於徽州也,殿麟從學為詩文。海峰歸樅陽,又從之。兩淮運使朱孝純,亦海峰弟子也。請姚鼐主揚州書院,會殿麟亦有事揚州,附鼐舟,於是相從最久。其為人忠信質直,論詩文最嚴於法。鼐或為文辭示殿麟,殿麟所不可,必盡言之,鼐輒竄易,或數四猶以為不必得當,乃止。殿麟暮年歸歙,不復出,專力經學,希為詩文矣。

又王灼《保舉孝廉方正吳君墓誌銘》亦言:

澹泉生有異質,年數歲,即以聖賢自許。稍長,居母喪,力行古喪禮。父時遊豫章,以書戒曰:"吾老矣,汝生又羸弱。汝過哀毀,將不為我計耶?"於是乃一食肉。父晚得末疾,左

右扶持與同臥起者四年,及卒,哀慟悲泣未嘗見齒。終喪如一日。(《悔生文集》卷七)

又《紫石泉山房文集》卷首及門諸弟子所記澹泉先生事實云:

先生最嚴出處之節,不肯枉己干人。年十四年,初應縣童子試,或語之曰:"賂胥役,乞於官,名必居人上。"對曰:"寧不錄,不肯行乞也,況賂胥役耶?"

先生生平不肯苟取一錢。生六歲,先生同產之姊初適人。閱月,其婿來謁外父母,手出白金三兩饋先生,為相見之禮。先生擲之於地曰:"爾以我為愛財者耶?"是日族姻大集於庭,皆驚歎。

朱公為海峰先生刊刻詩古文,請先生入署讎校。是歲八月鄉試,朱公語先生曰:"此地徽商皆君同鄉人也,予諭商贈君百金為鄉試之費,何如?"先生拒之曰:"公既贈我以金足矣,焉用多為?"

廉正有守,孝思不匱。根據上面的種種陳述,可知吳定原是個恭行君子。至於鼐所云己文常因吳定的不可而竄易數四,姚鼐弟子陳用光(碩士)亦有載記道:

先生……居揚州時,與歙吳殿麟定同居梅花書院。嘗以所作示殿麟,殿麟以為不可,即竄易至數四,必得當乃止。(《太乙舟文集》卷三《姚先生行狀》)

鼐亦尊定,足見定文的造詣。長沙王先謙云:

先生之文,高於濱麓。顧或有不盡知者,將其文傳之未廣,抑徒眾不如惜抱之盛,無從而張之者邪?余觀海峰評論先生之文,傾倒甚至,若不當在弟子之列。而先生為文,發攄心胸,磊磊熊熊,有浩然自得之氣,未常揣摩趨步,於規矩亦無乎不合。蓋斷然自為一家之言也。(《紫石泉山房文集》卷首王序)

定文高於王灼,比肩姚鼐,只是傳之未廣,徒眾不如惜抱之盛,所以名居姚下。不過,吳定的成就,還不專在他的詩、文上,學行純篤,談理見性,才是他的特長哩。定自言立志向道之早云:

定生之夕,先母程孺人夢遊宮殿,見一麟自殿趨而出,奔馳數十里,有廟崇數仞,麟入焉,昂首而鳴者三,遂止於旁弗去。廟有老人謂母曰:"斯麟也,昔所遊者,帝王之宮。今所止者,至聖先師之廟也。麟之出,其將文明六藝乎!"母驚而覺,既覺,定墮地矣。……及冠,吾父爰字之曰殿麟。(同上,卷八,《殿麟字記》)

這種記載,固然未必是事實。不過定的有志於道,借此自況,卻可想見。他所矜持的道,也是宋儒的道學。如示諸生書云:

夫行偽焉,俗之所以不古也。然行而偽焉,俗猶未盡不古也。何則?天下尚知道學之可貴,而崇奉之。故群喜其名而思竊之也。至於怵然以道學為戒,而相與訕之、笑之、擠排之,則風俗乃頹然不可收拾矣!(同上,卷五)

這不是亟力尊崇道學的證據嗎？只是不曾像姚鼐等明目張膽地攻擊"漢學"而已。他的文章中,談心論道講道理的時候也很多。如《中庸論性》云：

> 理與氣合而有性之名,離氣可謂之理,不可謂之性。(同上,卷一)

又《孟子論性》云：

> 謂性雖汨於氣而不善以生,而天命究莫之能盡蔽,故曰善也。……不曰人之情必為善,而曰可以為善,豈非以氣稟固有厚薄倍蓰者哉？……食、色,性也,君子不謂性也。愚、不肖,命也,君子不謂命也。不以食、色為性,則天下無不當寡欲之人。不以愚、不肖為命,則天下亦無不能修道之士。(同上)

依理氣以論性,還不是宋儒的餘緒。寡欲修道以非性命,更具程、朱刻苦的精神。再如他《論敬義》云：

> 敬者,所以入誠也。義者,所以求仁也。敬則神定而明,義則身安而泰。兩言之曰：敬義。一言之曰敬。敬者,聖學之所以貫內外而成始成終者也。禮之本也,誠也,仁也,義也,皆必主敬以由乎禮,而後可優柔馴至焉。(同上)

其實這便是程顥"涵養須用敬"的引申義。蓋惟用"敬"以涵養,才能貫通內外，成始成終，以抵於溫柔敦厚之境。

諸如此類，不勝枚舉，總之無往而非程、朱之餘緒，亦可見"理學"與"桐城"的不解之緣。

王灼，字悔生，一字明甫，號曰濱麓，安徽桐城人。生於高宗乾隆十七年（一七五二），卒於仁宗嘉慶二十四年（一八一九），年六十八歲。灼曾得中乾隆五十一年舉人，官東流縣教諭。著有《悔生詩文鈔》。

灼與吳定、姚鼐同出大櫆之門。但灼、定的過從獨為密切。吳定《王濱麓古文序》云：

> 予昔學文於海峰先生之家塾，因得與濱麓交遊。其後濱麓館吾鄉者八年，相師彌久，相得愈歡。濱麓既舉於鄉，官教諭於池州之東流，乃太息與濱麓長隔矣。然濱麓之學行文章，知之深未有過於定者。方其少也，文法吾師，不違尺寸。中歲以後，乃更深造變化以自名其家。凡遊先生之門者，咸自慚莫逮也。（《紫石泉山房文集》卷六）

又王濱麓《初集詩序》云：

> 余初事海峰先生於歙，其後先生退休鄉里，違教訓者三年。予既孤，乃渡江就先生之廬請益。而斯時王君濱麓亦執弟子禮，受學於此。濱麓年少而論高，予甚愛重之。及得誦其詩，益歎濱麓非凡士，蓋將以文章鳴天下者也。海峰先生以振古之才，厄塞終老。然先生嘗自放山川泉石，日與吾徒廣稽今古，吟嘯自豪，非特先生樂之，雖予與濱麓亦莫不相顧而樂也。（同上）

觀此,可知兩人友好之深,而兩人共依大櫆的情形,也可略見了。大櫆死後,灼、定相顧悽愴,每逢相見,未嘗不痛哭流涕。如吳定《海峰夫子沒後晤王濱麓感而有作》詩云:

> 終古西河慟,於今道豈移! 弦歌曾未寂,衰絰漫相疑。爾我恩尤重,存亡諾亦欺。臨歧兩行淚,末路更依誰? (同上,卷二)

灼的一生,也甚貧困,常常要"薪燎不足以備風雨,無兼日之禾"(同上,卷五,《與王濱麓書》)。北上京都的時候,連路費都沒有。他《答吳仲輪書》云:

> 僕前入都,道旅之費無所出。適同鄉有留京師者,其家以白金二鎰附僕寄之。僕在途無資,即以其金作路用。至都彷徨十餘日,始得劉生金以償。(《悔生文集》卷二)

灼論文以義法見長。他嘗說:"文章之道,古與今一而已。不合於古,不可以為文。強合古之形貌而不得其義法,神氣音節,尤不可以為文。"足見他亦深得大櫆的三昧。

灼的文章雖不甚高,但在劉大櫆、姚鼐、吳定死後,他已是桐城派碩果僅存的老前輩了。所以陽湖的鉅子惲敬、張惠言等,都曾向他問過義法。

(本文原載於《河北大學學報》1984 年第 1 期)

682

桐城古文學派小史(續完)

第三章　集大成者——姚鼐

桐城派的家法和努力,到了姚鼐方才完成、擴大,這是桐城作者所公認的。如陳用光說:"望溪理勝於辭,海峰辭勝於理,若先生理與辭兼勝,以視震川猶有過焉。"(《太乙舟文集》卷七《姚姬傳先生七十壽序》)管同亦言:"夫先生氣節、道德,海內所知,茲不具論。其'文格'則受之劉學博,而學博得之方侍郎。然先生才高而學識深遠,所獨得者,方、劉不能逮也。"(《因寄軒文集》)

毛岳生言:"桐城姚先生惜抱,篤行懋學,軌以程朱,為海內大賢。文章議論,浩博堅整,而畢出深醇。先生常云:'學問之事,有義理、考證、詞章三者,世必有豪傑之士,兼收其美。'若先生者,可謂具得其要領者也。"(《休復居詩文集》卷一《惜抱軒書錄序》)

從這些讚語裏,我們可以看出姚鼐的成就,是如何的非凡了。至於桐城勢力的延拓,只就姚門弟子的"躋躋鏘鏘",便會知道。所以桐城古文學傳到姚鼐,簡直是可以說是"旭日中天,春花正好",過此就有些兒盛極而衰啦。

姚鼐,字姬傳,一字夢穀,安徽桐城人。嘗題其所居曰"惜抱軒",學者稱惜抱先生。世宗雍正九年(一七三一)生,仁宗嘉慶二十年(一八一五)卒,年八十五。姚鼐的生平,據陳用光《姚先生行狀》云:

先生以乾隆庚午舉於鄉,癸未成進士,改庶起士,丁父憂歸。服闋散館,改兵部主事。年餘,移補禮部儀制司。戊子、為山東鄉試副考官。還擢儀制司員外,記名御史。庚寅為湖南鄉試副考官。辛卯為會試同考官,擢刑部廣東司郎中。《四庫全書》館啟,以大臣薦,征為纂修官。年餘,乞病歸。自是主講於江南,為梅花、紫陽、敬敷、鍾山等書院山長者四十餘年。嘉慶庚午以督撫奏,重赴鹿鳴筵,詔加四品銜。乙亥九月十三日,以疾卒於鍾山書院。

看完這篇行狀,我們知道姚鼐不曾受過方苞般的危難,而有著同於方苞的顯赫。不似劉大櫆的困危,而享著方、劉一般的永年,這也許是他能夠光大桐城,跨越前輩的原因之一吧。

姚鼐生時,方苞還在。方苞死時,姚鼐已經二十歲了,但卻不曾見過面。鼐自己說:

計鼐少時,亦與先生之老年相接。然先生居江寧,鼐居桐城,惟乾隆庚午鄉試,一至江寧,未及謁。其後遂入都,又數年,先生沒。遂至今以不見先生為恨矣。(《惜抱軒集·後集》一《望溪先生集外文序》)

姚鼐的師承,據其《劉海峰先生八十壽序》中言:劉大櫆外,還有他的伯父姚範(字南青,學者稱薑塢先生),大櫆教他詩、古文辭,範教他經學。大櫆和範也是很好的朋友,所以鼐與大櫆,又不僅止於師生關係,還有世交之誼呢。序文云:

鼐之幼也,嘗侍先生,奇其狀貌言笑,退輒仿效以為戲。

及長,受經學於伯父編修君,學文於先生,遊宦三十年而歸。伯父前卒,不得復見。往日父執,往來者皆盡,而猶得數見先生於樅陽。先生亦喜其來,足疾未平,扶曳出與論文,每窮半夜。(同上,集八)

姚鼐家學原自淵博,劉大櫆以世交、父執(鼐父字季和,亦與大櫆為友)夾授古文,可稱事半功倍。又《祭劉海峰先生文》云:

昔我伯父,始與並興。和為文章,執聖以繩。劇談縱笑,據几執觥。召我總角,左右是應。賤子既冠,於京復見。先生執手,為我嗟歎。嗣學古人,以任道期。亹亹其文,以贈吾離。其後閱年,又逾二十。豈徒君耄,鼐亦衰及。念吾伯父,相見以泣。先生益病,侍帷妻妾。要我牀前,強坐業業。猶有高言,記為士法。執承遺書,竟委几榻。舉世茫茫,使我孤立。有言莫陳,終古於邑。(同上,卷十六)

按劉大櫆有《送姚姬傳南歸序》云:"姚君姬傳,甫弱冠而學已無所不窺,余甚畏之。姬傳,余友季和之子,其世父則南青也。"(《海峰文集》卷三)大概便是鼐所謂"賤子既冠,於京復見。亹亹其文,以贈吾離"的這一回事。鼐於大櫆,幼時親侍几杖,將卒復受遺言,自然是聞見親切,師法逼真,因而古文之學,遂以此為相傳的一脈。《與劉海峰書》云:

鼐於老伯,忽忽不見遂二十年。偶一念及,令人心驚。自少至今,懷沒世無稱之懼,朝暮自力,未甘廢棄。然不見老伯,孰與證其是非者?鼐於文藝,天資學問本皆不能逾人,所

685

賴者,聞見親切,師法差真。然其較一心自得,不假門徑,邈
然獨造者,淺深固相去遠矣!猶欲謹守家法,拒逆謬,妄冀世
有英異之才,可因之承一綫未絕之緒,倔然以興。而流俗多
持異論,自以為是,不可與辨。此間聞言相信者,間有一二,
又恨其天分不為卓絕,未足上繼古人,振興衰敝。不知四海
之內,終將有遇不邪?

"不見老伯,孰與證其是非者",是大櫆傳鼐,鼐尊大櫆的老實話。
"冀世有英異之才,因之可承一綫未絕之緒",是姚鼐的抱負所在,亦思
得人傳世了。所以說桐城文派,是因此而延續、確立的。

姚鼐之學,管同稱其:"上究孔孟,旁參老莊、百氏之書,諸家之作
皆內咀含其精蘊,而外沉浸其辭章,是以詮經注子,纂言述事,刻峭簡
切,和適齋莊。澹泊乎若元酒之細蘊,希夷乎若古琴之抑揚。瀏然而
來,若幽泉之出於深澗;摽然而逝,若輕雲之漾於大荒。"(《因寄軒文
集》卷十《公祭姚姬傳先生文》)但是這種稱讚,終是未免籠統,不如陳
用光《姚先生行狀》所言。用光云:

> 　其論學以程、朱為宗,其為文與司馬、韓、歐諸君子有相
> 遇以天者。自其官京師時,有所作,必歸於扶樹道教,講明正
> 學,若集中《贈錢獻之序》是也。及既歸,益務治經。所著經
> 說,發揮義理,輔以考證,而一行以古文法。

論學以程、朱為宗,為文與司馬、韓、歐有相遇,自然又是方苞的老
法門。現在我們先看他怎樣扶樹道教,講明正學。按《贈錢獻之
序》云:

孔子沒而大道微。漢儒承秦滅學之後,始立專門,各抱一經,師弟傳授,儕偶怨怒嫉妒,不相通曉,其於聖人之道,猶築牆垣而塞門巷也。久之,通儒漸出,貫穿群經,左右證明,擇其長說。及其敝也,雜之以讖緯,亂之以怪僻猥碎,世又譏之。蓋魏晉之間,空虛之談興,以清言為高,以章句為塵垢,放誕頹壞,迄亡天下。然世猶或愛其說辭,不忍廢也。自是南北乖分,學術異尚,五百餘年。唐一天下,兼采南北之長,定為義疏,明示統貫,而所取或是或非,未有折衷。宋之時,真儒乃得聖人之旨,群經略有定說。元明守之,著為功令。當明侇君,亂政屢作,士大夫維持綱紀,明守節義,使明久而後亡,其宋儒論學之效哉!且夫天地之運,久則必變。是故夏尚忠,商尚質,周尚文,學者之變也。有大儒操其本而齊其弊,則所尚也,賢於其故,否則不及其故。自漢以來皆然已。明末至今日,學者頗厭功令所載為習聞,又惡陋儒不考古而蔽於近,於是專求古人名物制度,訓詁書數,以博為量,以窺隙攻難為功,其甚者欲盡舍程朱,而宗漢之士。枝之獵而去其根,細之蒐而遺其鉅,夫寧非蔽與?(《惜抱軒文集》七)

這篇文章,可以說是姚鼐論學上的"尊宋抑漢"的宣言。他先斥責漢儒的怪僻、猥碎、雜以讖緯;再非議考據家的專求名物、制度、訓詁、書數;而謂前者"於聖人之道猶築牆垣而塞門巷",後者則"獵枝去根,蒐細遺鉅",益不足道。從而全面肯定只有宋之"真儒",才能略定群經,確得聖人之旨。又如《復將松如書》云:

自秦漢以來,諸儒說經者多矣,其合與離,固非一途。逮

宋程、朱出,實於古人精深之旨,所得為多。而其審求文辭往
復之情,亦更為曲當。非如古儒者之拙滯而不協於情也。而
其生平修己立德,又實足以踐行其所言,而為後世之所響慕。
故元、明以來,皆以其學取士。利祿之途一開,為其學者以為
進趨富貴而已。其言有失,猶奉而不敢稍違之,其得亦不知
其所以為得也。斯固數百年以來,學者之陋習也。然而世學
者,乃思一切矯之以專宗漢學為至,以攻駁程朱為能,但於一
二專己好名之人,而相率而效者,因大為學術之害。夫漢人
之為言,非無有善於宋而當從者也,然苟大小之不分,精粗之
弗別,是則今之為學者之陋,且有勝於往者。為時文之士,守
一先生之說,而失於隘者矣。博聞強識以助宋君子之所遺,
則可也。以將跨越宋君子,則不可也。鼐往者在都中與戴東
原輩,往復嘗論此事,作《送錢獻之序》發明此旨。非不自度
其力小而孤,而義不可以默焉耳。(同上,卷六)

姚鼐此書,雖承認程、朱之學曾為科舉所亂,漢儒之言亦有較程朱
為善者,但仍說宋儒精大、漢儒粗小,漢儒只能幫助宋儒,不配居心跨
越。這是什麼緣故呢?

原來,"篤行戀學,軌以程朱",乃桐城一貫的家法,欲為桐城的肖
子肖孫,便須推尊程、朱,而與詆毀程、朱者抗辯。滿清初年,能與程、
朱分庭抗禮的是"顏李學",中葉以後便是"漢學"了。因此,方、李爭
罷,又有姚、戴(東原)之爭,道統使然(戴東原的思想,頗有近於顏、
李),不容彼此緘默的。所以姚鼐拼命地在講:

　　儒者生程、朱之後,得程、朱而明孔、孟之旨,程、朱猶吾
父師也。然程、朱言或有失,吾豈必曲從之哉? 程、朱亦豈不

欲後人為論而正之哉？正之可也，正之而詆毀之、訕笑之，是
詆訕父師也。且其人生平不能為程、朱之行，而其意乃欲與
程、朱爭名，安得不為天之所惡？故毛大可、李剛主、程綿莊、
戴東原率皆身滅嗣絕，此殆未可以為偶然也。（同上，卷六，
《復簡齋書》）

程、朱猶父師，詆訕程、朱，猶詆訕父師，說得可謂莊嚴。毛、李、
程、戴以詆毀程朱而“身嗣滅絕”，這種口吻，簡直和方苞對李垛的話，
是一樣的酸腐！而姚鼐反對考據家（漢學家）的最大原因，是因為他們
不能行程、朱之行，正程、朱之言，單自詆毀訕笑，意存輕蔑，也可以看
出了。他有《述懷詩》云：

　　門有吳越士，撟首自言賢。束帶迎入座，抗論崇古先。
標舉文句間，所守何戔戔！誹鄙程與朱，制行或異旃。漢唐
勤箋疏，用志誠精專。星月豈不輝，差異白日懸。世有宋大
儒，江海容百川。道學一旦廢，乾坤其毀焉。寄語幼誦子，偽
論烏足傳？（同上《詩集》二）

“誹鄙程與朱，制行或異旃”、“道學一旦廢，乾坤其毀焉”，這是他
反對漢儒推崇宋儒的主要精神，他和戴東原的爭論，也是為了這個。
按戴東原名震，休寧人。生於雍正元年（一七二三），卒於乾隆四
十二年（一七七七），年五十五。他是清代有名的朴學大師，他治學以
考證為工具，以求道為目標。他常說：“有義理之學，有文章之學，有考
覈之學。義理者，文章、考覈之源也。執乎義理，而後能考覈，能文
章。”（《戴東原集》卷首《段玉裁序》）可見他未嘗忽略本根，止搜細末。
他又說：“六書九數等事，如轎夫然，所以舁轎中人也。以六書九數等

事盡我,是猶誤認轎夫為轎中人也。"(同上)豈不益可徵信? 又《題惠
定宇先生授經圖》云:

  夫六經微言,後人以歧趨而失之也。言者輒曰:"有漢儒
經學,有宋儒經學,一主於故訓,一主於理義。"此誠震之大不
解也者。夫所謂理義,苟可以舍經而空憑胸臆,將人人鑿空
得之,奚有於經學之云乎哉? 惟空憑胸臆之卒無當於賢人聖
人之理義,然後求之古經,求之古經而遺垂絕,今古懸隔也,
然後求之故訓。故訓明,則古經明,則賢人聖人之理義明,而
我心之所同然者,乃因之而明。賢人聖人之理義非他,存乎
典章制度者是也。

  這和姚鼐的主張,恰巧相反。姚鼐說:典章、制度,皆與"義理"無
關,"義理"乃在"典章制度"以外。戴震卻說,"義理"存乎"典章制
度",舍此便無所謂"義理"。我們細味震言,也覺得除以故訓明古經,
明古經而後有"義理"的一條路子外,不會再有更能接近賢人聖人的
"義理"了。那末空憑胸臆的東西,和考證出來的事理,是哪一樣有價
值,豈非一目便可了然? 這種道理,震與姚鼐曾經直接談過。如震《與
姚孝廉姬傳書》云:

  凡僕所以尋求於遺經,懼聖人之緒言暗沒於後世也。然
尋求而獲有十分之見,有未至十分之見。所謂十分之見,必
徵之古而靡不條貫,合諸道而不留餘義,巨細畢究,本末兼
察。若夫依於傳聞以擬其是,擇於眾說以裁其優,出於空言
以定其論,據於孤證以信其通,雖溯流可以知源,不目覩淵泉
所導,循根可以達杪,不手披枝肆所歧,皆未至十分之見也。

以此治經,失不知為不知之義,而徒增一惑,以滋識者之辨之也。先儒之學,如漢鄭氏、宋程子、張子、朱子,其為書至詳博,然猶得失中判。其得者,取義遠,資理閎,書不克盡言,言不克盡意,學者深思自得,漸近其區,不深思自得,斯草穢於畦,而茅塞其路。其失者,即目未覩淵泉所導,手未披枝肄所歧者也。而為說轉易曉,學者淺涉而堅信之,用自滿其量之能容受,不復求遠者、閎者,故誦法康成、程、朱,不必無人,而皆失康成、程、朱於誦法中,則不志乎聞道之過也。誠有能志乎聞道,必去其兩失,殫力於其兩得,既深思自得而近之矣,然後知孰為十分之見,孰為未至十分之見。如繩繩木,昔以為直者,其曲於是可見也。如水準地,昔以為平者,其坳於是可見也。夫然後傳其信,不傳其疑,疑則闕,庶幾治經不害。(同上,集九)

戴震這篇信裏:"懼聖人之緒言,暗沒於後世",是他治經的原因。主張"目覩淵泉所導,手披枝肄所歧",而反對信賴"傳聞""眾說""空言""孤證"以求至"十分之見",是他治經的方法。巨細靡遺,本末兼察,傳信闕疑,不增人惑,真是博大精確到無以復加,不怪姚鼐也要心折了。據戴震言,姚鼐且曾請為弟子,不過戴震沒有同意。其言曰:

　　至欲以僕為師,則別有說。非徒自顧不足為師,亦非謂所學如足下,斷然以不敏謝也。古之所謂友,固分師之半。僕與足下無妨交相師,而參互以求十分之見。苟有過則相規,使道在人不在言,斯不失友之謂,固大善。昨辱簡,自謙太過,稱夫子非所敢當之,謹奉繳。(同上)

按韓愈嘗說:"師者,所以傳道、授業、解惑也。"(《韓集·師說》)不過志同道合的人,才配來講這些。現在姚鼐尊奉的是宋學,戴震服膺的卻是漢學,系統不同,旨趣各異,還傳的什麼道,授的什麼業? 所以戴震的關門,和姚鼐的碰壁,都是當然的事情,"道不同,不相為謀"麼。

但是,姚鼐雖未得列入戴震的門牆,然而戴震的長處,他卻已私下採納了。譬如他所提出的"義理、辭章、考據"三者並重的口號,便相似於戴震的"古今學問之徒,其大致有三:或事於理義,或事於制數,或事於文章"(同上,集九,《與方希原書》)。鼐的言論道:

> 鼐謂天下學問之事,有義理、文章、考證三者之分,異趨而同為不可廢。一途之中,歧分而為眾家,遂至於百十家。同一家矣,而人之才性偏勝,所取之逕域,又有能有不能焉。凡執其所能為而呲其所不為者,皆陋也。必兼收之乃足為善。(《惜抱軒文集》卷六《復秦小峴書》)。

又說:

> 嘗論學問之事有三端焉:曰義理也,考證也,文章也。斯三者,苟善用之,則皆足以相濟,苟不善用之,則或至於相害。今夫博學強識而善言德行者,固文之貴也。寡聞而淺識者,固文之陋也。然而世有言義理之過者,其辭蕪雜俚近如語錄而不文。為考證之過者,至繁碎繳繞而語不可了當。以為文之至美而反以病者,何哉? 其故由於自喜之太過,而智昧於所當擇也。夫天之生才,雖美不能無偏,故以能兼長者為貴。

而兼之中又有害焉，豈非能盡其天之所與之量而不以才自蔽者之難得與？

　　不過，戴震、姚鼐雖然都是三者並論，可是這裏面的差異卻大了。戴震的義理，是直接孔孟的大道，"中國本位的文化"。（這些情形，只要我們詳看震所著《原善》《與彭允初進士書》和《孟子字義疏證》便會知道。）其方法是科學的、漢人的，所以獨重考據，而以文章為末事，段玉裁（茂堂）所謂"由考覈以通乎性與天道"（《戴東原集序》）者是。姚鼐的義理，是程、朱一流的道學，是比較雜糅佛、老的東西，其方法是玄學的、宋人的，只以考據充實文章，借使文章言之有物。曾國藩（滌生）所謂"必義理為質，而後文有所附，考據有所歸"（《曾文正公文集》卷一《歐陽生文集序》）者是。這些不但是姚、戴二人的不同，同時也是漢學家、古文家分野的所在。金壇段玉裁云：

　　　　竊以謂義理、文章，未有不由考覈而得者。自古聖人制作之大，皆精審乎天地民物之理，得其情實，綜其始終，舉其綱以俟其目，與以利而防其弊，能奠安萬世，雖有奸暴不敢自外。《中庸》曰："君子之道，本諸身，徵諸庶民，考諸三王而不謬，建諸天地而不悖，質諸鬼神而不疑，百世以俟聖人而不惑。"此非考覈之極致與？聖人心通義理，而必勞勞如是者，不如是不足以盡天地民物之理也。後之儒者，畫分義理、考據、文章為三，區別不相通，其所為，細已甚焉。夫聖人之道在六經，不於六經求之，則無以得聖人，求得之義理以行於家國天下，而文詞之不工，又其末也。（《戴東原集序》）

　　"義理、文章，未有不由考覈而得者"，豈不是漢學家明尊考據之證？說得有理，所以古文家也來採取了。然而因為他們以文詞為末事，常常把文章弄得繁瑣碎小，繳繞不休，使人不耐寓目，遂貽古文家以可擊之隙。如陳用光云：

> 本朝之有考據，誠百世不可廢之學也。然為其學者，輒病於碎小。其見能及大矣，而所著錄又患其不辭。(《太乙舟文集》卷五《寄姚先生書》)

此外便是古文家對於漢學家的不講求躬行實踐，亦有所指摘。如劉開(明東)云：

> 自明季及乎國初，學病空疏，士漸舍宋而趨漢矣。由是顧炎武尊康成而不及宋儒，閻若璩論程、朱而不敢譏議。朱彝尊則微辭竊詆，以揚其波。毛奇齡則肆言力攻，以煽其焰。而當是時，前有李文貞，後有方望溪，皆力主宋學而不尚奇博，風氣未能盡變也。及戴震東原氏出，以淵雅之識，負宏通之譽，又承天下厭故喜新之後，於是考糾諸經，精小學，明度數，證前代之遺制，力亦勤矣。然其學則博，其言則偏，以躬行為不足，尚以程、朱為不足法。而司風化者又羽翼之，士於是外行而內文，先利而後義，能博而不能通。學則不切於身，用則無關於國，風氣之患，及乎朝野，中乎人心，則東原成之也。(《劉明東文集》卷五《與朱魯岑書》)

足見在學術方面，桐城古文派對於漢學家尤其是戴震，未嘗不心折口服。他們所不滿意的，只是漢學家的以文詞為"末事"和"學則不切於身"而已。

694

那末,姚鼐主張義理、詞章、考據三者並重,他自己究竟做到了沒有呢? 義理的情形,雖如上述,考據、詞章都是怎樣? 似乎也應該探討一下。

按考據文章之見於姚鼐集中者,約有《郡縣考》《左傳補注序》《孝經刊誤書後》和《辨逸周書》等數篇。觀其內容,亦常有條理清晰、證據確鑿之處。例如《郡縣考》云:

周之制,王所居曰"國中"。分命大夫所居曰"都鄙"。自國而外有曰家稍者矣,曰邦縣者矣,曰邦都者矣,而統名之,皆都鄙也。鄭君云:"都之所居曰鄙。"殆非是。宜曰:"鄙之所居曰'都'。"《詩》曰:"作都於向。"《月令》曰:"毋休於都。"然則"都"者"鄙"所居,"城"之謂也。見於詩、書、傳、記,凡齊、魯、衛、鄭之國率同。王朝"都鄙"之稱,蓋周法中原侯服疆以周索。國近蠻夷者,乃疆以戎索。故齊、魯、衛、鄭名同於周,而晉、秦、楚乃不同於周。不曰"都鄙",而曰"縣",然始者有"縣"而已,尚無郡名。吾意"郡"之稱,蓋始於秦、晉。以所得戎、翟地遠,使人守之,為戎、翟君長,故名曰"郡"。如所云:"陰地之命大夫。"蓋即"郡守"之謂也。趙簡子之誓曰:"上大夫受'縣',下大夫受'郡'。""郡"遠而"縣"近,"縣"成聚富庶,而"郡"荒陋,故以美惡異等,而非"郡"與"縣"相統屬也。《晉語》夷吾謂公子縶曰:"君實有郡縣。"言晉地屬秦,異於秦之近縣,則謂之曰"郡縣",亦非云"郡"與"縣"相統屬也。及三卿分范、中行、智氏之"縣",其"縣"與己故縣隔絕,分人以守,略同昔者使人守遠地之體,故率以"郡"名。然而"郡"乃大矣,所統有屬縣矣。其後秦、楚亦皆以得諸侯地名"郡",惟齊無郡,齊用周制故也。"都鄙"

者,王朝本名,故晉、秦、楚雖為"縣"而未嘗不可因周之稱,而周必無"郡"之稱,以"郡"者遠地之稱也。秦之內史,漢之三輔,終不可名之"郡",況周畿內乎?《周書·作雒篇》乃有"縣有四郡"之語,此非真西周之書,周末誣僭之士為之也。(《惜抱軒文集》二)

析真辨偽,據典引經,豈不也是一篇像樣的考據文章?只是他以少例多,不肯多作,又不能偏用這種精神於文章中,所以終不過是古文家的考據罷了。

其次,再看姚鼐的詞章之學。

姚鼐論文,頗能糅合宋人理、氣之說,殆亦所謂觸類旁通無往不屈者,如《與魯絜非書》云:

鼐聞天地之道,陰陽、剛柔而已。文者,天地之精英,而陰陽剛柔之發也。惟聖人之言,統二氣之會而弗偏。然而《易》《詩》《書》《論語》所載,亦間有可以剛柔分矣。值其時其人,告語之體各有宜也。自諸子而降,其為文無弗有偏者。其得於陽與剛之美者,則其文如霆,如電,如長風之出谷,如崇山峻崖,如決大川,如奔騏驥。其光也,如杲日,如火,如金鏐鐵。其於人也,如馮高視遠,如君而朝萬眾,如鼓萬勇士而戰之。其得於陰與柔之美者,則其文如升初日,如清風,如雲,如霞,如煙,如幽林曲澗,如淪如漾,如珠玉之輝,如鴻鵠之鳴而入廖廓。其於人也,漻乎其如歎,邈乎其如有思,暖乎其如喜,愀乎其如悲。觀其文,諷其音,則為文者之性情形狀舉以殊焉。且夫陰陽剛柔其本二端,造物者糅而氣有多寡進絀,則品次億萬,以至於不可窮,萬物生焉,故曰:"一陰一陽之為道。"夫文之多變亦若是也。糅而偏勝可也，偏勝之極，一有一絕，無與夫剛不足為剛，柔不足為柔者，皆不可以言文。

文章發於天地精英的陰陽剛柔，只有聖人之言，才可以統二氣而不偏，其餘則或陽剛，或陰柔，氣有多寡進絀，文亦品次億萬，以至於不可窮。總之，有是氣，即有是理，有是理，即有是文，所謂言為心聲，誠於中必形於外者，便是這種道理。所以姚鼐的文章原理，大可以稱之為"理、氣二元論"，他還有所申明道：

> 吾嘗以謂：文章之原，本乎天地，天地之道，陰陽剛柔而已。苟有得乎陰陽剛柔之精，皆可以為文章之美。陰陽剛柔並行而不容偏廢，有其一端而絕亡其一，剛者至於僨強而拂戾，柔者至於頹廢而闇幽，則必無與於文者矣。然古君子稱為文章之至，雖兼具二者之用，亦不能無所偏優於其間，其故何哉？天地之道，協合以為體，而時發奇出以為用者，理固然也。其在天地之用也，尚陽而下陰，伸剛而絀柔，故人得之亦然。文之雄偉而勁直者，必貴於溫深而徐婉，溫深徐婉之才反易得也。然其尤難得者，必在乎天下之雄才也。（同上，集四，《海愚詩鈔序》）

這和上面的說法大同小異。他講：天地之道，難以陰陽剛柔的協合為"體"，卻"時發奇出"以為"用"。惟其"時發奇出"，所以才有許多變異的現象。天地之用，尚陽伸剛，下陰絀柔，這種大氣反映到人性和文章上，也會生有雄偉、勁直、溫深、徐婉的區別。於是同理，雄才難得而可貴，不似溫深、徐婉的普遍易見了。關於"誠中形外"，文章和天地

時節感應而生的道理,《答魯賓之書》中曾詳為發揮道:

> 《易》曰:"吉人之詞寡。"夫內充而後發者,其言理得而情當,理得而情當,千萬言不可厭,猶之其寡矣。氣充而靜者,其聲閎而不蕩,志章以檢者,其色耀而不浮。邃以通者,義理也;雜以辨者,典章、名物,凡天地之所有也。閔閔乎聚之於錙銖,夷懌以善,虛志若嬰兒之柔,若雞伏卵,其專一以內候其節而時發焉。夫天地之間,莫非文也。故文之至者,通於造化之自然,然而驟以幾乎合之則愈離。

此外,在修辭方面,劉大櫆神氣、音節之論,亦頗為姚鼐所取用。鼐之為言曰:

> 凡文之體類十三,而所以為文者八:神理、氣味、格律、聲色。神理氣味者,文之精也,格律聲色者,文之粗也。苟舍其粗,則其精者亦胡以寓焉。(《古文辭類纂序目》)

按鼐所謂文之體類十三,計為:論辨、序跋、奏疏、書說、贈序、詔令、傳狀、碑誌、雜記、箴銘、頌贊、辭賦、哀祭,具見《古文辭類纂》中。《古文辭類纂》的選別類次,都是自《昭明文選》以來最為偉大精當的。人所常稱的"桐城選學",實即樹基於此。其"序目"云:

論辨類:蓋源於古之諸子,各以所學著書詔後世。
序跋類:昔前聖作《易》,孔子為作《繫辭》《說卦》《文言》《序卦》《雜卦》之傳,以推論本原,廣大其義。《詩》《書》皆有《序》,而《儀禮》篇後有《記》,皆儒者所為。其餘諸子,或自序其意，或弟子作之。《莊子·天下篇》《荀子》末篇是也。

奏議類：昔唐虞三代聖賢陳說其君之辭，《尚書》具之矣。周衰，列國臣子為國謀者，誼忠而辭美，皆本"謨""誥"之遺，學者多誦之。……漢以來，有表奏、疏議、上書、封事之異名，其實一類。惟"對策"雖亦臣下告君之辭，而其體少異。

書說類：昔周公之告召公，有《君奭》之篇。春秋之世，列國士大夫，或面相告語，或為書相遺，其義一也。

贈序類：《老子》曰："君子贈人以言。"顏淵、子路之相違，則以言相贈。梁王觴諸侯於范臺，魯君擇言而進，所以致敬愛、陳忠告之誼也。唐初贈人，始以"序"名，作者亦眾。至於昌黎，乃得古人之意。

詔令類：原於《尚書》之"誓""誥"。周之衰也，文誥猶存。昭王制，肅強侯，所以悅人心而勝於三軍之眾，猶有賴焉。秦最無道，而辭則偉。漢至文、景，意與辭俱美矣，後世無以逮之。光武以降，人主雖有善意，而辭氣何其衰薄也！"檄""令"，皆諭下之辭。

傳狀類：雖原於史氏而義不同。古之國史立傳，不甚拘品位，所紀事猶詳。又"實錄"書人臣卒，必撮序其生平賢否，今"實錄"不紀臣下之事。史館，凡仕非賜謚及死事者，不得為傳。

碑誌類：其體本於《詩》，歌頌功德。其用於金石，周之時有石鼓刻文，秦刻石於巡狩所經過，漢人作碑文，又加以序。序之體，蓋秦刻琅邪具之矣。志者，識也。或立石墓上，或埋之壙中，古人皆曰"志"。為之"銘"者，所以志之之辭也。然恐人觀之不詳，故又為"序"。世或以石立墓上曰"碑"，曰"表"，埋乃曰"志"。及分"志""銘"二之，獨呼前序曰"志"

者,皆失其義。蓋自歐陽公不能辨矣。

雜記類:亦碑文之屬。碑主於頌功德,記則所紀大小事殊。取義各異,故有作序與銘詩全用碑文體者,又有為紀事而不以刻石者。柳子厚記事小文或謂之"序",然實"記"之類也。

箴銘類:三代以來有其體矣。聖賢所以自警戒之義,其辭尤質,而意尤深。

讚頌類:亦詩頌之流,而不必施之金石者也。

辭賦類:風雅之變體也,楚人最工為之。蓋非獨屈子而已。余嘗謂"漁父"及"楚人以弋說襄王"、宋玉"對王問遺行",皆設辭無事,實皆辭賦類耳。太史公、劉子政,不辨而以事載之,蓋非是。辭、賦固當有韻,然古人亦有無韻者。以義在托諷,亦謂之賦耳。漢世校書有"辭賦略",其所列者甚當。昭明太子《文選》分體碎雜,其立名多可笑者。

按桐城義法,自方苞以來,雖已闡發無遺,規模確立,但苞所言者,究多含混,使人不易捉摸。今觀姚鼐此目,則論斷精確,義類昭然,無論任何文體,都各溯其來源,檢定支派,其有便於學者法用,實勝方苞多多矣。所以王先謙要稱他"開示準的,賴此編存"(王氏《續古文辭類纂序》)。而黎庶昌也說"姚氏之論卓矣""姚氏無可議也"(黎氏《續古文辭類纂序》)。

至於為文之法,則鼐在與人書信中,亦常有所論列。如《答翁學士書》言文無定法,因"意""氣"而有變的道理云:

> 文字者,猶人之言語也。有"氣"以充之,則觀其文也,雖百世而後如立其人而與言於此。無"氣"則積字焉而已。

"意"與"氣"相御而為"辭",然後有聲音、節奏、高下、抗墜之度,反復進退之態,采色之華。故聲色之美,因乎"意"與"氣"而時變者也,是安得有定法哉?(《文集》卷六)

又《與陳碩士》論文章所以為美之道,及用功宜勤云:

夫文章一事,而其所以為美之道非一端。命意立格、行氣遣辭,理充於中,聲振於外,數者一有不足,則文病矣。作者每意專於所求,而遺於所忽,故雖有志於學,而卒無以大過乎凡眾。故必用功勤,而用心精密,兼收古人之具美融合於胸中,無所凝滯,則下筆時,自能無得此遺彼之病也。(《尺牘》卷七)

又《與張阮林》述"才"與"法"的關係云:

文章之事,能運其法者,才也;而極其才者,法也。古人文,有一定之法,有無定之法。有定者,所以為嚴整也。無定者,所以為縱橫變化也。二者相濟而不相妨,故善用法者,非以窮吾才,乃所以達吾才也。非思之深、功之至者,必不能見古人縱橫變化,所以為嚴整之理。思深功至而見之矣,而操筆而使吾手與吾所見之相副,尚非一日事也。(同上,卷三)

一則曰"功勤心精",再則曰"思深功至",足見姚鼐的重視工夫。他自己作文章,也確能如此。《復汪進士輝祖書》云:

鼐之求此數十年矣:瞻於目,誦於口,而書於手,較其離

701

合,而量劑其輕重多寡。朝為而夕復,捐嗜舍欲,雖蒙流俗訕
笑而不恥。(《惜抱軒文集》六)

看、寫、讀、作,朝夕不息,捐棄嗜欲,積數十年,可謂專心致志之
至。怎麼可以說,有天才的人,不下工夫便能成功呢?

以上介紹"三祖"已畢,除掉"義理"方面,係以程、朱為依歸,而劉
大櫆少所講論外,關於文章上的成就與差異,我覺得方東樹(植之)評
價得最好。東樹《書惜抱先生墓誌後》云:

> 侍郎之文,靜重博厚,極天下之物賾,而無不持載。泰山
> 巖巖,魯邦所瞻,擬諸形容,象地之德焉,是深於學者也。學
> 博之文,日麗春敷,風雲變態,言盡矣,而觀者猶若浩浩然不
> 可窮,擬諸形容,象太空之無際焉,是優於才者也。先生之
> 文,紆餘卓犖、樽節罼括,托於筆墨者,淨潔而精微,譬如道人
> 德士,接對之久,使人自深。是皆能各以其面目自見於天下
> 後世,於以追配乎古作者而無忝也。學博論文主品藻,侍郎
> 論文主義法。要之,不知品藻,則其講於義法也愨;不解義
> 法,則其貌夫品藻也滑耀而浮。先生後出,尤以識勝。知有
> 以取其長,濟其偏,止其散,此所以配為三家,如鼎足之不可
> 廢一。凡若此者,皆學者所共見,所謂天下之公言也。

這篇贊文雖是桐城本派人作的,但並不見得怎樣誇大。尤其是
他說三人配為三家,如鼎足之不可廢,在我們審度三人的文章以後,
也覺得是再對沒有。因為深於學的講義法,優於才的談品藻,才學
俱佳的兼倡義理、辭章、考據,像這般的取長濟偏,一脈相傳,桐城學
派還不成立,更待何時?反過來講,自然也是缺一不可的了。至於

三人都享長壽，都不做大官，又都是同鄉，授受親炙，長時間的往復探討，於是直接的，有利於個人的造詣，和桐城派的"茁壯成長"，自不待言。

（本文原載於《河北大學學報》1985 年第 1 期）

桐城古文學派與蓮池書院

第一章　桐城古文學派的沿革

聲應氣求,物以類聚,志同道合,人以群分,這派系的活動是古已有之的,特別是在士大夫中間。不過,有的偏於政治,有的重在學術,有的單講文字創作,也有混合著說的,由於目的不同,於是稱謂各異罷了。

這裏的"桐城古文學派"是怎樣得名的呢? 首先需要說明的是,它是一個學派,而不是單純的文派,因為桐城的作者,不只講求文章,還要顧及學行。他們是從"言有物、言有序",發展到義理(思想)、辭章(藝術)、考據(科學方法)三者並重的古文之學。桐城是創始人們的家鄉,古文則對時文而言,他們也重行誼之故。

第一节　先行者戴名世

戴名世,字田有,一字褐夫,桐城人。生於順治十年,卒於康熙五十二年,年六十一。《清史・文苑傳》說他"生而才辯雋逸"。康熙四十八年他 57 歲,中式會試第一,殿試一甲二名及第,又二年而《南山集》禍作。

為什麼說戴名世是桐城古文學派的"先行者"? 這是由於他隸籍桐城,在康熙年時文、古文都極有名,而且是桐城派創始人方苞的前輩、好友。方苞所強調於古文中的義法、辭章許多方面是受了戴名世的影響的,甚至可以說是由他諄諄教導、長期幫助始有成績。何況名世的職業是教書、賣文,南北著稱,弟子門生也不在少,又有一定的文化、政治地位,如不是《南山集》案發,他作為桐城派的開創人物,那是毫無疑問、名符其實的。因為他的特殊貢獻在於改造時文,振興古文,高標義法,揭示史法,為人之所不能為,自我犧牲,不是普通的文人作者。

名世之文,古樸簡潔,言之有物,長於論事,充溢情感。他的好友方苞評論是:"少時文,清雋朗暢,中歲少廉悍"、"自信為終不沉沒"的(《書先君子家傳後》)。名世的鄉後輩方誠之,則稱之為"空靈超妙,往往出人意表"。

至於戴、方的交往,可見《方靈皋稿序》。一個先驅,一個創始,這個歷史的淵源情況,是很自然地發展下來的。

第二節　創始者方苞

方苞作為桐城派的創始人,這是沒有異議的,因為他在古代散文的發展史上取法韓、歐,規模熙甫,友於名世,而有其一系列的成長跡象的。就是說,古文到了他的手裏,已經通順簡明因時變易,載道言志純真樸實了。在學術上,他能夠接近李塨、劉言潔、王崑繩等畸形之士,與之往返討論學術,延攬劉大櫆、沈廷芳、王兆符為弟子,傳授義法,光大桐城,有始有卒,不愧為豪傑、文宗。

方苞,字鳳九,一字靈皋,晚年自號望溪,學者稱望溪先生,著有《望溪文集》等。其散文純真古樸、發人深思,特別是記言記事的傳、序、志、銘,以及哀辭、墓表之類,都是遠學《左》《國》、馬《史》、班《漢》,近規韓、歐八家的。換句話說,就是饒有史法,載道言志之作。其有如

下特點:

一、推崇名世,不忘故友。

二、高標史法,傳、記當先。

三、序論犀利,有的放矢。

第三节　中繼者劉大櫆

劉大櫆,字才甫,一字耕南,號海峰,桐城東鄉人。生於康熙三十七年,卒年不詳。其在桐城派中雖號稱"中繼"方苞、下傳姚鼐的三位創始人物之一,方苞也一再指稱之為"劉生""及門",實則方苞並未真傳大櫆,大櫆之古文更難說是得自方苞的。因為我們遍查《望溪文集》及蘇撰《望溪先生年譜》,方苞的學生俱有記載,而獨無一語談及大櫆。但大櫆是在古文已有成就之壯年,始在京城看到方苞並蒙方苞特別嘉許的則是事實。《清史·文苑本傳》亦言:

> 年二十九,遊京師。時內閣學士同邑方苞能為古文詞,負重名。大櫆以布衣持所業謁苞,苞一見驚歎,告人曰:"如苞何足算耶?邑子劉生乃國士耳!"聞者駴之,久乃益信。

苞自己也說:"劉生大櫆,不但精於時文,即詩古詞,眼中罕見其匹。為人開爽,不為非義。"(《望溪文集·集外》卷十《與雙學使慶》)

大櫆一生潦倒,方苞對於大櫆有知遇、獎掖之恩,著《海峰文集》等。

第四节　集成者姚鼐

研究"桐城古文學派",應該承認這一史實,就是說,桐城的古文學,雖經戴名世、方苞和劉大櫆奠定了理論基礎,生產了大量著作,本根深厚,影響激增。但是,如果沒有姚鼐的繼承發展,蓄意成派,恐怕也不會旗幟鮮明,蔚然而起。姚鼐曾"洩露天機"地說:

> 曩者,鼐在京師。歙程吏部、歷城周編修語曰:"為文章者,有所法而後能,有所變而後大,維聖清治邁逾前古,獨士能為古文者未廣。昔有方侍郎,今有劉先生,天下文章其出乎桐城乎!"(《惜抱軒文集》八《劉海峰先生八十壽序》)

這事還不明顯嗎?抬出方、劉,烘托自家,文名既有,又倡導桐城古文,彼此又都是桐城人,還說什麼呢?曾國藩曾說:

> 乾隆之末,桐城姚姬傳先生鼐,善為古文詞,慕效其鄉先生方望溪侍郎之所為,而受法於劉君大櫆,及其世父編修君範。三子既通儒碩望,姚先生治其術益精。(《曾文正公文集》卷一《歐陽先生文集序》)

按姚鼐,字姬傳,一字夢穀,以讀書室名"惜抱軒",學者稱為惜抱先生。安徽省桐城縣人,生於雍正九年,卒於嘉慶二十年。姚鼐家學淵源,劉大櫆又以世交、父執(鼐父季和,亦與大櫆為友)夾授古文,可謂得天獨厚。

姚鼐古文,材料充實,視野開闊,而且相當地講求詞藻,所謂"上究孔、孟,旁參老、莊,兩氏之書,諸家之作,皆内咀含其精蘊,而外沉浸其詞章"(管同《因寄軒文集》卷十《公祭姚姬傳先生文》)。著有《惜抱軒文集》及《古文辭類纂》等。

弟子知名者:上元管同、梅曾亮,同邑方東樹(植之)、劉開(孟塗),新城陳用光(碩士)等。

第五节　發展者曾國藩

曾國藩,字滌生,湖南湘鄉人,生於嘉慶十五年,卒於同治十一年,道光二十八年進士,曾官直隸總督、兩江總督,著有《曾文正公文集》。

曾國藩在晚清是個有爭議的人物,譽者為古今完人,毀者為漢奸。但不可否認他在政治、經濟、軍事、文學上的影響太大了,我們應該尊重史實,即以桐城古文學派而論,如果沒有他的大力扶持,恐怕很難再延續一個時期。雖然曾國藩並未直接受業於桐城派,卻奉方、姚的古文為"文學正宗"。他說:"自唐以後善學韓公者,莫如王介甫氏,而近世知言君子,惟桐城方氏、姚氏所得尤多。"(《復陳右銘太守書》)

關於曾國藩對桐城派的貢獻,徐世昌曾說:

> 自桐城姚姬傳氏推本其鄉先生方氏、劉氏之微言緒論,以古文辭之學號召天下,湘鄉曾文正公廓而大之。(《賀先生文集序》)

對於清代學術,曾國藩認為:漢學不行,明學不行,顏李學也不行,只是以宋學程、朱為思想內容而採取了韓、歐古文形式的"桐城派",始得謂之正宗。這還不是方、姚的"肖子肖孫"嗎?儘管他們沒有宗派上的直系關係,但他與姚的高足梅曾亮深交,且對梅極為推崇,曾有詩贊梅曰："文筆昌黎百世詩，桐城諸老實宗之。方姚以後無孤詣，嘉道之間又一奇。"

桐城派文章之所以能夠文從字順，言之有物的訣竅，就在於他們於音節字句中講求寫作的方法，為情造文，自鑄新詞。而曾國藩之以六經諸子為楷模、程式，出之以"雄奇""愜適"的詞等辦法，跟桐城的前輩們對比起來也是如出一轍的，且有發展。他的幕友薛福成稱道說：

> 文正一代偉人，以理學經濟發為文章。其閱歷親切迥出諸先生上，早嘗師義法於桐城，得其峻潔之詣。平時論文，必導源六經、兩漢，而所選《經史百家雜鈔》，搜羅極博，《文選》一書甄錄至百餘首。故其為文，氣清體閎，不名一家，足與方、姚諸公峙。其尤嶢者，幾欲跨越前輩。（《庸庵文外編》二《寄龕文存焉》）

薛福成的評論並不為過，即以《經史百家雜鈔》而言，曾國藩繼承的就是桐城"選學"的精神，還補充了姚鼐《古文辭類纂》的不足。因為"姚選"中，斷自《國策》，沒有上及"六經"，"史傳"姚也未錄之故。另外，在桐城派"義理""辭章""考據"並重的"學問"中，曾國藩還增益了"經濟"之道，這不能不說是曾對桐城派的發展。

曾國藩以方伯、聯帥而雅好文章，懷才求售，賦有詩文修養的人，自易趨之若鶩。他也能於戎馬倥傯軍書旁午之餘，與幕中諸客切磋講論精益求精，時日即久，便形成了風氣，影響了四方，被人們稱作"天下文章在曾幕"了。

在曾幕學生中，以李鴻章、張裕釗、薛福成、黎庶昌、吳汝綸等五子文章最為著名，後四人，所謂"曾門四弟子者"。他們在文學上雖然也標榜桐城之統，卻頗有所開拓。張裕釗、吳汝綸，尤足為之代表，二人光緒間為蓮池書院院長,後文將專論。

第二章　桐城古文學派在直隸的早期傳播

　　桐城派自創立之始,就與直隸(即今河北省)有著千絲萬縷的關係。

第一节　方苞與直隸

　　方苞在 32 歲以前,曾在涿州(今河北涿州市)教讀三年。康熙四十二年,始交顏李學派鉅子李塨(恕谷),與論格物不合。顏李學派當時是突起北方的"主動主義"的學術流派。顏是直隸博野的顏元(習齋)(1635—1704),李是同省相鄰蠡縣的李塨(恕谷),又字剛主(1659—1733)。

　　顏李學派的"主動主義"是很唯物的,無論從宇宙論、人生觀、生理、心理、物理學等方面講,都是頗為精到、很有見解的。方苞雖然沒有接觸過顏元,但和李塨的友誼甚厚。兩人一見便要爭論學術問題,方苞且是常常折服,儘管他不曾歸向顏李學派。

　　李塨一向是愛重方苞的,說他"篤內行而又望高遠志,講求經世濟民之猷,沉酣宋明儒說。文筆衣被海内,而於經、史多心得"。說"私心傾禱"可以"樹赤職以張聖道"的人非苞莫屬。李塨對於方苞加入顏李學派為什麼這樣殷切呢? 原來顏李成派未久,便儼然與程、朱這等老資格的學派對立,未免力量單薄,方苞乃一時人望,得之足以光耀宗學,但李塨並沒有成功。雖然方苞的好友王源曾力勸方歸向"顏李派",但畢竟兩個學派的見解不同。對於"顏李派",方苞表面上、骨子裏也並不反對,這從方苞長子道章以苞命學於李塨這一點可以識見。

這終是兩個學派的交流,對雙方起到了一定的影響。以至方苞80歲,李塨的晚學董尹元符(《清史稿》有傳)到桐城受業於方苞。我們近年偶得尹元符家舊藏文物,其中有尹請錢成群乾隆五年作的《博野縣學記》冊頁墨蹟,冊尾有識云:"尹師方望溪先生,家藏望溪稿本甚多,其中有點定《北學編》原稿,惜光緒辛卯年散出,不知去向了。"惜尹文章所見不多,不能過多詳述。只知其曾批點《大學衍義》《近思録》《輯要朱子學》)。

按尹元符,名會一,元符為其字,雍正二年進士,官至河南巡撫。

第二節　方觀承的倡導

方觀承,安徽桐城人,方式濟之子,與方苞同宗。生於康熙三十七年,卒於乾隆三十三年。雍正十一年由監生加中書銜,隨平郡王福彭征准噶爾,為記室。乾隆時,自直隸清河道累官直隸總督,在直二十餘年。工詩,又善書法,著有《薇香集》一卷、《燕香集》二卷、《燕香二集》二卷及《問亭集》《述本堂詩》。

方觀承在直很有功績,得乾隆帝賞識,但他始終不忘是桐城人,身上有桐城古文學派的因子,乾隆三十三年,就是他71歲去世的當年,由他輯録刊刻了《方望溪先生經說四種》八卷。乾隆帝亦曾三次來巡幸直隸蓮池書院,曾有詩云:"直省督勤書院規,保陽獨此號蓮池。風開首善為倡率,文運方當春午時。"皇帝的重視,方觀承對書院的重視也是絕對的。再者,總督衙署又在書院斜對門,其本人又經常主持書院的考試,他傳播桐城學派的條件是得天獨厚的。晚清桐城古文學派在蓮池書院紮根,應是和方觀承有一定因果關係的。

第三章　蓮池書院對桐城古文學派的繼承和發展

　　蓮池書院,建立於雍正十一年,終於光緒三十年,屬官辦的省級書院,又稱"直隸書院""保定書院"。書院自創辦之日起,就得到了包括皇帝在內的各級官宦的高度重視,尤其是曾國藩任直隸以後,書院達到了鼎盛時期。桐城古文學派開始在書院紮根發芽,先後有曾國藩的學生張裕釗、吳汝綸二位桐城派後勁主講書院,使桐城古文學派的中心由南移到了北方直隸,具體地說就是到了蓮池書院。

第一节　張裕釗

　　張裕釗,字廉卿(一作濂卿),生於道光三年,卒於光緒二十年,得年七十二。咸豐元年恩科舉人,曾官內閣中書,陸續主持過江寧、湖北、直隸等省的書院,尤其主講蓮池書院時,頗著成效,影響深遠,並長於書法,也研究訓詁之學,專主音義,詩文俱佳,以古文最為時重。其於光緒八年(1882 年)至光緒十五年(1889 年)主講書院。一生著有《濂亭文集》《左氏服賈注考證》《今文尚書考證》等。

　　裕釗少時即喜歡學習古代散文,自言"少時治文事,則篤嗜桐城方氏、姚氏之說,常誦習其文"(《濂亭文集》卷二《吳育泉先生暨馬太宜人六十壽序》)。後入曾幕,用力益勤,常與同僚黎庶昌、吳汝綸等切磋討論,吳汝綸對之甚為推服,裕釗亦甚自負。吳汝綸有詩讚美:

　　　　張子濡大筆,淋漓坐小閣。客來漫謝去,吾公在壑谷。
　　高歌泣鬼神,俯唾生珠玉。生當得意時,馬、楊不能獨。惜無
　　好事人,至言不勝俗。(《桐城吳先生全書·馬通伯求見張廉

卿以詩介之》)

這稱道很有分量,我們不當以單純的吹捧視之,同時也讓我們知道了吳汝綸的詩,樸素無華、豪邁自然。

黎庶昌也有文稱譽裕釗是"文逾梅(梅曾亮)、姚(瑩)"。裕釗自己則說"頗規橅司馬氏(司馬遷)而跡未能忘"、"近者撰得《書元后傳後》一篇,乃忽妄得意,自以甚近似西漢人"(《濂亭文集》四《答黎純齋書》),甚至連方苞、姚鼐、梅曾亮都不放在眼裏了。說:"私計國朝為古文者,惟文正師(即曾國藩)吾不敢望,若以此文較之方、姚、梅諸公,未知其孰先孰後也。"(同上四《答李佛笙太守書》)張裕釗在古文上確實有精湛的功夫,曾國藩在世時對之亦極推重。如曾國藩在率軍時,當安慶攻克後,湘軍將領欲以盛筵相賀,曾國藩不許,只准各賀一聯,各將領聯無一符曾意,獨欣賞學生張裕釗聯"天子預開麟閣待,相公新破蔡州還",並命傳示諸將佐。曾國藩親為裕釗父、祖撰墓誌,志中對裕釗亦多有延譽。

裕釗雖於古文自負不讓古人,然絕謙謙好學。他主講蓮池書院時,受南宮縣之邀,撰書《重修南宮縣學記》。文草成後,呈冀州知州吳汝綸,請其改正。此等互相探討詩文之事,可見民國版《張廉卿與吳摯甫書》墨蹟本。

張裕釗認為,文章的妙處,在於"知乎聖人之道,而達乎天地萬物之原"。此事之樂處在於"獨居謳吟一室之中,然傲然睥睨乎塵埃之外",於是乎感到"雖天下又孰有能過之者哉?"他論文以"自然"為宗,自然者,無意於是,而莫不備至,所謂信手拈來,而切合律度者是也。他嘗以"雲"為喻,油然作"雲",沛然下"雨"以後,則是"綿絡天地,百植昭蘇"(其觀點可見《贈范生當世序》)。

於古文,它繼承了桐城先輩"孰諷湛"的"精讀",以使"因聲求氣"

713

達到歸於"自然"之妙，並把此體會傳給後人，並強調"欲為古文，則程功致力之始，熟讀精思四字足以盡之"（《復查冀甫書》）。此外則是他之論學，雖也重義理，尊重宋學，但並不歧視漢學。

獨重義理，自是"文以載道"的餘緒，而不歧視漢學，則與方、姚、曾略有差異。他申言康、雍、乾、嘉以來，經學號為極盛，甚至遠軼前明和李唐，這是它的成績，不可抹煞泯滅的，可是缺點在於"窮末而置其本，識小而遺其大，詆訾宋賢，自立標幟"，所以為人所病。和這相反的則是專從事於義理，而一切屏棄，認為考據不足道，從這一極端跳到那一極端去了。裕釗信服的是以考據求實、以義理為本的學行。這些觀點見於《復查冀甫書》，時張主蓮池，這不能不說是對於桐城派的發展了。

裕釗雖於傳統體會備深，他亦講求"變易"之道，頗有"進化"的眼光，《送黎純齋使英吉利序》有句：

> 蓋嘗論天地之化，古今之紀，天人相與構會。陰陽以之摩蕩，窮則變，變則通，而世運乃與為推移。
>
> 若今日，其尤世變之大且巨乎！天實開之，人之所不能違也。而當世學士大夫，或乃拘守舊故，猶尚鄙夷詆斥，羞稱其事，以為守正不撓。

這便是曾國藩重視"洋務"的好處，使其幕僚都有此開明的思想，其文亦是以達之。

此等膽量、豪氣，是否對康梁的維新變法有所影響呢？然其思想，畢竟影響了他的學生鹽山劉若曾（字仲魯，蓮池書院學生），後劉在清末為政，多持新論，曾出訪歐美考察新政，中國司法獨立，自劉仲魯倡導始有。

裕釗為蓮池書院院長，倡一省之風，作育人才，從光緒戊戌蓮池書院《學古堂文集》，得知其知名弟子有：鹽山劉若曾、新城白鍾元、鹽山劉彤儒、無極崔棟、定州安文瀾、永年孟慶榮、滄州張以南、獻縣紀鉅湘。

在書院中，有兼師廉卿、摯甫具文名者如武強賀濤等，後當專論。

書院外師廉卿著名者，則有光緒狀元張季直、范肯堂等。

在諸弟子中，最喜歡的學生恐是劉若曾了，《廉卿與摯甫書》中，對若曾人品、文章稱讚備至，自言為主蓮池書院以來，所得"奇才"。《學古堂文集》中有若曾《中庸論》（標題為筆者加），尾有句：

　　　　一貫之義第，以詔曾子，而性與天道子共歡，不得而聞，其意不大可思與？

吳汝綸評曰："此問乃濂亭所心得，其於聖賢遺文，殆將觀其會通矣。作者乃亦洞見本元，言之鑿鑿，可謂智與師齊。"

惜仲魯文章不可多見，筆者存其手稿多應酬文字。

按劉若曾，字仲魯，直隸鹽山人，卒於民國十七年，享壽六十九。蓮池書院張裕釗弟子，光緒乙酉解元，己丑成進士，選翰林院庶吉士。曾充國史館、武英殿纂修，庶常館提調，文淵閣校理，正黃旗官學考校官，宗室覺羅八旗官學副總辦，辰州府知府，大理院正卿等。有弟子易水劉世衡（字鑒堂），著《詠絳珠仙草》。

第二节　吳汝綸

吳汝綸，字摯甫，生於道光十九年，卒於光緒二十九年，同治四年進士。工古文，久客曾國藩、李鴻章幕，掌奏議，著《詩文集》《東遊叢錄》《深州風土記》《易說》《詩說》等，是曾幕中唯一的桐城籍作家。

吴汝纶自光绪十五年(1889)至光绪二十九年(1903)主讲莲池书院,用力尤深,影响中外。

汝纶不愿为官,一生重视教育,体现在文章裏则是"醇厚""篤實"之氣,不讲求"宏肆""馳騁"之文,他说"馳騁非才""縱横非氣":

> 天才由氣見者也,今之所謂才,非古之所謂才,好馳騁之為才;今之所謂氣,非古之所謂氣也,能縱横之為氣。以其能縱横好馳騁者,求之古人所為醇厚之文,無當也。即求之古人所為閎肆者,亦無當也。(《與楊伯衡論方劉二集書》)

比較起來,桐城的前輩方苞是文章醇厚,劉大櫆則是偏重才氣的。吳汝綸在這裏老氣横秋地重彈舊調,當然是在標榜自家為本派嫡系,首"重立意"(也就是義理之學),其次才是"能言"(辭章之學相輔而行),就是說"載道""談經"始為本等,單講"絢麗""横溢"不是正途的。所有這些,重要的恐在於保護桐城家法,力求其雅潔古樸,不使横出旁溢以為職志的。汝綸論學既反對漢人的訓詁章句,也不同意宋儒的空談性理。

在桐城古文學派,是晚期大家,最可貴的是,他能夠把漢學、宋儒的是非,相對地抉出,而未一味地崇拜,這與他的桐城前輩多有不同。總之,汝綸之學頗有根底,雖本出桐城,而能濟時變。對於古人著書,一一以文相衡量。他認為作品是作者精神志趣的反映,"古人著書,未有無所為而漫言道理"的。他治群經及諸子,"必因文以求其意,於古今眾說無不研究"、"以極其變"而且志在"言之可行,行之可久",不為苟簡快意之詞。尤其是對於"知人論事"之文,從來是不為"離論",也不作"膚說"的,此做學問態度之嚴謹,對"古人之書"的體會,融於桐城古文學派,不能不說是向前地發展了。

汝綸於書院,既重時文,更重古文。時文以應科舉,古文則為傳播桐城了。

在書院中知名弟子有:武強賀濤、定州安文瀾、獻縣張坪、南宮劉登瀛、鹽山楊越、鹽山賈恩紱、文安蔡如梁、滄州張以南、深澤趙宗抃、安州張鑾坡、高陽李增輝、清苑崔琳、永年孟慶榮、清苑張鎮午、南宮李剛已、衡水劉乃晟、任邱崔莊平、定州馬錫蕃、饒陽常珤璋、宣化張殿士、高陽閆鳳閣、安州王寶鈞、任丘籍忠寅、四川傅增湘、新城王樹枏、蕭寧劉春霖等。此中以賀濤、王樹枏文名最著。

書院以外有弟子:馬其昶、姚永概。私淑者:林紓。

按王樹枏,字晉卿,直隸新城人,光緒丙戌進士,官至新疆布政使。民國三年充清史館總纂,卒於民國二十五年,得年八十六。

同治十二年,曾國藩聘王振綱主蓮池書院,振綱即樹枏祖父,樹枏隨讀院中。樹枏少即有文名,"曾國藩聞其名,特召見,指示讀書門徑,詩古文義法,訓勉獎勵,逾兩小時,其見重如此"(尚秉和《故新疆布政使行狀》)。

樹枏秉承家學,復從貴築黃彭年(張裕釗前任蓮池書院院長)遊,為文華贍藻麗,詩出入於韓昌黎、李長吉兩家,而博識強記,凡經書滯義,古籍錯訛,訓詁考訂,精賅允當突破前人。無怪乎李鴻章見到樹枏的文章,歎為蘇長公後第一人。吳汝綸則認為其經學為海內罕有。後受吳之聘,主冀州信都書院,"風聲所播,士習丕變,由是冀州文學之盛,甲於畿南",並受聘充直隸通志局修纂。

樹枏自黃子壽學駢體,後與吳冀州遊,頓改古文,洞明義法。一生著述等身,有 60 種之多。其為古文,不為桐城所囿,兼重其他。尚秉和在《故新疆布政使王公行狀》中云:

而小學特精，常以《爾雅》《廣雅》《夏小正》諸書，訂證經
文，俾還舊字，博通淹貫，如數家珍，皆昔儒所未有。蓋自宋、
元以來，能文章者，箋注訓詁或有所不逮，孜考據者，文或拘
促鄙陋，不副其所學。惟公能兼而有之。

樹枏身為大學問家，重古文而不廢其他，終成通才，不能不認為樹
枏高人一籌，為書院為桐城文派的人俊。

第三節　賀濤

賀濤，字松坡，武強人，光緒十二年進士，官刑部主事，蓮池書院高
材生。於學兼師張、吳，謹守兩家學論，據姚鼐義理、考據、辭章不可偏
廢之論，尤以辭貫徹始終，日與學者討論義法不厭。治古文以秦漢立
門戶，著有《賀先生文集》四卷。

賀濤於桐城造詣精深，蓮池書院諸弟子及私淑者中，於桐城古文
無過其右者。徐世昌《賀先生文集序》云：

> 自桐城姚姬傳氏推本其鄉先生方氏、劉氏之微言緒論，
> 以古文辭之學號召天下，湘鄉曾文正公廓而大之，曾公之後，
> 武昌張廉卿、桐城吳摯甫兩先生最為天下老師，繼二先生而
> 起者，則刑部君也。

此家是為桐城的沿續做了一小結。按徐世昌與賀濤為同年，相交
最篤，不為虛獎也。徐世昌又云：

> 刑部受知吳先生獨早，先生矜寵異甚，復為通之於張先

生,以故兼受兩家學。於吳先生門尤為耆宿,趙、李之徒,皆其後輩,而君研精典籍,若蜩生命,沉潛專到,突破時流,其文章導源盛漢,氾濫周秦諸子,唐以後不屑也。

賀濤扎實求學,功力深厚,與桐城諸家取法頗似,與前輩風格有自,實張、吳二先生之幸也。

賀濤為清末桐城承繼者,不容置疑,對於其成績,徐世昌說:

其規橅藩城,一仿曾、張、吳三公,宏偉幾與相埒,而矜練生創,意境自成,不蹈襲前輩蹊徑,獨樹一宗,不為三先生所掩蓋,自吳先生後,卓然為一大家,非餘人所能及也。自方、姚以來,訖於君,其淵源本末可得而言者,具如此。而有清一代文章之大概,亦略備於是矣。

據此短文,可知徐對他的同年是多麼推崇,於桐城古文是多麼折服,頗似只有此君(“桐城古文”),不論其他了。

當世研讀桐城文者,理應感慨係之了。

賀濤尊張、吳二師,可見其《上張先生書》《上吳先生書》,文中行文寓情,頗有履薄冰之感,如:

若得先生文獻之堂上,因以誇戚党、僚友,竊自以為榮於誥封。……先生書法,海內所寶,若錫之文辭,復重以手書,俾為傳家重器,則所以榮寵其親而眈我賀氏者。(賀濤《上張先生書》)

賀濤學於張、吳,得精髓,為蓮池書院增色,不愧為北方桐城學派的中堅。

其門人有:桐城吳闓生、任邱宗樹枏等。

吳闓生,字北江,吳汝綸子,繼承家學,本與賀濤同門,卻又師事賀濤,而賀濤之侄賀培新師事吳闓生。吳闓生、宗樹楠為先生賀濤民國之年校刊《賀先生文集》,賀培新、吳兆璜等為先生吳闓生民國十三年刊《北江先生文集》,真桐城文派之幸事,真文壇之幸事!

蓮池書院自建立始,在光緒初年,徹底地接納了桐城文派,並以此為基地,遠播全國及東鄰日本,曾、張、吳"功德無量",而張、吳二院長,相濡以沫,共育人才之德量、胸懷,足為後世學者所仰,正如徐世昌所云:

> 兩先生門下賢雋士相流通,如通州張謇季直、范當世肯堂,滄州張以南化臣,桐城馬其昶通伯、姚永概叔節,南宮李剛已,冀州趙衡湘帆,皆其著者也。(徐世昌《賀先生文集序》)

應該說,蓮池書院在清代教育史上有著相當的地位,是和她繼承發展了桐城古文學派密不可分的。

徐世昌是什麼人物,這是誰都知道的:清末的東三省總督、北洋大臣,辛亥革命以後的第二任民國大總統,聲勢烜赫、左右中國的人。最微妙的是他和桐城古文大家劉海峰大櫆還有家族的關係,他的母親劉氏出自劉家,父親早亡,寡母教養他們成人(世昌和他的弟弟世光),都是翰林出身,世昌尤為出色,與袁世凱為世交,陪之小站練兵。特別是曾到西安扈從出亡之慈禧太后,結交了軍機大臣鹿傳霖,慈禧回京後又受知於慶親王,結交了兩湖總督張之洞,袁世凱上下其手(內結宦侍李蓮英),慈禧、光緒死後,遂益橫行霸道(但表面上是溫恭的)。

　　我們所以這樣不憚其煩地介紹徐世昌，旨在說明桐城派沒有政治力量的扶植，是搞不成器的，特別是"最後一站"。直到現在蓮池書院的牌匾不還是徐世昌的"大筆"嗎？

　　一、至於"義法"（所謂政治思想的統治性），那是"古已有之，於今為烈"的，（包括派系在內）什麼漢學、宋學完全按統治階級的需要而定。遠在春秋末年，孔子就說："郁郁乎文哉，吾從周！"這不是明明表白的嗎？而"天生德於予"，也是舍我其誰的（事實上是代表了沒落的奴隸主說話的）。孟軻說"我知言"，反對詖謠邪遁。又說"余豈好辯哉，余不得已也"，能言拒楊、墨（代表新興的地主階級）。這堯、舜、禹、湯、文、武、周公、孔子、孟軻的道統，危害了中國近兩千年，韓愈的《原道》大談仁義，反擊老莊，甚至前卿，不也想著繼承嗎？桐城派最初是高標："學行繼程朱之後，文章在韓歐之間"的，所以它的封建落後，毋庸諱言，而後來洋務派"中學為體，西學為用"的改良主義（以曾幕諸家為代表），不能不說是因時變易、經世致用的（頑固派如徐世昌等則不足以語此）。

　　二、清代的皇帝（雍正以後直至光緒）、大臣（曾國藩、李鴻章和徐世昌）沒有不言之諄諄，奉為"國學"的，漢學則流行於士大夫中間（所以逃避現實討生活於故紙堆中，幾十部《皇清經解》大都如是），在古文經學的本質上說它們並無對立的一言。桐城派的作者有許多人是相容並包、彼此通用的：辭章、考據相得益彰，如乾嘉學派與之並行即是。

　　三、從所謂"妖孽"選學上看，曾國藩不但繼承下來姚氏之《古文辭類纂》，而且彌補了姚的不足，有了《經史百家雜鈔》，要知道曾氏是"業餘"搞的，所以難能可貴，我們今天的選學不也是大行其道嗎？

　　四、"桐城謬種"之說，連績溪胡適之先生自己都予以否定了。他說桐城派的文章在改革的過程中越來越通順了："質樸曉暢，信手自然,全面研討以後,益知端詳。"最反對桐城派的白話文作者把以吳汝綸為首的姚永概、馬其昶等趕下講臺,趕出北京大學的校門也合乎"正反合"的規律吧。

五、近閱保定蓮池書院光緒戊戌選編的《學古堂文集》,頗驚其影響之深廣,聯帶起東瀛日本學子的來歸,固然是張裕釗、吳摯甫兩位先生德高望重誘導有方之功,而保定為畿輔南疆政治中心,有蓮池書院為基地,吳摯甫遊學日本又為京師大學堂總教習,以致桃李滿冀埜,使桐城派的晚期自南而北終獲蚩揚,迴光返照夕陽又紅也。是中國文學上一段現實,是功是過後人必有評估,我們只是作了一次材料的"獺祭"罷了。

(本文原載於河北省博物院《文物春秋》1996 年第 3 期,署名"魏際昌、吳占良")